Sanders · Die dritte Todsünde

Lawrence Sanders

Die dritte Todsünde

Roman

Blanvalet

Die Originalausgabe erschien unter dem Titel
»The Third Deadly Sin« bei G. P. Putnam's Sons, New York

Aus dem Amerikanischen von Claus Fischer

1. Auflage

Satz: Filmsatz Schröter GmbH, München
Druck und Bindung: May + Co, Darmstadt
ISBN 3-7645-3005-7 · Printed in Germany

1

Manche Tage dauerten ewig; andere überlebten kaum das Morgengrauen. Sie erwachte voll fiebriger Erwartung, die jedoch verschwand, sobald sie sich ihrer bewußt wurde. Die Welt drang in sie ein. Wieder blieb vom Leben nichts als das Gefühl, überall von Feindseligkeit verfolgt zu werden.

Zoe Kohler blinzelte. In der linken Hand hielt sie eine Brust, die so weich war wie ein lebloser Vogel; die rechte steckte zwischen ihren Schenkeln. Sie bemerkte das stumpfe Licht des späten Winters, das durch die herabgelassene Jalousie sickerte.

Draußen, wußte sie, war der Tag grau wie Metall, keine Sonne, schwere Wolken. Die Luft roch nach Schwefel. Zoe hörte das Dröhnen des Verkehrs und das morgendliche, dumpfe Zuschlagen benachbarter Wohnungstüren. In einer Ecke ihres Schlafzimmers zischte höhnisch ein Heizkörper.

Sie starrte die Zimmerdecke an und lauschte beunruhigt ihrem Innern: angeschwollene Organe, ein zu schneller Puls, der pochende Strom vergifteten Blutes. In ihrem Bauch verspürte Zoe den lastenden Schmerz, der sich mit dem Beginn ihrer Regel in stechende Krämpfe verwandeln würde.

Sie schob die Decken beiseite. Sie setzte sich auf die Bettkante, gähnte, umarmte sich selbst, bog sich nach vorn. »Donnerstag«, sagte sie laut in den leeren Raum. »Dreizehnter März.«

Ihre Stimme klang brüchig, außer Übung. Sie richtete sich auf, räusperte sich und versuchte es noch einmal: »Donnerstag. Dreizehnter März.« Jetzt klang es besser.

Nackt stand sie auf, streckte sich und massierte ihre Kopfhaut mit den Fingerknöcheln. Einen Moment lang geriet sie ins Schwanken und hielt sich am Fußende des Bettes fest.

»Manchmal verliere ich für kurze Zeit das Gleichgewicht«, hatte sie Dr. Stark erklärt. »Ein Gefühl, als könnte ich jeden Augenblick umfallen.«

»Und wie lange dauert das?« hatte der Arzt gefragt, ohne den Blick von den Papieren auf seinem Schreibtisch zu lösen. »Ein paar Minuten?«

»Nein, kürzer. Nur ein paar Sekunden.«

»Wie oft?«

»Ach . . ., ab und zu.«

»Nur vor Ihrer Periode?«

Sie hatte einen Moment überlegt. »Ja, genau. Kurz bevor die Krämpfe anfangen.«

Er hatte aufgeblickt. »Sie brauchen sich deswegen keine Sorgen zu machen«, hatte er ihr versichert.

Aber sie machte sich Sorgen. Sie mochte dieses Gefühl der Orientierungslosigkeit nicht, so kurz es auch war, dieses Verlieren der Kontrolle über sich selbst.

Sie schlurfte in die Küche, um die Kaffeemaschine anzustellen, die sie schon am Vorabend gefüllt hatte. Dann ins Badezimmer. Zurück im Schlafzimmer, verwandte sie fünf Minuten auf Lockerungsübungen, die sie langsam, beinahe träge ausführte.

Danach ging sie wieder ins Bad, putzte sich die Zähne und massierte das Zahnfleisch. Sie stieg auf die Waage. Immer noch 124 Pfund. Seit dem Tag ihrer Heirat hatte ihr Gewicht nie um mehr als drei Pfund differiert.

Da sie ihre Periode erwartete, duschte sie heißer als üblich. Sie seifte ihren Körper gründlich und sorgfältig ein, obwohl sie erst gestern vor dem Zubettgehen geduscht hatte. Während sie sich abtrocknete, blickte sie an sich hinunter und bedauerte – ohne zu begreifen warum –, daß sie glatte, unbehaarte Beine hatte.

Im Schlafzimmer stellte sie das Radio neben dem Bett an. Die Stimme des Ansagers hatte irgendwie Ähnlichkeit mit der von Kenneth, und sie fragte sich, ob sein Scheck mit der Unterhaltszahlung pünktlich eintreffen würde.

Sie zog sich rasch an. Mausgraue Strumpfhose, nicht zu durchsichtig. Derbe, durchbrochene Schuhe mit niedrigen Absätzen, weißer Rollkragenpullover, grauer Tweedrock mit breitem, dunkelgrauem Knautschledergürtel. Ihr Make-up beschränkte sich auf ein Minimum und wenige, blasse Farben. Sie verbrachte so wenig Zeit wie möglich vor dem Spiegel. Ihr kurzes braunes Haar brauchte kaum gekämmt zu werden.

In einem Schrank über der Spüle in der Küche bewahrte Zoe Kohler ihre Medikamente, Vitamine und Naturheilmittel, ihre Pillen, Tropfen, Schmerztabletten und Beruhigungsmittel auf – eine Sammlung, die für den kleinen Schrank im Badezimmer viel zu groß war.

An die Innenseite der Küchenschranktür hatte sie eine getippte Liste geheftet, aus der sie auf einen Blick ersehen konnte, welche Mittel an welchem Tag des Monats genommen werden mußten. Gelegentlich wurden neue Medikamente hinzugefügt. Gestrichen wurde keins.

Sie füllte ein Glas bis zum Rand mit kaltem Grapefruitsaft. An diesem Donnerstagmorgen, 13. März, spülte sie schlürfend und schluckend die Vitamine A, C, E und B_{12} herunter, darüber hinaus Eisen- und Zinktabletten, ihre Anti-Baby-Pille, eine Kapsel gegen ihre Menstruationsbeschwerden, eine Tablette für ihre Galle; eine Lezithinkapsel und eine, die reich an Seetang sein sollte; schließlich eine Tablette gegen zuviel Magensäure, die sie eigentlich im Mund zergehen lassen sollte, statt dessen aber kaute und herunterschluckte.

Dann aß sie eine Scheibe Weizentoast und trank dazu ihre erste Tasse schwarzen, koffeinfreien Kaffee. Sie gab einen Eiswürfel in die Tasse, um ihn rasch abzukühlen, damit sie ihn hinuntergießen konnte. Zu ihrer zweiten Tasse Kaffee, ebenfalls mit einem Eiswürfel darin, rauchte sie eine Filterzigarette, die laut Werbung den geringsten Teergehalt aller Zigaretten auf der ganzen Welt hatte.

Sie ließ Wasser über das Frühstücksgeschirr laufen und stellte es dann in die Spüle, um es am Abend abzuwaschen. Die Küche war ein Durchgangsraum, und jetzt ging Zoe ins Wohnzimmer, wobei sie sich etwas schneller und zielbewußter bewegte.

Sie holte einen Mantel aus dem Dielenschrank, einen Überzieher aus schwarzer Wolle mit grauem Samtkragen. Sie überprüfte den Inhalt ihrer schwarzledernen Schultertasche: Schlüssel, Brieftasche, verschiedene Utensilien, eine kleine Dose Mace, das in New York zwar eigentlich nicht erlaubt war, das Everett Pinckney ihr aber beschafft hatte, und ihr Schweizer Armeetaschenmesser, ein Instrument mit rotem Griff, zwei Klingen, einer Feile, einer Ahle, einer winzigen Schere und einem Flaschenöffner.

Sie spähte durch den Spion in der Wohnungstür. Der Korridor draußen schien leer zu sein. Sie entriegelte die Tür, nahm die Kette ab, drehte den Schlüssel im Schloß und zog die Tür vorsichtig auf.

Der Flur war leer. Sie schloß die Tür, ging zum Fahrstuhl, drückte den Knopf und wartete unruhig.

Sie fuhr allein ins Foyer hinunter, ging rasch zum Eingang und trat auf den Bürgersteig. Leo, der Portier, war gerade damit beschäftigt, die Messingtafeln der fünf Ärzte und Psychiater, deren Praxen im Erdgeschoß lagen, zu putzen.

»Guten Morgen, Miss Kohler«, sagte er.

Sie bedachte ihn mit einem schwachen Lächeln und wandte sich nach Westen, in Richtung Madison Avenue. Sie ging rasch, mit ruckartigen Schritten, und blickte weder links noch rechts. Auf diese Weise vermied sie es, den Augen der anderen Passanten zu begegnen, von denen ihr allerdings keiner einen zweiten Blick schenkte. Eigentlich – das wußte sie – nicht einmal einen ersten.

Das Hotel Granger, ein hochkant gestellter Sarg, stand eingeklemmt zwischen zwei Wolkenkratzer aus Stahl und Glas an der Madison Avenue. Der Eingang, flankiert von fleckigen Marmorsäulen, wirkte mehr wie das Portal eines Altherrenclubs, wo die Mitglieder hinter dem *Wall Street Journal* dösten und livrierte Diener den Sherry auf silbernen Präsentiertellern servierten.

Die Realität unterschied sich auch nicht sehr von diesem Bild. Das Granger stammte aus dem Jahr 1912, und obwohl es gelegentlich renoviert worden war, hatte man nichts modernisiert. In der dämmerigen Cocktail Lounge mußte man immer noch klingeln, wenn man bedient werden wollte, Plastik und Chrom waren verpönt, und über dem ganzen Erdgeschoß – Foyer, Empfang, Lounge, Speisesaal und den Büros der Geschäftsleitung – lag der düstere, säuerliche Geruch alter Teppiche, muffiger Polster und zu vieler kalter Zigaretten.

Trotz alledem war das Granger ein gesundes Unternehmen. Die meisten der 283 Zimmer und Suiten waren ganzjährig an ortsansässige Firmen vermietet, für deren leitende Angestellte, wenn sie in der Stadt übernachten mußten, oder für auswärtige Geschäftsbesucher. Die Unterkünfte, die noch für Durchreisende zur Verfügung standen, wurden häufig schon ein Jahr im voraus reserviert, denn die Zimmer waren groß und bequem, die Bedienung freundlich, die Preise gemäßigt, und vom Speisesaal hieß es, er besitze den drittbesten Weinkeller in ganz New York. Darüber hinaus hatte das Granger das letzte

Hotel-Billardzimmer der Stadt, wenn es sich auch nur um einen einzigen Tisch handelte, dessen grüne Bespannung ausgebleicht und schadhaft war.

In seiner beinahe siebzigjährigen Geschichte hatte das Granger, wie alle Hotels, Tragödien und Gewalt erlebt. Herzattacken. Schlaganfälle. Zwei Morde. Acht Selbstmorde, drei davon durch Sprünge aus den oberen Stockwerken.

1932 war ein Gast im Speisesaal an einer Fischgräte erstickt.

1949 hatten zwei Gentlemen, die eine Suite im achten Stock teilten, eine Überdosis Barbiturate genommen und waren nackt in enger Umarmung gestorben.

1953 hatte – ein besonders unappetitlicher Zwischenfall – ein wütender Ehemann die Tür von Zimmer 1208 aufgebrochen, wo seine Frau und ihr Liebhaber *God Bless America* im Bett sangen. Der Ehemann hatte weder ihr noch ihm etwas angetan, sondern sich schnurstracks kopfüber aus dem nächsten Fenster gestürzt, dem sicheren Tod auf der Madison Avenue entgegen. Die Milchglasmarkise über dem Eingang des Hotels war dabei stark in Mitleidenschaft gezogen worden.

1968 hatte es in einer großen Firmensuite im dritten Stock eine Schießerei gegeben. Ein Mann war getötet worden, ein weiterer verletzt, und der anwesende Etagenkellner hatte die Schmach einer Streifschußwunde in den Allerwertesten erlitten.

Das Management hatte den Mietvertrag mit dieser Firma natürlich umgehend gekündigt, denn bei allen langfristigen Abkommen mit dem Hotel Granger spielte die Moral eine wichtige Rolle.

Trotz dieser vereinzelten Vorfälle war das Granger im Grunde ein ruhiges, konservatives Unternehmen, das alles tat, um Stammgäste und häufig noch deren Kinder und Enkel zufriedenzustellen. Die Sicherheitsabteilung war nicht groß, und ihre Hauptarbeit bestand darin, Betrunkene oder Stadtstreicher ohne großes Aufsehen wieder zu entfernen, Damen des horizontalen Gewerbes der Cocktail Lounge zu verweisen und der verlorenen und gefundenen Gegenstände Herr zu werden, eine Aufgabe, die jedes Großstadthotel zur Verzweiflung treibt.

Zoe Kohler betrat das Hotel um 8 Uhr 46. Sie nickte dem Portier, den Pagen und der Tagschicht am Empfang kurz zu, dann trat sie durch eine Tür mit der Aufschrift NUR FÜR ANGESTELLTE, die zu den Büros der Sicherheitsabteilung führte. Wie üblich war Barney McMillan, der die Schicht von ein Uhr nachts bis neun Uhr morgens hatte, auf der Ledercouch in Everett Pinckneys Büro eingeschlafen. Sie rüttelte ihn wach. Er war ein fülliger, nicht übermäßig sauberer Mann, und sie empfand es als unangenehm, ihn zu berühren.

»Was ist los?« fragte er schläfrig.

»Aufstehen«, sagte sie. »Ihr Dienst ist noch nicht zu Ende.«

»Stimmt«, sagte er, setzte sich auf, gähnte und schmeckte seine Zunge. »Wie wär's mit etwas Kaffee, Baby?«

Sie blickte ihn an.

»Nein«, sagte sie fest.

Er blickte sie an.

»Wie wär's mit etwas Kaffee, Zoe?«

»Das war schon besser«, sagte sie. »Was zu essen?«

»Warum nicht? 'n Stück Pflaumenkuchen oder so.«

»Irgend etwas Besonderes passiert?« fragte sie.

»Nein«, antwortete er. »Ein paar Betrunkene haben auf dem neunten Stock Randale gemacht. Das war es so ziemlich. Ruhige Nacht. Genau wie ich es liebe.«

Zoe hängte ihren Mantel in einen offenen Schrank. Sie verstaute ihre Tasche in der untersten Schublade ihres Schreibtisches und holte ein schwarzlackiertes Tablett aus der obersten. Sie verließ den Raum durch dieselbe Tür, durch die sie ihn betreten hatte, durchquerte das Foyer und die Cocktail Lounge und gelangte schließlich in einen Seitengang, der zur Küche führte.

Dort waren alle mit dem Frühstück beschäftigt, das im Speisesaal serviert oder auf die Zimmer gebracht wurde, und niemand achtete auf Zoe. Manchmal hatte sie die Vorstellung, ein unsichtbares Wesen zu sein.

Sie belud das Tablett mit drei Tassen Kaffee für Mr. Pinckney, McMillan und sich und legte für Barney noch zwei Stück Zucker und zwei Portionen Kaffeesahne dazu. Der Strudel sah nicht besonders appetitlich aus, deshalb entschied sie sich für einen marmeladegefüllten Krapfen. Barney McMillan aß ohnehin alles.

Dann kehrte sie mit dem vollen Tablett wieder in die Büros der Sicherheitsabteilung zurück. Inzwischen war auch Everett Pinckney eingetroffen; er und McMillan saßen sich an Pinckneys Schreibtisch gegenüber, die Beine hochgelegt. Sie lachten schallend, hörten jedoch abrupt auf und nahmen ihre Füße herunter, als Zoe eintrat. Mr. Pinckney wünschte ihr einen guten Morgen, und beide bedankten sich höflich für ihren Kaffee.

Als sie wieder in ihrem eigenen Zimmer war, hörte sie sie erneut lachen. Sie argwöhnte, die beiden könnten sich vielleicht über sie lustig machen und blickte an sich hinunter, um sicherzugehen, daß ihr Pullover keine Flecken hatte und ihre Strumpfhose keine Laufmasche. Sie konnte keinen Makel entdecken, und doch ...

Sie saß steif an ihrem Schreibtisch und schlürfte in dem fensterlosen Büro ihren Kaffee. Sie lauschte dem Gespräch der Männer nebenan und den geschäftigen Geräuschen des Hotels um sie herum. Sie fragte sich, ob sie vielleicht wirklich unsichtbar war. Sie fragte sich, ob es sie überhaupt gab.

Zoe Kohler war nicht klein und nicht groß, nicht blond und nicht brünett, nicht dünn und nicht dick. Bei ihrem letzten Streit hatte Kenneth, bevor er aus dem Haus gestürmt war, wütend und frustriert gebrüllt: »Du bist undefinierbar! Du bist einfach nicht *da*!«

Ihr glanzloses Haar war zu einem kurzen Bubikopf geschnitten. Seit dem College hatte sie nie eine andere Frisur gehabt. Ihr Haar saß so genau wie eine gute Perücke. Ihr Gesicht war dreieckig und verjüngte sich nach unten zu einem spitzen Kinn. Die Augen hatten dasselbe Braun wie ihre Haare und waren ohne Feuer und Tiefe, die Wimpern waren von etwas hellerem Braun und klebten aneinander. Die Lippen waren zu voll; geschicktes Make-up hätte sie weicher machen können – aber wozu? Bei der Arbeit und in der Öffentlichkeit wirkten Zoes Züge unbeweglich, ausdruckslos. Sie lächelte selten. Manche Leute hielten sie für ernst, förmlich, langweilig. Sie irrten sich alle. Niemand kannte sie wirklich.

Sie war fast siebenunddreißig, und obwohl sie nur unregelmäßig Gymnastik machte, war ihr Körper jung, waren die Muskeln noch kräftig. Ihr Bauch war einigermaßen flach, das Gesäß straff. Das Fleisch der Schenkel hatte noch nicht nachgegeben, und die Linie ihrer Taille war schön geschwungen.

Dr. Stark versicherte ihr stets, daß sie, abgesehen von den gelegentlichen, unbedenklichen Gleichgewichtsstörungen und den Menstruationskrämpfen, bei bester Gesundheit sei. Doch sie wußte es besser. Niemand liebte sie, und sie war unfähig, jemandes Achtung zu erlangen. War das etwas keine Krankheit?

Sie hätte dumm oder völlig leer sein können, denn an der Rolle, die sie spielte, war nichts Starkes, Lebensvolles oder Entschiedenes. Die spießigen Kleider. Die bequemen Schuhe. Der matte Blick, das schnelle, zitternde Lächeln. Aber eben das war die Posse. Alles war ein einziger Schwindel. Jetzt endlich, nach so vielen Jahren, hielt sie die Welt zum Narren. Sie drückte dem Leben ihren Stempel auf.

Barney McMillan verließ das Büro und winkte ihr im Vorbeigehen zu. »Tschüß«, sagte er.

Sie plante ihre Arbeit für den Tag: den Dienstplan der Sicherheitsabteilung für die nächste Woche aufstellen, Briefe schreiben an abgereiste Gäste, die etwas vergessen hatten, und mit der Buchhaltung die Belege für kleinere Ausgaben durchgehen.

Es war, wie sie sich eingestand, kaum genug, um sie acht Stunden lang zu beschäftigen. Aber sie hatte es gelernt, sich die Zeit einzuteilen, ständig beschäftigt zu scheinen und so wenig Aufsehen wie möglich zu erregen, damit keiner der leitenden Angestellten auf die Idee kam, sich näher mit ihr zu beschäftigen und ihren Wert für das Granger in Frage zu stellen.

Sie hatte kein schlechtes Gewissen dabei, schließlich nahm sie weniger als zweihundert Dollar die Woche mit nach Hause. Nur die Unterhaltszahlungen und die zwei jährlichen 3000-Dollar-Schecks von ihrer Mutter und ihrem Vater ermöglichten ihr ein angenehmes Leben.

Sie gab das Geld nicht mit vollen Händen aus, aber sie unterdrückte auch nicht ihre Bedürfnisse. Wer die hinten im Schrank versteckten Kleider oder die Wäsche in der untersten Schublade ihrer Kommode gesehen hätte, müßte zugeben: Was sie wirklich wollte und brauchte, verweigerte sie sich auch nicht.

Everett Pinckney schaute herein. Weil es in ihrem winzigen Büro keinen zweiten Stuhl gab, schob er einen dünnen Schenkel auf die Ecke ihres Schreibtisches und blickte auf sie hinunter.

Er war ein großer, knochiger Mann, der langsam kahl wurde. Seine Kopfhaut über der matt schimmernden Schädeldecke, die aus einem Hufeisen grauer Haare emporwuchs, war mit Sommersprossen übersät, von denen einige auch auf die Nase und die Wangenknochen gerutscht waren. Seine Augen schienen ständig feucht zu sein, genau wie seine Lippen. Er besaß die größten Ohren, die Zoe Kohler je gesehen hatte, die reinsten Fleischlappen. Seine Stimme war heiser und rauh. Er trug Anzüge mit Weste und Fliege. Seine rissigen Schuhe waren stets auf Hochglanz poliert. Falls er wirklich seine besten Jahre hinter sich hatte, so zeigte er jedenfalls keine Bitterkeit oder irgendwelche Anflüge von Selbstmitleid.

Zoe hatte nicht lange gebraucht, um herauszufinden, daß sie von einem Alkoholiker eingestellt worden war. Man merkte es weder an seinem Auftreten noch an seiner Artikulation, denn er bewegte sich sicher, wenn auch langsam, und seine Worte waren niemals undeutlich. Aber selbst am Morgen strömte er einen schwachen, doch deutlich wahrnehmbaren Geruch aus: sauer, durchdringend, muffig. Pinckney war nie offensichtlich betrunken, aber immer wieder hörte Zoe, wie die Schublade seines Schreibtisches aufgezogen wurde, wie ein Flaschenhals gegen Glas klirrte, wie die Schublade wieder geschlossen wurde: eine stetige, unaufhörliche Kette von Geräuschen, die ihn durch den Tag brachte, so daß er funktionieren und der Welt mit Gleichmut und Charme gegenübertreten konnte.

Und charmant war er, mit seinem schiefen Lächeln, seiner endlosen Geduld und seinem anscheinend grenzenlosen Mitgefühl. Stets war er unverändert freundlich, verbindlich und bereit, auch dem größten Dummkopf gegenüber Langmut zu beweisen. Zoe hatte Gerüchte von einer bettlägerigen Frau und einem mißratenen Sohn gehört, aber sie hatte nie gefragt, und Pinckney lieferte von sich aus keine Informationen über sein Leben außerhalb des Hotels.

Er stellte auch selber keine Fragen nach Zoes Privatleben. Beide respektierten den Kummer des anderen. Das brachte sie einander näher als alle Beichten und Geständnisse.

»Sergeant Coe hat mich gestern abend angerufen«, erzählte Pinckney. »Zu Hause. Seine Frau ist schwanger.«

»Schon wieder?« fragte Zoe.

»Schon wieder«, sagte er lächelnd. »Deswegen möchte er natürlich soviel Arbeit wie möglich haben. Stellen Sie heute den Dienstplan für die nächste Woche auf?«

Sie nickte.

»Können Sie ihn einsetzen?«

So war Everett Pinckney. Er *befahl* ihr nicht, Arbeit für Sergeant Coe zu finden, obwohl das sein gutes Recht gewesen wäre.

»Könnte er für Joe Levine einspringen?« fragte sie.

»Das könnte er bestimmt.«

»Ich kläre das mit ihm, bevor ich Ihnen den Plan zeige.«

»Gut. Danke, Zoe.«

Pinckney erklärte, daß er sich mal am Empfang umsehen wolle und danach die Schlösser an den Türen zum Dach inspizieren würde.

»Bin ungefähr in einer Stunde zurück«, sagte er.

Sie nickte.

Er rutschte vom Schreibtisch und blieb noch einen Moment abwartend stehen, ohne den Raum zu verlassen. Sie blickte fragend auf.

»Zoe ...«, sagte er.

Sie wartete.

»Sind Sie in Ordnung?« fragte er besorgt. »Sie sind nicht krank? Sie wirken etwas ... äh, erschöpft.«

Seine Besorgnis rührte sie.

»Es geht mir gut, Mr. Pinckney«, sagte sie. »Es sind nur wieder einmal die bewußten Tage.«

»Ach so, *das*«, sagte er erleichtert. Dann fügte er mit einem heiser bellenden Lachen hinzu: »Tja, dafür muß ich mich jeden Morgen rasieren.«

Er lächelte und war verschwunden.

Ja, er rasierte sich jeden Morgen. Aber vom Rasieren bekam man keine Schmerzen und Krämpfe, hätte sie ihm sagen sollen. Man sah keine dunklen, klebrigen Flecken.

Je länger sie lebte, desto vulgärer erschien ihr das Leben. Nicht die Gesellschaft oder die Kultur, sondern das Leben selbst. Tierisch. Roh. Ekelerregend. Das waren die Worte, die sie benutzte.

Sie arbeitete langsam, stetig, den ganzen Vormittag hindurch, den Kopf über den Schreibtisch gesenkt, eine schweigende Sklavin. Als Everett Pinckney von seiner Inspektionstour zurückkehrte, blickte sie nicht auf. Sie konnte ihn in seinem Büro hören: Schreibtischschublade auf, das Klirren von Glas, das Zurückschieben der Schreibtischschublade.

Ihre Tätigkeit langweilte sie nicht. Um sich zu langweilen, hätte sie sich ihrer Arbeit bewußt sein müssen. Aber sie funktionierte rein mechanisch, Hände, Augen und ein kleiner Teil ihres Gehirns, gerade genug für ihre Arbeit. Der Rest von ihr trieb losgelöst dahin.

Um 12 Uhr 30 nahm sie ihr schwarzlackiertes Tablett und ging in die Küche. Einer der Köche bereitete ihr einen Thunfischsalat mit Lattich, Tomaten- und Gurkenscheiben, dazu einen einzelnen, großen Rettich, der so geschnitten war, daß er einer Blume ähnelte. Sie trug das Essen und eine Kanne heißen Tee zurück in ihr Büro.

Sie aß ihren Lunch und saß dabei steif auf ihrem Stenotypistinnenstuhl, ohne mit dem Rückgrat die Lehne zu berühren. Die Krämpfe verstärkten sich. Sie schienen sich genau über dem Kreuzbein zu konzentrieren, wie eine Sonne, die ihre Strahlen aussandte.

Als sie mit dem Essen fertig war, nahm sie ein Midol, eine Vitamin-C-Tablette und zwei Anazin zu ihrem Tee. Dann betupfte sie ihre Lippen mit der Leinenserviette und trug das benutzte Geschirr in die Spülküche.

Es war ein lärmerfüllter, dampfender Raum, besetzt mit zwei jungen Männern, einem Schwarzen und einem Puertoricaner in schweißgetränkten T-Shirts. Sie sahen auf, als Zoe eintrat, und warfen niederträchtige Blicke auf sie. Der Puertoricaner blinzelte und rief etwas auf spanisch. Der Schwarze brüllte vor Lachen und klatschte sich auf den Schenkel. Sie leerte ihr Tablett, drehte sich um und verließ den Raum. Das Gelächter verfolgte sie.

Sie hatte gerade damit begonnen, den Dienstplan zu tippen, als ihr Telefon klingelte, ein ausgesprochen seltenes Ereignis.

»Hotel Granger«, sagte sie. »Sicherheitsabteilung. Kann ich Ihnen behilflich sein?«

»Und ob du das kannst, Süße«, sagte eine lebhafte Frauenstimme. »Komm zu einer umwerfenden Cocktailparty, die Harry und ich heute nachmittag geben.«

»Maddie!« sagte Zoe erfreut. »Wie geht es dir?«

»Mal geht's schnell, mal geht's langsam«, sagte Madeline Kurnitz. »Und wer macht es dir zur Zeit, Kleines?«

Die beiden Frauen plauderten eine Weile. In erster Linie war es Maddie, die plauderte, laut und schnell, und Zoe hörte zu, lächelte und nickte hin und wieder am Telefon.

Manchmal kam es ihr vor, als hätte sie ihr ganzes Leben lang Madeline Kurnitz zugehört. Oder wenigstens seit sie mit ihr und zwei anderen Mädchen an der Universität von Minnesota ein Zimmer geteilt hatte. Das war von 1960 bis 1963 gewesen, und schon damals hatte Maddie geschnattert.

»Vier Jahre Ferien vom Ernst des Lebens«, so hatte sie den Wert der Collegeerziehung beurteilt, und ihre Studienzeit war getreu dieser Überzeugung verlaufen – eine einzige, lange Party, gespickt mit Verabredungen, Eskapaden und Affären. Dazu unentschuldigtes Fehlen, drohende Verweise von der Schule und eine endlose Reihe schmachtender Jungen und Männer, was ihre Zimmergenossinnen mit Ehrfurcht erfüllte.

Maddie damals: »Hör zu, Kleines, im Grunde sind wir doch nur hier, um uns einen Ehemann zu angeln. Richtig? Also, warum bringen sie uns dann nicht etwas Nützliches bei – wie Stöhnen, zum Beispiel. Es gibt nur einen Grund, warum mich all diese Typen anrufen: Ich habe gelernt, beim Vögeln realistisch zu stöhnen. Das ist alles, was eine Frau wissen muß, um ein durchschlagender Erfolg zu werden: wie man stöhnt. In diesem Laden hier sollte es ein Seminar geben mit dem Titel ›Stöhnen für Erstsemester‹. Im zweiten Jahr könnte der Kurs dann heißen ›Stöhnen für Zurückgebliebene‹.«

Oder: »Schau, es gibt Männer und es gibt Ehemänner. Wenn du ein Mann wärst, würdest du etwa heiraten? Den Teufel würdest du tun! Du würdest dich durchs Leben tanken und alles stoßen wollen, was dir in die Quere kommt. Männer ficken, Ehemänner haben Sex. Männer duften, Ehemänner benutzen Kernseife. Männer trinken Whiskey, Ehemänner trinken Bier. Männer haben einen Schwanz, Ehemänner ziehen ihn ein. Scheiße, ich will keinen Ehemann. Ich will einen *Mann*.«

Die drei Zimmergenossinnen aus Kleinstädten in Minnesota, Wisconsin und Iowa lauschten diesen Erklärungen mit nervösem Kichern. So waren sie nicht aufgewachsen. Maddie, aus New York City, war eine Fremde.

Sie verehrten sie, denn sie war intelligent, witzig, großzügig. Sie überließ ihnen die Männer, die sie nicht wollte oder deren sie überdrüssig geworden war. Dafür versorgten sie Maddie mit Vorlesungsprotokollen, gaben ihr Nachhilfe, deckten ihre Abwesenheiten und brachten sie so zu einem erfolgreichen Abschluß der vier Jahre an der Universität.

Als Zoe Kohler nach ihrer Scheidung aus Winona, Minnesota, nach New York kam, galt ihr erster Anruf Maddie. Sie war jetzt Madeline Kurnitz und hatte eine eigene Nummer im Telefonbuch. Harold Kurnitz war ihr vierter Ehemann, und Maddie nahm Zoe unter ihre Fittiche. Sie tat, was sie konnte – Cocktail-Parties, Dinner, Vermittlung von Bekanntschaften –, aber irgendwann mußte sie begreifen, daß Zoe Kohler die Wahrheit gesagt hatte: sie wollte nicht wieder heiraten.

Maddie (tiefbekümmert bis wütend): »Aber das heißt doch nicht, daß du nicht *vögeln* kannst, um Himmels willen. Kein Wunder, daß du Krämpfe kriegst. Wenn ich zwei Tage keinen Fick hatte, muß ich niesen und Staub kommt mir aus den Ohren.«

Jetzt, als sie Maddie darüber schwadronieren hörte, wer alles zu ihrer Cocktail-Party kommen würde (»Eine Trillion geiler Böcke«), ließ Zoe sich von ihrer Begeisterung anstecken und sagte, sie würde nach der Arbeit kurz hereinschauen.

Maddie: »Da ist ein Bursche, mit dem ich dich gern bekanntmachen möchte ...«

»Oh, nein«, sagte Zoe, »nicht schon wieder.«

»Nur bekanntmachen«, drängte Maddie. »Mehr nicht. Du brauchst bloß seine Pfote zu schütteln und zu sagen ›Wie geht es Ihnen?‹ Ist das so schrecklich?«

»Nein«, sagte Zoe schwach. »Ich glaube nicht.«

Maddie legte schließlich auf, und Zoe fuhr damit fort, den Dienstplan für die nächste Woche zu tippen. Sie vermutete, daß sie deshalb in letzter Minute zu der Cocktail-Party eingeladen worden war, weil Maddie gemerkt hatte, daß sie einen Überschuß an männlichen Gästen haben würde. Sie war eben niemals erste Wahl.

Der leere Nachmittag schmolz dahin. Sie verteilte die Kopien des Dienstplans der Sicherheitsabteilung. Dann schrieb sie vier Briefe an Gäste, die etwas in ihren Zimmern vergessen hatten, und brachte Everett Pinckney die Briefe zum Unterschreiben. Anschließend ging sie mit ein paar unbedeutenden Belegen zur Buchhaltung.

Wieder in ihrem Büro, verbrachte sie die letzte Stunde an ihrem Schreibtisch damit, müßig in der aktuellen Ausgabe einer wöchentlich erscheinenden Fachzeitschrift für das Hotelgewerbe in New York City zu blättern.

Der für Zoe interessanteste Teil drehte sich um Sicherheitsfragen in Hotels. Nicht selten wurden hier die Namen und (zweifellos inzwischen geänderten) Adressen und Beschreibungen notorischer Schnorrer angegeben. Die Nummern gestohlener Kreditkarten waren aufgeführt. Verbrechen, die sich in Hotels ereignet hatten, speziell Zechprellerei und Betrug, ausführlich beschrieben.

Eine regelmäßige Kolumne mit dem Titel GESUCHT enthielt die Namen, Decknamen und Beschreibungen bekannter Krimineller – Räuber, Einbrecher, Prostituierter, Zuhälter, Berufsspieler etc. – die in New Yorker Hotels arbeiteten. Schließlich wurden auch noch die in Hotels begangenen unaufgeklärten Verbrechen aufgeführt, zusammen mit dem Namen und der Rufnummer des Beamten im New York City Police Department, der den Fall bearbeitete.

Der letzte Absatz in der Kolumne lautete:

Mord im Grand Park am 15. Februar. Opfer eines Messerstechers: George T. Puller, 54, männlich, weiß, aus Denver, Colorado. Hinweise und sachdienstliche Informationen zu diesem Fall bitte an Detective Sergeant Abner Boone, KL-5-8604.

Diese Notiz stand bereits seit drei Wochen in dem Magazin. Zoe Kohler fragte sich, ob Detective Sergeant Abner Boone immer noch an seinem Telefon saß und wartete . . .

Madeline und Harold Kurnitz wohnten in einem Hochhaus an der East 49th Street. Das Appartementhaus war genau wie Maddie: laut, aufdringlich, glitzernd.

Die Tür des Sieben-Zimmer-Duplex-Appartements stand offen. Lärm drang bis in den Flur. In der Diele nahm ein uniformiertes Mädchen Mäntel und Hüte entgegen, hängte sie an eine Kleiderstange und verteilte numerierte Bons. So regelte Maddie solche Dinge.

Zwei Barkeeper arbeiteten hinter den Theken, und livrierte Kellner reichten Tabletts mit Hors d'œuvres und kalifornischen Champagner herum. Maddie war irgendwo im Getümmel, aber ihr Mann stand in der Nähe der Tür, um die Gäste zu begrüßen.

Er war ein großer, behaarter Mann, dem sogar aus den Ohren

Haarbüschel wuchsen. Zoe wußte, daß er irgend etwas mit Garn, Stoffen oder Leinen zu tun hatte. »Das Lumpengeschäft«, nannte Maddie es. Sein Auftreten war ruhig und beherrscht, sein Humor trocken und ironisch, und er war wohl immer wieder erstaunt und amüsiert darüber, mit einer so schrillen, extravertierten, kapriziösen Frau verheiratet zu sein.

Zoe mochte ihn und gab ihm einen Kuß auf die Wange. Er kam ihr sehr stark, sehr beschützend vor, als er sie jetzt zur nächsten Bar führte und ihr ein Glas Weißwein bestellte.

»Sie haben es nicht vergessen, Harry«, sagte sie.

»Natürlich habe ich es nicht vergessen«, erwiderte er mit einem Lächeln. »Von allen Freunden Maddies habe ich Sie am liebsten. Ich wünschte, Sie würden sie öfter sehen. Vielleicht könnten Sie sie etwas bremsen.«

»Das schafft bei Maddie niemand.«

»Auch wahr«, sagte er fröhlich. »Sie ist schon eine, was?«

Er verschwand, um neue Gäste zu begrüßen. Zoe sah sich um. Eine typische Maddie-Stehparty, verräuchert und überfüllt. Eine Hi-Fi-Anlage dröhnte. Die Leute kreischten. Sie lächelte, lächelte, lächelte. Niemand redete mit ihr.

Noch nie hatte sie so viele schöne Männer gesehen. Einige waren elegant, in dreiteiligen italienischen Anzügen, goldglitzerndem Schmuck an Manschetten und Handgelenken. Andere gaben sich verkommen, mit bis zum Bauchnabel offenstehenden, bestickten griechischen Hemden, die schwere Medaillons vor behaarten Brustpartien sehen ließen. Ein paar, wahrscheinlich sogar ziemlich viele, waren homosexuell. Es machte nichts; sie waren alle schön.

Weiße, blitzende Zähne. Gemeine Augen. Unterkiefer mit Bärten oder blaurasiert. Gezwirbelte Schnurrbärte. Feuchte Münder in Bewegung. Federnde Hüften, vorgeschoben. Statuenhafte Beine und, hier und da, Jeans, die so eng saßen, daß man jede Schwellung erkennen konnte.

Sie dachte an die haarigen Schenkel. Die seidigen Gesäßbacken. Sehnen und Muskelstränge. Vor allem aber an ihre Stärke. Ihre körperliche Stärke. Die Kraft dort.

Das war es, was sie an Kenneth so erstaunt hatte. Er war kein kräftiger Mann, aber als er sie in ihrer Hochzeitsnacht zum erstenmal gepackt hatte, hatte sie vor Überraschung und Schreck laut geschrien. Diese Stärke! Sie jagte ihr Angst ein.

Und dann dieses – dieses Ding. Dieses rötliche, purpurfarbene, knotige Ding, das da herauswuchs, sich zitternd in die Luft streckte. Ein Knüppel. Es war ein Knüppel, der ihr zunickte. Leicht benommen blickte sie sich in dem überfüllten Raum um und sah die Knüppel, wie sie sich gegen die Hosen preßten, spannten und streckten.

»Zoe!« schrie Maddie. »Baby! Warum siehst du dich nicht um? Du mußt dich *umsehen*!« Diese Frau war ein draller, quirliger Straßenbengel, mit einem wirren, schwarzen Schopf, durch den sich hier und da graue Fäden zogen. Die silbernen Strähnen machten ihr nichts aus. Sie konnte vom Alter nicht gebremst, von Erfahrungen nicht gemäßigt werden. Sie stürzte sich kraftvoll ins Leben, in ihr eigenes genauso wie in das der anderen.

»Er muß hier irgendwo sein«, rief sie und ergriff Zoes Arm. »David Sowieso. Wie geht's dir, Kleines? Er trägt eine Art Samtanzug, schäbiges Zeug, aber an ihm sieht es gut aus. Mein Gott, bist du blaß. David Sowieso. Ein Schnurrbart von hier bis da, und er riecht nach Pot. Du mußt etwas aus dir machen. So, jetzt misch dich unters Volk, sieh dich da draußen um. Du kannst ihn nicht verfehlen. David Sowieso. Gott, er ist einfach großartig. Ein junger Clark Gable. Wenn ich ihn sehe, schnappe ich ihn mir und bringe ihn zu dir. Angeblich ist er bestückt wie ein Kriegsschiff.«

Dann war sie verschwunden, eingetaucht in die lärmende Menge. Zoe wandte der Party den Rücken zu, lehnte sich gegen die Bar und bat um ein zweites Glas Weißwein. Sie würde es langsam trinken und sich dann verdrücken. Niemand würde sie vermissen.

Die ganze Stadt war von einem hektischen Tempo, einer brutalen Energie, die sie nicht ertrug. Sie fühlte sich hilflos einem Wirbelsturm ausgeliefert. Alles schien ständig auf dem Höhepunkt zu sein oder darauf zuzustürzen. Lärm, Schmutz, Gewalt, wohin man blickte, greller Sex an jeder Ecke. Sie konnte all das Ungeschlachte, Rauhe um sie herum nicht mehr ertragen.

Eine Schulter berührte sie am Arm; sie zuckte zurück und starrte den Mann an.

»Entschuldigen Sie«, sagte er mit einem schüchternen Lächeln. »Jemand hat mich angestoßen.«

»Macht nichts«, sagte sie.

Er warf einen Blick auf ihr Glas.

»Weißwein?« fragte er.

Sie nickte. Er bat den Barkeeper um ein Glas Weißwein.

»Ganz nette Party«, sagte er zu Zoe.

Sie nickte wieder. »Ziemlich laut«, sagte sie.

»Und wie. Außerdem total überfüllt. Mein Name ist Ernest Mittle. Ich arbeite in Mr. Kurnitz' Büro.«

»Zoe Kohler«, sagte sie so leise, daß er es nicht verstand und sie bat, es noch einmal zu wiederholen. »Zoe Kohler. Ich bin eine Freundin von Maddie Kurnitz.«

Sie gaben sich die Hand. Sein Griff war zart, sein Lächeln fast scheu.

»Ich bin noch nie hier gewesen«, sagte er. »Sie?«

»Ein paarmal.«

»Ich nehme an, es ist eine wunderschöne Wohnung – ohne die Leute.«

»Ich weiß nicht«, gestand sie. »Ich bin immer nur auf Partys hier gewesen. Da war es immer voll.«

Sie suchte verzweifelt nach Dingen, die sie in das Gespräch einbringen konnte. Maddie hatte ihr beigebracht, daß man mit Männern über sie selbst reden müsse. Bring sie dazu, über sich selbst zu reden, und sie halten dich für interessant und intelligent.

Aber alles, was ihr einfiel, war: »Woher kommen Sie?«

»Wisconsin«, sagte er. »Eine Kleinstadt. Trempealeau. Ich bin sicher, Sie haben noch nie davon gehört.«

Sie wollte es ihm nicht sagen; er sollte sie für eine kultivierte, welterfahrene Frau aus Manhattan halten. Aber dann sagte sie: »Doch, ich habe davon gehört. Ich komme nämlich aus Winona.«

Er wandte sich ihr mit der freudigen Überraschung eines kleinen Jungen zu. »Winona!« rief er. »Nachbarn!«

Sie drängten sich etwas näher aneinander: Forscher, umzingelt von Wilden.

»Hören Sie«, sagte er, »sind Sie in Gesellschaft hier?«

»Oh, nein. Nein.«

»Könnten wir nicht irgendwohin gehen und zusammen etwas trinken? Wo es ruhiger ist? Sie sind der erste Mensch, dem ich in New

York begegnet bin, der auch nur von Trempealeau gehört hat. Ich würde mich wirklich gern mit Ihnen unterhalten.«

»Gut«, sagte sie.

Niemand kümmerte sich um ihren Aufbruch.

Im Foyer hielt er sie mit einer leichten Berührung am Arm auf und zog die Hand dann beinahe krampfartig zurück. »Also«, sagte er. »Ich habe mich gerade gefragt ..., könnten wir nicht gemeinsam zu Abend essen? Ich kenne ein kleines italienisches Restaurant, nicht weit von hier. Wenn wir schon ein Glas Wein trinken gehen, könnten wir doch genausogut ...«

Seine leise Stimme erstarb. Sie starrte ihn einen Moment lang an.

Er war kein David Sowieso in einem Samtanzug, der nach Pot roch. Er war Ernest Mittle, ein leicht verstaubter junger Mann, der sich immer etwas fremdartig in der großen Stadt ausnehmen würde.

Da stand er, gebeugt, angespannt, so bedacht darauf zu gefallen wie ein Spaniel. Der billige Tweedmantel saß an den Schultern zu knapp, der Hals wurde von einem buntkarierten Wollschal verborgen. Er trug keinen Hut, dafür aber ein Paar klobiger, mit Schafwolle gefütterter Handschuhe.

Verblichene Augenbrauen, blonde Wimpern, milchig blaue Augen. Sein Haar war blond, der Schnitt ein mit Schere und Rasierapparat begangenes Verbrechen. Aber dennoch ... Sein Lächeln war warm und hoffnungsvoll. Seine kleinen Zähne waren gleichmäßig weiß. Er war so groß wie sie, und wenn er sich geradegehalten hätte, wäre er sogar größer gewesen. Aber er schien sich in sich selbst zu verkriechen wie in ein Versteck.

Er wirkte harmlos, kein typischer New Yorker Draufgänger, aber sie wußte so gut wie alle anderen über die Gefahren Bescheid, die eine einsame Frau in dieser Stadt erwarteten. Überfälle. Einbrüche. Vergewaltigungen. Gewalt und Tod. Man konnte es jeden Tag in den Zeitungen lesen. Und im Fernsehen in Farbe miterleben.

»Nun ... in Ordnung«, sagte sie schließlich. »Ich danke Ihnen. Aber ich muß früh nach Hause. Spätestens um neun. Ich ..., ich erwarte einen Anruf.«

»Gut«, sagte er glücklich. »Gehen wir. Es ist nicht weit; wir sind zu Fuß in ein paar Minuten da.«

Sie kannte das Restaurant. Sie war schon zweimal dort gewesen, allein. Jedesmal hatte man sie an denselben kleinen Tisch in der Nähe der Toilettentür gesetzt. Das Essen war gut, der Service jedoch miserabel gewesen, obwohl sie gute Trinkgelder gegeben hatte.

Dieses Mal, in Begleitung eines Mannes, wurde sie von einem lächelnden Oberkellner an einen bequemen Ecktisch geführt. Ein anderer Kellner eilte herbei, um ihr beim Ablegen des Mantels zu helfen. Eine Tischkerze unter einem rubinroten Glassturz wurde angezündet. Dann gab es Weißwein und die Speisekarte.

Sie bestellten Spaghetti und Salat. Beide tranken sie zwei weitere Gläser Wein zum Essen.

Zoe genoß es. Ernest Mittle hatte gute Manieren und war bestrebt, ihr jeden Wunsch von den Augen abzulesen. »Etwas Brot? Butter? Noch einen Schluck Wein? Dessert? Nein? Aber doch wenigstens einen Espresso und einen Brandy? Na also, wunderbar.«

Sie hatte das ungute Gefühl, daß er sich das alles gar nicht leisten konnte, aber er schien sich aufrichtig zu freuen, mit ihr zusammenzusein. Als der Brandy gebracht wurde, murmelte sie etwas von ihrem Beitrag zur Rechnung, aber er wischte diese Andeutung mit großer Geste vom Tisch und versicherte ihr, daß es ihm ein Vergnügen sei. Es klang aufrichtig.

Während des Dinners hatten sie sich anfangs über ihre Kindheit in Winona und Trempealeau unterhalten: Heuwagenfahrten im Sommer, Rodeln im Winter, Schlittschuhlaufen auf dem vereisten Fluß, die Jagd und der Geschmack von gebratenem Eichhörnchen, schwarz gebrannter Apfelschnaps und Tage, die so kalt waren, daß die Schulen geschlossen wurden und sich niemand aus dem Haus traute.

Dann unterhielten sie sich über die Studienzeit (er hatte die Universität von Wisconsin in Madison besucht). Er war einmal in Minneapolis gewesen, beide hatten Chicago gesehen. Er war einmal zum Mardi Gras nach New Orleans gefahren, und sie war einmal bis nach Denver in den Westen vorgestoßen. Sie waren sich einig, daß sie eines Tages auch noch Europa, Westindien und vielleicht sogar Japan bereisen würden.

Außerdem erfuhr sie, daß er fünfunddreißig war, fast zwei Jahre jünger als sie. Er war bisher weder verheiratet noch verlobt gewesen und lebte allein in einem kleinen Appartement in der Gegend des

Gramercy Parks. Er hatte einen kleinen Freundes- und Bekanntenkreis, hauptsächlich Geschäftspartner.

Seine Feierabendvergnügungen beschränkten sich auf unregelmäßige Kino-, Theater- und Ballettbesuche. Er hatte einen Kurs an der Neuen Schule für Computertechnologie belegt. Bei Mr. Kurnitz arbeitete er gegenwärtig in einer kleinen Abteilung, und er hoffte, Mr. Kurnitz eines Tages dazu überreden zu können, das ganze Unternehmen an einen Computer anzuschließen.

All das strömte aus Ernest heraus, ohne daß Zoe viel nachzufragen brauchte. Ernest Mittle war offensichtlich froh, über sich sprechen zu können, und plötzlich kam ihr der Gedanke, daß er vielleicht genauso einsam war wie sie.

Als sie das Restaurant kurz vor acht Uhr verließen, hatte sich der Himmel bezogen. Ein beißender Wind fegte vom East River heran, und die Luft roch nach Schnee.

»Wir nehmen uns ein Taxi«, verkündete Ernest Mittle und zog seine Handschuhe an.

»Oh, das ist nicht notwendig«, sagte sie. »Ich kann mit dem Bus fahren. Auf der anderen Straßenseite ist eine Haltestelle.

»Wo wohnen Sie, Zoe?«

Sie zögerte einen Moment. Dann: »East 39th Street. Nahe beim Lexington Boulevard.«

»Aber von der Bushaltestelle aus müssen Sie laufen. Allein. Das gefällt mir nicht. Schauen Sie, es handelt sich nur um zehn kurze Blocks. Warum gehen wir nicht zu Fuß? Es ist noch früh, und die Straßen sind noch voller Leute.«

»Das müssen Sie nicht tun. Ich werde einfach ...«

»Kommen Sie«, sagte er überschwenglich und ergriff ihren Arm. »In Minnesota und Wisconsin ist heute ein milder Frühlingsabend!«

Also marschierten sie los.

»Als ich nach New York kam, hat mich so was furchtbar aufgeregt«, sagte Ernest. »Am Anfang. Aber mit der Zeit bemerkt man es kaum noch. Sie wissen ja, was die New Yorker sagen: ›Misch dich nicht in Dinge, die dich nichts angehen.‹«

»Ich weiß«, sagte sie. »Trotzdem ...«

»Zoe, ich habe den ganzen Abend nur über mich selber gefaselt, aber Sie haben kein einziges Wort über sich gesagt. Arbeiten Sie?«

»Oh ja. In der Sicherheitsabteilung des Hotels Granger.«

»Das klingt interessant«, sagte er höflich.

»Nicht wirklich«, sagte sie, und dann, vielleicht war es der Wein und der Brandy, jedenfalls begann sie von sich zu erzählen, sie, die sonst immer so verschlossen war.

Sie erzählte Ernest, daß sie drei Jahre lang verheiratet gewesen und jetzt geschieden war. Sie erzählte ihm, daß sie zur Zeit allein lebte, und bereute die Worte im gleichen Augenblick. Eine geschiedene Frau, die allein lebte; sie wußte, wie Männer darauf reagierten.

Sie erzählte, daß sie ein sehr ruhiges Leben führte, eine Menge las und dabei den Fernseher einschaltete. Sie gab zu, daß New York ihr von Zeit zu Zeit Angst einjagte. Es war so groß, so schmutzig und laut, so teilnahmslos. Aber sie hatte auch nicht die geringste Lust, je in den mittleren Westen zurückzukehren.

»Ich weiß, was Sie meinen«, sagte er. »Es ist so schlimm, wie man es sich nur vorstellen kann, aber es ist auch – es ist aufregend. Erregend und faszinierend. In Trempealeau passiert eben nicht viel Unvorhergesehenes.«

»Oder in Winona«, sagte Zoe. »Ich glaube, es ist eine Art Haßliebe. Was ich für New York empfinde, meine ich.«

»Haßliebe«, sagte er nachdenklich. »Ja, das ist sehr richtig.«

Sie bogen in ihre Straße, und sie begann sich Sorgen zu machen. Würde er einen Gutenachtkuß verlangen? Würde er darauf bestehen, sie bis zur Tür ihrer Wohnung zu begleiten? Würde er plötzlich häßlich und zudringlich werden?

Aber als sie vor dem Hauseingang ankamen, blieb er stehen, streifte einen Handschuh ab und hielt ihr eine blasse Hand entgegen.

»Danke, Zoe«, sagte er mit einem Lächeln. »Es war ein schöner Abend. Ich habe ihn wirklich genossen.«

»Ich danke Ihnen«, sagte sie überrascht und schüttelte seine weiche Hand. »Das Essen war wunderbar.«

»Könnten wir es vielleicht irgendwann einmal wiederholen?« fragte er eifrig. »Darf ich Sie anrufen?«

»Natürlich«, sagte sie. »Ich würde mich freuen. Meine Nummer steht im Telefonbuch.«

»Ich werde Sie anrufen«, gelobte er, und sie hoffte, daß er die Wahrheit sagte.

Sie hielt am Briefkasten, um ihre Post herauszuholen, darunter, Gott sei Dank, der Unterhaltsscheck. Am Aufzug drehte sie sich um und warf einen Blick zurück zum Bürgersteig. Ernest Mittle stand noch da. Er winkte. Sie winkte zurück, fühlte sich aber dennoch nicht sicher, bis sie oben in ihrem Appartement war, die Tür verriegelt und verschlossen und die Kette vorgelegt hatte.

Sie drehte alle Lichter an und ging vorsichtig durch die Räume, spähte in Schränke und unter das Bett.

Sie überprüfte noch einmal, ob die Jalousien auch wirklich fest geschlossen waren. Sie war überzeugt, daß im Haus gegenüber ein Mann mit einem Fernglas in einem dunklen Raum stand und sie beobachtete. Sie hatte ihn nie wirklich gesehen, aber seine Jalousien waren immer hochgezogen, und gelegentlich hatte sie etwas Weißes aufblitzen sehen und Schatten, die sich bewegten.

Dann ging sie ohne Umwege in die Küche und schluckte eine Vitamin-C-Pille, eine Vitamin-B-Kapsel und eine Magnesiumtablette. Die Krämpfe waren heftiger und heftiger geworden, und sie wollte eine starke Schmerztablette nehmen. Aber als sie daran dachte, was noch vor ihr lag, gab sie sich mit einer Midol und zwei Anazin zufrieden.

Dr. Stark konnte ihre monatlichen Krämpfe nicht begreifen. Sie nahm die Pille, und das eliminierte oder linderte solche Symptome normalerweise. Selbst eine umfassende Untersuchung hatte keine physische Ursache enthüllt, und Stark war zu dem Schluß gekommen, daß die Krämpfe eine psychologische Ursache haben könnten.

Zoe hatte diese Diagnose indigniert zurückgewiesen.

Er hatte sie sonderbar angesehen.

»Es ist Ihre Entscheidung«, hatte er schließlich gesagt.

Sie begann, Wasser in die Badewanne laufen zu lassen und ging dann ins Schlafzimmer, um sich auszuziehen. Als sie nackt war, betastete sie zärtlich ihre Brüste. Am Morgen waren sie weich gewesen, fast schlaff; jetzt wirkten sie größer, härter, die Warzen halb erigiert. Aber wenigstens fühlte sie keine Knoten, und auch ihre Knöchel wirkten nicht geschwollen.

Sie gab ein paar Spritzer parfümiertes Badeöl in das Wasser, das so heiß war, wie sie es eben noch ertragen konnte, und ließ sich hineingleiten. Sie schloß die Augen; die Krämpfe schienen schwächer zu werden.

Nach einer Weile stand sie auf und begann sich mit einer duftenden Seife einzureiben, die sie in einer Apotheke an der Madison Avenue gekauft hatte. Sie unterzog sich einer sorgfältigen Säuberung, von den Ohren über Scham und Gesäß bis hinunter zu den Zehen.

Sie verzichtete darauf zu masturbieren. Sie ließ das Wasser abfließen.

Sie kehrte ins Schlafzimmer zurück, stellte das Radio auf dem Nachttisch an und suchte eine Station, die Hard Rock brachte. Dann saß sie auf dem Bettrand, lauschte der aufstachelnden Musik und malte sich Zehen- und Fingernägel mit glänzendem zinnoberrotem Lack an. Anschließend ging sie im Raum auf und ab, wedelte mit den Händen in der Luft herum und bewegte ihren Körper im Takt der Musik.

Sorgfältig darauf bedacht, die Nägel nicht zu verschmieren, öffnete sie die unterste Schublade ihrer Kommode und hob ganze Stapel biederer Unterwäsche und erdfarbener Strumpfhosen heraus. Ganz hinten in der Lade lagen ihre Schätze versteckt.

Sie entschied sich für ein kurzes Leibchen und einen knapp sitzenden Bikini aus durchsichtigem schwarzem Nylon mit kleinen applizierten Blättern, die den Blick auf Brustwarzen und Scham verwehrten. Zoe betupfte die Haut hinter ihren Ohren, die Achseln und die Innenseite der Schenkel mit *Aphrodisia*.

Ganz hinten im Schlafzimmerschrank hinter den praktischen Alltagskleidern hing ihre geheime Garderobe. Fünf Kleider, alle teuer, alle neu.

Sie entschied sich für ein enges Kleid aus schwarzem Crêpe de Chine. Als der Reißverschluß an der Seite hochgezogen war, saß der Stoff wie aufgemalt. Eine zweite Haut. Der tiefe Ausschnitt enthüllte die Schwellung ihrer straffen Brüste. Ihre schlanke Taille und die Linie ihrer Hüften wurden betont; hinten spannte ihr straffes Gesäß den Stoff.

Dann zog sie die langen schwarzen Seidenstrümpfe mit deutlich sichtbaren Nähten hoch und machte sie an den mit Rosetten verzierten Strumpfhaltern fest. Sie trug Abendsandalen aus dünnen Lederriemen mit fünf Zentimeter hohen Bleistiftabsätzen, den dünnsten, auf denen sie sich bewegen konnte. Sie legte keinen Schmuck an, aber an ihrem linken Handgelenk befestigte sie eine feingearbeitete Kette, auf der in goldenen Buchstaben stand: WARUM NICHT?

Sie kämmte sich rasch ihr kurzes braunes Haar, ehe sie zu einem Schrank im Wohnzimmer ging, in dem sich ganz hinten ihr Trenchcoat und eine große Schultertasche aus Leder befanden. In der Tasche bewahrte sie eine in Seidenpapier gehüllte Nylonperücke und ein Schminkkästchen auf.

Einige Sekunden verwandte sie darauf, den Inhalt ihrer Alltagstasche in die Ledertasche umzufüllen: Zigaretten, Streichhölzer, Schlüssel, Münzen, die Brieftasche mit etwas mehr als vierzig Dollar darin, die kleine Dose mit Mace und das Schweizer Armeetaschenmesser. Bevor sie die Brieftasche verstaute, nahm sie alle Papiere heraus und legte sie auf das oberste Brett im Wohnzimmerschrank.

Dann schlüpfte sie in den Trenchcoat und knöpfte ihn bis zum Hals zu. Sie schlang einen lockeren Knoten in den Gürtel, so daß der Mantel lose an ihr herunterhing. Schließlich warf sie die Ledertasche über die Schulter und brach auf, wobei sie alle Lichter in der Wohnung brennen ließ.

Baden und Anziehen hatten fast eine Stunde gedauert. Während dieser ganzen Zeit hatte sie nicht einmal in den Spiegel geblickt.

Der Nachtportier saß hinter seinem Schreibtisch und tippte an seine Mütze, als sie vorbeimarschierte. Sie mußte fast fünf Minuten auf ein Taxi warten, das in die Innenstadt fuhr. Sie bat den Fahrer, sie zur Ecke Central Park West und 72nd Street zu bringen.

»Zum Dakota?« fragte er.

»Die Ecke, ja«, sagte sie schroff. »Das ist nah genug.«

»Wie Sie wollen, Lady«, sagte der Fahrer und fuhr fortan schweigend, wofür sie ihm dankbar war.

Als er sie an der gewünschten Stelle absetzte, gab sie ihm ein großzügiges Trinkgeld. Sie blieb an der windigen Ecke stehen, zündete sich langsam eine Zigarette an und rührte sich nicht von der Stelle, bis das Taxi weiterfuhr und sie seine Rücklichter in westlicher Richtung die 72nd Street hinunter verschwinden sah.

Dann wandte auch sie sich nach Westen. Menschen begegneten ihr, aber sie hob nicht ein einziges Mal den Blick. Sie lehnte sich gegen den Wind und umklammerte den Riemen ihrer Schultertasche mit beiden Fäusten. Es hatte inzwischen leicht zu schneien begonnen. Aber sie fror nicht. Sie glühte.

Das Filmore war ein Wohnhotel. Im Erdgeschoß, direkt an der Straße, befand sich ein Restaurant, das ziemlich düster war, aber in der hellerleuchteten Bar nebenan hielten sich mehrere Kunden auf, von denen die meisten in den Fernsehapparat starrten, der mit Ketten an der Decke befestigt war.

Zoe Kohler war schon einmal hier gewesen. Es entsprach genau dem, was sie brauchte. Der Ort war für ihr Vorhaben ideal.

Sie setzte sich in ihrem Trenchcoat an die Bar und legte die Tasche in ihren Schoß. Sie bestellte ein Glas Weißwein und trank es schnell. Sehr ruhig. Sie achtete darauf, keinen der Männer anzublicken. Der Barkeeper war nicht derselbe wie bei ihrem letzten Besuch.

»Wo ist die Damentoilette, bitte?« erkundigte sie sich, genau wie beim letzten Mal.

»Da hinten, beim Hoteleingang«, sagte er und deutete in die Richtung, aus der sie gekommen war. »Sie gehen die Treppe hinauf und durch das Foyer. Die Toiletten liegen rechter Hand.«

»Danke«, sagte sie, bezahlte den Wein und ließ ein Trinkgeld liegen. Nicht zu hoch und nicht zu niedrig. Er würde sich nicht an sie erinnern.

Der Waschraum war weiß gekachelt, die Waschbecken wiesen Flecken und Sprünge auf. Der Geruch nach Desinfektonsmitteln brannte in der Nase. Vor einem der Becken stand eine Frau mittleren Alters und betrachtete sich in einem schlierigen Spiegel, wobei sie den Kopf einmal nach rechts und dann nach links drehte. Als Zoe eintrat, wandte sie sich um.

»Hallo, Schätzchen«, sagte sie mit einem strahlenden Lächeln.

Zoe nickte, ging die Reihe der fünf Toilettenkabinen ab und spähte dabei unter die Türen. Sie schienen alle frei zu sein. Sie betrat die letzte Kabine, schloß die Tür und verriegelte sie. Geduldig wartete sie zwei oder drei Minuten lang, bis sie die Außentür auf- und zugehen hörte.

Dann trat sie vorsichtig hinaus. Die Toilette schien jetzt leer zu sein, aber um ganz sicher zu gehen, öffnete sie die Türen aller anderen Kabinen und blickte hinein. Dann trat sie an eins der

Waschbecken und begann rasch mit der Arbeit. Jetzt endlich blickte sie ihr Spiegelbild an.

Sie holte die Perücke aus ihrer Schultertasche, schüttelte sie aus und setzte sie auf. Das Nylon war schwarz und glänzend. Federnde Löckchen wippten über ihren Augenbrauen, während das künstliche Haar hinten in schweren, dicken Wellen fast bis auf die Schultern fiel. Sie rückte die Perücke zurecht und drehte den Kopf dabei nach rechts und links, genau wie es die andere Frau vorher getan hatte.

Zufrieden begann sie sich zu schminken. Sie tönte die Brauen dunkler, trug Wimperntusche auf und silberblauen Lidschatten. Puder und Rouge für die Wangen und tiefes Karmesinrot mit feuchtem Glanz für die Lippen.

Sie arbeitete schnell. Selbst in dem halbblinden Spiegel wirkte sie jetzt sprühend und vital. Sie war plötzlich eine warme, sinnliche Frau, für jedes Vergnügen zu haben. Funkelnde Augen blickten herausfordernd und verheißend.

Sie öffnete ihren Mantel, um das Kleid an den Hüften glattzustreichen, wobei sie sich leicht hin- und herwand, um sicherzugehen, daß es ohne Falten saß. Sie zupfte den Ausschnitt zurecht, atmete tief ein und betrachtete ihre Zähne im Spiegel.

Schließlich warf sie sich den Trenchcoat um, zog den Gürtel fest, ohne den Mantel zuzuknöpfen, und klappte den Kragen im Nacken hoch. Ihr Hals und der Ansatz ihres Busens waren noch deutlich zu sehen.

Durch das Hotelfoyer ging sie zum Ausgang. Die Ledertasche baumelte von ihrer Schulter. Die Männer im Foyer starrten sie an. Die Männer, die draußen auf dem Bürgersteig vorbeigingen, starrten sie an. Sie zündete sich eine Zigarette an und rauchte mit theatralischen Bewegungen.

Eine Melodie summend, wartete sie unter der Markise auf ein Taxi.

Das Pierce, Manhattans neuestes Hotel, nahm zwischen der 56th Street und 57th Street einen ganzen Block an der Sixth Avenue ein. Es verfügte über 1200 Zimmer, mehrere Suiten, Penthouses, Bankettsäle, Konferenzräume, einen riesigen Versammlungssaal und einen Nightclub auf dem Dach.

Unter dem Foyer im Erdgeschoß lagen die drei Speisesäle, eine Snackbar, eine Cafeteria, ein halbes Dutzend Geschenkläden und Boutiquen, Reisebüros und Bekleidungsgeschäfte, vier Cocktail Lounges, ein Buchladen und das Büro eines Börsenmaklers. »Sie können Ihr ganzes Leben im Pierce verbringen«, prahlte die Werbung.

Zoe Kohler hatte das Pierce ausgewählt, weil sie wußte, daß es zur Zeit die Gäste von drei verschiedenen Tagungen beherbergte; die Cocktail Lounges unter dem Foyer waren mit Sicherheit überfüllt. Sie entschied sich für das El Khatar, eine Bar im maurischen Stil.

Sie blieb einen Moment im Eingang stehen und blickte sich einfach nur um, als sei sie mit jemand verabredet. Als die Garderobiere auf sie zutrat, reichte sie ihr ihren Trenchcoat und ging langsam zur Bar, wobei sie immer noch die Rolle einer Dame spielte, die auf ihren Begleiter wartet.

Die Bar war überfüllt: Singles, Paare, kleine Gruppen. Ein paar Frauen hatten einen Sitzplatz ergattert, aber die Männer standen in Zweier- und Dreierreihen dahinter. Der Raum war schrecklich überheizt, verräuchert und von einem ekelerregenden Geruch nach billigem Weihrauch erfüllt. Kreischende Gespräche. Explodierendes Gelächter. Der blecherne Klang arabischer Flötenmusik. Zoe fragte sich, wie lange sie es in diesem lärmenden Sumpf wohl aushalten würde.

Einen Augenblick lang blieb sie neben der Bar stehen, das Kinn vorgestreckt, den Rücken durchgedrückt.

Ein rotgesichtiger Mann mit zerzaustem Haar und verrutschter Krawatte trat plötzlich zurück und versetzte Zoe einen heftigen Stoß.

»Hoppla!« sagte er und griff nach ihrem Arm, um sie festzuhalten. »Entschuldigung, Lady. Hat's weh getan?«

»Nein, nein«, sagte sie, lächelte ihn kläglich an und rieb sich den Arm. »Ist schon gut.«

»Ganz und gar nicht«, protestierte er. »Tut mir verdammt leid. Darf ich Ihnen einen Drink spendieren? Verzeihen Sie mir dann?«

»Danke«, sagte sie, immer noch lächelnd, »aber ich zahle selber. Wenn Sie mir ein Glas Weißwein bestellen würden, wäre mir schon sehr geholfen. Ich komme einfach nicht bis zur Bar durch.«

Sie kramte in ihrer Tasche herum, aber er rief mit großer Geste: »Ihr Geld ist hier nichts wert, Süße. Ihr Drink geht auf Kosten des Hauses – meines Hauses!«

Er und sein Freund hielten diese Bemerkung für ein ausgesprochen witziges Bonmot. Sie prusteten vor Lachen und beugten sich über ihre Gläser. Ein paar Minuten später hatte Zoe ihr Glas Weißwein.

»Kommen Sie, leisten Sie uns Gesellschaft«, drängte der rotgesichtige Mann. »Ich und mein Kumpel hier haben uns schon den ganzen Abend gegenseitig gelangweilt. Er ist total sexbesessen, aber ich werde Sie vor ihm beschützen!«

Ein neuer Ausbruch brüllenden Gelächters.

»Hört sich nach einer Menge Spaß an«, sagte Zoe, »aber ich warte auf meinen Freund. Vielleicht ein anderes Mal.«

»Jederzeit«, sagte der Kumpel und beteiligte sich zum erstenmal an dem Gespräch. Seine lüsternen Augen wanderten langsam ihren Körper hinunter bis zu den Abendsandalen und wieder hinauf. »Sie sagen wann, und ich bin da, das verspreche ich Ihnen in die Hand.«

Die beiden lachten noch immer, als sie sich abwandte. Sie wollte keine zwei Männer, sie wollte einen.

Während sie sich noch umsah, bemerkte sie eine Frau, die ihren Sitzplatz verlassen wollte. Ihr Begleiter hatte gerade seine Rechnung erhalten und zählte Geld auf die Theke.

Zoe schaffte es, den Hocker zu erobern, eine Sekunde, nachdem die andere Frau heruntergerutscht war.

»Hab ihn dir warmgehalten, Schätzchen«, sagte die Blondine. Dann betrachtete sie Zoe genauer und fügte hinzu: »Viel Glück!«

»Ja«, sagte Zoe. »Danke.« Und wandte sich rasch in die andere Richtung.

Zu ihrer Rechten hatte sich eine Gruppe von fünf Männern in eine heftige Debatte über Profifootball vertieft. Zu ihrer Linken saß ein Mann allein, und er war es, der sie interessierte. Er starrte vor sich hin, über einen Martini mit Eis gebeugt.

»Entschuldigen Sie«, sagte Zoe und lehnte sich zu ihm hinüber. »Können Sie mir bitte sagen, wie spät es ist?«

Er drehte langsam den Kopf, um sie anzuschauen; dann blickte er auf seine goldene Armbanduhr.

»Beinahe viertel nach elf«, antwortete er.

»Danke schön«, sagte sie und rutschte halb auf ihrem Hocker herum, wobei sie so tat, als suchte sie besorgt den Raum ab. Ihre Knie streiften den fetten Oberschenkel des Mannes.

»Was ist los?« fragte der Mann. »Hat er Sie versetzt?«

Sie setzte sich wieder richtig hin und blickte ihm in die Augen. »Woher wissen Sie, daß es ein Mann ist? Vielleicht warte ich auf meine Freundin.«

»Unter Garantie nicht«, sagte er und ließ seine Augen über ihren Busen gleiten. »Bei einer so schönen Frau muß es sich um einen Mann handeln. Und er ist ein Idiot, daß er sich verspätet.«

»Nun«, meinte sie und kicherte, »um die Wahrheit zu sagen, ich habe mich verspätet – ungefähr um eine Stunde!«

Fünf Minuten später hatte er die erste gemeinsame Runde bestellt, und sie wußten alles voneinander – alles, was sie wissen wollten.

Sein Name war Fred, und er hielt sich in New York zu einer Tagung im Pierce auf. Er stammte aus Akron, Ohio, und konnte es gar nicht erwarten, wieder dorthin zurückzukehren. Zoe schätzte ihn auf Anfang fünfzig.

Sie war Irene und stammte eigentlich aus Minneapolis. Sie war nach New York gekommen, um als Modell oder Schauspielerin Karriere zu machen. Aber jetzt war sie Assistentin eines unabhängigen Fernsehproduzenten, der Werbefilme und Bildungsprogramme herstellte.

Sie waren herumgerutscht, so daß sie mit den Gesichtern zueinander saßen. Ihre Knie berührten sich.

»Warum sitzen Sie hier so allein?« fragte Zoe. »Und das bei einer Tagung? Warum sind Sie nicht mit dem Rest der Mannschaft unterwegs und nehmen die Stadt auseinander?«

»Oh, das war ich schon«, sagte er. »Vorhin. Aber dann ist die Stimmung etwas komisch geworden. Die anderen wollten nach Greenwich und sich die Freaks anschauen. Nicht gerade meine Vorstellung von einem Abend in der Stadt. Also habe ich mich abgeseilt.«

»Und was stellen Sie sich unter einem Abend in der Stadt vor?« fragte sie herausfordernd, aber als sie das ängstliche Flackern in seinen Augen sah, fragte sie sich, ob sie zu schnell vorging.

»Ach«, sagte er und blickte zu Boden, »wissen Sie ..., nur einen Schlummertrunk und dann nach oben in mein Zimmer und etwas fernsehen. Ich bin eher ein ruhiger Bursche.«

»Sagen Sie«, neckte Zoe. »Ihr stillen Wasser seid die Schlimmsten. Wenn ihr erstmal in Fahrt kommt, ist die Hölle los.«

Er lachte mit stolzgeschwellter Brust. »Nun ... vielleicht. Ich schätze, ich habe mir die Hörner schon ganz schön abgestoßen.« Sein gerötetes Gesicht war plump, der Hals fett, der Oberkörper schwabbelig. Er trug goldene Manschettenknöpfe, eine Krawattennadel mit einer Perle und einen klobigen Ring mit einem viereckigen Diamanten darin. Er war nicht wirklich betrunken, aber auf dem besten Weg, es zu werden, schon ein wenig benebelt und um deutliche Aussprache bemüht.

Er bestellte eine weitere Runde. Sie griff nach ihrem Wein, und er packte ihr Handgelenk und drehte die Kette herum, damit er die Worte lesen konnte: WARUM NICHT?

Er blickte auf und starrte sie an.

»Warum nicht?« sagte er heiser.

Sie neigte sich ihm zu, ihre kühle Wange gegen seinen heißen, verschwitzten Unterkiefer, und flüsterte ihm ins Ohr: »Ich habe ja gesagt, wenn ihr stillen Wasser mal in Fahrt kommt ... Wollen wir nicht in Ihr Zimmer gehen und da eine kleine Party feiern?«

Er nickte dumpf.

Sie leerten ihre Gläser. Er förderte eine dicke Brieftasche zutage und zahlte. Sie bahnten sich ihren Weg durch das Gedränge. Sie gab ihm ihren Garderobenzettel, und er löste ihren Trenchcoat aus.

»Mein Zimmer ist im dreißigsten Stock«, sagte er.

»Gleich bei den Wolken«, flüsterte sie.

»Haargenau, Püppchen«, sagte er, stolperte und griff nach ihrem Arm, um sich festzuhalten. »Gleich bei den Vögelchen und den Wolken.«

»Wohnen Sie dort allein?« fragte sie mit sanfter Stimme. »Oder haben Sie einen Zimmergenossen?«

»Wir haben das ganze Zimmer für uns allein«, murmelte er.

Sie mußten sich in einen mit betrunkenen Tagungsteilnehmern vollgepackten Lift zwängen. Auf dem dreißigsten Stockwerk stieg noch ein weiteres Paar aus, entfernte sich auf dem langen Korridor, aber in die entgegengesetzte Richtung. Fred führte sie um eine Ecke zu Zimmer 3015.

Vor der Tür hielt er sie fest. »Schauen Sie sich diese Tür an, Irene«, verlangte er. »Schauen Sie sie genau an, und sagen Sie mir, was Sie sehen – oder besser, was Sie nicht sehen.«

Sie wußte auf der Stelle, worauf er hinauswollte – sie hatte in der Hotelfachzeitschrift darüber gelesen –, konnte aber seinen Moment des Triumphes nicht zerstören.

»Sieht wie eine ganz normale Tür aus«, sagte sie mit einem Schulterzucken.

»Kein Schlüsselloch!« rief er. »Nur das hier...«

Er deutete auf einen schmalen, metallgerahmten Schlitz gleich unter dem Türknopf. Dann holte er ein weißes Plastikkärtchen aus der Jackettasche. Es war nicht größer als eine Kreditkarte.

»Magnetisch«, erklärte er Zoe. »Der aufgedruckte Code befindet sich zwischen zwei Hartplastikstücken. Man kann ihn nicht sehen, und deshalb kann ihn Ihr Freund, der Schlosser nebenan, auch nicht nachmachen. Noch nicht.«

»Das ist ja großartig«, sagte sie.

»Maximale Sicherheit«, sagte er. »Praktisch der Todesstoß für jeden Einbrecher. Wer kann schon ein Schloß knacken, das nicht zu sehen ist?«

Er fummelte ein wenig herum, dann brachte er die Plastikkarte in den Schlitz.

»Willkommen in meinem Schloß«, sagte er.

»Machen Sie's sich bequem. Ich muß mal für kleine Königstiger.«

Er verschwand im Badezimmer und schloß die Tür hinter sich.

Zoe bewegte sich langsam und vorsichtig. Sie zog ihren Mantel aus und setzte sich in einen hochlehnigen Sessel. Sie berührte nichts mit den Händen.

Sie hörte die Toilettenspülung. Einen Moment später kehrte Fred aus dem Badezimmer zurück.

»Tja«, sagte er herzlich, »dann wollen wir mal. Wie wär's mit einem Schuß vom besten Brandy der Welt? Er begleitet mich auf jeder Reise.«

»Wissen Sie, was man über Alkohol sagt?« meinte Zoe schelmisch. »Er verstärkt die Begierde, aber er vermindert die Leistung.«

»Alles Quatsch«, sagte er. »Sie werden keinen Grund zur Klage haben, kleine Lady.«

»Nun . . ., vielleicht ein Schlückchen.«

»Braves Mädchen. Das sorgt für Tinte im Füller – wenn Sie einen Füller hätten!«

Beide brachen in prustendes Gelächter aus. Sie sah ihm zu, wie er eine Halbliterflasche aus der obersten Kommodenschublade holte.

Als er ihr den Drink brachte, war sie damit beschäftigt, in einem Taschenspiegel den Sitz ihrer Perücke zu überprüfen. Daher stellte er das Glas auf einen Beistelltisch neben ihrem Sessel. Dann setzte er sich auf den Bettrand. Er blickte sie an.

»Sagen Sie, würde es Ihnen etwas ausmachen, wenn ich eine Zigarre rauche?« fragte er.

»Natürlich nicht, Liebling«, sagte sie. »Ich liebe den Geruch einer guten Zigarre geradezu.«

»Sind Sie ganz sicher, Baby?« fragte er zweifelnd. »Meine Frau mag ihn nämlich nicht.«

»Ich schon«, sagte sie. »Rauchen Sie ruhig.«

Also streifte er die Cellophanhülle von einer Zigarre, zündete sie an und begann zufrieden vor sich hinzupaffen. Dann holte er die Kissen unter der Bettdecke hervor und lehnte sie gegen das Kopfende. Er zog Jackett, Weste und Schuhe aus. Er lockerte seine Krawatte und öffnete den obersten Hemdknopf. Der fleischige Hals quoll rot aus dem gestreiften Kragen.

Schließlich lehnte er sich zurück gegen die Kissen, die Füße auf dem Bett. In der einen Hand hielt er seine Zigarre, in der anderen den Brandy.

»Junge, Junge, Junge«, seufzte er. »Das ist das wahre Leben. Daddy hat mir erzählt, daß es Nächte wie diese gibt, aber er hat mir nie gesagt, daß sie so selten sind. He, Süße, warum machst du es dir nicht etwas bequemer.«

»Ich dachte schon, du würdest nie fragen«, sagte sie und kicherte.

Sie stand auf und bewegte sich auf das Bett zu. Sie hielt seine Augen in ihrem Blick gefangen, aber als sie anfing, langsam den Reißverschluß an der Seite ihres Kleids hinunterzuziehen, folgte sein Blick der Bewegung. Brandy und Zigarre waren plötzlich in Vergessenheit geraten.

Sie streifte sich das Kleid über den Kopf, wobei sie darauf achtete, daß ihre Perücke nicht verrutschte. Sie lächelte über seinen Gesichtsausdruck, drehte sich um und ging mit übertrieben wippenden Bewegungen durch den Raum. Sie legte das Kleid zusammengefaltet auf ihren Trenchcoat.

Sie drehte sich wieder um und blickte ihn an, die Hüften vorgeschoben, die Hände an die Taille geschmiegt. Sie zog ihren Bauch ein und wölbte den Busen vor. Dann drehte sie den Kopf zur Seite.

»Gefällt dir, was du siehst?« fragte sie kokett.

»*Wow*«, sagte er schwach. »Junge, bist du eine Wucht! Der alte Fred hat heute nacht wirklich ins Schwarze getroffen. Komm her.«

Sie stand neben dem Bett. Er stellte seinen Brandy auf den Nachttisch. Er befühlte den Streifen weicher weißer Haut zwischen Slip und Strumpfsaum. Sie glitt vor und zurück, ließ sich von ihm streicheln.

»Du machst mich verrückt«, sagte sie kehlig.

Sie beugte sich über das Bett, berührte mit ihrem Gesicht fast das seine. Er streckte die Hand aus, um ihre Perücke zu berühren. Sie wich zurück.

»Warum ziehst du nicht all diese Kleider aus?« fragte sie flüsternd. »Ich muß mal Pipi machen, und dann komme ich zurück zu dir. Ich tue alles, was du willst. Und ich meine *alles*.«

Er gab ein Grunzen von sich und griff nach ihr. Aber sie lachte und wich weiter zurück. Sie hob ihre Schultertasche auf, ging zur Badezimmertür, drehte sich um. Er starrte sie an. Sie drohte ihm scherzhaft mit dem Finger und verschwand im Badezimmer.

Sie verriegelte die Tür und begann rasch mit der Arbeit. Sie zog Sandalen, Strumpfhalter, Strümpfe und Unterwäsche aus. Um die Spülung zu betätigen, riß sie vorher zwei Blätter Toilettenpapier ab und legte sie auf den Hebel. Hinterher warf sie sie in das sprudelnde Wasser.

Sie öffnete ihre Handtasche und traf die notwendigen Vorbereitungen. Dann wartete sie und starrte dabei ihr Bild im Spiegel an. Nach einer Weile erkannte sie sich.

Sie blieb im Badezimmer, bis sie ihn rufen hörte: »Irene? Wo bleibst du so lange?«

Sie entriegelte die Tür, öffnete sie einen Spalt und spähte hinaus.

Er hatte die Deckenbeleuchtung ausgeschaltet und die Nachttischlampe angeknipst. Er hatte sich zurückgelehnt und das Laken bis zur Hüfte hochgezogen. Sein nackter Oberkörper war behaart und aufgedunsen. Seine plumpen Brüste warfen mandelförmige Schatten. Er rauchte seine Zigarre.

Sie drapierte eins der Badehandtücher des Hotels über ihren rechten Unterarm und die Hand. Dann schaltete sie die Badezimmerbeleuchtung aus.

»Ob du bereit bist oder nicht«, sagte sie, »ich komme«.

Er starrte ihren nackten Körper an, der sich im Kegel des Lampenlichts bewegte.

»Oh, mein Gott«, entfuhr es ihm. Er atmete heftig.

Sie ging um das Bett herum auf die andere Seite, weg von Nachttisch und Lampe. Sie beugte sich über ihn, ein zärtliches Lächeln im Gesicht.

Er drehte sich zum Aschenbecher, um seine Zigarre auszudrücken. Sie ließ ihren Arm sinken. Das Handtuch fiel herab.

Sie hielt das Schweizer Armeemesser wie einen Dolch, und sie stieß die große Klinge in die linke Seite seines Halses und riß sie auf sich zu.

Er gab ein Geräusch von sich, ein Gurgeln, und sein schwerer Körper zuckte konvulsivisch in die Höhe. Blut spritzte aus der Wunde, es war wie ein rötlicher Nebel, von dem das Bett langsam durchtränkt wurde.

Zoe Kohler riß ihm das Laken vom Körper, legte seinen schwammigen Unterleib bloß, die mit hervortretenden Adern überzogenen Beine, sein schlaffes Glied und die Hoden in ihrem Nest aus graubraunen Schamhaaren.

Mit blutiger, schlüpfriger Hand trieb sie die Messerklinge immer und immer wieder in seine Genitalien. Ihr Gesicht zeigte keinen Triumph, keine Wollust. Sie arbeitete intensiv und geschäftsmäßig. Bei jedem Stich sagte sie: »Da. Da.«

2

Der ehemalige Chief of Detectives Edward X. Delaney hatte zwei Methoden, Sandwiches zu essen.

Die, welche unter die Kategorie »trockene« Sandwiches fielen – wie etwa Roastbeef auf Weißbrot oder, was er als Anti-Apartheid-Sandwich bezeichnete, Schinken auf Schwarzbrot – wurden am Küchentisch verzehrt. Als Unterlage diente der Wirtschaftsteil der *New York Times* vom Vortag.

Nach Beendigung des Mahls wurden Krümel und Zeitung zusammengeknüllt und in den Mülleimer unter der Spüle geworfen.

»Nasse« Sandwiches – wie zum Beispiel Kartoffelsalat und Pastrami auf Roggenbrötchen mit scharfem Englischen Senf oder Sardinen mit Tomatenscheiben und Zwiebeln sowie Mayonnaise – wurden über die Spüle gebeugt gegessen. Anschließend drehte Delaney das heiße Wasser an und wartete, bis die herabgetropfte Sauce verschwunden war.

Beide Methoden waren Monica Delaney, der Frau des Chiefs, verhaßt. Sie wurde nicht müde in ihren Bemühungen, ihn dazu zu bringen, sich zivilisiertere Eßgewohnheiten zuzulegen.

Delaney versuchte immer wieder, ihr so geduldig wie möglich zu erklären, daß er schließlich dreißig Jahre seines Lebens im New York Police Department verbracht hatte. Er war süchtig nach Sandwiches geworden, weil während der langen, harten Arbeitsstunden Sandwiches das einzige verfügbare Nahrungsmittel waren.

»Aber du bist jetzt pensioniert!« rief sie dann, worauf er hoheitsvoll zu erwidern pflegte: »Gewohnheiten sind Gewohnheiten.«

Tatsächlich liebte er Sandwiches. Er träumte davon, eines Tages ein kleines Bändchen mit dem Titel »Chief Delaney's Sandwich Book« zu verfassen. Wer war dazu mehr berechtigt als er? Wer, wenn nicht er, hatte die gloriose Idee gehabt, kaltes Schweinefleisch mit dünn geschnittenem weißem Rettich auf Pumpernickel zu probieren?

Am Abend des 19. März bereitete Monica Delaney mit der Hilfe von Mrs. Rebecca Boone, der Frau von Detective Sergeant Abner Boone, ein Büffet für vierzehn Mitglieder ihrer Frauengruppe vor.

Das Dinner wurde von dem Vortrag einer Psychologin mit anschließender Diskussion und gemütlichem Beisammensein begleitet.

»Wir haben heute Avocado- und Hüttenkäsesalat«, verkündete Monica mit fester Stimme. »Kopfsalat, Tomaten, Gurken und grüne Pfefferschoten. Da hast du wirklich Auswahl genug. Und wenn dir das nicht schmeckt, stehen draußen noch die Reste des kalten Hühnchens von gestern.«

»Mach dir um mich kein Sorgen«, beruhigte sie Delaney. »Ich habe gestern so viel gegessen, daß ich heute höchstens noch eine Kleinigkeit zu mir nehme. Ich werde mir einfach ein Sandwich machen und mit einer Flasche Bier in meiner Höhle verschwinden. Ich versichere dir, daß ich nicht verhungern werde.« Er inspizierte den Inhalt des Kühlschranks und stellte aus dem, was vorhanden war, zwei Sandwiches zusammen.

Als Rebecca eintraf und bald danach die Türglocke fast ununterbrochen schellte, bemächtigte sich Edward X. Delaney rasch seiner Sandwiches, ergriff noch eine Flasche dunkles Löwenbräu und hastete aus der Küche. Er zog sich in seine Höhle zurück, wobei er die schwere Tür sorgfältig hinter sich schloß.

Der Schreibtisch in seinem Arbeitszimmer war übersät mit Papieren, Belegen, Briefen, Quittungen und offenen Notizbüchern. In den letzten beiden Wochen hatte Delaney jeden Tag ein paar Stunden an seiner Einkommensteuererklärung gearbeitet, Belege zusammengetragen, Unterlagen herausgesucht.

Er nahm einen Bissen von dem Corned-beef-Sandwich und spülte ihn mit einem Schluck Bier hinunter. Dann ächzte er, setzte seine Lesebrille auf und begann zu arbeiten, taub gegenüber den Geräuschen redender und lachender Frauen in seinem Wohnzimmer. Wenn man so lange wie er in einem vollbesetzten Mannschaftsraum der Detective Division gearbeitet hatte, dann lernte man den Trick, seine Umwelt auszusperren.

Ach, wie ihm die Arbeit fehlte!

Er saß da und brütete, fragte sich nicht zum erstenmal, ob es nicht doch ein Irrtum gewesen war, seinen Posten als Chief of Detectives aufzugeben und um Pensionierung zu bitten. Der Anlaß war damals das ganze politische Hickhack gewesen, das an dem Job hing.

Seine Träumerei wurde von einem schwachen, zögernden Klopfen an der Tür zur Küche unterbrochen.

»Herein«, rief er. Die Tür öffnete sich.

Edward X. Delaney hievte sich aus dem Stuhl, schritt durch den Raum und schüttelte die dargebotene Hand.

»Sergeant«, sagte er mit einem glücklichen Lächeln.

Wenige Minuten später hatte Detective Sergeant Abner Boone in einem rissigen Ledersessel Platz genommen. Delaney schob seinen Drehstuhl hinter dem Schreibtisch hervor, damit er sich mit seinem Besucher unterhalten konnte, ohne daß eine Barriere zwischen ihnen war.

Der Chief hatte eine rasche Expedition in die Küche unternommen, um dem Sergeant einen Kübel mit Eis und eine Flasche Sodawasser zu holen, denn Abner Boone war ehemaliger Alkoholiker, der seit zwei Jahren keinen Tropfen mehr angerührt hatte.

»Ich bin vorbeigekommen, um Rebecca abzuholen«, erklärte Boone, »aber sie essen immer noch. Ich hoffe, ich störe Sie nicht, Sir.«

»Ganz und gar nicht«, sagte der Chief herzlich. Er deutete auf seinen Schreibtisch. »Steuerkram. Ich habe eine ganze Nacht daran gesessen. Aber sag mal, wie kommt ihr mit dem neuen Captain klar?«

Ungefähr fünfzehn Minuten lang fachsimpelten die beiden Männer über die Abteilung, wobei die meisten Neuigkeiten von Boones Seite kamen: wer befördert worden, wer versetzt, wer in den Ruhestand getreten war.

»Sie holen die alten Schnüffler wieder in die Reviere«, erzählte er Delaney. »Die Spezialtrupps waren nicht so gut, wie man sich das vorgestellt hatte.«

»Das habe ich auch gelesen«, sagte der Chief mit einem Nicken. »Aber einige der Leute aus den Sonderabteilungen behalten sie doch, oder?«

»Ein paar. Ich gehöre im Moment selber zu einer größeren Einheit, die von Midtown North aus operiert.«

»Das freut mich für dich«, sagte Delaney warm. »Wie viele Leute hast du zur Verfügung?«

Boone rutschte ungemütlich hin und her. »Naja ..., vor einem Monat hatte ich fünf. Im Augenblick habe ich vierundzwanzig, und morgen früh stößt noch ein Lieutenant dazu.«

Der Chief war überrascht. Er betrachtete Boone neugierig. Der Mann wirkte erschöpft, er hatte fahle Ringe unter den Augen. Sein Körper war in sich zusammengesunken, wie geschrumpft vor Müdigkeit.

Boone war ein großer, dünner Mann mit einem watschelnden Gang und zurückhaltenden Gesten. Er hatte rötlichgelbe Haare und eine bleiche, sommersprossige Haut. Er ging inzwischen wahrscheinlich schon auf die vierzig zu, aber er hatte immer noch diese schüchterne, linkische und etwas bäurische Art, dabei ein Lächeln von jungenhaftem Charme.

Delaney hatte mit ihm im Mordfall Victor Maitland zusammengearbeitet und wußte, was für ein guter Kriminalbeamter er war, wenn er die Finger vom Alkohol ließ. Boone hatte einen langsam, aber klar und analytisch arbeitenden Verstand. Er akzeptierte die Langeweile und die Frustration, die sein Job manchmal mit sich brachte, ohne sich zu beklagen. Und wenn es darauf ankam, Wagemut zu zeigen, dann verwandelte er sich in einen Tiger.

Der Chief musterte ihn intensiv. Er bemerkte ein leichtes Zittern der schlanken Finger. Alkohol konnte es nicht sein, denn Rebecca hatte ihn erst geheiratet, nachdem er geschworen hatte, das Zeug nie wieder anzurühren. Delaney konnte sich nicht vorstellen, daß Boone eine ganz offensichtlich glückliche Ehe aufs Spiel setzen würde.

»Sergeant«, sagte er schließlich, »ich muß es dir sagen: du siehst wie eine aufgewärmte Leiche aus. Was ist los?«

Boone saß vornübergebeugt, die Unterarme auf seinen knochigen Knien.

Er blickte zu Delaney auf.

»Wir haben einen Wiederholungstäter«, sagte er. »Mord.«

Der Chief starrte ihn an.

»Bist du sicher?« fragte er.

Boone nickte.

»Bisher nur zwei«, sagte er, »aber es ist dieselbe Handschrift, ganz zweifellos. Wir haben das bis jetzt noch nicht laut werden lassen, aber es ist nur eine Frage der Zeit, bis irgendein cleverer Reporter zwei und zwei zusammenzählt.«

»Zwei ähnliche Morde?« meinte Delaney zweifelnd. »Könnte ein Zufall sein.«

Der Sergeant seufzte und straffte sich. »Vielleicht sehen wir Gespenster«, gab er zu. »Aber seit dieser ›Son of Sam‹-Geschichte reagiert jeder in der Abteilung supernervös auf beginnende Mordserien. Die ›Son of Sam‹-Sache hätten wir eher durchschauen müssen. Erst die Ballistiker haben uns darauf gebracht. Vielleicht sind wir alle jetzt etwas zu schnell bei der Hand, wenn es darum geht, zwei beziehungslose Morde miteinander in Verbindung zu bringen und ›Massenmörder‹ zu schreien. Aber nicht in diesem Fall.«

Chief Edward X. Delaney starrte ihn an, ohne ihn wirklich zu sehen. Er spürte die vertraute Erregung, die Herausforderung. Und mehr noch, er spürte den Zorn und den Drang, den Täter zu stoppen.

»Willst du mir was darüber erzählen?« fragte er.

»Ob ich will?« fragte Boone inbrünstig. »Wenn einer etwas entdeckt, was wir übersehen haben, dann Sie!«

»Das bezweifle ich stark«, sagte Delaney. »Aber versuchen wir's mal.«

Detective Sergeant Abner Boone betete die Fakten tonlos in schnellem Stakkato herunter. Es war offensichtlich, daß er viele lange Stunden mit dieser Untersuchung verbracht hatte; er geriet kein einziges Mal ins Stocken.

»Erster Mord: Fünfzehnter Februar diesen Jahres. Opfer: männlich, vierundfünfzig Jahre alt, aufgefunden mit tödlichen Stichwunden in Zimmer 914 des Grand Park Hotel. Der nackte Körper wurde ungefähr gegen neun Uhr fünfundvierzig morgens von einem Zimmermädchen entdeckt. Die Kehle des Opfers war aufgeschlitzt, in den Genitalien fanden sich viele Stichwunden. Todesursache laut Autopsie: Verbluten. Dieser erste Schnitt durch die Kehle hat ihn nicht getötet. Waffe: ein scharfer Gegenstand von ungefähr acht Zentimeter Länge.«

»Acht Zentimeter!« rief Delaney aus. »Mein Gott, das ist ja ein Taschenmesser!«

»Wahrscheinlich«, sagte Boone und nickte. »Die maximale Breite der Klinge betrug knappe zwei Zentimeter, hat der Arzt gesagt.«

Der Sergeant hob sein Glas vom Boden auf. Jetzt, wo er reden konnte, schien er sich zu entspannen.

»Also, das Zimmermädchen klopft und geht rein, um sauberzumachen«, fuhr er fort. »Sie ist nicht mehr die Jüngste und sieht nicht besonders gut. Sie ist praktisch schon neben dem Bett, watet im Blut, als sie ihn entdeckt. Sie stößt einen Schrei aus und fällt ihn Ohnmacht, mitten in die Bescherung. Ein Gepäckträger kommt angerannt, gefolgt von zwei zufällig vorbeigehenden Gästen, er ruft den Hoteldetektiv über das Zimmertelefon und ruiniert dabei alle Fingerabdrücke. Der Hoteldetektiv taucht mitsamt seinem Assistenten auf und ruft den Geschäftsführer, der wiederum mit *seinem* Assistenten erscheint. Schließlich hat jemand genug Grütze im Kopf und wählt 911. Zu dem Zeitpunkt, als die ersten unserer Männer dort auftauchen, hängen rund zehn Personen in dem Zimmer herum. Ich treffe ungefähr zum gleichen Zeitpunkt ein wie die Leute von der Spurensicherung. Sie haben gekocht vor Wut, und ich kann ihnen wirklich keinen Vorwurf machen.«

»So geht das manchmal«, sagte Delaney mitfühlend.

»Vermutlich«, meinte Boone seufzend, »aber die Spuren waren so oder so nicht gerade überwältigend. Das Opfer war ein Bursche namens George T. Puller aus Denver. Ein Handelsreisender in Sachen Billigschmuck. Sein Gebiet waren handgemachte Silberwaren mit Türkisbesatz oder anderes Talmizeug. Er hielt sich wegen einer Schmuckschau in der Stadt auf, die im Grand Park selbst stattfand. Es war sein zweiter Abend in New York.«

»Gewaltsames Eindringen?«

»Keine Anzeichen«, sagte Boone. »Als das Zimmermädchen eintrat, war das Schnappschloß zu, der Riegel von innen aber nicht vorgeschoben. Das läßt darauf schließen, daß der Killer einfach auf den Gang getreten ist und die Tür hinter sich zugezogen hat.«

Delaney nickte.

»Es gab auch nicht die geringsten Anzeichen dafür, daß jemand an der Außenseite des Schlosses herumgefummelt hätte«, sagte Boone. »Und du kannst mir glauben, daß die Spurensicherung das Ding auseinandergenommen hat. Keine Kratzer, kein Öl, kein Wachs. Also stehen die Chancen ziemlich gut, daß das Schloß nicht geknackt worden ist; George T. Puller hat seinem Mörder die Tür geöffnet und ihn hereingelassen.«

»Ich nehme an, du hast alles durchexerziert«, sagte der Chief. »Freunde, Geschäftspartner? Persönliche Feinde? Ein Streit? Geschäftsprobleme? Ein eifersüchtiger Partner?«

»*Und* Hotelgäste«, sagte Boone müde. »*Und* Angestellte. *Und* Barkeeper und Kellner in der Cocktail Lounge und dem Speisesaal neben dem Foyer. Kein Erfolg. Bei der Juwelenschau und allem Drum und Dran war das Hotel total überfüllt an jenem Abend. Den letzten Kontakt mit dem lebenden George T. Puller, von dem wir wissen, hatten zwei andere Handelsreisende in der Suite, in der die Schau stattfand. Das war ungefähr um sieben Uhr abends. Dann trennten sich die drei Männer.«

Boone räusperte sich, ehe er fortfuhr.

»Die Spurensicherung hat eine Menge Fingerabdrücke gefunden, aber die meisten waren unvollständig oder verschmiert. Sie sind immer noch dabei, sie auszusortieren – schließlich, Chief, sind da die ganzen Leute, die sich in dem Zimmer rumgetrieben haben, nachdem die Leiche entdeckt worden war, dazu das Hotelpersonal und die Leute, die in dem Zimmer gewohnt hatten, bevor Puller einzog. Hoffnungslos. Aber wir arbeiten trotzdem daran.«

»Ihr habt auch keine andere Wahl«, sagte Delaney ruhig.

»Stimmt. Noch was: Die Spurensicherung hat das Badezimmer auseinandergenommen. Sie haben Blut im Abfluß der Wanne gefunden. Im Labor glauben sie, daß es sich um das Blut des Opfers handelt. Dieselbe Blutgruppe, und außerdem nahm das Opfer Thorazin, und Spuren davon fanden sich in dem Blut aus dem Abfluß.«

»Thorazin? Warum, zum Teufel, hat er das denn genommen?«

»Sie werden es nicht glauben, aber er litt an heftigen Anfällen von Schluckauf. Thorazin hilft dagegen. Wie auch immer, es ist fast sicher, daß es sich um sein Blut handelte und nicht um das von jemand anderem. Es ist sehr unwahrscheinlich, daß er es vom Bett ins Badezimmer geschafft hat, um dort eine Dusche zu nehmen, ehe er sich zurück ins Bett schleppte, um sich dort zu Tode zu bluten. Also muß es der Killer gewesen sein – richtig? War von oben bis unten mit Blut bedeckt, hat im Badezimmer geduscht und dann das Zimmer verlassen.«

»Keine Haare im Abfluß? Haare, die nicht vom Opfer stammten?«

»Nichts«, sagte Boone düster. »Wenn wir soviel Glück hätten!«

»Ein feuchtes Handtuch?« fragte der Chief.

Boone lächelte, zum erstenmal. »Ihnen entgeht nichts, was,

Chief? Nein, es gab kein feuchtes Handtuch. Aber eins der Badetücher des Hotels fehlte. Ich nehme an, der Killer hat es mitgenommen.«

»Wahrscheinlich«, sagte Delaney. »Ein cleverer Bursche.«

Sergeant Boone, wieder ernst, beugte sich gespannt vor.

»Chief«, sagte er, »ich glaube, jetzt habe ich Ihnen alles gesagt, was ich in den ersten Tagen über den Puller-Mord wußte. Wenn man Sie auf diese Sache angesetzt hätte, wie wären Sie vorgegangen? Ich frage, weil ich das Gefühl nicht loswerde, daß ich den Fall geschmissen habe. Na ja, vielleicht nicht gerade geschmissen, aber zuviel Zeit damit verschwendet, in der falschen Ecke zu suchen.«

Edward X. Delaney schwieg einen Moment. Dann stand er auf und ging zum Schrank.

»Noch ein Soda?« fragte er Boone. »Kaffee? Sonst irgendwas?«

»Nein, danke, Sir.«

»Ich werde eine Zigarre rauchen. Wie wär's?«

»Danke, da muß ich auch passen. Ich bleibe bei denen hier.«

Er schüttelte eine weitere Zigarette aus der Packung.

Der Chief gab ihm Feuer und benutzte dasselbe Streichholz, um seine Zigarre anzuzünden.

Aus dem Wohnzimmer und der Diele vernahmen sie die Geräusche der aufbrechenden Gäste: Rufe und Gelächter, das Schlagen der Haustür. Monica Delaney öffnete die Tür und steckte ihren Kopf herein.

»Sie sind weg«, verkündete sie, »aber das Aufräumen wird bestimmt noch eine Stunde dauern.«

»Brauchst du Hilfe?« fragte der Chief.

»Was wäre, wenn ich ja sagen würde?«

»Dann würde ich nein sagen.«

»Sonnenschein!« sagte sie und schloß die Tür.

Delaney ließ sich auf seinen Drehstuhl fallen. Er lehnte sich zurück, starrte die Decke an und paffte seine Zigarre.

»Wie wäre ich vorgegangen?« fragte er laut. »Wahrscheinlich genauso wie du. Was tut ein Handelsreisender, der sich zu einer Tagung oder einer Verkaufskonferenz oder sonst was in New York aufhält? Er geht allein aus. Er nimmt ein paar Drinks zu sich. Vielleicht eine Flasche Wein. Noch ein paar Drinks.«

»Genau das hat die Analyse des Mageninhalts ergeben«, unterbrach Boone ihn.

»Er macht die Runde«, fuhr Delaney fort. »Besucht ein paar Kneipen. Gerät an eine Prostituierte und nimmt sie mit in sein Zimmer. Vielleicht sind sie sich wegen Geld in die Haare geraten. Vielleicht wollte er was Besonderes, wo sie nicht mitgespielt hat. Sie hat ein Messer in ihrer Handtasche. Die meisten Nutten haben das. Er wird unangenehm, und sie erledigt ihn. Das ist der Reim, den ich mir gemacht hätte. Du nicht?«

Abner Boone atmete erleichtert aus.

»Genauso habe ich es mir auch vorgestellt«, sagte er. »Dasselbe Drehbuch. Ein Messer mit einer kurzen Klinge – die typische Waffe einer Frau. Und der Killer muß nackt gewesen sein, als Puller erstochen wurde. Warum sonst die Dusche und das fehlende Handtuch? Also habe ich die halbe Stadt umgekrempelt und eine Million Nutten vernommen. Wir haben sämtliche Spitzeln in der Nutten- und Zuhälter-Szene darauf angesetzt. Wir waren in jeder Bar in Manhattan und haben Pullers Photo herumgezeigt – ohne Erfolg. Und dann begann ich mich plötzlich zu fragen, ob wir nicht unsere Zeit verschwendeten. Und zwar wegen etwas, das ich Ihnen noch nicht erzählt habe. Etwas, worüber ich mir selbst erst drei Tage nach der Entdeckung der Leiche klargeworden war.«

»Was war das?«

»Puller war nicht beraubt worden. In dem Zimmer befand sich ein unverschlossener Musterkoffer mit Silber- und Türkisschmuck im Wert von ungefähr zwanzigtausend Dollar. Nichts fehlte. Er hatte eine Brieftasche voller Bargeld und Kreditkarten. Alles noch da.«

Edward X. Delaney starrte einen Moment ins Leere, dann schüttelte er seinen wuchtigen Kopf.

»Es ergibt keinen Sinn«, sagte er ärgerlich. »Eine Prostituierte hätte ihm *irgend etwas* abgenommen. Sie ist nicht in Panik geraten, weil sie immerhin clever genug war, sich sein Blut vom Körper zu waschen, ehe sie gegangen ist. Wieso hat sie ihn dann nicht ausgeraubt?«

Der Sergeant hob ratlos die Hände.

»Das alles macht mich noch wahnsinnig«, sagte er bitter. »Es paßt einfach nicht zusammen. Und da ist noch etwas, das keinen Sinn ergibt: Wir haben keine Anzeichen für einen Kampf gefunden. Absolut keine. Keine Haut unter seinen Fingernägeln. Keine anderen Haare auf dem Bett als seine. Der Bursche war vierundfünfzig, sicher, aber er war schwer und muskulös.«

»Er war wohl nicht bewußtlos, oder?«

»Das Labor hat den Alkoholspiegel im Blut gemessen, und nach deren Ansicht war er schätzungsweise halb betrunken, aber kaum bewußtlos. Höchst unwahrscheinlich.«

Dann schwiegen beide Männer und blickten sich ausdruckslos an. Endlich sagte Delaney: »Du hast seine Frau erwähnt. Kinder?«

»Drei«, sagte Boone.

»Scheiße.«

Boone nickte traurig.

»Wie auch immer, Chief, ich habe noch ein paar Leute bekommen, und wir haben wirklich getan, was wir konnten. Besucher von auswärts auf Besuch in New York zu einer Verkaufskonferenz wird in einem Hotel der Innenstadt erdolcht. Sie können sich vorstellen, was für ein Feuer sie dem Commissioner unter dem Hintern gemacht haben – vom Verband der Hotelindustrie über das Fremdenverkehrsamt bis zum stellvertretenden Bürgermeister.«

»Ich kann's mir vorstellen«, sagte Delaney.

»Nun«, sagte der Sergeant, »das war der erste Mord. Sind Sie sicher, daß ich Sie nicht störe, Chief? Ich möchte Sie mit meinen Problemen nicht langweilen.«

»Nein, nein, du langweilst mich überhaupt nicht. Davon abgesehen besteht die Alternative darin, Rebecca und Monica beim Aufräumen zu helfen. Willst du das?«

»Gott bewahre!« rief Boone. »Da weine ich mich lieber weiter an Ihrer Schulter aus. Tja, und dieser zweite Mord ist vor sechs Tagen passiert.«

»Wie viele Tage lagen zwischen den Morden?« fragte der Chief scharf.

»Moment ..., siebenundzwanzig, Sir. Ist das wichtig?«

»Könnte sein. Derselbe modus operandi?«

»Praktisch identisch. Der Name des Opfers lautet Frederick Wolheim, männlich, sechsundfünfzig, erstochen in Zimmer 3015 des Hotels Pierce, diesem neuen Palast an der Sixth Avenue. Nackt,

Kehle aufgeschlitzt, zahlreiche Stichwunden in den Genitalien. Diesmal starb das Opfer am ersten Schnitt. Der Killer hat die Halsschlagader erwischt. Blut? Sie machen sich keine Vorstellung! Der reinste Swimmingpool. Das ...«

»Einen Moment«, unterbrach Delaney ihn. »Diese Stichwunden in den Genitalien – bösartig?«

»Äußerst. Der Leichenbeschauer hat in jedem Fall mindestens zwanzig festgestellt, und dann hat er zu zählen aufgehört und sie einfach ›zahlreich‹ genannt. Mit aller Kraft zugefügt. Ein paar Wunden im tieferen Bereich wiesen Prellungen auf, die darauf zurückzuführen waren, daß die Knöchel des Killers sich in die umliegende Haut gebohrt hatten.«

»Ich weiß, worauf Prellungen zurückzuführen sind«, sagte Edward X. Delaney.

»Oh«, sagte Boone beschämt, »entschuldigen Sie, Sir. Nun, diesmal ging alles gut. Ich meine, was die Sicherung des Tatorts betraf. Wolheim sollte am Morgen bei einem Treffen von Marketingmanagern der Elektronikindustrie sprechen, einer Konferenz, die im Pierce abgehalten wurde. Als er nicht pünktlich erschien, hat sich der Bursche, der das Programm organisierte, auf die Suche nach ihm begeben. Er ließ das Zimmermädchen kommen, damit sie ihm die Tür öffnete. Sie warfen nur einen Blick in das Zimmer, schlugen die Tür zu und riefen den Hausdetektiv. Der Hausdetektiv warf einen Blick in das Zimmer, schlug die Tür zu und rief uns. Als meine Leute hinkamen und die Spurensicherung eintraf, war der Schauplatz noch jungfräuliches Terrain, unberührt von menschlichen Händen. Der Hausdetektiv stand Wache vor der Tür.«

»Guter Mann«, sagte Delaney.

»Ex-Cop«, erwiderte Boone grinsend. »Aber viel genutzt hat es uns auch wieder nicht. Das Pierce ist ganz neu, so daß wir mit den Fingerabdrücken keine allzu großen Probleme hatten. Aber die Spurensicherung hat nichts gefunden, mit Ausnahme der Abdrücke von Wolheim und dem Zimmermädchen. Also muß der Killer sehr vorsichtig gewesen sein oder alles verschmiert haben. Bevor Wolheim gestorben ist, hat er einen Brandy getrunken. Seine Fingerabdrücke fanden sich auf dem Glas und der Flasche auf der Kommode. Auf einem Beistelltisch neben einem Sessel stand ein zweites Glas mit einem kleinen Schuß Brandy darin. Auch darauf nur Wolheims Abdrücke. Sonst keine.«

»Die Tür?« fragte der Chief.

»Tja, das ist eine Sache für sich«, sagte Boone, und er erklärte Delaney, wie diese neuen elektronischen Schlösser funktionieren, daß man die magnetische Karte sogar von innen in die Tür schieben muß, wenn man das Zimmer verlassen will.

»Ein gutes Sicherheitssystem«, erklärte er. »Und es spielt nicht mal eine Rolle, ob man seine Karte bei der Abreise zurückgibt, denn der magnetische Code wird sofort geändert, wenn ein Gast abgereist ist.«

»Es muß doch eine Passe-partout-Karte für alle Zimmer geben«, meinte der Chief.

»Sicher, aber die hat nur die Sicherheitsabteilung. Die Zimmermädchen verfügen lediglich über eine Karte für die Zimmer auf dem Stock, für den sie zuständig sind.«

»Nun«, sagte Delaney widerwillig, »klingt ja nicht schlecht, aber früher oder später wird ein Klugscheißer einen Weg finden, das System übers Ohr zu hauen. Aber wichtig ist, daß der Killer Wolheims Appartement nicht verlassen konnte, ohne die Karte in den Schlitz an der Innenseite der Tür zu schieben. Habe ich das richtig verstanden?«

»Genau«, sagte Boone mit einem Nicken. »Die Karte wurde offenbar dafür benutzt, die Tür zu öffnen und dann im Flur auf einer Kommode liegengelassen. Sie besteht aus weißem Plastik, wie geschaffen dafür, schöne Fingerabdrücke zu liefern. Bloß war sie vorher abgewischt worden.«

»Ich hab's dir ja gesagt«, meinte der Chief mit einer gewissen Befriedigung, »du hast es mit einem gerissenen Burschen zu tun. Irgendwelche Spuren eines Kampfes?«

»Keine«, berichtete Boone. »Der Arzt sagt, Wolheim muß praktisch auf der Stelle tot gewesen sein.«

»Wurde etwas gestohlen?«

»Nichts, soweit wir das beurteilen können. Er hatte eine dicke Brieftasche. Bargeld und Reiseschecks. Kreditkarten. Alles da. Eine goldene Armbanduhr, die mindestens einen Tausender wert war. Ein Ring mit einem riesigen Diamanten. Alles unberührt.«

»Verfluchter Mist!« sagte Delaney ärgerlich. »Es ergibt keinen Sinn. Haben die Routineuntersuchungen etwas ans Licht gebracht?«

»Nichts, und wir haben bis jetzt mehr als zweihundert Leute befragt. Dieses Hotel Pierce ist eine *Stadt*, eine ganze, gottverdammte, kleine Stadt! Niemand kann sich erinnern, ihn mit jemand gesehen zu haben. Er hat mit ein paar Kumpels im Hotel zu Abend gegessen. Dann wollten die anderen nach Greenwich Village, und Wolheim hat sich von ihnen getrennt. Soweit wir das beurteilen können, waren sie die letzten, die ihn lebend gesehen haben.«

»War er verheiratet?«

»Ja. Fünf Kinder. Er kam aus Akron, Ohio. Die Cops da oben haben es seiner Familie mitgeteilt. Besser sie als ich.«

»Kann ich dir nachfühlen.« Delaney brütete einen Moment schweigend vor sich hin. Dann fragte er: »Gibt es eine Verbindung zwischen den beiden Männern – Puller und Wolheim?«

»Daran arbeiten wir gerade. Sieht nicht gut aus. Soweit wir wissen, kannten sie sich nicht, sind sich nie begegnet, waren auch nicht um tausend Ecken herum verwandt – mit einem Wort, nichts! Haben verschiedene Schulen besucht und in völlig verschiedenen Waffengattungen gedient. Sie hatten nichts gemeinsam.«

»Doch.«

»Was denn?«

»Sie waren beide Männer. Und Mitte Fünfzig.«

»Nun . . ., ja«, gab Boone zu. »Aber, Chief, wenn jemand versucht, jeden Mann Mitte fünfzig in Manhattan abzumurksen, dann stecken wir echt in Schwierigkeiten.«

»Nicht jeden Mann«, sagte der Chief. »Männer von auswärts, die zu einem Kongreß in der Stadt sind und in einem Hotel der Innenstadt wohnen.«

»Ich sehe nicht, was uns das helfen könnte, Sir.«

»Gar nichts«, sagte Delaney. »Aber es ist interessant. Hat die Spurensicherung etwas herausgefunden?«

»Keine unidentifizierten Fingerabdrücke. Aber sie haben wieder das Badezimmer auseinandergenommen, und diesmal fanden sich Spuren vom Blut des Opfers in dem Abfluß unter dem Waschbecken. Deshalb nehme ich an, daß der Killer keine Dusche nehmen mußte, sondern sich mit dem Waschbecken begnügen konnte.«

»Fehlte wieder ein Handtuch?«

»Sie sagen es. Aber wichtig ist, daß sie Haare gefunden haben. Drei. Eins auf dem Kopfkissen dicht beim Kopf des Opfers. Zwei auf der Sessellehne. Schwarze Haare. Wolheim hatte rotgraues Haar.«

»Na, also, das ist doch wenigstens etwas. Was hat das Labor gesagt?«

»Nylon. Von einer Perücke. Zu lang, um von einem Toupet zu stammen.«

Delaney runzelte die Stirn. »Das Netz zieht sich zusammen«, sagte er.

»Zieht sich zusammen?« rief Boone. »Ich finde, es verheddert sich.«

»Es könnte sich immer noch um eine Nutte handeln.«

»Könnte«, stimmte der Sergeant zu. »Oder einen Schwulen in Frauenkleidern. Oder um einen Transvestiten. Wie auch immer, die Perücke bringt einen völlig neuen Aspekt ins Spiel. Wir haben mittlerweile ziemlich gute Beziehungen zur Homosexuellenszene, und sie sind bereit zu kooperieren – herumzufragen und Informationen beizubringen. Und natürlich haben wir einige V-Männer, von denen sie nichts wissen. Und wir haben Leute in den Lederkneipen. Vielleicht war es ein Transvestit, und die Opfer hatten keine Ahnung davon, bis sie sich im Bett mit einem Mann wiederfanden. Einige dieser Burschen sind so schön, daß sie ihre eigene Mutter hereinlegen könnten.«

Delaney grübelte vor sich hin, den Kopf über den Highball gesenkt. »Nun . . ., vielleicht. War der Penis abgeschnitten?«

»Nein.«

»Bei allen Homosexuellenfällen, mit denen ich zu tun hatte, war der Schwanz abgeschnitten.«

»Ich habe mit einem Sergeant bei der Abteilung für Sexualverbrechen gesprochen, und der hat dasselbe gesagt. Aber er schließt einen männlichen Killer nicht aus.«

»Ich auch nicht.«

Dann schwiegen die beiden Männer, jeder beschäftigt mit seinen eigenen Gedanken.

»Chief«, sagte Sergeant Boone schließlich, »womit, glauben Sie, haben wir's hier zu tun?«

Delaney blickte auf.

»Willst du, daß ich rate? Mehr kann ich nämlich nicht tun als raten. Ich schätze, es ist der Anfang einer Serie zielloser Morde. Motiv im Augenblick noch unbekannt. Je mehr ich darüber nachdenke, desto wahrscheinlicher scheint mir, daß es sich bei dem Täter um einen Mann handelt. Ich habe noch nie gehört, daß eine Frau sich als Serientäter versucht.«

»Sie glauben, er wird wieder zuschlagen?«

»Ich würde damit rechnen«, riet Delaney. »Wenn es nach dem üblichen Muster abläuft, werden die Zeiträume zwischen den Morden kürzer und kürzer. Allerdings nicht immer, wenn man etwa an den Yorkshire Ripper denkt. Aber normalerweise verfällt so einer in Raserei und schlägt schneller und schneller zu. Wenn man nach der Statistik geht, sollte er in etwa drei Wochen seinen nächsten Mord begehen. Sie täten gut daran, die Hotels der Innenstadt unter Beobachtung zu stellen.«

»Wie?« fragte Boone verzweifelt. »Mit einer Armee? Und wenn wir die Sicherheitsabteilungen sämtlicher Hotels in Alarmbereitschaft versetzen, gibt es in kürzester Zeit das Gerücht, daß New York von einem neuen ›Son of Sam‹ heimgesucht wird. Was bedeutet, daß der Tourismus zurückgeht und Kongresse woanders abgehalten werden.«

Edward X. Delaney blickte ihn ausdruckslos an. »Darüber brauchst du dir keine Gedanken zu machen, Sergeant«, sagte er tonlos. »Deine Aufgabe ist es, einen Mörder zu schnappen.«

»Glauben Sie, das weiß ich nicht?« fragte Boone. »Aber Sie haben keine Ahnung, welchem Druck wir ausgesetzt sind, damit wir diese Geschichte nur ja unter Verschluß halten.«

»Und ob ich eine Ahnung habe«, sagte der Chief sanft. »Ich war dreißig Jahre dabei.«

Aber der Sergeant war nicht mehr zu stoppen. »Erst gerade eben, als ich mich auf den Weg hierher machen wollte, habe ich einen Anruf von Deputy Commissioner Thorsen erhalten, und er...« Seine Stimme erstarb.

Delaney straffte sich, beugte sich vor. »Ivar?« fragte er. »Hat er sich dieser Geschichte angenommen?«

Boone nickte etwas beschämt.

»Hat er dir aufgetragen, mich über die Morde zu informieren?«

»Er hat es mir nicht direkt *aufgetragen*, Chief. Er rief an, um mich darüber zu informieren, daß dieser Lieutenant jetzt die Ermittlungen leiten würde. Ich erklärte ihm, ich sei total erledigt und schon auf dem Sprung zu gehen. Zufälligerweise habe ich erwähnt, daß ich hier vorbeikommen würde, um Rebecca abzuholen, und er meinte, es könnte nicht schaden, Sie zu informieren.«

Delaney lächelte grimmig.

»Wenn ich etwas falsch gemacht habe, möchte ich mich dafür entschuldigen, Sir.«

»Du hast nichts falsch gemacht, Sergeant. Keine Entschuldigung nötig.«

»Um Ihnen die Wahrheit zu sagen, ich kann bei dieser Sache jede Hilfe brauchen.«

»Genau wie Deputy Commissioner Thorsen«, sagte Delaney trokken. »Wer ist dieser Lieutenant, den sie dir vor die Nase gesetzt haben?«

»Slavin. Marty Slavin. Kennen Sie den?«

Delaney überlegte einen Moment.

»Ein kurzer, dürrer Knabe?« fragte er. »Mit einer miesen, verhauenen Visage? Sieht wie ein Frettchen aus?«

»Das ist der Bursche«, sagte Boone.

»Sergeant«, sagte der Chief feierlich, »sie haben mein Mitgefühl.«

Die Tür ging auf. Monica Delaney stand im Türrahmen, die Hände auf die Hüften gestützt. »In Ordnung, ihr zwei«, sagte sie herausfordernd. »Jetzt habt ihr für einen Abend genug gefachsimpelt und in Erinnerungen geschwelgt. Kaffee und Kuchen im Wohnzimmer. Sofort. Gehen wir.«

Sie standen grinsend auf. In der Tür blieb Abner Boone stehen. »Chief«, sagte er leise, »haben Sie irgendeinen Vorschlag? Irgend etwas, das ich vergessen habe und noch tun sollte?«

Edward X. Delaney sah die Müdigkeit und die Besorgnis in Boones Gesicht. Und bei Marty Slavin als neuem Vorgesetzten hatte er auch allen Grund zur Sorge.

»Lockvögel«, sagte der Chief. »Wenn sie dich nicht die Hotels alarmieren lassen, dann mußt du Köder auswerfen. Sagen wir, zwischen sieben Uhr abends und Mitternacht. Zieh sie an wie

Handelsreisende von außerhalb. Burschen von Anfang fünfzig, laut, kräftig, die mit Geld um sich werfen. Sorg dafür, daß sie in den Bars und Cocktail Lounges der großen Hotels die Runde machen. Wahrscheinlich reine Zeitverschwendung, aber so was weiß man vorher nie.«

»Ich werd's trotzdem versuchen«, sagte der Sergeant prompt. »Gleich morgen beantrage ich die nötigen Leute.«

»Ruf Thorsen an«, riet Delaney. »Er wird dir geben, was du brauchst. Und wenn ich du wäre, Sergeant, würde ich die Köder auswerfen, bevor Slavin die Sache übernimmt. Sorg dafür, daß jeder weiß, daß es deine Idee war.«

»Ja, das werde ich tun, Chief. Sagen Sie, wenn dieser Bursche wieder zuschlägt, wie Sie gesagt haben, wären Sie dann wohl bereit, mit zum Tatort zu kommen? Sie wissen schon, nur um sich mal umzuschauen. Ich werde den Gedanken nicht los, daß wir vielleicht doch etwas übersehen.«

Delaney lächelte ihn an. »Sicher. Ruf mich an und ich bin da. Wird wie in alten Zeiten sein.«

»Danke, Chief«, sagte Boone erleichtert. »Sie haben mir sehr geholfen.«

»Habe ich das?« fragte Delaney, innerlich amüsiert. Dann gingen sie ins Wohnzimmer zu Kaffee und Kuchen.

Chief Edward X. Delaney unterzog das Wohnzimmer einer kritischen Inspektion. Er war mit der Säuberungsaktion zufrieden. Die Aschenbecher waren ausgeleert worden, und sein Lieblingssessel stand wieder in seiner ursprünglichen Position.

Er drehte sich um und fing einen ironischen Blick seiner Frau auf.

»Der Kaffee ist koffeinfrei, Ab«, sagte Rebecca Boone, »du brauchst dir also um deinen Schlaf keine Sorgen zu machen.«

Boone grunzte.

»Und der Käsekuchen enthält wenig Kalorien«, meinte Monica mit einem Seitenblick auf ihren Mann.

»Lügnerin«, sagte er fröhlich. »Aber ich esse sowieso nur ein kleines Stück.«

Sie bedienten sich und lehnten sich dann mit Kaffee und Kuchen in der Hand zurück.

»Der Kuchen ist gut«, sagte der Chief. »Wo hast du den her?«

»Clara Webster hat ihn gemacht«, sagte Monica. »Sie bestand darauf, den Rest hierzulassen.«

»Wie war die Versammlung?« fragte Boone.

»Sehr gut«, sagte Monica fest. »Interessant und lehrreich.«

»Absolut«, pflichtete Mrs. Boone bei. »Die Diskussion nach dem Vortrag hat mir richtig Spaß gemacht.«

»Worum drehte sich denn der Vortrag?« fragte Boone.

Monica Delaney streckte das Kinn vor und blickte ihren Mann trotzig an. »Die präorgasmische Frau«, sagte sie.

»Um Himmels willen!« entfuhr es dem Chief, und die beiden Frauen brachen in Gelächter aus.

»Monica hat mir erzählt, daß Sie so reagieren würden«, erklärte Rebecca.

»Ach, hat sie das?« meinte Delaney. »Nun, ich möchte es doch auch für eine natürliche, normale Reaktion halten. Was genau ist eine präorgasmische Frau?«

»Das ist doch wohl offensichtlich, oder nicht?« fragte Monica. »Das ist eine Frau, die nie einen Orgasmus gehabt hat.«

»Eine frigide Frau?« fragte Boone.

»Typisch männliche Reaktion«, spottete seine Frau.

»Frigide ist ein herabsetzendes Wort«, sagte Monica. »Tatsächlich bedeutet frigide nichts anderes, als Sex ablehnend gegenüberzustehen, und es trifft sowohl auf Männer als auch auf Frauen zu. Aber die armen Männer mit ihren zerbrechlichen kleinen Egos konnten den Gedanken an einen sexlosen Mann nicht ertragen, deswegen benützten sie das Wort frigide nur für Frauen. Unsere Rednerin heute abend hat jedoch ausgeführt, daß es so was wie eine irreversible Konditionierung von Männern oder Frauen gar nicht gibt. Sie sind lediglich präorgasmisch. Mit etwas therapeuthischem Training können auch sie orgasmische Sexualität erleben.«

»Und so den ihnen zustehenden Platz in der modernen Gesellschaft einnehmen«, ergänzte Chief Delaney mit unverhohlenem Spott.

Monica weigerte sich, den Köder aufzunehmen. Sie wußte, daß er stolz auf ihre Aktivitäten innerhalb der feministischen Bewegung war. Nachdem die Kinder ins Internat gegangen waren, hatte sie in der Frauenbewegung ein Betätigungsfeld gefunden. Sie hatte einen

Wirbelwind an Treffen, Vorträgen, Symposien, Demonstrationen, Unterschriftensammlungen und Protestbriefen entfesselt und sich darüber hinaus noch für die Sanierung des Viertels eingesetzt.

Edward X. Delaney war darüber sehr froh. Es machte ihn glücklich, sie so lebendig, enthusiastisch und kämpferisch zu sehen. Und wenn sie ihren »Job« mit nach Hause nahm, so war das nicht mehr, als was er auch immer getan hatte, solange er noch im aktiven Dienst gewesen war.

Er hatte all seine Fälle mit Monica und vorher mit Barbara, seiner ersten Frau, diskutiert. Beide hatten geduldig zugehört, Verständnis aufgebracht und ihm manchmal gute Ratschläge gegeben.

Wie er jetzt so in seinem Clubsessel saß und seine Frau beobachtete, erkannte er, nicht zum erstenmal, was für ein Glück er mit den Frauen in seinem Leben gehabt hatte.

Monica Delaney war eine stämmige Frau mit einer schlanken Taille zwischen kräftigen Schultern und breiten Hüften. Sie strahlte sanfte Sinnlichkeit aus, körperliche Wärme. Ihr Feuer war ganz und gar nicht nur geistig.

Ihr schwarzes Haar war dick und glänzend; sie trug es aus der Stirn gekämmt und lang, fast bis zu den Schultern. Sie gab sich keine Mühe, ihre kräftigen Augenbrauen auszuzupfen. Das Make-up blieb auf ein Minimum beschränkt. Sie war eine große, vollendete Frau, die keine Angst vor Zärtlichkeit hatte und sich nicht scheute, zu weinen, wenn ihr danach zumute war.

Während er sie jetzt beobachtete, ihr Lachen, ihre lebhaften Gesten, rührte sich plötzlich ein vertrautes Gefühl in ihm, und er wünschte, seine Gäste wären schon gegangen. Monica blickte ihn plötzlich an und blinzelte. Wie üblich hatte sie seine Stimmung mitbekommen.

»Sagen Sie, Chief«, meldete sich Rebecca in ihrer unbefangenen Art, »was halten Sie wirklich von der Frauenbewegung?«

Delaney richtete seine Antwort direkt an Rebecca, ohne seine Frau anzublicken.

»Was ich wirklich davon halte?« wiederholte er. »Mit den meisten ihrer Ziele kann ich mich voll und ganz identifizieren.«

»Ich weiß«, sagte Rebecca mit einem resignierten Seufzer. »Gleiche Bezahlung für gleiche Arbeit.«

»Nein, nein«, sagte er rasch. »Monica hat mir da schon einiges beigebracht. Gleiche Bezahlung für vergleichbare Arbeit.«

Seine Frau nickte zustimmend.

»Und womit können Sie sich nicht identifizieren?« fragte Rebecca frech.

Er ordnete seine Gedanken. Dann sagte er langsam: »Zwei Punkte, gegen die ich nicht direkt etwas habe, denen ich aber reserviert gegenüberstehe. Der erste ist kein Fehler der Frauenbewegung, sondern ein Charakteristikum aller Minoritäten oder unterdrückten Gruppen, die als Individuen und nicht als Stereotypen behandelt werden wollen. Nichts dagegen einzuwenden. Aber um dieses Ziel zu erreichen, müssen sie sich organisieren. Dann – um politische und wirtschaftliche Macht zu erringen – müssen sie eine Fassade errichten, die so... so monolithisch wirkt wie nur eben möglich. Die Schwarzen, die Chicanos, die Indianer, die Italoamerikaner, die Frauen – wer auch immer. Um ein Maximum an Druck ausüben zu können, müssen sie eine Gruppe, eine Verbindung, einen Block bilden und mit einer einzigen, starken Stimme sprechen. Noch einmal – nichts dagegen einzuwenden. Aber indem sie das tun, werden sie weniger individualistisch und mehr stereotyp als zuvor – wenigstens wirkt ihr Bild in der Öffentlichkeit so.«

»Hältst du mich für eine stereotype Feministin?« fragte Monica hitzig.

»Ganz und gar nicht«, antwortete er ruhig. »Aber nur weil ich dich kenne, mit dir verheiratet bin und mit dir zusammenlebe. Aber kannst du denn wirklich leugnen, daß sich seit Beginn der gegenwärtigen feministischen Bewegung – wie lange mag das zurückliegen, fünfzehn Jahre vielleicht? – ein stereotypes Bild der Feministin entwickelt hat?«

»Und der zweite Punkt?« fragte Rebecca Boone hastig, in dem Glauben, einen Ehekrach abwenden zu müssen. »Sie sagten, Sie hätten zwei Einwände gegen die Frauenbewegung.«

»Keine Einwände«, erinnerte er sie. »Bedenken. Der zweite Punkt ist folgender: die Frauen in der feministischen Bewegung kämpfen um Chancengleichheit, gleiche Bezahlung und dieselben Aufstiegsmöglichkeiten in Wirtschaft, Politik und Industrie, wie sie Männern geboten werden. Gut. Aber habt ihr wirklich bedacht, was euer Ruf nach Gleichberechtigung mit sich bringen könnte? Schaut euch den armen Sergeant Abner Boone hier an – eine wandelnde Leiche.«

Der Sergeant grinste schwach.

»Ich schätze, er hat in den letzten sechs Wochen mindestens achtzehn Stunden am Tag gearbeitet. Hin und wieder hat er vielleicht mal ein kurzes Nickerchen einschieben können. Fettes, öliges Essen, wenn er überhaupt die Zeit dazu gefunden hat. Glauben Sie, Ihr Mann genießt dieses Leben? Aber er ist ein professioneller Cop, und er tut, was er kann. Hätten Sie gern einen vergleichbaren Job mit all seinen Anforderungen, dem Streß, der Belastung und dem Risiko? Das kann ich mir nicht vorstellen.

Worauf ich hinauswill, ist, daß ich nicht glaube, daß die Frauen wirklich voll realisiert haben, wonach sie da rufen. Man reißt keine Mauer nieder, ehe man weiß, was dahinter liegt. Dort lauern Gefahren, Rückschläge und Verantwortlichkeiten, derer ihr euch nicht bewußt seid.«

»Wir sind bereit, diese Verantwortlichkeiten zu akzeptieren«, sagte Rebecca Boone bockig.

»Seid ihr das?« fragte Delaney mit sanftem Sarkasmus. »Seid ihr wirklich bereit, einem mit Drogen vollgepumpten, mit einer Machete bewaffneten Süchtigen in eine dunkle Seitenstraße nachzujagen? Seid ihr bereit, in der Army zu dienen und, im Kriegsfall, vorzurücken, wenn ihr wißt, daß eure Chancen praktisch gleich null sind? Oder auf einem prosaischeren Niveau – seid ihr bereit, euch die Arbeitsstunden eines gehetzten Wirtschaftsmanagers aufzuhalsen? Darauf zu achten, daß Termine eingehalten werden, daß die Kosten innerhalb des Budgets bleiben, daß ihr einen Profit erwirtschaftet – und dabei Magengeschwüre, Lungenkrebs, Alkoholismus oder, schlimmstenfalls, im Alter von vierzig Jahren eine Herzattacke oder einen Schlaganfall zu riskieren? Ich sage ja nicht, daß die Jobs aller Männer so sind. Ein Haufen Männer ist in der Lage, den Druck einer Position in der Chefetage zu ertragen und jeden Abend nach Hause zu gehen und die Begonien zu gießen. Aber genau so viele brechen zusammen, geistig oder körperlich. Die oberen Ränge unserer Gesellschaft, auf die es die Frauen abgesehen haben, bringen einen erschreckenden Prozentsatz an gebrochenen, impotenten oder einfach ausgebrannten Männern hervor. Ist das die Gleichberechtigung, die ihr wollt?«

Monica Delaney reagierte überraschend. »Edward«, sagte sie, »vieles von dem, was du gesagt hast, ist wahr. Nicht alles, aber eine Menge.«

»So?« sagte er.

»Ja«, erwiderte sie. »Natürlich ist uns klar, daß Frauen, wenn sie ihren rechtmäßigen Platz in den oberen Rängen des Establishments einnehmen, demselben Druck und denselben Anforderungen ausgesetzt sein werden wie die Männer. Aber muß das so sein? Wir glauben, nein. Wir glauben daran, daß das System geändert oder wenigstens modifiziert werden kann, so daß Erfolg nicht mehr automatisch auch Magengeschwüre, Herzattacken und Schlaganfälle bedeutet. Das System – dieses Friß-oder-du-wirst-gefressen-den-letzten-beißen-die-Hunde-System – ist nicht auf Steintafeln gemeißelt und von irgendeinem Berg heruntergebracht worden. Es ist von Menschen geschaffen worden. Es kann von Menschen geändert werden – von befreiten Männern und Frauen.«

Delaney starrte seine Frau an. »Und wann wird dieses Paradies auf Erden deiner Meinung nach ausbrechen?«

»Wir werden das wahrscheinlich nicht mehr erleben«, gab sie zu. »Es ist noch ein weiter Weg. Aber der erste Schritt besteht darin, Frauen an die Schaltstellen der Macht zu setzen, damit sie die Zukunft unserer Gesellschaft beeinflussen können.«

»Sie von innen aushöhlen?« fragte er.

»Manchmal bist du wirklich ein Ekel«, sagte sie grinsend. »Aber der Grundgedanke ist richtig, ja. Man muß das System beeinflussen, indem man ein integraler Bestandteil dieses Systems wird. Zuerst kommt die Gleichberechtigung. Dann die Befreiung. Für Frauen *und* Männer.«

Sergeant Abner Boone stand unsicher auf. »Hört mal«, sagte er heiser, »Ich finde das Thema wirklich interessant, aber ich bin so erledigt, daß ich zu meiner Schande wahrscheinlich einschlafen würde. Rebecca, ich glaube, wir gehen jetzt besser.«

Seine Frau stand auf, ergriff seinen Arm und blickte ihn besorgt an. »Sicher, Liebling«, sagte sie. »Wir gehen. Gib mir den Wagenschlüssel.«

Die Delaneys blieben in der offenen Haustür stehen, winkten und warteten, bis die Boones in ihrem Wagen saßen und davonfuhren, ehe sie wieder hineingingen. Dann schloß der Chief die Haustür, verriegelte sie und hängte eine Kette vor. Er drehte sich um und sah seiner Frau in die Augen.

»Endlich allein«, sagte er.

Sie blickte ihn an. »Heute abend hast du dich aber mit Ruhm bekleckert, Freundchen«, sagte sie.

»Danke«, sagte er.

Sie hielt ihren Blick noch eine Zeitlang durch, dann brach sie in Gelächter aus. Sie nahm ihn in ihre starken Arme. Sie waren sich nah, sehr nah. Dann gab sie ihn wieder frei.

»Was würde ich nur ohne dich anfangen«, sagte sie. »Ich kümmere mich ums Geschirr; du sperrst ab.«

Er machte die Runde, wie jeden Abend: die Festung verrammeln, den Burggraben fluten, die Zugbrücke einholen. Dann stieg er die Treppe zum Schlafzimmer im ersten Stock hinauf. Monica schlug die Betten auf. Edward X. Delaney ließ sich schwerfällig auf einen zerbrechlichen Schlafzimmerstuhl sinken. Er beugte sich vor, um seine Schuhe auszuziehen.

»Ist das Treffen wirklich gut gelaufen?« fragte er seine Frau.

»So lala«, sagte sie und bewegte dabei die ausgestreckte Hand hin und her. »Im Grunde Stoff für Anfänger – der Vortrag, meine ich. Schien aber trotzdem alle zu interessieren. Und das Essen ist angekommen. Was hast du gegessen?«

»Ein Sandwich und ein Bier.«

»Zwei Sandwiches und zwei Bier. Ich hab's gezählt. Edward, du mußt einfach aufhören, dich mit Sandwiches vollzustopfen. Du wirst eines Tages noch so dick wie ein Möbelwagen.«

»Je mehr an mir dran ist, desto mehr kannst du lieben«, sagte er.

»Was soll das heißen?« wollte sie wissen. »Daß ich vor Leidenschaft umkommen werde, wenn du dreihundert Pfund wiegst?«

Beide kleideten sich langsam aus, sie tauschten unzusammenhängende Bemerkungen und gähnten.

Dann fragte er: »Hast du mal wieder was von Karen Thorsen gehört?«

»Ja, sie hat angerufen. Gestern, um genau zu sein. Möchte sich mal wieder mit uns treffen. Ich habe ihr gesagt, daß ich dich fragen würde und ihr dann Bescheid gebe.«

»Aha.«

Etwas in seiner Stimme ließ sie stutzen. Sie strich das blaue Nachthemd glatt, das sie sich gerade über den Kopf gestreift hatte.

»Was ist los?« fragte sie. »Will Ivar dich sehen?«

»Keine Ahnung«, antwortete er. »Schließlich braucht er bloß den Telefonhörer in die Hand zu nehmen.«

Plötzlich kam ihr ein Gedanke. »Worüber hast du mit Abner gesprochen? Über einen Fall?«

»Ja«, sagte er.

»Darfst du mit mir darüber reden?«

»Sicher«, sagte er.

»Warte, bis ich mir das Gesicht eingecremt habe«, sagte sie. »Schlaf mir ja nicht vorher ein.«

»Bestimmt nicht«, versprach er.

Während sie im Badezimmer war, schlüpfte er in seine Schlafanzughose. Er setzte sich wieder auf den Bettrand.

Delaney war ein Bär, zu wuchtig, um anders als schleppend gehen zu können. Sein eisengraues Haar war extrem kurz geschnitten. Sein von tiefen Falten durchzogenes, melancholisches Gesicht hatte den versonnenen Ausdruck eines Mannes, der das Beste erhofft, aber mit dem Schlimmsten rechnet.

Er hatte die kräftigen, runden Schultern eines MG-Schützen und einen Oberkörper, an dem unter neuem Fett noch alte Muskeln zu erkennen waren. Seine großen, leicht vergilbten Zähne, das wettergegerbte Gesicht, der mit den Narben alter Wunden bedeckte Körper – all das vermittelte den Eindruck eines Raubtiers, das zwar nicht mehr über die Gelenkigkeit der Jugend, dafür aber über die Gerissenheit des Alters verfügte und immer noch genug Energie und Kraft zum Töten hatte.

Er saß ruhig auf der Bettkante und sah zu, wie seine Frau ins Bett ging, sich gegen das Kopfende lehnte und die Decke bis zur Hüfte heraufzog.

»Also«, sagte sie, »Schieß los.«

Aber erst ging er zu seinem Nachttisch, in dem unter anderem seine Feuerwaffen, Handschellen und anderer Krimskrams lagen, den er mit nach Hause gebracht hatte, als er seinen Schreibtisch im alten Hauptquartier an der Centre Street geräumt hatte. Es waren aber auch eine Flasche Brandy und zwei Kristallgläser darin. Delaney schenkte sich und Monica einen kräftigen Schuß ein.

Er setzte sich auf ihrer Seite auf den Bettrand. Sie rutschte zur Seite, um ihm Platz zu machen. Sie prosteten sich zu und nahmen jeder einen kleinen Schluck.

Dann berichtete er ihr von den beiden Hotelmorden. Er versuchte, seinen Bericht so kurz zu halten wie möglich. Als er die Wunden der Opfer beschrieb, wurde Monica weiß, aber sie bat ihn nicht, aufzuhören. Sie nahm lediglich einen etwas größeren Schluck.

»So«, schloß er endlich, »das ist alles, was Boone hat – und man kann nicht gerade sagen, daß es besonders viel wäre. Jetzt weißt du, warum er heute abend so niedergeschlagen und erledigt war. Er hat sich den ganzen letzten Monat um nichts anderes gekümmert.«

»Glaubst du, daß sie eine Chance haben, ihn zu schnappen – den Hotelkiller?«

Er blieb plötzlich stehen und blickte sie an. »Ihn?« fragte er. »Nach allem, was ich dir erzählt habe, glaubst du, daß es sich um einen Mann handelt?«

Sie nickte.

»Warum?« fragte er neugierig.

»Ich weiß nicht«, sagte sie. »Ich kann mir einfach nicht vorstellen, daß eine Frau so was täte.«

»Ein Messer mit einer kurzen Klinge ist eine typische Frauenwaffe«, erklärte er. »Und die Opfer hatten ganz offensichtlich nicht mit einem Angriff gerechnet. Und der Killer scheint zum Zeitpunkt der Attacke nackt gewesen zu sein.«

»Aber *warum*?« rief sie. »Warum sollte eine Frau so was tun?«

»Monica, Verrückte haben ihre eigene Logik. Ihre Taten erscheinen ihnen völlig vernünftig und berechtigt. Nur uns erscheinen sie monströs und obszön.«

Er setzte sich wieder zu ihr an den Bettrand. Sie tranken von ihrem Brandy. Er ergriff ihre freie Hand und umschloß sie.

»Abgesehen davon bin ich aber auch deiner Meinung«, sagte er. »Ich weiß nicht mehr, als was Sergeant Boone mir erzählt hat, und im Augenblick glaube ich auch nicht, daß es eine Frau war. Es hat bisher schon jede Menge wahllos zuschlagender Wiederholungstäter gegeben: Son of Sam, Jack the Ripper, der Würger von Boston, der

Yorkshire Ripper, der Kindermörder von Atlanta – alles Männer. Natürlich haben auch Frauen schon mehrfach gemordet, aber bei Frauen gibt es fast immer ein Motiv.«

Er kroch ins Bett und knipste die Nachttischlampe aus.

»Schlaf gut«, murmelte Monica schläfrig. »Ich liebe dich.«

»Ich liebe dich auch«, antwortete er und zog sich die Decke bis ans Kinn.

Und dann ging er in Gedanken noch einmal alle Vermutungen und Kombinationen durch: Mann, Frau, Prostituierte, Homosexueller, Transvestit. Vielleicht sogar ein Transsexueller. Das wäre mal was Neues gewesen.

Er warf einen Blick auf die Nachttischuhr. Beinahe halb drei Uhr früh. Aber er konnte nicht bis morgen warten; er mußte es jetzt erledigen.

Er schlüpfte vorsichtig aus dem Bett, um sich seinen Morgenrock und Slipper aus dem Schrank zu holen. Er war halb durch den dunklen Raum, als Monica sich aufrichtete und beunruhigt fragte: »Was ist los?«

»Nichts«, antwortete er. »Entschuldige bitte, daß ich dich geweckt habe.«

»Jetzt bin ich sowieso wach«, sagte sie mürrisch. »Wohin gehst du?«

»Ach, ich geh nur eben nach unten. Ich möchte jemand anrufen.«

»Abner Boone«, sagte sie sofort. »Du gibst nie auf, oder?«

Er sagte nichts.

»Naja, eigentlich kannst du ihn genausogut von hier aus anrufen«, sagte sie. »Aber du wirst ihn auch wecken.«

»Nein, werde ich nicht«, sagte Delaney überzeugt. »Abner schläft noch nicht.«

»Ja?« Boone hob nach dem ersten Klingeln ab.

»Edward X. Delaney hier. Ich hoffe, ich habe dich nicht aufgeweckt.«

»Nein, Chief. Ich dachte, ich könnte schlafen, aber es gelingt mir einfach nicht. Mein Gehirn scheint zu brodeln.«

»Und Rebecca?«

»Keine Sorge, Sir. Die würde sogar ein Erdbeben verschlafen.«

Boone wartete.

»Du hast gesagt, daß die Spurensicherung nach dem zweiten Mord zwei schwarze Haare auf der Lehne eines Sessels gefunden hat?«

»Das ist richtig, Sir. Und eins auf dem Kopfkissen. Alle drei aus schwarzem Nylon.«

»Ich interessiere mich nur für die beiden auf der Sessellehne. Haben sie Fotos gemacht?«

»Oh ja, natürlich. Hunderte. Und Zeichnungen haben sie auch noch angefertigt.«

»Haben sie die beiden Haare auf der Sessellehne fotografiert, bevor sie sie berührt haben?«

»Ich bin ganz sicher, daß sie das getan haben, Sir. Mit einem danebengehaltenen Lineal, um Größe und Lage zu verdeutlichen.«

»Gut«, sagte Delaney. »Jetzt gehst du hin und machst folgendes: Besorg dir die Fotografie der exakten Position der beiden Haare auf dem Sessel. Nimm dir einen Mann von der Spurensicherung oder vom Labor mit und geh noch einmal zum Tatort. Miß genau die Strecke von der Stelle, wo die Haare gefunden worden sind, bis zur Sitzfläche. Hast du verstanden? Angenommen, die Haare stammen vom Täter, bekommst du auf diese Weise seine Maße vom Oberkörper. Dann hast du wenigstens etwas.«

Einen Moment herrschte Stille. Dann explodierte Boone: »Verdammt nochmal, warum bin ich nicht darauf gekommen?«

»Du kannst nicht an alles denken«, sagte Delaney.

»Das sollte ich aber«, sagte Boone bitter. »Dafür werde ich nämlich bezahlt. Danke, Sir.«

»Viel Glück, Sergeant.«

Als er aufhängte, blickte Monica ihn verwundert an. »Du bist schon einer, weiß Gott«, sagte sie.

»Ich wollte ihm nur helfen.«

»Oh, sicher.«

»Es tut mir ehrlich leid, daß ich dich geweckt habe«, sagte er.

»Tja«, sagte sie, »und damit es nicht völlig umsonst war...«

3

Zoe Kohler hatte die Autobiographie eines Bühnenautors gelesen, der eine Zeitlang geisteskrank gewesen war und mehrere Jahre in einer Anstalt zugebracht hatte. Er sagte, es sei überhaupt nicht wahr, daß die Kranken sich selber für gesund hielten, sondern es geschehe durchaus, daß die Verrückten selber wüßten, daß sie verrückt sind. Sie seien lediglich unfähig, ihr Leiden zu bekämpfen, oder sie hätten keine Lust dazu. Denn, so schrieb er, Verrücktsein hat auch seine angenehmen Seiten und seine Schönheiten.

Die Worte »angenehme Seiten und Schönheiten« waren ihr in Erinnerung geblieben; sie dachte oft daran. Die Annehmlichkeiten des Verrücktseins. Die Schönheiten des Wahnsinns.

An dem Nachmittag nach ihrem zweiten Abenteuer (so nannte Zoe Kohler die Abende: ihre »Abenteuer«) kam Everett Pinckney zu ihr ins Büro im Hotel Granger. Er setzte sich auf die Kante ihres Schreibtisches und neigte sich ihr zu; sie roch den Whiskey.

»Schon wieder einer«, sagte er leise.

Sie blickte ihn an. Dann schüttelte sie den Kopf. »Ich verstehe nicht, Mr. Pinckney.«

»Ein weiterer Mord. Diesmal im Pierce. Genau wie der im Grand Park letzten Monat. Haben Sie davon gelesen?«

Sie nickte.

»Dieser ist praktisch auf dieselbe Weise verübt worden«, sagte er. »Derselbe Täter.«

»Wie schrecklich«, sagte sie mit einem Ausdruck des Abscheus.

»Sieht ganz nach einem neuen Son of Sam aus«, sagte er mit einem gewissen Wohlgefallen.

Sie seufzte. »Ich schätze, jetzt haben die Zeitungen ihren großen Tag.«

»Sie versuchen, die Verbindung aus den Zeitungen herauszuhalten. Im Moment. Es wäre nicht gut für die Hotelbranche. Aber früher oder später wird es trotzdem herauskommen.«

»Das nehme ich auch an«, sagte sie.

»Sie werden ihn kriegen«, sagte er und rutschte vom Schreibtisch. »Es ist nur eine Frage der Zeit. Wie fühlen Sie sich heute?«

»Danke, viel besser.«

»Freut mich zu hören.«

Sie sah zu, wie er aus dem Büro watschelte. »Ihn« hatte er gesagt. »Sie werden ihn kriegen.« Sie glaubten, es handelte sich um einen Mann; das war beruhigend. Aber was Pinckney über die Zeitungen gesagt hatte – das war alles andere.

An jenem Abend trat sie in die erste funktionierende Telefonzelle, an der sie auf dem Nachhauseweg vorbeikam. Sie versuchte, mit einer tiefen, männlichen Stimme zu sprechen und erklärte der Telefonistin der *Times*, daß sie mit jemand verbunden werden wolle, der für den Mord im Pierce zuständig sei. Es gab ein kurzes Klicken, während ihr Anruf weitergeleitet wurde. Sie wartete geduldig.

»Lokales«, sagte ein Mann. »Gardner.«

»Es geht um den Mord gestern abend im Hotel Pierce«, sagte sie so tief wie möglich.

»Ja.«

»Das Vorgehen des Täters war identisch mit dem vom letzten Monat im Grand Park Hotel. Es war dieselbe Person.«

Eine Sekunde oder zwei herrschte Schweigen. Dann fragte der Mann: »Könnten Sie mir Ihren Namen und ...«

Sie hängte auf. Sie lächelte.

Sie versuchte sich so genau wie möglich an alles zu erinnern, was sie gestern abend nach dem Abschied von Ernest Mittle vor ihrer Haustür gemacht hatte. Dabei konzentrierte sie sich vor allem auf die möglichen Risiken.

Als sie aus dem Haus gegangen war, hatte der Portier ihr kaum einen Blick zugeworfen. Auch der Taxifahrer würde sich nicht an die Frau erinnern, die er zur Ecke 72th Street und Central Park West gefahren hatte. Und selbst wenn er es tat, was hatte das mit einem Mord um Mitternacht im Hotel Pierce zu tun?

Niemand in der Damentoilette des Filmore hatte gesehen, wie sie die Perücke aufgesetzt und Make-up aufgelegt hatte. Sie war durch den Hoteleingang verschwunden; der Barkeeper konnte die Verwandlung also nicht bemerkt haben. Der Fahrer des Taxis, von dem sie sich bis kurz vor das Pierce hatte bringen lassen, hatte sie kaum angeblickt. Sie hatten auch nicht miteinander geredet.

Die Cocktail Lounge, El Khatar, war überfüllt gewesen, und eine

Menge Frauen hatten weit auffälligere Kleider getragen. Außer ihr und Fred hatte noch ein Paar den vollen Aufzug im dreißigsten Stock verlassen, aber es war, völlig ins Gespräch vertieft, in die andere Richtung gegangen. Zoe Kohler glaubte nicht, daß sie und Fred jemandem aufgefallen waren.

Im Zimmer hatte sie genau darauf geachtet, was sie berührte. Nachdem er fort war (sie benutzte das Wort »tot« nicht gern), hatte sie überrascht festgestellt, daß sie nur bis zu den Ellbogen mit Blut bedeckt war.

Dann war sie ins Badezimmer gegangen, um die purpurnen Flekken abzuwaschen. Immer wieder hatte sie sich abgespült, das Wasser so heiß, wie sie es ertragen konnte. Und dann hatte sie das heiße Wasser weiter laufen lassen, um das Becken zu säubern, während sie sich Arme und Hände abtrocknete. Sie war ins Schlafzimmer zurückgegangen, wobei sie es vermieden hatte, einen Blick zum Bett hinüberzuwerfen.

Dann, wieder im Badezimmer, hatte sie das Wasser abgestellt und das feuchte Handtuch dazu benutzt, die Armaturen, die Türklinke und später die weiße Plastikkarte, die Fred auf die Kommode neben der Zimmertür geworfen hatte, abzuwischen.

Bevor sie ging, hatte sie die Perücke abgenommen und sich mit dem Handtuch das Make-up vom Gesicht gewischt. Perücke und Handtuch waren in ihrer Schultertasche verschwunden. Sie hatte einen letzten Blick ins Zimmer geworfen und beschlossen, daß es nichts mehr gab, was sie noch tun konnte.

Der abwärtsfahrende Aufzug war überfüllt, und niemand hatte sie angeblickt: eine blasse Frau mit mausfarbenem Haar, die einen schlecht sitzenden, bis zum Kinn zugeknöpften Trenchcoat trug. Natürlich blickte niemand sie an; sie war wieder Zoe Kohler, die unsichtbare Frau.

Sie war zur Fifth Avenue gegangen und hatte ein Taxi zur Ecke 38th Street und Fifth genommen. Von dieser Ecke war sie zu ihrem Appartementhaus gegangen. Sie hatte nicht die leiseste Angst so allein auf der Straße gehabt. Wäre ihr Leben in jenem Moment zu Ende gewesen, es hätte sich dennoch gelohnt.

Nachdem sie sich in ihrer Wohnung eingeschlossen hatte, war sie (zum drittenmal an diesem Tag) unter die Dusche gegangen. Sie hatte all ihre geheimen Kleider in ihren Verstecken untergebracht. Das feuchte Handtuch war in die Plastiktüte im Abfalleimer gewandert und von dort aus am nächsten Morgen in die Verbrennungsanlage.

Seit Stunden hatte sie schon nicht mehr auf ihre Menstruationskrämpfe geachtet. Nach ihrer Rückkehr war sie sich der wachsenden Schmerzen in ihrem Bauch jedoch wieder bewußt geworden. Sie hatte eine Midol, zwei Anazin, eine Vitamin-B-Kapsel, eine Vitamin-C-Tablette geschluckt und einen halben Becher Blaubeer-Joghurt gegessen. Sie hatte geschlafen wie ein Baby.

Während des folgenden Monats hatte Zoe Kohler das Gefühl, daß ihr geordnetes Leben in durcheinanderwirbelnde Stücke zerbrach. Die Zeit schien schneller und schneller zu vergehen. Mehr und mehr drang die Vergangenheit in die Gegenwart ein. Sie stellte fest, daß sie mehr als bisher über ihre Ehe, ihren Mann, ihre Mutter, ihren Vater, ihre Kindheit nachdachte. Sie verbrachte einen ganzen Abend damit, sich die Namen von Freunden in Erinnerung zu rufen, die auf der Party anläßlich ihres dreizehnten Geburtstags gewesen waren.

Die Party war eine Katastrophe gewesen, zum Teil, weil einige Gäste nicht gekommen waren und sich auch nicht die Mühe gemacht hatten abzusagen. Und zum Teil, weil sie an jenem Tag zum erstenmal ihre Periode bekommen hatte. Sie hatte zu bluten begonnen und große Angst gehabt, weil sie dachte, es würde vielleicht nie mehr aufhören.

Eine Woche nach ihrem gemeinsamen Abendessen rief Ernest Mittle an. Sie hatte nicht damit gerechnet, daß er sich wirklich melden würde – Männer taten das nie –, und so brauchte sie einen Moment, um sich zu erinnern.

»Ich hoffe, ich störe Sie nicht«, sagte er.

»Oh nein«, antwortete sie. »Nein.«

»Wie geht es Ihnen, Zoe?«

»Sehr gut, danke. Und Ihnen?«

»Ausgezeichnet«, sagte er mit seiner hellen, jungenhaften Stimme. »Ich rufe in der Hoffnung an, daß Sie vielleicht für morgen abend noch keine Pläne haben und wir zusammen essen und hinterher ins Kino gehen könnten, oder so.«

»Das tut mir leid«, sagte sie rasch. »Ich habe nämlich schon etwas vor.«

Er sagte, das sei schade, und wenn er dürfe, würde er es ein andermal wieder versuchen. Verlegen plauderten sie noch ein paar Minuten und hängten dann auf.

»Sei nicht zu bemüht, Zoe«, hatte ihre Mutter ihr eingeschärft. »Sonst haben die Männer den Eindruck, daß du es darauf anlegst oder leicht zu haben bist.«

Sie wußte nicht genau, ob es an den Ermahnungen ihrer Mutter oder an ihr selbst lag, in jedem Fall war sie gar nicht sicher, ob sie Ernest Mittle überhaupt wiedersehen wollte.

Er rief erneut an, und diesmal nahm sie seine Einladung an. Sie war für Samstagabend, was sie als gutes Omen betrachtete. New Yorker Männer verabredeten sich mit den Frauen der zweiten oder dritten Wahl nur an Wochentagen. Samstagabend war für die Favoritinnen reserviert.

Ernest Mittle bestand darauf, sich mit ihr im Foyer ihres Hauses zu treffen. Von dort aus nahmen sie ein Taxi zu einem französischen Restaurant.

Zoe Kohler saß entspannt an ihrem Tisch, rauchte eine Zigarette, trank hin und wieder von ihrem Weißwein, lauschte dem Plaudern der anderen Gäste und hatte für einen Moment das Gefühl, sichtbar zu sein und zur Welt zu gehören.

Nach dem Dinner gingen sie zu dem Kino, in dem der Film lief, den sie sehen wollten. Es wartete bereits eine lange Schlange davor. Er blickte sie verzagt an. »Ich habe keine Lust zu warten«, sagte er. »Sie?«

»Nicht unbedingt«, sagte sie. Und dann, ohne richtig nachzudenken, fügte sie hinzu: »Warum gehen wir nicht einfach zurück in meine Wohnung und sehen fern oder unterhalten uns?«

Etwas passierte mit seinem Gesicht; einen Sekundenbruchteil verzerrte es sich. Aber dann war er wieder der treue Spaniel, darauf aus, zu gefallen, ein hoffnungsvolles Lächeln auf den Lippen. Er schien sich ständig für irgend etwas entschuldigen zu wollen.

»Das klingt nicht schlecht«, sagte er.

»Ich fürchte nur, ich habe nichts zu trinken im Haus«, sagte sie.

»Wir werden irgendwo anhalten und ein paar Flaschen Weißwein mitnehmen«, sagte er. »Einverstanden?«

»Eine ist mehr als genug«, versicherte sie ihm.

Die Erinnerungen an ihre Jugend in Minnesota und Wisconsin waren inzwischen erschöpft. Jetzt bekam ihre Unterhaltung zögernd, beinahe ängstlich, einen mehr persönlichen Charakter. Sie entdeckten eine neue Beziehung: man verstellte sich, zog sich zurück, stellte den anderen auf die Probe. Beide benahmen sich ziemlich hölzern vor Schüchternheit und Verwirrung.

In der Wohnung servierte sie den Weißwein mit Eiswürfeln. Er saß in einem Sessel, die kurzen Beine ausgestreckt. Er trug einen Tweedanzug mit Weste und wirkte beladen, fast gebeugt unter dem Gewicht seiner Kleidung. Seine Füße waren winzig.

Sie saß mit angezogenen Beinen in einer Ecke der Wohnzimmercouch. Ihre Schuhe hatte sie abgestreift, die Füße verschwanden unter ihrem grauen Flanellrock. Sie fühlte sich erstaunlich wohl. Keine Spannung. Er jagte ihr keine Angst ein. Wenn sie gesagt hätte »Hau ab«, wäre er gegangen, dessen war sie sicher.

»Warum haben Sie nicht geheiratet?« fragte sie plötzlich, um herauszufinden, ob er vielleicht schwul war.

»Wer würde mich schon haben wollen«, sagte er und zeigte seine kleinen weißen Zähne. »Abgesehen davon, Zoe, muß man heute nicht mehr unbedingt heiraten.«

»Vermutlich«, sagte sie vage.

»Sind Sie für die Frauenbewegung?«

»Nicht wirklich«, antwortete sie. »Ich weiß nicht viel darüber.«

»Ich auch nicht«, sagte er. »Aber was ich gelesen habe, klingt logisch und vernünftig.«

»Einige dieser Frauen sind so – laut und ungehobelt«, brach es aus ihr hervor.

»Oh, ja, natürlich«, sagte er rasch. »Das stimmt.«

»Sie . . . sie drängeln sich so vor«, fuhr sie fort. »Sie nennen sich Feministinnen, aber ich glaube nicht, daß sie besonders weiblich sind.«

»Da haben Sie sehr recht«, sagte er.

»Ich bin der Meinung, Frauen sollten in erster Linie und überall Ladies sein. Finden Sie nicht auch? Ich meine, sie sollten kultiviert und vornehm sein, sauber und gepflegt, großzügig und verständnisvoll.«

»Ich wurde dazu erzogen, Respekt vor Frauen zu haben«, sagte er.

»So bin ich auch erzogen worden. Meine Mutter hat immer gesagt, wenn du dich wie eine Lady benimmst, werden die Männer dich auch respektieren.«

»Ist Ihre Mutter noch am Leben?« fragte Ernest.

»Oh ja.«

»Sie scheint eine wundervolle Frau zu sein.«

»Das ist sie auch«, sagte Zoe leidenschaftlich. »Sie ist jetzt schon über sechzig, aber immer noch sehr aktiv. Ich meine, sie sitzt nicht bloß zu Hause und putzt und kocht die ganze Zeit. Sie hat ihr eigenes Leben. Das heißt natürlich nicht, daß sie sich nicht um Vater kümmern würde; das tut sie sehr wohl. Aber er ist nicht ihr ganzes Leben. Sie ist eine sehr unabhängige Frau.«

»Das ist großartig«, sagte Ernest. »Ich meine, daß sie so viele interessante Dinge zu tun hat.«

»Sie sollten Sie einmal sehen«, sagte Zoe. »Sie sieht viel jünger aus, als sie ist. Und sie geht jede Woche zum Friseur und läßt eine Blauspülung machen, und wie sie sich anzieht! Sie hat einen phantastischen Geschmack, wenn es um Kleider geht. Sie ist makellos.«

»Klingt nach einer wirklichen Dame«, sagte Ernest.

»Ja, das ist sie auch. Eine wirkliche Dame.«

Dann begann Ernest Mittle über seine Mutter zu sprechen, die der Frau, die Zoe beschrieben hatte, überaus ähnlich zu sein schien. Nach einer Weile vernahm sie seine Stimme nur noch als eine Art Dröhnen. Sie hörte, was er sagte, und ihre Augen ruhten mit höflichem Interesse auf seinem Gesicht. Aber in ihrem Kopf vermischte sich die Vergangenheit mit der Gegenwart.

Sie hatte ungefähr ein Jahr in New York gelebt, als sie, fast wahnsinnig vor Einsamkeit, beschlossen hatte, eine Bar in der Second Avenue zu besuchen, die mit dem Slogan warb: »Für den kultivierten Single, der den kleinen Unterschied kennt und ihn auch machen will!« Die Bar hieß *The Meet Market*.

Sie hatte viel Zeit darauf verwandt, sich zu überlegen, was sie anziehen und wie sie sich verhalten sollte. Sie würde attraktiv sein, aber nicht grell. Sie würde lebhaft und fröhlich wirken, den Männern genau zuhören und wenig sprechen. Freundlich, nicht vorlaut. Ihre Meinung würde sie nur sagen, wenn man sie danach fragte.

Sie hatte sich ein wenig gepudert, einen Hauch Rouge aufgetragen und die Lippen angemalt. Ihr erster Versuch mit falschen Wimpern hatte nicht besonders geklappt; sie saßen schief und verliehen ihr einen verworfenen, orientalischen Ausdruck. Schließlich hatte sie sie wieder abgenommen und ihre eigenen Wimpern getuscht.

Das Meet Market war ein Schock gewesen. Die Bar war viel kleiner, als Zoe erwartet hatte, und die Gäste standen bis auf die Straße. Sie tranken Bier und mußten sich gegenseitig anbrüllen, um den Lärm der Jukebox gleich hinter der Tür zu übertönen.

Zoe drängte sich mit klopfendem Herzen hinein und mußte bestürzt feststellen, daß die Frauen, ob allein oder in Begleitung, fast alle jünger waren als sie. Die meisten waren um die zwanzig und trugen ausländische Mode in lebhaften Farben. Neben ihnen sah Zoe wie eine alte Schachtel aus.

Sie brauchte fünfzehn Minuten, um sich zur Bar vorzuarbeiten, und weitere fünf Minuten, um bei einem der geschäftigen, überheblichen Barkeeper ein Glas Bier zu bestellen. Um sie herum brandete das Leben: Gelächter, gebrüllte Unterhaltungen, obszöne Witze, das Schmettern der Jukebox. Die Frauen waren genauso liederlich wie die Männer. Trotzdem blieb sie stehen, wo sie stand, lächelte entschlossen und bestellte ein weiteres Glas Bier.

»Entschuldige, Puppe«, sagte ein Mann, als er über ihre Schulter langte, um seinen Drink aus der Hand des Barkeepers entgegenzunehmen, und sie dabei anstieß.

Sie blickte sich um. Ein stämmiger junger Mann, dunkelhäutig, mit einem Helm pomadisierter schwarzer Locken, das Profil einer römischen Münze entliehen. Er trug ein besticktes, bis zum Bauchnabel aufgeknöpftes Hemd. Sein Eau de toilette verströmte einen so ekelerregenden Moschusgeruch, daß Zoe das Gefühl hatte, ersticken zu müssen. Seine Zähne waren angeschlagen, und er hätte sich dringend rasieren müssen. Sein Hemd wies unter den Achseln dunkle Flecken auf.

Es ist ihm egal, dachte sie und empfand plötzlich Bewunderung.

Sie blieb an der Bar, trank das wäßrige Bier und beobachtete die fremdartige Welt um sich herum. Sie hatte das Gefühl, in einen Zirkus geraten zu sein. Jeder hier hatte seinen Auftritt, nur sie nicht.

Sie hatte bemerkt, daß die meisten Frauen nicht nur jünger waren als sie, sondern auch hübscher. Zoe registrierte Blusen, die so weit aufgeknöpft waren, daß die Brüste beinahe herausfielen. Durchsichtige Hemden über nackten Oberkörpern. Jeans, die so eng saßen, daß jedes Härchen auf den Pobacken zu sehen war. Manche waren noch mit suggestiven Buttons geschmückt: SMART ASS, TOUCH ME, SEX POT.

Sie war kurz nach halb zwölf im Meet Market angekommen. Eine Stunde später hatten der Lärm und das Gedränge ihren Höhepunkt erreicht. Dann begann sich das Lokal allmählich zu leeren. Die Kontakte waren hergestellt; man verschwand paarweise. Zoe Kohler stand immer noch an der Bar, trank ihr schales Bier, und ihr Gesicht schmerzte vom Lächeln.

»Was ist denn los, Puppe?« fragte der dunkle junge Mann, der plötzlich wieder hinter ihr stand. »Nichts gefunden heute?«

Er brüllte vor Lachen, warf seinen Kopf zurück. Sie konnte seine schlechten Zähne sehen, eine pelzige Zunge, einen roten Tunnel.

Er ließ sich vom Barkeeper ein neues Bier geben und kippte auf einen Schluck die Hälfte davon hinunter, so gierig, daß ein wenig in einem kleinen Rinnsal sein Kinn hinunterlief. Er wischte es mit der Rückseite seiner linken Hand weg und blickte sich in dem leerer werdenden Raum um.

»Ich habe den Zug auch verpaßt«, sagte er zu Zoe. »Immer auf der Suche nach etwas noch Besserem. Verstehen Sie, was ich meine? Und am Ende kann ich dann zusehen, wie ich mir mit meinen fünf Fingern den Abend vertreibe.«

Er lachte ihr direkt ins Gesicht. Sein Atem roch sauer: Bier und noch etwas anderes. Er klatschte ihr auf die Schultern.

»Wo bist du her, Puppe?« fragte er.

»Manhattan«, sagte sie.

»Na, das ist doch wenigstens etwas«, sagte er. »Gestern abend habe ich eine superscharfe tolle Puppe kennengelernt, und prompt stammt sie aus Queens und will in ihre Wohnung gehen. Ich habe immer so ein Glück. Ich und nach Queens gehen, so weit kommt's noch! Ich wohne praktisch um die Ecke.«

»Also?« fragte sie schelmisch.

»Also gehen wir«, sagte er. Er lebte in einem grauenhaften Ein-Zimmer-Appartement in einer Mietskaserne an der 85th Street.

Kaum hatten sie die Tür hinter sich geschlossen, sagte er »Muß mal pissen« und verschwand im Badezimmer.

Er ließ die Tür offen. Sie hörte seinen Strahl in die Kloschüssel prasseln. Sie hielt sich die Ohren zu und fragte sich benommen, warum sie nicht weglief.

Er kam wieder heraus, streifte sein Hemd ab und schlüpfte aus seiner Jeans. Er trug einen fleckigen Slip, der kaum breiter als ein Bindfaden war. Sie konnte ihre Augen nicht von der Schwellung zwischen seinen Beinen lösen.

»Ich habe noch einen halben Joint«, sagte er. Dann bemerkte er ihren Blick und sagte lachend: »Nicht hier. Ich meine, echt gutes Gras. Hast du Lust?«

»Nein, danke«, sagte sie steif.

Er fand den Stummel in einer Kommodenschublade, zündete ihn an und inhalierte tief. Seine Augenlider sanken herab.

»Manna vom Himmel«, sagte er. »Du weißt, was Manna ist, Puppe?«

»Eine Speise«, sagte sie. »Aus der Bibel.«

»Getroffen«, sagte er träge. »Aber sie haben es nicht Fraua genannt, richtig? Manna. Bist du gut im Blasen, Puppe?«

»Ich weiß nicht«, sagte sie wahrheitsgemäß, da sie keine Ahnung hatte, wovon er sprach.

»Sicher bist du das«, sagte er. »Ihr hungrigen alten Weiber seid alle gut darin. Und wenn du nicht weißt, wie es geht, dann bringe ich es dir bei. Aber das kommt später. Jetzt geht's erst mal los. Runter mit der Uniform, Puppe.«

Es war mehr eine Koje als ein Bett, die Matratze vergammelt, fleckig und an einigen Stellen aufgeplatzt. Er ließ nicht zu, daß sie das Licht ausschaltete, so daß sie ihn ansehen mußte und das Geschehen nur ausschalten konnte, indem sie die Augen schloß. Aber das reichte nicht.

Er roch nach Schweiß und dem gräßlichen Eau de toilette, das er benutzte. Und er war so behaart, daß ein Trikot aus schwarzer Drahtwolle Brust, Schultern, Arme, Rücken und Beine bedeckte. Seine Scham war ein einziges Knäuel. Aber seine Hinterbacken waren seidig.

»Oh«, hatte sie ausgerufen, »oh, oh, oh.«

»Gut, was?« sagte er und grunzte vor Anstrengung. »Das gefällt dir, was? Und das ... und das ... und das? Oh, Gott!«

Zoe Kohler tat, wie sie es von Maddie gelernt hatte. Machte die Gymnastik mit, stöhnte, grub die Nägel in seine fleischigen Schultern.

»So gut«, rief sie immer wieder. »So ... gut ...!«

Dann, während er pumpte und pumpte und sie sich ihm entgegenhob, fiel ihr Kenneth, ihr Ex-Ehemann, ein und wie wütend er immer über ihre mechanischen Reaktionen gewesen war.

»Du bist einfach nicht dabei!« hatte er sich beklagt.

Endlich, endlich wurde das haarige Ding, das sie mit seinem Gesicht peinigte, fertig, schluchzte auf und rollte sich fast sofort herunter.

Er zündete den Stummel erneut an, jetzt nur noch ein glühender Punkt, den er auf einen Draht spießte.

»Das war 'ne Nummer«, sagte er. »Sag bloß, das war keine Nummer!«

»Die beste, die ich je erlebt habe«, sagte sie pflichtschuldigst.

»Bist du gekommen?«

»Natürlich«, log sie. »Zweimal.«

»Wie auch anders«, sagte er selbstgefällig. »Habe noch nie Beschwerden gekriegt.«

»Ich muß gehen«, sagte sie und richtete sich auf.

»Oh nein«, sagte er und stieß sie wieder zurück. »Noch nicht. Wir haben noch etwas zu erledigen.«

Kenneth hatte das einmal vorgeschlagen, aber sie hatte sich geweigert. Jetzt konnte sie sich nicht weigern. Er klemmte ihren Kopf zwischen seine starken Hände und leitete ihren Mund.

»Ja, jetzt hast du es«, sagte er. »Rauf. Runter. Genauso. Rundherum. Genau da. Die Zunge. Gewußt wie ist alles, Puppe. Vorsicht mit den Zähnen.«

Später, als sie im Taxi nach Hause fuhr, war ihr klargeworden, daß sie nicht einmal seinen Namen kannte.

»Noch einen Schluck Wein?« fragte sie Ernest Mittle. »Ihr Glas ist leer.«

»Gern«, sagte er mit einem Lächeln. »Danke. Eigentlich können wir die Flasche doch austrinken. Ich fühle mich wirklich gut.«

Sie stand auf und schwankte einen Moment, schwindlig vom Erinnern, nicht vom Wein. Sie holte noch ein paar Eiswürfel.

»Das ist was anderes als in einer Schlange vor einem Kino anzustehen, was?« meinte er. »Wahrscheinlich war der Film sowieso nicht gut.«

»Und was anderes, als auf eine überfüllte Party zu gehen«, sagte sie, »wo jeder versucht, so schnell wie möglich betrunken zu werden – wie bei Maddie.«

»Sie gehen bestimmt viel aus, nicht wahr?«

»Eigentlich ziehe ich einen ruhigen Abend zu Hause vor«, sagte sie. »So wie jetzt.«

Er stimmte eifrig zu. »Man wird es leid, sich immer irgendwo rumzutreiben. Mir geht es jedenfalls so.«

Sie starrten sich an, Lügner mit offenem Blick. Er brach das Schweigen als erster. »Tatsächlich«, sagte er sehr leise, »gehe ich gar nicht so viel aus. Ganz selten nur, wenn ich ehrlich bin.«

»Um die Wahrheit zu sagen«, sagte sie, ohne ihn anzublicken, »geht es mir genauso. Ich bin fast immer allein.«

Er blickte auf, gespannt. Er beugte sich vor. »Deswegen macht es mir soviel Spaß, mich mit Ihnen zu treffen, Zoe. Mit Ihnen kann ich reden. Wenn ich auf eine Party oder in eine Bar gehe, scheinen alle nur zu schreien. Die Leute reden nicht mehr miteinander. Ich meine, über wichtige Dinge.«

»Das ist wirklich wahr«, sagte sie. »Jeder scheint zu schreien. Und niemand legt mehr wert auf gutes Benehmen oder ganz normale Höflichkeit.«

»Ja!« rief er erregt. »Genau! Ich habe dieselbe Beobachtung gemacht. Wenn man versucht, höflich zu sein, wird man für einen Idioten gehalten.«

Sie blickte ihn bewundernd an. »Ja«, sagte sie, »genauso sehe ich das auch. Ich bin vielleicht altmodisch, aber –«

»Nein, nein!« protestierte er.

»Aber ich sitze nun mal lieber allein mit einem guten Buch zu Hause«, fuhr sie fort, »oder schaue mir im Bildungsprogramm eine interessante Sendung an.«

»Ich könnte es nicht besser ausdrücken«, sagte er warm. »Außer ...«

»Außer was?« fragte sie.

»Nun, schauen Sie, wir beide arbeiten in der hektischsten Stadt der Welt. Und ich frage mich – ich habe in letzter Zeit oft darüber nachgedacht –, ob sich all das nicht auf mich überträgt. Ich meine, der Lärm, die Wut, die Frustration, der Schmutz, die Gewalt, Zoe, das alles muß doch *irgendeine* Auswirkung haben.«

»Vermutlich«, sagte sie langsam.

»Worauf ich hinauswill«, sagte er fast verzweifelt, »ist, daß ich manchmal das Gefühl habe, ein Opfer von Dingen zu werden, die ich nicht kontrollieren kann. Alles verändert sich so schnell. Nichts bleibt, wie es war. Aber was gibt es für einen Ausweg? Aussteigen und in die Wildnis gehen? Wer kann sich das schon leisten. Oder versuchen, eine Veränderung herbeizuführen? Ich glaube nicht, daß der Einzelne irgend etwas ausrichten kann. Es sind – es sind einfach übermächtige Kräfte.«

Er holte tief Luft und leerte sein Glas. Dann lachte er unsicher. »Ich langweile Sie wahrscheinlich«, sagte er. »Entschuldigung.«

»Sie langweilen mich nicht, Ernest.«

»Ernie.«

»Sie langweilen mich nicht, Ernie. Was Sie gesagt haben, ist sehr interessant. Glauben Sie wirklich, daß wir von unserer Umwelt beeinflußt werden, auch wenn wir uns bewußt sind, wie schrecklich sie ist und versuchen – versuchen, dagegen zu rebellieren?«

»Oh ja«, sagte er. »Ganz sicher. Haben Sie sich an der Universität mit Psychologie beschäftigt?«

»Zwei Jahre.«

»Nun, dann wissen Sie ja, daß Sie Ratten durch Lärm, schlechtes Futter, grelles Licht oder, indem Sie zu viele von ihnen zusammenpferchen, so unter Druck setzen können, daß sie komplett durchdrehen. Gut, Menschen haben zugegebenermaßen eine höhere Intelligenz als Ratten. Wir haben die Fähigkeit zu erkennen, daß wir uns in einer Streßsituation befinden und können eine bewußte Anstrengung unternehmen, sie zu ertragen oder ihr auszuweichen. Aber ich behaupte nach wie vor, daß das, was heute in der modernen Welt um uns herum vorgeht, uns in einer Weise beeinflußt, von der wir noch keine Ahnung haben.«

»Körperlich, meinen Sie?«

»Das natürlich sowieso. Verschmutzte Luft, Strahlungen, verseuchtes Wasser, billiges Essen. Aber schlimmer ist das, was uns widerfährt, unserem Wesen. Wir verändern uns, Zoe. Dessen bin ich ganz sicher.«

»Wie verändern wir uns?«

»Wir werden härter, weniger umgänglich. Wir können uns nicht mehr konzentrieren. Sex hat seine Einzigartigkeit verloren. Liebe ist ein billiger Witz geworden, Gewalt ein Lebensstil. Das Gesetz wird nicht mehr respektiert, Verbrechen zahlt sich aus. Die Religion ist auf einen Kult unter vielen reduziert. Und so weiter und so weiter. Oh Gott, das klingt wahrscheinlich wie von einem dieser Propheten der Verdammnis.«

Sie ging noch einmal auf den Punkt ein, der sie am meisten faszinierte. »Und obwohl Sie so empfinden und all das wissen, haben Sie immer noch das Gefühl, daß Sie verändert werden?«

Er nickte unglücklich. »Erst gestern«, sagte er, »habe ich zu Abend gegessen und dabei ferngesehen. Ich habe mir die Abendnachrichten angesehen, und dort wurden Filme von den kambodschanischen Flüchtlingslagern in Thailand gezeigt. Ich saß da und aß und trank und sah Kinder, Babies mit strohhalmdünnen Ärmchen und Beinchen und aufgedunsenen Bäuchen, die Augen von Fliegen bedeckt. Ich saß da und aß, und sah zu, wie die Leute starben. Nach einer Weile habe ich gemerkt, daß ich weinte.«

»Ich verstehe«, sagte sie mitfühlend. »Es war schrecklich.«

»Nein, nein«, sagte er gequält. »Ich habe nicht geweint, weil es so schrecklich war. Ich habe geweint, weil ich nichts fühlte. Ich habe diese Bilder betrachtet und wußte, daß sie wahr waren, daß die Leute dort wirklich starben, und ich habe nicht das geringste gefühlt. Das meine ich, wenn ich sage, daß diese Welt uns auf eine Weise verändert, auf die wir nicht verändert werden wollen.«

Plötzlich, ohne Vorwarnung, flossen seine Augen über, und er begann zu weinen. Sie starrte ihn einen Moment hilflos an, dann streckte sie ihre Arme aus. Er stolperte vorwärts und brach neben ihr auf der Couch zusammen. Sie legte einen Arm um seine schmalen Schultern und zog ihn an sich. Mit der anderen Hand strich sie das feine flachsfarbene Haar von seinen Schläfen zurück.

»Na, Ernie«, sagte sie mit sanfter Stimme. »Na. Na.«

An den Tagen nach ihrem Anruf bei der *New York Times* suchte Zoe Kohler in allen Zeitungen nach einer Reaktion auf ihren Tip. Aber mit Ausnahme einiger kurzer Nachfolgeberichte über den Tod von Frederick Wolheim im Pierce fand sie nichts. Zoe war überzeugt, daß die Zusammenhänge vertuscht werden sollten. Wie Everett Pinckney gesagt hatte, es war nicht gut für die Hotelbranche.

Aber am 24. März erschien im Lokalteil der *Times* ein zweispaltiger Artikel, der unter der Schlagzeile »KILLER IN ZWEI MORDFÄLLEN GESUCHT« die Morde an George T. Puller und Frederick Wolheim wieder aufgriff, die Ähnlichkeiten darlegte und erklärte, daß die Polizei eine Theorie verfolge, nach der die beiden Morde von demselben Täter begangen worden seien. Das Motiv sei unbekannt.

Der Artikel berichtete, daß die Untersuchung von Lieutenant Martin Slavin geleitet werde. Sein einziger Kommentar lautete: »Wir verfolgen mehrere vielversprechende Spuren und rechnen in Kürze mit einer Verhaftung.« Für Anrufer, die Informationen über die Verbrechen mitzuteilen hatten, war eine Sondernummer eingerichtet worden.

Die *Times* nahm keinen Bezug auf die »Son of Sam«-Morde, aber die *Post* und die *Daily News* am Nachmittag und Abend waren nicht so zurückhaltend. Die Schlagzeile der *Post* lautete: »EIN NEUER SON OF SAM?« Und die *News* betitelte ihren Bericht auf Seite 4 mit: »POLIZEI HÄLT ›TOCHTER VON SAM‹ FÜR MÖGLICH.«

Das war für Zoe ein Schock. Aber die sorgfältige Lektüre des Artikels ergab, daß die Polizei lediglich der Möglichkeit nachging, daß eine Prostituierte die beiden Männer ermordet hatte. Die Huren und Zuhälter des Viertels wurden zu Dutzenden aufgegriffen und verhört.

Zoe Kohler hatte das Gefühl, daß nichts entdeckt worden war, was eine ernsthafte Bedrohung für sie darstellen könnte. Die ganze Sache wurde immer aufregender, wie sie zugeben mußte. Sie war auf dem besten Weg, sich einen Namen zu machen.

Ihre gute Laune wurde etwas gedämpft, als Everett Pinckney zwei Tage später ihr Büro betrat, in der Hand ein Fahndungspapier, das die Polizei jedem Hausdetektiv und Sicherheitschef der Hotels in Midtown Manhattan persönlich übergeben hatte.

Die Sicherheitschefs wurden zur Mithilfe bei der Suche nach dem

Mörder von George T. Puller und Frederick Wolheim aufgefordert. Man vermutete, daß der Mörder in Bars, Cocktail Lounges oder Speiseräumen mit den Opfern Kontakt aufnahm, und zwar vorzugsweise in solchen Hotels, in denen Kongresse, Tagungen oder andere Veranstaltungen in großem Rahmen abgehalten wurden.

Die Beschreibung der Person, die gesucht wurde, war spärlich. Sie besagte nicht mehr, als daß es sich um einen Mann oder eine Frau handeln konnte, schätzungsweise ein Meter fünfundsechzig bis ein Meter siebenundsechzig groß und mit einer Perücke aus schwarzem Nylon auf dem Kopf.

»Nicht besonders viel«, meinte Pinckney. »Wenn wir jeden Mann und jede Frau festhalten wollten, die eine schwarze Nylonperücke tragen, säßen wir ganz schön in der Tinte.«

»Ja, Sir«, sagte sie.

Als er gegangen war, saß sie noch minutenlang steif wie ein Stock an ihrem Schreibtisch, ohne die Stuhllehne auch nur zu berühren. Sie umklammerte die Schreibtischplatte so heftig, daß die Fingerknöchel weiß hervortraten.

Die schwarze Nylonperücke machte ihr nichts aus. Das war ein Detail, das sich leicht verändern ließ. Aber wie waren sie auf die genaue Größe gekommen?

Wieder und wieder ging sie ihre beiden Abenteuer durch. Sie konnte sich an keine Handlung erinnern, die der Polizei die akkurate Schätzung ihrer Größe ermöglicht hätte. Sie hatte das unangenehme Gefühl, daß da eine Intelligenz an der Arbeit war, von der sie keine Ahnung hatte. Etwas oder jemand Geheimes, der Bescheid wußte. Sie fragte sich, ob es sich um ein Medium oder einen Hellseher handelte, den die Polizei in die Untersuchungen eingeschaltet hatte.

Am Donnerstag probierte sie eine erdbeerblonde Nylonperücke auf, mit der gleichen Frisur wie ihre schwarze. Sie blickte in den Spiegel und zupfte und fingerte herum, bis die Perücke richtig saß.

»Sie wird eine neue Frau aus dir machen, Schätzchen«, sagte die Verkäuferin.

»Ganz sicher«, sagte Zoe Kohler und kaufte sie.

Madeline Kurnitz rief an und bestand darauf, sich mit ihr zum

Mittagessen zu treffen. Zoe hatte keine Lust; ein Lunch mit Maddie konnte gut zwei Stunden oder länger dauern.

»Es geht wirklich nicht«, sagte sie. »Ich bin eine werktätige Frau, weißt du. Normalerweise esse ich am Schreibtisch.«

»Komm schon, Kleines«, sagte Maddie ungeduldig. »Du bist doch nicht an diesen gottverdammten Tisch gefesselt, oder? Versuch doch mal, ein bißchen zu leben.«

»Wie wär's, wenn wir uns gleich hier treffen«, schlug Zoe vor, »und im Hotelspeisesaal essen?«

»Wie vertrocknet willst du eigentlich noch werden?« fragte Maddie angewidert.

Als sie dann schließlich mit zwanzig Minuten Verspätung aufkreuzte, trug sie ihren Nerz, der so schwarz war, daß er fast blau wirkte, und darunter ein engsitzendes Fähnchen aus Brokat und Satin.

Mit der bei ihr üblichen Grandezza marschierte sie voran in den Speisesaal des Granger. Ein trübsinniger Maître d'Hotel näherte sich ihnen mit einem traurigen Lächeln.

»Zwei Damen?« fragte er im Ton eines Bestattungsunternehmers. »Hier entlang, bitte.« Er führte sie an einen winzigen Tisch, genau hinter einer breiten Stucksäule.

Maddie Kurnitz öffnete ihren Mantel und legte eine Hand sanft auf seinen Arm. »Sie süßer Bursche«, sagte sie, »könnten wir nicht einen Tisch bekommen, der ein kleines bißchen komfortabler ist?«

Seine Augen flackerten und wanderten zu ihren schwellenden Brüsten. Plötzlich wurde er lebendig. »Aber natürlich!« sagte er und führte sie zu einem Vierertisch in der Mitte des Speisesaals.

»Wunderbar«, säuselte Maddie. Sie bedachte den Maître mit einem warmen Lächeln. »Sie sind ein echter Schatz«, sagte sie.

»War mir ein Vergnügen«, sagte er strahlend. »Wünsche, wohl zu speisen, meine Damen.«

»Ich habe ihm den Tag gerettet«, sagte Maddie.

»Wie machst du das nur?« fragte Zoe. Sie schüttelte den Kopf. »Ich hätte nie die Nerven dafür.«

»Mumm, Baby«, antwortete Maddie. »Mumm ist alles.« Sie fischte eine zerdrückte Packung brauner Zigarillos aus ihrer riesigen Schultertasche aus Schlangenleder. Sie hielt Zoe die Schachtel hin.

»Nein, danke, Maddie. Ich rauche eine von meinen.«

»Wie du willst.«

Maddie ließ ein Zigarillo zwischen ihren Lippen auf und nieder wippen. Sofort beugte sich ein hübscher junger Kellner über sie und ließ sein Feuerzeug aufschnappen. Sie griff nach seiner Hand und hielt sie fest, während die Flamme den Tabak berührte.

»Besten Dank, schöner Mann«, sagte sie und lächelte zu ihm auf. »Können wir jetzt einen Drink haben?«

»Aber natürlich, Madam. Was hätten Sie denn gern?«

»Das würde ich Ihnen ja sagen, aber dann werden Sie noch rot. Was den Drink betrifft, so nehme ich einen trockenen Martini, pur, mit zwei Oliven. Zoe?«

»Ein Glas Weißwein, bitte.«

Der Kellner eilte davon. Maddie blickte sich in dem überfüllten Raum um. Dann betrachtete sie Zoe kritisch. »Du siehst gut aus. Nicht allzu gut, aber auch nicht schlecht. Geht's dir gut?«

»Natürlich. Ich bin in Ordnung.«

»Aha. Hast du dich auf unserer Fête neulich gut amüsiert?«

»O ja. Ich wollte mich noch bedanken, bevor ich ging, aber ich konnte weder dich noch Harry finden.«

»Diesen David Sowieso hast du nicht kennengelernt, wie? Den Burschen, von dem ich dir erzählt habe?«

»Nein«, sagte Zoe.

»Dein Glück«, meinte Maddie lachend. »Er ist etwas später am Abend mit einer Ladung Koks geschnappt worden. Dieser Idiot! Aber du bist nicht allein gegangen, wie?«

Zoe Kohler senkte den Kopf.

Der Kellner kam mit den Drinks und ließ die Speisekarte neben ihren Tellern liegen.

»Rufen Sie mich, wenn Sie soweit sind«, sagte er.

»Ich bin immer soweit«, sagte Maddie. »Aber Sie können in ein paar Minuten wiederkommen und die Bestellung aufnehmen.«

Sie warteten, bis er verschwunden war.

»Woher weißt du das?« fragte Zoe.

»Meine Spione sind überall«, sagte Maddie. »Wie heißt er?«

»Ernest Mittle. Er arbeitet für deinen Mann.«

Madeline Kurnitz prustete in ihren Martini. »Das Lamm Gottes?« fragte sie. »Dieser nette kleine Bursche?«

»So klein ist er auch wieder nicht.«

»Ich weiß, Schätzchen. Er wirkt nur so klein. Hat wohl nicht versucht, dir an die Wäsche zu gehen, was?«

»Ach, Maddie«, erwiderte Zoe verwirrt. »Natürlich nicht. Der Typ ist er ganz und gar nicht.«

»Hab ich auch nicht gedacht«, sagte Maddie. »Arme kleine Maus.«

»Könnten wir bestellen, Maddie? Ich muß wirklich wieder an meine Arbeit.«

Zoe bestellte einen Fruchtsalat.

Maddie entschied sich für Austern, obwohl sich herausstellte, daß die Küche nur eine Sorte anbieten konnte, die sie nicht so gern mochte. Danach wünschte sie dünne Scheiben Kalbfleisch, in ungesalzener Butter und Marsala geschwenkt, dazu ein Hauch Zitrone und Knoblauch. Als Beilage schien ihr Blumenkohl mit Schinkenstückchen passend.

»Schmeißt du dir immer noch diese Pillen rein, Kleines?« fragte sie.

»Ich nehme Vitamine«, sagte Zoe steif. »Zur Ergänzung der normalen Ernährung.«

Maddie aß die Austern auf und lehnte sich strahlend zurück.

Sie trank einen weiteren Martini, während sie auf ihr Kalbfleisch wartete. Zoe trank noch ein Glas Wein. Dann wurde serviert.

»Wunderbar«, sagte Maddie und betrachtete ihren Teller. »Man muß nicht nur nach Geschmack, sondern auch nach Farbe bestellen. Ist das nicht eine Symphonie?«

»Es sieht nett aus.«

»Schätzchen«, sagte Maddie kauend, »ich habe dich nie nach deiner Scheidung gefragt, oder?«

»Stimmt, das hast du nicht.«

»Wenn du darüber nicht sprechen willst, brauchst du es mir bloß zu sagen und ich halte die Klappe. Aber ich bin neugierig. Ich dachte immer, ihr beide hättet die heißeste Liebesaffäre der ganzen Weltgeschichte gehabt. Zumindest klang es in deinen Briefen so. Was ist passiert?«

»Nun . . ., ja . . .« Zoe stocherte in ihrem Salat herum. »Wir haben uns einfach auseinandergelebt.«

»Quatsch«, sagte Madeline Kurnitz und steckte ein großes Stück

Fleisch in den Mund. »Darf ich mal raten? Ich schätze, es hatte was mit Sex zu tun.«

»Nun . . . vielleicht«, sagte Zoe leise.

Maddie hörte auf zu essen. Sie saß da, die Gabel in die Luft gestreckt, und starrte Zoe an. »Wollte er, daß du ihm einen ablutschst?«

»Was?«

»Daß du ihm den Schwanz leckst«, sagte Maddie ungeduldig.

Zoe blickte sich nervös um. Aber keiner der anderen Gäste an den Nebentischen schien dieser irritierenden Unterhaltung zu lauschen.

»Das war eine Sache«, sagte sie ruhig. »Aber es gab auch noch andere.«

Maddie beschäftigte sich wieder mit ihrem Essen, offenbar ernüchtert und wieder ernst. Sie hielt die Augen auf ihrem Teller.

»Schätzchen«, sagte sie, »warst du noch Jungfrau, als ihr geheiratet habt?«

»Ja.«

»Nach allem, was ich dir an der Uni beigebracht habe?« Maddie schlug verärgert die Augen gen Himmel. »Das sollte eine Ausbildung sein, verdammt noch mal! Es ist wirklich zu blöd. Und, wie war sie?«

»Wie war was?«

»Die Hochzeitsnacht, du Schäfchen. Der erste Fick. Wie war es?«

»Es war nicht gerade das größte Abenteuer meines Lebens«, sagte Zoe trocken.

»Hattest du einen?«

»Er hatte einen. Ich nicht.«

Maddie starrte sie lange und nachdenklich an. »Hast du je einen gehabt?«

»Nein, habe ich nicht.«

»Was? Sprich lauter. Ich verstehe dich nicht.«

Sie beendeten die Mahlzeit schweigend.

»Armes kleines Pflänzchen«, sagte Maddie schließlich. »Schätzchen, ich kenne da so eine großartige Frau, die Frauen wie dich behandelt und –«

»Mit mir ist alles in Ordnung«, sagte Zoe hitzig.

»Natürlich, Liebling«, sagte Maddie beruhigend. »Aber es ist einfach eine Schande, daß du eins der größten Vergnügen in diesem elenden Dasein verpaßt. Diese Frau, die ich kenne, veranstaltet

Gruppentherapien. Kleine Gruppen. Fünf oder sechs Frauen wie du. Sie hat einen guten Ruf auf ihrem Gebiet und schon vielen Frauen geholfen.«

»Es liegt nicht an mir«, explodierte Zoe. »Es liegt an den Männern.«

»Aha«, sagte Maddie und zerquetschte ihren Zigarillostummel im Aschenbecher. »Komm, laß dir den Namen dieser Frau geben.«

»Nein«, sagte Zoe.

Maddie Kurnitz zuckte mit den Schultern. »Dann laß uns den Kaffee bestellen«, schlug sie vor. »Und einen schönen, großen Nachtisch, der ordentlich dick macht.«

Dr. Oscar Stark, Internist, hatte seine Praxis im Erdgeschoß eines umgebauten Mietsgebäudes an der 35th Street, gleich östlich von der Park Avenue. Es war ein gefälliges fünfstöckiges Gebäude mit Bogenfenstern und einem Windlicht über dem Eingang, das angeblich noch von Louis Tiffany entworfen worden war.

Zoe Kohler hatte einen festen Termin um sechs Uhr abends an jedem ersten Donnerstag im Monat. Dr. Stark hatte sie zu überzeugen versucht, daß diese monatlichen Besuche überhaupt nicht notwendig seien.

»Ihr Gesundheitszustand erfordert das ganz und gar nicht«, hatte er gesagt, »jedenfalls nicht, solange Sie regelmäßig jeden Tag ihre Medikamente nehmen. Sie sind an sich in ausgezeichneter gesundheitlicher Verfassung. Es reicht, wenn ich Sie mir zweimal im Jahr ansehe.«

»Ich würde lieber jeden Monat zum Nachsehen kommen«, hatte sie beharrt. »Man kann nie wissen.«

Er hatte mit seinen mächtigen Schultern gezuckt und etwas Zigarrenasche von den Aufschlägen seines weißen Baumwolljacketts gebürstet. »Wenn Sie sich dann besser fühlen. Aber was soll ich denn jeden Monat für Sie tun?«

»Ach . . .«, hatte sie gesagt, »das Übliche.«

»Und was betrachten Sie als das Übliche?«

»Gewicht und Blutdruck. Die Lungen, Urin- und Blutuntersuchungen. EKG. Untersuchung von Brüsten und Becken. Ein Abstrich. Das Übliche eben.«

»Jeden Monat ein Abstrich?« hatte er ausgerufen. »Zoe, das ist in Ihrem Fall absolut unnötig. Ein- oder zweimal im Jahr reicht vollkommen aus, das versichere ich Ihnen.«

»Ich will es aber«, hatte sie dickköpfig beharrt, und er hatte klein beigegeben.

Er war Mitte sechzig und sah aus wie ein kleiner, plumper Teddybär. Ein enormer weißer Haarkranz krönte seinen kugelrunden Kopf wie ein zottiger Heiligenschein. Seine Hände waren groß und kräftig, die Finger mit schwarzen Härchen bedeckt. Er trug Pantinen und weiße Baumwollsocken und rauchte eine Zigarre nach der anderen, es sei denn, ein Patient beklagte sich darüber.

Er hatte hellblaue Augen, und Zoe Kohler mochte ihn. Ein lieber alter Mann, der sie weder ängstigte noch einschüchterte. Sie hatte das Gefühl, ihm alles erzählen zu können, alles, ohne daß er schockiert, verärgert oder angeekelt wäre.

An jenem ersten Dienstag im April traf Zoe ein paar Minuten vor ihrem Termin in Dr. Starks Praxis ein. Erfreulicherweise befanden sich nur zwei andere Patienten im Warteraum. Zoe meldete sich bei der Empfangsdame an und zog sich dann mit einem alten Exemplar eines Architekturmagazins in eine Ecke zurück. Erst um zehn vor sieben betrat Gladys, die leitende Sprechstundenhilfe, das Wartezimmer und bedachte Zoe mit dem herzlichsten Lächeln, dessen sie fähig war.

»Der Doktor erwartet Sie«, sagte sie.

Wenig später saß Zoe in Dr. Starks Büro, sah zu, wie er sich eine neue Zigarre anzündete und den Rauch mit einem Handwedeln vertrieb.

Er betrachtete sie freundlich über den Rand seiner Halbglasbrille. »So«, sagte er. »Wie geht es uns denn?«

»Gut«, sagte Zoe.

»Regelmäßiger Stuhlgang?«

Sie nickte und senkte die Augen.

»Wie steht's mit dem Essen?«

»Ich esse ordentlich«, sagte sie.

Er blickte in die aufgeschlagene Mappe auf dem Schreibtisch. »Sie nehmen Vitamine«, bemerkte er. »Was für welche?«

»Fast alle«, sagte sie. »A, B, C, E und einige Mineralstoffe.«

»Welche?«

»Eisen, Zink, Magnesium.«

»Und? Was für Pillen noch?«

»Meine Antibabypille«, sagte sie. »Die Medizin fürs Blut. Cholin. Alfalfa. Lezithin und Seegras.«

»Was noch?«

»Gelegentlich ein Librium. Midol, Anazin. Hin und wieder etwas gegen meine Krämpfe. Ein Tuinal, wenn ich nicht schlafen kann.«

Er blickte sie an und seufzte. »Du meine Güte«, sagte er, »was für ein Durcheinander. Glauben Sie mir, Zoe, wenn Sie sich eine vernünftige Diät zusammenstellen und daran halten würden, wären all diese Vitamine und Mineralien und so weiter überhaupt nicht notwendig.«

»Wer hält sich heute schon an eine vernünftige Diät?« fragte Zoe herausfordernd.

»Was ist mit dem Cholin? Warum Cholin?«

»Ich habe irgendwo gelesen, daß es gut gegen vorzeitige Senilität sein soll.«

Stark lehnte sich zurück und lachte schallend, wobei große gelbe Zähne sichtbar wurden.

»Eine junge Frau wie Sie«, sagte er schließlich, »macht sich Sorgen über Senilität. Ich sollte mir darüber Sorgen machen, aber nicht Sie. Versuchen Sie, weniger Pillen zu nehmen, einverstanden?«

»Einverstanden.«

»Versprochen?«

Sie nickte.

Im Untersuchungsraum zog sie ihre Kleider aus und hängte sie auf Plastikbügel. Dann hüllte sie sich in ein Tuch. Gladys kam herein, in der Hand ein Untersuchungsformular.

Zoe stieg auf die Waage. Gladys bewegte die Gewichte vor und zurück.

»Achtundfünfzig«, verkündete sie. »Wie machen Sie das bloß? Eins von meinen Beinen wiegt schon so viel. Ziehen Sie besser Ihre Schuhe an, meine Liebe. Der Boden ist kalt.«

Dr. Stark kam wenig später herein. Sorgfältig plazierte er seine Zigarre in einer Schale. Zoe saß auf einem Drehstuhl aus weißemailliertem Stahl. Der Arzt saß ihr gegenüber, ebenfalls auf einem

Drehstuhl. Seine Fleischmassen quollen über den Rand des winzigen Sitzes.

»Okay«, sagte er, »bringen wir diesen schwierigen Eingriff hinter uns.«

Die Schwester reichte Stark ein Stethoskop. Er bedeutete Zoe, das Tuch fallenzulassen. Sie ließ es von den Schultern gleiten, hielt es aber an den Hüften zusammengerafft.

Er wärmte das Stethoskop einen Moment an seinem haarigen Unterarm, dann drückte er die Metallscheibe gegen Zoes Brust, Brustkasten und Brustbein.

»Sehr schön, sehr schön«, sagte er, schwang ihren Stuhl herum und bewegte die Metallscheibe über ihre Schultern, den Rücken. Dann klopfte er einige Stellen mit dem Knöchel ab. »Die gesamte Maschine ist in bester Verfassung«, verkündete er. Die Schwester hielt den Blutdruckmesser schon bereit. Stark schlang ihn um Zoes Oberarm und pumpte das Gürtel-Kissen auf.

»Etwas hoch«, bemerkte der Arzt. »Nur ein kleines bißchen. Kein Anlaß zur Sorge. So, und jetzt zu unserer Dracula-Nummer.«

Gladys reichte ihm Spritze und Nadel. Sie tupfte die Innenseite von Zoes Unterarm ab. Zoe wandte sich ab. Sie spürte den Einstich, ihr Körper erschauerte. Der Glaskolben füllte sich mit ihrem vergifteten Blut.

Wenige Sekunden später drückte der Arzt gegen ihren Arm und zog die Nadel heraus. Er reichte Gladys die volle Spritze. Die Schwester legte sie beiseite und klebte ein kleines, rundes Pflaster auf den roten Punkt in Zoes Unterarm.

»Und nun zum angenehmen Teil«, sagte Dr. Stark.

Er zog seinen fahrbaren Stuhl näher heran und starrte durch seine Brille mit den halben Gläsern kritisch auf Zoes nackten Busen. Er begann ihre Brüste zu betasten. Sie ließ den Kopf sinken. Mit halbgeschlossenen Augen beobachtete sie, wie seine pelzigen Finger über ihr Fleisch krochen. Wie schwarze Raupen.

Er benutzte die Flächen seiner breiten Fingerkuppen und bewegte seine Hände in kleinen Kreisen, um das Gewebe unter der Haut abzutasten. Er beendete die Examinierung damit, jede Warze leicht zu kneifen, um ihre Erektion zu beobachten. Da hatte Zoe Kohler ihre Augen bereits fest geschlossen.

»Okay«, sagte Dr. Stark. »Sie können jetzt wieder aufwachen. Untersuchen Sie Ihre Brüste manchmal selbst, Zoe?«

»Ich . . . nein, tue ich nicht.«

»Warum nicht? Ich habe Ihnen doch gezeigt, wie.«

»Ich habe es lieber, wenn ein Arzt das macht.«

»Na gut. Jetzt kommt der Ritt auf dem eisernen Pony.«

Gladys half ihr auf den gepolsterten Untersuchungstisch, schob das Kissen unter ihrem Kopf zurecht und glättete das Laken, das ihren Körper bis zur Hüfte bedeckte. Dr. Stark rollte zwischen ihre Beine, wobei er den Stuhl mit den Füßen vorwärtspaddelte. Die Schwester streifte ihm Gummihandschuhe über. Er begann mit der Untersuchung. Zoe starrte die Decke an und biß sich auf die Unterlippe. Sie fühlte keinen Schmerz. Nur die Demütigung.

»Entspannen Sie sich«, sagte er. »Es hilft, wenn Sie versuchen, sich zu entspannen. Sie sind ganz verkrampft. Atmen Sie tief ein und aus.«

Sie versuchte sich zu entspannen. Sie dachte an blauen Himmel, Weizenfelder, ruhige Seen. Sie atmete tief ein und aus.

»Spatel«, sagte der Arzt leise.

Sie spürte nichts, aber sie wußte, daß er jetzt den Abstrich vornahm.

»Tut's weh?«

»Nein«, keuchte sie.

»Empfindlich?«

»Nein.«

Er begann, ihren Unterleib abzutasten.

»Hier Schmerzen?«

»Nein.«

»Spüren Sie hier etwas?«

»Nein.«

»Nur noch eine Minute.«

Sie wartete, wußte, was folgen würde. Sie hatte mit weitoffenen Augen zur Decke hochgestarrt. Sie war fest entschlossen, nicht zu weinen. Dabei ging es gar nicht um den Schmerz; sie spürte keinen Schmerz. Ein Stechen hier und da, das Gefühl, daß etwas gespannt, der fremden Welt dort draußen geöffnet wurde, aber kein Schmerz. Warum also mußte sie gegen die Tränen ankämpfen? Sie wußte es nicht.

Langsam, sanft, zartfühlend wurden Finger und Hände zurückgezogen. Dr. Stark streifte seine Handschuhe ab. Er versetzte ihr einen leichten Schlag auf das nackte Knie.

»Wunderbar«, sagte er. »Sie sind in großartiger Verfassung. Ziehen Sie sich an und kommen Sie zu mir ins Sprechzimmer.«

Sie zog sich langsam an. Strich mit einem Kamm durch ihre Haare. Sie fühlte sich ausgelaugt und irgendwie befriedigt.

Dr. Stark war hinter seinen Schreibtisch gesunken, die Brille hatte er auf sein weißes Haar geschoben. Müde rieb er sich die faltendurchfurchte Stirn.

»Sieht alles ganz normal aus«, berichtete er Zoe. »Die Laborberichte werden wir in drei Tagen erhalten. Ich erwarte keine ungewöhnlichen Resultate. Wenn doch was sein sollte, rufe ich Sie an.«

»Kann ich Sie nicht anrufen?« fragte Zoe ängstlich. »Wenn ich nichts von Ihnen höre? In drei oder vier Tagen?«

»Sicher«, sagte er gleichmütig. »Warum nicht?« Er legte den kurzen Zigarrenstummel aus der Hand. Er betrachtete Zoe freundlich.

»Kommt Ihre Periode regelmäßig, Zoe?«

»Oh ja«, sagte sie. »Alle sechsundzwanzig, siebenundzwanzig oder achtundzwanzig Tage. Um den Dreh herum.«

»Gut«, sagte er. »Wann ist die nächste fällig?«

»Am zehnten April«, sagte sie prompt.

»Haben Sie immer noch diese Krämpfe?«

»Ja.«

»Wann fangen sie an?«

»Einen oder zwei Tage früher.«

»Schlimm?«

»Sie werden immer schlimmer. Erst wenn ich zu bluten beginne, hören sie auf.«

Er verzog das Gesicht, blinzelte und schüttelte den Kopf. »Ich habe Ihnen schon gesagt, Zoe, daß ich keine körperliche Ursache dafür finden kann. Ich wäre froh, wenn Sie meinen Rat befolgen und einen, äh, einen Psychiater aufsuchen würden.«

»Jeder will, daß ich zu einem Irrenarzt gehe«, brach es aus ihr heraus.

Stark blickte plötzlich auf. »Jeder?«

Sie senkte die Augen. »Eine Freundin.«

»Und was haben Sie gesagt?«

»Nein.«

Er seufzte. »Nun, es ist Ihr Körper und Ihr Leben. Aber es müßte nicht sein – die Krämpfe, meine ich.«

»Sie sind nicht so schlimm«, sagte sie.

Aber das stimmte nicht.

Die Krämpfe waren mörderisch. Keine ihrer Pillen half. Die Schmerzen waren wie eine riesige Hand aus Feuer, die sich in ihr zusammenkrallte und hierhin und dorthin bohrte. Am liebsten hätte sie laut losgeschrien.

Am Mittwochabend, 9. April, ging sie früh nach Hause. Sie nahm ein Bad, so heiß sie es irgend ertragen konnte. Über eine Stunde ließ sie heißes Wasser nachlaufen, wenn das Bad sich abkühlte. Ihre Blutungen hatten noch nicht eingesetzt.

Bevor sie sich anzog, schluckte sie das übliche Sammelsurium an Pillen. Dazu trank sie ein Glas Weißwein. Die Schmerzen schrumpften auf ein dumpfes, beständiges Pochen zusammen.

Sie bedauerte, erst zum Filmore an der West 72th Street fahren zu müssen, um Make-up auftragen und die neue erdbeerblonde Perücke aufsetzen zu können. Aber sie wollte nicht Gefahr laufen, daß ihre Nachbarn und der Portier sie als Irene sahen. Außerdem war es zu riskant, direkt von ihrer Wohnung zum Coolidge zu fahren. Möglicherweise erinnerte sich der Taxifahrer hinterher an sie. Ein kleiner Umweg erhöhte die Sicherheit.

Sie hatte sich für das Coolidge entschieden, weil das Fachmagazin der Hotelbranche in seinem Veranstaltungskalender angegeben hatte, daß dort am 9. April zwei Tagungen und eine politische Veranstaltung stattfanden.

Sie trug feuerrote Nylonwäsche, bestickt mit kleinen Herzen, eine rotgetönte durchsichtige Strumpfhose und ihre Abendsandalen mit den »Nuttenabsätzen«. Das hauteng sitzende Kleid war aus grüner Seide, so dunkel, daß es fast schwarz wirkte. Es schimmerte, saß so knapp wie ein Slip und hing an zwei Spaghettiträgern von ihren glatten Schultern herab.

Zwei Stunden später saß sie allein an einem schmalen Tisch im

New Orleans Room des Hotels Coolidge. Der Trenchcoat lag zusammengefaltet neben ihr auf dem Sitz. Sie rauchte eine Zigarette und trank ein Glas Weißwein. Sie bewegte nicht ein einziges Mal den Kopf, aber ihre Augen standen nie still.

Es war ein kleiner, schwach erleuchteter, halbvoller Raum. Eine dreiköpfige Jazzband improvisierte lustlos in einer der Ecken. Die Atmosphäre war relativ ruhig und entspannt. Zoe Kohler fragte sich, ob sie nicht besser in den Gold Coast Room gehen sollte.

Die meisten Männer kamen in Zweier- und Dreiergruppen, ohne Mäntel und Hüte, aber mit Abzeichen an den Aufschlägen ihrer Jacketts. Sie nahmen sofort Kurs auf die Bar. An den kleinen Tischen saßen einige Paare.

Kurz nach elf erschien ein einzelner Mann im Eingang. Er blieb einen Moment stehen und blickte sich um.

Komm hierher, flehte Zoe Kohler. Komm zu mir.

Er blickte in ihre Richtung, zögerte und bewegte sich dann beiläufig auf sie zu. Er rutschte hinter den Tisch neben ihrem. Sie zog ihren Trenchcoat und die Schultertasche näher heran. Er bestellte einen Bourbon und Wasser. Seine Stimme war tief, ein schwingender Bariton.

Er war groß, über einen Meter neunzig, und vollkommen kahl. Er hielt sich schlecht und trug eine Brille ohne Rahmen. Seine Züge waren angenehm, die Wangen etwas eingefallen. Seine Handrücken waren mit häßlichen Narben bedeckt. An seiner Brusttasche hing das unerläßliche Namensschild. Zoe erhaschte einen Blick darauf: »Hello! Call me Jerry.«

Sie saßen an ihren Tischen, ohne miteinander zu reden oder sich anzusehen. Sie bestellte noch einen Weißwein, er einen weiteren Bourbon. Endlich . . .

»Entschuldigen Sie«, sagte er und beugte sich vor.

Sie bedachte ihn mit einem kalten Blick. Er errötete bis unter die nicht vorhandenen Haarwurzeln.

»Eh, ich, nun, ich habe mir gerade überlegt, ob ich Ihnen eine persönliche Frage stellen darf?«

»Sie dürfen«, sagte sie streng. »Vielleicht antworte ich. Vielleicht auch nicht.«

»Eh«, sagte er und schluckte, »dieses Kleid, das Sie da tragen, gefällt mir so gut. Ich möchte meiner Frau ein Geschenk aus New York mitbringen, und ich weiß, daß sie darin wunderbar aussehen würde.« Hastig fügte er hinzu: »Natürlich nicht so gut wie Sie, aber ich habe mich gefragt, wo Sie es wohl gekauft haben, und ob...« Seine Stimme erstarb.

Sie lächelte ihn an. »Danke«, sie spähte auf sein Abzeichen, als hätte sie es jetzt erst erblickt, »danke, Jerry. Ich muß Ihnen aber leider mitteilen, daß das Geschäft, wo ich es gekauft habe, inzwischen pleite gemacht hat.«

»Oh«, sagte er, »das ist Pech. Aber vielleicht könnten Sie mir ein anderes Geschäft nennen, wo ich etwas Hübsches kaufen kann.«

Sie hatten sich einander jetzt zugewandt, und er versuchte standhaft, seine Augen auf ihr Gesicht zu konzentrieren, obwohl sie immer wieder zu ihren Schultern und dem Ausschnitt herabsanken.

Sie unterhielten sich eine Weile. Er kam aus Little Rock, Arkansas, wo er als Filialleiter einer Schnellimbiß-Kette, die Hühnchensteaks verkaufte, tätig gewesen war, ehe er beschlossen hatte, selber eine Konzession zu erwerben.

Sie berührte die Narben auf seinem Handrücken.

»Was haben sie da?« fragte sie. »Eine Kriegsverletzung?«

»Oh nein«, sagte er und lachte zum erstenmal. Er hatte ein nettes, einfältiges Lachen. »Eine unserer Fritteusen hat Feuer gefangen. Das wird schon wieder heilen, irgendwann.«

»Ich heiße Irene«, sagte sie sanft.

Er bestellte zwei weitere Runden und setzte sich neben sie. Sie preßte ihren Schenkel gegen seinen. Er zog hastig sein Bein weg. Dann kehrte es zurück.

»Ziemlich laut hier«, sagte Jerry unmutig. »Man kann sich gar nicht richtig unterhalten.«

»Wo wohnen Sie, Jerry?« fragte sie.

»Was?« fragte er. »Ich kann Sie nicht verstehen.«

Sie brachte ihren Mund dicht an sein Ohr, dicht genug, um es zu berühren. Sie wiederholte ihre Frage.

»Was, wie, direkt hier im Hotel natürlich«, sagte er überrascht. »Im vierzehnten Stock.«

»Haben Sie irgendwas Trinkbares in Ihrem Zimmer?«

»Ich habe eine Flasche Whiskey, fast voll«, sagte er und starrte sie an. »Bourbon. Ganz süffig.«

Sie brachte ihre Lippen wieder dicht an sein Ohr. »Wir könnten eine kleine Party feiern«, flüsterte sie. Ihre Zunge stieß pfeilschnell vor und wieder zurück.

»Ich habe so was noch nie vorher gemacht«, sagte er heiser. »Ich schwöre Ihnen, es ist das erste Mal.«

Außer ihnen war noch ein weiteres Paar im Fahrstuhl, aber nur bis zum neunten Stock. Danach fuhren sie allein weiter.

»Haben Sie bemerkt, daß es keinen dreizehnten Stock gibt«, sagte er nervös. »Nach dem zwölften kommt gleich der vierzehnte. Die haben sich wahrscheinlich gedacht, daß niemand ein Zimmer im dreizehnten Stock haben möchte. Aber ich wohne im vierzehnten, der eigentlich der dreizehnte ist. Mir macht das nichts aus.«

Sie legte die Hand auf seinen Arm. »Sie sind süß«, sagte sie.

»Ehrlich?« fragte er erfreut.

Sobald sie in seinem Zimmer waren, bestand er darauf, ihr Fotos aus seiner Brieftasche zu zeigen – seine Frau, sein Haus, seinen Hund.

Zoe sah eine rundliche Blondine, ein nacktes, im Entstehen begriffenes Haus ohne Garten und einen wunderschönen Hund.

»Jerry, Sie müssen ein sehr glücklicher Mann sein«, sagte sie und berührte die Bilder immer nur an den Rändern.

»Und wie!«

»Haben Sie Kinder?«

»Nein«, sagte er knapp. »Keine Kinder. Noch nicht.«

Sie schätzte ihn auf Ende dreißig, Anfang vierzig. Keine Kinder. Das war Pech. Aber seine Witwe würde sich wieder verheiraten. Sie war dieser Typ Frau.

Er kramte in seinem offenen Koffer herum und brachte eine fast volle Halbliterflasche Bourbon zum Vorschein.

»Voilà«, sagte er und sprach es »Viola« aus. Zoe war sich nicht sicher, ob er einen Scherz machte oder nicht.

»Ich überspringe eine Runde«, sagte sie. »Ich bin etwas beschwipst. Aber lassen Sie sich dadurch nicht irritieren.«

Er goß sich einen kleinen Schluck in ein Wasserglas. Seine Hand zitterte; der Flaschenhals klirrte gegen den Rand des Glases.

»Hören Sie«, sagte er, ohne sie anzublicken, »wie ich Ihnen eben gesagt habe, ist das hier das erste Mal, daß ich so was mache, so wahr mir Gott helfe. Ich muß Ihnen gegenüber ehrlich sein; ich weiß nicht, ob Sie . . .«

Er blickte sie hilflos an.

Sie trat auf ihn zu und lächelte zu ihm auf.

»Ich weiß, was Sie sich fragen«, sagte sie. »Sie fragen sich, ob ich Geld verlange und ob Sie mich vorher oder nachher bezahlen sollen. Stimmt's?«

Er nickte stumm.

»Jerry«, sagte sie sanft, »ich bin keine Professionelle, falls Sie das denken sollten. Es macht mir lediglich Spaß, hier zu sein – mit Ihnen. Wenn ein Mann mir hinterher ein kleines Geschenk machen will, weil er sich so gut amüsiert hat . . .«

»Oh sicher, Irene«, sagte er und schluckte. »Ich verstehe.«

»Haben Sie ein Radio?« fragte sie abrupt. »Schalten Sie das Radio ein, damit wir endlich loslegen können.«

Er schaltete das Nachttischradio ein. Discomusik dröhnte in den Raum.

»Wow!« rief sie und schnippte mit den Fingern, »das ist toll. Haben Sie Lust zu tanzen?«

Er kippte hastig den Bourbon hinunter. »Ich bin kein besonders guter Tänzer«, sagte er.

»Dann tanze ich allein.«

Sie begann durch den Raum zu gleiten, mit erhobenen Händen und schwingenden Hüften. Ein Träger glitt von ihrer Schulter und hing lose herunter.

Er saß auf dem Bettrand, das leere Glas an den Lippen und beobachtete sie mit verwunderten Augen.

»Zu viele Klamotten«, sagte sie und schob sich im Rhythmus der Musik auf ihn zu, drehte sich um und kommandierte: »Aufmachen!«

Gehorsam öffnete er den Reißverschluß im Rücken ihres Kleides. Sie hörte nicht auf sich zu bewegen. Sie schlüpfte aus dem zweiten Träger, ließ das Kleid herunterfallen, stieg heraus und kickte es auf einen Stuhl.

Sie stand einen Moment lang still, bekleidet mit ihrer herzchenbestickten Unterwäsche, der rötlichen Strumpfhose und den hochhackigen Schuhen. Sie starrten sich an. Dann wechselte die Musik, ein Tango erklang. Wieder begann sie, durch den Raum zu schweben.

»Ich schwöre bei Gott«, sagte er heiser, »das ist das Verrückteste, was mir je passiert ist. Irene, Sie sind eine tolle Frau. Ich kann's noch immer nicht fassen.«

»Fassen Sie's ruhig«, sagte sie lachend. »Es ist wahr.«

Sie fuhr fort, für ihn zu tanzen, bis die Musik zu Ende war. Dann streifte sie Schuhe und Strumpfhose ab. Jerry blickte zu Boden.

»Jerry«, sagte sie.

Er hob den Kopf und sah sie an.

»Gefalle ich dir?« fragte sie und posierte mit den Händen auf den Hüften, das Gewicht auf das linke Bein verlagert. Sie kniff ein Auge zusammen und legte den Kopf schief.

Er nickte. Er wirkte verängstigt und bemitleidenswert. Sie trat auf ihn zu und blieb zwischen seinen Beinen stehen. Sie nahm seinen Kopf zwischen ihre Hände und zog sein Gesicht an ihren weichen, duftenden Bauch.

»Zieh dich aus, Herzchen«, sagte sie kehlig. »Ich muß mal Pipi. Dauert nur eine Minute.«

Sie ergriff ihre Schultertasche und ging zum Badezimmer. An der Tür drehte sie sich um, aber er blickte ihr nicht nach.

Sie traf die üblichen Vorbereitungen und dachte dabei, daß er ziemlich schwierig war. Er war verwirrt. Er hatte kein Selbstvertrauen. Das war nicht fair.

Nackt verließ sie das Badezimmer, ein Handtuch über den rechten Unterarm und die Hand gebreitet. »Hier bin ich!« sagte sie fröhlich.

Er lag nicht nackt unter der Bettdecke. Er hatte nur Jackett und Weste ausgezogen, den Schlips gelockert und den Kragen geöffnet. Er saß immer noch auf dem Bettrand, die Ellbogen auf die Knie gestützt. Er drehte das Glas in seinen zernarbten Händen hin und her. Es war jetzt fast bis zum Rand voll mit Whiskey.

Als er ihre Stimme hörte, wandte er den Kopf.

»Allmächtiger!« sagte er ehrfürchtig.

Sie ging zum Bett und kniete sich hinter ihn. Mit ihrer linken Hand zog sie ihn sacht nach hinten, bis er sich gegen sie lehnte.

»Jerry«, fragte sie, »was ist los?«

Er stöhnte. »Irene, das hier ist nicht richtig. Ich kann es nicht tun.

Ich kann's einfach nicht, es tut mir leid. Hör zu, ich gebe dir Geld. Ich will deine Zeit nicht länger vergeuden. Aber wenn ich an mein kleines Mädchen denke, das zu Hause auf mich wartet, kann ich einfach nicht ...«

»Psst, Psst«, sagte sie beruhigend. Sie legte ihre Handfläche sanft auf seine Stirn und zog seinen Kopf zurück, bis er zwischen ihren Brüsten lag. »Denk nicht daran. Denk einfach an gar nichts.«

Sie ließ das Handtuch fallen. Sie stieß ihm die Messerklinge unterhalb seines linken Ohres in den Hals und zog sie dann mit aller Kraft ruckweise nach rechts.

Sein Körper sprang mit einem konvulsivischen Zucken vom Bett. Das Glas klirrte zu Boden. Whiskey spritzte. Jerry schlug der Länge nach hin. Seine Arme arbeiteten wie Dreschflegel.

Aber es war nicht das, was sie erstaunte. Das Erschreckende war die Fontäne seines Bluts, der wilde Strahl, der mit einer solchen Macht herausgeschossen war, daß kleine Fleischfetzen bis an die Wand gespritzt waren und dort langsam hinunterrutschten.

Fasziniert beobachtete Zoe einen Moment, wie sich an der Wand langsam schmale rote Straßen bildeten. Dann kletterte sie über das Bett und richtete sich neben dem Sterbenden auf. Er zuckte noch immer, seine Arme zitterten, die Beine ebenfalls, die Lider flatterten.

Er war angezogen, aber das störte sie nicht. Sie wollte das knorpelige Ding da unten, diesen Knüppel, ohnehin nicht sehen. Sie hieb ihm die Klinge durch die Hose in die Hoden und begleitete jeden Stich mit dem Ausruf: »Da! Da!«

Nach einer Weile richtete sie sich wieder auf und blickte sich benommen um. Nichts hatte sich verändert. Sie vernahm gedämpften Verkehrslärm von der Seventh Avenue. Ein Flugzeug dröhnte hoch oben am Nachthimmel. Jemand ging auf dem Flur vorbei, ein Mann lachte. Nebenan rauschte die Toilettenspülung.

Sie blickte auf Jerry hinunter. Er war fort, sein Leben versickerte im Teppich. Das Nachttischradio spielte noch immer, jetzt wieder Discomusik. Sie ging ins Badezimmer und holte einige Blätter Toilettenpapier, ehe sie den Knopf berührte, um die Musik abzustellen.

Sie war eben vorsichtig.

4

Edward X. Delaney war wie besessen von dem Rätsel der beiden Hotelmorde. Er hatte versucht, sich abzulenken, aber unweigerlich kehrten seine Gedanken zu den beiden toten Männern zurück: wie sie getötet worden waren, warum, und wer es getan haben mochte.

Seufzend ließ er sich auf die Herausforderung ein, legte seine Füße auf den Schreibtisch, rauchte eine Zigarre und starrte die Wand an.

Instinkt und Erfahrung sagten ihm, daß es sich um das Werk eines kriminellen Psychopathen handelte, eines Verrückten. Es war beinahe hoffnungslos, nach einem Motiv zu suchen. Habgier schien es jedenfalls nicht zu sein; gestohlen worden war nichts.

Aus einer momentanen Eingebung heraus blätterte er in einem Taschenkalender, auf der Suche nach den Seiten, auf denen die Mondphasen aufgeführt waren. Aber zwischen Vollmond und den Mordtagen gab es keinen Zusammenhang.

Weil er gerade nichts Besseres zu tun hatte, so rechtfertigte Delaney es vor sich selbst, legte er Dossiers der beiden Opfer an, wobei er sich an alles zu erinnern versuchte, was Sergeant Abner Boone ihm erzählt hatte. Dann überschrieb er ein drittes Blatt Papier mit einem Wort: Täter.

Er brütete über den bekannten Fakten, den Informationen über die beiden Opfer, versuchte, eine Verbindung, einen Berührungspunkt zu finden. Aber er fand nichts anderes als das, was er schon Boone gegenüber geäußert hatte. Penibel wie er war, notierte er es sorgfältig.

Das Papier, das dem Killer vorbehalten war, enthielt nur wenige Notizen:

1. Könnte männlich oder weiblich sein.
2. Trägt schwarze Nylonperücke.
3. Clever; sorgfältig; wahrscheinlich gerissen und intelligent.

All das nur niederzuschreiben, bereitete Delaney schon ein gewisses Vergnügen. Es brachte ihn der Lösung nicht näher, aber es war die einzige Methode, die er kannte, ein Verbrechen, das aus abnormen Motiven und einer irrationalen Geistesverfassung geboren worden war, mit Mitteln der Logik aufzuklären.

Am Morgen des 21. März kam ihm der Gedanke, daß die beiden Opfer, George T. Puller und Frederick Wolheim, vielleicht irgendwann denselben Mann angestellt und, aus welchen Gründen auch immer, wieder gefeuert hatten. Und dann, Jahre später, hatte der entlassene Arbeitnehmer, getrieben von einem mittlerweile mörderischen Rachedurst, seine beiden ehemaligen Arbeitgeber ausfindig gemacht und sie niedergestochen. Eine etwas eigenwillige Vorstellung, wie er zugeben mußte, aber nicht unmöglich.

Er dachte immer noch darüber nach, als das Telefon klingelte. Geistesabwesend griff er nach dem Hörer.

»Hier Edward X. Delaney«, sagte er.

»Chief, hier spricht Boone«, sagte der Sergeant am anderen Ende. »Ich habe mir gedacht, Sie wüßten vielleicht gern . . . Ich habe getan, was Sie mir geraten hatten. Ich bin mit einem Mann von der Spurensicherung noch einmal in das Zimmer im Pierce gegangen. Wir haben uns den Sessel vorgenommen, auf dem die beiden schwarzen Nylonhaare gefunden worden sind.«

»Und?«

»Chief, es ließ sich natürlich nur schätzen. Ich meine, wenn man in diesem Sessel sitzt – er hat ein ziemlich weiches Polster das sich zusammendrückt. Verstehen Sie? Deswegen war es nicht leicht, eine genaue Angabe über die Spanne zwischen der Rückseite des Kopfes und dem Steiß zu machen.«

»Klar, ich verstehe.«

»Wie auch immer«, fuhr Boone fort, »wir haben getan, was wir konnten, doch dann fand sich weder im Labor noch im Büro des Leichenbeschauers jemand, der uns helfen konnte. Aber einer der Assistenten riet uns, einmal beim Naturgeschichtlichen Museum nachzufragen. Er hat uns den Namen eines Anthropologen gegeben, angeblich eine Koryphäe, wenn es darum geht, aus einem einzigen Knochen ein ganzes Skelett zu rekonstruieren.«

»Gut«, sagte Delaney, erfreut über Boones Sorgfalt.

»Was hat er gesagt?«

»Er sagte, seiner Schätzung nach – und er bestand auf dem Begriff Schätzung – sei die Person, die in dem Sessel gesessen hätte, ungefähr einen Meter fünfundsechzig bis ein Meter siebenundsechzig groß.«

Einen Moment herrschte Schweigen.

»Chief?« fragte Boone. »Sind Sie noch da?«

»Ja, Sergeant«, sagte Delaney langsam, »ich bin noch da. Ein Meter fünfundsechzig bis siebenundsechzig? Das könnte eine mittelgroße Frau oder ein mittelkleiner Mann sein.«

»Richtig«, meinte der Sergeant. »Aber das ist wenigstens etwas, nicht, Chief? Ich meine, es ist immerhin mehr als wir vorher hatten.«

»Natürlich«, sagte Edward X. Delaney so herzlich er konnte. Er brauchte nicht zu sagen, wie dünn diese Spur war; der Sergeant wußte das selbst.

»Chief, ich möchte Sie gern um einen Gefallen bitten.«

»Natürlich. Was immer du willst.«

»Könnte ich Sie wegen dieser Untersuchung hin und wieder anrufen?« fragte der Sergeant, immer noch mit gedämpfter Stimme. »Um Sie darüber zu informieren, was vorgeht und Sie gelegentlich um Ihre Hilfe zu bitten?«

Das war Commissioner Ivar Thorsens Vorschlag, mit Sicherheit. Was bedeutete, daß Thorsen der Sachkenntnis von Lieutenant Martin Slavin nicht gerade übermäßiges Vertrauen entgegenbrachte.

»Ruf mich an, wann immer du dazu Lust hast, Sergeant. Du weißt ja, wo ich zu erreichen bin.«

»Danke, Sir«, sagte Boone erleichtert.

Delaney legte auf. Dann fügte er seinen Notizen über den Täter einen vierten Punkt hinzu: Geschätzte Größe 1,65–1,67. Anschließend ging er in die Küche und machte sich ein Sandwich aus gekochtem Schinken, Eiern und Mayonnaise auf Roggenbrot.

Am Essen war nichts auszusetzen. Aber es wurde von Monicas Stimmung verdorben. Sie war schweigsam und mürrisch.

»Monica, was hast du denn?«

»Dieses Symposium heute nachmittag«, schluchzte sie. »Es ging um Kindesmißhandlung. Es war so schrecklich. Ich glaube, ich brauche einen Brandy.«

Nach dem Brandy und nachdem sie die Küche aufgeräumt hatten, gingen sie beide ins Arbeitszimmer. Monica setzte sich an den Schreibtisch. Sie begann, an ihre Kinder zu schreiben, an Eddie, Mary und Sylvia.

Er betrachtete sie intensiv. Sie lächelte, während sie schrieb; etwas

Komisches war ihr eingefallen, oder vielleicht dachte sie einfach nur an die Kinder. In diesem Augenblick erschien sie Delaney als perfekte Verkörperung des Weiblichen.

»Monica«, sagte er.

Sie blickte fragend auf.

»Darf ich dir eine Frage über das Symposium heute nachmittag stellen? Wenn es dir etwas ausmacht, lasse ich es sein.«

»Nein, mir geht es schon wieder besser. Was möchtest du denn wissen?«

»Sind dort irgendwelche Statistiken über die Häufigkeit von Kindesmißhandlungen zitiert worden? Und ob sie zunimmt oder nachläßt?«

»Sie hatten alle Zahlen«, sagte Monica mit einem Nicken. »In den letzten zehn Jahren haben die Fälle von Kindesmißhandlung zugenommen, aber der Redner sagte, das läge wahrscheinlich daran, daß sich immer mehr Ärzte und Krankenhäuser des Problems bewußt werden und solche Fälle den Behörden melden.«

»Das trifft wahrscheinlich zu«, meinte er. »Hatten sie auch Zahlen über die Fälle, wo die Mißhandlungen sexueller Natur waren? Wurden sie eher von Männern oder Frauen begangen?«

»Da kann ich mich an die Zahlen nicht erinnern«, sagte sie. »Es gab eine Menge Fälle, wo beide Elternteile mitgemacht haben. Selbst wenn nur einer von ihnen wirklich handgreiflich geworden ist, hat der andere es meistens gebilligt.«

»Aber wenn nur ein Elternteil oder Verwandter der Aggressor war, handelte es sich dann mit mehr Wahrscheinlichkeit um den Mann oder die Frau?«

Sie blickte ihn an und fragte sich, worauf er hinauswollte. »Edward, ich habe dir schon gesagt, darüber gibt es keine Statistiken.«

»Aber wenn du schätzen müßtest, was würdest du schätzen?«

»Wahrscheinlich Frauen«, gab sie schließlich zu. »Aber nur, weil Frauen einem größeren Druck und stärkeren Frustrationen ausgesetzt sind. Ich meine, sie sind den ganzen Tag mit einem Haufen plärrender Kinder eingesperrt, müssen das Haus sauberhalten und das Essen kochen. Während der Ehemann sich in seinem Büro oder der Fabrik versteckt oder in der Kneipe nebenan sitzt.«

»Sicher«, sagte Delaney. »Aber du würdest schätzen, daß mindestens die Hälfte aller Kindesmißhandlungen von Frauen begangen werden – und möglicherweise sogar mehr als die Hälfte?«

Sie starrte ihn an, plötzlich auf der Hut.

»Warum stellst du mir diese Fragen?« wollte sie wissen.

»Reine Neugier«, sagte er.

Am Morgen des 24. März ging Edward X. Delaney zu einer französischen Bäckerei an der Second Avenue, um frische Croissants zu holen und sich auf dem Rückweg die *New York Times* zu kaufen. Dann frühstückten sie und lasen dabei die Zeitung. Er gab ihr den Wirtschaftsteil und begann selber im Lokalteil zu blättern.

»Oh, Gott, sieh dir das an ...«, sagte er und zeigte ihr den Artikel mit der Überschrift »KILLER IN ZWEI MORDFÄLLEN GESUCHT!«

»Das ist Abners Fall«, sagte er. »Die Hotelmorde. Jetzt werden sich die Zeitungen der Geschichte annehmen. Die Hysterie geht los.«

»Das mußte doch früher oder später passieren«, sagte sie. »Oder? Es war nur eine Frage der Zeit.«

»Vermutlich.«

Aber nach einer zweiten Tasse Kaffee schlug er die Nummer von Thomas Handry in seinem privaten Telefonbuch nach. Handry war ein Reporter, der ihm während der Operation Lombard wertvolle Dienste geleistet hatte.

Am anderen Ende wurde nach dem ersten Klingeln abgehoben. Die Stimme klang knapp, gequält ...: »Handry.«

»Edward X. Delaney hier.«

Eine Pause. Dann: »Chief! Wie geht es Ihnen?«

»Sehr gut, danke. Und Ihnen?«

Sie plauderten ein paar Minuten lang, dann fragte Delaney: »Schreiben Sie immer noch Gedichte?«

»Mein Gott«, sagte der Reporter. »Sie vergessen nichts, oder?«

»Nichts Wichtiges.«

»Nein, ich habe die Lyrik aufgegeben. Ich war schlecht, und ich wußte es. Jetzt wäre ich gern Auslandskorrespondent. Wer weiß, nächste Woche möchte ich vielleicht Feuerwehrmann, Cop oder Astronaut werden.«

Delaney lachte. »Das kann ich mir nicht vorstellen.«

»Chief, es ist schön, nach all den Jahren wieder einmal mit Ihnen zu plaudern, aber ich habe das komische Gefühl, daß Sie nicht nur angerufen haben, um guten Tag zu sagen. Sie wollen doch was.«

»Ja«, sagte Delaney. »Auf Seite drei des Lokalteils heute morgen stand ein Artikel. Über zwei Hotelmorde.«

»Und?«

»Er war nicht gezeichnet. Ich habe mich nur gefragt, wer den wohl geschrieben haben könnte.«

»Ach so. In diesem Fall stammt das Material zu dem Artikel von drei Leuten, unter anderem von mir. Ist das alles, was Sie wissen wollten?«

»Nicht ganz.«

»Hatte ich auch nicht erwartet. Was noch?«

»Wer hat die Verbindung hergestellt? Zwischen den beiden Morden, meine ich. Immerhin lag ein ganzer Monat dazwischen, und in New York passieren jeden Tag vier oder fünf Morde.«

»Chief, Sie sind nicht der einzige Detektiv. Trauen Sie uns wenigstens auch ein bißchen Intelligenz zu. Wir haben die Verbrechen studiert und die Ähnlichkeiten im Modus operandi bemerkt.«

»Quatsch«, sagte Delaney. »Ihr habt einen Tip bekommen.«

Handry lachte. »Nicht vergessen«, sagte er, »das haben Sie gesagt, nicht ich.«

»Telefonisch oder per Post?«

»He, nun mal langsam«, sagte der Reporter. »Das ist doch mehr als bloße Neugier. Was interessiert Sie an der Geschichte?«

Delaney zögerte. Dann: »Ein Freund von mir bearbeitet den Fall. Er braucht alle Unterstützung, die er kriegen kann.«

»Warum ruft er dann nicht selber an?«

»Scheiß drauf«, sagte Delaney ärgerlich. »Wenn Sie nicht wollen, dann . . .«

»He, immer mit der Ruhe«, sagte Handry. »Ich habe nicht gesagt, daß ich nicht will. Aber was kriege ich dafür?«

»Einen Tip von einem Insider«, sagte Delaney. »Eine Spur, die Sie vorher noch nicht hatten. Vielleicht führt sie irgendwohin, vielleicht auch nicht.«

Einen Moment herrschte Schweigen.

»In Ordnung«, sagte der Reporter, »ich bin eine Spielernatur.

Harvey Gardner hat den Anruf entgegengenommen. Ungefähr vor einer Woche.«

»Haben Sie mit Gardner darüber gesprochen?«

»Natürlich. Der Anruf erfolgte ungefähr um halb sechs Uhr abends. Der Anrufer faßte sich sehr kurz und nannte weder Namen noch Adresse.«

»Ein Mann oder eine Frau?«

»Schwer zu sagen. Gardner sagte, es hätte geklungen, als versuchte jemand, seine Stimme zu verstellen und besonders tief zu sprechen.«

»Es könnte also sowohl ein Mann als auch eine Frau sein?«

»Könnte. Noch was ... Gardner sagt, der Anrufer hätte gesagt: ›Es war dieselbe Person‹. Nicht ›Es war derselbe Killer‹ oder ›Es war in beiden Fällen derselbe Bursche‹, sondern dieselbe *Person*. Was denken Sie?«

»Ich denke, daß Sie vielleicht doch kein so schlechter Cop wären. Danke, Handry.«

»Ich erwarte ein kleines Gegengeschenk, Chief.«

»Sie werden eins kriegen«, versprach Delaney. »Ach, noch was ...«

»Wie könnte es anders sein«, meinte Handry seufzend.

»Es könnte sein, daß ich einige Recherchen anstellen muß. Ich zahle natürlich dafür. Kennen Sie einen guten Rechercheur?«

»Sicher«, sagte Handry. »Mich.«

»Sie? Nein. Das interessiert Sie nicht – es ist langweiliges, statistisches Zeug.«

»Das möchte ich wetten«, sagte der Reporter. »Hören Sie, ich habe hier die besten Quellen der Welt zur Verfügung. Geben Sie mir eine Chance. Sie brauchen auch nicht dafür zu bezahlen.«

»Ich werde drüber nachdenken«, sagte Delaney. »War nett, mit Ihnen zu plaudern.«

»Melden Sie sich mal wieder«, sagte Handry.

Der Chief legte auf und saß einen Moment einfach nur da und starrte das Telefon an. *Es war dieselbe Person.* Der Reporter hatte recht; da schwang eine falsche Note mit.

Es mußte der Killer gewesen sein, der Gardner den Tip gegeben hatte; der Killer oder einer, der ihn gut kannte. Er seufzte und fragte sich, warum er Handry überhaupt angerufen hatte, warum er sich in dieser Sache so engagierte. Er war jetzt ein ganz normaler Privatmann; es fiel nicht mehr unter seine Verantwortung. Trotzdem . . .

Es gab mehrere Gründe. Er wollte Abner Boone helfen. Das Leben eines Pensionärs begann zunehmend langweilig zu werden. Die Tatsache, daß ein Killer frei herumlief, war eine Herausforderung für ihn.

Detective Sergeant Abner Boone rief am Morgen des 25. März an. Er fragte, ob er kurz einmal hereinschauen dürfe, und Delaney sagte, selbstverständlich, jederzeit; Monica war auf einem Feministinnentreffen.

Die beiden Männer hatten fast täglich miteinander telefoniert. Boone hatte über den Killer, der in den Zeitungen und im Fernsehen jetzt der »Hotel-Ripper« genannt wurde, nichts Neues zu berichten, außer daß Lieutenant Martin Slavin der Überzeugung war, daß es sich nicht um eine Prostituierte handeln könne, da nichts gestohlen worden war. Er hatte die meisten Beamten seines Kommandos dazu abgestellt, Homosexuelle aufzugreifen, einschlägige Kneipen durchzukämmen und stadtbekannte Transvestiten vorzuführen.

»Na ja«, meinte Delaney mit einem Seufzen, »er hält sich an die Statistiken. Bei solchen Verbrechen waren die Täter in den meisten Fällen ja wirklich Männer.«

»Sicher«, antwortete Boone, »ich weiß das. Aber jetzt steht das Büro des Bürgermeisters nicht nur von der Hotelbranche und den Touristikunternehmen, sondern auch noch von den Schwulen unter Beschuß. Die Sache fängt an zu kochen.«

Aber als Sergeant Abner Boone am Morgen des 26. März erschien, war er es, der kochte.

»Schauen Sie sich das an«, sagte er und ließ einen aus einem Handzettel gefalteten Flieger auf Delaneys Schreibtisch landen. »Slavin hat darauf bestanden, der Sicherheitsabteilung jedes einzelnen Hotels in der Innenstadt so einen Wisch zukommen zu lassen.«

Delaney setzte seine Brille auf und las den Text auf dem Blatt. Dann blickte er Boone an. »So ein gottverdammter Idiot!«

»Richtig!« sagte der Sergeant und marschierte mit großen Schritten auf und ab. »Ich habe ihn auf Knien angefleht. ›Lassen sie die schwarze Nylonperücke weg‹, habe ich gesagt. Wir haben keine

Möglichkeit, buchstäblich keine, dieses Detail den Medien vorzuenthalten, wenn jedes Hotel der Innenstadt darüber Bescheid weiß. Also wird es in den Zeitungen erscheinen und der Killer wechselt seine Perücke – habe ich nicht recht? Blond oder rot oder sonst was. Während unsere Leute überall nach jemand mit einer schwarzen Perücke Ausschau halten. Es ist zum Verrücktwerden!«

»Reg dich nicht auf«, beruhigte Delaney ihn. »Du kannst es nicht mehr ändern. Hast du Slavin deine Einwände in Gegenwart von Zeugen vorgetragen?«

»Sicher habe ich das«, sagte Boone wütend.

»Gut«, sagte Delaney, »dann ist es sein Kopf, nicht deiner. Habt ihr viele falsche Geständnisse bekommen?«

»Jede Menge«, antwortete der Sergeant. »Jeder Bekloppte in der ganzen Stadt hat sich schon gemeldet. Das ist auch so ein Grund, aus dem ich die schwarze Nylonperücke geheimhalten wollte. Damit konnte man jedes falsche Geständnis mit Leichtigkeit abschmettern. Wie kann man nur so schwachsinnig sein wie dieser Slavin!«

»Vergiß es«, sagte Delaney. »Slavin legt sich selbst die Schlinge um den Hals. Du kannst deine Hände in Unschuld waschen.«

»Sieht so aus«, meinte Boone mit einem Seufzen. »Ich habe nicht die leiseste Ahnung, was ich unseren Lockvögeln jetzt sagen soll. Achtet auf *jeden*, der eine Perücke in irgendeiner Farbe trägt und einen Meter fünfundsechzig bis siebenundsechzig groß ist? Das ist nicht gerade viel.«

»Nein«, meinte Delaney, »ist es nicht.«

»Wir haben uns um den Tip gekümmert, den Sie mir gegeben haben. Sie wissen schon, daß beide Opfer vielleicht denselben Burschen angestellt und gefeuert haben. Wir arbeiten noch daran, aber es sieht nicht gut aus.«

»Es muß gemacht werden«, sagte Delaney unnachgiebig.

»Sicher. Ich weiß. Wir stürzen uns auf alles, wirklich alles. Ich habe auch daran gedacht, daß Sie gesagt haben, die Zeit zwischen den Morden würde kürzer und kürzer werden. Also habe ich . . .«

»Gewöhnlich«, erinnerte Delaney ihn. »Ich habe gesagt, gewöhnlich.«

»Richtig. Nun, zwischen dem Mord an Puller und dem an Wolheim lag ungefähr ein Monat. Sollte es einen dritten geben, was Gott verhüten möge, dann könnte er – geht man von Ihren Worten, Ihren Vermutungen aus – um den dritten April herum passieren. Das wäre etwa drei Wochen nach dem Mord an Wolheim. Also werde ich in der Woche alle um erhöhte Alarmbereitschaft bitten.«

»Kann nie schaden«, sagte Edward X. Delaney.

»Sollte es wirklich noch einen geben, rufe ich Sie an. Sie haben versprochen, sich den Tatort anzuschauen, wissen Sie noch?«

»Ich erinnere mich.«

Aber der dritte April kam und ging, ohne daß ein weiterer Hotelmord gemeldet wurde. Delaney war verwirrt. Nicht, weil ihn die Ereignisse widerlegt hatten; das geschah nicht zum erstenmal. Aber es irritierte ihn, daß dieser Fall in keinem Punkt auch nur einem vertrauten Schema folgte.

Am frühen Morgen des zehnten April, gegen sieben Uhr dreißig, war Delaney schon wach, lag aber noch im Bett, denn der Gedanke, den warmen Kokon seiner Decken verlassen zu müssen, erfüllte ihn mit Widerwillen. Plötzlich klingelte das Telefon. Monica erwachte und fuhr im Bett herum. Sie starrte ihn an.

»Edward X. Delaney hier«, meldete er sich.

»Chief, hier spricht Boone. Er hat wieder zugeschlagen. Im Coolidge. Können Sie vorbeikommen?«

»Ja«, sagte Delaney.

»Wer war das?« fragte Monica.

»Boone. Es ist wieder ein Mord geschehen.«

»O Gott«, sagte sie.

Edward X. Delaney verließ den Fahrstuhl im 14. Stock. Ein uniformierter schwarzer Cop stand mitten im Korridor und ließ einen Gummiknüppel an seiner Lederschlinge hin und her schwingen. Hinter ihm, weit den langen Korridor hinunter, hatten sich Abner Boone und ein paar andere Männer um eine Tür geschart.

»Ich möchte gern zu Sergeant Boone«, erklärte Delaney dem Cop. »Er erwartet mich.«

»Ach ja?« fragte der Cop und musterte Delaney von oben bis unten. Dann drehte er sich um und brüllte:

»Hey, Serge!« Als Boone sich umblickte, deutete der Cop mit dem Daumen auf Delaney. Der Sergeant nickte und winkte.

Der Chief ging den Gang hinunter. Boone kam ihm ein paar Schritte entgegen.

»Tut mir leid, daß ich mich verspätet habe«, sagte Delaney. »Ich konnte kein Taxi kriegen.«

»Ich bin froh, daß Sie so spät kommen«, sagte der Sergeant. »So sind Sie dem Chaos entgangen, das hier los war. Reporter, TV-Teams, ein Bursche aus dem Büro des Bürgermeisters, der Sergeant aus dem Büro des Staatsanwalts, Deputy Commissioner Thorsen, Chief Bradley, Inspector Jack Turrell – kennen Sie ihn? –, Lieutenant Slavin und so weiter und so weiter. Fehlte bloß noch ein Minister und der Präsident der Vereinigten Staaten.«

»Hast du die alle reingelassen?«

»Machen Sie Witze? Natürlich nicht. Abgesehen davon wollte sich sowieso keiner von denen so früh am Morgen eine Leiche ansehen. Sie wollten lediglich am Tatort fotografiert werden und ein Statement abgeben, das vielleicht in den Abendnachrichten gesendet wird.«

»Gut«, sagte Delaney mit einem Lächeln.

Er blickte sich auf dem Korridor um. Zwei Sanitäter mit einer Trage warteten darauf, die Leiche wegschaffen zu können. Sie saßen zusammen mit zwei Zeitungsfotografen auf dem Boden und spielten Karten.

Der Chief blickte durch die offene Tür. Das Zimmer sah aus wie jedes andere Hotelappartement auch. Drinnen befanden sich zwei Männer. Einer saugte den Boden ab, der andere bestäubte das Nachttischradio, um Fingerabdrücke abzunehmen.

»Die Spurensicherung«, erklärte Boone. »Sie werden gleich fertig sein. Das gleiche Team, das die Morde an Puller und Wolheim bearbeitet hat. Sie sind sauer.«

»Sauer?«

»Ihre Berufsehre ist gefährdet, weil sie bisher noch nichts Brauchbares gefunden haben. Sie haben ihren kleinen Staubsauger da mit durchsichtigen Plastiktüten gefüttert, das Badezimmer abgesaugt, die Tüte herausgenommen, mit einem Etikett versehen, eine neue Tüte eingelegt, das Bett abgesaugt, die Tüte wieder ausgewechselt und sich die Möbel vorgenommen. Jetzt ist der Teppich dran.«

»Gute Idee«, sagte Delaney. »Was weißt du über das Opfer?«

Sergeant Abner Boone holte sein Notizbuch heraus, begann die Seiten durchzublättern . . .

»Ähnlich wie Puller und Wolheim«, sagte er dann. »Mit ein paar kleinen Unterschieden. Der Bursche heißt Jerome Ashley, männlich, weiß, neununddreißig und . . .«

»Einen Augenblick«, sagte Delaney. »Er ist neununddreißig?«

Boone nickte. »Steht in seinem Führerschein. Warum?«

»Ich hatte gehofft, ein Schema entdeckt zu haben – übergewichtige Männer von Mitte fünfzig.«

»Trifft auf diesen hier nicht zu. Er ist neununddreißig, dünn wie eine Bohnenstange und mindestens einen Meter zweiundachtzig groß. Er stammt aus Little Rock, Arkansas, und arbeitete für eine Schnellimbiß-Kette. Er hielt sich wegen einer Verkaufstagung in New York auf.«

»Die wo stattfindet?«

»Genau hier im Coolidge. Er hatte eine Verabredung zum Frühstück mit ein paar Kollegen. Als er nicht auftauchte und auch nicht ans Telefon ging, haben sie nach ihm gesucht. Sie baten einen Gepäckträger, ihnen die Tür zu öffnen, und da lag er dann.«

»Keine Spuren eines gewaltsamen Eindringens?«

»Keine. Überzeugen Sie sich selbst.«

»Sergeant, wenn du sagst, es gibt keine Spuren, dann gibt es auch keine. Anzeichen eines Kampfes?«

»Weist nichts darauf hin. Aber einige Dinge sind anders als bei Puller und Wolheim. Er lag nicht nackt im Bett. Er hatte sein Jackett ausgezogen, das war alles. Und er liegt auf dem Boden, neben dem Bett. Seine Brille ist heruntergefallen, sein Drink verschüttet. Nach meiner Version saß er auf dem Bettrand und nuckelte ganz entspannt an seinem Drink. Der Killer taucht hinter ihm auf, zieht vielleicht seinen Kopf zurück, schlitzt ihm die Kehle durch. Er kippte nach vorn auf den Boden. An der Wand neben dem Bett sind Blutspritzer.«

»Stichwunden in den Genitalien?«

»Jede Menge. Direkt durch die Hose.«

Die Männer von der Spurensicherung trugen ihr Handwerkszeug, die Kameras und den Staubsauger hinaus. Es gab nichts mehr zu tun.

Delaney beschloß, zu Fuß nach Hause zu gehen. Es war ein milder Aprilmorgen. Er schritt rüstig aus, mit offenem Mantel, dessen

Schöße gegen seine Beine schlugen, den Hut schräg auf dem Kopf, eine Zigarre zwischen die Zähne geklemmt. Jogger überholten ihn, Radfahrer flitzten vorbei. Um ihn herum wirbelte der Straßenverkehr. Er genoß das alles – und dachte an Jerome Ashley und seinen riesigen Mund.

Jeder vernünftige Kriminalbeamte würde sich an die Statistiken halten, überlegte Delaney. Jeder Cop auf der ganzen Welt tat das, ob er sich dessen bewußt war oder nicht. Auch Edward X. Delaney war noch nicht bereit, die Statistiken über Bord zu werfen. Wenn er den Hotel-Ripper-Fall bearbeitet hätte, wäre er wahrscheinlich genauso vorgegangen, wie Slavin das im Moment tat: er hätte nach einem männlichen Killer gesucht und jeden Homosexuellen vorführen lassen, dem eine Messerstecherei zuzutrauen war.

Aber es gab Punkte, die einfach nicht paßten und die man nicht ignorieren durfte, nur weil sie sich in kein bekanntes Schema fügten.

Delaney betrat einen Delikatessenladen an der Third Avenue, erstand Brot und einige Konserven und trug sie nach Hause. Monica war auf einem ihrer Meetings oder Symposien oder Colloquien. Er war froh, daß sie sich engagierte und eigene Interessen hatte. Und er war genauso froh, das Haus für sich allein zu haben.

Er bereitete sich zwei Sandwiches – Schwarzbrot mit Schalotten und ein paar Tropfen frischen Zitronensaft – und nahm sie und eine Flasche Heineken-Bier mit in das Arbeitszimmer. Er setzte sich an den Schreibtisch, aß und trank und legte dabei ein Dossier für das dritte Opfer an.

Nachdem er mit dem Essen fertig war, las er das Dossier noch einmal durch, um zu sehen, ob er etwas vergessen hatte. Dann suchte er sich die Nummer des *Coolidge* heraus und rief dort an.

Er erklärte der Telefonistin, daß er Sergeant Abner Boone sprechen müsse, der sich im Hotel aufhalte und den Mord im 14. Stock untersuche. Er bat sie, Boone zu finden, und gab ihr seinen Namen und seine Nummer, damit Boone zurückrufen könnte.

Ungefähr fünfzehn Minuten später klingelte das Telefon.

»Chief, hier spricht Boone. Sie haben mich angerufen?«

»Der Tote hatte Narben auf den Handrücken«, sagte Delaney.

»Ich weiß, ich habe sie gesehen, Chief. Der Leichenbeschauer sagte, sie wirkten wie Brandwunden. Vielleicht einen Monat alt. Hat das was zu bedeuten?«

»Wahrscheinlich nicht, aber man kann nie wissen. War er verheiratet?«

»Ja. Keine Kinder.«

»Seine Frau müßte wissen, woher er diese Narben hat. Kannst du das herausfinden?«

»Wird gemacht.«

Nachdem Boone aufgehängt hatte, nahm Edward Delaney sich ein neues Blatt Papier und schrieb alles auf, was ihn störte, was nicht zusammenpaßte.

1. Ein Messer mit kurzer Klinge, wahrscheinlich ein Klappmesser.
2. Keine Anzeichen für einen Kampf.
3. Zwei Opfer nackt im Bett gefunden, obwohl sie nicht in dem Ruf standen, homosexuell zu sein.
4. Haare von einer Perücke.
5. Geschätzte Größe: 1,65 bis 1,67.
6. Telefonischer Hinweis, der sowohl von einem Mann als auch von einer Frau stammen konnte.

Er las die Liste immer wieder durch und zermarterte sich das Gehirn. Er dachte, daß er sich vielleicht irrte. Er hoffte, daß er sich irrte. Er rief Thomas Handry bei der *Times* an.

»Edward X. Delaney hier.«

»Der Killer hat schon wieder zugeschlagen, Chief.«

»Das habe ich auch gehört. Als ich vor einigen Tagen mit Ihnen gesprochen habe, sagten Sie, Sie wären daran interessiert, ein paar Recherchen für mich zu machen. Gilt das noch?«

Handry schwieg einen Moment. Dann fragte er: »Hat es irgend etwas mit dem Hotel-Ripper zu tun?«

»Könnte man sagen«, meinte Delaney.

»Okay«, antwortete Handry. »Ich bin Ihr Mann.«

5

Nachdem Zoe Kohler von ihrem Abenteuer mit Jerry heimgekehrt war, ließ sie sich dankbar in ein heißes Bad gleiten und legte den Kopf zurück. Sie glaubte, fühlen zu können, wie ihre Eingeweide sich entkrampften, wie sie warm, weich und biegsam wurden.

Als das Wasser sich abkühlte, setzte sie sich auf und griff nach ihrer importierten Seife, um sich zu waschen. Entsetzt stellte sie fest, daß sich das Wasser in Höhe ihrer Fesseln und Knie leicht verfärbt hatte. Rosafarbene Wolken zerfaserten vor ihren Augen. Sie dachte, ihre Periode hätte begonnen, berührte sich vorsichtig zwischen den Beinen und untersuchte anschließend ihre Finger. Sie waren sauber.

Sie zog den rechten Fuß bis in Höhe ihres linken Knies herauf und beugte sich vor, um ihn genau zu inspizieren. Zwischen ihren Zehen stellte sie kleine Blutgerinnsel fest, die sich jetzt langsam auflösten. Auch unter den Zehen des anderen Fußes fanden sich Blutflecken.

Sie saß bewegungslos in der Badewanne und versuchte nachzudenken. Sie hatte sich weder die Füße verwundet noch die Knöchel aufgeschlagen. Dann begriff sie. Es war Jerrys Blut. Sie war hineingetreten, nachdem er – nachdem er fortgegangen war. Das Blut zwischen ihren Zehen war sein Stigma – die Spuren ihrer Schuld.

Wie rasend schrubbte sie sich die Füße mit Bürste und Waschlappen. Dann duschte sie sich sorgfältig ab, immer wieder, bis sie sicher sein konnte, daß kein Makel auf ihrer Haut zurückgeblieben war. Anschließend setzte sie sich auf den Toilettendeckel und sprühte sich Kölnisch Wasser auf Füße, Knöchel und zwischen die Zehen.

Ihr ganzes Leben, so lange sie sich erinnern konnte, hatte der Gedanke an Blut sie erschreckt. Als Kind, wenn sie sich in den Finger geschnitten oder das Knie aufgeschlagen hatte, war ihr der Gedanke kaum faßbar gewesen, daß ihr Körper ein Beutel war, ein Sack, gefüllt mit einer roten, klebrigen Flüssigkeit, die heraussikkerte, -floß oder -schoß, wenn der Sack ein Loch hatte.

Später, bei jener grauenhaften Geburtstagsparty, auf der ihre Menstruation begann, war sie überzeugt, nun sterben zu müssen.

»Unsinn«, hatte ihre Mutter gereizt erklärt. »Es bedeutet lediglich, daß du kein Mädchen mehr bist; du bist jetzt eine Frau. Und du mußt dieses Kreuz tragen.«

»Das Kreuz!« Das rief Erinnerungen an den gekreuzigten Christus herbei, der aus Händen und Füßen blutete. Für IHN bedeutete der Verlust von Blut Verlust seines Lebens. Für sie bedeutete er den Verlust ihrer Unschuld, eine Strafe dafür, daß sie eine Frau war.

Die Krämpfe begannen gleich zu Anfang ihrer Perioden und nahmen an Heftigkeit zu, als sie älter wurde. Seltsamerweise waren die Schmerzen ihr willkommen. Sie waren wie eine Buße.

Als sie am darauffolgenden Abend nach Hause kam, lagen in ihrem Briefkasten drei Briefe: zwei Rechnungen und ein quadratischer, cremefarbener Umschlag. Name und Adresse handgeschrieben. Große, elegante Buchstaben. Abgestempelt in Seattle. Sie kannte niemand in Seattle.

Nachdem sie die Tür verriegelt und die Kette vorgelegt hatte, zog sie den Vorhang vor, setzte sich aufs Bett und betrachtete den quadratischen, cremefarbenen Umschlag. Sie schnupperte daran, aber er war nicht parfümiert. Über der Anschrift stand einfach »Zoe Kohler«. Kein Miss oder Mrs. oder Ms.

Langsam öffnete sie das Kuvert, indem sie die Klebelasche vorsichtig abzupfte. Es schien ihr eine Schande, so dickes, elegantes Briefpapier zu zerreißen. In dem Kuvert steckte ein kleineres Kuvert. Und dann wußte sie, worum es sich handelte. Eine Hochzeitseinladung.

Mr. und Mrs. Arnold Foster Clark
beehren sich, Sie zur
Feier der Vermählung ihrer Tochter
Evelyn Jane mit Mr. Kenneth Garwin Kohler
am Samstag, 10. Mai, um elf Uhr,
St. Anthony's Church
Pine Crest Drive, Rockville, Washington
einzuladen.
Empfang unmittelbar nach der Zeremonie.
R.S.V.P. 20190 Locust Court, Rockville, Washington

Zoe Kohler las diese frohe Botschaft mehrere Male. Ihre Fingerspitzen fuhren langsam über die erhabenen Lettern. Sie faltete das kleine Stück Seidenpapier, das die gedruckte Karte schützte, zusammen. Sie faltete es kleiner und kleiner, bis es so winzig war, daß sie es hätte herunterschlucken können.

Als sie das letzte Mal von Kenneth gehört hatte, lebte er in San Francisco. Dort waren auch die Kuverts mit seinen Unterhaltsschecks immer abgestempelt worden. Und jetzt heiratete er Evelyn Jane Clark in Rockville, Washington.

Sie las die Einladung ein weiteres Mal. St. Anthony's Church. Hieß das, die Braut war katholisch? Und heiratete einen geschiedenen Mann? Hatte Kenneth sich bereit erklärt, die Kinder katholisch erziehen zu lassen? Würde Evelyn Jane nach San Francisco ziehen, oder würde das frisch vermählte Paar in Rockville, Washington, leben? Oder in Seattle?

Diesen absurden Fragen hing sie einige Minuten lang nach. Aber bald mußte sie sich der vollen Ungeheuerlichkeit dessen, was Kenneth getan hatte, stellen. Ihr eine Einladung zu seiner Hochzeit zu schicken, war eine Boshaftigkeit sondergleichen! »Ich habe die Frau gefunden, die aus dir nie geworden wäre. Jetzt kann ich glücklich sein.«

Es wäre einfach, freundlich, *menschlich* gewesen, sie nichts von seiner Hochzeit wissen zu lassen. Er war frei vor Recht und Gesetz; er konnte tun, was ihm beliebte; es ging sie nichts an. Ihr eine Hochzeitsankündigung zu schicken, war ein Akt der Bösartigkeit, des Hasses.

Plötzlich war sie müde, physisch erschöpft. Ihre Gelenke waren wie Wasser. Auch geistig war sie ausgebrannt. Alle Energie hatte sie verlassen, die Batterie war leer. Sie saß vornübergebeugt auf dem Bettrand und fühlte sich vollkommen hohl. Die Hochzeitseinladung glitt ihr aus den Fingern, fiel auf den Boden.

Ihre Depression hatte begonnen, als Ernest ihr von Harry Kurnitz und dieser Sekretärin erzählt hatte. Zoe hatte nicht die geringste Ahnung, warum sie das so traurig stimmte. Maddie war vorher schon verheiratet gewesen, genau wie Harry. Eine Scheidung wäre für sie nicht der Untergang gewesen. Lediglich ein weiteres Versagen.

Und jetzt diese kunstvoll auf edlem Briefpapier gedruckte Nachricht, die sie an ein weiteres Versagen erinnerte: ihr eigenes. Wie besessen versuchte sie, sich an einen Erfolg in ihrem Leben zu erinnern, aber sie konnte keinen finden.

»Mußt du jedesmal den Aschenbecher leeren, wenn ich eine Zigarette ausdrücke?« hatte Kenneth sich beklagt. »Ich werde noch den ganzen Abend rauchen. Kannst du damit nicht warten, bis wir ins Bett gehen?«

Und ...

»Mein Gott, Zoe, mußt du schon wieder diesen unmöglichen Pullover anziehen? Das ist ja schon wie eine Uniform bei dir. Alle anderen Frauen auf der Party werden Kleider tragen. Du bist die jüngste Matrone, die ich je gesehen habe.«

Und ...

»Du schläfst mir doch nicht ein, oder? Ich hasse es, einen Orgasmus zu haben und dich dabei schnarchen zu hören. Verzeih mir, wenn ich dich vom Schlafen abhalte.«

Immer hatte er sich beklagt, immer kritisiert. Und sie hatte ihn nie verurteilt, ihm nie an irgendwas die Schuld gegeben. *Nie!* Obwohl es eine Menge auszusetzen gegeben hätte:

»Mußt du deine dreckigen Socken und die Unterwäsche im Badezimmer auf dem Boden liegenlassen? Irgend jemand muß sie aufheben, und dieser jemand bin wieder ich!«

Und ...

»Mußtest du auf der Party jede Frau antatschen? Denkst du, ich hätte das nicht bemerkt? Weißt du, in was für einem Ruf du allmählich stehst?«

Und ...

»Warum bestehst du darauf, wenn du merkst, daß es mir keinen Spaß macht? Ich mache deinen Zirkus ja mit, aber ich hoffe, du beeilst dich ein bißchen.«

Aber all diese Dinge hatte sie nie gesagt. Weil sie erzogen worden war, daran zu glauben, daß eine gute Frau viel aushalten und hart arbeiten muß, damit ihre Ehe ein Erfolg wird und daß sie ihrem Mann ein sauberes, bequemes Heim bereiten muß. Sie muß für ihn kochen, mitfühlend seinen Problemen lauschen, seine Kinder gebären.

Und all dem zum Trotz hatte er eines Tages in völliger Mißachtung ihrer Bemühungen und brüsker Zurückweisung ihres Martyriums wütend und frustriert gebrüllt: »Du bist undefinierbar. Du bist einfach nicht da!« Und war aus dem Haus gestürmt. Und jetzt verheiratete er sich mit Evelyn Jane Clark.

Zoe Kohler wußte, daß Männer sich in vielem von Frauen unterschieden. Ihre physische Kraft ängstigte sie. Sie stolzierten wie Gockel durchs Leben, fordernd und verlangend. Gewalt erregte sie. Insgeheim liebten sie alle den Krieg. Sie waren am liebsten mit anderen Männern zusammen. Sanftmut war Schwäche.

Ihre körperlichen Eigenarten und Gewohnheiten stießen Zoe ab. Selbst nach dem Baden hatten sie noch einen starken maskulinen Geruch, eine intensive moschusartige Ausdünstung. Sie kauten Zigarren, brachen beim Anblick dreckiger Bilder in wieherndes Gelächter aus und schmatzten, wenn sie irgend etwas Gutes aßen, tranken oder fickten.

Sie haßte Männer durchaus nicht. Aber sie sah mit aller Klarheit, was sie waren und was sie wollten. Jeder Mann, dem sie begegnet war, hatte sich aufgeführt, als würde er ewig leben. Sie kannten keine Demut. Sie waren so sicher, so ungeheuer sicher. Ihr Selbstvertrauen erdrückte Zoe.

Am schlimmsten aber war ihre herzliche, plumpe Gutmütigkeit: die Stimme zu laut, das Lächeln zu breit, die ganze Art zu offen. Sogar die Hinterhältigen, Verschlagenen legten sich diese Verkleidung zu, um ihre Männlichkeit zu beweisen. Das Mannsein war eine Rolle, und die besten Schauspieler waren die erfolgreichsten Männer.

Sie hob die Einladung auf und legte sie auf ein Regal. Vielleicht würde sie Kenneth ein Geschenk schicken, vielleicht auch nicht. Sie würde darüber nachdenken. Ob ein Geschenk Kenneth beschämte und ihm die Verächtlichkeit seiner Tat vor Augen führte? Oder ob es ihn nur in seinem zweifellos vorhandenen Glauben bestärkte, daß sie ein hirnloses, oberflächliches Weibchen war, das ihn immer noch liebte?

Sie zog sich langsam aus. Sie duschte und zog ihr altes Flanellnachthemd an.

Es war immer noch früh, kaum zehn Uhr abends, und sie konnte noch einiges erledigen: die Rechnungen durchgehen, Schecks ausschreiben, das Radio einschalten oder fernsehen, ein Buch lesen.

Statt dessen holte sie ihr Schweizer Armee-Taschenmesser aus ihrer Handtasche. Sie hatte es bereits in heißem Wasser gebadet und sorgfältig abgetrocknet. Sie hatte es sorgfältig nach verräterischen Blutspuren abgesucht und anschließend die Klingen geölt.

Jetzt nahm sie das Messer mit in die Küche. Sie klappte die größte Klinge heraus. Ihr elektrischer Dosenöffner verfügte auch über einen Schleifstein, mit dem man Messerklingen schärfen konnte. Sie hielt die große Klinge vorsichtig gegen den schnurrenden Stein und schärfte sie sorgfältig.

Um die Wirkung zu testen, nahm sie das Messer mit ins Schlafzimmer und bearbeitete die Heiratsankündigung von Evelyn Jane Clark und Kenneth Garvin Kohler mit kurzen, wilden Stichen, bis sie nur noch aus kleinen Schnipseln bestand.

Am Samstag, dem 26. April, verließ Zoe Kohler um sechs Uhr abends ihre Wohnung und ging in östlicher Richtung zur Second Avenue. Sie trug eine Tortenschachtel, in der sich vier Stück Kuchen befanden, zweimal Erdbeer und zweimal Apfel, die sie am Nachmittag gekauft hatte.

Es war ein milder Frühlingsabend, der Himmel klar, die Luft angenehm wie ein Streicheln. Zoes Depression der vergangenen Woche war von einer südlichen Brise, diesem Duft nach Wärme und Wachsen, vertrieben worden. Die untergehende Sonne hüllte die Stadt in ein sanftes, liebliches Licht und ließ die scharfen Kanten und spitzen Winkel der Stadt weich erscheinen.

Mittle wohnte in einem fünfstöckigen Ziegelsteinbau. Das Haus schien gut erhalten; der schmiedeeiserne Zaun war frisch gestrichen und der kleine Garten dahinter gepflegt. Die Briefkästen und Klingelschilder aus Messing in dem kleinen Foyer waren auf Hochglanz poliert. Sie hatte kaum geklingelt, da drückte er schon auf den automatischen Türöffner. Er erwartete sie freudig strahlend vor der geöffneten Wohnungstür, gab ihr einen Kuß auf die Wange und führte sie dann stolz in seine Wohnung. Das erste, was sie sah, war eine Vase mit frischen Gladiolen. Er mußte die Blumen gekauft haben, um ihren Besuch zu würdigen. Sie war gerührt.

Sie betrachteten einander und brachen in Gelächter aus. Sie waren am Telefon übereingekommen, sich für das Dinner nicht besonders in Schale zu werfen. Zoe trug einen grauen Flanellrock, einen dunkelbraunen Rollkragenpullover und Mokassins. Ernest trug eine graue Flanellhose, einen dunkelbraunen Rollkragenpullover und Mokassins.

»Partnerlook!« rief sie aus.

»Unisex!« sagte er.

»Hier ist unser Dessert«, sagte sie und hielt ihm die Kuchenschachtel hin. »Garantiert keine Kalorien.«

»Jede Wette«, sagte er spöttisch. »Setzen Sie sich, Zoe. Das hier ist der bequemste Stuhl in der ganzen Wohnung – aber das heißt nicht viel.«

Während er in der winzigen Kochnische beschäftigt war, zündete Zoe sich eine Zigarette an und ließ ihre Augen durch das Appartement schweifen. Es war ein einziger, rechteckiger Raum, aber groß und gut proportioniert, mit einer hohen Decke. Er lag nach vorn hinaus; zwei große Fenster zeigten auf die 20th Street.

Das Badezimmer lag neben der Kochnische, die aus nicht mehr als einem kleinen Herd, einer Spüle, einem Kühlschrank und ein paar Schränkchen bestand. In der Mitte des großen Zimmers stand ein hölzerner Küchentisch mit Plastikuntersetzern. Es gab zwei Armsessel, ein ausziehbares Sofa, einen Cocktail-Tisch. Für Helligkeit sorgten zwei Lampen im Flur und zwei Tischlampen. Ein Fernsehapparat, ein Radio und ein randvolles Bücherregal komplettierten die Einrichtung. Decke und Wände waren weiß getüncht.

Am besten an diesem kleinen Appartement gefiel Zoe die Sauberkeit. Sie glaubte nicht, daß Ernest am Nachmittag durch die Wohnung geschossen war, um alles für ihren Besuch vorzubereiten. Bestimmt sah es immer so aus: die Bücher in Reih' und Glied auf ihren Regalen, der Sofabezug straff, Schreibtisch und Lampen abgestaubt – alles ordentlich und *comme il faut*.

Ernest brachte zwei Daiquiris in Whiskeygläsern. Er setzte sich in den zweiten Sessel und zog ihn herum, so daß er Zoe gegenübersaß. Ängstlich wartete er ab, als sie den ersten Schluck nahm.

»Okay?« fragte er.

»Mmm«, erwiderte sie, »genau richtig. Ernie, haben Sie Ihre Vitamine genommen?«

»Oh, ja. Regelmäßig. Ich weiß nicht, ob es nur der Placebo-Effekt ist, aber ich fühle mich wirklich besser.«

Sie nickte. Schweigend blickten sie einander an. Schließlich sagte er nervös: »Ich habe leider nichts zum Knabbern oder so. Eigentlich wollte ich ja Hamburger und gebackene Kartoffeln machen – erinnern Sie sich? –, aber dann habe ich mich doch für etwas entschieden, das meine Mutter früher immer gekocht hat: Hackbraten mit Kartoffelbrei und Erbsen. Ich habe auch ein Glas Spaghettisauce gekauft, die man über das Fleisch und die Kartoffeln streichen kann. Wenn es nicht mißlingt, wird es bestimmt sehr gut schmecken. Wie auch immer, deswegen habe ich jedenfalls nichts zum Knabbern besorgt; ich dachte, wir hätten genug zu essen, und alles andere würde uns nur den Appetit verderben.« Er hielt inne und versuchte zu lachen. »Mein Gott, ich rede drauflos wie ein Verückter. Ich möchte ja bloß, daß alles in Ordnung ist.«

»Das ist es bestimmt«, versicherte sie ihm. »Ich mag Hackbraten sehr gerne.«

Er wandte sich wieder dem Kochen zu. Zoe erhob sich und wanderte mit ihrem Drink in der Hand in der Wohnung herum. Sie betrachtete die gerahmten Reproduktionen an der Wand, inspizierte die Bücher in dem Regal – in erster Linie Taschenbücher, Biografien und geschichtliche Abhandlungen – und beugte sich über die Fotografien auf dem Schreibtisch.

»Ihre Familie?« fragte sie.

»Was?« rief er und lehnte sich aus der Kochnische. »Ach so, ja. Meine Mutter, mein Vater, meine drei Brüder, zwei Schwestern und einige ihrer Kinder.«

»Eine große Familie.«

»Kann man wohl sagen. Mein Vater ist vor zwei Jahren gestorben, aber meine Mutter lebt noch. Alle meine Brüder und Schwestern leben und sind verheiratet. Ich habe inzwischen schon fünf Neffen und drei Nichten. Wie finden Sie das?«

Sie ging in die Kochnische und lehnte sich an die Wand, um ihm beim Kochen zuzusehen. Er arbeitete mit flinken, knappen Bewegungen: Sauce umrühren, Erbsen schwenken, die Backröhre öffnen, um einen Blick auf den Hackbraten zu werfen. Er schien sich in der Küche auszukennen. Kenneth, erinnerte sie sich, konnte nicht einmal Wasser kochen – oder rühmte sich, es nicht zu können.

»Noch einen«, sagte Ernest und füllte ihre Gläser nach. »Dann hätten wir's auch schon fast. Ich habe eine Flasche Burgunder besorgt und kaltgestellt. Ich mag keinen warmen Wein. Sie?«

»Ich mag ihn auch gern kalt«, sagte sie.

»Haben Sie Geschwister, Zoe?« erkundigte er sich beiläufig.

»Nein«, sagte sie. »Ich bin ein Einzelkind.«

Wie sich herausstellte, war das Essen sehr gut. Zoe erging sich immer wieder in Komplimenten, und immer wieder behauptete er, sie wolle nur höflich sein. Erst als sie sich von allem ein zweites Mal nahm und dazu noch die Hälfte des französischen Brotes verzehrte, war er überzeugt. Auch dem Burgunder sprach sie reichlich zu.

»Das war ein wunderbares Essen, Ernie«, sagte sie und lehnte sich zurück. »Ich habe jeden Bissen genossen.«

»Ich auch«, sagte er mit seinem schelmischen Grinsen. »Dem Hackbraten hätte etwas mehr Pfeffer gutgetan. Kaffee und Dessert jetzt oder später?«

»Später«, sagte sie sofort. »Viel später. Ich habe für zwei gegessen. Kann ich beim Aufräumen helfen?«

»Oh, nein«, sagte er. »Das bleibt alles, wo es steht. Jetzt ruhen wir uns erstmal aus.«

Sie saßen an dem nicht abgeräumten Tisch und zündeten sich Zigaretten an. Ernie förderte eine Halbliterflasche kalifornischen Brandy zutage und entschuldigte sich, weil er keine Schwenker besaß. Sie tranken den Brandy aus ihren Cocktail-Gläsern.

Sie sagte: »Es muß schön sein, in einer großen Familie aufzuwachsen.«

»Nun ...« Er zögerte, streifte die Asche von seiner Zigarette. »Es hat seine Vor- und Nachteile. Zu den Nachteilen gehört der Mangel an Privatleben. Ich meine, ich hatte einfach keinen Platz für mich allein – nicht einmal eine Kommodenschublade.«

»Ich hatte ein eigenes Schlafzimmer«, sagte sie langsam.

»Das wäre das Paradies für mich gewesen. Bis ich aufs College ging, hatte ich ein Zimmer mit einem meiner Brüder zusammen. Und dort hatte ich dann drei Zimmergenossen. Erst als ich nach dem Abschluß nach New York kam, hatte ich eine ganze Wohnung für mich allein. Was für ein Luxus! Es war ein Hochgenuß für mich.«

»Empfinden Sie das jetzt immer noch so?«

»Meistens. Ich glaube, jeder fühlt sich mal einsam. Ich erinnere mich, daß ich mich sogar früher, als ich noch zu Hause mit meinen Brüdern und Schwestern zusammenwohnte, manchmal einsam gefühlt habe. In diesem Getümmel! Meine Brüder waren allerdings auch alle größer, ich war das Nesthäkchen. Sie spielten Football und Basketball, und ich war als Sportler ein totaler Versager, so daß wir nicht besonders viel gemeinsam hatten.«

»Was war mit Ihren Schwestern?« fragte Zoe. »Ich habe mir immer gewünscht, welche zu haben. Hatten Sie eine Lieblingsschwester?«

»O ja«, sagte er mit einem Lächeln. »Marcia, die jüngste. Die ganze Familie liebte sie. Wir hatten viel gemeinsam. Wir sind zusammen spazierengegangen, haben uns in ein Feld gesetzt und einander Gedichte vorgelesen. Wissen Sie, was Marcia werden wollte? Harfenistin! Ist das nicht seltsam? Aber natürlich gab es niemand in Trempealeau, der ihr beibringen konnte, wie man Harfe spielt, und meine Eltern konnten es sich nicht leisten, sie irgendwo anders zur Schule zu schicken.«

»So hat sie es nie gelernt?«

»Nein«, sagte er und schenkte Brandy nach, »nie. Jetzt ist sie verheiratet und lebt in Milwaukee. Ihr Mann ist in der Versicherungsbranche. Sie sagt, sie sei glücklich.«

»Ich nehme an, wir hatten alle unsere Träume«, sagte Zoe Kohler. »Dann wachsen wir auf und begreifen, wie unmöglich sie waren.«

»Wovon haben Sie geträumt, Zoe?«

»Von nichts Besonderem. Bei mir war alles sehr vage. Einmal dachte ich, ich würde vielleicht Lehrerin werden. Aber im großen und ganzen habe ich wohl immer nur erwartet, zu heiraten und eine Familie zu haben. Es schien alles darauf hinzudeuten. Aber dann hat es nicht geklappt.«

»Sie haben mir von Ihrer Mutter erzählt. Was ist Ihr Vater für ein Mann?«

»Dad? Oh, der ist noch immer ziemlich aktiv. Er hat einen Gebrauchtwagenhandel und ist zur Hälfte an einer Immobilienfirma beteiligt, und darüber hinaus hat er seine Finger noch in einer Menge anderer Geschäfte. Gehört zu einem halben Dutzend Clubs und Geschäftsverbindungen. Alle naselang wird er zum Präsidenten von diesem oder jenem gewählt. Ich erinnere mich, daß er fast jeden

Abend auf einem anderen Meeting war. Er mischt auch in der Lokalpolitik mit.«

»Hört sich nach einem sehr beliebten Mann an.«

»Ich denke schon, ja. Ich habe ihn kaum zu Gesicht bekommen. Ich wußte natürlich, daß er existierte, aber er war nie wirklich da. Immer auf dem Sprung irgendwohin. Wann immer er mich sah, gab er mir einen Kuß. Er roch nach Whiskey und Zigarren. Aber er war sehr erfolgreich, und wir hatten es gut zu Hause, ich kann mich also nicht wirklich beklagen. Wie war Ihr Vater?«

»Groß und dürr und etwas gebeugt, als er älter wurde. Ich glaube wirklich, er hat sich zu Tode gearbeitet. Er hatte immer zwei Jobs auf einmal. Bei so einer Familie mußte er das auch. Er kam spät nach Hause und fiel sofort ins Bett. Wir Jungen haben auch alle gearbeitet – Zeitungen ausgetragen und so was. Aber wir haben nicht viel nach Hause gebracht. Also mußte er arbeiten und arbeiten. Und er hat sich nie beklagt. Nicht ein einziges Mal.«

Ein paar Minuten lang schwiegen sie und nippten an ihrem Brandy.

»Zoe, glauben Sie, daß Sie je wieder heiraten werden?«

Sie überlegte einen Moment. »Ich weiß nicht. Wahrscheinlich nicht – so wie es momentan aussieht.«

Er sah ihr in die Augen. »Hat man Ihnen so weh getan?«

»Ich war am Boden zerstört«, rief sie aus. »Völlig am Ende. Maddie Kurnitz kann von einem Ehemann zum nächsten hüpfen. Ich kann das nicht. Vielleicht ist das mein Fehler. Vielleicht bin ich eine verrückte Romantikerin.«

»Sie haben Angst, es noch einmal zu versuchen?«

»Ja, ich habe Angst. Wenn ich es noch einmal versuchen würde, und es würde wieder schiefgehen, würde ich mich, glaube ich, umbringen.«

»Mein Gott«, sagte er leise, »das meinen Sie ernst, nicht wahr?«

Sie nickte.

»Zoe, niemand von uns ist perfekt. Und auch Beziehungen sind nicht immer perfekt.«

»Das weiß ich«, sagte sie, »und ich war bereit, mit dem zufrieden zu sein, was ich hatte. Aber er war's nicht. Ich möchte wirklich nicht darüber sprechen, Ernie. Es war alles so – so häßlich.«

»In Ordnung«, rief er und ließ seine Hand auf den Tisch fallen, »wir werden nicht mehr darüber reden. Wir unterhalten uns über erfreuliche Dinge und essen unser Dessert, trinken Kaffee und lachen, was das Zeug hält.«

Sie streckte ihre Hand aus und fuhr ihm über das Haar.

»Sie sind nett«, sagte sie und blickte ihm in die Augen. »Ich bin froh, daß ich Sie kennengelernt habe.«

Er griff nach ihrer Hand und preßte sie gegen seine Wange.

»Und ich bin froh, daß ich Sie kennengelernt habe«, sagte er. »Und ich möchte Sie weiterhin so oft sehen, wie ich kann. Okay?«

»Okay«, sagte sie. »So, und jetzt ... Erdbeer- oder Apfelkuchen? Was ist Ihnen lieber?«

»Erdbeer«, sagte er prompt.

»Mir auch«, sagte sie. »Wir mögen die gleichen Dinge.«

Bei Kaffee und Kuchen plauderten sie über Bücher, Filme und Fernsehstars, eifrig darauf bedacht, keine Gesprächspause entstehen zu lassen. Dann deckten sie den Tisch ab, und Ernie spülte, während Zoe abtrocknete. Sie prägte sich ein, wo er Teller, Tassen, Gläser, Untertassen und Besteck aufbewahrte.

Dann setzten sie sich, immer noch ins Gespräch vertieft, in das große Zimmer und schenkten sich wiederum Brandy ein. Er erzählte ihr von seinen Kursen in Computertechnologie, und sie erzählte ihm von den Problemen der Sicherheitsabteilungen der großen Hotels. Sie waren beide gute Zuhörer.

Um elf Uhr sagte Zoe, sie glaube, sie sollte jetzt besser gehen. Ihr war ein wenig schwindlig. Ernest sagte, seiner Meinung nach sollten sie erst den Brandy austrinken, und sie sagte, wenn sie das täten, würde sie nie mehr heimgehen, und er sagte, das wäre auch in Ordnung. Beide lachten, weil sie wußten, daß er scherzte. Aber ganz sicher waren sie auch wieder nicht.

Ernest sagte, er würde sie nach Hause bringen, aber sie lehnte ab; sie würde ein Taxi nehmen, das sei vollkommen klar. Schließlich einigten sie sich darauf, daß er sie nach draußen begleiten, sie in ein Taxi verfrachten und daß sie ihn anrufen würde, wenn sie zu Hause war.

»Wenn Sie nicht binnen zwanzig Minuten anrufen, alarmiere ich die Kavallerie«, sagte er.

Sie standen auf, und sie bewegte sich so abrupt auf ihn zu, daß er ins Stolpern geriet. Sie schloß ihn in ihre Arme, und ihr Gesicht war seinem plötzlich sehr nah.

»Ein wunderbarer Abend«, sagte sie. »Vielen, vielen Dank!«

»Ich habe Ihnen zu danken, Zoe. Wir werden noch viele solcher Abende haben.«

Sie preßte ihre Lippen gegen die seinen: ein trockener, warmer, fester Kuß. Dann trat sie einen Schritt zurück und streichelte sein feines Haar.

»Sie sind ein lieber, süßer Mann«, sagte sie, »und ich habe Sie sehr gern. Sie werden mich nicht einfach fallenlassen, Ernie, oder?«

»Zoe!« rief er aus, »natürlich nicht! Wofür halten Sie mich?«

»Ach ...« sagte sie verwirrt, »ich bin ganz durcheinander. Ich weiß nicht, was ich von Ihnen halten soll.«

»Denken Sie das Beste«, sagte er. »Bitte! Wir brauchen einander.«

»Das tun wir«, sagte sie heiser. »Das tun wir wirklich.«

Wieder küßten und umarmten sie sich, wiegten sich hin und her. Es war eine enge Umarmung, weniger leidenschaftlich als bedächtig. Weder schossen hungrige Zungen zwischen willig geöffneten Lippen vor und zurück, noch glitten Finger hektisch über erhitztes Fleisch. Statt dessen boten sie sich Trost und Halt, Schutz, Wärme und Nähe.

Schließlich trennten sie sich, ohne einander loszulassen und starrten sich in die Augen.

»Liebste«, sagte er. »Liebster«, sagte sie. »Liebster, Liebster.«

Er ging durch die Wohnung, knipste die Lampen aus, warf einen Blick auf den Gashahn und holte ein Jackett aus dem Garderobenschrank. Zoe ging ins Badezimmer. Weil die Tür so dünn und das Appartement so klein war, drehte sie den Wasserhahn auf, während sie sich erleichterte. Dann wusch sie sich die Hände und trocknete sie an einem der kleinen rosa Handtücher, die er herausgehängt hatte, ab. Das Badezimmer war so sauber und akkurat wie der Rest der Wohnung.

Sie betrachtete sich im Spiegel des Medizinschränkchens. Sie fand, daß ihr Gesicht gerötet war; es glühte. Sie befühlte ihre Wangen. Heiß. Sie berührte ihre Lippen und lächelte.

Kritisch untersuchte sie ihr Haar. Sie beschloß, zum Friseur zu gehen. Eine neue Frisur, die sie jugendlich und sorglos wirken ließ, etwas Freches. Und eine Spülung, damit es glänzte.

Zoe Kohler brachte Mr. Pinckney den Morgenkaffee ins Büro. Er saß hinter seinem Schreibtisch. Barney McMillan lümmelte sich auf der Couch herum. Ihm hatte sie einen marmeladegefüllten Krapfen mitgebracht.

»Danke, Puppe«, sagte er. Dann verbesserte er sich grinsend: »Oh, Entschuldigung. Danke, Zoe.«

Sie bedachte ihn mit einem frostigen Blick und kehrte in ihr eigenes Büro zurück. Sie konnte die Unterhaltung der beiden Männer verfolgen. Wie üblich sprachen sie über den Hotel-Ripper.

»Sie werden ihn schnappen«, sagte McMillan. »Irgendwann.«

»Wahrscheinlich«, stimmte Mr. Pinckney zu. »Aber in der Zwischenzeit geht es den Hotels an den Kragen. Haben Sie heute morgen die *Times* gelesen? Eine große Tagung ist bereits wegen des Rippers abgesagt worden, die erste. Wenn sie ihn nicht schnell zu fassen kriegen, wird das Geschäft mit den Sommertouristen eine Katastrophe.«

»Kommen Sie nach Fun City und lassen Sie sich die Kehle durchschneiden«, sagte McMillan. »Der Bursche muß ein echter Perverser sein. Ein verrückter Schwuler.«

»Die Polizei hat dieselbe Theorie, zumindest Sergeant Coe zufolge. Sie kämmen alle Schwulenbars durch. Aber ganz unter uns, Coe meint, sie hätten nicht den geringsten Schimmer, wo sie ansetzen sollen. Sie haben sogar einen Polizeipsychologen ein psychologisches Profil von dem Burschen entwerfen lassen, aber Sie wissen ja, was man mit diesen Dingern machen kann.«

»Ja«, stimmte McMillan zu, »alles Quatsch. Sie brauchen einen guten Fingerabdruck, und damit hat sich's.«

»Naja ...« sagte Mr. Pinckney, »Fingerabdrücke sind auch nur von begrenztem Wert, so lange sie nicht jemand auftreiben, von dem sie stammen könnten. Bis jetzt haben sie ja nicht mal eine einzige Festnahme vorzuweisen. Nicht mal auf Verdacht.«

»Aber dieser Bursche, der die Untersuchung leitet – wie heißt er noch? Slavin? – gibt die ganze Zeit diese idiotischen Statements ab, von wegen ›vielversprechender Spuren‹ und ›kurz bevorstehenden Festnahmen‹. Das alles soll doch wohl ein Witz sein.«

»Wenn er nicht bald ein paar Ergebnisse vorzuweisen hat«, sagte Pinckney, »dann findet er sich als Parkplatzwächter in der Bronx wieder. Der Hotel- und Gaststättenverband hat in dieser Stadt eine Menge Einfluß.«

Dann unterhielten sich die beiden Männer über den Dienstplan der nächsten Woche, und Zoe Kohler begann, die *New York Times* durchzublättern. Die Berichterstattung über den Hotel-Ripper fand auf Seite drei des Lokalteils statt.

Der Mord an Jerome Ashley, dem dritten Opfer, war eine knappe Woche lang der Aufmacher sämtlicher New Yorker Zeitungen gewesen, aber als sich nichts Neues ergeben hatte, waren die Berichte weiter und weiter nach hinten gerückt.

Die Morgenausgabe der *Times* hatte auch nichts Neues zu berichten, außer daß jetzt die erste Stornierung eines großen Kongresses als direkte Folge der Ripper-Morde erfolgt war. Noch einmal wurde in dem Beitrag die spärliche Beschreibung des Täters wiederholt: ein Meter fünfundsechzig bis ein Meter siebenundsechzig groß, schwarze Nylonperücke.

Aber unter dem Artikel fand sich ein Beitrag von einem Dr. David Hsieh, der von der *Times* als Spezialist für Psychopathologie und Verfasser eines Buches über kriminelles Verhalten, betitelt »Die oberen Tiefen«, vorgestellt wurde.

Zoe Kohler verschlang den Artikel. Dr. Hsieh versuchte, die Motive des Killers aus den vorhandenen Fakten zu extrapolieren, obwohl er gleichzeitig zugeben mußte, daß der Mangel an Informationen den Wert eines solchen Versuchs in Frage stellte.

Dr. Hsieh vertrat die These, daß der Killer seine Verbrechen aus Einsamkeit beging, weswegen er sich auch Hotels mit ihren Cocktail-Lounges, Speisesälen und Kongressen aussuchte – »Orte, wo sich viele Menschen treffen, unterhalten, essen und trinken, lachen und einen ganz normalen gesellschaftlichen Verkehr pflegen, wie er dem Ripper verweigert wird. Einsamkeit kann eine Gnade sein, eine wunderbare Wohltat. Ohne sie würden viele von uns das Leben ohne Würze finden. Aber wie überall gibt es auch hier ein Problem: die Einsamkeit muß freiwillig gesucht werden. Wird sie einem aufgezwungen, kann sie zerstörerisch sein wie Schwefelsäure. Um mit ihr umgehen zu können, muß man sie suchen und erlernen. Und immer muß man sich dabei der Suchtgefahr bewußt sein: Einsamkeit ist ein Rauschmittel, eine Droge. Ein Lebenselixir, aber auch ein Beruhigungsmittel, das zu Depressionen führen kann. Was den einen zu ungeahnten Höhen führt, kann des anderen Untergang bedeuten. Der Hotel-Ripper hat nicht gelernt, damit fertigzuwerden.«

Dr. Hsieh fuhr fort: »Einsamkeit zersetzt; Schimmel tritt auf; das Alleinsein infiziert auf verschlagene, hinterhältige Weise. Einsamkeit läßt das Knochenmark verrotten, sickert durch geschrumpfte Venen in das zusammengeschnürte Herz. Der Atem beginnt nach Asche zu riechen, die Menschen werden verzweifelt. Die Polizei nennt sie ›Einzelgänger‹, ohne Unterschied, egal, ob sie allein essen, allein arbeiten, allein leben oder allein schlafen, ob sie das aus freien Stücken tun oder unter dem Druck der Umstände. Manche verlangt es danach, andere nicht. Der Hotel-Ripper gehört zur letzteren Gruppe.

Hier setzt eine fatale Regression ein, und sie verläuft folgendermaßen: Alleinsein. Einsamkeit. Isolation. Entfremdung. Aggression. Im vorletzten Stadium wird das Glück anderer zum Anlaß für Eifersucht, im letzten zum Anlaß für Wut. ›Warum die, warum nicht ich?‹ Der Hotel-Ripper befindet sich in diesem letzten Stadium.«

Zoe Kohler legte die Zeitung aus der Hand und starrte ins Leere. So sehr sie es auch versuchte, sie konnte sich in dem von Dr. Hsieh gezeichneten Portrait nicht erkennen. Bis jetzt hatte sie nie versucht, die Verantwortung an dem, was den drei Männern zugestoßen war, zu leugnen. Sie hatte ihre Abenteuer sorgfältig ausgetüftelt, im vollen Bewußtsein dessen, was sie tat, ausgeführt und sich auch hinterher daran erinnert.

Sie, Zoe Kohler, war der Hotel-Ripper. Sie hatte es nie abgestritten. Nie. Nicht für eine Sekunde. Im Gegenteil, sie hatte sich darin gesonnt. Ihre Abenteuer waren Triumphe. Und die Berühmtheit, die sie ihr eingetragen hatten, war aufregend gewesen.

Jetzt aber fühlte sie eine seltsame Distanz zu ihren Taten.

Sie fühlte sich gespalten, auseinandergezerrt. Sie konnte die lustvollen Bilder des Hotel-Rippers nicht in Einklang bringen mit den zarten Erinnerungen einer Frau, die »Liebster, Liebster, Liebster!« sagte.

Am 6. Mai betrat Zoe Kohler wenige Minuten vor sechs Uhr abends die Praxis von Dr. Oscar Stark. Im Wartezimmer saßen zwei Patienten, und es dauerte fast eine Stunde, bis Gladys sie in den Untersuchungsraum führte.

Zoe wurde gewogen; anschließend ging sie mit dem Plastikbehälter in den Waschraum. Sie reichte Gladys ihre Urinprobe und setzte sich, eingehüllt in ein Laken. Dr. Stark trat ein, geschäftig wie immer, im Schlepptau eine Rauchwolke. Vorsichtig legte er seine Zigarre beiseite.

»Sieh an, sieh an«, sagte er und musterte Zoe. »Was haben wir denn hier? Eine neue Frisur?«

»Ja«, sagte sie errötend. »Mehr oder weniger.«

»Sie gefällt mir«, sagte er. »Ganz reizend. Finden Sie nicht, Gladys?«

»Und ob«, antwortete die Schwester. »Ich wünschte, ich könnte mein Haar so tragen.«

»Vielleicht sollte ich es auch mal versuchen«, sagte der Arzt.

Er zog seinen fahrbaren Stuhl heran, nahm Zoe gegenüber Platz und wärmte das Stethoskop wie gewöhnlich. Sie ließ das Tuch zu den Hüften herabsinken. Er legte die kleine Metallscheibe auf ihre Brust, dann suchte er die Rippen ab.

»Mmmm«, grunzte er. »Sie sind nicht zufällig die ganze Strecke vom Büro hierher gelaufen, wie?«

»Nein«, sagte Zoe ernsthaft. »Ich habe fast eine Stunde im Vorzimmer gewartet.«

Gladys holte den Blutdruckmesser. Stark maß Zoes Blutdruck. Gladys las das Ergebnis ab und notierte es.

»Das Ganze noch einmal«, sagte Dr. Stark und wiederholte den Prozeß. Wieder notierte Gladys die Ergebnisse.

Der Arzt saß einen Moment wortlos da, starrte Zoe an, das Gesicht ausdruckslos. Dann nahm er eine Blutprobe und legte die Spritze beiseite.

»Das Vergrößerungsglas, bitte.«

Er schob den Stuhl so dicht an Zoe heran, wie es eben möglich war. Er beugte sich vor und begann, sie mit dem Vergrößerungsglas zu untersuchen. Er musterte ihre Lippen, das Gesicht, den Hals und die Arme. Er inspizierte ihre Handflächen, die Falten an der Innenseite ihrer Finger, die Krümmungen der Ellbogen, die Höfe und Warzen der Brüste.

»Öffnen Sie das Laken und spreizen Sie die Beine.«

Sie tat wie geheißen. Er zupfte sacht an ihrem Schamhaar und betrachtete dann seine Finger. Ein paar gekräuselte Haare waren in seiner Hand geblieben. Er untersuchte sie durch das Vergrößerungsglas.

»Warum haben Sie das getan?« fragte Zoe schwach.

Er blickte sie freundlich an. »Um ein Kissen auszustopfen«, sagte er. Gladys lachte.

Er reichte der Schwester das Glas und begann mit der Untersuchung von Brüsten und Becken. Zehn Minuten später saß Zoe Kohler ihm angezogen in seinem Büro gegenüber und sah zu, wie er sich eine neue Zigarre anzündete.

»Was soll ich nur mit Ihnen anfangen?« fragte er.

Zoe war beunruhigt. »Ich verstehe nicht«, sagte sie.

»Zoe, waren sie kürzlich größerem Streß ausgesetzt?«

»Streß?«

»Druck. Bei der Arbeit? Im Privatleben? Mußten Sie sich über irgend etwas aufregen? Waren sie angespannt, erregt oder irritiert?«

»Nein«, sagte sie, »nichts von alledem.«

Er seufzte. Seit mehr als dreißig Jahren praktizierte er seinen Beruf; er wußte sehr genau, wie oft Patienten logen. Gewöhnlich logen sie, weil sie verwirrt, beschämt oder verängstigt waren. Manchmal aber, argwöhnte Dr. Stark, stellten die Lügen eines Patienten einen unbewußten Drang zur Selbstaufopferung dar.

»In Ordnung«, sagte er, »gehen wir zu einem anderen Punkt über... Leben Sie zur Zeit Diät? Versuchen Sie abzunehmen?«

»Nein, ich esse dasselbe wie immer.«

»Sie wiegen fast vier Pfund weniger als letzten Monat.«

»Das verstehe ich nicht«, sagte sie erschrocken.

»Ich auch nicht. Aber es stimmt.«

»Vielleicht ist Ihnen ein Irrtum unterlaufen. Vielleicht hat Gladys ...«

»Unsinn«, sagte er scharf. »Gladys macht keine Fehler. Also ..., Ihr Puls ist zu schnell. Ihr Herz klingt, als hätten Sie gerade versucht, hundert Meter in zehn Sekunden zurückzulegen, und Ihr Blutdruck ist in die Höhe gegangen. Er liegt immer noch im normalen Bereich, aber an der oberen Grenze, und das gefällt mir nicht. Wir haben es hier mit lauter Anzeichen beginnender Hypertonie zu tun. Deswegen habe ich Sie gefragt, ob Sie in letzter Zeit unter nervlichem oder emotionalem Streß gestanden haben.«

»Nein, habe ich nicht.«

»Ich verlasse mich auf Ihr Wort«, sagte er trocken. »Aber trotzdem beschert uns das ein kleines Problem. Nehmen Sie immer noch diese Salztabletten?«

»Ja. Zwei pro Tag.«

»Haben sie ein besonderes Bedürfnis nach zusätzlichem Salz?«

»Nein, eigentlich nicht.«

»Na, das ist ja schon was. Die Krämpfe treten noch immer auf?«

Sie nickte.

»Besser, schlimmer oder ungefähr gleich?«

»Ungefähr gleich«, sagte sie. »Vielleicht etwas schlimmer als letzten Monat.«

»Wann ist es wieder soweit?«

»In ein paar Tagen.«

Er lehnte sich zurück. »Wenn Sie unter Streß stünden, würde das den erhöhten Blutdruck erklären. Das könnte bei einer Frau von Ihrer Kondition ein gewisser Anlaß zur Besorgnis sein. Streß – selbst wenn es sich nur um eine Zahnextraktion handelt – bewirkt bei einem normalen Individuum auch einen erhöhten Cortisonausstoß. Aber Ihre Nebennierenrinde ist fast völlig zerstört. Falls Sie also unter Streß stehen, sollten wir Ihre Cortisonaufnahme steigern, um Ihren Haushalt auszugleichen.«

»Aber ich stehe nicht unter Streß!« beharrte sie.

»Darüber hinaus steigt unter Streß der Natriumchloridbedarf, damit der Körper nicht dehydriert. Sie haben sich nicht zufällig in letzter Zeit öfters übergeben müssen?«

»Nein.«

»Tja, wir werden wohl die Laborergebnisse der Blutuntersuchungen und der Urinanalyse abwarten müssen, ehe wir definitiv wissen, ob wir es mit Cortisonmangel zu tun haben. Ich habe geringfügige Anzeichen einer Verfärbung der Haut entdeckt, normalerweise ein untrüglicher Hinweis. Ein weiteres Anzeichen besteht in einer Strukturschwächung von Achsel- und Schambehaarung. Und dann ist da noch dieser Gewichtsverlust ...«

»Aber Sie sind nicht sicher?« fragte sie.

»Was den Cortisonmangel betrifft? Nein. Der hohe Blutdruck verwirrt mich. Cortisonmangel wird normalerweise von zu niedrigem Blutdruck begleitet. Das kleine Problem, das Dilemma, von dem ich gesprochen habe, ist folgendes: gemeinhin empfiehlt sich für Patienten mit hohem Blutdruck eine salzfreie Diät. Aber die Natur Ihres Leidens erfordert, daß Sie neben Ihren Mahlzeiten noch zusätzlich Natriumchlorid aufnehmen. Jetzt ist guter Rat teuer. Für den Augenblick möchte ich eine Steigerung der Cortisonaufnahme empfehlen. Wieviel nehmen Sie im Augenblick?« Er warf einen Blick auf die Karteikarte vor sich. »Da haben wir's ja schon – fünfundzwanzig Milligramm. Stimmt das?«

»Ja.«

»Wann nehmen Sie die?«

»Morgens. Zum Frühstück.«

»Verspüren Sie danach manchmal Übelkeit?«

»Nein.«

»Gut. Ich schlage vor, Sie nehmen von jetzt an eine weitere Dosis am späten Nachmittag. Wenn möglich, mit Milch oder einem Mittel, das den Magen beruhigt. Manchmal löst Cortison Irritationen der Magenschleimhaut aus, wenn man es in nüchternem Zustand nimmt. Haben Sie das alles verstanden?«

»Ja, Doktor. Aber mein Cortison geht zu Ende. Ich brauche ein neues Rezept.«

Stark zog einen Block heran und kritzelte etwas auf das oberste Blatt.

»Wo Sie gerade dabei sind«, sagte Zoe beiläufig, »könnten Sie mir noch etwas Tuinal verschreiben.«

Er blickte abrupt auf.

»Leiden Sie an Schlaflosigkeit?«

»Ja. Fast jede Nacht.«

»Versuchen sie es mit einem Highball, bevor Sie ins Bett gehen. Oder einer Unze Brandy.«

»Das habe ich schon probiert«, sagte sie, »aber es nützt nichts.«

»Noch ein Dilemma«, klagte Dr. Stark. »Gewöhnlich würde ich bei Schlaflosigkeit die Cortisondosis reduzieren. Aber in Anbetracht Ihres Gewichtsverlusts und der anderen Faktoren werde ich sie heraufsetzen, bis wir die Laborergebnisse hier haben und wissen, woran wir sind.«

»Und was ist mit den Salztabletten?«

Er runzelte die Stirn und trommelte mit den Fingern auf der Schreibtischplatte herum. Dann sagte er: »Sie können sie weiternehmen. Zwei Tabletten pro Tag. Zoe, ich will Ihnen keine Angst einjagen. Ich habe Ihnen dutzendmal erklärt, daß es, vorausgesetzt, Sie halten sich treu an Ihre Medikation – und das müssen Sie bis ans Ende Ihrer Tage tun, genau wie ein Diabetiker –, keinen Grund gibt, warum Sie nicht ein langes und erfülltes Leben haben sollten.«

Er unterschrieb die beiden Rezepte und reichte sie ihr. Er bat sie, in vier Tagen anzurufen, damit er ihr die Ergebnisse der Blutuntersuchung und des Urintests mitteilen könne.

»Bitte, versuchen Sie, sich keine Sorgen zu machen«, sagte er. »Das klingt vielleicht einfacher, als es ist, aber Sorgen machen alles nur schlimmer.«

»Ich bin nicht beunruhigt«, sagte sie, und er glaubte ihr. Nachdem sie gegangen war, blieb er noch einen Moment sitzen und zündete die Zigarre wieder an. Er glaubte, den Grund für den höheren Blutdruck zu kennen. Sie stand unter Streß, leichtem oder starkem, in jedem Fall aber war er akut genug, um eine Heraufsetzung der Cortisondosis zu rechtfertigen.

Sie hatte ihn belogen, warum auch immer. Er fragte sich, welchem Druck diese ruhige, zurückgezogene, eher emotionslose Frau möglicherweise ausgesetzt sein mochte. Es war nicht selten der Fall, daß Frauen mit ihrem Leiden ein Nachlassen des Sexualtriebs erfahren mußten. Aber in Zoe Kohlers Fall, argwöhnte er, war die Libido schon lange vor Eintreten der Krankheit geschrumpft.

Wenn es sich also nicht um sexuelle Frustration handelte – oder ein ähnlich gelagertes emotionelles Problem –, mußte es sich um psychischen Streß handeln, der die Kalorien in ihrem Körper verbrannte, ihr das Blut durch die Adern jagte und ihren Cortisonhaushalt durcheinanderbrachte. Er kam sich vor wie ein Detektiv, der ein Motiv suchte, wo er eigentlich wie ein Arzt handeln sollte, der die richtige Therapie für eine Krankheit entwickelte, die, wenn sie nicht behandelt wurde, unweigerlich tödlich enden mußte.

Mit einem Seufzen suchte er in Zoe Kohlers Akte nach den Fotokopien, die er an der New York Academy of Medicine gemacht hatte, als Zoe das erste Mal zu ihm gekommen war. Sie war gerade erst nach New York gezogen und hatte ihre Krankengeschichte von ihrem Familienarzt in Winona mitgebracht.

Stark fand, daß die Knochenbrecher in Minnesota verdammt gute Arbeit geleistet hatten, als sie dieses seltene Leiden entdeckten, bevor es kritische Ausmaße angenommen hatte. Es war mehr als schwer zu erkennen, denn die frühen Symptome waren für ganz andere, weniger gefährliche Leiden charakteristisch. Aber der praktische Arzt in Winona, Minnesota, hatte es auf Anhieb erkannt und Zoe Kohler eine Behandlung verordnet, die ihr das Leben gerettet hatte.

Dr. Stark fand die Fotokopien, die er suchte. Die Überschrift lautete »Krankheiten der inkretorischen Organe«. Er studierte den Absatz mit der Überschrift »Überfunktion der Nebennierenrinde«.

Er begann zu lesen, um sich noch einmal zu vergewissern, daß er nichts über Wirkungsweise, Krankheitsbild, Symptome, Diagnose und Behandlung der Addisonschen Krankheit vergessen hatte.

Ihre Krämpfe begannen am Abend des siebten Mai, vierundzwanzig Stunden nach ihrer Visite bei Dr. Stark. Zusätzlich zu dem tiefsitzenden Ziehen und dem dumpfen Reißen verspürte sie jetzt auch noch Bauchschmerzen, die kamen und gingen.

Am Abend des achten Mai fühlte sie sich so kaputt, daß sie ein Taxi von der Arbeit nach Hause nahm, obwohl der Abend klar und ungewöhnlich warm war. Nachdem sie sich ausgezogen hatte, betastete sie ihren Unterleib. Er fühlte sich hart und geschwollen an.

Sie nahm ihre übliche Dosis an Vitaminen und Mineralien, dazu ein Darvon und ein Valium. Sie fragte sich, was diese Kombination von Schmerzmittel und Tranquilizer wohl für eine psychologische Wirkung haben mochte.

Sie erholte sich rasch. Ein heißes Bad, ein Glas kalten Weißweins, und schon wurden die Krämpfe schwächer, ließen die Bauchschmerzen nach. Sie fühlte sich besser, unternehmungslustig und entschlossen.

Sie hatte im Branchenblatt des Hotelgewerbes nach Notizen über Tagungen, Konferenzen oder politischen Versammlungen Ausschau gehalten. Es kam ihr so vor, als hätten die Aktivitäten des Hotel-Rippers dem Tourismus in New York nicht sonderlich geschadet. Die meisten Hotels waren noch immer fast ausgebucht; noch immer waren gute Zimmer schwer zu finden.

Das Cameron Arms Hotel am Central Park South erschien ihr geeignet. In der Woche vom vierten bis zum zehnten Mai wurden dort zwei Tagungen, eine siebentägige Ausstellung und eine Auktion seltener Briefmarken abgehalten. Als sie im Branchenbuch unter Cameron nachschlug, stellte sie fest, daß es über 600 Zimmer, Bankett- und Festsäle, ein Café, zwei Cocktail-Lounges und eine Diskothek verfügte.

Sie brauchte länger als eine Stunde, um sich anzuziehen und ihr Make-up aufzutragen. Sie hatte das Gefühl, sich in einer trägen Wärme zu bewegen; es war unmöglich, ihre Gedanken auf einen Punkt zu bringen. Als sie versuchte, ihr Vorhaben zu planen, ließ ihre Konzentration nach und löste sich schließlich ganz auf.

Gefangen in diesem treibenden Nebel, kam ihr plötzlich ein eigenartiger Gedanke: sie fragte sich, ob ihre Abenteuer nicht langsam zur reinen Gewohnheit wurden. Vielleicht ging sie heute abend nur aus, weil sie das immer vor Beginn ihrer Periode tat. Es wurde ihr nicht von Sehnsucht oder Begierde diktiert.

Gegen neun Uhr abends, als sie bereit zum Aufbruch war, hatte ihre zerstreute Euphorie nachgelassen; sie fühlte sich hellwach, scharf und entschlossen.

Sie trug ein Kleid aus pflaumenfarbenem Wolljersey mit einem langen Plastikreißverschluß, der vom Kragen bis zum Saum die ganze Front hinunterlief. Am Zug des Reißverschlusses war eine Miniaturtrillerpfeife befestigt.

Wieder lud sie ihre Habe in die lederne Schultertasche um, achtete darauf, daß sie ihr Messer und die Mace-Dose hatte, und entfernte wie üblich alle Papiere aus ihrer Brieftasche.

Sie trug ihre erdbeerblonde Perücke. Am linken Handgelenk klirrte die Goldkette mit den Buchstaben WARUM NICHT?

Eine Stunde später schlenderte sie munter in das belebte Foyer des Cameron Arms, im Mund eine Zigarette, den Trenchcoat über den linken Arm gelegt. Sie bemerkte, daß sich die Männer nach ihr umdrehten und wußte, sie wurde begehrt. Sie fühlte sich heiter, gelassen und hatte sich völlig unter Kontrolle.

Sie warf einen Blick in die Cocktail Lounge mit der angeschlossenen Diskothek, aber dort war es zu laut und zu voll. Sie wanderte einen Gang hinunter zum Queen Anne Room. Er schien ebenfalls voll zu sein, aber nicht so hell erleuchtet und relativ ruhig. Sie ging hinein.

Der Raum war ziemlich düster. Überall fanden sich voluminöse Polster, nachgemachte Intarsienarbeiten und vage orientalisch wirkende Dekorationen und Vorhänge. Alle Tische und Banketten waren mit Paaren oder Vierergruppen besetzt, aber an der Bar gab es noch freie Hocker.

Zoe Kohler begann mit ihrer Nummer. Sie blickte sich um, als wäre sie mit jemandem verabredet. Sie fragte die Frau an der Garderobe nach der Uhrzeit, während sie ihr den Trenchcoat reichte. Sie ging betont langsam zur Bar, wobei sie sich ständig im Halbdunkel umblickte.

Sie bestellte ein Glas Wein bei einem Barkeeper, der wie ein englischer Schankwirt einer nicht genauer definierbaren Vergangenheit gekleidet war. Die Kellnerinnen waren als Landmägde kostümiert.

Zoe saß an der Bar, trank langsam ihren Wein und blickte starr geradeaus. Links von ihr war ein Paar in einen heftigen, geflüsterten Streit vertieft. Der Hocker rechts von ihr war leer. Sie wartete geduldig, erfüllt von erhabenem Selbstvertrauen.

Sie hatte gerade ein zweites Glas Weißwein bestellt, als ein Mann auf den freien Hocker neben ihr glitt. Sie riskierte einen raschen Blick in den Spiegel hinter der Bar. Etwa fünfundvierzig, schätzte sie. Mittelgroß, breite Schultern, gerötetes Gesicht. Gut angezogen. Blondes Haar, offensichtlich fönfrisiert und mit Spray gefestigt.

Seine Gesichtszüge waren schwer, fast plump. Zoe fand, er sah wie ein Ex-Sportler aus, der zu fett geworden war. Als er seinen doppelten Scotch an die Lippen führte, bemerkte sie einen Diamantring und eine locker fallende Goldkette an seinem behaarten Handgelenk.

Der Queen Anne Room wurde voller. Eine Gruppe von drei ziemlich grobschlächtigen Männern drängte sich auf der anderen Seite des blonden Mannes an die Bar, um einen Drink zu bestellen. Er rückte seinen Hocker näher an Zoe, um ihnen Platz zu machen. Seine Schultern streiften sie. Er sagte, »Verzeihung, Ma'am« und bedachte sie mit einem Aufblitzen weißer Zähne, die zu perfekt waren, um natürlich zu sein.

»Langsam wird's voll hier«, sagte er einen Augenblick später.

Sie blickte ihn an. Er hatte kleine, harte Augen.

»Die Tagungen, nehme ich an«, sagte sie. »Das Hotel muß bald aus den Nähten platzen.«

»Kann man wohl sagen«, meinte er mit einem Nicken. »Ich habe mein Zimmer schon vor Monaten reservieren lassen, sonst wäre ich hier nie untergekommen.«

»Auf was für einer Tagung sind Sie hier?«

»Genaugenommen auf keiner«, sagte er. »Aber ich besuche das Treffen des Verbands der Besitzer regionaler Luftfahrtgesellschaften. Hier...«

Er griff in die Jackettasche und holte seine Geschäftskarte heraus. Er reichte sie Zoe und ließ dann ein goldenes Feuerzeug aufschnappen, damit sie sie lesen konnte.

»Leonard T. Bergdorfer«, sagte er, »aus Atlanta, Georgia. Ich bin Makler. Hauptsächlich für An- und Verkauf regionaler Luftfahrtgesellschaften, Zubringerlinien, Speditionen, Chartergesellschaften – so was in der Art. Ich bringe Käufer und Verkäufer an einen Tisch. Deswegen bin ich auf diesem Treffen. Um Klatsch aufzuschnappen: wer will verkaufen, wer ist an einem Kauf interessiert und so weiter.«

»Und nebenbei wollen Sie sich auch noch ein bißchen amüsieren, nicht wahr?« fragte sie kokett.

»Sie haben den Nagel auf den Kopf getroffen«, sagte er mit einem dünnen Grinsen.

»Aus Atlanta, Georgia«, sagte sie und reichte ihm seine Karte zurück. »Sie klingen gar nicht wie ein Südstaatler.«

Er lachte rauh.

»Teufel, nein, ich bin kein Rebell. Aber in Atlanta sitzt das große

Geld. Eigentlich komme ich aus Buffalo. Ich habe praktisch überall in den Staaten schon gelebt. Und wo sind Sie her, Schätzchen?«

»Direkt aus New York.«

»Ehrlich? Ich habe noch nicht viele geborene New Yorker getroffen. Wie heißen Sie?«

»Irene.«

Er hatte eine Suite im achten Stock: Salon, Schlafzimmer, Bad. Es verfügte über eine perfekt sortierte Bar auf Rädern, mit Eisbehältern, Whiskey, Wein und Bier, Tüten mit Kartoffelchips, Brezeln und gesalzenen Erdnüssen.

»Willkommen in der Leonard-T.-Bergdorfer-Suite«, sagte er, »wo Sie auch in der Ferne zu Hause sind.«

Sie blickte sich um und überlegte, ob sich von den anderen Leuten in dem überfüllten Fahrstuhl wohl jemand an sie erinnern würde. Sie glaubte nicht.

»Im Augenblick sind die alten Säufer alle bei einem Bankett«, sagte er. »Irgend so ein dickbäuchiger Politiker labert über die Aufhebung der Preisbindung bei der Personenbeförderung auf Nebenlinien. Wen interessiert schon so ein Quatsch?«

In seiner Stimme schwang eine gewisse Bitterkeit mit. Zoe argwöhnte, daß er nicht eingeladen worden war.

»Aber in einer Stunde oder so ist das zu Ende«, fuhr er fort, »und dann werden Sie hier oben mehr Leute auf der Jagd nach einem kostenlosen Drink finden, als Sie zählen können. Bleiben Sie in der Nähe, Irene. Sie werden einen Haufen Freunde gewinnen.«

Sie fühlte sich plötzlich unwohl. Es lief ganz und gar nicht so, wie sie es geplant hatte.

»Besser nicht«, sagte sie. »Sie werden über Geschäfte reden wollen. Ich trinke ein Glas mit Ihnen und mache mich wieder auf den Weg.«

»Das meinen Sie doch nicht im Ernst«, sagte er mit seinem dünnen Lächeln. »Papa muß Ihnen wohl den Hintern versohlen. Sie bleiben, und Sie werden es nicht bereuen. Kommen Sie schon ... geben Sie mir Ihren Mantel. Wir trinken was, und dann amüsieren wir uns ein bißchen, ehe die Büffelherde hier hereinbricht.«

Er hängte ihren Mantel in einen Schrank und trat wieder an die Bar. Er beschäftigte sich mit den Flaschen und Gläsern, wobei er ihr den Rücken zuwandte.

Ich könnte ihn jetzt erledigen, dachte sie plötzlich. Aber es wäre nicht – es wäre nicht vollständig.

»Sind Sie verheiratet, Schätzchen?« fragte er sie über die Schulter.

»Geschieden. Und Sie, Lenny?«

»Immer noch Junggeselle«, sagte er und näherte sich ihr mit den Drinks. »Warum soll man sich eine Kuh kaufen, wenn die Milch so billig ist – richtig?«

Sie nahm das Weißweinglas entgegen. Als sie es an die Lippen führte, achtete sie darauf, den Rand mit Lippenstift zu beschmieren, damit sie es später wiedererkennen konnte.

»Wofür ist die denn?« fragte er und spielte mit der Trillerpfeife am Läufer ihres Reißverschlusses.

»Für den Fall, daß ich Hilfe brauche«, sagte sie mit einem nervösen Lächeln.

»Sie sehen nicht wie die Frau aus, die Hilfe braucht«, sagte er mit einem rauhen Lachen. »Ich vielleicht. Nicht Sie, Baby.«

Er zog den Reißverschluß bis zu ihrer Hüfte hinunter. Das Kleid fiel auseinander.

»Hoppla, hoppla«, sagte er mit glitzernden Augen. »Sieh mal einer an. Nicht groß, aber Klasse.« Er schnappte nach ihrem Handgelenk, las die Worte auf dem Armband. »Tja..., warum nicht? Warum gehen wir beide nicht ins Schlafzimmer und machen uns miteinander bekannt, ehe irgend jemand auftaucht?«

Er umklammerte ihren Oberarm. Dann zerrte er sie ins Schlafzimmer. Er gab sie frei und schloß die Tür zum Salon. Er stellte ihre Gläser auf den Nachttisch. Er begann Jackett und Weste auszuziehen.

»Nicht so schnell, Lenny, einen Moment«, sagte Zoe. »Wozu die Eile? Können wir nicht erst in Ruhe austrinken?«

»Keine Zeit«, sagte er und zerrte an seinem Schlips. »Diesmal müssen wir uns auf eine schnelle Nummer beschränken. Austrinken kannst du hinterher.«

Er zog sich rasch aus. Sein Oberkörper war kräftig, muskulös. Keine Spur von dem Fett, das sie sich vorgestellt hatte. Brust, Schultern und Arme waren über und über behaart. Er setzte sich auf den Bettrand und winkte ihr, wobei seine Finger ungeduldig wedelten.

»Komm schon, komm schon«, sagte er. »Wird's bald?«

Als sie immer noch zögerte, stand er wieder auf und machte einen Schritt auf sie zu. Er riß den Reißverschluß ganz auf und nahm sie in die Arme, Hände und Ellenbogen unter dem offenen Kleid, um ihre nackten Hüften geschlossen. Er drückte sich an sie.

»Oh, ja«, sagte er heftig atmend. »Ja. So hab ich's gern.«

Sein Gesicht grub sich in ihre Halsbeuge.

»Warte«, sagte sie. »Eine Minute wenigstens, Lenny. Gib einem Mädchen eine Chance. Ich muß meine Tasche holen.«

Er trat zurück und starrte sie mißtrauisch an.

»Weswegen?«

»Du weißt schon«, sagte sie. »Weiberkram. Zieh dich schon mal aus. Ich bin in einer Sekunde zurück.«

»Na gut, aber beeil dich«, brummte er. »Mein Schwanz ist schon so hart wie die Freiheitsstatue. Und alles deinetwegen, Baby.«

Sie lief in den Salon. Sie bemerkte sofort, daß sie leicht entwischen konnte. Sie brauchte sich bloß Tasche und Mantel zu schnappen und aus der Tür zum Flur schlüpfen. Er war nur halb bekleidet; er würde ihr nicht folgen. Sie konnte längst verschwunden sein, ehe er in der Lage war, sie zu verfolgen.

Aber sie wollte bleiben und zu Ende bringen, was sie zu tun hatte. Er verdiente es. Es war das Timing, das sie beunruhigte, das Risiko. Er erwartete Gäste. Konnte sie ihre Arbeit erledigen und die Suite verlassen, bevor die anderen eintrafen?

Leise verriegelte sie die Tür zum Korridor. Dann ergriff sie ihre Schultertasche und kehrte ins Schlafzimmer zurück. Bergdorfer war gerade im Begriff, sich seiner Hose und Unterhose zu entledigen. Sein Glied ragte steif und purpurfarben in die Höhe. Ein lebender, pulsierender Prügel. Häßlich. Bedrohlich.

»Bin gleich wieder da«, sagte sie und verschwand im Badezimmer. Schloß und verriegelte die Tür. Lehnte sich mit dem Rücken dagegen und atmete heftig. Schlüpfte aus ihrem Kleid und versuchte zu entscheiden, was sie als nächstes tun sollte.

»Komm schon, komm schon«, rief er und versuchte die Tür zu öffnen. Hämmerte dagegen, als er sie verschlossen fand.

Sie würde es nie schaffen, ihn einzulullen, hinter ihn zu gelangen. Es sei denn, sie gab sich ihm zuvor hin. Aber so sollte es sich nicht abspielen. Das würde alles verderben.

Sie öffnete das Messer und legte es auf den Rand des Waschbekkens. Dann holte sie die Mace-Dose aus ihrer Tasche und umklammerte sie mit ihrer rechten Hand. Mit der linken Hand drehte sie den Schlüssel herum.

»Schon fertig, Lenny!« rief sie fröhlich.

Er stieß die Tür auf und stürmte mit finsterem Gesicht herein.

Sie sprühte ihm das Gas direkt ins Gesicht. Sie ließ den Druckknopf nicht los und folgte ihm, als er rückwärts stolperte. Sie hielt ihm den zischenden Behälter dicht vor Augen, Nase und Mund.

Er hustete, nieste und würgte. Er krümmte sich, schlug die Hände vors Gesicht. Er stolperte und fiel auf den Rücken. Er schnappte nach Luft, versuchte in keuchenden Schluchzern seine Lunge zu füllen. Seine Finger krallten sich in seine tränenden Augen.

Sie beugte sich über ihn und sprühte, bis die Dose leer war. Sie lief zurück ins Badezimmer und hielt hastig einen Waschlappen unter fließendes Wasser. Dann preßte sie ihn gegen Nase und Mund, griff nach dem Messer und rannte wieder ins Schlafzimmer.

Er wälzte sich auf dem Boden hin und her, die Hände vors Gesicht geschlagen. Er grunzte und stöhnte wie ein Tier. Seine behaarte Brust pumpte verzweifelt.

Sie beugte sich über ihn. Stieß ihm die Klinge unter dem linken Ohr in den Hals. Riß sie in einem Bogen durch die Kehle. Sein Körper zuckte konvulsivisch, eine Fontäne von Blut schoß heraus. Sie sprang beiseite, um ihr auszuweichen. Die Hände rutschten ihm vom Gesicht. Feuchte Augen starrten sie an und wurden unter ihrem Blick stumpf.

Das Gas begann ihr zuzusetzen. Sie schnappte nach Luft, würgte. Aber sie war stark genug, das Ritual zu Ende zu führen. Sie hieb ihm die Klinge wieder und wieder in die Genitalien.

Dann floh sie ins Badezimmer und schloß die Tür. Tief atmete sie die frische Luft ein. Sie hielt den Waschlappen erneut in das laufende Wasser und wischte sich Augen und Nase ab. Sie untersuchte ihre Arme, das Kleid, die Knöchel, die Schuhsohlen. Sie konnte keine Blutflecken entdecken.

Aber ihre rechte Hand und das Messer troffen vor Blut. Sie drehte das kalte Wasser ab und das heiße auf. Anschließend spülte sie sich das Blut von der Haut. Und dann bemerkte sie, daß die Messerklinge abgebrochen war. An der Spitze fehlte etwa ein halber Zentimeter.

Sie starrte das Messer an, versuchte die Gefahr zu berechnen. Wenn die Spitze nicht neben ihm auf dem Teppich lag, dann war sie wahrscheinlich irgendwo in seiner aufgeschlitzten Kehle verlorengegangen, abgebrochen an Knochen oder Knorpeln. Sie konnte nicht danach suchen, konnte ihn nicht berühren.

Sie trieb sich zu größerer Eile an. Sie trocknete ihre Hände und das Messer mit einem seiner Handtücher ab und verstaute Handtuch, Messer und die leere Mace-Dose in ihrer Schultertasche. Sie ging ins Schlafzimmer. Das Gas löste sich langsam auf.

Leonard T. Bergdorfer lag ausgestreckt in einer Lache seines eigenen Bluts. Zoe blickte sich um, konnte die Spitze ihrer Messerklinge aber nirgendwo entdecken.

Sie griff nach ihrem Glas auf dem Nachttisch, trank den Wein aus und ließ es dann ebenfalls in der Schultertasche verschwinden. Sie ging noch einmal zurück, um die Klinke der Badezimmertür und die Wasserhähne mit dem feuchten Waschlappen abzuwischen. Desgleichen die Klinke der Schlafzimmertür.

Im Salon zog sie ihren Mantel an, entriegelte und öffnete die Tür zum Flur und spähte hinaus. Dann wischte sie Schloß, Kette und Türknopf ab und schob den Waschlappen in die Schultertasche. Sie öffnete die Tür mit dem Fuß und trat auf den leeren Korridor. Dann schob sie die Tür mit dem Knie wieder ins Schloß.

Sie wartete gerade auf den Fahrstuhl nach unten, als der nach oben fahrende Lift im achten Stock hielt. Fünf Männer torkelten heraus. Sie lachten, überbrüllten sich gegenseitig und schlugen sich auf die Schultern. Männer waren so körperlich direkt.

Sie warfen nicht einmal einen Seitenblick in ihre Richtung, sondern marschierten lärmend den Gang hinunter. Vor Bergdorfers Suite blieben sie stehen. Einer von ihnen hämmerte gegen die Tür.

Dann hielt der Fahrstuhl nach unten im achten Stock, die Tür öffnete sich und Zoe Kohler stieg ein.

6

Am Abend des 18. April, als Zoe Kohler auf der Party von Harry Kurnitz im Chez Ronald an der East 48th Street Weißwein trank, saß Edward X. Delaney einen Block entfernt mit dem Reporter Thomas Handry im Restaurant Bull & Bear beim Essen.

Handry war ein schlanker, flinker Haudegen, dem man seine neunundvierzig Jahre nicht ansah. Seine Anzüge waren immer akkurat gebügelt, seine Schuhe geputzt, seine Hemden gestärkt und von leuchtendem Weiß. Er gehörte zu den wenigen Männern, die nach Delaneys Meinung eine Weste tragen konnten und trotzdem flott aussahen.

Die einzigen Zeichen innerer Anspannung waren seine Fingernägel, abgekaut bis auf das Fleisch, und die nervöse Angewohnheit, sich mit dem Knöchel des gekrümmten Zeigefingers über die Oberlippe zu fahren, ein Überbleibsel aus der Zeit, als er noch einen luxuriösen Kavalleristenschnurrbart zur Schau getragen hatte.

»Übernehmen Sie die Rechnung?« hatte er gefragt, als sie eingetroffen waren.

»Natürlich.«

»In dem Fall«, hatte Handry gesagt, »nehme ich einen doppelten Martini pur mit einem Schuß Zitronensaft. Dann das Roastbeef, nicht durchgebraten, eine gebackene Kartoffel und einen kleinen Salat.«

»Dagegen ist nichts einzuwenden«, sagte Delaney. Er wandte sich dem Kellner zu. »Dasselbe bitte.«

Der Reporter musterte den Chief kritisch.

»Sie verändern sich auch nie«, sagte er. »Sie sehen nicht einen Tag älter aus als damals. Was haben Sie für ein Geheimnis? Haben Sie dem Teufel Ihre Seele verkauft?«

»So was in der Art«, sagte Delaney. »Tatsächlich bin ich schon alt geboren worden.«

»Ich glaube Ihnen«, sagte Handry. Er stemmte beide Ellbogen auf die Tischplatte und rieb sich das Gesicht mit den Handflächen.

»Harter Tag?« fragte der Chief.

»Das Übliche. Vielleicht bin ich auch bloß gelangweilt. Wissen Sie, mehr und mehr neige ich zu dem traurigen Schluß, daß nichts tatsächlich Neues mehr passiert. Ich meine, nehmen Sie eine Zeitung von vor, sagen wir, hundert Jahren in die Hand, und es ist alles da: Armut, Hunger, Kriege, Unfälle, Erdbeben, korrupte Politiker, Verbrechen und so weiter. Nichts ändert sich.«

»Das stimmt. Nicht wirklich. Zumindest die Menschen bleiben sich gleich.«

»Nehmen Sie diesen Hotel-Ripper«, fuhr Handry fort. »Das ist doch bloß eine Wiederholung dieser Son-of-Sam-Geschichte, oder?«

Aber in diesem Moment tauchte der Kellner mit ihren Drinks auf und bewahrte Delaney vor einer Antwort.

Sie tranken Ale zu ihrem Roastbeef und später Armagnac zum Kaffee. Dann lehnten sie sich zurück, und Delaney nahm eine von Handrys Zigaretten an. Er rauchte sie ungeschickt. Er merkte, wie der Reporter ihn amüsiert beobachtete.

»Ich bin an Zigarren gewöhnt«, erklärte er. »Ich bin immer wieder versucht, auf dem verdammten Ding herumzukauen.«

Sie bestellten eine zweite Tasse Kaffee, starrten sich an.

»Haben Sie irgendwas für mich?« fragte Handry schließlich.

»Eine Story?« fragte Delaney zurück. »Exklusiv? Einen Knüller?« Er lachte. »Nein, nichts dergleichen. Nichts, was Sie verwenden können.«

»Das zu beurteilen, überlassen Sie doch bitte mir.«

»Ich kann Ihnen ein paar Backgroundinformationen geben«, sagte der Chief. »Die maßgeblichen Stellen sind nicht zufrieden mit der Art, wie Lieutenant Slavin den Fall handhabt.«

»Sitzt er auf einem Schleudersitz?«

»Oh, das nicht. Sie werden ihn allenfalls eine Stufe hinauffallen lassen.«

»Ich überprüfe das. Sonst noch was?«

Delaney überlegte, wieviel er enthüllen konnte, was es ihn kosten mochte, die Unterstützung zu bekommen, die er brauchte.

»Dieser letzte Mord ...«, sagte er. »Jerome Ashley ...«

»Was ist damit?«

Der Chief blickte ihn fest an. »Was ich jetzt sage, ist nicht für die Öffentlichkeit bestimmt. N-I-C-H-T. Bis ich es freigebe. Einverstanden?«

»Einverstanden. Worum handelt es sich?«

»Sie haben Nylonhaare auf dem Teppich von Ashleys Hotelzimmer gefunden.«

»Na und? Sie haben ja schon erzählt, daß der Killer eine schwarze Nylonperücke trägt.«

»Diese Haare waren aber rotblond.«

Der Reporter blinzelte. »Der Hurensohn«, sagte er langsam. »Er hat die Perücke gewechselt.«

»Richtig«, sagte Delaney mit einem Nicken. »Und könnte sie wieder wechseln – zu rot, purpurn, grün, jeder gottverdammten Regenbogenfarbe. Deswegen haben wir nichts über die erdbeerblonden Haare verlauten lassen. Vielleicht bleibt der Killer bei der Farbe, wenn nichts darüber in den Zeitungen oder im Fernsehen erscheint.«

»Vielleicht«, sagte Handry zweifelnd. »Und was noch?«

»Im Augenblick nichts.«

»Magere Ausbeute«, meinte der Reporter seufzend. »In Ordnung, sprechen wir über diese Recherchen, die Sie brauchen.«

Edward X. Delaney holte ein zusammengefaltetes Blatt Schreibmaschinenpapier aus der Innentasche seines Jacketts und schob es über den Tisch. Thomas Handry setzte eine große, horngerahmte Brille auf, um es zu lesen. Er ließ sich Zeit. Nach der zweiten Lektüre blickte er auf.

»Und Sie sagen, das hat was mit dem Ripper zu tun?«

»Es könnte.«

Der Reporter fuhr fort, ihn anzustarren. Dann platzte er heraus: »Sie sind verrückt. Wissen Sie das?«

»Möglicherweise«, sagte der Chief gleichmütig.

»Glauben Sie wirklich ...?«

Delaney zuckte mit den Schultern.

»Junge, Junge!« sagte Handry ehrfürchtig. »Das würde eine Story geben! Tja, falls Sie vorgehabt haben, mich hiermit zu ködern, dann haben Sie Erfolg gehabt. Ich finde es für Sie heraus.«

»Wann?«

»Wird mindestens eine Woche dauern.«

»Eine Woche ist in Ordnung«, sagte Delaney.

»Wenn ich es vorher schaffe, lasse ich es Sie wissen.«

»Ich brauche alle Zahlen, Statistiken, Quoten.«

»In Ordnung, in Ordnung«, erwiderte der Reporter ungehalten. »Ich weiß, was Sie wollen; Sie brauchen es nicht zu buchstabieren. Aber wenn es hinhaut, kriege ich die Story. Einverstanden?«

Delaney nickte, zahlte und beide Männer standen auf.

»Noch einen Schlummertrunk an der Bar?« fragte der Chief.

»Gern«, sagte der Reporter prompt. »Aber wird sich Ihre Frau nicht fragen, wo Sie bleiben?«

»Sie hat heute abend einen Kurs.«

»Ach, ja? Was für einen?«

»Wie werde ich selbstbewußter.«

»Du meine Güte«, sagte Thomas Handry.

Wieder und wieder ging er die Dossiers der drei Opfer durch. Er war überzeugt, daß es etwas geben mußte, eine Verbindung, eine Spur, die ihm entging.

Schließlich akzeptierte er seine Niederlage und wandte seine Aufmerksamkeit den Hotels zu, in denen die Verbrechen stattgefunden hatten. Vielleicht gab es dort einen gemeinsamen Nenner. Aber alle drei Hotels hatten einen anderen Eigentümer und auch sonst nichts gemeinsam, außer daß sie ganz gewöhnliche Manhattaner Hotels waren und mit nichts ein Verbrechen oder einen Racheakt herausforderten.

Dann beschäftigte der Chief sich noch einmal mit den Mordzeiten. Der erste hatte sich an einem Freitag ereignet, der zweite an einem Donnerstag, der dritte an einem Mittwoch. Es schien da tatsächlich eine Gesetzmäßigkeit zu geben. Aber warum? Wenn der vierte Mord sich an einem Dienstag ereignete, dann würde diese Frage an Bedeutung gewinnen.

Er zweifelte nicht eine Sekunde lang daran, daß es einen vierten Mord geben würde. Es erbitterte ihn, daß er ihn nicht verhindern konnte.

Sergeant Abner Boone rief regelmäßig drei- oder viermal die Woche an. Er war es gewesen, der Delaney darüber informiert hatte, daß auf dem Teppich im Hotelzimmer des Opfers erdbeerblonde Haare gefunden worden waren. Es war immer noch nicht entschieden, ob man diese Information an die Medien weitergeben sollte oder nicht.

Boone hatte auch mitgeteilt, daß die blutigen Fußabdrücke auf Jerome Ashleys Teppich die geschätzte Größe des Killers bestätigt hatten. Ein Meter fünfundsechzig bis ein Meter siebenundsechzig. Es war indes unmöglich gewesen, herauszufinden, ob es sich bei dem Killer um einen Mann oder eine Frau handelte.

Der Sergeant hatte berichtet, daß die Narben auf Ashleys Hand auf eine brennende Friteuse zurückzuführen waren. Er glaubte nicht, daß eine Verbindung zu dem Mord bestand, und der Chief gab ihm recht.

Schließlich hatte auch die Untersuchung des Aspekts, daß vielleicht alle drei Geschäftsleute Opfer eines rachsüchtigen, entlassenen Arbeitnehmers waren, nichts ans Tageslicht gebracht. Es gab einfach keine Verbindung zwischen Puller, Wolheim und Ashley.

»Also stehen wir wieder auf Feld eins«, sagte Boone seufzend. »Wir setzen immer noch jeden Abend unsere Lockvögel in der Innenstadt aus, und Slavin läßt weiterhin jeden Schwulen vorführen, der je in seinem Leben eine Perücke getragen hat. Ohne Ergebnis. Nichts. Haben Sie irgendeinen Vorschlag, Chief?«

»Nein. Im Moment nicht.«

»Im Moment?« fragte der Sergeant wißbegierig. »Heißt das, Sie könnten vielleicht später etwas haben? In einer Weile?«

Delaney wollte keine falschen Erwartungen wecken. Er wollte Boones Hoffnungen aber auch nicht völlig zerstören.

»Naja . . . vielleicht«, sagte er vorsichtig. »Aber das ist sehr, sehr weit hergeholt.«

»Chief, in diesem Stadium freuen wir uns über alles, ganz egal wie weit hergeholt es ist. Wann wissen Sie mehr?«

»Ungefähr in zwei Wochen.« Dann fragte er, um das Thema zu wechseln: »Ich nehme an, ihr erhaltet die üblichen Hinweise und Geständnisse?«

»Sie können es sich nicht vorstellen«, sagte der Sergeant mit einem Stöhnen. »Wir haben sogar vier schwarze Perücken mit der Post bekommen. An jeder hing ein Schild mit der Unterschrift ›Der Hotel-Ripper‹. Aber um ehrlich zu sein, wenn wir nicht von all diesen falschen Spuren auf Trab gehalten würden, hätten wir überhaupt nichts zu tun. Jemand zeigt uns eine lange Nase, und wir können nichts dagegen tun.«

Delaney beschäftigte sich wieder mit seinen Dossiers, und endlich entdeckte er etwas, das ihm entgangen war. Etwas, worauf niemand geachtet hatte. Es war weder eine Verbindung zwischen den drei Opfern, noch ein gemeinsamer Faktor. Aber es war ein Punkt von gleicher Bedeutsamkeit. Zumindest glaubte er, daß er eine solche bekommen könnte. Er überprüfte seine Vermutung zweimal an Hand seines Kalenders, ehe er ins Wohnzimmer ging, um eins der Bücher seiner Frau zu konsultieren.

Als er in das Arbeitszimmer zurückging, verzog er das Gesicht – mehr zu einer Grimasse als zu einem Grinsen. Und als er seine Entdeckung mit der üblichen Sorgfalt schriftlich festhielt, stellte er plötzlich fest, daß er tonlos vor sich hinsummte.

Er fragte sich, ob er Sergeant Boone anrufen sollte, um ihn zu warnen. Aber dann überlegte er, daß er zu viele Fragen zu hören bekommen würde. Fragen, auf die er noch keine Antworten hatte.

Außerdem glaubte er auch nicht, daß eine Warnung einen vierten Mord verhindern konnte.

Thomas Handry rief am Morgen des 28. April an.

»Ich habe die Zahlen, die Sie suchen«, sagte er.

Nichts an seiner Stimme verriet, ob die Resultate ein Ja oder ein Nein bedeuteten. Delaney war versucht, sich auf der Stelle danach zu erkundigen, unterließ es aber dann. Er merkte, daß er aus Gründen, die sich seiner Analyse entzogen, mehr Angst vor einem Ja als vor einem Nein hatte.

»Das ist gut«, sagte er, so herzlich er konnte.

»Ich hatte nicht die Zeit, irgendwelche Additionen durchzuführen, fuhr Handry fort. »Sie müssen Ihre Schlüsse selber ziehen.«

»Mache ich«, sagte Delaney. »Danke, Handry. Ich weiß Ihre Mitarbeit zu schätzen.«

»Es geht um meine Story«, erinnerte ihn der Reporter.

»Es ist Ihre Story«, bekräftigte er. »Wo und wann kann ich die Ergebnisse haben?«

Nach einer kurzen Pause fragte Handry: »Wie wär's mit der Grand Central Station? Um zwölf Uhr dreißig? Beim Informationsstand am Haupteingang.«

»Wie wär's mit einem verlassenen Pier am Hudson um Mitternacht?« fragte Delaney zurück.

Der Reporter lachte. »Ich will mich nicht unbemerkt mit Ihnen treffen, ich muß einen Zug kriegen, und im Moment sitze ich hier fest. Grand Central wäre wirklich am besten.«

»So sei's denn«, sagte Delaney. »Um halb eins.«

Er war wie üblich zu früh dran und spazierte auf dem Bahnhofsgelände herum. Er vertrieb sich die Zeit damit, Polizisten in Zivil aus der Menschenmenge herauszupicken und ihre Gegenspieler, die Diebe verschiedenster Couleur, bei der Arbeit zu beobachten.

Dann bemerkte Delaney Thomas Handry. Der Reporter trug eine schwer wirkende Einkaufstasche von Bloomingdale's.

»Ihr Gepäck gefällt mir«, sagte Delaney, als Handry ihn erreicht hatte.

»Gehört alles Ihnen«, antwortete der Reporter und reichte ihm die Tasche. »Rund fünf Pfund Fotokopien. Interessantes Zeug.«

»So?«

Handry warf einen Blick auf die große Uhr in der Kuppel.

»Ich muß los«, sagte er. »Ob Sie's glauben oder nicht, ich interviewe eine angebliche Seherin in Mount Vermont. Sie behauptet, im Traum den Hotel-Ripper gesehen zu haben. Es handelt sich um einen baumlangen Neger mit nur einem Auge, einem Mandschu-Bärtchen und britischem Akzent.«

»Klingt nach einer echten Spur«, meinte der Chief süffisant.

Der Reporter zuckte mit den Schultern. »Wir bringen einen Sammelartikel über jedes Medium und alle Hellseher, die zu wissen glauben, wie der Hotel-Ripper aussieht.«

»Und nicht zwei davon haben dasselbe gesehen«, sagte der Chief.

»So ist es. Tja, ich muß zu meinem Zug.« Er zögerte, drehte sich noch einmal um, deutete auf die Tasche. »Lassen Sie mich wissen, was Sie mit all dem anfangen.«

»Mach ich«, sagte Delaney mit einem Nicken. »Und vielen Dank nochmal.«

Er blickte Handry nach, bis er verschwunden war; dann hob er die Einkaufstasche auf und verließ den Bahnhof. Er haßte es, etwas zu tragen, besonders Einkaufstaschen. Wahrscheinlich war das ein Überbleibsel seiner Tage als Straßencop: die Furcht, überrumpelt zu werden, die Hände nicht frei zu haben.

Er konzentrierte sich ganz auf den herrlichen Tag. Und auf die

Stadt. Es war seine Stadt. Hier war er geboren, hier hatte er sein ganzes Leben verbracht. Er war nie abgereist, ohne ein Gefühl des Verlusts zu spüren; nie zurückgekehrt ohne das Gefühl, nach Hause zu kommen. New York war ebenso seine Heimat, wie seine vier Wände es waren.

Sie verschlang den einzelnen, demütigte den Hochmütigen, ließ Träume aufsteigen, eine Sekunde, bevor sie sie zum Platzen brachte. New York war der große Gleichmacher. Geburt, Leben oder Tod bedeuteten nicht mehr als ein ausgebessertes Loch im Asphalt oder ein Gedicht. Es war einfach *da*, und zum Teufel mit allem anderen.

Edward X. Delaney liebte gerade das an seiner Stadt.

Und die Frauen! Männer waren angezogen, Frauen kleideten sich. Da waren sie, wirbelnd und funkelnd, mit vom Wind geröteten Wangen, Haaren, die wie Feuer hinter ihnen flatterten. Er bedachte jede mit einem Lächeln, vom Baby im Kinderwagen bis zum alten Mütterchen. Er konnte sich eine Welt ohne sie einfach nicht vorstellen und dankte Gott für das Glück, erst Barbara und dann Monica gefunden zu haben.

Mit leichtem Schritt trottete er auf seine Straße zu, strahlender Teilnehmer an der Parade der allgegenwärtigen Weiblichkeit. Sein Gesicht war ein einziges onkelhaftes Grinsen, während er sie alle sah und liebte, in ihren prächtigen Farben, mit ihrem Schwung, ihrer Lebensfreude.

Seht euch nur die an, die da jetzt auf ihn zugeht! Eine Prinzessin, kaum älter als seine Stieftochter Sylvia. Eine große, umwerfende Schönheit mit flachsfarbenem Haar bis zum Hinterteil. Ein Gesicht, noch unverbraucht von der Zeit, und ein Körper so geschmeidig und hart wie eine Stahlrute.

Sie marschierte direkt auf ihn zu und verstellte ihm den Weg. Mit einem süßen, schmelzenden Lächeln blickte sie zu ihm auf. »Na, wie wär's mit 'nem Fick, Alter?« fragte sie.

Das war zuviel für ihn; es verschlug ihm die Sprache. Er überquerte die Straße und ging auf der anderen Seite der Park Avenue weiter, polternd jetzt, seine schweren großen Füße in schweren, knöchelhohen Schuhen stampften auf dem Trottoir. Müde kletterte er in das erste leere Taxi und ließ sich nach Hause fahren, die Einkaufstasche von Bloomingdale's auf dem Schoß.

Später fand er seinen Gleichmut wieder. Mit etwas säuerlichem Amüsement mußte er sich eingestehen, daß die kurze Begegnung mit der jungen Nutte typisch dafür gewesen war, wie die Stadt hochfliegende Träume und romantische Spinnereien mit einem Eimer voll kalter Realität mitten ins Gesicht beenden konnte.

Er aß ein Sandwich, bestehend aus kaltem Corned beef und deutschem Kartoffelsalat auf Roggenbrot. Anschließend trank er eine Dose Bier. Nachdem seine Standfestigkeit wieder hergestellt war, trug er das von Handry zusammengetragene Material ins Arbeitszimmer und begann zu arbeiten.

Beim Dinner fragte er Monica, wie sie den Abend zu verbringen gedächte. »Gehst du aus?« fragte er beiläufig.

Sie lächelte und legte ihre Hand auf die seine. »Ich habe dich vernachlässigt, nicht wahr?«

»Nein, nein, du hast mich nicht vernachlässigt«, protestierte er, obwohl er es so empfand.

»Na, heute abend bleibe ich jedenfalls zu Hause.«

»Gut«, sagte er. »Ich möchte mit dir reden. Lang und ausführlich.«

»Oho«, sagte Monica, »das klingt ja sehr ernst. Bin ich entlassen?«

»Nichts dergleichen«, sagte er lachend. »Ich möchte nur etwas mit dir besprechen. Deine Meinung einholen.«

»Wenn ich meine Meinung sage, kann sie deine ändern?«

»Nein.«

Das Wohnzimmer der Delaneys war ein großer Raum mit einer hohen Decke, beherrscht von einem eher nüchternen Kamin und langen Bücherregalen. Allein das lebhafte Mobiliar bewahrte das Zimmer davor, düster zu wirken.

Es war eine ausgewählte Sammlung von Einzelstücken, die eher angehäuft denn ausgesucht wirkten. Chippendale kuschelte sich an Shaker, Viktorianisches arrangierte sich mit Art Deco. Ein alter Perserteppich, dem die Zeit Glanz und Festigkeit genommen hatte, bedeckte den Boden des freundlichen Raumes.

Alles hatte die Patina des ständig Gebrauchten und liebevoll Gepflegten. Die Farben der Vorhänge und Polster waren warm, ohne zu leuchten. Behaglichkeit als Stilprinzip; der Raum war gereift, weil man in ihm gelebt hatte. Nichts diente nur dem Vorzeigen, die Abnutzung trat überall zutage.

An den Wänden hing eine Sammlung von Gemälden, Zeichnungen, Cartoons, Postern, Stichen und Karten, die so verschieden waren wie die Möbel. Keine zwei Rahmen waren sich gleich, nichts dominierte, alles entzückte. Und es schien immer noch Raum für Neues zu geben.

An diesem Abend nahm Monica, nachdem der Tisch abgedeckt und das Geschirr gespült war, in ihrem Sessel Platz, setzte ihre Brille auf und griff nach den Stricknadeln, um an einer afghanischen Decke weiterzuarbeiten, mit der sie sich schon seit mehreren Wochen beschäftigte. Delaney holte seine Dossiers und die Unterlagen, die Handry ihm besorgt hatte, aus dem Büro und stapelte sie neben seinem Sessel.

»Was ist das?« fragte Monica.

»Das, worüber ich mit dir reden will. Ich möchte gern eine Theorie an dir ausprobieren.«

»Den Hotel-Ripper betreffend?«

»Ja. Es macht dir doch nichts aus, oder?«

»Nein, es macht mir nichts aus. Aber mir scheint, daß du diesem Fall für einen Cop, der nicht mehr im aktiven Dienst steht, ein ziemliches aktives Interesse entgegenbringst.«

»Ich versuche nur, Abner Boone zu helfen«, protestierte er. »Von diesem Fall hängt viel für ihn ab.«

»So, so«, sagte sie und warf ihm einen kurzen Blick über den Rand ihrer Brille zu. »Nun, ja . . . laß hören. Glaubst du immer noch, daß es sich um eine Frau handelt?«

»Ja, das tue ich.«

»Eine Prostituierte?«

»Nein. Eine Geistesgestörte, die aus verrückten Gründen tötet, die vielleicht nicht einmal für sie einen Sinn ergeben. Aber sie wird immer wieder dazu getrieben.«

»Das glaube ich nicht«, sagte Monica fest.

»Warum nicht?«

»Eine Frau könnte solche Dinge nicht tun.«

Er hatte mit einer subjektiven Antwort gerechnet und sich geschworen, nicht die Geduld zu verlieren. Er hatte sich auch schon eine Erwiderung zurechtgelegt: »Willst du behaupten, eine Frau wäre zu blutiger Gewalt nicht fähig?«

»So ist es. Früher vielleicht. Ein Mord aus Leidenschaft. Aus Rache, Eifersucht oder Haß. Aber nicht eine Reihe sinnloser Morde an völlig Fremden. Ohne Grund.«

»Vor ein paar Wochen haben wir über Kindesmißhandlung gesprochen. Du warst mit mir der Meinung, daß in mindestens der Hälfte der Fälle die Mutter der Aggressor ist. Die ihr Kind an den Herd zerrt und seine Hand in die offene Flamme hält oder ihr Baby in kochendes Wasser wirft.«

»Edward, das ist etwas anderes!«

»Wie anders? Wo ist da das Verbrechen aus Leidenschaft? Wo sind Eifersucht, Rache oder Haß?«

»Die Frau, die ein Kind mißhandelt, steht unter enormem Druck. Sie wurde als Kind wahrscheinlich selbst mißhandelt. Sie ist in den Käfig eines Lebens ohne Hoffnung gesperrt, zu einer Sklavin herabgewürdigt worden. Das arme Kind ist der nächste Blitzableiter, die einzige Zielscheibe. Sie würde vielleicht lieber die Hand ihres Mannes über die offene Flamme halten, aber das kann sie nicht, und so läßt sie ihr ganzes Elend und all ihre Frustrationen an dem Kind aus.«

Er schnaubte. »Eine sehr gefällige Erklärung, nur kaum eine Rechtfertigung dafür, daß man ein Baby verbrüht. Aber laß uns die Motive eine Minute hintenanstellen. Motive interessieren mich im Moment nicht. Ich will dich nur davon überzeugen, daß Frauen genau wie Männer zu sinnloser, blutiger Gewalt fähig sind.«

Monica schwieg. Ihre Hände umklammerten Nadeln und Wolle in ihrem Schoß. Ihre Lippen waren zu einem schmalen Strich zusammengepreßt, ihr Gesicht angespannt. Delaney kannte diesen Ausdruck nur zu gut, aber er redete weiter.

»Du kennst eure Geschichte«, sagte er. »Frauen waren ganz und gar nicht immer die unterdrückten, zurückhaltenden, zarten, weiblichen Geschöpfe, die Kunst und Literatur aus ihnen gemacht haben. Sie waren Soldaten, harte Kämpfer, haben viele grausame und bittere Fehden ausgefochten, in allen Stämmen und Nationen. Auch heute noch tun sie das an vielen Orten überall auf der Welt. Früher war es so, daß das Schlimmste, was einem gefangenen Soldaten passieren konnte, darin bestand, den Frauen der gegnerischen Armee ausgeliefert zu werden. Was dann aus ihm wurde, möchte ich lieber nicht im Detail beschreiben.«

»Worauf willst du hinaus?«

»Nur darauf, daß den Frauen von ihrer Natur, ihren Genen oder Instinkten her nichts innewohnt, was sie davon abhalten würde, auch völlig Fremde auf grausame Weise zu ermorden, wenn sie dazu getrieben, wenn sie Opfer von Begierden oder Lüsten werden, die sie nicht kontrollieren können. Tatsächlich würde ich sogar annehmen, daß sie für diese Art von Gewalt empfänglicher sind als Männer.«

»Das ist die sexistischste Bemerkung, die ich je von dir gehört habe.«

»Sexistisch«, sagte er mit einem kurzen Lachen. »Ich habe mich schon gefragt, wie lange es dauern würde, bis du wieder damit anfängst. Die typische Reaktion. Jede Bemerkung, der man auch nur andeutungsweise entnehmen kann, Frauen wären möglicherweise weniger vollkommen, wird sofort mit dem Etikett ›sexistisch‹ versehen. Willst du behaupten, Frauen wären wirklich die sanften, damenhaften und schwachen Wesen, zu denen sie eurer Meinung nach sonst nur durch männliche Vorurteile und Diskriminierung gemacht wurden?«

»Ich behaupte nichts dergleichen. Es stimmt, daß die Frauen wegen der Einstellung der Männer bisher nicht ihr volles Potential entfalten konnten. Aber Massenmörder zu werden, gehört nicht zu diesem Potential. Solche Dinge hätten Frauen zu jeder Zeit tun können, aber sie haben es nicht. Du hast selbst gesagt, daß die Polizei nicht zuletzt deswegen nach einem männlichen Ripper Ausschau hält. Weil es keinen Präzedenzfall dafür gibt, daß Frauen je solche Verbrechen begangen hätten.«

Er blickte sie nachdenklich an, die Fingerspitzen an die Lippen gelegt.

»Würdest du mir zustimmen, daß Frauen die emotionale und körperliche Befähigung zum Massenmörder besitzen? Daß es nichts in der weiblichen Psyche gibt, das dagegen spräche? Es hat Frauen gegeben, die vielfach getötet haben, gewöhnlich aus Gier, und die mit ihren Opfern bekannt waren. Ich bitte dich jetzt ja nur, einen kleinen Schritt weiter zu gehen und zuzugeben, daß Frauen fähig sein könnten, völlig Fremde ohne offensichtliches Motiv umzubringen.«

»Nein«, sagte sie mit Entschiedenheit, »ich glaube nicht, daß sie so was tun könnten. Du hast selbst gesagt, es gibt keine Präzedenzfälle. Keine ›Daughters of Sam‹.«

»Richtig«, stimmte er zu. »Und deswegen suchen sie alle jetzt nach einem männlichen Ripper. Aber ich glaube, sie irren sich.«

»Nur weil du der Meinung bist, Frauen seien grundsätzlich fähig zu morden?«

»Deswegen und wegen der für Frauen typischen Mordwaffe, wegen der mangelnden Hinweise auf einen Kampf, wegen der Tatsache, daß die heterosexuellen Opfer nackt aufgefunden wurden, wegen der Perückenhaare und wegen der geschätzten Größe des Täters. Und wegen noch etwas ganz anderem.«

»Und das wäre?« fragte sie argwöhnisch.

»Einer der Punkte, mit denen ich mich beschäftigt habe, als Boone mir von den beiden ersten Morden erzählt hat, war der Tag, an dem sie begangen worden sind. Ich hatte gedacht, es könnte vielleicht eine Beziehung zum Vollmond geben. Du weißt ja, wie die Zahl der Verbrechen ansteigt, wenn Vollmond ist.«

»Gab es eine Verbindung?«

»Nein. Weder bei den beiden ersten, noch beim dritten. Dann habe ich mir die Intervalle zwischen den Morden angeschaut. Jeweils sechsundzwanzig Tage zwischen dem ersten und dem zweiten und dem zweiten und dritten. Fällt dir daran etwas auf?«

Sie antwortete nicht.

»Ich bin sicher, daß dir etwas auffällt«, sagte er sanft. »Sechsundzwanzig Tage ist die durchschnittliche Zeitspanne zwischen den Monatsblutungen der Frau. Ich habe es in deinem Handbuch der Gynäkologie nachgeschlagen.«

»Mein Gott, Edward, nennst du das einen Beweis?«

»Für sich gesehen gibt es nicht viel her, aber wenn man es zu den bereits vorhandenen Punkten addiert, beginnt sich ein Muster abzuzeichnen: eine Psychopathin, die von ihrer monatlichen Periode zu Verbrechen getrieben wird.«

»Aber Fremde töten? Ich glaube es immer noch nicht. Und du sagst ja selber, die Statistik spricht dagegen.«

»Warte«, sagte er, »ich habe noch mehr.«

Er bückte sich und hob einen Stapel Papier auf. Er legte ihn sich in den Schoß, setzte seine Lesebrille auf und begann zu blättern.

»Ich brauche wahrscheinlich noch ein Weilchen«, sagte er. »Hättest du gern einen Drink oder einen Kaffee?«

»Nein, danke«, sagte sie steif.

Er nickte, blätterte weiter, fand schließlich die Seite, die er suchte, nickte und lehnte sich zurück.

»Die Wahrscheinlichkeit spricht dagegen«, sagte er, »das muß ich zugeben. Wenn man sich an die Erfahrungswerte hält, tut Slavin genau das richtige, indem er nach einem männlichen Killer sucht. Aber ich habe mir überlegt, daß die Statistiken vielleicht falsch sind. Oder weniger falsch als vielmehr veraltet. Überholt.«

»Ah ja?«

Wenn ihre Neugier geweckt war, dachte er bitter, wußte sie das gut zu verstecken.

Er blickte sie nachdenklich an. Er kannte ihre scharfe Intelligenz und ihren beißenden Witz. Er scheute vor dem Drahtseilakt zurück, auf den er sich eingelassen hatte. Bestensfalls konnte er mit amüsierter Herablassung rechnen, widerwilligem Lob für seine Versuche, außerhalb seines Horizonts zu dilettieren. Schlimmstenfalls würden Hohn und Spott auf ihn herabprasseln.

»Ich habe dich oft von der ›neuen Frau‹ reden hören«, begann er. »Ich nehme an, daß du damit eine Frau meinst, die sich von den Ketten männlicher Vorherrschaft befreit hat.«

»Und von denen der Gesellschaft«, fügte Monica hinzu.

»Gut«, sagte er. »Die Unterdrückung durch einzelne Männer und eine männlich orientierte Gesellschaft. Die neue Frau versucht, ihr Schicksal selbst zu kontrollieren, übernimmt selbst die Verantwortung. Richtig? Sind das nicht mehr oder weniger die Ziele der Frauenbewegung?«

»Mehr oder weniger.«

»Der Feminismus ist eine Revolution«, fuhr er fort. Er sprach langsam, beinahe vorsichtig. »Eine soziale Revolution vielleicht, aber um so bedeutsamer. Nun, bei Revolutionen kommt es immer auch zu Exzessen. Nein –«, unterbrach er sich hastig, »nicht zu Exzessen; das Wort war nicht gut gewählt. Aber Revolutionen haben manchmal, meistens sogar, Folgen, die weder ihre Führer noch die Gefolgschaft voraussehen konnten.

Anders ausgedrückt, die ›neue‹ Frau ist vielleicht unabhängiger, selbstbewußter, ehrgeiziger, mutiger, entschlossener und erfolgreicher als die Frau von gestern. Aber vielleicht hat sie bei dem Versuch, sich von jahrhundertelanger Repression zu befreien, auch andere, weniger wünschenswerte Züge entwickelt. Und wenn dem so wäre, dann könnten diese Eigenschaften all unsere Statistiken und Erfahrungswerte über das, wozu Frauen in der Lage sind, über den Haufen werfen.«

»Ich vermute«, sagte Monica von oben herab, »du sprichst von Verbrechensstatistiken und Kriminalitätsraten.«

»Zum Teil«, sagte Delaney, »aber nicht ausschließlich. Ich wollte mich darüber informieren, ob die Frauen von heute sich verändert haben oder noch verändern, und zwar auf irgendeine Weise, die sie empfänglich für selbstzerstörerisches oder antisoziales Verhalten werden läßt.«

»Und was hast du herausgefunden?«

»Nun ...«, sagte er, »ich will nicht behaupten, das Beweismaterial sei rundum überzeugend. Ich bin nicht einmal sicher, ob man es überhaupt Beweismaterial nennen kann. Aber ich denke, es ist überzeugend genug – zumindest für mich –, um zu bestätigen, daß ich auf der richtigen Spur bin. Ich habe Thomas Handry gebeten, mir auf den verschiedensten Gebieten die entsprechenden Zahlen zu besorgen. Ich habe die letzten fünfzehn Jahre als Zeitmaßstab genommen, um die Veränderungen der Frauen auf diesen Gebieten daran festzumachen.«

»Warum gerade die letzten fünfzehn Jahre?«

Er blickte sie ausdruckslos an. »Warum wohl? Weil das genau der Zeitraum ist, in dem sich in Amerika die feministische Bewegung gebildet, etabliert und das Leben so vieler amerikanischer Frauen beeinflußt hat. Und natürlich auch das der Männer.«

»Du willst alles, was mit den Frauen in den letzten fünfzehn Jahren geschehen ist, auf die Frauenbewegung zurückführen?«

»Natürlich nicht. Ich weiß, daß es noch andere einflußreiche Faktoren gegeben hat. Aber eine Menge dieser Faktoren waren wiederum teilweise oder auch ganz Resultate der Frauenbewegung.

Das enorme Anwachsen der weiblichen Arbeitskraft zum Beispiel. Also, willst du nun hören, was Handry entdeckt hat, oder nicht?«

»Mir wäre wesentlich wohler, wenn deine Recherchen von einer Frau durchgeführt worden wären.«

Delaney bedachte sie mit einem knappen Lächeln. »Sie hätte auch keine anderen Zahlen als Handry gefunden. Fangen wir mit den signifikantesten Statistiken an ...«

Er konsultierte eins der Blätter in seinem Schoß. »Werfen wir als erstes einen Blick auf die Drogenszene ... Statistiken, illegale Drogen betreffend, sind bekanntermaßen nie sonderlich akkurat. Ich spreche jetzt über Marihuana, Kokain und Heroin. Es ist beinahe unmöglich, exakte Angaben über die Zahl der mehr oder weniger regelmäßigen Konsumenten dieser Drogen zu bekommen. Aber nach den Informationen, die uns zur Verfügung stehen, ist der Konsum illegaler Drogen bei Männern und Frauen ungefähr gleich ausgeprägt.«

Er ließ das Blatt neben den Sessel fallen. »Wenn wir uns den legalen Drogen zuwenden, besonders den von Ärzten verschriebenen Psychopharmaka, können wir schon mit genaueren Zahlen arbeiten. So läßt sich zum Beispiel nachweisen, daß von allen von Ärzten verschriebenen psychoaktiven Drogen etwa achtzig Prozent der Amphetamine, siebenundsechzig Prozent der Beruhigungsmittel und sechzig Prozent aller Barbiturate und Sedativa an Frauen gehen. Man schätzt, daß mindestens zwei Milliarden Frauen von verschreibungspflichtigen Medikamenten abhängig sind. Mehr als die Hälfte aller Frauen, die irgendwelcher Verbrechen überführt worden sind, haben Probleme mit Drogenmißbrauch. Doppelt so viele Frauen wie Männer nehmen regelmäßig Valium oder Librium. Fünfzig Prozent mehr Frauen als Männer nehmen regelmäßig Barbiturate, die auch als Mittel zum Selbstmord bei Frauen an erster Stelle stehen.«

»Und das hat auch alles seinen guten Grund«, sagte Monica scharf. »Wenn man bedenkt, was für Frustrationen und –«

»Halt!« rief Delaney und hob die rechte Hand. »Monica, ich bin Polizist, kein Soziologe. Ich bin an den Ursachen nicht interessiert. Nur an den Tatsachen, wie sie sind, und der Auswirkung, die sie auf die Kriminalität haben könnten. Okay?«

Sie schwieg.

»Zweitens«, sagte er und konsultierte ein zweites Blatt, »die Zahl der bekannten weiblichen Alkoholiker hat sich seit dem Zweiten Weltkrieg verdoppelt. Berichten der Anonymen Alkoholiker zufolge kam in der Vergangenheit eine Frau auf neun männliche Mitglieder. Heute ist das Verhältnis fast eins zu eins. Statistiken über Alkoholismus sind nur schwer zu erstellen und nicht besonders genau, aber niemand bezweifelt ein enormes Ansteigen weiblicher Alkoholiker in der letzten Zeit.«

»Wenn alle mehr trinken, was ist dann so ungewöhnlich daran, daß auch Frauen ihren Teil dazu beitragen?«

»Mehr als ihren Teil«, antwortete er mit soviel Geduld, wie er aufbringen konnte. »Schau dir die Zahlen in diesem Bericht an, den Handry zusammengestellt hat, es ist alles da. Drittens, Niktoin. In letzter Zeit sind fünfundvierzig Prozent mehr Frauen als früher an Lungenkrebs gestorben. Bei den Männern sind es nur vier Prozent. Die Erkrankungen an Lungenkrebs haben sich sogar verdreifacht.«

»In Ordnung«, sagte sie mit harter Stimme, »angenommen, mehr Frauen schlucken Pillen, trinken und rauchen – aber was beweist das alles?«

»Nur noch ein paar Zahlen«, sagte er und blätterte in seinen Unterlagen. »Hier: Frauen stellen ungefähr einundfünfzig Prozent der Bevölkerung. Aber alles Beweismaterial läßt darauf schließen, daß sie weit mehr als die Hälfte der Geisteskranken stellen. Auf hundert Männer werden hundertsiebenunddreißig Frauen wegen Depressionen in die Heilanstalten eingewiesen, und bei den ambulanten Patienten stehen den hundert Männern zweihundertachtunddreißig Frauen gegenüber.«

»Depressionen!« sagte sie höhnisch. »Ist dir noch nie in den Sinn gekommen, daß es vielleicht einen guten Grund dafür geben könnte?«

»Nicht nur Depressionen«, unterbrach er sie, »sondern auch Wahnsinn. Sogenannte ›emotionale Störungen‹, und darunter leiden schätzungsweise zweimal so viele Frauen wie Männer.«

»Als Resultat der –«

»Monica!« rief er verzweifelt. »Ich habe dir gesagt, die Ursachen interessieren mich nicht. Wenn du mir erzählst, daß Drogensucht – einschließlich Alkohol und Nikotin – und Nervenkrankheiten auf die ehemalige Rolle der Frau in der Gesellschaft zurückzuführen sind, dann glaube ich dir gern. Mir geht es nur darum, bestimmte Züge im Wesen der Frauen zu isolieren. Der ›neuen Frauen‹. Ich werte oder urteile nicht. Ich gebe dir nur die Zahlen. Prozente haben kein Bewußtsein, sie wollen auf nichts hinaus. Sie existieren, mehr nicht. Sie können auf hundert verschiedene Weisen interpretiert werden.«

»Und ich weiß, daß du sie als ein Ergebnis der Frauenbewegung interpretierst«, sagte sie scharf.

»Verdammt noch mal!« sagte er wütend. »Hörst du mir jetzt zu oder nicht? Das einzige Interesse, das ich an diesen Zahlen habe, besteht in dem Hintergrund, den sie mir zu meiner Theorie geben könnten, daß der Hotel-Ripper eine Frau ist.«

Er hielt kurz inne, ehe er weitersprach. »Monica, wir haben nicht die geringste Ahnung, wie der Killer aussieht. Wir wissen, er ist einen Meter fünfundsechzig bis ein Meter siebenundsechzig groß und trägt eine Perücke. Wenn es sich aber um eine Frau handelt, können wir andere Punkte erraten. So ist sie, zum Beispiel, sehr wahrscheinlich jung, sagen wir zwischen zwanzig und vierzig, denn sie ist kräftig genug, um einem Mann die Kehle aufzuschlitzen, und jung genug, um noch ihre Periode zu bekommen. Wir wissen auch, daß sie gerissen ist. Sie plant sorgfältig und besitzt genügend Kaltschnäuzigkeit, um einen bestialischen Mord zu begehen und sich anschließend alle eventuellen Blutflecke vom Körper zu waschen, ehe sie den Tatort verläßt. Sie achtet darauf, keine Fingerabdrücke zu hinterlassen. Diese Recherchen nun geben uns zusätzliche Hinweise darauf, was und wie sie noch sein könnte. Sie ist sehr wahrscheinlich abhängig von verschreibungspflichtigen Drogen, Alkohol oder Nikotin – wahrscheinlich einer Kombination von allen dreien. Die Chancen stehen gut, daß sie an Depressionen oder Wahnsinn oder beidem leidet. – Ich versuche lediglich, ein Profil zusammenzusetzen, das uns am Ende ein genaueres Bild der Frau vermitteln kann, mit der wir es zu tun haben.«

»Glaubst du, sie ist Feministin?« fragte Monica.

»Vielleicht. Vielleicht auch nicht. Ich weiß es einfach nicht und möchte auch nicht raten. Aber ich glaube, daß die große Mehrheit der Frauen in diesem Land von der Frauenbewegung beeinflußt worden ist, ob sie sich aktiv darin betätigen oder nicht.«

Monica brütete einen Moment schweigend vor sich hin. Sie starrte blinzelnd auf ihre Hände. Dann stellte sie die Frage, die Delaney gehofft hatte, vermeiden zu können. Aber, gestand er sich trocken ein, er hätte wissen müssen, daß Monica sofort zum Kernpunkt vorstoßen würde.

Sie blickte ihn an und fragte: »Hat sich Handry auch mit den aktuellen Kriminalitätsstatistiken beschäftigt?«

»Die Zahl der verhafteten Frauen wächst. Schneller als die der Männer.«

»Auch was Mord betrifft?«

Er mußte ehrlich sein. »Nein, es gibt keinen Beweis, daß die Rate der von Frauen begangenen Morde steigt. Aber die Festnahmen wegen Raub, Einbruch und Autodiebstahl übersteigen die der Männer bei den gleichen Delikten. Bei Ladendiebstahl, Unterschlagung und Betrug sieht es noch schlimmer aus. Generell gesprochen begehen Frauen heute vergleichsweise mehr Eigentumsdelikte als Männer. Das trifft allerdings nicht auf Gewaltverbrechen wie Mord oder Totschlag zu.«

»Oder Vergewaltigung«, fügte Monica bitter hinzu.

Er sagte nichts.

»Nun?« fragte sie. »Wenn du glaubst, das Ergebnis deiner Recherchen reiche aus, um die Annahme zu stützen, der Hotel-Ripper sei eine Frau, müßte es dann nicht auch Belege dafür geben, daß die Zahl der von Frauen begangenen Morde steigt?«

»Das hatte ich auch gedacht«, gab er zu.

»Du hast es gehofft, nicht wahr?« fragte sie und faßte ihn scharf ins Auge.

»Moment mal, Monica«, protestierte er. »Es verschafft mir wirklich keine besondere Befriedigung, zu wissen, daß der Hotel-Ripper eine Frau ist.«

Sie schnaubte, packte ihr Strickzeug zusammen und stand auf.

»Du weißt es ja gar nicht«, sagte sie. »Du vermutest nur. Und meiner Meinung nach liegst du vollkommen falsch.«

»Könnte sein«, gab er zu.

»Willst du Boone von deiner verrückten Idee erzählen?«

»Nein. Noch nicht. Aber ich werde ihn anrufen und an den Tagen vom siebten bis zum neunten Mai um erhöhte Wachsamkeit bitten.

Wenn ich richtig liege, wird es nämlich um den Dreh herum einen neuen Mord oder Mordversuch geben.«

Monica inszenierte einen theatralischen Abgang. »Du wirst dich nur zum Idioten machen«, rief sie ihm über die Schulter zu.

Nachdem sie die Tür hinter sich zugeschlagen hatte, versetzte er den Papieren zu seinen Füßen einen wütenden Tritt.

»Wäre nicht das erste Mal«, brummte er.

Am Morgen des 9. Mai um kurz vor neun saßen Monica und Edward X. Delaney am Küchentisch und frückstückten Spiegeleier mit Speck und Zwiebeln. Seit ihrer hitzigen Debatte über die Bedeutung von Thomas Handrys Recherchen begegneten sie sich mit betonter Höflichkeit:

»Möchtest du noch Kaffee?«

»Danke. Noch eine Scheibe Toast?«

»Nein, danke. Würde es dir etwas ausmachen, wenn ich das Radio anstelle?«

»Nein, gar nicht. Möchtest du einen Teil der Zeitung?«

Seit einer Woche ging das jetzt so, und keiner war bereit, klein beizugeben. An diesem Morgen indes beschloß der Chief, daß die Albernheiten nun lange genug gedauert hatten.

Er warf seine Zeitung zu Boden und ließ seine Faust auf den Tisch herabkrachen, daß Monica von ihrem Stuhl hochschoß.

»Himmel noch mal!« explodierte er. »Was sind wir eigentlich – kleine Kinder? Was soll das Theater? Können wir nicht verschiedener Meinung sein, ohne uns deswegen gleich wie Fremde behandeln zu müssen?«

»Du bist so ein verdammter Dickkopf«, sagte sie. »Du kannst nie zugeben, daß du dich geirrt hast.«

»Ich gebe zu, daß ich mich irren könnte«, sagte er, »in dieser Angelegenheit zumindest. Aber noch bin ich nicht widerlegt worden – noch nicht. Du glaubst, ich liege falsch? Gut, wie wär's dann mit einer Wette? Wenn du so überzeugt von deiner Meinung bist, wird dir das Geld dafür ja nicht zu schade sein. Wieviel? Fünf, zehn, hundert?«

»Die Sache ist zu ernst, um Geld darauf zu setzen«, sagte sie hochmütig.

»Okay, dann schließen wir eine ernsthafte Wette ab. Wenn ich mich geirrt habe, putze ich jedes verdammte Fenster im ganzen Haus. Wenn ich recht habe, putzt du sie.«

Sie dachte einen Moment darüber nach.

»Jedes Fenster«, betonte sie dann. »Auch im Keller und auf dem Speicher. Von innen und außen.«

»Einverstanden«, sagte er und hielt ihr seine Pranke hin. Sie schlug ein.

»Stell das Radio an«, kommandierte sie.

»Schenk mir noch einen Kaffee ein«, befahl er.

Alles war wieder wie immer. Aber beide erstarrten, als sie die erste Meldung der 9-Uhr-Nachrichten hörten.

»Gestern gegen Mitternacht wurde im Cameron Arms Hotel am Central Park South die Leiche eines ermordeten Mannes aufgefunden. Bei dem Opfer handelt es sich um Leonard T. Bergdorfer, einen Makler aus Atlanta, Georgia. Ein Sprecher der Polizeibehörde hat definitiv bestätigt, daß Berdorfer das vierte Opfer des berüchtigten Hotel-Ripper geworden ist. Weitere Informationen stehen im Augenblick nicht zur Verfügung.«

Monica und Edward X. Delaney starrten sich an.

»Die Flasche ›Fensterfrei‹ steht bei den Putzsachen unter der Spüle«, sagte er langsam.

Sie begann zu weinen, stumm, die Tränen rannen ihr über die Wangen. Er stand auf, legte ihr den Arm um die Schulter, zog sie an sich.

»Es ist so schrecklich«, sagte sie mit erstickter Stimme, »so schrecklich. Da sitzen wir hier und machen Witze und wetten, während die ganze Zeit ...«

»Ich weiß«, sagte er. »Ich weiß.«

»Du sagst Abner besser, was du vermutest.«

»Ja«, meinte er, »wahrscheinlich sollte ich das wirklich tun.«

Er ging in das Arbeitszimmer, ließ sich schwer hinter den Schreibtisch sinken. Er legte die Hand auf das Telefon, zögerte aber, den Hörer abzunehmen. Er dachte nach.

Er konnte nicht verstehen, warum man ihn nicht informiert hatte. Der Nachrichtensprecher hatte gesagt, die Leiche sei gegen Mitternacht gefunden worden.

Delaney hätte erwartet, daß Sergeant Boone ihn anrief, sobald er sicher gewesen war, daß es sich um einen Ripper-Mord handelte.

Vielleicht hatte Boone von Lieutenant Slavin den dienstlichen Befehl bekommen, die Sache nicht weiter mit Delaney zu diskutieren. Oder vielleicht hatte man genug Beweismaterial vorgefunden, um den Fall ohne die Hilfe eines alten, pensionierten Bullen abzuschließen.

Er versuchte, Boone zu Hause, im Revier Manhattan Nord und im Cameron Arms zu erreichen, blieb aber überall erfolglos. Er hinterließ an allen drei Orten Botschaften für den Sergeant und bat ihn, so schnell wie möglich zurückzurufen.

Dann begann er ein neues Dossier anzufertigen: »Leonard T. Bergdorfer, 8. Mai um Mitternacht, aus Atlanta, Georgia. Viertes Opfer. Aufgefunden im Cameron Arms.« Dann ging er wieder in die Küche, um sich die 10-Uhr-Nachrichten anzuhören. Monica ließ einen Eimer mit Wasser vollaufen und legte sich saubere Lumpen, Fensterfrei und einen Stapel Papiertücher zurecht.

»Du brauchst die Fenster nicht zu putzen«, sagte er mit einem Lächeln. »Das war doch nur ein dummer Witz. Wir lassen jemand kommen, der das macht. Außerdem sieht es nach Regen aus.«

»Nein, nein«, sagte sie. »Ich habe die Wette verloren. Außerdem möchte ich mich mit körperlicher Arbeit ablenken. Das ist vielleicht eine ganz gute Therapie.«

»Na, ja ... dann mach wenigstens nur die Innenseiten«, sagte er. »Und hör auf, wenn du müde wirst.«

Die Nachrichten enthielten einige neue Fakten. Das Opfer hielt sich zu einer Tagung im Cameron Arms in New York auf. Die Leiche war von Freunden gefunden worden, die auf einen Drink bei ihm hereinschauen wollten und die Tür unverschlossen vorgefunden hatten.

Dann folgten empörte Statements vom stellvertretenden Bürgermeister, vom Präsidenten des Hotel- und Gaststättenverbandes und einigen Reiseagenturen. Alle forderten eine schnelle Aufklärung der Morde, bevor das Geschäft mit dem Tourismus zusammenbrach.

Edward X. Delaney wartete den ganzen Vormittag in seinem Büro, aber Sergeant Abner Boone rief nicht zurück. Der Chief schloß daraus, daß man seiner Hilfe nicht länger bedurfte.

Er zog seinen Regenmantel an, setzte den Hut auf und holte einen Regenschirm aus dem Schrank in der Diele. Dann verließ er das Haus. Es war kein starker Regen, mehr ein kräftiger, feuchter Nebel, der aus einem stählernen Himmel triefte. Und es war unangenehm warm. Auf den Bürgersteigen bildeten sich Pfützen, und aus den Gullis quoll der Dreck. Der Tag paßte vollkommen zu Delaneys Stimmung.

Sein Stolz war verletzt, daran gab es nichts zu rütteln. Er hatte mit Boone zusammengearbeitet und durch ihn auch mit Deputy Commissioner Ivar Thorsen. Er hatte Vorschläge unterbreitet. Er hatte sie vor dem siebten, achten und neunten Mai gewarnt.

Das einzige, was er nicht weitergegeben hatte, war seine Theorie, daß es sich bei dem Hotel-Ripper um eine Frau handelte. Keine Prostituierte, sondern eine Psychopathin, die sich als eine Nutte ausgab. Und er hatte Boone eben deshalb nichts davon erzählt, weil es eine Theorie war, die noch mit zusätzlichen Beweisen untermauert werden mußte, ehe sie standhielt.

Er war der Meinung, daß der Zeitpunkt von Leonard T. Bergdorfers Tod mehr daraus machte als nur eine Hypothese. Aber wenn sie seine Hilfe nicht wollten, dann zur Hölle mit ihnen. Genau, sagte er sich, sie haben ihre Chance gehabt.

Er marschierte Block um Block hinunter und spürte, wie die Nässe ihm in Füße und Schultern kroch. Sein Regenschirm war durchgeweicht, seine ungeschützten Hände tropften, und er fühlte sich so erhitzt, als wäre die Stadt eine riesige Sauna geworden und irgend jemand gösse Wasser über glühende Felsen.

Er ging in eine irische Bar an der First Avenue. Er trank zwei Whiskey pur, was ihn noch mehr in Schweiß ausbrechen ließ, aber wenigstens seinen Ärger dämpfte. Als er sich auf den Rückweg begab, hatte er einen großen Teil seiner Gelassenheit wiedergefunden und war überzeugt, daß der Hotel Ripper-Fall für ihn gelaufen war.

Er hängte gerade seinen tropfnassen Regenmantel in den Schrank in der Diele, als Monica aus der Küche kam.

»Wo bist du gewesen?« wollte sie wissen.

»Spazieren«, sagte er.

»Ivar Thorsen sitzt im Arbeitszimmer«, sagte sie. »Er wartet seit fast einer Stunde auf dich. Ich habe ihm einen Drink angeboten.«

Delaney grunzte.

»Du scheinst schlechte Laune zu haben«, sagte sie. »Genau wie Ivar. Häng deinen Mantel über die Badewanne zum Abtropfen.«

Er tat wie geheißen. Dann ging er ins Arbeitszimmer.

Deputy Commissioner Ivar Thorsen stand auf, den Drink in der Hand.

»Hallo, Ivar«, sagte der Chief.

»Wie, zum Teufel, konntest du wissen, daß es gestern nacht einen Mord geben würde?« fragte Thorsen laut, fast brüllend.

Delaney starrte ihn an. »Das ist eine lange Geschichte«, sagte er, »und höchstwahrscheinlich wirst du sie nie zu hören kriegen, wenn du mich weiter so anschreist.«

Thorsen holte tief Luft. »Oh, Gott«, sagte er mit einem Kopfschütteln, »ich scheine kurz vor einem Nervenzusammenbruch zu stehen. Es tut mir leid, Edward. Ich entschuldige mich.«

Er trat vor, um dem Chief die Hand zu geben. Dann ließ er sich wieder in den Sessel sinken. Delaney schenkte ihm nach und goß einen ordentlichen Schluck Whiskey in ein zweites Glas. Sie prosteten sich zu, ehe sie tranken.

Im New York Police Department hatte Ivar Thorsen den Spitznamen »Der Admiral«, und seine Erscheinung rechtfertigte jeden Buchstaben davon. Er war ein großer, schlanker Mann, der sich so gerade hielt und so eckige Schultern besaß, daß man munkelte, er trüge unter dem Jackett noch den dazugehörigen Bügel.

Seine Gesichtszüge waren so makellos, daß sie eigentlich auf eine Briefmarke gehörten. Seine kurzgeschnittenen, energisch gebürsteten weißen Haare glänzten wie Chrom.

Seine blaßblauen Augen wirkten freundlich, aber seine Untergebenen wußten ein Lied davon zu singen, wie sie plötzlich dunkler werden und zu funkeln beginnen konnten. »Nichts ist leichter, als mit Thorsen klarzukommen«, hatte einer seiner Assistenten einmal bemerkt, »man braucht bloß vollkommen zu sein.«

»Wie geht es Karen?« fragte Delaney, wobei er sich auf Thorsens schwedische Frau bezog.

»Danke, gut«, antwortete der stellvertretende Commissioner. »Wann kommt ihr beide, Monica und du, mal wieder zum Essen zu uns?«

»Wann immer du willst.«

Dann blickten sie sich schweigend an, bis Thorsen schließlich fragte: »Wer fängt an, du oder ich?«

»Du«, sagte Delaney.

»Wir haben da unten ein paar Probleme«, verkündete der Admiral.

»Ihr habt da unten immer ein paar Probleme«, antwortete Delaney. »Was gibt's sonst Neues?«

»Dieser Hotel-Ripper macht uns verdammt zu schaffen. Es ist fast so schlimm wie damals mit Son of Sam. Vielleicht schlimmer. Heute hat das Büro des Gouverneurs angerufen. Wir werden aus allen Ecken angeschossen, von den Politikern genauso wie von den Geschäftsleuten.«

»Du weißt, was das Department mich kann.«

»Ich weiß, was du *sagst,* was es dich kann. Aber erzähl mir nicht, ein Mann, der so viele Jahre darin verbracht hat wie du, könnte abseits stehen, wenn das Department jede Hilfe braucht, die es kriegen kann.«

»Geigenmusik«, sagte Delaney. »Herzen und Blumen.«

Thorsen lachte. »Kein Wunder, daß man dich Eisenschädel genannt hat. Aber vergessen wir mal die Probleme des Departments für eine Weile. Reden wir von deinen Problemen.«

Delaney blickte überrascht auf. »Ich habe keine Probleme.«

»Sagst du. Aber ich weiß es besser. Ich habe eine Menge alter Bullen in Pension gehen sehen, und ich habe auch gesehen, was aus ihnen wurde, sobald sie den Harnisch abgelegt hatten. Ein paar von ihnen werden damit fertig, aber nicht viele.«

»Ich werde damit fertig.«

»Du wärst überrascht, wie viele einfach tot umfallen, ein oder zwei Jahre, nachdem sie ihre Marke zurückgegeben haben. Herzattacke oder Schlaganfall, Krebs oder blutende Magengeschwüre. Ich weiß über die medizinischen oder psychologischen Ursachen nicht Bescheid, aber das Phänomen existiert. Wenn der Druck plötzlich nachläßt, der Streß verschwindet und keine Probleme mehr zu lösen sind, wenn Tempo und Ehrgeiz wegfallen, dann bricht der Körper einfach zusammen.«

»Ist mir bisher nicht passiert«, sagte Delaney stur. »Ich bin bei bester Gesundheit.«

»Oder sie werden mit der Freiheit nicht fertig«, fuhr der Admiral fort. »Kein Büro, in das man gehen kann. Kein fester Rhythmus mehr. Keine Fachsimpelei. Das ganze Leben hat sich um das Department gedreht, und plötzlich ist man draußen. Das ist, als wäre man exkommuniziert worden.«

»Quatsch.«

»Einige finden eine Bar in der Nachbarschaft, die ihr Büro, ihr Bereitschaftsraum oder Revier wird. Sie sind den ganzen Tag über besoffen und langweilen ihre neugefundenen Freunde mit Lügen darüber, was für großartige Cops sie mal waren.«

»Ich nicht.«

»Oder sie beschließen, Bücher zu lesen, Museen zu besuchen, sich Shows anzuschauen – all die Dinge, für die sie vorher nie die Zeit hatten. Fischen und Jagen. Gärtnern. Hockey-Spiele. Und so weiter. Aber damit verzögern sie bloß das Unausweichliche. Wie viele Bücher kann man lesen? Wie viele gute Theaterstücke oder Filme gibt es? Wie viele Hockey-Spiele? Unweigerlich kommt der Tag, an dem sie aufwachen und erkennen, daß sie nichts zu tun haben, keinen Ort, wo sie hingehen könnten. Sie können genausogut im Bett bleiben. Und einige von ihnen tun das auch.«

»Ich nicht.«

»Oder sie werden Säufer oder Hypochonder. Oder hängen sich an den Rockzipfel ihrer Frau. Oder fangen an, ihren Frauen zu grollen, weil sie nicht jede freie Minute mit ihnen verbringen.«

Delaney sagte nichts.

Thorsen blickte ihn scharf an. »Erzähl mir nicht, es wäre dir nicht auch schon einmal so ergangen, Edward. Du hast mich nie im Leben belogen; fang jetzt nicht damit an. Warum, glaubst du, hast du Boone so bereitwillig geholfen? Warum warst du so scharf auf seine Berichte über den Hotel-Ripper? Warum hast du diese Dossiers angelegt, die ich auf deinem Schreibtisch gesehen habe? Oh, ja, ich habe herumgeschnüffelt, und ich denke nicht daran, mich deswegen zu entschuldigen. Vielleicht befindest du dich noch nicht im akuten Stadium, aber gib zu, daß es schon losgeht.«

»Was geht los?«

»Das Gefühl, daß du nicht mehr erwünscht bist, nicht mehr gebraucht wirst. Kein Sinn mehr in deinem Leben. Keine Ziele, nichts mehr, was du anstrebst. Aber am schlimmsten ist die Langeweile. Sie zehrt den Geist aus, läßt das Gehirn zu Brei werden. Du bist ein kluger Mann, Edward, das würde ich nie leugnen. Aber du bist nicht klug genug, um mit einem Leben ohne Inhalt fertig zu werden.«

Delaney stand mühsam auf. Er schenkte sich und Thorsen nach. Dann ließ er sich wieder auf den Drehstuhl hinter dem Schreibtisch sinken. Nachdenklich betrachtete er den Deputy Commissioner.

»Du bist ein Scheißer, weißt du das?« sagte er. »Du willst was von mir. Du weißt, daß du mich überreden mußt. Also greifst du in die Kiste Loyalität-gegenüber-dem-Department. Als das nicht hinhaut, entscheidest du dich, ohne einen Atemzug zu verschwenden, für die Schublade ›Es-liegt-in-deinem-eigenen-Interesse‹. Jetzt muß ich also tun, was du willst, wenn ich nicht tot umfallen, faul werden, meiner Frau zur Last fallen oder ein Gehirn wie Erbsensuppe bekommen will.«

»Richtig!« rief der Admiral aus und klatschte sich aufs Knie. »Genauso ist es. Es liegt in deinem eigenen Interesse, Mann. Das ist immer das stärkste Motiv.«

»Gib zu, daß du mich zu manipulieren versuchst?«

»Natürlich. Aber es liegt in deinem Interesse, merkst du das nicht?«

Delaney seufzte. »Gut, daß du nie in die Politik gegangen bist. Irgendwann hätte dir die Welt gehört. Was genau willst du von mir, Ivar?«

Der elegant gekleidete Deputy Commissioner stellte seinen Drink ab und lehnte sich vor, die Hände gefaltet.

»Slavin muß verschwinden«, sagte er. »Der Mann ist eine Katastrophe. Der Presse die Geschichte mit der schwarzen Perücke mitzuteilen, war ein Riesenfehler. Wir stocken die Hotel-Ripper-Truppe auf. Für den Anfang weitere hundert Detectives und Beamte in Zivil, und im Bedarfsfall stellen wir noch mehr dafür ab. Wir betreuen Slavin mit der administrativen Seite, das kann er ganz gut.«

»Und wer wird die Truppe leiten?«

Thorsen lehnte sich zurück und schlug die Beine übereinander. Er justierte die messerscharfen Bügelfalten seiner Hosenbeine. Er griff nach seinem Drink und nahm einen Schluck. Er starrte Delaney über den Rand des Glases an.

»Ich habe den ganzen Morgen mit einer Konferenz zugebracht«, sagte er. »Sie begann um drei Uhr morgens und dauerte bis um elf, an einem Stück. Ich habe in meinem ganzen Leben nicht soviel schwarzen Kaffee getrunken. Wir waren uns alle darin einig, daß Slavin von dem Fall abgezogen werden mußte. Und dann haben wir darüber diskutiert, wer an seiner Stelle das Kommando übernehmen sollte. Es mußte jemand ziemlich weit oben sein, um den Politikern, den Geschäftsleitern und der Öffentlichkeit zu signalisieren, daß wir dem Fall absolute Priorität einräumen.«

»Kosmetik«, sagte Delaney angewidert. »Das Image.«

»Genau«, meinte Thorsen gleichmütig. »Wenn man nicht weiß, in welche Richtung man gehen soll, läuft man geschäftig hin und her. Erweckt den Eindruck, daß etwas passiert. Was hätten wir anderes tun sollen? Irgendwelche Vorschläge?«

»Nein.«

»Also, wir brauchten einen Topmann an der Spitze. Der Chief of Detectives kam nicht in Frage, denn dessen Teller ist auch ohne den Hotel-Ripper schon voll genug. Er kann nicht alles andere liegenlassen und sich ausschließlich auf diesen Fall konzentrieren. Davon abgesehen waren wir der Meinung, wir bräuchten jemand mit noch mehr Lametta. Jemand aus der nächsten Umgebung des Police Commissioners. Niemand hat sich freiwillig gemeldet.«

»Kann man ihnen nicht verübeln«, gab der Chief zu. »Für jemand mit Ehrgeiz ist das Risiko zu groß. Ein Versagen könnte einen ganz schönen Karriereknick bedeuten.«

»Richtig. Nun, schließlich haben wir dann aber doch jemand gefunden, der bereit war, seinen Hals hinzuhalten.«

»Wer ist dieser Idiot?«

Der Admiral blickte ihn fest an. »Ich«, sagte er. »Ich bin der Idiot.«

»Ivar!« rief Delaney aus. »Warum das denn, um Himmels willen? Du hast seit zwanzig Jahren nicht mehr aktiv an einem Fall mitgearbeitet.«

»Glaubst du, das weiß ich nicht? Ich bin mir über die Gefahren völlig im klaren. Wenn ich es vermassele, kann ich meinen Hut nehmen. Dann kann ich im Department keinen Blumentopf mehr gewinnen. Ich werde immer der Bursche sein, der den Hotel-Ripper-Fall versaut hat. Auf der anderen Seite, wenn ich ihn aufkläre, bin ich der Held des Tages und die erste Wahl, wenn der Stuhl des Commissioners frei wird.«

»Und das ist es, was du willst?«

»Ja.«

»Nun, ja . . .«, meinte Delaney loyal. »Die Stadt könnte es schlechter treffen.«

»Danke, Edward. Aber meine Entscheidung war nicht nur blauäugiger Optimismus. Als ich mich einverstanden erklärt habe, hatte ich noch ein gewichtiges As im Ärmel.«

»Oh? Und was war das?«

»*Wer* war das. Du.«

Delaney schlug empört mit der flachen Hand auf die Tischplatte.

»Jesus Christus, Ivar, du hast darauf gesetzt, daß ich mitspiele?«

Thorsen nickte. »Genau darauf habe ich gesetzt. Deswegen sitze ich hier und versuche mit allen Mitteln, dich dazu zu bringen, daß du mir hilfst, dem Department hilfst und dir selbst hilfst.«

Delaney schwieg. Er starrte den gelassen in seinem Sessel sitzenden Mann an, dessen kleiner Fuß in dem polierten Mokassin müßig auf und ab wippte. Thorsen ertrug die Prüfung, ohne mit der Wimper zu zucken. Gemächlich leerte er sein Glas.

»Ein Register hast du noch nicht gezogen, Ivar.«

»Was für eins?«

»Unsere Freundschaft.«

Der Admiral runzelte die Stirn. »Auf die Basis will ich es nicht stellen, Edward. Du schuldest mir nichts. Wir bleiben Freunde, auch wenn du meine Bitte abschlägst.«

»Aha. Beantworte mit doch mal eine Frage, Ivar – hast du Sergeant Boone instruiert, mich nicht anzurufen, um mir sozusagen einen Vorgeschmack davon zu geben, wie es wäre, wenn ich von diesem Fall ausgeschlossen würde?«

»Mein Gott, Edward, glaubst du, zu so einem machiavellistischen Schachzug wäre ich fähig?«

»Ja.«

»Du hast recht«, sagte Thorsen ruhig. »Genau das habe ich getan. Und es hat hingehauen, oder?«

»Das hat es.«

»In deinen Adern fließt das Blut eines Cops«, sagte der Admiral,

»und daran hat auch die Pensionierung nichts geändert. Tja ... wie steht's nun? Bist du bereit, mit mir zusammenzuarbeiten? Als meine inoffizielle rechte Hand? Natürlich wirst du nicht in den aktiven Dienst zurückgeholt, aber du wirst über alles informiert, was vorgeht, hast Zugang zu allen Unterlagen – Zeugenaussagen, Fotos, Beweismaterial, Autopsieberichten und so weiter. Boone wird als unser Verbindungsmann fungieren.«

»Ivar, was erwartest du von mir?« fragte Delaney verzweifelt. »Ich kann keine Wunder wirken.«

»Ich erwarte keine Wunder. Ich erwarte nur, daß du vorgehst, als wärst du im aktiven Dienst und auf den Ripper-Fall angesetzt. Wenn du versagst, kommt mein Schwanz unters Messer, nicht deiner. Wie lautet deine Antwort?«

»Laß mir etwas Zeit zum ...«

»Nein«, sagte Thorsen scharf. »Ich habe keine Zeit. Ich muß es jetzt wissen.«

Delaney lehnte sich zurück, verschränkte die Hände hinter dem Kopf. Er starrte die Decke an. Vielleicht lag der Grund für Ivar Thorsens erfolgreichen Aufstieg in die mit Tretminen gespickten Korridore der Macht und die höchsten Ränge des New York Police Department in seiner Fähigkeit, jeden davon zu überzeugen, daß er nur gewinnen konnte, wenn er sich von ihm manipulieren ließ. Aber obwohl er das wußte, mußte der Chief trotzdem zugeben, daß nicht alles an Thorsens Worten Berechnung war. In seinem Vorschlag steckte genug Wahrheit, um ihn ernsthaft prüfen zu müssen.

Seltsamerweise hatte er nicht ein einziges Mal von einem Motiv gesprochen, das ihm bei Delaney mehr Punkte eingebracht hätte als das ganze Gefasel von den furchtbaren Folgen der Pensionierung. Es war ein grundlegendes, beinahe schlichtes Motiv, das gefühlsduselig geklungen hätte, wenn es tatsächlich laut ausgesprochen worden wäre.

Edward X. Delaney wollte den Hotel-Ripper stoppen, weil Mord etwas Falsches war. Nicht nur etwas Unmoralisches, Unsoziales oder Unchristliches, sondern etwas Falsches.

»In Ordnung, Ivar«, sagte er. »Du kannst auf mich zählen.«

Thorsen nickte und leerte sein Glas. Aber als Delaney aufstand, um ihm nachzuschenken, hielt der Deputy Commissioner seine Hand über das Glas.

»Nichts mehr für mich, danke, Edward. Ich muß wieder zurück ins Büro.«

»Erzähl mir was über den Mord von gestern nacht.«

»Ich weiß nicht viel darüber. Laß dir von Boone die Einzelheiten geben. Ich nehme an, er war den anderen ziemlich ähnlich, mit ein paar kleinen Abweichungen. Das Opfer war nackt, aber es lag auf dem Boden zwischen Bett und Badezimmer. Das Bett war nicht benutzt worden.«

»Kehle aufgeschlitzt?«

»Ja.«

»Genitalien verstümmelt?«

»Ja.«

»Wie alt war er?«

»Mitte Vierzig. Eine Sache war merkwürdig – oder besser zwei Sachen. Die Leiche wurde von ein paar Kumpels von Bergdorfer entdeckt, die sich bei ihm einen ansaufen wollten. Sie behaupten, einen süßlichen Duft wahrgenommen zu haben, und zwar im Schlafzimmer, wo die Leiche lag.«

»Ein süßlicher Duft? Parfum?«

»Nicht ganz. Einer der Burschen sagte, ihm sei es wie Apfelblüten vorgekommen. Die andere Sache war, daß sich im Gesicht des Opfers Verbrennungen fanden. Brandwunden ersten Grades. Rötungen, aber keine Blasen oder angesengte Stellen.«

»Tränengas«, sagte Delaney. »In niedriger Konzentration riecht es wie Apfelblüten, und wenn es zu nah an die Haut gerät, kann es Verbrennungen verursachen.«

»Tränengas?« fragte Thorsen. »Wie paßt das in das Schema des Rippers?«

»Keine Ahnung. Vielleicht konnte er nicht hinter das Opfer gelangen, wie in den anderen Fällen, und das Gas war die einzige Möglichkeit, um mit ihm fertig zu werden.«

»Nun, im Labor werden sie schon herausfinden, was es war. Der Bericht ist uns für morgen früh versprochen worden. Aber zurück zu meiner ursprünglichen Frage: woher wußtest du, daß es gestern nacht zu einem weiteren Mord kommen würde?«

»Ich wußte es nicht, ich habe es vermutet. Und ich habe mich auch nicht auf gestern nacht festgelegt, sondern Boone für den siebten, achten und neunten Mai um erhöhte Aufmerksamkeit gebeten. Habt ihr zusätzliche Leute auf die Straße geschickt?«

»Ja«, antwortete Thorsen säuerlich. »Tatsächlich hatten wir sogar gestern abend, während das Ganze passierte, einen Lockvogel im Cameron Arms.«

»Scheiße«, sagte Delaney.

»Er hielt sich in der Diskothek auf, weil er annahm, daß der Killer logischerweise an einem solchen Ort versuchen würde, Kontakt aufzunehmen. Wir können einfach nicht jede Bar, Cocktail Lounge, Diskothek und Lobby in ganz Manhattan unter Bewachung stellen. Wir bräuchten eine Armee, wenn wir das tun wollten.«

»Ich weiß. Aber es ist ärgerlich, so nahe dran gewesen zu sein.«

»Du hast mir immer noch nicht gesagt, wie du herausgefunden hast, daß es letzte Nacht passieren könnte.«

»Das ist eine lange Geschichte. Du solltest lieber noch einen Drink nehmen.«

Der Admiral zögerte nur einen Augenblick. Schließlich sagte er: »In Ordnung. Nach allem, was ich in den letzten zwölf Stunden durchgemacht habe, steht er mir zu.«

Delaney wiederholte alles, was er vorher schon Monica mitgeteilt hatte: wie er langsam auf den Gedanken gekommen war, der Hotel-Ripper könne eine Frau sein, was für Recherchen er angestellt hatte und wie sie seine Theorie stützten. Schließlich fügte er noch die zusätzlichen Argumente an, die der Modus operandi des Täters ihm geliefert hatte.

Etwa in der Mitte seines Vortrags holte er zwei Zigarren aus der Kiste auf seinem Schreibtisch, stand auf, reichte eine davon Thorsen, riß ein Streichholz an und gab dem Admiral und sich Feuer, alles, ohne mit dem Reden innezuhalten. Er schloß mit dem Hinweis, daß allein die Annahme, es mit einer Täterin zu tun zu haben – einer Psychopathin, keiner Prostituierten – eine Erklärung für die Anomalien der Tathergänge liefern konnte.

»Sie mordet in regelmäßigen Intervallen«, sagte er. »In Zyklen von, sagen wir, fünfundzwanzig bis siebenundzwanzig Tagen.«

»Während ihrer Periode?«

»Wahrscheinlich. Vielleicht ein paar Tage vorher oder nachher. Aber jeden Monat.«

»Tja...« meinte Thorsen mit einem traurigen Lächeln, »so können wir immerhin schon mal das Alter schätzen: zwischen zwölf und fünfzig!«

»Was hältst du von der Idee, Ivar?«

Thorsen blickte auf seinen Drink hinunter. Er ließ den Whiskey langsam im Glas kreisen. »Nicht gerade das, was man einen knallharten Beweis nennt. Eine Menge scharfsinniger Schlüsse. Und eine Menge Rauch.«

»Zum, Teufel, ja, das gebe ich zu. Aber hast du irgendwelche besseren Ideen?«

»Ich habe keine einzige Idee. Aber verlangst du von uns, daß wir auf der Basis, was du gerade erzählt hast, hingehen und...«

»Ich verlange überhaupt nichts von euch, verdammt noch mal«, sagte Delaney wütend. »Du hast mich nach meinen Eindrücken gefragt, und ich habe sie dir geschildert. Wenn du das alles für Quatsch hältst, dann...«

»He, he!« rief der Admiral und hob seine freie Hand. »Mein Gott, Edward, du gehst schneller in die Luft als jeder andere Mensch, den ich kenne. Ich halte es nicht für Quatsch. Ich finde, das ist die erste neue Idee, die irgend jemand in diesem ganzen Chaos gehabt hat. Aber ich versuche zu überlegen, was man daraufhin unternehmen sollte. Angenommen, du hast recht, wie geht's jetzt weiter?«

»Wir fangen nochmal ganz von vorne an«, sagte Delaney prompt. »Deine Leute haben alle ausgebrochenen Geisteskranken überprüft, oder?«

»Natürlich. Im ganzen Land.«

»Ja, bloß haben sie sich wahrscheinlich nur um männliche Irre und Homosexuelle gekümmert. Wir müssen noch einmal anfangen und unser Augenmerk diesmal auf alle geistesgestörten Frauen richten, die in letzter Zeit ausgebrochen oder entlassen worden sind. Wir müssen alle Lockvögel aus den Schwulenbars abziehen und auf normale Etablissements verteilen. Wir müssen uns die Akten sämtlicher Frauen anschauen, die eine Vorstrafe wegen Gewaltverbrechen haben. Es gibt jede Menge zu tun. Wenn man davon ausgeht, daß es sich um eine Frau handelt, müssen wir die ganze Untersuchung unter umgekehrte Vorzeichen setzen.«

»Meinst du, man sollte die Medien einweihen?«

»Ich weiß nicht«, antwortete Delaney nach längerem Nachdenken. »Früher oder später finden sie es sowieso heraus. Aber Öffentlichkeit könnte die Mörderin abschrecken.«

»Oder zu weiteren Aktivitäten anfeuern.«

»Das stimmt. Ich würde vorschlagen, es so lange wie möglich unter Verschluß zu halten. Nur damit wir ausreichend Zeit haben. Aber diese Entscheidung habe ich nicht zu treffen.«

»Ich weiß«, sagte der Admiral bekümmert, »das ist meine Sache.«

»Du hast dich freiwillig gemeldet«, sagte der Chief mit einem Schulterzucken. »Du hast jetzt das Kommando.«

»Ich würde mich bei dieser ganzen Sache viel wohler fühlen, wenn du etwas eindeutiger Stellung beziehen würdest, Edward. Wenn du sagen würdest, ja, ich glaube fest, daß es sich bei dem Killer um eine Frau handelt.«

»Mein Riecher sagt es mir«, meinte Delaney.

»Tja«, sagte Thorsen, »ich muß los. Ich werde die frohe Botschaft verkünden – zumindest den Leuten, auf die es ankommt.«

»Ivar, die Medien brauchen nicht zu wissen, daß ich mit dir zusammenarbeite.«

»Der Meinung bin ich auch. Aber ein paar von den Leuten ganz oben und einige Politiker müssen darüber informiert werden. Und natürlich Sergeant Boone. Ruf ihn doch morgen früh mal an. Bis dahin habe ich ein System ausgeknobelt, wie er die Verbindung zwischen uns halten kann.«

»Gut.«

»Edward, ich möchte dir noch sagen, wie froh ich darüber bin, daß du dich entschlossen hast, einzuspringen.«

»Du bist eben ein guter Verkäufer.«

»Nicht wirklich. Man kann niemandem etwas verkaufen, was er absolut nicht haben will. Schon gar nicht einem Dickschädel wie dir. Aber dich an meiner Seite zu wissen, läßt alles in einem ganz anderen Licht erscheinen. Darf ich mal dein Telefon benutzen?«

»Natürlich. Soll ich rausgehen?«

»Nein, nein. Ich möchte, daß du das hörst.«

Er wählte eine Nummer und lauschte eine Sekunde. Dann sagte er: »Mary? Ivar Thorsen hier. Stell mich bitte zu ihm durch. Er erwartet meinen Anruf.« Während er wartete, blinzelte er Delaney zu. »Timothy? Ivar Thorsen hier. In Ordnung, Timmy, ich übernehme den Job.« Er legte auf und drehte sich um.

»Du Bastard!« Delaney schnappte nach Luft. »Du mußt doch wohl der größte Hundesohn sein, der mir je begegnet ist.«

»Das höre ich nicht zum erstenmal«, meinte der Admiral.

Nachdem er Thorsen hinausbegleitet hatte, wanderte Delaney zurück in die Küche. Monica hatte gerade ein paar Schweineschnitzel in der Pfanne. Der Chief holte eine Stange Sellerie aus dem Kühlschrank und lehnte sich kauend an die Spüle, um Monica zuzusehen.

»Ich habe Ivar zugesagt, ihm bei dem Hotel-Ripper-Fall zu helfen.«

Sie nickte. »Ich habe mir schon gedacht, daß er so was von dir wollte.«

»Er hat jetzt die Leitung der Untersuchung übernommen. Abner Boone wird den Kontakt zwischen uns halten.«

»Gut«, sagte sie unerwarteterweise. »Ich bin froh, daß du wieder eine wichtige Aufgabe hast.«

»Bin ich dir auf die Nerven gefallen?«

Sie bedachte ihn mit einem schnellen, schelmischen Lächeln. »Nicht mehr als gewöhnlich. Hast du Ivar gesagt, daß du eine Frau für den Täter hältst?«

»Ja.«

»Hat er dir zugestimmt?«

»Er hat weder ja noch nein gesagt. Er will behutsam vorgehen. Das ist in Ordnung; immerhin geht es um seinen Ruf und seine Karriere. Er will eines Tages Commissioner werden.«

»Ich weiß.«

»Du weißt? Wieso weißt du?«

»Karen hat es mir gesagt.«

»Und du hast es mir nie erzählt?«

»Ich dachte, du wüßtest es. Abgesehen davon, erzähle ich dir doch nicht alles.«

»Nicht? Ich erzähle dir alles.«

»Quatsch«, sagte sie, und er küßte sie.

7

Es war weniger eine Schwäche als eine generelle Abgespanntheit. Ihr Wille war abgestumpft; ihr Körper schien das Kommando über ihre Handlungen übernommen zu haben. Sie schlief lange Stunden wie betäubt und erwachte kraftlos mit einer geradezu schmerzenden Müdigkeit in den Muskeln.

Jeden Morgen stieg sie auf die Waage im Badezimmer. Sie sah zu, wie sich ihr Gewicht unaufhaltsam verringerte. Nach einer Zeit hörte sie auf, sich zu wiegen; sie wollte es einfach nicht mehr wissen. Es war etwas, daß sich ihrer Kontrolle entzog. Vage dachte sie, daß es wohl auf ihren Mangel an Appetit zurückzuführen sein mußte; Essen machte sie krank, all das Zeug, was da in ihrem Mund verschwand . . .

Ihre Periode hatte aufgehört, aber die Krämpfe setzten sich fort. Manchmal war ihr schlecht; zweimal hatte sie sich ohne ersichtlichen Grund übergeben müssen. Sie wurde von unerklärlichen Anfällen von Durchfall heimgesucht, auf die ebenso unerklärliche Tage mit Verstopfung folgten. Sie fiel öfter und länger in Ohnmacht.

Sie hatte den Eindruck, daß ihr Körper, die fleischliche Hülle, in der sie sich befand, langsam aber sicher zerfiel, sich auflöste, seine Funktionen und Programme vergaß und dem Chaos anheimfiel. Ihr fiel plötzlich ein, daß sie vielleicht im Begriff sei, zu sterben. Sie lief in die Küche, um eine Valium zu schlucken.

Sie blickte an ihrem nackten Körper herunter. Sie betastete ihre Haut, das Haar, weiches Fett und harte Knochen. Sie war noch da, unbezweifelbar; warm und pulsierend. Zwicken tat weh, Streicheln war angenehm. Aber tief innen saß Fäulnis, dessen war sie sicher. Fäulnis. Es erstaunte sie mehr, als es ihr Angst einjagte.

Sie funktionierte; sie tat, was sie zu tun hatte. Ließ das abgebrochene Messer in einen Gulli fallen. Wickelte die leere Mace-Dose in einen Lumpen und warf sie in eine kleine Mülltonne zwei Blocks von ihrem Haus entfernt. Suchte ihren Körper und ihre Kleidung nach Blutflecken ab. Sie tat all das mit einer trägen Losgelöstheit, ohne sich zu fragen, warum.

Sie badete jeden Tag, zog sich an und ging zur Arbeit. Plauderte am Telefon mit Ernest Mittle. Aß mit Maddie Kurnitz zu Mittag. Alles wurde zum Traum, wenn man es erst losgelöst von der Realität erlebte.

Einmal rief sie Sergeant Coe an, um ihn zu fragen, ob er für Barney McMillan einspringen könnte. Coes Frau nahm den Hörer ab, und Zoe sagte: »Hier spricht Irene«, hielt verwirrt inne und sagte schließlich: »Hier spricht Zoe Kohler.«

Etwas geschah mit ihr. Etwas langsam, schrittweise Ablaufendes, Unabänderliches. Und sie ließ zu, daß es sie übernahm, ergab sich in ihr Schicksal, ohne zu protestieren oder zu jammern. Es war zu spät, zu schmerzlich, etwas zu ändern. Es hatte durchaus sein Angenehmes, Opfer zu sein. Fast konnte man es ein Vergnügen nennen. Leben, mach mit mir, was du willst.

Am 10. Mai, einem Samstag, traf sie sich mit Ernest Mittle am Eingang des Central Park an der Ecke Fifth Avenue und 59th Street. Es war nur ein paar Blocks vom Cameron Arms entfernt. Sie tauschten einen flüchtigen Kuß und schlenderten dann händchenhaltend mit der Menge in Richtung auf die Menagerie und den Kinderzoo.

Es war mehr Sommer als Frühling. Ein hoher, dunkelblauer Himmel dehnte sich endlos über der Stadt. Die Luft war ein milder, zärtlicher Hauch. Der Wind war kaum stark genug, um Papierdrachen steigen zu lassen, und die glänzende Sonne warf purpurne Schatten.

Die Menschen auf den Bänken hoben dem Himmel bleiche, demütige Gesichter entgegen, glücklich über diese neue Welt. Mäntel und Pullover wurden ausgezogen und über dem Arm getragen. Kinder tollten herum, Glöckchen und Flöten erklangen. Die Erde grünte und regte sich.

»Was für ein herrlicher Tag!« rief Ernie aus. »Ich habe ihn extra für uns bestellt. Bist du damit zufrieden, Zoe?«

»Ja, es ist, als würde man neu geboren.«

»Möchtest du ein Eis? Hot Dogs? Erdnüsse?«

»Nein, danke. Im Moment bin ich wunschlos glücklich.«

»Wie wär's mit einem Ballon?«

»O ja, ich möchte einen Luftballon. Einen roten.«

Also kaufte er ihr einen gasgefüllten Luftballon und band das Ende der Leine sorgfältig an den Griff von Zoes Handtasche. Sie spazierten weiter unter der hochstehenden Maisonne.

Um sie herum wirbelte ein regelrechter Karneval: Lärm, Farben, Bewegung. Aber sie fühlten sich auf eigentümliche Weise allein, eingehüllt in Frieden, ein Universum für zwei. Es gab noch weitere Paare wie sie, Hand in Hand, heiter und gelassen in ihr Geheimnis eingesponnen. Aber keins von ihnen, bemerkte Ernest, hatte einen roten Ballon. Sie lachten ausgelassen über ihre Einzigartigkeit.

Schließlich wurden sie müde, kauften sich Bier und Sandwiches und zogen sich damit auf einen Rasenfleck außerhalb des Zoos zurück, wohin der Lärm des Karnevals und das Brüllen der Tiere nur gedämpft drangen.

Sie setzten sich auf den warmen Boden. Zoe lehnte sich mit dem Rücken gegen den Stamm eines knorrigen Baums. Sie tranken ihr Bier und stärkten sich mit den Sandwiches. Ein wohlgenährtes Eichhörnchen näherte sich ihnen neugierig, flitzte aber wieder davon, als Ernie eine Kruste nach ihm warf. Zwei Tauben stritten sich um die Kruste, teilten sie, warteten hoffnungsvoll auf mehr und flogen schließlich davon.

Lichttupfer sickerten durch das Blätterdach über ihren Köpfen. In der Luft hingen ferne Schreie und leise Musik. Die Erde unter ihnen schien zu atmen. Eine frische Brise trug süße Frühlingsdüfte heran.

Ernest Mittle lag auf dem Rücken, den Kopf in Zoes Schoß gebettet, die Augen geschlossen. Sie strich ihm geistesabwesend über das Haar, betrachtete das Treiben rings umher und hatte ein Gefühl, als wären sie allein auf der Welt. Die letzten Menschen. Die einzigen.

»Ich wünschte, wir könnten für immer hierbleiben«, sagte sie. »Für immer so wie jetzt.«

Er öffnete die Augen und blickte auf zu ihr.

»Niemals heimgehen zu müssen«, sagte er. »Nie mehr in die Arbeit zu müssen. Keine U-Bahnen, Taxis oder Busse mehr. Kein Schmutz und kein Lärm. Keine Gewalt, kein Verbrechen und keine Grausamkeit. Wir bleiben einfach hier, für immer und ewig.«

»Ja«, sagte sie versonnen. »Nur wir beide zusammen.«

Er setzte sich auf, ergriff ihre Hand und küßte die Fingerspitzen. »Wäre das nicht schön? Wäre das nicht großartig? Zoe, ich habe mich niemals so wohlgefühlt. Nie war ich so glücklich wie jetzt. Warum kann es nicht so bleiben?«

»Es geht nicht«, sagte sie.

»Nein«, meinte er, »vermutlich nicht. Aber du bist doch glücklich, oder? Ich meine, jetzt, im Augenblick.«

»O ja«, sagte sie. »Glücklicher als je zuvor in meinem Leben.«

Er lehnte sich wieder zurück; sie begann erneut, ihm die dünnen Haare von den Schläfen zurückzustreichen.

»Hattest du viele Jungen, Zoe?« fragte er leise. »Ich meine, als du aufgewachsen bist.«

»Nein«, antwortete sie genauso träumerisch. »Nicht viele. Jeder Junge mußte ins Haus kommen und sich mustern lassen. Um elf Uhr mußte ich wieder zu Hause sein. Am Wochenende erst um Mitternacht, aber an allen anderen Tagen um elf.«

Er gab einen Laut des Mitgefühls von sich. Keiner von ihnen bewegte sich jetzt, jeder fürchtete, das zerbrechliche Gleichgewicht des Augenblicks zu zerstören. Sie wußten, daß sie die Enthüllung, die Offenbarung riskierten. Sich dem anderen zu öffnen – welch süßer Schmerz. Vorsichtig näherten sie sich innigster Vertraulichkeit, im vollen Bewußtsein der Gefahren.

»Einmal bin ich mit einem Jungen ausgegangen«, sagte sie. »Einem netten Jungen. Sein Wagen hatte eine Panne, so daß ich nicht rechtzeitig zurück sein konnte. Meine Mutter hat sofort die Polizei gerufen. Kannst du dir das vorstellen? Es war schrecklich.«

»Es ist zu deinem eigenen Besten, meine Liebe«, imitierte Ernest eine Frauenstimme.

»Ja, genau das hat sie gesagt. Aber danach war ich bei den Jungen nicht mehr besonders gefragt.«

Danach schwiegen sie und genossen ihre Nähe. Sie hatten das Gefühl, daß sie sich Zeit lassen konnten, selbst wenn es ein ganzes Leben lang dauerte.

»Ich war nie beliebt«, sagte er mit einer Mischung aus Trauer und Schmerz in der Stimme. »Ich war klein, kein Athlet oder so was. Und ich hatte nie genug Geld, um ein Mädchen ins Kino einzuladen. Ich hatte nie echte Freundinnen, mit denen ich fest ging.«

Für beide war es etwas ganz Neues – dieses zärtliche Bekennen. Die fremde, barbarische Welt hatte sie eingeschüchtert. Jetzt erhielten ihre Schneckenhäuser Risse, und nackt und klein spähten sie heraus, halb sehnsüchtig, halb verängstigt. Sie wußten, daß selbst dieses erste Betasten seinen Preis kostete. Eine Zukunft, die sie nicht vorhersehen konnten, erwuchs aus ihrer Intimität.

»Ich bin auch nie fest mit jemand gegangen«, fuhr sie fort, entschlossen, nicht aufzuhören. »Nur wenige Jungen haben mich ein zweites Mal gebeten, mit ihnen auszugehen.«

»Wieviel verlorene Zeit!« sagte er mit einem Seufzen. »Für uns beide. Ich konnte mir nicht vorstellen, daß sich irgendein Mädchen für mich interessieren würde. Ich hatte Angst, sie zu fragen. Und du . . .«

»Ich hatte auch Angst, mit einem Jungen allein zu sein. Wieder meine Mutter. Tu dies nicht. Tu das nicht. Laß nicht zu, daß ein Junge – du weißt schon . . . dir zu nahe kommt.«

»Wir sind beraubt worden«, sagte er. »Alle beide, all die Jahre über.«

»Ja, beraubt.«

Wieder Schweigen. Der Wind frischte auf, wurde kühler. Sie blickte auf sein Gesicht hinunter, nahm es zwischen ihre Hände. Ihre Augen suchten einander.

»Aber du hast geheiratet«, sagte er.

»Ja. Das stimmt.«

Sie beugte sich hinunter, er richtete sich auf. Ihre weichen Lippen trafen sich, preßten sich gegeneinander, verweilten. Sie küßten sich. Sie küßten sich unaufhörlich.

»Oh«, atmete er, «oh, oh.«

Sie zog die Lippen in seinem Gesicht mit den Fingerspitzen nach. Sie fühlte seine Augenbrauen, die Wangen, die Nase, die Lippen. Er schloß die Augen und sanft, ganz sanft berührte sie seine Lider, zog kleine Kreise. Dann beugte sie sich wieder vor und preßte ihre Lippen auf seine Lippen.

Sie richtete sich auf.

Plötzlich zitterte sie leicht und bekam eine Gänsehaut.

Er öffnete die Augen, blickte sie besorgt an.

»Kalt?«

»Ein bißchen«, sagte sie. »Vielleicht sollten wir langsam daran denken, uns auf den Weg zu machen, Ernie.«

»Sicher«, sagte er und erhob sich mit unsicheren Beinen.

Er half ihr auf, zupfte kleine Zweige von ihrem Rock und vom Rücken ihres Tweedjacketts.

»Was machen wir mit dem Luftballon?« fragte er.

»Lassen wir ihn frei«, sagte sie. »Lassen wir ihn davonfliegen.«

»Gut«, sagte er und löste das Band vom Griff ihrer Handtasche.

Er gab ihr das Band, und sie ließ es los. Langsam stieg der rote Ballon auf. Dann wurde er von dem anschwellenden Wind gepackt und trieb davon. Sie sahen zu, wie er aufstieg, hierhin und dorthin zog, höher und höher segelte, kleiner und kleiner wurde und sich schließlich ganz im Himmel verlor.

Langsam gingen sie auf den zementierten Bürgersteig zu.

»Etwas wollte ich dich schon immer fragen, Zoe«, sagte er, ohne sie anzuschauen. »Ist Kohler der Name deines Mannes oder dein Mädchenname?«

»Der Name meines Mannes. Er stand auf meinen ganzen Papieren, dem Führerschein und so weiter. Es schien mir zu mühsam, alles wieder ändern zu lassen. Mein Mädchenname ist Spencer.«

»Zoe Spencer«, sagte er. »Das klingt hübsch. Zoe ist ein sehr ungewöhnlicher Name.«

»Ich glaube, es ist griechisch. Es bedeutet ›Leben‹. Es war die Idee meiner Mutter.«

»Wie heißt sie mit Vornamen?«

»Irene«, sagte sie.

Die Sprechstundenhilfe von Dr. Stark hatte Zoes Telefonnummer von zu Hause und ihre Büronummer in ihren Unterlagen. Am Nachmittag des 13. Mai rief der Doktor Zoe im Hotel an und fragte sie, wie sie sich fühle.

Sie erklärte, es gehe ihr besser, seit ihre Periode vorüber sei, aber manchmal fühle sie sich schwerfällig und kraftlos. Sie erzählte ihm nichts von ihrer Übelkeit, dem fortgesetzten Gewichtsverlust und den wachsenden Ohnmachtsanfällen.

Er fragte, ob sie die doppelte Dosis Cortison und die Salztabletten nehme. Sie bejahte und fügte auf seine weiteren Fragen hinzu, daß die Einnahme ihr keine Magenbeschwerden verursache.

Darauf sagte er, daß er die Ergebnisse der letzten Urin- und

Blutuntersuchung jetzt vorliegen habe und daß sie einen leichten Cortisonmangel erkennen ließen. Das sei kein Anlaß zur Beunruhigung, aber auch nichts, das man ignorieren dürfe. Sie solle sich weiterhin streng an ihre Medikamentierung halten, bis er nach ihrem Termin am 3. Juni in seiner Praxis zu einer Neueinschätzung der Lage kommen könne.

In der Zwischenzeit solle Zoe in der Praxis vorbeikommen und sich ein neues Rezept abholen, das er bei der Sprechstundenhilfe für sie hinterlegen würde, damit sie nicht zu warten brauchte.

Das Rezept laute auf zwei Dinge. Das erste war ein Kettchen, von dem Stark wollte, daß Zoe es stets trug. Es würde ihren Namen enthalten und den von Dr. Stark und seine Telefonnummer. Weiterhin würde darauf stehen, daß sie an einer Fehlfunktion der Nebenniere leide und im Falle einer Verletzung oder einer Ohnmacht eine Hydrocortisoninjektion brauche.

Das Hydrocortison sei in einem kleinen, etikettierten Päckchen, das Zoe immer in ihrer Handtasche aufbewahren solle. Die Lösung befände sich in einer abgepackten, sterilen Spritze und könne sofort injiziert werden.

Dr. Stark wiederholte alles und fragte, ob Zoe es verstanden hätte. Sie bejahte das, und er versicherte ihr, Kettchen und Medikament seien nur eine Vorsichtsmaßnahme, und er bezweifle, daß sie jemals gebraucht würden. Er lasse sie in einer Apotheke an der Third Avenue bereitstellen.

Sie schrieb sich Namen und Adresse der Apotheke auf.

Am folgenden Tag benutzte sie ihre Mittagspause dazu, das Rezept in Dr. Starks Praxis abzuholen und anschließend in der Apotheke an der Third Avenue Kettchen und Medikament zu erstehen. Als sie wieder im Hotel war, verstaute sie beides ganz hinten in der untersten Schreibtischschublade. Sie holte sie nie wieder heraus.

Am Abend des 16. Mai war Zoe allein zu Hause. Sie hatte gerade geduscht und trug nichts als ihren alten Flanellmorgenrock und ein Paar ausgefranste Hausschuhe. Sie hatte sich auf der Couch zusammengerollt, feilte ihre Fingernägel, wobei sie sich über eine leichte Verfärbung ihrer Fingerknöchel wunderte, und sah sich eine Wiederholung von ›Rebecca‹ im Fernsehen an.

Kurz vor zehn klingelte das Telefon, und der Portier meldete, daß eine Mrs. Kurnitz in der Halle warte und nach oben kommen wolle. Zoe bat ihn, sie heraufzulassen und ging zur Tür.

Mit großen Schritten stürmte Maddie aus dem Fahrstuhl. Sie hatte sich einen dreckigen weißen Regenmantel wie ein Cape um die Schultern geworfen, die Schöße flatterten hinter ihr wie gebrochene Flügel. Ihr Make-up war ein Chaos, verschmiert und um die Augen herum verlaufen. Zoe hatte den Eindruck, daß sie geweint haben mußte.

»Maddie«, sagte sie, »was machst du?«

»Hast du was zu trinken?« fragte Maddie. »Bier, Whiskey, Wein? Oder Salzsäure, Seifenlauge, Schierling? Mir ist alles recht.«

Zoe ließ sie eintreten und verschloß die Tür hinter ihr. Maddie ließ ihren Mantel auf den Boden fallen. Zoe hob ihn auf. Maddie versuchte, sich eine Zigarette anzuzünden, ihre Finger zitterten aber so sehr, daß sie sie zerbrach. Sie ließ sie ebenfalls auf den Boden fallen, und Zoe hob die beiden Hälften auf. Schließlich gelang es Maddie, sich Feuer zu geben. Sie warf sich auf die Couch, wo sie nervös vor sich hin paffte.

»Ich habe etwas Wodka«, sagte Zoe, »und ...«

»Wodka ist gut. Einen groooßen Wodka. On the rocks. Nichts dazu. Nur jede Menge Wodka.«

Zoe ging in die Küche, um Maddie einen Wodka einzuschenken und sich selber ein Glas Weißwein. Weil ihr Valiumvorrat sich dem Ende zuneigte, nahm sie zwei Librium, bevor sie wieder ins Wohnzimmer ging.

Mit zwei großen Schlucken schüttete Maddie die Hälfte des Wodkas hinunter. Zoe schaltete den Fernseher aus und setzte sich Maddie gegenüber in einen Sessel.

»Maddie«, sagte sie, »was um alles in der Welt ...«

»Dieser Bastard!« rief Maddie. »Dieser verdammte Schwanzlutscher! Ich hätte ihm in die Eier treten sollen.«

»Wem?« fragte Zoe verwirrt. »Von wem redest du?«

»Harry. Diesem Arschloch, das sich mein Mann nennt. Er hat mich betrogen.«

»Oh, Maddie«, sagte Zoe bekümmert, »bist du sicher?«

»Sicher bin ich sicher. Der Hurensohn hat's mir selber gesagt.«

Maddie schien halb in Tränen aufgelöst, halb vor Wut zu kochen.

Zoe hatte sie nie so geschlagen gesehen. Die schweren Brüste hingen traurig herab, der fleischige Körper wirkte plötzlich schwammig. Alles an ihr wirkte schlaff und geschlagen.

Sie zündete sich eine neue Zigarette am Stummel der alten an. Zerstreut blickte sie sich um.

»Ich bin zum erstenmal hier oben«, sagte sie benommen. »Gott, bist du ordentlich. Sauber und ordentlich.«

»Ja«, sagte Zoe. Dann, als Maddie ihren Wodka ausgetrunken hatte, ging sie in die Küche und holte die ganze Flasche. Sie sah zu, wie Maddie ihr Glas nachfüllte.

»Daß er mich betrogen hat, stört mich gar nicht«, sagte Maddie laut. »Ich habe ja auch meine kleinen Abenteuer gehabt. Von mir aus kann er jede Frau in ganz New York vögeln. Wir hatten da unsere Abmachung. Er konnte spielen, und ich konnte spielen, und jedem von uns war das egal, so daß niemand verletzt wurde.«

»Und was ist jetzt plötzlich so schlimm?« fragte Zoe.

»Er will diese Nutte heiraten«, sagte Maddie mit einem grimmigen Lachen. »Irgendeine Pißnelke aus seinem Büro. Er will sich von mir scheiden lassen und sie heiraten. Ist das zu fassen?«

Zoe schwieg.

»Ich habe sie mal getroffen«, fuhr Maddie fort. »Sie war auf der Party, zu der ich dich auch eingeladen hatte. Eine ausgeleierte Blondine mit Titten wie Medizinbälle. Ein Körper, der nicht aufhört, und ein Hirn, das gar nicht erst anfängt. Vielleicht ist es genau das, worauf Harry aus ist: ein Dummerchen ficken. Vielleicht schüchterte ich ihn ein. – Glaubst du das?«

»Eigentlich nicht, Maddie.«

»Ach, was soll es auch! Ich bin jedenfalls draußen. Gott, was für ein Arsch. Was wirklich weh tut, ist die Tatsache, daß er weiß, wieviel es ihn kosten wird – ich kratze ihm die Füllungen aus den Zähnen, darauf kannst du Gift nehmen –, und die Scheidung trotzdem will. So, als ob er jeden Preis zahlen würde, nur um mich los zu sein. Ich habe sogar vorgeschlagen, daß wir zusammenbleiben und er sie als Geliebte behält – verstehst du? Mir wäre das egal. Aber nein, er will einen sauberen Bruch. So hat er sich ausgedrückt – ›einen sauberen Bruch‹. Ich würde ihm gern einen sauberen Bruch der oberen Halswirbel verschaffen!«

»Maddie, ich kann ja verstehen, daß du empört bist«, sagte Zoe schüchtern, »aber du bist doch schon öfter geschieden worden.«

»Ich weiß, Herzchen, ich weiß. Deswegen bin ich ja so fertig. Ich fange an, mir Sorgen zu machen. Was stimmt nicht mit mir? Warum kann ich niemand halten? Es dauert zwei oder drei Jahre, und dann fällt alles auseinander. Er langweilt mich, oder ich langweile ihn, und ab geht's zum Scheidungsanwalt. Scheiße!«

»Aber du liebst ...«

»Liebe?« fragte Maddie. »Was zum Teufel ist Liebe? Wenn man tagsüber zusammen lacht und nachts zusammen stöhnt? Wenn das Liebe ist, dann liebe ich Harry. Er hat einen herrlichen Sinn für Humor, und im Bett ist er ein Stier. Schaut nicht auf den Pfennig. Ich hatte mich nie zu beklagen. Und er hat mir nie einen Vorwurf gemacht. Und dann, wumm! Aus heiterem Himmel schmeißt er mich raus.«

»Ist sie jünger als du?«

»Nicht viel. Ja, wenn sie neunzehn oder zwanzig wäre, könnte ich es ja verstehen. Dann würde ich sagen, er hat jetzt seine Midlife crisis und versucht, sich zu beweisen, daß er auch noch an den Honig der jungen Bienen drankommt. Aber sie ist mindestens dreißig, was zum Teufel, sieht er also in ihr? Ich trinke deinen ganzen Wodka aus, Herzchen.«

»Das macht nichts. Trink, soviel du willst.«

»Harry macht mir das Leben sauer, und ich mache dir das Leben sauer. Tut mir leid. Aber ich mußte einfach mit einer Frau sprechen. Ich habe keine guten Freundinnen. Eine Menge männlicher Freunde, aber alles nur Typen für wenn's einem gut geht. Sie wollen von meinem Kummer nichts wissen. Und sie werden nicht gerade vor Freude an die Decke springen, wenn sie hören, daß ich von der Leine bin. Eine verheiratete Frau durchzuziehen, macht Spaß und bringt keine Probleme. Aber wenn du ledig bist, dann steuert ein Haufen Männer einen anderen Kurs. Zu problematisch.«

»Gibt es jemand, den ...«

»Jemand, den ich mir nun meinerseits unter den Nagel reißen könnte? Im Augenblick ist niemand in Sicht. Und noch was jagt mir Angst ein. Machen wir uns nichts vor, Schätzchen, wir werden beide älter. Du hast deine Figur ja gehalten, aber mich haben die Herrschaften Bourbon & Steak ganz schön in Mitleidenschaft gezogen. Wenn man noch eine beträchtliche Anzahl von Seitensprüngen addiert, stehe ich da wie eine alte Professionelle im Eingang eines Puffs.«

Zoe murmelte etwas von Diät halten, weniger trinken und neue Kleider kaufen. Aber Madeline Kurnitz hörte gar nicht zu. Sie starrte blicklos ins Leere, das Wodkaglas halb an die Lippen gehoben.

»Ich muß verheiratet sein«, sagte sie. »Frag mich nicht, warum; ich muß es einfach. Was soll ich sonst auf dieser gottverdammten Erde anfangen? Ich habe nicht die geringste Ahnung, wie man für sich sorgt, und wenn mein Leben davon abhinge. Ich bin zu alt, um meinen Arsch zu verhökern und allein bei dem Gedanken, jeden Tag acht Stunden in einem Büro verbringen zu müssen, kommt's mir hoch. Ich verstehe nicht, wie du das aushältst.«

»Es ist gar nicht so schlimm.«

»Daß ich nicht lache. Während andere Frauen im Plaza zu Mittag essen und die Kaufhäuser leermachen . . . ich würde verrückt dabei.«

Zoe verschwand wieder in der Küche, um die Flasche Weißwein und einen Kübel mit Eiswürfeln für Maddie zu holen. Ein paar Minuten lang tranken sie schweigend.

»Weißt du, Herzchen, mein ganzes Leben hat sich um Männer gedreht. Ohne Übertreibung. Ich meine, ich war von ihnen abhängig. Mein Daddy hat mich verzogen bis zum geht nicht mehr, und dann bin ich von einem Ehemann zum nächsten gewandert, als wenn's kein Morgen gäbe. Und was habe ich jetzt vorzuweisen? Einen toten Vater und vier gescheiterte Ehen. Ich nehme an, die von der Frauenbewegung würden sagen, es sei meine eigene Schuld, ich hätte etwas aus meinem Leben machen sollen. Unabhängiger sein sollen und diesen ganzen Quatsch. Aber verdammt nochmal, ich mag Männer. Ich bin gern in ihrer Gesellschaft. Warum, zum Teufel, sollte ich mich krumm und bucklig arbeiten, wenn immer irgendein Bursche bereit war, die Rechnung für mich zu bezahlen?«

»Du wirst wieder jemand finden.«

»Ach ja? Das würde ich gern glauben können. Ich werde Harry so ausplündern, daß Geld kein Problem mehr für mich ist. Zumindest vorübergehend. Aber ich kann einfach nicht allein leben. Ich halte es nicht aus, allein zu sein. Du kannst das, ich nicht.«

»Manchmal hat man keine andere Wahl«, sagte Zoe.

»Das macht mir ja solche Angst«, sagte Maddie. »Keine Wahl. Gott sei Dank hatte ich nie Kinder. Das Leben ist auch so schon beschissen genug, selbst wenn man sich nicht noch ständig um seine Brut sorgen muß. Wolltest du je Kinder haben, Zoe?«

»Früher vielleicht. Jetzt nicht mehr.«

»Dieser gottverdammte Harry hat mir ganz schön mitgespielt – jetzt bade ich auch noch in Selbstmitleid. Das ist mir noch nie passiert. Dieses lausige Stück Scheiße. Mein Gott, wird er mir fehlen. Vor zwei Jahren hat er mir zum Geburtstag ein purpurrotes Mercedes-Benz-Cabriolet mit meinen Initialen an der Tür geschenkt.«

»Was ist damit passiert?«

»Ich hab's zu Schrott gefahren, auf dem Long Island Expressway. Ich war betrunken, sonst hätte ich mich umgebracht. Aber so war er nun mal. Was immer ich wollte. Er hat mich verwöhnt wie mein Vater. Oh Gott, Herzchen, ich langweile dich wahrscheinlich zu Tode.«

»Oh, nein, Maddie, ich bin froh, daß du zu mir gekommen bist. Ich wünschte nur, ich könnte dir irgendwie helfen.«

»Du hast mir schon genug damit geholfen, daß du mir zuhörst. Ich weiß gar nicht, was ...«

Plötzlich brach Madeline Kurnitz in Tränen aus. Sie weinte lautlos. Die Tränen quollen ihr aus den Augen und rannen die gepuderten Wangen hinunter. Zoe ging zur Couch, setzte sich neben sie und legte ihr einen Arm um die Schulter.

»Was soll ich nur tun«, jammerte Maddie, »was soll ich nur tun?«

Zoe Kohler wußte es nicht. Also sagte sie nur »Pssst, pssst« und hielt Maddie, bis sie aufhörte, zu weinen. Nach einer Weile sagte Maddie »Scheiße«, putzte sich die Nase, ergriff ihre Tasche und verschwand im Badezimmer.

Zehn Minuten später kam sie wieder heraus, das Haar gekämmt, das Make-up wiederhergestellt. Ihre Augen waren verquollen, aber klar. Sie lächelte Zoe reuig an.

»Entschuldige, Herzchen«, sagte sie. »Ich dachte, ich hätte mich schon völlig ausgeheult.«

»Maddie, möchtest du die Nacht über hierbleiben? Du kannst das Bett haben, und ich schlafe hier auf der Couch. Das wäre vielleicht ganz gut, was meinst du?«

»Nein, danke, Kleines, aber ich weiß das Angebot zu schätzen. Ich trink noch was, und dann verziehe ich mich. Ich seh zu, daß ich nach Hause komme, ehe der Scheißer die Schlösser auswechseln läßt. Es geht mir jetzt schon viel besser.«

Sie setzte sich wieder auf die Couch, ließ ein paar Eiswürfel in das Glas fallen und füllte es mit Wodka. Dann blickte sie Zoe an.

»Warum rückst du zur Abwechslung nicht mal mit der traurigen Geschichte deines Lebens heraus?« fragte sie. »Du hast dich bisher immer davor gedrückt, mir zu erzählen, was zwischen dir und diesem – wie heißt er noch? Ralph?«

»Kenneth. Ich habe es dir doch schon erzählt. Erinnerst du dich nicht, Maddie? An das Lunch im Hotel Granger?«

»Du meinst diese Sex-Geschichte? Sicher, ich erinnere mich. Du bist bei ihm nie gekommen. Aber da muß doch mehr gewesen sein als nur das.«

»Oh . . . es waren viele Dinge.«

»Wie zum Beispiel?«

»Dumme Kleinigkeiten.«

»Die Gründe, aus denen andere sich scheiden lassen, klingen immer dumm. Zuallererst mal, wie hast du den Burschen überhaupt kennengelernt?«

»Er arbeitete bei einer Versicherungsgesellschaft und wurde nach Winona versetzt, in die dortige Niederlassung. Er wickelte alle Versicherungsfragen für meinen Vater ab, und eines Abends brachte Dad ihn mit zum Essen. Er rief mich an und bat um ein Rendezvous, und wir begannen miteinander auszugehen. Dann wurden wir zusammen zu Parties und so eingeladen, als Paar. Dann bat er mich, ihn zu heiraten.«

»Gutaussehend?«

»Zumindest fand ich das. Sehr groß und kräftig. Er konnte äußerst fröhlich und charmant sein, wenn er in Gesellschaft war. Ungefähr sechs Monate nach unserer Hochzeit kündigte er bei der Versicherungsgesellschaft und kam als eine Art Juniorpartner zu meinem Vater. Daddy wurde langsam alt, er wollte etwas kürzer treten und einen Jüngeren an seine Stelle lassen.«

»So, so. Und wußte dein Mann das, als er dich bat, seine Frau zu werden?«

»Ja. Damals wußte ich es noch nicht, aber später, bei einer unserer schrecklichen Streitereien, sagte er mir, daß er mich nur deswegen geheiratet hätte.«

»Netter Knabe.«

»Nun . . ., ein gutaussehender Mann sagt dir, du seist schön und er sei in dich verliebt, und du glaubst ihm.«

»Ich nicht, Kleines. Ich weiß, daß er bloß etwas für sein zweites Ich sucht.«

»Ich habe ihm geglaubt. Wahrscheinlich hätte ich es besser wissen müssen. Ich bin keine hinreißende Schönheit, das weiß ich. Ich bin ruhig und nicht sonderlich aufregend. Aber ich dachte, er würde mich meines Wesens wegen lieben. Ich weiß, daß ich ihn geliebt habe. Am Anfang.«

Maddie blickte sie mit schräg geneigtem Kopf an. »Zoe, vielleicht hast du ihn nur geliebt, weil er dich geliebt hat – oder so tat.«

»Ja. Das ist möglich.«

»Wann habt ihr angefangen, euch zu streiten?«

»Praktisch von Anfang an. Wir waren so verschieden, und keiner schien sich ändern zu können. Wir waren nicht in der Lage, genug Kompromisse zu schließen, um einander näherzukommen. Er war so – so physisch präsent. Er war laut und hatte dieses donnernde Lachen. Er schien einen Raum ganz allein zu füllen. Ich meine, ich konnte allein zu Hause sein, und er kam herein, und ich fühlte mich beengt. Er mußte mich immerzu anfassen, mir auf den Po schlagen, die Wange tätscheln oder mein Haar durcheinanderbringen, kaum daß ich es gekämmt hatte. Ich habe dir ja gesagt, es waren dumme Kleinigkeiten.«

»So dumm auch wieder nicht.«

»Er . . . er überwältigte mich einfach. Er erdrückte mich. Es wurde so schlimm, daß ich nicht einmal mehr atmen wollte, wenn er im Haus war. Er war seiner selbst so sicher. Ich glaube, das habe ich am meisten an ihm gehaßt – seine überlegene Art. Ich war wie ein Sklave oder so was und hatte kein Recht, sein Tun und Lassen in Frage zu stellen.«

»Klingt ja nach einem richtigen Herzchen. Hat er dich betrogen?«

»Anfangs nicht. Dann begann mir einiges aufzufallen: Frauen, die auf Parties über ihn tuschelten und so weiter. Und er fing an, nach dem Abendessen noch auszugehen. Angeblich, um Kunden zu besuchen. Einmal, als ich seinen schwarzen Anzug zur Reinigung bringen wollte, entdeckte ich ein Streichholzbriefchen in der Hosentasche. Es war von einem Lokal außerhalb der Stadt. Es hatte keinen besonders guten Ruf. Also nehme ich an, daß er fremdging. Aber das war mir egal, so lange er mich in Ruhe ließ.«

»Oh, Zoe, war es denn so schlimm?«

»Ich hab's versucht, Maddie, ich hab's wirklich versucht. Aber er war so schwer und stark ...«

»Auf die Beine, zu die Beine, danke, Kleine?«

»So in der Art. Und er wollte es immer tun, auch wenn er betrunken oder verschwitzt war. Ich bat ihn, vorher zu duschen, aber da hat er mich bloß ausgelacht.«

»Und da unten?«

»Was?«

»Hatte er was vorzuweisen? Einen großen Schwanz?«

»Ich weiß nicht, Maddie. Ich habe nicht viele Vergleichsmöglichkeiten. Er war jedenfalls, eh, größer als bei Michelangelos David.«

Madeline Kurnitz lachte. Und wie sie lachte! Sie hüpfte vor Vergnügen und verschüttete Wodka auf ihr Kleid.

»Schätzchen, jeder Mann ist da unten größer als Michelangelos David.«

»Und dann wollte er so ekelhafte Dinge tun. Ich habe ihm gesagt, daß meine Eltern mir so was nicht beigebracht hätten.«

»Aha.«

»Ich habe ihm gesagt, wenn er sich wie ein Tier aufführen wollte, dann könnte er bestimmt andere Frauen finden, die ihm in diesem Punkt entgegenkommen würden.«

»Das war nicht besonders clever von dir, Liebes.«

»Ich war über den Punkt hinaus, wo ich mir darüber Gedanken gemacht habe, ob meine Worte clever waren oder nicht. Ich wollte einfach nichts mehr mit ihm zu tun haben. Im Bett, meine ich. Ich wäre jederzeit weiter mit ihm verheiratet geblieben, wenn er mich sexuell in Ruhe gelassen hätte. Ich hatte nämlich das Gefühl, eine Scheidung wäre ein Versagen, und meine Mutter wäre fürchterlich enttäuscht von mir. Aber dann ist er einfach aus dem Haus spaziert, hat den Job bei Vater aufgegeben und die Stadt verlassen. Anwälte haben sich um die Scheidung gekümmert, und ich habe ihn nie wiedergesehen.«

»Weißt du, was aus ihm geworden ist?«

»Ja. Er ist an die Westküste gezogen. Er hat wieder geheiratet. Ungefähr vor einer Woche.«

»Woher weißt du das?«

»Er hat mir eine Einladung geschickt.«

Maddie atmete geräuschvoll aus. »Das ist ja wohl das letzte!«

»Ich wollte ihm ein Geschenk schicken. Weißt du, nur um ihm zu beweisen, daß es mir nichts ausmachte. Aber ich habe die Einladung zerrissen und habe die Adresse nicht mehr.«

»Vergiß es. Schick ihm eine Flasche Zyankali. Alle Männer sollen tot umfallen.«

»Ach, Maddie, ich weiß nicht . . . Ich schätze, ich habe auch eine Menge falsch gemacht. Aber ich habe mich so bemüht, eine gute Ehefrau zu sein, wirklich. Ich habe ihm all seine Lieblingsspeisen gekocht und ständig neue Rezepte ausprobiert, von denen ich glaubte, er würde sie mögen. Ich habe das Haus so sauber gehalten, daß man vom Boden hätte essen können. Wir hatten ganz neue Möbel, und einmal wurde er wütend und riß alle Schutzbezüge ab. So war er. Er legte die Füße auf den Cocktail-Tisch und benutzte die Gästehandtücher. Ich glaube, er hat das alles nur gemacht, um mich zu ärgern. Er wollte, daß ich enge Pullover trug und tiefausgeschnittene Blusen. Ich habe ihm erklärt, daß ich nicht so eine wäre, aber das konnte er nie verstehen. Er wollte sogar, daß ich mehr Make-up auflegte und mir das Haar färben ließ. Ich nehme an, ich war einfach nicht die Art Frau, die er hätte heiraten sollen. Es war von Anfang an ein Fehler.«

»Ach, Schätzchen, das ist doch nicht das Ende der Welt. Du wirst wieder jemand finden.«

»Genau das habe ich dir eben auch gesagt«, meinte Zoe lächelnd.

»Tja«, sagte Maddie mit einem schiefen Grinsen, »ist das nicht ein Schlager? Zwei alte Schachteln saufen sich die Hucke voll und versuchen, einander aufzuheitern? Na, was soll's. Morgen ist ein neuer Tag. Triffst du dich immer noch mit der grauen Maus?«

»Ich wünschte, du würdest ihn nicht so nennen, Maddie. Er ist wirklich ganz anders. Ja, ich treffe mich noch mit ihm.«

»Magst du ihn?«

»Sehr.«

»So, so. Na, ja, vielleicht ist er eher dein Typ als Ralph.«

»Kenneth.«

»Oder das. Glaubst du, daß er daran interessiert wäre, zu heiraten?«

»Wir haben nie darüber gesprochen«, sagte Zoe steif.

»Sprich darüber, sprich darüber«, riet Maddie. »Du brauchst ihn ja nicht ganz unverblümt zu fragen; etwas herantasten bringt vielleicht auch schon eine Reaktion. Mag er dich?«

»Er sagt, ja.«

»Gut, das ist wenigstens ein Anfang.« Maddie gähnte, leerte ihr Glas, erhob sich und begann ihre Sachen zusammenzusuchen. »Ich muß gehen. Danke für den Wodka und fürs Zuhören. Du warst da, als ich dich gebraucht habe, Herzchen, und das werde ich dir nie vergessen. Wir sollten uns öfter sehen.«

»O ja, das wäre schön.«

Nachdem Maddie gegangen war, verschloß Zoe die Tür und legte die Kette vor. Sie nahm ein Tuinal und schaltete die Lichter aus. Sie spähte durch die Ritzen in der Jalousie, konnte den Spanner auf der anderen Seite der Straße aber nicht entdecken.

Sie ging ins Bett. Sie lag auf dem Rücken, die Arme an die Seiten gepreßt. Sie starrte die Decke an.

Ernest Mittle klingelte am Sonntag, dem 25. Mai, um genau zwölf Uhr mittags an ihrer Tür. Er brachte einen riesigen Strauß Narzissen mit, der ausreichte, um sämtliche Vasen in Wohn- und Schlafzimmer zu füllen und noch ein paar Stiele für die Küche übrig ließ. Die goldgelben Blüten brachten Sonnenschein in Zoes dunkles Appartement.

Sie hatte einen Brunch vorbereitet: Bloody Marys, Rührei mit kanadischem Schinken, heiße Biskuits, einen Salat aus Wasserkresse und zum Nachtisch Zitroneneis. Dazu servierte sie kalten Maiwein mit einer frischen Erdbeere in jedem Glas.

Ernest überhäufte sie mit begeisterten Komplimenten zu allem, dem auf Hochglanz gebrachten Appartement, den Arrangements auf dem Eßtisch, dem ausgezeichneten Essen, der Reichhaltigkeit, dem Aroma des Weins.

»Das ist doch nichts«, sagte Zoe bescheiden, »wirklich.« Sie machten es sich bequem und unterhielten sich lebhaft über alles mögliche, ihre Arbeit, Sommerkleidung, die sie sich kaufen wollten, Fernsehsendungen, die sie sich beide angeschaut hatten.

Allmählich lernten sie die Gewohnheiten des anderen kennen, sprachen wie alte Freunde über Vorlieben und Abneigungen, Vorurteile und Marotten. Und sie hatten schon einen kleinen Vorrat an gemeinsamen Erinnerungen, den sie ständig ausbauten: das Abendessen in dem italienischen Restaurant, die Party der Kurnitz', der Hackbraten, den Ernie gekocht hatte, der Luftballon im Central Park.

Jede Erinnerung war in sich unbedeutend, gewann ihre Bedeutung aber dadurch, daß sie geteilt wurde. Sie wußten, daß auch dieses angenehme Brunch einmal zum Schatz der gemeinsamen Erlebnisse gehören würde, und das machte es noch kostbarer. Eine Gelegenheit, die man genoß und über die man immer wieder sprach.

Nach dem Brunch bestand Ernie darauf, Zoe beim Aufräumen zu helfen. Dann gingen sie ins Wohnzimmer. Der Maiwein war zu Ende, aber Zoe hatte Wodka und Tonic gekauft. In jedes Glas gab sie eine dünne Zitronenscheibe. Sie holte ihr kleines Radio aus dem Schlafzimmer und fand einen Sender, der Mantovani spielte.

Die verträumte Musik blieb leise, im Hintergrund. Gesättigt und zufrieden lächelten sie sich an. Sie hatten den Eindruck, die Stimmung aus dem Park wiedergefunden zu haben; die Welt gehörte ihnen.

»Bekommst du irgendwann Urlaub?« fragte er beiläufig.

»Ja, zwei Wochen.«

»Wann nimmst du die?«

»Ich habe mich noch nicht entschieden. Sie sind da bei uns sehr großzügig. Ich kann mir im Juni, im Juli oder im August frei nehmen.«

»Ich auch«, sagte er. »Ich habe auch zwei Wochen, und für gewöhnlich verbringe ich ein paar Tage davon zu Hause. Manchmal eine ganze Woche.«

»Das tue ich auch.«

»Zoe ...«, fragte er.

Sie blickte ihn fragend an.

»Glaubst du ... Meinst du, es wäre möglich, daß wir zusammen irgendwohin fahren? Für eine Woche oder vielleicht auch nur ein Wochenende? Versteh mich nicht falsch«, fügte er rasch hinzu, »wir müssen kein gemeinsames Zimmer haben oder so was in der Art. Ich dachte nur, es wäre vielleicht schön, wenn wir im Sommer eine Weile zusammen an einem hübschen Ort Urlaub machten.«

Sie zögerte einen Augenblick, den Kopf gesenkt.

»Das ist eine gute Idee«, sagte sie dann. »Vielleicht irgendwo in Long Island.«

»Oder in Neuengland.«

»Bei uns im Hotel gibt es eine Frau, die Ausflüge und Kreuzfahrten und dergleichen arrangiert. Ich könnte sie bitten, uns eine nette Gegend zu empfehlen.«

»Keine Modeorte«, sagte er, »wo wir uns elegant anziehen müßten oder so.«

»Oh, nein«, sagte sie. »Einen ruhigen Fleck an der Küste. Wo wir schwimmen und spazierengehen und uns entspannen können.«

»Richtig!« rief er aus. »Wo man gut essen kann und nicht zuviele Menschen sind. Es braucht gar nichts Supermodernes mit Chrom und Flitter und organisierter Freizeitgestaltung zu sein. Das würde mir Spaß machen.«

»Mir auch«, sagte sie. Sie trug ihre Gläser in die Küche und machte neue Drinks. »Ernie«, sagte sie, setzte sich neben ihn auf die Couch und ergriff seine Hand, »was du da bemerkt hast, von wegen kein gemeinsames Zimmer oder so – ich bin froh, daß du das gesagt hast. Ich nehme an, du hältst mich für etwas prüde oder dergleichen.«

»Nein, das tue ich ganz und gar nicht«, protestierte er.

»Nun, ich bin es auch nicht. Es ist nur, daß zusammen zu verreisen schon so eine – so eine neue Erfahrung für uns wäre. Und ein gemeinsames Zimmer würde es nur kompliziert machen. Verstehst du?«

»Natürlich«, sagte er, »genau das denke ich auch. Wer weiß... wenn wir drei Tage oder eine Woche zusammen sind, treibe ich dich vielleicht zum Wahnsinn.«

»Oh, nein«, sagte sie, »ich denke, wir werden blendend miteinander auskommen und uns prächtig amüsieren. Ich meine nur, wir sollten nicht mit dem Wissen losfahren, daß wir miteinander schlafen werden. Das würde mich nur nervös machen und verwirren.«

Er blickte sie voller Bewunderung an. »Genauso geht es mir auch, Zoe. Wir sind uns so ähnlich. Wir brauchen nichts zu überstürzen oder irgend etwas zu tun, das alles kaputtmacht, was wir bisher erreicht haben. Siehst du es nicht auch so?«

»Oh, ja, Ernie, das tue ich. Du bist so rücksichtsvoll.«

Sie blickte ihn an. Er schien ein ruhiger, harmloser Mann zu sein, nicht aufregender als sie selbst. Aber sie bemerkte die Schönheit in seinem klaren Gesicht, den aufrichtigen Augen. Er strahlte eine saubere Unschuld, eine arglose Offenheit aus. Er würde sie niemals betrügen oder verletzen, das wußte sie.

»Ich möchte nicht, daß du denkst, ich wäre völlig geschlechtslos«, sagte sie nachdrücklich.

»Zoe, auf den Gedanken könnte ich niemals kommen. Ich halte dich für eine sehr tief empfindende, leidenschaftliche Frau.«

»Tust du das?« fragte sie. »Tust du das wirklich? Ich bin nicht sonderlich modern, mußt du wissen. Ich springe nicht von einem Bett ins nächste. Ich finde das schrecklich.«

»Es ist noch schlimmer als schrecklich«, sagte er. »Es wirft uns auf das Niveau von Tieren zurück. Ich finde, Sex sollte das Ergebnis, die Folge einer tiefen emotionalen Beziehung und einer Sehnsucht nach aufrichtiger, innigster Vertrautheit sein.«

»Das ist ja so wahr«, sagte sie, »und ich bin froh, daß du es so siehst. Sex ist etwas wirklich Wertvolles, nicht wahr? Man schmeißt damit nicht einfach um sich, sonst wird es billig und wertlos.«

»Das kann man wohl sagen«, pflichtete er ihr bei. »So in dem Sinn ›Möchten Sie noch einen Martini oder wollen wir gleich ins Bett gehen?‹. Es sollte mehr Bedeutung haben als das. Ich bin wahrscheinlich ein Romantiker.«

»Ich vermutlich auch.«

»Weißt du, was ich so wunderbar finde, Liebling?« fragte er und wandte sich ihr zu. »Daß wir, die wir beide das Gleiche empfinden, uns gefunden haben. Unter all den Millionen und Millionen Menschen in der Welt haben wir uns gefunden. Findest du nicht, daß das wunderbar ist?«

»Ja, das ist es, Darling«, sagte sie und berührte seine Wange.

Er küßte ihre Handfläche.

»Ich bin nichts Besonderes«, sagte er. »Ich weiß das. Ich meine, ich bin weder groß noch stark und gutaussehend. Ich vermute, daß ich eines Tages ein anständiges Auskommen haben werde, aber ich werde bestimmt nie reich sein. Trotzdem möchte ich mich nicht ändern. Ich möchte nicht nach allem schnappen, was ich kriegen kann.«

»Oh, nein!« rief sie. »Ändere dich nicht, Ernie. Ich mag dich so, wie du bist. Ich wollte dich gar nicht anders.«

»Wir werden diesen Sommer zusammen verreisen, Darling«, flüsterte sie. »Wir verbringen jede Minute zusammen. Wir gehen schwimmen und machen Spaziergänge und Ausflüge aufs Land.«

»Oh, ja«, sagte er träumerisch. »Nur wir beide.«

»Gegen den Rest der Welt«, sagte Zoe Kohler und küßte ihn.

Irgend etwas ging vor. Zoe Kohler las es in den Zeitungen, hörte es im Radio, sah es im Fernsehen. Die Suche nach dem Hotel-Ripper war ausgeweitet worden, das Sonderkommando verstärkt, und die Spuren, die bearbeitet wurden, hatten sich vervielfacht.

Wichtiger noch, die Polizei diskutierte jetzt ganz öffentlich die Möglichkeit, daß es sich bei dem Killer um eine Frau handeln konnte. Besucher von Manhattan wurden davor gewarnt, auf der Straße, in Bars oder Cocktail Lounges, Diskotheken oder Restaurants Bekanntschaft mit Fremden zu schließen, egal ob männlich oder weiblich.

Die Suche nach dem Ripper hatte eine neue Dringlichkeit bekommen. Der Sommer und damit der große Touristenzustrom waren näher gerückt, die Zahl der stornierten Tagungen und Besichtigungen war gestiegen. Zeitungskommentatoren rechneten der Öffentlichkeit vor, welchen immensen Verlust die Stadt machen würde, wenn der Killer nicht bald gestellt wurde.

Aber trotz des neu erwachten Interesses der Medien an dem Hotel-Ripper konnte Zoe keinen Hinweis darauf finden, daß die Polizei über irgendwelche besonderen Informationen bezüglich der Identität des Killers verfügte. Sie war überzeugt, daß sie der Lösung des Falls nicht näher war als nach ihrem ersten Abenteuer.

Deswegen traf sie das, was ihr am Nachmittag des 28. Mai widerfuhr, mit der lähmenden Wucht eines Hammerschlags.

Mr. Pinckney hatte ihr die Dose Mace seinerzeit als Schutz gegen Einbrecher und Vergewaltiger besorgt. Sie wollte es nicht riskieren, ihm etwas vorzulügen, um eine neue Dose zu ergattern, denn unweigerlich hätte er nach den Umständen gefragt, unter denen sie es gebraucht hatte. Also sagte sie ihm nichts. Das Mace war nicht unerläßlich; das Messer dagegen schon.

Sie hatte das Schweizer Armeetaschenmesser in einem Schneidewarengeschäft an der Grand Central Station gekauft. Diesmal war sie entschlossen, ein stabileres Messer in einem anderen Geschäft derselben Firma zu kaufen. Während ihrer Mittagspause ging sie in den Laden Ecke Fifth Avenue und 46th Street.

Das Angebot war riesig: Taschenmesser, Springmesser, Jagdmesser. Zoe wartete geduldig an der Theke, bis der Kunde vor ihr sich entschieden hatte. Sie war verwirrt, als er ebenfalls ein Schweizer Armeetaschenmesser wählte.

Während der Verkäufer die Rechnung ausstellte, sagte er: »Könnte ich Ihren Namen und Ihre Adresse haben, Sir? Wir möchten Ihnen gern unseren Mail-Order-Katalog zuschicken. Natürlich vollkommen gratis.«

Der Kunde gab ihm Namen und Adresse. Dann war Zoe an der Reihe.

»Ich hätte gern ein Taschenmesser als Geschenk für meinen Neffen«, erklärte sie dem Verkäufer. »Nichts zu Großes oder zu Schweres.«

Er legte ihr mehrere Messer vor. Sie entschied sich für ein hübsches Exemplar mit vier Klingen, einem Horngriff und einer Metallöse an einem Ende, damit man es an einen Gürtel oder Haken hängen konnte.

Sie bezahlte bar, denn wenn der Verkäufer sie nach Namen und Adresse fragte, wollte sie ihm falsche Angaben machen. Aber er fragte nicht.

»Ich habe gehört, daß Sie dem Herrn eben angeboten haben, ihm Ihren Mail-Order-Katalog zuzuschicken«, sagte sie, während der Verkäufer das Messer in Geschenkpapier verpackte.

»Ach, wir haben gar keinen Katalog«, sagte er. Er blickte sich vorsichtig um, ehe er sich zu ihr beugte und flüsterte: »Wir arbeiten mit der Polizei zusammen. Sie wollen, daß wir versuchen, von jedem, der ein Schweizer Armeetaschenmesser bei uns kauft, Namen und Adresse herauszukriegen. Und wenn sie uns den Namen nicht sagen, dann sollen wir uns wenigstens das Aussehen merken.«

Zoe Kohler war stolz auf ihre Ruhe. »Warum denn?« fragte sie.

Der Verkäufer schien sich plötzlich unwohl zu fühlen. »Ich glaube, es hat etwas mit dem Hotel-Ripper zu tun. Genaueres haben sie uns auch nicht gesagt.«

Auf dem Rückweg zum Granger, das neue Messer in ihrer Handtasche, überlegte Zoe sich, daß die Polizei die Tatwaffe wohl anhand der im Cameron Arms abgebrochenen Klinge identifizert hatte.

Aber in den Zeitungen hatte nichts darüber gestanden. Offenbar hielt die Polizei ihre Erkenntnis geheim. Das ließ die Vermutung zu, daß sie womöglich auch noch andere Dinge unter Verschluß hielt. Zoes Fingerabdrücke, zum Beispiel, oder etwas, das ihr am Tatort heruntergefallen war, oder irgendeinen anderen Hinweis, der die Polizei unweigerlich zu ihr führen mußte.

Eigentlich hätte sie jetzt Angst oder Entsetzen verspüren sollen, aber das Gegenteil war der Fall. Wenn überhaupt, so war sie von einer Art verstärkter Erregung erfüllt. Die Faszination ihrer Abenteuer wurde durch das neue Risiko vertieft und intensiviert.

Sie stellte sich die Polizei als ein einziges, bösartiges Wesen vor, das nur ein Ziel hatte: sie zu ruinieren. Um dieses Ziel zu erreichen, würde sie lügen und betrügen, würde auf geheime, möglicherweise illegale Weise vorgehen und alle Mittel einsetzen, die ihr zur Verfügung standen, einschließlich physischer Kraft und Gewalt.

Die Polizei schien ihr der passende Vertreter einer Welt, die sie betrogen und entwurzelt und die ihre Träume zerstört hatte, indem sie sich weigerte, ihren Wert als Frau und menschliches Wesen anzuerkennen.

Der Abend des 4. Juni . . .

Zoe Kohler betritt wachsam und mit erhobenem Kopf die belebte Lobby des Hotels Adler an der Ecke Seventh Avenue und 50th Street. Sie bleibt kurz stehen, um sich an einer Tafel in der Nähe des Eingangs über die laufenden Veranstaltungen zu informieren: eine Tagung orthopädischer Chirurgen, ein Bankett für einen Gewerkschaftsführer und ein dreitägiger Konvent der Tanzlehrergesellschaft.

Das Handbuch des Hotel- und Gaststättengewerbes, das sie konsultiert hat, führt eine Cocktail Lounge, zwei Restaurants und eine

Kneipe auf. Aber bevor Zoe sich ihren nächsten Schritt überlegen kann, wird sie abgelenkt.

»Sehen Sie etwas, das Ihnen gefällt?« fragt eine männliche Stimme selbstsicher, beinahe amüsiert.

Sie mustert ihn kühl. Ein großer Mann. Schlank. Düsteres Lächeln. Schwer herabhängende Lider. Olivfarbene Haut. Schwarzes, glänzendes Haar, nach hinten gekämmt. Die langen Finger, in denen er eine Zigarette hält, wirken, als wären sie aus einer Tube gequetscht worden.

»Ich glaube nicht, daß wir uns kennen«, sagt sie frostig.

»Jetzt schon«, sagt er. »Sie können mir das Leben retten, wenn Sie wollen.«

Da kann sie nicht widerstehen . . .

»Und wie kann ich das?«

»Trinken Sie etwas mit mir. Halten Sie mich davon ab, wieder zu der Tagung zurückzugehen.«

»Was sind Sie?« fragt sie herausfordernd. »Orthopäde, Gewerkschaftsführer oder Tanzlehrer?«

»Ein wenig von allem«, sagt er, ohne daß sein Lächeln flackert. »In erster Linie aber bin ich Zauberer.«

Er holt einen Silberdollar aus der Tasche, läßt ihn über seine Knöchel hüpfen. Der Dollar verschwindet unter der Handfläche, taucht wieder auf, fährt in seinem Knöcheltanz fort. Fasziniert schaut Zoe Kohler zu.

»Jetzt sehen Sie ihn«, sagt er, »und jetzt nicht. Die Hand ist schneller als das Auge.«

»Ist das der einzige Trick, den Sie beherrschen?« fragt sie provozierend.

»Ich kenne Tricks, die Sie sich nicht einmal vorstellen können. Wie wär's nun mit einem Drink?«

Sie glaubt nicht, daß es sich um einen Lockvogel der Polizei handelt. Zu elegant gekleidet. Und ein Cop würde kaum den ersten Schritt tun – oder doch?

»Wo kommen Sie her?« fragt sie.

»Hierher, daher, überallher«, sagt er. »Ich habe einen Namen, den Sie nicht aussprechen könnten, aber Sie dürfen mich Nick nennen. Wie heißen Sie?«

»Irene«, sagt sie. »Ich bin einverstanden. Aber nur ein Glas.«

»Natürlich«, sagt er und holt den Silberdollar plötzlich hinter ihrem linken Ohr hervor. »Gehen wir, Irene.«

Aber die Cocktail Lounge und die Taverne sind so überfüllt, daß die Leute sich schon in der Tür drängen. Nick umklammert ihren Ellbogen.

»Wir gehen nach oben«, sagt er, »in mein Zimmer.«

»Nur ein Glas«, sagt sie noch einmal.

Er antwortet nicht. Seine Selbstsicherheit schüchtert sie ein. Er zerrt sie mit sich. Aber sie kann nicht stehenbleiben und womöglich eine Szene verursachen. Kein Ausweis in ihrer Tasche. Aber ein Messer mit einer geschliffenen Klinge.

Sein Zimmer sieht aus, als wäre er erst vor fünf Minuten eingezogen. Nichts, was auf seine Anwesenheit hinweist, mit Ausnahme eines ungeöffneten Koffers auf einem Gepäckständer. Er schließt ab und legt die Kette vor. Er nimmt ihr Mantel und Tasche ab und wirft sie auf einen Stuhl.

»Du willst noch ein paar Tricks sehen?« fragt er. »Wie wär's hiermit?«

Er öffnet den Reißverschluß an seinem Hosenschlitz, faßt hinein und holt sein Glied heraus.

»Hübsch, was?« fragt er, immer noch mit demselben sardonischen Grinsen. »Gefällt dir dieser Trick?«

»Ich gehe«, sagt sie und will nach Mantel und Tasche greifen.

Er schiebt sich rasch zwischen sie und die Tür.

»Was willst du jetzt tun?« fragt er. »Schreien? Los, schrei doch!«

Sie fummelt in ihrer Tasche herum. Er ist plötzlich bei ihr und reißt ihr die Tasche aus der Hand. Sie hätte nie gedacht, daß jemand sich so schnell bewegen kann. Er holt ihre Brieftasche aus der Tasche, klappt sie auf.

»Kein Personalausweis«, sagt er. »Ganz schön gerissen.«

Er holt das Taschenmesser heraus, läßt es an der Öse hin und her baumeln.

»Wofür brauchst du das denn?« fragt er. »Zum Nägel reinigen?«

Er lacht, läßt das Messer wieder in die Tasche fallen und wirft sie auf den Boden.

»Du kennst sicher das alte Sprichwort«, sagt er mit seinem schurkischen Grinsen. »Wenn du es nicht vermeiden kannst, vergewaltigt zu werden, entspann dich und genieß es.«

»Warum ich?« fragt sie verzweifelt.

Er zuckt mit den Schultern. »Nur um die Zeit totzuschlagen. Aus Langeweile. Willst du ausgezogen werden wie eine Dame, oder muß ich dein hübsches Kleid zerreißen?«

»Bitte«, sagt sie. »Was ist mit dem Drink? Sie haben mir einen Drink versprochen.«

»Ich habe gelogen«, sagt er grinsend. »Das tue ich immer.«

Er fängt an, sich auszuziehen. Er bleibt zwischen ihr und der Tür. Er legt sein Jackett ab, öffnet seinen Schlips, knöpft sein Hemd auf. Er läßt ein Kleidungsstück nach dem anderen auf den Boden fallen.

»Komm schon«, sagt er. »Komm schon.«

Langsam zieht sie ihre Kleider aus, mit zitternden Fingern. Sie blickt sich nach einer Waffe um. Einem schweren Aschenbecher. Einer Tischlampe. Irgendwas.

»Keine Chance«, sagt er sanft. »Nicht die geringste.«

Sie zieht ihre Schuhe aus, das Kleid, die Strumpfhose. Als sie aufsieht, ist er nackt. Sein Glied beginnt, steif zu werden. Er berührt es leicht.

»Versuch's mal«, sagt er. »Es wird dir gefallen.«

Mit einem raschen Schritt ist er bei ihr. Er umklammert ihre Schultern. Seine Stärke jagt ihr Angst ein. Gegen diese Kraft kommt sie nicht an.

Er zerrt an ihrem trägerlosen Büstenhalter. Er zwickt ihr in die Brustwarzen. Er reißt ihr das Höschen herunter, hebt sie heraus.

»Knochig«, sagt er, »aber in Ordnung. Je näher der Knochen, desto süßer das Fleisch.«

Er drückt sie zu Boden. Seine Hände auf ihren Schultern verwandeln sich in Gewichte, denen sie nicht widerstehen kann. Ihre Knie geben nach. Sie stürzt auf den Teppich.

»Ich möchte das Bett nicht durcheinanderbringen«, sagt er. »Es geht nichts über den Boden. Härter. Mehr Widerstand, verstehst du?«

Es ist wie ein Wirbelsturm, ihrer Kontrolle entrissen. Sie wird davongespült. Alles flackert, verwischt sich. Ihre schwächlichen Schläge auf seinen Kopf, seine Arme bewirken nichts. Er lacht heiser.

Sie windet sich, bewegt sich Zentimeter um Zentimeter auf ihre Schultertasche zu. Aber er nagelt sie mit seinem Gewicht gegen den Boden, ein hartes Knie drängt sich zwischen ihre aneinandergepreßten Schenkel. Er gibt keuchende, verärgerte Laute von sich.

Sie hört nicht auf, sich zu winden, und er schlägt sie. Die offene Hand trifft stechend, schleudert ihren Kopf zur Seite. Wasser schießt ihr in die Augen, das Ohr dröhnt. Seine Zähne sind an ihrer Kehle. Sein Körper zuckt, drückt fester und fester...

Dann tut sie, was sie zu tun hat, in dem Bewußtsein, daß es die einzige Möglichkeit ist, zu überleben.

Ihr Körper wird ruhig. Sie schlägt nicht mehr um sich. Sie beginnt, seine Schultern, seinen Rücken zu streicheln. Sie stöhnt.

»Ja«, sagt sie schweratmend. »Oh, ja...«

Ihre Schenkel schmerzen. Sie hat das Gefühl, daß er sie auseinanderreißt, bis sie in dampfenden Stücken auf dem Teppich liegt. Sie spürt heiße Tränen, schmeckt Galle.

Er rast und wütet auf ihr, brüllt in einer Sprache, die sie nicht versteht. Seine Hände unter ihr graben sich grausam in ihr Fleisch, reißen sie hoch, bis ihr Körper eine Brücke bildet. Mit fest geschlossenen Augen sieht sie glühende Räder, wirbelnde Sterne, fließendes Blut. Sie umschlingt ihn, aber sie fühlt sich kalt, kalt. Sie erträgt den Schmerz; innerlich bleibt sie unberührt und denkt und plant.

Seine letzten Stöße treffen sie wie Hammerschläge. Ihr Stöhnen steigert sich, um seine Schreie einzuholen. Als er zitternd und schluchzend zusammenbricht, erzittert ihr Körper wie unter einem Krampf. Sie wirft ihre Arme weit über den Kopf – und erreicht ihre Schultertasche nur mit den Fingerspitzen.

Sie öffnet die Augen zu Schlitzen. Er richtet sich mühsam auf, starrt schweißgebadet auf sie herab.

»Mehr!« fleht sie. »Mehr!«

»Warte, bis ich dich umdrehe«, sagt er, Heiterkeit in der Stimme. »Von hinten ist es noch besser.«

Brutal zieht er sich aus ihr zurück; sie hat ein Gefühl, als würden ihr die Eingeweide herausgerissen. Er rollt sich auf den Rücken, bleibt so liegen. Seine Brust hebt und senkt sich.

Sie dreht sich auf die Seite und zieht sich ein paar Zentimeter näher an ihre Tasche. Gräbt Zehen und Fingernägel in den Teppich, bewegt sich mit vorsichtigen, kleinen Stößen.

»Oh, das war wundervoll«, sagt sie, »so hinreißend. Du bist ein umwerfender Liebhaber. Einen Mann wie dich habe ich noch nie gehabt.«

»Gut, was?« fragt er. »Der beste, wie?«

Langsam, während sie kein Auge von seinen geschlossenen Lidern läßt, schlüpft ihre rechte Hand in die Schultertasche, kommt mit dem Messer wieder zum Vorschein.

»Ich fühle mich so gut . . . so gut«, murmelt sie leise.

Sie streckt ihren linken Arm aus. Über ihrem Kopf öffnet sie die große, geschliffene Klinge. Vorsichtig schiebt sie sie in Position, damit es nicht klickt, wenn sie einrastet. Zentimeter um Zentimeter bewegt sie ihre Arme neben ihre Hüfte. Ihre rechte Hand, die das Messer umklammert, ist hinter ihrem Rücken versteckt.

Sie setzt sich auf, schiebt sich näher an ihn heran. Sie legt ihre linke Hand auf seine unbehaarte Brust, spielt mit seinen Brustwarzen.

»Wann machen wir's nochmal, Nick?« flüstert sie. »Ich will mehr.«

»Gleich«, sagt er, »gleich. Laß mir nur ein paar Minuten.«

Seine geschlossenen Lider flattern. Sofort reißt sie das Messer hoch und treibt ihm die Klinge bis zum Heft in den Bauch, nur wenige Zentimeter unterhalb des Nabels.

Sie dreht das Messer herum, reißt es heraus und holt aus, um noch einmal zuzustechen.

Aber er reagiert fast unmittelbar. Er rollt sich einmal um sich selbst, fort von ihr. Er springt auf und bleibt schwankend stehen, die Hände in den Bauch gekrampft.

Er starrt auf das Blut, das zwischen seinen Fingern hervorquillt. Langsam hebt er den Kopf, blickt sie an.

»Du hast mich verwundet«, sagt er ungläubig verwundert. »Du hast mich *verwundet*.«

Er taumelt auf sie zu, mit ausgestreckten Händen. Sie krabbelt von ihm fort, rappelt sich auf. Eine Stehlampe fällt krachend um. Eine seiner ausgestreckten Hände greift nach ihr. Mit einem Rückhandschlag schlitzt sie ihm den Handteller auf.

Brüllend vor Wut und Schmerz tappt er auf sie zu. Blut rinnt ihm die Beine hinunter, tropft auf den Boden. Von seiner aufgeschlitzten Hand spritzen Bluttropfen durch die Luft.

Ein Cocktail-Tisch stürzt um. Ein Sessel überschlägt sich. Jemand hämmert gegen die Wand zum Nachbarzimmer. »Aufhören!« ruft eine Frauenstimme. Aber er kommt weiter auf sie zu, den Mund weit geöffnet und verzerrt. Kein Laut mehr außer rauhen, blubbernden Atemstößen. Und in seinen Augen Entsetzen und Wut.

Sie stolpert über ihre weggeworfenen Kleider. Bevor sie sich wieder gefangen hat, ist er bei ihr, umklammert sie. Seine blutschlüpfrige Hand findet ihr Gelenk, drückt es nach unten, dreht.

In einer einzigen wilden Bewegung fährt die nackte Klinge über ihren rechten Schenkel, schlitzt ihn auf, sechs Zentimeter über dem Knie. Sie spürt den brennenden Schmerz, heiß und eisig zugleich.

Er versucht, sie zu Boden zu zwingen. Aber seine Kraft läßt nach, rinnt und tropft aus seinem Körper, sammelt sich auf dem Boden zu Flecken, Pfützen und Lachen.

Sie windet sich aus seiner Umklammerung, wirbelt herum und jagt ihm die Klinge in Arme, Bauch, Gesicht, Schultern, Hals. Sticht zu, zieht und dreht, sticht wieder zu.

Sie tanzt um ihn herum, begegnet seinen Ausfällen, stolpert unter seinen Schlägen und ihren eigenen. Sein Leben rinnt aus hundert ausgefransten Wunden. Sein Kopf sinkt herab, die Arme werden schwer, die Schultern sacken zusammen.

Er schwankt, bricht plötzlich in die Knie. Erschauernd versucht er, seinen blutverschmierten Kopf zu heben. Dann stürzt er um, Schlachtvieh, das zu Boden kracht. Er rollt auf den Rücken. Seine geröteten, blicklosen Augen starren die Decke an.

Ihr Atem geht pfeifend. Sie beugt sich über ihn und beendet das Ritual: die Kehle wird aufgeschlitzt, die Klinge wird wieder und wieder in die Genitalien getrieben.

Sie richtet sich auf, schnappt schluchzend nach Luft und starrt aus benommenen Augen auf das Gemetzel. Ihre Hände, Arme, Brüste sind mit seinem Blut beschmiert. Schlimmer, sie spürt den warmen Fluß ihres eigenen Bluts auf Schenkel, Knie, Schienbein und Fuß. Sie blickt an sich hinunter. Wie leuchtend es wirkt, wie schimmernd!

Im Badezimmer steht sie nackt auf dem Fliesenboden. Mit einem feuchten Handtuch wischt sie sich sein Blut vom Körper. Sie wäscht das Messer und ihre Hände mit heißem Wasser und Seife. Dann säubert sie ihre eigene Wunde vorsichtig mit einem Waschlappen und untersucht sie sorgfältig.

Es ist mehr als ein Kratzer, aber trotzdem kein tiefer Schnitt. Arterien oder Venen scheinen nicht verletzt, aber es blutet stetig und bildet erst einen Fleck und dann eine kleine Pfütze auf der Fliese unter ihrem Fuß.

Sie umwickelt ihren Schenkel mit Toilettenpapier, das auch in mehreren Schichten noch schnell durchweicht. Darüber legt sie ein Handtuch und verschnürt es, so fest sie kann. Sie humpelt ins Schlafzimmer, um Nicks Krawatte zu holen und das Handtuch damit noch fester zu binden.

Sie kleidet sich so schnell wie möglich an, verzichtet aber auf die Strumpfhose, die sie in ihre Tasche stopft. Sie wischt ihre Fingerabdrücke von den Armaturen über dem Waschbecken. Sie unternimmt keinen Versuch, ihr eigenes Blut aufzuwischen – ein unmögliches Unterfangen – und läßt die vollgesogenen Handtücher auf dem Boden zurück.

Sie zieht ihren Mantel an, wirft sich die Schultertasche um. Im letzten Moment fällt ihr das Tampon ein; sie hebt es auf und verstaut es in ihrer Tasche. Es weist keine Flecken auf. Sie blickt sich ein letztes Mal um.

Der mit klaffenden Wunden bedeckte Mann liegt schlaff auf dem Boden. Er ist leer, seiner brutalen Kraft, seines ungestümen Lebens beraubt.

Sie nahm ein Taxi nach Hause und war kurz nach elf Uhr abends wieder in ihrem Appartement. Sie hatte ihren Trenchcoat getragen, obwohl die Nacht viel zu warm dafür war. Aber sie fürchtete, ihr Kleid könnte durch das Handtuch um ihr Bein das Blut aufgesogen haben.

Und so war es auch; die Vorderseite ihres Kleides wies einen großen roten Fleck auf. Sie zog sich aus, nahm vorsichtig das Handtuch ab und befreite sich von dem nassen Papier. Der Blutfluß war geringer geworden, aber der dünne Schnitt näßte immer noch.

Sie wusch ihn mit warmen Seifenwasser, trocknete ihn ab und strich dann mit in Wasserstoffsuperoxyd getauchten Q-Tips darüber.

Anschließend legte sie einen sauberen Verband aus Mull und Leukoplast an. Die Wunde pochte, aber der Schmerz war nicht unerträglich.

Erst nachdem der Verband saß, ging sie in die Küche und schüttete, an der Spüle stehend, einen doppelten, eiskalten Wodka herunter, so schnell sie schlucken konnte. Dann streckte sie ihre rechte Hand aus. Die Finger zitterten nicht.

Im Badezimmer wusch sie sich sorgfältig, dann ging sie langsam ins Schlafzimmer und setzte sich auf die Bettkante. Sie fühlte sich müde bis in die Knochen. Alles an ihr schmerzte, pulsierte, wund und aufgerissen. Sie fühlte sich bar jeglicher Verteidigung, bloßgelegt. Eine Berührung hätte sie aufschreien lassen.

Ihr Abenteuer begann bereits zu verblassen, verlor seine harten, scharfen Konturen. Sie konnte es sich nicht einmal mehr in der Erinnerung ausmalen, war sich nur noch eines chaotischen Durcheinanders von Lärm, Gewalt und dem Sprühen heißen Bluts bewußt. Aber all das war jemand anderem widerfahren, zu einer anderen Zeit, an einem anderen Ort.

Sie öffnete das Schlafzimmerfenster, achtete aber darauf, daß die Jalousie ganz heruntergezogen war. Die Bettlaken fühlten sich kühl und behaglich an, aber die Decke war zu warm; sie schob sie von sich.

Während sie wachlag, betäubt, mit flatterndem Herzen, und auf den Schlaf wartete, versuchte sie, sich jener Momente zu erinnern, da sie überzeugt gewesen war, die Liebe würde ihrer Seele Erlösung bringen.

8

Am Nachmittag des 10. Mai, jenem Samstag, als Zoe Kohler und Ernest Mittle im Central Park ihren roten Luftballon fliegen ließen, saß Edward X. Delaney zusammen mit Sergeant Abner Boone und anderen Polizeibeamten in einem überfüllten Büro des Reviers Manhattan Nord. Sie unterhielten sich über den Mord an Leonard T. Bergdorfer im Cameron Arms Hotel.

Außer Delaney und Boone waren bei der Konferenz noch anwesend: Lieutenant Martin Slavin, dessen Rolle bei den Operationen des Sonderkommandos, das gebildet worden war, um den Taten des Hotel-Rippers ein Ende zu setzen, sich nurmehr auf die administrative Seite beschränkte.

Sergeant Thomas K. Broderick, ein Beamter, der seit mehr als zwanzig Jahren in der Detective Division war und davon die meiste Zeit in Manhattan Nord verbracht hatte.

Detective First Grade Aaron Johnson, ein Farbiger mit großer Erfahrung bei der Bekämpfung terroristischer Auswüchse von Minderheiten und anarchistischer Einzelgänger.

Detective Second Grade Daniel (»der schmucke Dan«) Bentley, der sich auf Hotelverbrechen spezialisiert hatte, besonders Raub, Schmuckdiebstahl, Betrug und so weiter.

Detective Lieutenant Wilson T. Crane, bekannt für seine wissenschaftliche Befähigung und Kenntnisse in Computertechnologie.

Sergeant Boone eröffnete die Diskussion, indem er kurz die Umstände von Leonard T. Bergdorfers Ermordung rekapitulierte.

». . . im Grunde also ziemlich genau wie die anderen. Die Kehle aufgeschlitzt, jede Menge Stichwunden. Diesmal wurde die Leiche auf dem Boden aufgefunden. Werfen Sie einen Blick auf die Photos. Das Bett war nicht gebraucht. Die Autopsie hat keine Spuren sexueller Aktivitäten vor dem Mord erbracht. Er hatte vor seinem Tod mindestens vierundzwanzig Stunden nicht mehr gevögelt. Genau wie die anderen.«

Crane: »Fingerabdrücke?«

Boone: »Sieht nicht gut aus. Aber zwei Dinge könnten uns vielleicht weiterhelfen . . . In der Kehle des Opfers wurde die Spitze einer Messerklinge gefunden. Sie ist etwas mehr als anderthalb Zentimeter lang. Im Labor wird noch daran gearbeitet. Es besteht kein Zweifel, daß sie von der Tatwaffe stammt. Wahrscheinlich ein Taschenmesser, Springmesser oder Klappmesser – wie immer Sie es nennen wollen.«

Johnson: »Wie lang war nach deren Ansicht die Klinge?«

Boone: »Etwas über zehn Zentimeter.«

Johnson: »Mist! Ein Zahnstocher.«

Boone: »Das Gesicht des Opfers wies Verbrennungen ersten Grades auf, besonders um Augen und Nase herum. Der Gerichtsmediziner führt das auf den Einsatz von Phenacylchlorid zurück, wie es auch in chemischem Mace vorkommt. Die Verbrennungen lassen auf eine starke Dosis aus nächster Nähe schließen.«

Broderick: »Genug, um ihn ohnmächtig werden zu lassen?«

Boone: »In jedem Fall genug, um ihn umzuhauen. Was den Background des Opfers betrifft, kann ich noch nicht viel sagen. Wir arbeiten noch daran. Er stammte jedenfalls aus Atlanta, Georgia. Die Polizei dort hat die Untersuchungen aufgenommen, ebenso die Bundespolizei. Aber wahrscheinlich werden wir mit den Ergebnissen nicht viel anfangen können. Und das wär's so ungefähr.«

Crane: »Ist die Mace-Dose gefunden worden?«

Boone: »Nein. Wahrscheinlich hat der Killer sie mitgenommen. Wie ist da eigentlich die rechtliche Situation? Weiß das jemand?«

Slavin: »Es ist illegal, Mace zu kaufen, zu verkaufen, zu besitzen, bei sich zu tragen oder zu benutzen – wenigstens im Staat New York. Ausgenommen Polizeikräfte und private Sicherheitsdienste.«

Bentley: »Schwarzmarkt? Johnson?«

Johnson: »Fragen Sie mich das, weil ich schwarz bin?«

(Gelächter)

Johnson: »Taucht hier und da auf, meistens in diesen kleinen Taschendosen für Frauen. Aber es gibt keinen regen Handel an Straßenecken oder so.«

Boone: »Na, im Augenblick sind jedenfalls die Messerspitze und das Mace die einzigen neuen Anhaltspunkte, die wir haben. Bevor wir besprechen, was wir damit anfangen, möchte ich Sie bitten, Ex-Chief of Detectives Edward X. Delaney ein paar Minuten lang Ihre Aufmerksamkeit zu widmen. Der Chief befindet sich nicht im aktiven

Dienst. Auf Drängen von Deputy Commissioner Ivar Thorsen und mir hat er sich bereit erklärt, an dieser Untersuchung als Berater teilzunehmen. Chief?«

Delaney stand auf und stützte sich mit den Knöcheln auf den zerschrammten Tisch. Er beugte sich vor und blickte sich langsam um, wobei er jeden Mann einzeln ansah.

»Ich bin nicht hier, um euch Befehle zu geben oder die Hölle heiß zu machen«, sagte er. »Ich habe keinen offiziellen Status. Ich bin hier, weil Thorsen und Boone zwei alte Freunde sind und weil ich diese Geschichte genauso gern aufgeklärt sehen möchte wie Sie. Wenn ich irgendwelche Vorschläge dazu habe, wie die Ermittlungen geführt werden sollten, dann werde ich sie Boone oder Thorsen unterbreiten. Sie können sich danach richten oder nicht – das ist ihre Sache. Ich möchte nur, daß die Situation Ihnen völlig klar ist. Es wäre mir lieb, wenn meine Anwesenheit hier so lange wie möglich unter uns bliebe. Ich weiß, daß es früher oder später doch herauskommen wird, aber ich brauche die Publicity nicht. Ich habe schon meine Pension.«

Die Männer grinsten und entspannten sich.

»In Ordnung«, sagte er, »und jetzt will ich Ihnen sagen, wer meiner Meinung nach der Ripper ist ...«

Sie zuckten überrascht zusammen und beugten sich vor.

Er erklärte ihnen, warum er glaube, daß der Killer eine Frau sei. Die Ergebnisse der Recherchen von Thomas Handry behielt er für sich. Er ließ auch die Statistiken unerwähnt, nach denen Alkoholismus, Drogensucht und Geisteskrankheiten unter Frauen zugenommen hatten. Diese Männer waren Polizisten; soziologische Umwälzungen und psychologische Motivationen interessierten sie nicht. Sie interessierten sich nur für Beweismittel, die vor einem Gericht standhielten.

Also bombardierte er sie mit den bekannten Tatsachen über die Begleitumstände der Morde. Tatsachen, die nur dann einen Sinn ergaben, wenn man seine Theorie hinzuzog. All diese Fakten waren den Männern im Raum bekannt, mit der einen Ausnahme, daß die Morde im Rhythmus der weiblichen Periode ausgeführt wurden.

Aber es war das erste Mal, das sie diese verschiedenen Punkte zusammenhängend und im Rahmen einer schlüssigen Hypothese hörten. Delaney konnte sehen, wie der Ausdruck des Zweifels auf ihren Gesichtern der langsam heraufdämmernden Erkenntnis wich, daß die Theorie, die er ihnen anbot, einen neuen Ansatz zur Lösung des alten Puzzles darstellte.

»Wir suchen also eine verrückte Frau«, schloß er. »Sie ist schätzungsweise noch jung – in den späten Zwanzigern oder mittleren Dreißigern. Ein Meter fünfundsechzig bis ein Meter siebenundsechzig groß. Kurzes Haar, denn es fällt nicht auf, wenn sie eine Perücke trägt. Kräftig. Sehr, sehr clever. Keine Herumtreiberin. Wahrscheinlich eine Frau mit einer gewissen Erziehung und Kinderstube. Sie könnte tabletten- oder alkoholsüchtig oder beides sein, aber das ist eine reine Vermutung. Wenn sie gerade keine Kehlen aufschlitzt, führt sie wahrscheinlich ein ganz normales Leben, hat einen Allerweltsjob oder betätigt sich als Hausfrau. Das ist alles, was ich habe.«

Er setzte sich abrupt. Die Männer blickten sich an, warteten darauf, daß einer als erster das Wort ergriff.

Boone: »Irgendwelche Kommentare?«

Slavin: »Die ganze Hypothese enthält nicht einen Punkt, mit dem wir zum Staatsanwalt gehen könnten.«

Boone: »Zugegeben. Aber es ist ein Ansatz. Ein Punkt, von dem wir ausgehen können.«

Johnson: »Für meine Person kann ich nur sagen – gekauft!«

Bentley: »Es muß was dran sein – warum sollten sonst all diese heterosexuellen Burschen ihre Hosen herunterlassen?«

Crane: »Meiner Ansicht nach paßt es nicht in das Wahrscheinlichkeitsmuster bei diesem Verbrechenstypus.«

Delaney: »Ganz Ihrer Meinung. Aber ich glaube, in diesem Fall sind es die Wahrscheinlichkeiten, die falsch sind. Oder sagen wir besser: überholt.«

Broderick: »Ich bin bereit, Ihr Spiel mitzumachen, Chief. Angenommen, der Killer ist eine Frau. Was nützt uns das? Wie geht's jetzt weiter?«

Boone: »Erstens schauen wir uns alle Vorstrafenregister nochmal an und überprüfen alle Frauen, die wegen Gewaltverbrechen vorbestraft sind. Desgleichen die Gefängnisse – vielleicht ist kürzlich jemand entlassen worden. Dann kommen die Klapsmühlen an die Reihe. Wir müssen alles durchsehen, was wir über Bekloppte haben, besonders über eventuelle Ausbrüche.«

Crane: »Darum können sich meine Jungs kümmern.«

Boone: »Zweitens, die Messerklinge ... Broderick, vielleicht können Sie durch eine Metallanalyse die Herkunft der Waffe feststellen.«

Delaney: »Oder die Form. Haben Sie mal darauf geachtet, wie verschieden Taschenmesserklingen geformt sind? Es gibt welche, die gerade sind, und solche, die spitz zulaufen. Wieder andere sind an beiden Seiten geschliffen, und so weiter.«

Broderick: »Wie hübsch! Wahrscheinlich gibt es Milliarden verschiedener Taschenmesser allein in New York.«

Boone: »Finden Sie's heraus. Drittens: Johnson, Sie übernehmen die Mace-Geschichte und gehen ihr nach. Wer das Zeug herstellt, wie es nach New York kommt, ob es per Mail-Order verschickt wird, ob man es gegen einen bestimmten Ausweis erwerben kann, ob jemand auf der Straße damit handelt und so weiter und so weiter.«

Bentley: »Und ich?«

Boone: »Ziehen Sie Ihre Lockvögel aus den Schwulenkneipen ab und konzentrieren Sie sich auf die Bars mit heterosexueller Klientel, vor allem die in den Hotels von Manhattan. Zeigen Sie den Barkeepern und Kellnerinnen Fotos der Opfer. Versuchen Sie, eine Witterung aufzunehmen.«

Bentley: »Das haben wir alles schon gemacht, Sergeant.«

Boone: »So? Dann tun Sie's eben nochmal.«

Delaney: »Einen Augenblick ...«

Alle wandten sich ihm zu, aber der Chief sprach nicht sofort. Er blickte Bentley an. Dann sagte er ...

Delaney: »Ihre Abteilung hat in allen Bars und Cocktail Lounges Fotos der Opfer herumgezeigt?«

Bentley: »So ist es, Chief.«

Delaney: »Und das Ergebnis war gleich null?«

Bentley: »Genau. Das ist auch ganz verständlich. Die meisten Lokale waren überfüllt. Welche Kellnerin erinnert sich schon an das Gesicht eines Gastes?«

Delaney: »Stimmt. Boone, wer war das Opfer mit den Narben auf den Handrücken?«

Boone: »Das dritte. Jerome Ashley, im Coolidge.«

Delaney: »Gehen Sie nochmal ins Coolidge. Zeigen Sie Ashleys Foto nicht sofort, sondern fragen Sie erst die Kellnerinnen oder den Bartender, ob sie sich an einen Mann mit narbenbedeckten Händen erinnern. Und wenn sie das tun, dann zeigen Sie ihnen das Foto.«

Bentley: »Kapiert. Sehr schön.«

Boone: »Sonst noch Fragen?«

Crane: »Sollen wir das an die Medien weitergeben? Daß der Ripper eine Frau sein könnte?«

Boone: »Thorsen sagt nein, jedenfalls nicht im Moment. Sie treffen die Entscheidung im Hauptquartier.«

Broderick: »Ich sehe keine Chance, es geheimzuhalten. Zu viele Leute wissen Bescheid.«

Boone: »Stimmt wahrscheinlich, aber die Entscheidung liegt nicht in unseren Händen. Sonst noch was?«

Bentley: »Nach welcher Perückenfarbe sollen meine Spitzel Ausschau halten?«

Boone: »Wahrscheinlich Erdbeerblond. Aber es kann auch jede andere Farbe sein.«

Bentley: »Danke. Das engt es beträchtlich ein.«

Lachend erhoben sich die Männer, die Konferenz war beendet. Delaney blickte ihnen nach, als sie hinausgingen. Er war zufrieden; sie verstanden ihr Handwerk. Und mehr als das, sie hatten seine Theorie mehr oder weniger als Arbeitsgrundlage akzeptiert. Er wußte, wie hilfreich es bei der Arbeit an einem Fall war, wenn man einen Rahmen hatte, egal, wie fragwürdig. Irgendwann im Verlauf der Untersuchung, so hoffte man, würde sich der Rahmen zu füllen beginnen.

»Wollen Sie noch etwas hierbleiben, Chief?« fragte Sergeant Boone. »Vielleicht haben Sie ein paar Verbesserungsvorschläge, was unsere Arbeitsteilung betrifft.«

»Danke«, sagte Delaney, »aber ich lasse dich jetzt besser in Ruhe, damit du an die Arbeit gehen kannst. Ich denke, es ist am vernünftigsten, wenn ich mich hier so wenig wie möglich blicken lasse. Dann können Ressentiments gar nicht erst aufkommen.«

»Was für Ressentiments? Niemand hat etwas dagegen, daß Sie uns aushelfen, Chief.«

Delaney lächelte und winkte.

Er wanderte die 54th Street hinauf und philosophierte über die Größe der Maschine, die jetzt in Bewegung gesetzt worden war, um einen einzigen Verbrecher zu stellen, und wieviel das alles die Stadt kosten würde. Er zweifelte nicht eine Sekunde daran, daß es notwendig war, aber er fragte sich, ob es den Erfolg beschleunigte, wenn man mehr und mehr Männer auf den Fall ansetzte. Es war lächerlich, zu glauben, daß man bloß die Sonderkommission zu verdoppeln brauchte, um den Fall in der Hälfte der Zeit aufzuklären.

An der Third Avenue nahm er einen Bus und traf kurz vor vier zu Hause ein. Monica war auf der Wohnzimmercouch eingeschlafen, ein geöffnetes Buch im Schoß, die Lesebrille auf der Nase. Er lächelte und schloß leise die Tür, als er in die Küche ging.

Er öffnete den Kühlschrank. Nach einer kurzen Bestandsaufnahme entschied er sich für ein Sandwich aus Anchovis, Eiersalat und Tomatenscheiben auf einer Sesamsemmel. Statt es über die Spüle gebeugt zu verzehren, legte er es auf einen Bogen Wachspapier und trug es zusammen mit einer Dose Bier ins Arbeitszimmer.

Während er aß und trank, fügte er dem Dossier von Leonard T. Bergdorfer noch ein paar neue Fakten hinzu. Dann blätterte er die Dossiers aller vier Opfer durch und versuchte, seine Liste der Gemeinsamkeiten zu ergänzen.

Die Wochentage, an denen die Verbrechen begangen worden waren, schienen keine Verbindung miteinander zu haben, ebensowenig die Uhrzeit. Auch die Lage der Hotels signalisierte kein besonderes Schema, abgesehen davon, daß sie sich alle in Manhattan befanden. Die Opfer hatten ganz offensichtlich nichts Gemeinsames, mit der Ausnahme, daß sie von außerhalb kamen.

Er warf die Listen in die Schublade. Vielleicht täuschte er sich, wenn er glaubte, daß es zwischen den vier Morden ein Bindeglied geben mußte. Vielleicht hatte er sich dieses Bindeglied nur eingeredet, weil er wollte, daß es existierte.

Als Monica eine Stunde später gähnend und blinzelnd in das Arbeitszimmer kam, starrte er immer noch finster auf die Schreibtischplatte. Als sie ihn fragte, was er tue, antwortete er: »Nichts.« Und als er über diese Antwort noch einmal nachdachte, erkannte er böse, daß sie der Wahrheit entsprach.

Es gab Tage, an denen er sich wünschte, der niedrigste aller Polizeibeamten zu sein, mit nichts anderem beauftragt, als an Türen zu klingeln und Fragen zu stellen. Oder ein Schreibtischhengst, der über Stapeln vergilbter Akten brütete, nach einem Namen suchte, einer Nummer, irgendwas. Wenigstens taten diese Männer etwas.

Seine eigene Untätigkeit brachte ihn fast um den Verstand. Denn eine Untersuchung war genau das: eine Fährte suchen, beobachten, Beobachtungen auswerten, systematisch vorgehen, am Ball bleiben. Die Untersuchung eines Kriminalfalls war eine Suche, und er wurde von der Herausforderung, der Erregung, den Enttäuschungen und Belohnungen des Suchens ferngehalten.

Deputy Commissioner Ivar Thorsen hatte recht gehabt; in seinen Adern floß das Blut eines Cops; er gab es zu. Er konnte dem Jagdfieber nicht widerstehen; es war ein zehrendes, scharfgewürztes Vergnügen, fast noch stärker als Sex. Alter hatte damit genauso wenig zu tun wie physische Energie. Das Geheimnis lockte, und er würde nie zu alt sein, es enthüllen zu wollen.

Aber die Gelegenheit zu handeln kam eher, als er erwartet hatte . . .

Am Freitagmorgen, 16. Mai, setzten sich die Delaneys zum Frühstück an den Küchentisch. Erstaunt blickte der Chief auf das opulente Mahl, das Monica zubereitet hatte: Bücklinge, Rührei, Bratkartoffeln, geschwenkte Zwiebeln und Kaffee.

»Was hast du angestellt, daß du mich mit einem so großartigen Frühstück milde stimmen willst?« fragte er mißtrauisch.

Sie lachte schuldbewußt. »Ich habe heute den ganzen Tag zu tun und kann dir deswegen keine weitere Mahlzeit mehr kochen«, sagte sie. »Deshalb dachte ich, wenn ich dir ein anständiges Frühstück vorsetze, läßt du wenigstens ein paar Stunden lang die Finger von den Sandwiches. Du hast zugenommen.«

»Noch ein paar Pfund mehr zum Liebhaben«, sagte er selbstzufrieden und machte sich gutgelaunt über das Essen her. Eine Weile aßen sie schweigend; dann fragte er beiläufig: »Was hast du denn den ganzen Tag so Wichtiges zu tun?«

»Die Amerikanische Frauengesellschaft hält hier eine dreitägige Versammlung ab. Ich habe mich für die Veranstaltungen, die heute stattfinden, eingetragen.«

»Wo findet die Tagung statt?« fragte er. »In welchem Hotel?«

»Im Hilton.«

Er hielt inne, eine Gabel voll Bückling halb an den Mund gehoben. Er starrte in die Luft, auf einen Punkt über ihrem Kopf.

»Woher weißt du, daß die Tagung im Hilton stattfindet?« fragte er langsam.

»Ich habe ein Informationsschreiben bekommen. Mit einem Teilnahmeformular.«

»Aber in den Zeitungen ist nichts darüber erschienen?«

»Ich habe nichts gesehen. Heute ist der erste Tag. Vielleicht bringen sie morgen etwas.«

Er schob die Gabel in den Mund und kaute nachdenklich. »Aber es war keine Vorankündigung in den Zeitungen?« fragte er noch einmal.

»Edward, was soll das?«

Statt zu antworten, fragte er: »Was für Tagungen finden im Hilton heute sonst noch statt?«

»Woher, um alles in der Welt, soll ich das wissen?«

»Was für Tagungen finden zur Zeit im Americana statt?« fragte er.

»Edward, würdest du mir bitte sagen, was das alles soll?«

»Gleich«, sagte er. »Laß mich nur zuerst mit diesem Festmahl fertigwerden. Es ist ausgesprochen köstlich.«

Sie brummte voller Verachtung für diesen platten Versuch, sie zu besänftigen. Aber ihr blieb nichts anderes übrig, als zu warten, bis er seinen Teller leergegessen und jedem noch eine Tasse schwarzen Kaffee eingegossen hatte.

»Du hast keine Ahnung, welche Tagungen gerade im Hilton stattfinden«, sagte er, »mit Ausnahme natürlich der, die du selber besuchst. Ich hatte keine Ahnung, daß im Hilton heute überhaupt eine Tagung stattfindet. Keiner von uns beiden weiß, was für Tagungen heute im Americana oder sonst einem Hotel der Stadt abgehalten werden. Warum sollten wir auch? Es interessiert uns ja nicht.«

»Das heißt?«

»Das heißt, daß ich jetzt seit Wochen nach einem Bindeglied zwischen den Hotel-Ripper-Morden suche. Etwas, das sie alle gemeinsam haben. Etwas, das wir bisher übersehen haben.«

Sie starrte ihn an. »Du meinst, in all den Hotels, in denen die Morde verübt wurden, fanden Tagungen statt?«

Er sprang auf, marschierte um den Tisch herum und gab ihr einen schmatzenden Kuß auf die Wange.

»Mein kleiner Detektiv«, sagte er. »Danke für ein hervorragendes Frühstück und danke für den Hinweis. Du liegst genau richtig; die Bluttaten fanden alle in Hotels statt, in denen gerade Zusammenkünfte abgehalten wurden. Und zwar schon im Februar, nicht gerade die Blütezeit der Tagungssaison in New York. Die Täterin hat sich Hotels ausgesucht, in denen Tagungen, Verkaufskonferenzen oder andere große Versammlungen stattfanden. Warum auch nicht? Sie braucht überfüllte Foyers, Speisesäle und Cocktail Lounges. Sie braucht ein volles Haus und viele einsame Männer. Sie braucht Opfer, die für ein bißchen Spaß zu haben sind und schon ein bißchen zu tief ins Glas geschaut haben. Also wählt sie Hotels aus, in denen gerade Tagungen abgehalten werden. Klingt das vernünftig?«

»Es klingt vernünftig«, sagte Monica. »Aber woher weiß sie, welche Hotels jeweils in Frage kommen?«

»Gute Frage«, meinte er. »Ich habe so was noch nie in den Veranstaltungskalendern der Tageszeitungen entdeckt. Du etwa?«

»Nein.«

»Aber irgendwo muß es eine Liste geben. Das Fremdenverkehrsbüro oder irgendeine andere städtische Behörde muß über diese Dinge auf dem laufenden sein. Ich weiß, daß sie alle Anstrengungen unternehmen, um Tagungen und dergleichen nach New York zu holen. Vielleicht veröffentlichen sie einen wöchentlichen oder monatlichen Kalender. Und das Hotelgewerbe tut das vielleicht ebenfalls. Wie auch immer, unsere Frau weiß, wo solche Tagungen stattfinden und hält sich daran.«

»Mir scheint das keine umwerfende Spur zu sein«, meinte Monica zweifelnd.

»Das kann man nie sagen«, meinte er fröhlich. »Vorher weiß man's nie. Aber wenn man die Hände in den Schoß legt, kann man nicht darauf hoffen, Glück zu haben.«

Er half Monica abspülen und wartete, bis sie aus dem Haus war. Zu dem Zeitpunkt wußte er bereits genau, wie er es anpacken würde.

Er verriegelte die Haustür, ging ins Arbeitszimmer und rief das Revier Manhattan Süd an. Er fragte nach Detective Second Grade Daniel Bentley, dem Experten für Hotelverbrechen.

»Hallo?«

»Bentley?«

»Ja. Mit wem spreche ich?«

»Hier ist Edward X. Delaney.«

»Oh, hallo, Chief. Sagen Sie mir bloß nicht, wir haben sie.«

»Nein«, meinte Delaney lachend, »noch nicht. Wie kommen Sie voran?«

»Was den Mord an Jerome Ashley betrifft«, sagte Bentley, »so haben wir jede Kellnerin und alle Barkeeper der Cocktail Lounge im Coolidge befragt, aber niemand erinnert sich an einen Burschen mit narbenbedeckten Händen. Zwei der Kellnerinnen, die in jener Nacht Dienst hatten, arbeiten dort allerdings nicht mehr. Wir versuchen, sie aufzuspüren. Man bekommt eben nichts geschenkt.«

»Das sicher nicht. Bentley, ich frage mich, ob Sie etwas für mich tun könnten.«

»Was immer Sie wollen, Chief.«

»Ich würde gern mit einem Sicherheitsbeamten sprechen. Vorzugsweise einem Ex-Cop. Gibt es derzeit welche davon in den Hotels?«

»Aber ja, natürlich. Ich kenne mindestens drei. Leute, die früh in Pension gegangen sind. Die Bezahlung ist nicht schlecht und die Arbeit nicht allzu schwierig, außer in den ganz großen Hotels. Warum fragen Sie? Haben Sie was auf Lager?«

»Nicht wirklich. Ich würde nur gern wissen, wie die Sicherheitsabteilungen arbeiten. Vielleicht können wir sie überreden, ihre Patrouillen zu verstärken oder einen zusätzlichen Mann einzusetzen, um uns zu helfen.«

»Gute Idee.« Bentley gab Delaney die Namen der drei Männer. Einer von ihnen war dem Chief bekannt.

»Holzer?« fragte er. »Eddie Holzer? War er nicht eine Zeitlang bei der Rauschgiftfahndung?«

»Genau, das ist er. Kennen Sie ihn?«

»Ja. Ich habe bei ein paar Fällen mit ihm zusammengearbeitet.«

»Er arbeitet im Hotel Osborne. Nicht gerade die letzte Absteige, aber auch nicht das Ritz.«

»Ich werde ihn mal anrufen. Herzlichen Dank, Bentley.«

»Ich stehe Ihnen jederzeit zur Verfügung, Chief.«

Delaney legte auf und fragte sich, warum er gelogen hatte – na, ja, nicht direkt gelogen, aber Bentley immerhin einen falschen Grund dafür gegeben, warum er mit einem Sicherheitsbeamten reden wollte. Er sagte sich, daß er einen mit einer Untersuchung beschäftigten Beamten einfach nicht mit einer so dünnen Spur, die womöglich noch in eine Sackgasse führte, belästigen wollte.

Aber er wußte, das war nicht der Grund.

Er suchte sich die Telefonnummer des Osborne heraus und rief dort an. Man sagte ihm, daß Mr. Holzer nicht vor zwölf Uhr mittags in seinem Büro sein würde.

Er hatte kaum aufgelegt, als das Telefon klingelte. Es war Ivar Thorsen. Er sagte, er sei auf dem Weg zu einer Besprechung und hätte zu zwei Punkten gern Delaneys Meinung eingeholt.

»Ich treffe mich mit dem Commissioner und den hohen Tieren aus dem Büro des Bürgermeisters und ihren PR-Leuten«, sagte er. »Es geht darum, was wir den Medien gegenüber verlauten lassen. Erstens, sollen wir ihnen sagen, daß der Killer jetzt eine erdbeerblonde Perücke trägt? Und zweitens, sollen wir bekanntgeben, daß wir die Suche jetzt auf einen weiblichen Täter konzentrieren? Was meinst du, Edward?«

Delaney überlegte einen Augenblick. Dann sagte er: »Fang mit Nummer zwei an... wir können es auf Dauer so oder so nicht geheimhalten, daß wir nach einer Frau suchen. Am besten drückst du dich etwas verschwommen aus. Sag ihnen, der Killer könnte ein Mann oder eine Frau sein; wir ermitteln in beide Richtungen.«

»Glaubst du immer noch, daß es sich um eine Frau handelt?«

»Natürlich. Aber ich könnte mich zugegebenermaßen auch irren. Die hohen Tiere halten sich immer gern einen Fluchtweg offen – für alle Fälle. Also sieh zu, daß du dich in dieser Sache bedeckt hältst.«

»In Ordnung, Edward. Und was ist mit der Perücke?«

»Ivar, in der Sache mußt du hart bleiben. Wenn die Reporter drucken, daß es sich um eine blonde Perücke handelt, wird der Täter erneut die Farbe wechseln. Genau wie damals, nachdem Slavin die Sache vermasselt hatte.«

»Aber wenn wir die Touristen nicht vor einem Killer mit einer blonden Perücke warnen, bringen wir sie dann nicht in Gefahr?«

»Vielleicht«, meinte Delaney grimmig. »Aber die Lockvögel müssen wenigstens einen Anhaltspunkt haben. Wir können sie nicht alle Nase lang die Perücke wechseln lassen.«

»Jesus«, sagte Thorsen schweratmend, »wenn die Zeitungen das herausfinden, werden sie uns kreuzigen.«

»Wir müssen es darauf ankommen lassen«, sagte der Chief. »Und wenn irgendein Reporter mit der Nase daraufstößt, können wir immer noch die Wahrheit sagen.«

»Aber in der Zwischenzeit versäumen wir es, die Touristen zu warnen.«

»Deputy«, sagte Delaney wütend, »willst du diese Verrückte stoppen oder nicht?«

»Gut, gut«, sagte Thorsen hastig, »ich werde versuchen, sie auf deine Linie einzuschwören. Die Konferenz wird wahrscheinlich bis in den späten Nachmittag gehen. Kannst du dich so gegen vier mit mir in Manhattan Nord treffen? Dann kann ich dir das Ergebnis mitteilen und Boone kann uns darüber informieren, wie weit er gekommen ist.«

»Ich werde dasein«, sagte Delaney und legte auf.

Detective Bentley hatte recht gehabt; das Osborne machte nicht viel her. Ein Kasten von schäbiger Grandezza an der 46th Street östlich der Seventh Avenue, die graue Front mit Rissen durchzogen. Es war die Art Hotel, das in seinen Glanztagen Enrico Caruso und Lillian Gish beherbergt hatte. Jetzt wohnten hier allenfalls noch drittrangige Stars mit undurchsichtiger Vergangenheit und ohne Zukunft.

Von den mitgenommenen, angeschlagenen Möbeln in der Lobby blätterte die Farbe ab, von den Wänden löste sich die verblichene Tapete. Es roch nach einer Mischung von Staub, Marihuana und getrocknetem Urin. Trotzdem war die Halle nicht gerade verwaist. Überall hingen Männer mit Zahnstochern im Mund und Frauen mit orangefarbenem Haar herum. Auf den wackeligen Tischen lagen Wettzettel.

Eddie Holzer saß hinter seinem Schreibtisch, die Füße auf die absplitternde Platte gelegt, und studierte eine Rennzeitung. In der rechten Hand, die leicht zitterte, hielt er eine Kaffeetasse. Delaney vermutete, daß sie alles andere als Kaffee enthielt.

Holzer blickte auf, als Delaney sich gegen den Türrahmen lehnte.

»Du meine Güte«, sagte er und nahm die Füße vom Schreibtisch. »Sieh mal, was die Katze angeschleppt hat. Hallo, Chief, wie geht's Ihnen?«

Sie schüttelten sich die Hand, und Holzer fegte Magazine und alte Zeitungen von einem Holzstuhl. Delaney setzte sich vorsichtig. Er betrachtete den anderen Mann mit einem, so hoffte er, freundlichen Lächeln.

Er kannte Holzers Akte, und sie sah nicht besonders gut aus. Der Ex-Detective hatte für die Drogenfahndung gearbeitet und dem großen Geld nicht widerstehen können. Man hatte ihm erlaubt, den Dienst zu quittieren, ehe der Staatsanwalt sich einschaltete, aber jeder im Department wußte, daß er aussätzig war.

Und hier saß er jetzt, Sicherheitsbeamter in einem heruntergekommenen Hotel am Times Square, malte Kreuzchen auf einen Wettschein und schlürfte billigen Fusel aus einer Kaffeetasse. Trotzdem wußte Delaney, daß der Mann ein cleverer Cop gewesen war, und er hoffte, daß noch ein bißchen davon übrig war.

Holzer blickte den Chief mit schräggelegtem Kopf an. »Sie sind doch nicht zufällig hier hereingeschneit. Wie haben Sie mich gefunden?«

»Bentley«, sagte Delaney.

»Der schmucke Dan?« lachte Holzer. »Guter Cop.«

Delaney nahm Holzer genauer in Augenschein. Der Ex-Cop war aufgedunsen und würde bald schwammig wirken. Die gerötete Haut seines Gesichts erinnerte mit ihren geplatzten Äderchen an eine Straßenkarte. Die Nase war geschwollen, die Wangen bläulich verfärbt. Schon früh am Morgen konnte er sein Zittern nicht verbergen; er versuchte es auch gar nicht erst. Er war auf dem Weg nach unten, aber das schien ihn nicht zu interessieren.

Der Chief war sich nicht sicher, wie er anfangen, wieviel er enthüllen sollte. Aber Holzer lieferte ihm das geeignete Stichwort. »Man erzählt sich, Sie greifen dem Department in dieser Ripper-Sache unter die Arme«, sagte er.

Delaney blickte ihn erstaunt an. »Wo haben Sie das denn gehört?«

Holzer wedelte mit der linken Hand in der Luft herum. »Hier und da. Die Gerüchteküche. Sie wissen ja, wie sich so was herumspricht.«

»Das kann man wohl sagen«, meinte Delaney. »Sie haben recht, ich versuche, Hilfestellung zu leisten. Deputy Commissioner Ivar Thorsen ist ein alter Freund von mir. Ich habe Sie ausfindig gemacht, weil ich – weil wir Ihre Hilfe brauchen.«

Er hatte auf den richtigen Knopf gedrückt. Holzer richtete sich auf, straffte die Schultern. Seine trüben Augen begannen zu leuchten.

»Sie brauchen meine Hilfe?« fragte er ungläubig. »Im Ripper-Fall?«

Delaney nickte. »Ich glaube, Sie sind der richtige. Sie sind Sicherheitschef in einem Hotel.«

»Und was für ein Hotel«, sagte Holzer trübe.

»Trotzdem . . .«, sagte Delaney.

Er erklärte Holzer, daß alle Morde des Rippers in Hotels stattgefunden hatten, in denen gerade Tagungen abgehalten wurden. Er erklärte, daß er überzeugt sei, daß der Killer schon im voraus genaue Kenntnis davon hatte, wo und wann Konferenzen, Tagungen oder größere Konferenzen angesetzt waren.

Eddie Holzer lauschte intensiv und zupfte dabei an seiner schlaffen Unterlippe. »Ja«, meinte er, »das könnte hinhauen. Und weiter?«

»Woher erfährt man etwas über Tagungen in Manhattan? In den Zeitungen werden sie nicht angekündigt.«

Holzer dachte einen Moment nach. »Diese Veranstaltungen werden Monate im voraus geplant«, sagte er, »manchmal ein ganzes Jahr. Wegen der Zimmerreservierungen, verstehen Sie? Jemand, der im Büro des Bürgermeisters arbeitet, weiß sicherlich Bescheid. Das Fremdenverkehrsbüro. Vielleicht gibt es ein Kongreßbüro. Oder die Handelskammer. In der Richtung, nehme ich an.«

»Gut«, meinte Delaney, ohne zu erwähnen, daß er an all diese Quellen auch schon gedacht hatte. »Wer noch?«

»Der Hotel- und Gaststättenverband. Die müßten in jedem Fall Bescheid wissen.«

»Und . . .?«

»Ach ja«, sagte Holzer, »hier . . .«

Er beugte sich ächzend vor und wühlte in dem Stapel von Magazinen und Zeitungen, die er von Delaneys Stuhl gefegt hatte. Er zog ein dünnes, hochglanzgedrucktes Heft heraus und schob es dem Chief über den Tisch zu. »Das Branchenblatt der New Yorker Hotelgesellschaft«, sagte er. »Es erscheint jede Woche und enthält alle Tagungen in der Stadt.«

»Kriegt jedes Hotel dieses Blatt?« fragte Delaney und blätterte das Heft durch.

»Vermutlich«, sagte Holzer. »Kostet ja nichts. Die Anzeigen finanzieren den Druck. Ich glaube, es geht auch an Reiseagenturen. Vielleicht schicken sie es darüber hinaus an große Firmen außerhalb der Stadt, wer weiß? Sie werden das nachprüfen müssen.«

Delaney nickte nachdenklich. »Immerhin ein Anfang. Eddie, kann ich diese Nummer behalten?«

»Mit Vergnügen«, sagte Holzer. »Ich gucke mir das Käseblatt sowieso nie an.«

Der Chief erhob sich und streckte seine Hand aus. Holzer stand mühsam auf. Sie gaben sich die Hand. Holzer schien gar nicht mehr loslassen zu wollen.

»Danke, Eddie«, sagte Delaney und befreite sich mit einiger Kraftanstrengung. »Sie waren mir eine große Hilfe.«

»Ach ja?« fragte Holzer vage. »Na . . ., Sie wissen ja. Wann immer ich was für Sie tun kann . . .«

»Passen Sie auf sich auf«, sagte Delaney sanft.

»Wer? Ich? Darauf können Sie wetten. Ich habe alles im Griff.«

Delaney nickte und sah zu, daß er verschwand. Im Foyer stritten ein Mann und eine Frau lautstark herum. Als Delaney vorbeiging, spuckte die Frau dem Mann ins Gesicht. Der Mann schüttelte traurig den Kopf. »Deswegen hättest du nicht zurückzukommen brauchen, Schätzchen«, sagte er.

Pierre au Tunnel war Delaneys französisches Lieblingsrestaurant an der West Side. Und weil heute Freitag war, wußte er, daß er dort eine Bouillabaisse serviert bekommen würde. Der Gedanke an diese aromatische Fischsuppe vertrieb die Erinnerung an Monicas großartiges Frühstück.

Er überquerte den Times Square, dessen aufdringliche, grelle Verwahrlosung ihm nicht das geringste ausmachte. Trotz all ihrer Häßlichkeit hatte die Gegend eine schrille Vitalität, die ihn erregte.

Dieser Platz war die Quintessenz von New York. Wer den Times Square nicht ertrug, der ertrug auch keine Veränderung.

Aber es gab auch dort ein paar Dinge, die sich nie veränderten; *Pierre au Tunnel* war genauso, wie Delaney es in Erinnerung behalten hatte.

Die meisten Kunden waren Stammgäste. Es war der Typ des Bistros nebenan, in dem die alten Gäste die alten Kellnerinnen küßten.

Da die Mittagszeit vorüber war, fand Delaney seinen Lieblingstisch in der Ecke des vorderen Raums frei vor. Er bestellte die Bouillabaisse und eine kleine Flasche kalten Muscadet. Er stopfte sich die Serviette in den Kragen und breitete sie vor der Brust aus.

Er aß langsam und tunkte immer wieder kleine Stücke des knusprigen französischen Brots in die Suppe. Sie war so gut, wie er sie in Erinnerung gehabt hatte, und der herbe, trockene Wein stellte die ideale Ergänzung dar. Zum Nachtisch bestellte er sich Kaffee und ein Zitroneneis und noch später ein Gläschen Armagnac.

Gewöhnlich hätte er sich damit amüsiert, die anderen Gäste und das Treiben an der Bar zu beobachten, während er aß, aber mit der aufgeschlagenen Hotelfachzeitschrift neben seinem Teller hatte er andere Dinge zu tun.

Seine ursprüngliche Absicht war ja gewesen, bei der Untersuchung eine etwas aktivere Rolle zu spielen. Er hatte gehofft, die Suche nach den Personen, die Zugang zu den Informationen über die laufenden Kongresse in New York hatten, allein übernehmen zu können. Jetzt mußte er allerdings einsehen, daß dieses Unterfangen seine Fähigkeiten oder die eines jeden anderen einzelnen Beamten überstieg. Es würde zehn, vielleicht zwanzig, wahrscheinlich sogar dreißig Männer erfordern, alle Quellen aufzusuchen und eine Liste aller New Yorker anzufertigen, die sich in den Besitz eines derartigen Veranstaltungskalenders bringen konnten.

Es war ein lähmendes, mühsames Unterfangen, das am Ende womöglich in eine Sackgasse führte. Aber, so dachte er grimmig, erledigt werden mußte es. Während er seinen Armagnac schlürfte, begann er sich zu überlegen, wie die Männer, die für diesen Job in Frage kamen, organisiert und motiviert werden konnten.

Er traf im Revier Manhattan Nord um kurz nach halb vier Uhr

nachmittags ein. Ivar Thorsen war bereits da und erwartete ihn zusammen mit Boone im Büro des Sergeants.

»Ich habe alles so geregelt, wie du es haben wolltest, Edward«, sagte er. »Morgen gebe ich eine Pressekonferenz. Die offizielle Version wird heißen, daß neue Spuren eine Ausweitung der Untersuchung erforderlich machen – was ja auch stimmt – und daß wir jetzt nach einem Täter Ausschau halten, der sowohl männlich als auch weiblich sein kann. Über die blonde Perücke werde ich kein Wort verlieren.«

»Gut«, sagte Boone. »In Bergdorfers Suite im Cameron Arms haben sie weitere blonde Haare vom Teppich gesaugt. Was ist mit der Messerspitze? Und dem Mace?«

»Das halten wir unter Verschluß, jedenfalls im Moment noch«, sagte Thorsen. »Wir können nicht unser ganzes Pulver auf einmal verschießen. Wenn das Gebrüll nach Ergebnissen zu laut wird, haben wir noch das Messer und das Tränengas, um ihnen den Rachen zu stopfen. Das war der Wunsch der PR-Jungs. Es sieht ja ganz nach einer längeren Jagd aus, und deshalb müssen wir etwas in der Hinterhand behalten, um zu beweisen, daß wir Fortschritte machen.«

Delaney und Boone seufzten, denn die machiavellistischen Manipulationen der Public Relations gingen über ihren Horizont.

»Edward«, fuhr Thorsen fort, »über die Tatsache, daß du uns hilfst, möchten wir im Augenblick auch noch Stillschweigen bewahren.«

»Soweit es mich betrifft, könnt ihr das ganz für euch behalten.«

»Sergeant, alle Anfragen der Medien werden an mich weitergeleitet. In diesem Fall bin ich der einzige, ich wiederhole, einzige Sprecher des Departments.«

»Jawohl, Sir.«

»Sehen Sie darauf, daß Ihre Männer das ebenfalls kapieren. Ich will keine unautorisierten Statements der Presse gegenüber, und wenn ich irgend jemand dabei erwische, daß er Informationen weitergibt, wird er sich so schnell als Parkplatzwächter in der South Bronx wiederfinden, daß er nicht mal weiß, wie er dorthin gekommen ist. So ... Ich nehme nicht an, daß Sie große Fortschritte zu berichten haben, oder?«

»Nein, Sir«, sagte Boone, »nichts Neues bis jetzt. Wir fangen gerade erst an, uns mit der abgebrochenen Messerspitze und dem

Tränengas zu beschäftigen. Lieutenant Cranes Untersuchung hat aber noch nichts ergeben.«

»Ich glaube, ich habe da etwas«, sagte Delaney und beide wandten sich ihm zu.

Er gab ihnen eine Zusammenfassung seiner Vermutungen bis zu dem Besuch bei Eddie Holzer. »Es muß jemand sein, der in irgendeiner Beziehung zur Hotel- oder Kongreßbranche steht«, schloß er. »Wir müssen eine Liste von allen erstellen, die in dieser Stadt Zugang zu einem derartigen Veranstaltungskalender haben.«

Thorsen war entsetzt. »Mein Gott, Edward«, explodierte er, »das können Tausende sein!«

»In jedem Fall Hunderte«, sagte Delaney unbewegt. »Aber es muß erledigt werden. Sergeant?«

»Vermutlich«, sagte Boone verdrießlich. »Soll die Liste Männer und Frauen umfassen?«

»Ja«, sagte Delaney mit einem Nicken, »nur um sicherzugehen. Hat schließlich keinen Sinn, die Arbeit zweimal zu machen. Was schätzen Sie – zwanzig oder dreißig Beamte mehr?«

»Mindestens«, sagte der Sergeant.

Thorsen stöhnte. »Sie sollen sie haben«, sagte er schließlich. »Wer kümmert sich um die Sache?«

»Ich übernehme die organisatorische Seite«, sagte Boone. »Was den Dienstplan betrifft, werde ich Slavin hinzuziehen.«

Delaney verabschiedete sich, während sie noch die genaue Anzahl der benötigten Männer und die Bereitstellung der erforderlichen Räumlichkeiten diskutierten. Vom Revier aus ging er die Straße hinauf, bis er eine funktionierende Telefonzelle fand.

Er rief Thomas Handry an.

Er teilte dem Reporter mit, daß am nächsten Tag im Hauptquartier eine Pressekonferenz stattfinden würde, auf der eine Ausweitung der Untersuchung angekündigt und außerdem bekanntgegeben werden würde, daß der Killer sowohl ein Mann als auch eine Frau sein konnte. Über die blonde Perücke, die abgebrochene Messerspitze und das Tränengas sagte Delaney nichts.

»Na und?« fragte Handry. »Was ist daran so neu und aufregend? Eine Ausweitung der Untersuchung – du meine Güte!«

»Das Neue und Aufregende«, erklärte Delaney geduldig, »besteht darin, daß die Untersuchung sich tatsächlich mehr und mehr auf eine Frau konzentriert.«

Einen Moment herrschte Stille ...

»Also haben meine Recherchen Sie überzeugt«, fragte Handry. »Und Sie konnten die anderen überzeugen?«

»Halb und halb«, sagte Delaney. »Ein paar von ihnen glauben immer noch, daß meine Theorie Unfug ist.« Dann zählte er noch einmal alle Indizien auf, die ihn davon überzeugt hatten, es mit einer Frau zu tun zu haben. Er endete mit der Erkenntnis, daß das Timing der Morde dem Rhythmus der weiblichen Menstruation entsprach.

»Verrückt«, sagte der Reporter. »Sind Sie ganz sicher?«

»Sicher bin ich sicher. Ich schulde Ihnen einen Gefallen, deswegen gebe ich Ihnen diese Informationen vor der Pressekonferenz, aber als Hintergrundmaterial, nicht zur Veröffentlichung. Ich dachte mir, vielleicht wollen Sie zur Vorbereitung einige alte Stories über weibliche Killer ausgraben.«

»Das habe ich bereits getan«, sagte Handry. »Es war nicht schwer, sich auszumalen, wie Ihr Verstand arbeitet. Also habe ich einen Blick auf die Geschichte des Massenmords in Amerika geworfen, vor allem auf solche Verbrechen, die von einem den Opfern unbekannten Täter begangen wurden.«

»Was haben Sie herausgefunden?«

»Seit 1900 hat es in den Vereinigten Staaten ungefähr fünfundzwanzig solcher Fälle gegeben, wobei die Zahl der Opfer zwischen sieben und dreißig variierte. Das beunruhigende daran ist, daß mehr als die Hälfte dieser Fälle seit 1960 passiert sind. Anders ausgedrückt, die Zahl der Massenmorde nimmt zu, und mehr und mehr darunter werden von Fremden begangen.«

»Ja«, sagte Delaney, »das war mir bekannt.«

»Ich habe aber auch schlechte Neuigkeiten für Sie, Chief.«

»Was für welche?«

»In diesen fünfundzwanzig Fällen seit 1960 war nur ein einziges Mal eine Frau der Täter.«

»Oh«, sagte Delaney. »Ist sie gefaßt worden?«

»Nein.«

Monica kam aus dem Badezimmer, das Haar voller Lockenwickler,

Crème im Gesicht, ein Träger des Nachthemds mit einer Sicherheitsnadel festgesteckt.

»Das Ungeheuer aus dem Weltraum«, verkündete sie fröhlich.

Delaney blickte sie mit einem geistesabwesenden Lächeln an. Er hatte angefangen sich auszuziehen.

Nachdem er Weste und Jacke aufgehängt hatte, ließ er sich auf die Bettkante sinken. Dort saß er, als Monica aus dem Bad kam. Einer seiner Schuhe baumelte am Schnürsenkel von seinen Händen herunter.

Er sah ihr zu, wie sie ins Bett kletterte. Sie schob das Kissen gegen das Kopfende, lehnte sich dagegen und zog die Decke bis zur Hüfte hoch. Sie setzte ihre Lesebrille auf und griff nach einem Buch auf dem Nachttisch.

»Was hast du heute gegessen?« fragte sie und spähte ihn dabei über den Brillenrand an.

»Nicht viel«, log er mühelos. »Nach diesem unheimlichen Frühstück heute morgen brauchte ich ja kaum noch etwas. Das Lunch habe ich ausfallen lassen, und zum Abendessen gab es ein Sandwich und ein Bier.«

»Ein Sandwich?«

»Nur eins.«

»Was für eins?«

»Truthahnbrust, Salat und Tomatenscheiben auf Roggenbrot. Mit Russian dressing.«

»Daran wird's liegen«, sagte sie nickend. »Kein Wunder, daß du so abwesend wirkst.«

»Abwesend?« fragte er. »Wirklich?«

Als er sich wieder aufrichtete, merkte er, daß Monica ihn noch immer anstarrte.

»Wie läuft der Fall?« fragte sie ruhig.

»Nicht schlecht. Wir stehen erst am Anfang. Die Dinge geraten nur allmählich in Bewegung.«

»Jeder redet nur vom Hotel-Ripper. Auf dem Treffen heute kam das Thema immer wieder auf. Natürlich nur bei den privaten Unterhaltungen; nicht in den Vorträgen. Edward, die Leute machen Witze darüber und lachen, aber in Wirklichkeit haben sie Angst.«

»Natürlich«, sagte er. »Wer hätte das nicht?«

»Glaubst du immer noch, daß es sich um eine Frau handelt?«

»Ja.«

Er stand auf, legte Schlips und Hemd ab. Noch immer hatte sie ihr Buch nicht geöffnet. Sie sah zu, wie er seine Hosentaschen auf die Kommode leerte.

»Eigentlich wollte ich es dir ja nicht erzählen«, sagte sie, »aber ich denke, jetzt werde ich es doch tun.«

Er hielt in seiner Tätigkeit inne und blickte sie an.

»Mir was erzählen?« fragte er.

»Ich habe die Leute, mit denen ich mich unterhalten habe, gefragt, ob sie sich vorstellen könnten, daß der Hotel-Ripper eine Frau wäre. Meine private kleine Meinungsumfrage. Ich habe sechs Leute gefragt: drei Männer und drei Frauen. Alle Männer sagten, der Killer könnte niemals eine Frau sein, und alle Frauen, die ich gefragt habe, meinten, es wäre durchaus möglich, daß es sich bei dem Killer um eine Frau handelt. Ist das nicht komisch?«

Er legte sich aufs Bett, verschränkte die Hände im Nacken und starrte die Decke an.

»Warum wohl könnte eine Frau solche Dinge tun?« fragte er und blickte Monica an.

Sie ließ ihr Buch sinken. »Ich dachte, du wärst an Motiven nicht interessiert?«

»Das habe ich mit Sicherheit nicht gesagt. Jeder Polizist ist an Motiven interessiert. Nicht an den zugrundeliegenden psychologischen oder sozialen Ursachen, wohl aber am unmittelbaren Motiv. Ein Mann tötet aus Gier, meinetwegen – und das ist wichtig für den Cop. Was die Gier verursacht hat, ist wiederum weniger wichtig. Was für ein unmittelbares Motiv könnte eine Frau für eine Reihe brutaler Morde wie diese haben? Rache? Sie verstümmelt die Genitalien der Opfer. Könnte sie Opfer einer Vergewaltigung geworden sein?«

»Könnte sein«, sagte Monica prompt. »Grund genug wäre es. Aber es muß nicht einmal Vergewaltigung sein. Vielleicht ist sie nur ihr Leben lang von Männern ausgenutzt worden. Vielleicht haben sie sie gebumst und dann weggeworfen, so daß sie sich wertlos vorkam, wie ein Gegenstand. Und jetzt rächt sie sich.«

»Ja, das wäre möglich«, sagte er. »In jedem Fall spielt Sex dabei eine Rolle, und ich weiß nicht, inwiefern. Könnte es sein, daß sie bloß durch und durch sadistisch veranlagt ist?«

»Nein«, sagte Monica, »das glaube ich nicht. Körperlicher Sadismus ist unter Frauen nicht so weit verbreitet. Und Sadisten ziehen lange Leiden dem raschen Tod vor.«

»Vielleicht ist sie von einem Mann sitzengelassen worden«, sagte er. »Betrogen. Eine verschmähte Frau ...«

Monica überlegte. »Nein, glaube ich auch nicht. Eine Frau kann von einem Mann furchtbar verletzt worden sein, aber ich glaube nicht, daß sie ihre Selbstachtung dadurch wiederherstellen würde, daß sie hingeht und Fremde abschlachtet. Ich glaube, deine erste Idee war richtig: es muß etwas mit Sex zu tun haben.«

»Es könnte Angst sein«, sagte er. »Angst davor, mit einem Mann zu schlafen«.

Sie blickte ihn verwirrt an. »Da kann ich dir nicht folgen. Wenn die Mörderin Angst vor Sex hat, dann würde sie doch wohl kaum mit fremden Männern in ihr Hotelzimmer gehen.«

»Wer weiß?« sagte er. »Es ist nur menschlich, wenn man sich von dem angezogen fühlt, was man fürchtet. Wenn sie dann aber direkt damit konfrontiert wird, überwältigt die Furcht die Begierde.«

»Edward, das klingt aber nach einer sehr komplizierten Frau.«

»Ich glaube, das ist sie auch.«

Er starrte wieder zur Decke hoch. Dann sagte er leise: »Es gibt noch eine weitere Möglichkeit.«

»Und die wäre?«

»Es macht ihr einfach Spaß, zu töten. Sie genießt es.«

»Oh, Edward, das kann ich mir nicht vorstellen.«

»Weil du es nicht nachempfinden kannst. So wie du dir nicht vorstellen kannst, daß es Leute gibt, die Vergnügen empfinden, wenn sie ausgepeitscht werden. Trotzdem gibt es das.«

»Vermutlich«, sagte sie leise. »Tja, jetzt hast du ja eine Menge Motive zur Auswahl. Welches scheint dir am wahrscheinlichsten?«

Er schwieg einen Moment. Dann sagte er: »Ich fürchte, daß es sich nicht nur um ein einziges Motiv handelt. Ich glaube, diese Mörderin wird von mehreren Motiven angetrieben.«

»Die arme Frau«, sagte Monica traurig.

»Arme Frau?« fragte er. »Du hast Mitleid mit ihr?«

»Natürlich«, sagte sie. »Du nicht?«

Er hatte sich gewünscht, eine etwas aktivere Rolle bei der Untersuchung spielen zu können, und in den beiden letzten Maiwochen erhielt er seine Chance.

Alle Einsatzbeamten, die von dem Fall betroffen waren, kamen zu ihm. Sie wußten, daß Deputy Commissioner Thorsen das Kommando hatte und daß er seine Befehle durch Sergeant Boone mitteilen ließ, aber dennoch wandten sie sich an Edward X. Delaney um Rat. Sie kannten seinen Ruf und seine Erfahrung. Und er hatte den Dienst quittiert; von ihm war nichts zu befürchten ...

»Chief«, sagte Detective Aaron Johnson, »ich habe sämtlichen Spitzeln befohlen, die Augen offenzuhalten, aber keiner von ihnen hat was flüstern gehört, daß auf der Straße Tränengas verscherbelt würde.«

»Irgendwelche Einbrüche in Armeeposten, Polizeireviere oder Waffenkammern der Nationalgarde? Habt ihr die Chemiefabriken überprüft?«

»Negativ«, sagte Johnson. »Diebstähle von Waffen und Explosivstoffen, aber keine Berichte über gestohlenes Tränengas in Dosen, Kästen, Fässern oder sonst was. Das Problem ist, daß die Leute im Labor nicht schwören können, daß es sich um Mace gehandelt hat. Aber wenn es sich in einer Taschensprühdose befand, war es wahrscheinlich doch welches. Was sollen wir jetzt also tun?«

»Herausfinden, wer es herstellt und verpackt. Besorgt euch eine Liste der Vertreiber und Großhändler. Geht dem Zeug nach bis zu den Einzelhändlern in dieser Gegend. Slavin sagt, es ist gegen das Gesetz, wenn ein New Yorker so was kauft, aber es muß zumindest der Polizei zugänglich sein. Vielleicht können Gefängnisverwaltungen und private Sicherheitsdienste es legal erwerben. Vielleicht darf sogar ein Bankwächter oder ein Nachtportier das Zeug bei sich tragen. Finden Sie das heraus und verfolgen Sie die Spur jeder verdammten Dose, die im letzten Jahr in diese Gegend gekommen ist.«

»Kapiert«, sagte Johnson.

»Chief«, meldete sich Sergeant Thomas K. Broderick, »schauen Sie sich das mal an.«

Er ließ einen kleinen versiegelten Plastikbeutel vor Delaney hin und her baumeln. Der Chief betrachtete ihn neugierig. Eine etwa anderthalb Zentimeter lange Messerspitze lag darin. An der oberen Hälfte war noch ein Teil der Vertiefung zu sehen, durch die man die Klinge mit dem Fingernagel herausziehen kann.

»Ist sie das?« fragte Delaney.

»Das ist sie«, sagte Broderick. »Direkt aus Bergdorfers aufgeschlitzter Kehle. Ich glaube, in diesem Fall sind wir ein Stück weitergekommen, Chief. Hierzulande werden die meisten Taschenmesser mit Klingen aus hochwertigem Carbonstahl hergestellt. Aber das Labor sagt, dieses kleine Biest hier ist aus gesenkgeschmiedetem, rostfreiem schwedischen Stahl. Was sagen Sie dazu?«

»Großartig«, sagte der Chief, »haben Sie das weiterverfolgt?«

Broderick holte ein Messer aus der Tasche und reichte es dem Chief. Es hatte einen leuchtendroten Plastikgriff.

»Heißt Schweizer Armeetaschenmesser«, sagte der Detective. »Wird in mindestens achtzehn verschiedenen Größen verkauft. Das größte ist praktisch ein Werkzeugkasten in Taschenformat. Dies hier liegt ungefähr in der Mitte. Öffnen Sie die große Klinge.«

Gehorsam klappte Delaney die größte Klinge auf. Die beiden Männer beugten sich über das Messer und verglichen die Klinge mit der abgebrochenen Spitze der Tatwaffe.

»Sieht so aus, als hätten Sie ins Schwarze getroffen«, sagte der Chief.

»Sie sind identisch«, versicherte Broderick ihm. »Das Labor hat's überprüft. Aber was nützt uns das? Diese Messer werden in jedem guten Schneidewaren- und Eisengeschäft der Stadt verkauft. Und darüber hinaus werden sie auch noch per Mail-Order an den Mann gebracht. Also stecken wir in einer Sackgasse.«

»Nein«, antwortete Delaney, »noch nicht. Fangen Sie in Manhattan an, sagen wir, von der vierunddreißigsten bis zur neunundfünfzigsten Straße. Machen Sie eine Liste von allen Geschäften in dem Gebiet, die dieses Messer führen. Die Chancen stehen nicht schlecht, daß der Killer sein zerbrochenes Messer mit einem neuen der gleichen Art ersetzen wird. Lassen Sie Ihre Männer in jedes Geschäft gehen und mit dem Verkäufer reden. Wir wollen Name und Adresse von jedem, der so ein Messer kauft.«

»Wie soll der Verkäufer die herausfinden, wenn der Kunde bar bezahlt?«

»Mmmh . . ., der Verkäufer soll dem Kunden erzählen, er möchte ihn in die Adressenkarte für den nächsten Versand ihres kostenlosen Mail-Order-Katalogs aufnehmen. Falls der Kunde darauf nicht hereinfällt und sich weigert, soll der Verkäufer ihn genau in Augenschein nehmen und anschließend einen Ihrer Leute anrufen, um die Beschreibung durchzugeben. Hinterlassen Sie in jedem Geschäft Ihre Telefonnummer; vielleicht kann der Verkäufer den Kunden lang genug festhalten, daß Sie oder einer ihrer Leute ihn beim Verlassen des Geschäfts abfangen können. Sagen Sie den Verkäufern, sie sollen vor allem nach jungen Frauen zwischen einsfünfundsechzig und einssiebenundsechzig Ausschau halten. Mitgekommen?«

»Alles klar«, sagte Broderick. »Aber was ist, wenn das auch nichts bringt?«

»Dann dehnen wir das Gebiet aus«, sagte Delaney, »wenn es sein muß, bis nach Brooklyn und zur Bronx.«

»Sieht nach einem langen heißen Sommer aus«, sagte Broderick stöhnend.

»Chief«, meldete sich Lieutenant Wilson T. Crane, »wir haben in den Akten sechzehn mögliche Kandidatinnen entdeckt. Frauen zwischen zwanzig und fünfzig mit Vorstrafen wegen Gewaltverbrechen. Wir spüren sie alle auf und befragen sie nach ihren Alibis für die Mordnächte. Aber bisher hatte keine von ihnen den Modus operandi des Hotel-Rippers.«

»Das wäre ja auch zu schön«, meinte Delaney. »Ich glaube nicht, daß unsere Frau eine Vorstrafe hat, aber es muß überprüft werden. Wie sieht's mit den Gefängnissen und Nervenheilanstalten aus?«

»Keine kürzlichen Entlassungen oder Ausbrüche, auf die unser Profil passen könnte«, antwortete Crane. »Wir telefonieren und schreiben im ganzen Land herum, bis jetzt gibt's aber noch nichts, was vielversprechend wäre.«

»Haben Sie sich mit Interpol in Verbindung gesetzt?«

Der Lieutenant starrte ihn an. »Nein, Chief, daran habe ich nicht gedacht«, gab er zu. »Das FBI, ja; aber nicht Interpol.«

»Schicken Sie ihnen ein Rechtshilfeersuchen«, riet Delaney. »Und Scotland Yard auch, wenn Sie schon mal dabei sind.«

»Wird erledigt«, sagte Crane.

»Chief«, meldete sich Detective Daniel Bentley, »wir haben eine der beiden Kellnerinnen aufgespürt, die in der Cocktail Lounge des Coolidge gearbeitet und dann gekündigt hat. Stellen Sie sich vor – sie arbeitet jetzt in einem Massagesalon. Sie kann sich nicht erinnern, jemand mit narbenbedeckten Händen bedient zu haben. Die andere Kellnerin ist an die Westküste gezogen. Ihre Mutter hat ihre neue Anschrift noch nicht, will das Mädchen aber bitten, uns anzurufen, wenn sie etwas von ihr hört. Aber ich würde nicht mit angehaltenem Atem darauf warten.«

»Bleiben Sie dran«, sagte Delaney. »Lassen Sie's nicht aus den Augen.«

»Wir bleiben am Ball«, versprach Bentley.

Als letzter sprach Sergeant Abner Boone. »Chief, ich glaube, wir haben diese Adressengeschichte jetzt organisatorisch im Griff. Die Zeitschrift hat uns eine Kopie ihrer Adressenkartei angefertigt. Wir überprüfen jedes Hotel in der Stadt, das ein Exemplar gekriegt hat und machen eine Liste von allen Personen, die es in die Hand bekommen konnten. Außerdem habe ich ein paar Männer auf das Büro des Bürgermeisters, die Handelskammer, den Hotel- und Gaststättenverband und das Fremdenverkehrsbüro angesetzt. Sobald ein Name auftaucht, wird er von einem Mann in zwei große Listen eingetragen, die in alphabetischer Reihenfolge männliche und weibliche Kandidaten enthalten. Wie klingt das?«

»Ihr besorgt euch auch die Adressen?«

»Ja, und das Alter, wenn möglich. Oder das geschätzte Alter. Bereits jetzt haben wir mehr als dreihundert Namen, Chief. Wenn wir durch sind, werden es wahrscheinlich weit mehr als tausend sein, und selbst dann würde ich meine Hand nicht dafür ins Feuer legen, daß wir jeden New Yorker mit vorheriger Kenntnis der Veranstaltungstermine erfaßt haben.«

»Ich weiß«, sagte Delaney grimmig, »aber wir haben keine andere Wahl.«

Von all diesen Konferenzen mit den Einsatzleitern kam er mit dem Gefühl nach Hause, daß die Moral gut war und daß die Männer ihre Aufgaben ohne größeres Murren erledigten.

Nach drei Monaten der Verwirrung und Tatenlosigkeit hatte man sie endlich von der Leine gelassen und die Jagd freigegeben; wenn das Ziel auch etwas deutlicher hätte sein können, so war es doch unleugbar da. Keiner, der an der Untersuchung beteiligt war, hatte das Gefühl, daß sein Tun sinnlos sein könnte, egal, wie lähmend und langweilig es auch war.

Es war nicht das erste Mal, daß Edward X. Delaney den überraschenden Kontrast zwischen der Dramatik eines abscheulichen Verbrechens und der trockenen Kleinarbeit der Aufklärung konstatierte. Die Tat war (manchmal) eine Tragödie; die Untersuchung (nicht selten) eine Komödie.

Am 30. Mai trafen sich alle Detectives im Revier Manhattan Nord. Wenn Delaneys Hypothese zutraf – und mittlerweile war fast jeder davon überzeugt, einfach, weil niemand sonst eine plausible Theorie vorgelegt hatte, in die alle bekannten Fakten gepaßt hätten –, dann würde der nächste oder versuchte Mord in der Woche vom 1. bis zum 7. Juni stattfinden, wahrscheinlich um den Mittwoch herum.

Man beschloß, jeden verfügbaren Mann als Lockvogel einzusetzen. Unter Mithilfe der verstärkten Sicherheitskräfte der Hotels würden alle Bars und Hotels in Manhattan von acht Uhr abends bis zur Sperrstunde überwacht werden.

Die Lieutenants und Sergeants arbeiteten einen Schichtplan aus, so daß während dieser Stunden ständig ein »heißer Draht« von jedem der Hotels zum Revier Manhattan Nord existierte. Darüber hinaus wurde eine Feuerwehr, bestehend aus fünf Beamten, in Manhatten Süd stationiert, von wo aus sie schnell zur Verstärkung herbeigerufen werden konnte. Die Spurensicherung war alarmiert; einer ihrer Wagen bezog an der 54th Street West Posten.

Monica Delaney konnte die Nervosität ihres Mannes am Abend des ersten, zweiten und dritten Juni nicht übersehen. Er griff nach Büchern und legte sie wieder weg. Starrte stundenlang auf eine geöffnete Zeitung, ohne einmal umzublättern. Stapfte unmutig durchs Haus, den Kopf gesenkt, die Hände in den Hosentaschen.

Sie verbiß sich die Frage nach dem Grund seiner Unzufriedenheit; sie kannte ihn. Vernünftigerweise ließ sie ihn im eigenen Saft kochen. Aber sie fragte sich, was aus ihm werden würde, wenn die Ereignisse ihm Unrecht gaben.

Am Abend des 4. Juni, einem Mittwoch, saßen sie im Wohnzimmer zu beiden Seiten des Cocktailtisches und spielten ohne große Konzentration Gin Rommée. Der Chief hatte unablässig gewonnen, aber kurz nach elf Uhr abends warf er angewidert die Karten auf den Tisch und stand auf.

»Zum Teufel damit«, sagte er rauh. »Ich fahre ins Revier.«

»Und was kannst du dort anders tun als hier?« fragte seine Frau ruhig. »Du wirst den Männern nur im Weg sein. Sie werden denken, du wolltest sie überwachen, weil du ihnen nicht zutraust, daß sie ihren Job ordentlich erledigen.«

»Du hast recht«, sagte er sofort und ließ sich wieder in den Stuhl fallen. »Ich fühle mich bloß so verdammt nutzlos.«

Sie blickte ihn teilnahmsvoll an. Sie wußte, welche Bedeutung der Fall für ihn gewonnen hatte: daß seine Erfahrung geschätzt wurde, daß sein Alter ihm nicht im Weg stand, daß er gebraucht wurde.

Da saß er, ein finsterer, zerklüfteter Berg von einem Mann. Graues Haar stand von seinem großen Kopf ab. Seine Gesichtszüge wirkten schwer, brütend. Mit seinen kräftigen, runden Schultern machte er einen beinahe rohen Eindruck.

Aber sie wußte, daß sich hinter der rauhen Fassade ein sensibler Mann verbarg. Er kannte sich in den Kunstmuseen der Stadt aus, wußte gute Küche und einen guten Wein zu schätzen und konnte sogar mit Lyrik etwas anfangen – vorausgesetzt, sie reimte sich.

Während sie noch über die Gegensätze des Mannes, den sie liebte, nachdachte, sammelte sie die Karten ein und räumte sie weg.

»Kaffee?« fragte sie.

»Warum nicht«, meinte er. »Gute Idee.«

Das Telefon klingelte, als sie gerade das Wasser erhitzte. Sie hob in der Küche ab.

»Abner Boone, Mrs. Delaney«, meldete sich der Sergeant mit hohler Stimme. »Könnte ich bitte mit dem Chief sprechen?«

Sie fragte ihn nicht nach dem Grund des Anrufs. Sie ging ins Wohnzimmer. Ihr Mann war bereits auf den Füßen und zog Jackett und Weste glatt. Sie blickten sich an.

»Sergeant Boone«, sagte sie.

Er nickte mit ausdruckslosem Gesicht. »Ich geh' im Arbeitszimmer an den Apparat.«

Monica kehrte in die Küche zurück und wartete darauf, daß das Wasser kochte. Sie hatte die Arme vor der Brust verschränkt und umklammerte ihre Ellbogen. Sie hörte ihren Mann aus dem Arbeitszimmer kommen und zum Dielenschrank gehen. Dann erschien er in der Küche, in der Hand den Strohhut, den er jedes Jahr aufsetzte, wenn der 1. Juni vorbei war, egal, ob es regnete oder die Sonne schien.

»Das Hotel Adler«, sagte er. »Ungefähr vor einer halben Stunde. Sie haben das Hotel umstellt, aber wahrscheinlich ist sie längst über alle Berge. Ich bin in ein oder zwei Stunden zurück. Warte nicht auf mich.«

Sie nickte, und er gab ihr einen Kuß auf die Wange.

»Paß auf dich auf«, sagte sie so leichthin, wie sie konnte.

Er lächelte und war verschwunden.

Als er an der Ecke Seventh Avenue und 50th Street eintraf, war das Hotel noch immer abgeriegelt. Blöcke hielten die Menschenmenge zurück, die sich allmählich ansammelte. Zwei Beamte in Uniform standen an den geschlossenen Glastüren des Adler und ließen die laut vorgetragenen Argumente dreier Männer über sich ergehen, offensichtlich Reporter, die ins Gebäude wollten.

»Hier kommt niemand rein«, sagte der eine der Beamten bemerkenswert ruhig. »Absolut niemand. Wir haben unsere Befehle.«

»Die Öffentlichkeit hat ein Recht, die Wahrheit zu erfahren«, rief einer der Männer.

Der Beamte blickte ihn mitleidig an. »Ha, ha«, sagte er.

Der Chief zupfte den Beamten am Ärmel. »Ich bin Edward X. Delaney«, sagte er. »Sergeant Boone erwartet mich.«

Der Cop warf ein kurzen Blick auf das verkrumpelte Stück Papier in seiner Hand.

»Stimmt«, sagte er. »Sie dürfen reingehen.«

Er hielt Delaney die Tür auf. Der Chief marschierte ins Foyer, begleitet von dem enttäuschten Geheul der Presseleute auf dem Bürgersteig.

Im Foyer hatte sich eine Menschenansammlung gebildet, die von Beamten in Zivil kanalisiert wurde. Die Reihe bewegte sich langsam auf einen Kartentisch zu, der in einer Ecke aufgestellt worden war. Dort mußte jeder der Anwesenden sich ausweisen und seinen Namen und seine Adresse hinterlassen.

Die Operation wurde von Sergeant Broderick überwacht. Als er Delaney erblickte, winkte er und bahnte sich einen Weg durch die Menge: »Im fünften Stock. Sieht schlimmer aus als die Schlachtkammer eines Fleischers. Ein altes Paar nebenan hat Geräusche eines Kampfes gehört. Die Lady wollte beim Empfang anrufen und sich beschweren, aber ihr Alter wollte keine Unruhe stiften. Als sie sich schließlich geeinigt hatten und beschlossen, doch anzurufen, war es zu spät. Ich möchte schwören, daß wir nicht später als eine halbe Stunde nach der Tat hier waren.«

»Lockvögel?« fragte Delaney.

»Zwei«, sagte Broderick. »Ein Hotelangestellter im Pub und einer von unseren Jungs in der Cocktail Lounge. Beide behaupten, niemand bemerkt zu haben, der nach unserer Täterin aussah.«

Der Chief grunzte. »Ich gehe jetzt besser nach oben.«

»Hoffentlich haben Sie nicht zuviel im Magen«, rief Broderick grinsend.

Im fünften Stock wimmelte es von Cops, Sanitätern, Detectives und Beamten vom Revier Manhattan Nord. Delaney bemerkte Thorsen und Boone in der Nähe einer offenen Tür und bahnte sich einen Weg zu ihnen.

Die drei Männer schüttelten sich feierlich die Hände wie Trauernde bei einer Beerdigung. Delaney warf einen raschen Blick in das Zimmer.

»Jesus Christus«, sagte er leise.

»Ja, muß ein höllischer Kampf gewesen sein«, meinte Boone. »Der Gerichtsmediziner sagt, es ist höchstens ein oder zwei Stunden her.«

»Ich werde langsam zu alt für so was«, sagte Thorsen mit aschfahlem Gesicht. »Der Bursche ist praktisch in Streifen geschnitten.«

»Irgendwelche Zweifel, daß es der Ripper war?«

»Nein«, antwortete Boone. »Kehle aufgeschlitzt und Eier zerstochen. Aber der Doc sagt, da war er wahrscheinlich schon tot.«

»Wissen wir, wer er ist?«

Boone blätterte in seinem Notizbuch, bis er gefunden hatte, was er suchte. »Seinen Papieren nach hieß er Nicholas Telemachus Pappatizos. Wie finden Sie das? Zu Hause in Las Vegas.«

»Der Sicherheitschef des Hotels hat ihn erkannt«, sagte Thorsen. »Er ist auch als Nick Pappy und Poppa Nick bekannt. Oder als Der

Zauberer. Ein kleiner Gangster. Hauptsächlich Betrügereien und Erpressung. Wir lassen gerade seine Vorstrafen feststellen.«

Delaney blickte noch einmal durch die Tür. Das kleine Zimmer war ein Schlachtfeld. Die Wände waren mit Blut bespritzt. Der Teppich durchweicht. Möbel waren umgeworfen. Kleider lagen überall verstreut. Eine Lampe war zerbrochen. Und die Leiche war ein Puzzle aus roten und weißen Flecken.

»Nackt«, sagte Delaney. »Aber er scheint sich gewehrt zu haben.«

Die drei Männer beobachteten die Leute von der Spurensicherung, wie sie Fingerabdrücke einstäubten, die wenigen sauberen Stellen auf dem Teppich absaugten, mit Pinzetten Haare und Glasscherben aufklaubten und in Plastikbeutel fallenließen.

Die beiden Techniker waren Lou Gorki und Tommy Callahan, die beiden Männer, die Delaney in Jerome Ashleys Zimmer im Coolidge getroffen hatte. Gorki bemerkte den Chief und kam auf ihn zu, in der Hand eine große Plastikspritze ähnlich denen, die man benutzt, um Spanferkel mit Fett zu übergießen. Nur daß diese bis zur Hälfte mit Blut gefüllt war. Er grinste.

»Ich glaube, wir haben Glück«, sagte er. Er hielt die Spritze hoch. »Vom Badezimmerboden. Er ist gefliest, so daß das Blut nicht einziehen konnte. Und wir waren da, bevor es getrocknet ist. Das hier reicht für eine Blutspende. Ich vermute, daß es sich um das Blut der Täterin handelt. Handeln muß. Sie hat unseren Freund da hinten ja praktisch zu Gulasch verarbeitet, da konnte er es auf keinen Fall mehr ins Badezimmer schaffen und auf die Fliesen bluten. Wir haben außerdem noch blutige Handtücher und Flecken im Waschbecken. Wo sie sich gewaschen hat. Sieht prima aus.«

»Sagen Sie dem Labor, daß ich den Bericht über das Blut umgehend haben will«, sagte Thorsen. »Das heißt, noch vor morgen früh.«

»Ich richt's ihnen aus«, meinte Gorki zweifelnd.

»Fingerabdrücke?« fragte Boone.

»Da sieht es nicht so gut aus. Die üblichen Teilabdrücke. Die Armaturen im Badezimmer sind gründlich abgewischt worden.«

»Ihre Verletzungen können also nicht so schlimm gewesen sein, daß sie nicht daran gedacht hätte, ihre Fingerabdrücke abzuwischen«, meinte Delaney.

»Stimmt«, sagte Gorki. »So wirkt es zumindest. Geben Sie uns noch fünfzehn Minuten, dann können Sie ihn ganz für sich haben.«

Aber es dauerte dann doch noch fast eine halbe Stunde, bis die Männer von der Spurensicherung ihre Ausrüstung zusammenpackten und verschwanden. Thorsen beschloß, sich ihnen anzuschließen, um die Techniker im Labor bei der Blutgruppenbestimmung anzutreiben. Tatsächlich aber sah er aus, als wäre ihm übel.

Dann mußten Delaney und Boone weitere zehn Minuten warten, bis Photograph und Kartograph ihre Arbeit getan hatten. Danach erst konnten sie und die Detectives Aaron Johnson und Daniel Bentley den Raum betreten.

Die vier Männer beugten sich über die langsam erstarrende Leiche.

»Wie, zum Teufel, hat sie das fertiggebracht?« fragte Johnson verwundert. »Der Bursche war ganz schön muskulös, und er war nicht gerade der Typ, der seelenruhig dasteht und zusieht, wie eine Frau ihn in Streifen schneidet.«

»Vielleicht kam der erste Stich ganz überraschend«, meinte Bentley, »und hat ihn so geschwächt, daß sie ihn dann in aller Ruhe zerlegen konnte.«

»Das klingt vernünftig«, sagte Boone. »Aber wie ist sie verletzt worden? Gorki sagt, sie hat im Badezimmer geblutet. Ich sehe hier kein zweites Messer – es sei denn, es läge unter seinem Körper. Möchte jemand ihn umdrehen?«

»Ich nicht«, sagte Johnson. »Ich hatte Rippchen vom Grill zum Abendessen.«

»Sie könnten um das Messer gekämpft haben«, sagte Delaney, »und dabei hat sie einen Schnitt abgekriegt. Boone, Sie sollten die Krankenhäuser informieren.«

»Verdammt nochmal!« rief der Sergeant, wütend über seinen Fehler, und rannte zum Telefon.

Delaney blieb am Tatort, bis die Sanitäter den Raum betraten und Nicholas Telemachus Pappatizos auf ein Laken rollten. Es gab kein Messer unter seinem Körper. Nur Blut.

Die anderen Detectives gingen hinunter ins Foyer, um bei den Verhören der Hotelgäste zu helfen. Delaney blieb im Mordzimmer, ging auf und ab, spähte ins Badezimmer. Er entdeckte nichts von Bedeutung. Vielleicht, weil er noch zu erschüttert von den Echos der Gewalt im Raum war. Tommy Callahan tauchte noch einmal auf und kämmte den Schauplatz nach weiteren Spuren durch.

Er stopfte die Kleider des Opfers in Plastikbeutel und versah sie mit Etiketten. Dann ging er ins Badezimmer, sammelte Zahnbürste, Seife und Toilettenartikel ein und etikettierte sie ebenfalls. Anschließend ließ er das Schloß des einzigen Koffers im Zimmer aufschnappen und begann den Inhalt zu untersuchen.

»Sehen Sie sich das an, Chief«, sagte er. »Sie müssen bezeugen, daß ich die hier gefunden habe . . .«

Er schob einen Kugelschreiber durch die Abzugssicherung einer zierlichen, verchromten, automatischen Pistole und hob sie aus dem Koffer. Er schnupperte vorsichtig an der Mündung.

»Sauber«, sagte er. »Sieht wie eine 32er aus.«

»Oder eine 22er«, meinte Delaney. »Eine Spielerpistole. Ganz gut für kurze Distanz, aber bei mehr als sieben Metern so treffsicher wie eine Wasserpistole bei Seitenwind. Sonst noch was Interessantes?«

»Zwei Sätze Spielkarten. Hübsche Klamotten. Seidenpyjamas. Hat nicht schlecht gelebt.«

»Für eine Weile«, sagte Delaney.

Er verließ den Raum des Toten und nahm den Fahrstuhl ins Erdgeschoß. Die Menschenmenge war nicht mehr so groß, aber die Polizei hatte die Verhöre der Gäste und Besucher noch immer nicht abgeschlossen. Auf dem Bürgersteig war die Gruppe lärmender Presseleute noch größer geworden. Auf der Straße hielten zwei TV-Wagen mit Scheinwerfern und Kameras auf dem Dach.

Delaney bahnte sich einen Weg durch die Menge und überquerte die Straße. Auf der anderen Seite blieb er stehen und drehte sich um. Wenn die Täterin das Hotel durch den Eingang auf der Seventh Avenue verlassen hatte, konnte sie mit dem Bus oder mit der U-Bahn gefahren sein. Aber wenn sie verwundet war, hatte sie wohl ein Taxi genommen. Er hoffte, daß Boone daran dachte, die Taxifahrer zu befragen, die zu der Zeit in der Nähe gewesen sein könnten.

Er ging zur Sixth Avenue und fand ein Taxi. Binnen zehn Minuten war er zu Hause, hatte die Tür verriegelt und die Kette vorgelegt. Es war fast zwei Uhr morgens.

»Bist du's, Edward?« rief Monica ängstlich aus dem ersten Stock.

»Ja«, antwortete er. »Ich bin gleich oben.«

Er ließ ein Licht in der Diele brennen und kletterte dann langsam die Treppe zum ersten Stock hinauf. Er war nicht körperlich müde, aber er fühlte sich leer und ausgebrannt. Der Anblick des Schlachthofes im Adler hatte ihn geschwächt und erschüttert.

Monica lag im Bett auf der Seite, atmete regelmäßig, und er dachte, sie schliefe schon. Sie hatte das Licht im Badezimmer brennen gelassen. Er zog sich rasch aus und verzichtete darauf, zu duschen. Er schaltete das Licht aus und bewegte sich vorsichtig durch den dunklen Raum zum Bett.

Er lag wach und versuchte, die Bilder zu verdrängen, die ihn bestürmten. Aber der Anblick des blutüberströmten Körpers ging ihm nicht aus dem Kopf.

Er hörte das Rascheln von Bettwäsche, und dann war Monica neben ihm und schmiegte sich an seinen Rücken. Sie schob einen Arm unter seine Hüfte, so daß sie ihn fest umarmen konnte.

»War es sehr schlimm?« fragte sie flüsternd.

Er nickte im Dunklen und dachte daran, was Thorsen gesagt hatte: »Ich werde langsam zu alt für so was.« Delaney drehte sich um, so daß er mit dem Gesicht zu seiner Frau lag, drängte sich gegen sie. Sie war weich, warm und stark. Er hielt sie fest und fühlte sich lebendig und sicher.

Nach einer Weile schlief er ein. Er wachte vorübergehend auf, als Monica sich umdrehte, und fiel dann wieder in einen tiefen, traumlosen Schlaf.

Als das Telefon klingelte, richtete er sich schwerfällig auf und tastete nach der Nachttischlampe. Als er den Knopf fand, sah er, daß es kurz nach sechs Uhr morgens war. Monica saß aufrecht im Bett und blickte ihn aus weit aufgerissenen Augen an.

Er räusperte sich.

»Edward X. Delaney hier.«

»Edward, hier spricht Ivar. Ich wollte dir so schnell wie möglich mitteilen, daß du recht hattest. Sie sind mit dem ersten Teil der Blutuntersuchung fertig. Eine Frau, weiß. Herzlichen Glückwunsch.«

»Danke«, sagte Delaney.

9

Zoe Kohler verließ den Friseurladen und fuhr sich selbstbewußt durch ihre neue Frisur. Ihr Haar war gewaschen, geschnitten, gelegt und mit einem Spray behandelt worden, das ihm Glanz und Fülle verlieh.

Sie ging langsam die Madison Avenue hinunter, immer noch mit einem leichten Hinken, obwohl der Schnitt am Schenkel gut heilte. Everett Pinckney hatte sich mitfühlend nach dem Grund ihres Hinkens erkundigt, und sie hatte angegeben, sich den Knöchel verstaucht zu haben, was er auch glaubte.

Sie kam an einem Zeitungsstand vorbei und sah, daß die Schlagzeilen immer noch dem Mord im Hotel Adler galten. Sie war nicht überrascht gewesen, als sie gelesen hatte, daß das Opfer polizeibekannt war. Einer der Kolumnisten hatte ihn einen »ruchlosen Burschen« genannt. Mit diesem Urteil stimmte Zoe Kohler völlig überein.

Zwei Tage nach der Bluttat hatte die Polizei bekanntgegeben, daß es sich bei dem Hotel-Ripper definitiv um eine Frau handelte. Die Medien hatten sich vor Begeisterung fast überschlagen, die Berichterstattung über die Story ausgeweitet und durch Interviews mit Psychologen, Kriminologen und Feministinnen ergänzt.

Mindestens drei Zeitungskolumnistinnen und eine Fernsehreporterin hatten die Täterin innigst angefleht, mit ihnen persönlichen Kontakt aufzunehmen, damit sie teilnahmsvolles Verständnis und professionelle Hilfe erhielt. Eine Boulevardzeitung hatte ihr 25000 Dollar angeboten, wenn sie sich der Zeitung stellte und ihre Lebensgeschichte erzählte.

Noch erstaunlicher fand Zoe Kohler eine Kurzmeldung, daß die New Yorker Polizei an einem einzigen Tag die Aussagen von dreiundvierzig Frauen erhalten hatte, die alle behaupteten, der Ripper zu sein. Jedes dieser »Geständnisse« war überprüft worden, und alle hatten sich als falsch herausgestellt.

Zoe hatte Mr. Pinckney gefragt, wie die Polizei so sicher sein konnte, daß der Ripper eine Frau sei. Er erwiderte, daß sie offenbar hieb- und stichfestes Beweismaterial hätten. Blutflecken, zum Beispiel. Heutzutage könnte man mit einer Blutuntersuchung fast alles herausfinden.

Barney McMillan deutete schmierig an, daß auch die Ergebnisse der Autopsie ausschlaggebend gewesen sein könnten, nach denen das Opfer Geschlechtsverkehr gehabt hatte, bevor es umgebracht worden war.

»Wahrscheinlich hat er einen glücklichen Tod gehabt«, sagte McMillan.

Es beunruhigte Zoe Kohler nicht sonderlich, daß sich die polizeilichen Ermittlungen jetzt ganz auf einen weiblichen Täter konzentrierten. Auch die Tatsache, daß jetzt scheinbar in jeder Cocktail Lounge in Manhattaner Hotels Kriminalbeamte in Zivil postiert waren, alarmierte sie kaum. Sie dachte vage, daß es vielleicht nötig werden könnte, ihre Abenteuer in einer weiter entfernten Gegend zu suchen.

Bis jetzt hatte sie immer Glück gehabt, in erster Linie wegen ihrer sorgfältigen Planung. Es erheiterte sie, daß sie soviel Furcht und Aufregung verursacht hatte. Mehr noch, die Tatsache, daß sie allein Bescheid wußte, bescherte ihr ein beinahe physisches Vergnügen und eine Selbstachtung, wie sie sie nie zuvor empfunden hatte.

All diese Zeitungsartikel, all diese Fernsehsendungen drehten sich um *sie*. Ihr Gefühl hätte man beinahe als Stolz bezeichnen können, und mit ihrer neuen Frisur schritt sie jetzt, ihrem Hinken zum Trotz, aufrecht dahin, mit hocherhobenem Kopf, ein Leuchten in den Augen. Sie fühlte sich als Königin der Stadt.

Sie blieb vor den Schaufenstern eines Geschäfts für Kinderbekleidung stehen. Alles war so jung – so unschuldig. Sie konnte sich gut daran erinnern, daß auch sie so sauber und fleckenlos angezogen gewesen war: gestärkter, frischgewaschener Stoff auf ihrer Haut, so neu, daß er noch raschelte.

»Du mußt wie eine kleine Dame aussehen«, hatte ihre Mutter gesagt. »Und schau dir nur diese wunderschönen weißen Handschuhe an.«

»Du mußt dich immer rein und sauber halten«, hatte ihre Mutter gesagt. »Du darfst nie laufen. Versuche, nicht zu transpirieren. Bewege dich immer langsam und graziös.«

»Eine kleine Dame hört stets zu«, hatte ihre Mutter gesagt. »Eine kleine Dame spricht leise und vornehm und drückt sich deutlich aus.«

Also ging Zoe Schlammpfützen aus dem Weg und erlernte die Geheimnissse der Küche. Sie machte jeden Abend ihre Hausaufgaben und wurde dafür mit guten Zeugnissen belohnt. Alle Freunde ihrer Eltern wurden nicht müde, sie als Musterkind zu bezeichnen.

»Eine echte kleine Dame.« Das sagten alle Erwachsenen über Zoe Kohler.

Der Anblick dieser makellosen Kleider im Schaufenster eines Geschäfts an der Madison Avenue rief ihr alles in Erinnerung: die fleckenlose Sauberkeit ihres Elternhauses, die gestärkten Kleider, die sie getragen hatte, die Reinheit ihrer Kinderzeit. Jugend ohne Makel . . .

Am Abend des 14. Juni, einem Samstag, aß Zoe mit Ernest Mittle im Speisesaal des Hotels Gramercy Park zu Abend. Sie waren überrascht, als sie feststellten, daß sie die jüngsten Gäste des gediegenen Hauses waren.

Zoe Kohler blickte sich um und sah Ernest und sich in zwanzig Jahren und fand Trost darin. Gepflegte Frauen und ehrbare Männer. Würde und Anstand. Leise Stimmen und unauffällige Gesten. Wie konnte es nur Menschen geben, die die Wohltaten der Zivilisation ablehnten?

Sie blickte den Mann auf der anderen Seite des Tisches an und war zufrieden. Höflichkeit und Güte waren noch nicht tot.

Ernest trug einen marineblauen Anzug, ein weißes Hemd und einen kastanienbraunen Schlips. Sein dünnes, flachsfarbenes Haar war sorgfältig gebürstet. Wangen und Kinn waren so weich und so hell, als wären sie nie mit einem Rasierapparat in Berührung gekommen.

Er erschien Zoe so mild und sanft. Fast hatte er etwas Durchsichtiges an sich, eine unbeirrte und unbeirrbare Unschuld. Sorgfältig strich er Butter auf eine kleine Scheibe Brot und biß dann mit strahlenden Zähnen hinein. Seine Hände und Füße waren klein. Er war geradezu ein Miniaturmann, gemalt mit einem hauchdünnen Pinsel, aufs äußerste verfeinert.

Nach dem Essen gingen sie noch auf einen Strega in die halbdunkle Bar. Hier war die Atmosphäre etwas lockerer. Die Gäste waren jünger und lauter, gelegentlich brandete Gelächter auf.

»Was möchtest du jetzt gern machen, Zoe?« fragte Ernie. Er hielt ihre Hand und streichelte sie sanft. »Möchtest du ins Kino? In einen Nightclub? Oder möchtest du irgendwo tanzen gehen?«

Sie überlegte einen Moment. »Eine Disco. Ernie, können wir in eine Disco gehen? Wir müssen ja nicht tanzen. Nur ein Glas Wein trinken und schauen, was da los ist.«

»Warum nicht?« sagte er brav, und sie mußte an ihr Goldkettchen denken.

Eine Stunde später saßen sie an einem winzigen Tisch in einem scheunenartigen Raum an der East 58th Street. Sie waren die einzigen Gäste, obwohl flackernde Lichter durch den Raum zuckten und Musik in einer solchen Lautstärke aus einem Dutzend Lautsprecher donnerte, daß die Wände zitterten.

»Du wolltest sehen, was hier los ist?« rief Ernest lachend. »Nichts ist hier los!«

Aber sie waren nur früh dran. Eine Stunde später, als sie auf ihre Dritte Runde Weißwein zusteuerten, war die Diskothek halbvoll, die Tanzfläche füllte sich.

Es war ein Fest. Ein Karneval! Was für Verkleidungen! Was für Kostüme! Nacktes Fleisch und glitzernder Flitterkram, ein Kaleidoskop von Farben, die den Augen weh taten. All diese zuckenden Körper, für Sekunden erstarrt im Lichterblitz. Die jagenden Rhythmen! Der Geruch nach Parfum und Schweiß.

Zoe Kohler und Ernest Mittle blickten sich an. Jetzt waren sie die Ältesten im Raum, Amboß für die kakophonische Musik, attackiert von den wilden, eindeutig sexuellen Verrenkungen auf der Tanzfläche. Es war nicht einfach eine jüngere Generation, die da vor ihren Augen tanzte; sie beobachteten eine völlig neue Welt.

Da war eine Frau, deren Brüste frei und ungehindert unter einem extrem kurzen Hemd schwangen. Da ein Mann, dessen Genitalien sich deutlich unter einer hautengen Hose aus rosa Satin abzeichneten. Nackte Hälse, Arme, Schultern, Nabel. Hot Pants, Miniröcke, Vinylstiefel. Hintern, Titten, Schwänze.

Zupackende Hände. Gleitende Hände. Stoßende Hüften. Geöffnete Schenkel. Streichelnde Finger. Keuchende Kehlen und blitzende Zähne. Flackernde Zungen und wilde Augen. Ein Schäumen wogender Körper; der ganze Raum schien zu schaukeln, zu kippen.

Alles kippte ...

»Laß uns tanzen«, brüllte Ernie ihr ins Ohr. »Es ist so voll, daß niemand uns bemerken wird.«

Sie versuchten, sich im Rhythmus der Musik zu bewegen, aber die Körper, die gegen sie schleuderten, schüchterten sie ein. Sie schmiegten sich aneinander, taumelten hin und her, versuchten, die Balance zu halten, lachten nervös und hielten sich gegenseitig fest.

Für einen Moment, einen einzigen Moment nur, waren sie eins, von den Knien bis zu den Schultern, miteinander verschmolzen. Zoe spürte, wie schmal und heiß sein Körper war. Sie zog sich nicht zurück, aber er. Langsam und unter großen Schwierigkeiten befreite er sie aus der stampfenden Menge und führte sie zurück an ihren Tisch.

»Oh, wow«, sagte er, »was für ein Gedränge! Der reine Wahnsinn!«

»Ja«, sagte sie. »Kann ich noch ein Glas Wein haben, bitte?«

Sie versuchten nicht noch einmal, zu tanzen, aber sie wollten auch noch nicht aufbrechen.

»Sie sind nicht viel jünger als wir«, sagte Zoe.

»Nein«, pflichtete er ihr bei, »nicht viel.« Sie saßen an ihrem Tisch, tranken ihren Weißwein und betrachteten die hektischen Aktivitäten ringsumher mit Amüsement, Furcht und Neid. Die blitzenden Lichter, die sie sahen; der hämmernde Rhythmus, den sie hörten – all das verwirrte und bestürzte sie.

Sie blickten sich an, und der Griff ihrer verschlungenen Finger wurde fester. Niemals zuvor hatten sie sich so allein und so zusammengehörig gefühlt.

Und doch gab es da eine schreckliche Faszination. All die Nacktheit. All diese Sexualität. Es lockte. Beide verspürten die Sehnsucht.

Zoe sah eine junge Frau, die so wild herumwirbelte, daß ihr langes blondes Haar wie eine Flamme leuchtete. Ihr Büstenhalter bestand fast nur aus schmalen weißen Spitzengummibändern. Ihre Jeans waren so eng, daß der Schlitz zwischen ihren Pobacken nicht zu übersehen war... und die Öffnung zwischen ihren Schenkeln.

Sie tanzte wild, den Mund geöffnet, die Lippen feucht. Ihre Augen waren halb geschlossen; sie keuchte in einem Paroxysmus der Lust. Ihr Körper rang um Freiheit.

»Das könnte ich auch«, sagte Zoe Kohler plötzlich.

»Was?« brüllte Ernie. »Was hast du gesagt? Ich verstehe dich nicht.«

Sie schüttelte den Kopf. Dann saßen sie nur noch da und sahen zu. Sie tranken viele Gläser Wein. Sie spürten die Hitze der Tänzer. Was sie beobachteten, erregte sie und schüchterte sie gleichzeitig ein, auf eine Weise, die sie nicht verstehen konnten.

Schließlich, weit nach ein Uhr, erhoben sie sich taumelnd, hin und her gerissen von ihren Emotionen. Ernie hatte gerade noch genug Geld, um die Rechnung zu bezahlen und ein geringes Trinkgeld zurückzulassen. Draußen blieben sie leicht schwankend stehen, die Arme um die Hüften des anderen gelegt. Sie atmeten die kühle Nachtluft ein und blickten zu den Sternen auf, deren Glanz gedämpft wurde vom Leuchten der Stadt.

»Müssen nach Hause«, murmelte Ernie. »Habe jetzt nur nicht mehr genug Geld für ein Taxi.«

»Mach dir deswegen keine Gedanken, Liebling«, sagte sie. »Ich habe Geld.«

»Nur geliehen«, insistierte er.

Sie führte ihn, leicht torkelnd, zur Park Avenue. Als endlich ein Taxi hielt, schob sie Ernie auf den Rücksitz und kletterte hinterher. Sie gab dem Fahrer ihre Adresse.

»Bin etwas betrunken«, sagte Ernie feierlich. »Tut mir leid.«

»Dummkopf!« sagte sie. »Kein Grund, sich zu entschuldigen. Wenn wir zu Hause sind, koche ich uns einen Kaffee.«

Im Foyer ihres Appartementhauses versuchte er, sich geradezuhalten und mit sicheren Schritten zu gehen. Aber in ihrem Appartement brach er auf der Couch zusammen und blickte sie hilflos an.

»Ich bin wie gelähmt«, sagte er.

»Schlaf mir nur nicht ein«, sagte sie lächelnd. »Der Kaffee ist im Handumdrehen fertig. Dann geht's dir besser.«

»Entschuldige«, murmelte er noch einmal.

Als sie mit dem Kaffee aus der Küche kam, lag er zusammengekrümmt da, das Gesicht in die Hände geschmiegt. Mit leichenblassem Gesicht sah er zu ihr auf.

»Ich fühle mich grauenhaft«, sagte er. »Ich glaube, das kommt vom Wein.«

»Und von der Hitze«, sagte sie. »Und von der rauchigen Luft. Trink deinen Kaffee, Darling. Und nimm das hier...«

»Was ist das?«

»Ein extra starkes Aspirin«, sagte sie und gab ihm die Tuinal. »Gut gegen Kater.«

Er schluckte sie hinunter und trank die Tasse aus. Sie goß ihm eine zweite ein.

»Ernie«, sagte sie, »es ist schon nach zwei. Warum übernachtest du nicht bei mir? Ich möchte nicht, daß du um diese Zeit noch allein nach Hause gehst.«

»Aber ich kann doch nicht...«, begann er.

»Ich bestehe darauf«, sagte sie fest. »Du nimmst das Bett, und ich schlafe hier auf der Couch!«

Er wehrte sich und sagte, daß es ihm schon viel besser ginge, und wenn sie ihm ein paar Dollar leihen würde, könnte er sich ein Taxi nehmen; da wäre er vollkommen in Sicherheit. Aber sie bestand darauf, daß er blieb, und nach einer Weile gab er nach – aber nur, wenn sie in ihrem Bett schliefe und er auf der Couch im Wohnzimmer. Sie war einverstanden.

Sie brachte ihm eine dritte Tasse Kaffee. Diesmal trank er langsam, in kleinen Schlucken. Als sie ihm versicherte, daß ein kleiner Brandy seinen Magen beruhigen würde, gab es keinen Protest von seiner Seite. Sie tranken beide einen Brandy, zogen die Schuhe aus und sanken auf die lange Couch.

»Diese Leute...«, sagte er mit einem Kopfschütteln. »Ich komme einfach nicht darüber hinweg. Denen ist überhaupt nichts mehr heilig, oder?«

»Nein, wahrscheinlich nicht. Es war alles so – häßlich.«

»Ja«, sagte er und nickte, »häßlich.«

»Vielleicht gar nicht einmal so sehr häßlich als gemein und vulgär. Es macht Sex so billig.«

»Sex zur Entspannung«, sagte er. »So reden sie darüber, und genau die Einstellung haben sie auch dazu. Wie zu Tennis oder Jogging. Ein Zeitvertreib mehr. Hast du diesen Eindruck nicht auch gehabt, als du all diese Leute beobachtet hast? Ihre Art zu tanzen spricht doch Bände.«

»Nacktes Fleisch, wohin man blickte!«

»Und wie sie sich bewegt haben! So eindeutig!«

»Ich, eh, vermute, sie machen – sie geben sich – sie gehen danach miteinander ins Bett, oder Ernie?«

»Das ist anzunehmen, ja. Das Tanzen war nur ein Vorspiel. Hattest du nicht auch diesen Eindruck?«

»Oh, ja, ihre Tänze waren ganz unzweifelhaft der reine Sex. Definitiv. Es war so deprimierend. In gewisser Weise. Ich meine, daß miteinander zu schlafen so alle Bedeutung für sie verloren hat. Findest du nicht auch? Daß es für sie nichts anderes ist als essen und trinken.«

»Meiner Meinung nach«, sagte er und blickte ihr direkt in die Augen, »meiner Meinung nach hat Sex – ich meine, physischer Sex – ohne Gefühl, ohne eine emotionelle Beziehung nicht die geringste Bedeutung.«

»Ich hätte es nicht besser ausdrücken können. Ohne Liebe ist es nur ein billiger Kitzel.«

»Ein billiger Kitzel«, wiederholte er. »Genau. Aber ich nehme an, wenn wir das diesen Leuten zu erklären versuchten, würden sie uns bloß auslachen.«

»Vermutlich, aber das ist mir egal. Ich glaube trotzdem, daß wir recht haben.«

Einen Moment lang tranken sie schweigend ihren Brandy.

»Ich würde gern mit dir schlafen«, sagte er plötzlich.

Sie blickte ihn ausdruckslos an.

»Aber ich würde es nie wirklich tun«, fügte er hastig hinzu. »Ich meine, ich würde dich nie darum bitten. Zoe, du bist eine wunderbare, erregende Frau, aber wenn wir miteinander ins Bett gehen würden, du weißt schon, eh, so nebenbei, dann wären wir genau wie diese Leute, die wir heute abend gesehen haben.«

»Tiere«, sagte sie.

»Ja, genau. Ich will keinen billigen Kitzel, und ich glaube, du auch nicht.«

»Nein, Liebling, sicher nicht. Das will ich ganz sicher nicht.«

»Manchmal denke ich«, sagte er langsam, bemüht, seine Eindrücke in Worte zu kleiden, »daß man, wenn man heiratet, eine Art Erklärung abgibt. So was wie ein Zeugnis. Man unterzeichnet ein juristisches Dokument, das besagt, daß es dir wirklich nicht nur um einen billigen Kitzel geht, sondern um mehr, etwas Wichtigeres. Man gelobt, den anderen zu lieben, auf immer und ewig. Ist das nicht der Sinn der Ehe?«

»Ich nehme an, so sollte es sein«, sagte sie traurig. »Leider scheint es nicht immer zu klappen.«

Sie schob sich an ihn heran, legte ihre Hand um seinen Hals. Sie zog seinen Kopf zu sich und gab ihm einen Kuß auf die Wange.

»Du bist ein Idealist«, flüsterte sie. »Ein süßer Idealist.«

»Wahrscheinlich bin ich das«, sagte er. »Aber sind meine Wünsche so unmöglich?«

»Was wünschst du dir denn?«

»Ein erfülltes Leben. Einen Sinn, wenn du so willst. Ich gehe jeden Tag zur Arbeit, komme nach Hause und brate mir einen Hamburger. Ich sehe fern. Ich will mich nicht beklagen, ich habe einen guten Job und alles. Aber es muß doch noch mehr geben als das. Und ich meine jetzt keine Affären für eine Nacht. Oder eine endlose Reihe solcher Affären. Das Leben muß noch mehr sein als nur das.«

»Willst du heiraten?« fragte Zoe leise, in Erinnerung an Maddies Instruktionen.

»Ich glaube. Ja, ich glaube, das möchte ich. Ich habe lange darüber nachgedacht, aber der Gedanke erschreckt mich, weil er so etwas Endgültiges hat. Jedenfalls sehe ich es so. Ich meine, schließlich ist es für immer, oder nicht? Zumindest sollte es das sein. Aber obwohl der Gedanke mir Angst einjagt, sehe ich keine Alternative. Ich sehe nichts, was mich meinen Zielen ähnlich nahe bringen würde. Ich mag meine Arbeit, aber das ist nicht genug.«

»Eine Leere«, sagte sie. »Eine Lücke. Das ist mein Leben.«

»Ja«, sagte er eifrig. »Du hast mich verstanden. Wir wollen beide etwas, oder nicht? Erfüllung. Wir wollen, daß unser Leben einen Sinn hat.«

Die Entblößungen, die an jenem Samstagnachmittag im Central Park begonnen hatten, waren bis zu diesem Punkt fortgeschritten; sie spürten es beide. Es war ein Öffnen, ein Entblättern, dem keiner von ihnen ein Ende setzen wollte. Was sie taten, war schmerzlich und gefährlich, aber es war schon leichter geworden. Intimität wirkte auf sie wie eine süchtigmachende Droge. Die Dosis mußte ständig gesteigert werden. Und sie wagten sich kaum auszumalen, wie das Ende aussehen mochte oder ob es überhaupt ein Ende gab. Vielleicht waren sie in ein Universum ohne Grenzen eingetreten.

»Es gibt etwas, was ich will«, sagte sie. »Irgend etwas. Aber frag mich nicht, was es ist, denn ich weiß es nicht. Ich bin nicht sicher. Außer, daß ich nicht so weiterleben möchte, wie ich es jetzt tue. Das möchte ich wirklich nicht.«

Er beugte sich vor, um ihre Lippen zu küssen. Zweimal. Sehr zart.

»Wir sind uns so ähnlich«, hauchte er. »Wie Zwillinge. Wir glauben an dieselben Dinge. Wir haben dieselben Wünsche.«

»Ich weiß nicht, was ich mir wünsche«, sagte sie noch einmal.

»Sicher weißt du das«, sagte er sanft und ergriff ihre Hand. »Du willst, daß dein Leben einen Sinn bekommt. Stimmt das nicht?«

»Ich will ...«, sagte sie. »Ich will ... Was will ich eigentlich? Liebling, ich habe das noch niemandem gestanden, aber ich möchte ein anderer Mensch sein. Völlig. Ich möchte noch einmal auf die Welt kommen und ganz von vorne beginnen. Ich weiß, was für eine Art Frau ich sein möchte, und das bin ich nicht. Es ist alles ein Irrtum, Ernie. Mein Leben, meine ich. Falsch von Anfang bis Ende. Manches hat man mir angetan, und manches habe ich anderen zugefügt. Aber es ist mein Leben, und deswegen trage ich die Verantwortung dafür. Stimmt das nicht? Aber wenn ich zu verstehen versuche, was ich getan habe und nicht hätte tun sollen oder was ich unterlassen habe, dann habe ich das furchtbare Gefühl, daß die ganze Angelegenheit jenseits meines ...«

Aber während sie noch sprach, wurden Ernies Lider schwer. Langsam sank auch sein Kopf herunter. Sie hörte auf zu reden, lächelte und nahm ihm das leere Brandyglas aus den schlaffen Fingern. Sie fuhr ihm mit der Hand über das Haar, streichelte seine Wange.

»Jetzt geht's ins Bettchen«, sagte sie zärtlich.

Er murmelte etwas. Sie schaffte ihn ins Schlafzimmer, setzte ihn auf die Bettkante und kniete sich hin, um ihm die Strümpfe auszuziehen. Kleine, blasse Füße. Er streichelte ihr geistesabwesend den Kopf, sein Oberkörper schwankte leicht hin und her, die Augen waren geschlossen.

Sie zog ihm Jackett, Weste, Schlips und Hemd aus. Er brummte schläfrig, als sie ihn zurückschob, Gürtel und Hose öffnete und über seine Beine hinunterzog. Er trug lange weiße Unterhosen, beinahe Bermuda-Shorts, und ein altmodisches Unterhemd mit Schulterträgern.

Sie zog und schubste und hatte ihn schließlich unter die Bettdecke geschafft und seinen Kopf auf ein Kissen gelegt. Er war auf der Stelle eingeschlafen und regte sich nicht einmal mehr, als sie sich vorbeugte und ihn auf die Wange küßte.

»Gute Nacht, Liebling«, sagte sie. »Schlaf gut.«

Sie ging ins Badezimmer und nahm eine Dusche, ihre dritte heute. Die Wunde an ihrem Schenkel war inzwischen nur noch ein dünner roter Strich. Sie wusch sie sorgfältig mit Seife. Den Rest ihres Körpers schrubbte sie heftig, als wollte sie sich von etwas reinigen.

Sie trocknete sich ab, verteilte Puder auf ihre Haut, besprühte Hals, Busen, Achselhöhlen und die Innenseite ihrer Schenkel mit Kölnisch Wasser. Sie streifte ein langes Nachthemd aus weißem Batist über.

Dann kroch sie vorsichtig ins Bett, um Ernest nicht zu wecken. Aber er lag da wie ein Toter, atmete tief und gleichmäßig. Sie glaubte, ein Lächeln auf seinen Lippen gesehen zu haben, war sich aber nicht sicher.

Maddie hatte sie instruiert, Ernies Einstellung zur Ehe herauszufinden, und das hatte sie getan. Sie hatte den Eindruck, daß sie ihn leicht dazu bringen könnte, ihr einen Antrag zu machen, wenn sie nur etwas offener, etwas direkter vorginge. Aber im Moment hatte sie andere Sorgen.

Was sie verwirrte, war ihre automatische Reaktion auf Maddies Rat. Sie hatte gehorcht, ohne zu fragen, obwohl es um ihr Privatleben ging, nicht um Maddies. Trotzdem hatte sie zugelassen, daß die andere Frau ihr vorschrieb, wie sie sich zu verhalten hatte.

So war es schon immer gewesen – andere Leute hatten sie hierhin und dorthin gestoßen, ganz wie es ihnen paßte. Die Beziehung zwischen ihr und ihrer Mutter war immer von oben nach unten verlaufen; sie hatte Zoe in die Form der Frau gegossen, die sie haben wollte. Sogar ihr Vater hatte sie durch seine überwältigende Präsenz zu Emotionen und Vorurteilen getrieben, die ihrer wahren Natur ganz und gar nicht entsprachen. Und dann ihr Mann! Er hatte sie nie akzeptiert.

Ihr ganzes Leben lang hatte jedermann versucht, sie zu ändern.

Ernest Mittle war offenbar zufrieden mit Zoe Kohler. Aber konnte sie sicher sein, daß er zufrieden bleiben würde? Würde er eines Tages nicht vielleicht auch anfangen, an ihr herumzuzerren, sie zu stoßen und zurechtzubiegen?

Und all das, erkannte sie jetzt plötzlich, beinahe als wäre ein Vorhang beiseite gezogen worden, war der Grund für ihre Abenteuer. Sie allein boten ihr die Möglichkeit, sich selber auszuprobieren, ihrem eigenen Willen zu folgen.

Sie wußte, daß andere – wie etwa Son of Sam – ihre Untaten mit »Stimmen« entschuldigt hatten, halluzinatorischen Befehlen, die ihre Anlagen und ihre Willenskraft überwältigten. Für Zoe Kohler aber waren ihre Abenteuer die einzigen Momente in ihrem Leben, in denen sie auf ihre eigene Stimme hörte.

Sie drehte sich auf die Seite, rückte näher an Ernie heran. Sie spürte seinen süßen, unschuldigen Geruch. Sie legte einen Arm um ihn, zog ihn zu sich heran. Und so schlief sie ein.

Während der folgenden Woche hatte sie genügend Anlaß, darüber zu reflektieren, wie sie ihr ganzes Leben lang immer wieder manipuliert worden war.

Die Zeitungen berichteten weiterhin in allen Einzelheiten von den Ermittlungen. Beinahe jeden Tag gab die Polizei neue Erkenntnisse bekannt, neue Spuren, denen sie nachging.

Zoe Kohler begann, sich die Polizei als eine einzelne Person vorzustellen, einen dünnen, großen Mann, griesgrämig und rechthaberisch, auf dessen Gesicht sich gehässige Unzufriedenheit malte.

Dieser Mann, dieser »Polizei«, war blutleer und ohne Erbarmen.

Er war intelligent (erschreckend sogar) und durch nichts zu besänftigen. Durch seine außergewöhnliche Kombinationsgabe stieß er Zoe Kohler in Richtungen, in die sie nicht gehen wollte. Er schob sie hin und her, genau wie jeder andere, und sie wehrte sich dagegen, daß irgend jemand in ihren Abenteuern, dem einzigen wirklich privaten Moment in ihrem Leben, herumpfuschte.

Zum Beispiel veröffentlichten die Zeitungen eine Beschreibung der Täterin, soweit bekannt. Man nahm an, daß sie einen Meter fünfundsechzig bis einen Meter siebenundsechzig groß war,

Schuhe mit sehr hohen Absätzen trug, schlank war, sich unter einer schulterlangen Perücke versteckte und einen Trenchcoat anhatte.

Darüber hinaus trug sie ein Goldarmband mit der Aufschrift WARUM NICHT?. Das letztemal sollte sie ein engsitzendes Kleid aus flaschengrüner Seide mit Spaghetti-Trägern angehabt haben.

Diese Einzelheiten verblüfften Zoe. Sie konnte sich nicht vorstellen, wie »Polizei« all das erraten haben sollte – vor allem das Armband. Sie begann sich zu fragen, ob er auf irgendeine geheimnisvolle Weise in der Lage war, ihre Gedanken zu lesen oder die Vergangenheit aus einer Aura am Tatort zu rekonstruieren.

Dieses sture, durch nichts zu besänftigende Wesen, das sich hinter ihr herschleppte, erzählte den Zeitungen und den Fernsehreportern, daß die Täterin sich wahrscheinlich in grelle, freizügige Kleider hüllte. Es sagte, daß sie wahrscheinlich weder an Make-up noch an Parfum sparte. Es sagte, daß sie zwar keine Prostituierte sei, aber den Eindruck zu erwecken suche, daß man sie haben könne.

Es gab bekannt, daß die Tatwaffe in den ersten vier Fällen ein Schweizer Armeetaschenmesser gewesen sei, daß beim fünften Mord aber möglicherweise ein anderes Messer benutzt worden sei. Es erwähnte fast beiläufig, daß die Frau vermutlich irgendwie mit der Hotelbranche in Manhattan in Verbindung stehe.

Es war erstaunlich! Woher bekam »Polizei« seine Informationen? Zum erstenmal verspürte Zoe einen Anflug von Furcht. Dieser ausgetrocknete, von eiskalter Entschlossenheit erfüllte alte Mann mit seinen eingefallenen Wangen und dem irrsinnigen Blick würde ihr keine Ruhe lassen, bis sie tat, was er wollte.

Sterben.

Sie durchdachte ihr Problem sorgfältig. Und dann ließ ihre Panik nach, als sie Möglichkeiten entdeckte, ihrem Untergang zu entgehen.

Dienstagnacht, vom 24. auf den 25. Juni, wurde Zoe Kohler um zwei Uhr fünfzehn von einem Telefonanruf geweckt.

Zuerst dachte sie, der Anrufer, ein Mann, sei Ernie, denn er schluchzte, und sie hatte Ernie schon ein paarmal weinen gesehen. Aber dann stellte sich heraus, daß es sich bei dem in Tränen aufgelösten Mann um Harold Kurnitz handelte.

Nach einiger Zeit verstand sie endlich, was er sagte: Maddie Kurnitz hatte versucht, sich mit einer Überdosis Schlaftabletten umzubringen. Im Augenblick lag sie auf der Intensivstation des Soames-Phillips-Krankenhauses. Ob Zoe sofort kommen könne?

Sie duschte, bevor sie sich anzog, ohne zu wissen, warum. Sie sagte sich, daß sie wegen der erschreckenden Nachricht nicht klar denken könne. Sie gab dem Nachtportier einen Dollar, damit er ihr ein Taxi rief. Weniger als eine Stunde nach Harrys Anruf war sie im Krankenhaus.

Er erwartete sie im Flur des fünften Stocks. Mit ausgebreiteten Armen und verzerrtem Gesicht stürzte er auf sie zu.

»Sie kommt durch«, rief er mit dünner, zitternder Stimme. »Sie schafft es!«

Sie brachte ihn dazu, sich auf eine Bank an der Wand des hellerleuchteten Flurs zu setzen. Ganz allmählich gelang es ihr, ihn mit gemurmelten Trostworten und sanften Berührungen zur Ruhe zu bringen. Er saß vornübergebeugt, ausgepumpt, die Hände verkrampften sich zwischen seinen Knien. Dann berichtete er ihr, was geschehen war...

Er sagte, er sei gegen ein Uhr dreißig nach Hause gekommen.

»Ich hatte noch in der Firma zu tun«, murmelte er.

Er hatte begonnen, sich auszuziehen und dann aus irgendeinem unerklärlichen Grund beschlossen, noch einmal bei Maddie hereinzuschauen.

»Wir haben getrennte Schlafzimmer«, erklärte er. »Wenn ich abends länger arbeiten muß... Jedenfalls, es war einfach Glück. Oder vielleicht Gottes Wille. Aber wenn ich nicht nach ihr geschaut hätte, wäre sie tot gewesen, sagt der Arzt.«

Er hatte sie zusammengekrümmt auf dem Boden vorgefunden, am Körper nur einen winzigen Pyjama. Ihr Kopf lag in einer Pfütze aus Erbrochenem. Zuerst hatte er gedacht, sie hätte zuviel getrunken und das Bewußtsein verloren. Aber dann, als er sie nicht aufwecken konnte, hatte er es mit der Angst bekommen.

»Ich habe durchgedreht«, sagte er. »Ich dachte, sie sei tot. Ich konnte sie nicht atmen sehen. Ich meine, ihre Brust hob und senkte sich nicht. Gar nichts.«

Also hatte er den Notdienst alarmiert, und während er wartete, hatte er es mit Mund-zu-Mund-Beatmung versucht. Aber er wußte nicht, wie man es richtig machte, und hatte Angst bekommen, das Falsche zu tun.

»Ich habe ihr einfach nur in den Mund gepustet«, sagte er, »aber der Bursche in der Ambulanz sagte, es hätte ihr nicht geschadet. Er war es auch, der die leere Pillendose im Badezimmer gefunden hat. Phenobarbital. Und unter dem Bett lag ein leere Flasche Scotch. Der Arzt sagt, wenn sie sich nicht übergeben hätte, wäre sie weg gewesen. Es war um Haaresbreite.«

Harry war im Ambulanzwagen mitgefahren und hatte zugesehen, wie der Sanitäter ihr Injektionen und Sauerstoff verabreicht hatte.

»Immer wieder habe ich gesagt, ›Tu mir das nicht an, Maddie‹«, sagte er. »An mehr kann ich mich nicht erinnern, nur ›Bitte, tu mir das nicht an‹. War das nicht idiotisch? So selbstsüchtig. Zoe, sicher weißt du, daß Maddie und ich uns trennen wollen. Vielleicht wollte sie es mir auf diese Weise heimzahlen. Aber ich schwöre dir, ich hätte nie gedacht, daß sie so was tun könnte. Ich meine, es gab zu keiner Stunde böses Blut oder so; wir haben uns nicht gestritten, nichts. Kein Geschrei oder so. Ich hätte nie gedacht, daß sie . . .«

»Vielleicht kommt ihr jetzt ja wieder zusammen«, sagte Zoe hoffnungsvoll.

Aber er antwortete nicht, und nach einer Weile ließ sie ihn allein und begab sich auf die Suche nach Maddie.

Vor der Intensivstation stieß sie auf einen jungen Arzt, der etwas auf ein Clipboard kritzelte. Sie fragte ihn, ob sie Mrs. Kurnitz sehen könnte.

»Ich bin Zoe Kohler«, sagte sie. »Ich bin ihre beste Freundin. Sie können Mr. Kurnitz fragen. Er sitzt da hinten im Flur.«

Er blickte sie ausdruckslos an.

»Warum nicht?« meinte er schließlich, wobei sie wieder an ihr Armband denken mußte. »Es geht ihr nicht allzu schlecht. Hat das meiste von dem Zeug wieder ausgekotzt. Morgen abend kann sie schon wieder Twist tanzen. Aber bleiben Sie nicht zu lange.«

Maddie lag in einem von weißen Paravents umgebenen Bett. Sie war bleich wie Wachs. Ihre Augen waren geschlossen. Zoe beugte sich über sie und ergriff eine ihrer Hände. Sie war kalt und schlaff. Maddies Augen öffneten sich langsam. Sie starrte Zoe an.

»Scheiße«, sagte sie flüsternd. »Ich hab's vermasselt, was? Ich mache alles falsch.«

»Ach, Maddie«, sagte Zoe Kohler traurig.

»Ich habe die verdammten Pillen runtergeschluckt, und um ganz sicherzugehen, habe ich dann auch noch den ganzen Whiskey getrunken. Aber sie sagen, ich hätte alles wieder ausgekotzt.«

»Hauptsache, du lebst«, sagte Zoe.

»Hipp, hipp, hurra!« sagte Maddie und ließ ihren Kopf zur Seite sinken. »Ist Harry noch da?«

»Er ist draußen. Möchtest du ihn sehen, Maddie?«

»Warum, zum Teufel, sollte ich das wollen?«

»Er nimmt es sehr schwer. Er ist völlig zusammengebrochen.«

Maddies Mund verzerrte sich zu einem Grinsen ohne die geringste Fröhlichkeit.

»Er denkt, es wäre seinetwegen«, sagte sie. »Das männliche Ego. Dabei ist er mir völlig egal.«

»Aber warum dann . . . ?«

Maddie starrte Zoe an. »Ich wollte einfach nicht mehr aufwachen«, sagte sie. »Wieder ein Tag. Wieder ein idiotischer, leerer, verdammter Tag. Harry hat nichts damit zu tun. Es war meinetwegen.«

»Maddie, ich . . ., Maddie, ich verstehe dich nicht.«

»Was soll das alles? Kannst du mir das sagen? Was soll dieser ganze verdammte Dreck?«

Zoe schwieg.

»Ach, Scheiße«, sagte Maddie. »Wie deprimierend das alles ist. Gibt es etwas Deprimierenderes, als einfach nur am Leben zu sein? Wer hat das bloß erfunden?«

»Maddie, das ist doch nicht deine wirkliche–«

»Erzähl mir nicht, wie ich mich zu fühlen habe, Herzchen. Du hast keine Ahnung, nicht die geringste Ahnung. Ach, Scheiße, es tut mir leid«, fügte sie sofort hinzu, wobei der Griff ihrer Hand fester wurde. »Du hast ja auch deine Probleme.«

»Aber ich dachte, du wärst . . .«

»Ein Faß voll guter Laune?« fragte Maddie mit herabgezogenen Mundwinkeln, »platzend vor Vitalität? Dafür muß man jünger sein, Liebchen. Wenn die Titten anfangen, durchzuhängen, dann wird's Zeit, Inventur zu machen. Mir war wohl einfach klargeworden, daß meine besten Zeiten hinter mir liegen und die Zukunft mehr Mut erfordert, als ich habe. Ich bin ein Sprinter, Schätzchen, kein Marathonläufer.«

»Glaubst du wirklich, daß du und Harry . . .«

»Ja. Das ist aus und vorbei. Kaputt. Er ist heute abend mit seinem Häschen ins Heu gehüpft, und als er nach Hause kam, hat er mich bei meinen letzten Atemzügen erwischt. Große Tragödie. Schuldgefühle. Deswegen flattert er jetzt so. Morgen abend wird er bereits wütend sein, weil ich seinen Nachtschlaf gestört habe. Ach, zum Teufel, ich mache ihm keine Vorwürfe. Aber es ist nun mal vorbei. Er weiß es, und ich weiß es.«

»Was wirst du nun tun, Maddie?«

»Tun?« fragte sie mit einem strahlenden Lächeln. »Ich will dir sagen, was ich tun werde. Das Schlimmstmögliche. Ich werde weiterleben.«

Draußen auf dem Flur lehnte Zoe sich für einen Moment mit geschlossenen Augen gegen die Wand. Wenn Maddie, wenn eine Frau wie Maddie nicht gewinnen konnte, dann konnte niemand gewinnen. Sie wollte es nicht glauben, aber so war es.

Dr. Oscar Stark rief sie im Büro an.

»Möchte mich nur mal nach dem Wohlergehen meiner Lieblingspatientin erkundigen«, sagte er fröhlich. »Wie geht's uns denn in letzter Zeit, Zoe?«

»Danke, gut, Doktor.«

»Aha. Nehmen Sie auch regelmäßig Ihre Medizin?«

»Oh, ja!«

»Kein übermäßiges Bedürfnis nach Salz?«

»Nein.«

»Und sonst? Fühlen Sie sich manchmal müde, erschöpft, ausgebrannt?«

»Ganz und gar nicht«, log sie leichthin. »Nichts dergleichen.«

»Schlafen Sie gut? Ohne Tabletten?«

»Ja, ich schlafe gut, danke.«

Er seufzte. »Sie stehen doch nicht unter Streß, Zoe? Ich meine nicht notwendigerweise physischen Streß, sondern privaten oder emotionalen Streß.«

»Nein.«

»Sie tragen doch das Kettchen, oder? Mit den Angaben über Ihre Krankheit? Und die Spritze?«

»Aber ja, ich habe sie ständig bei mir.«

Er schwieg einen Moment, dann sagte er herzlich: »Na gut. Wir sehen uns ja, ein paar Minuten, am Dienstag, dem ersten Juli. Richtig?«

»Ja, Doktor. Das stimmt.«

»Falls sich irgend etwas ergeben sollte – Schwächeanfälle, Übelkeit, ungewöhnlicher Gewichtsverlust, Schmerzen im Unterleib – rufen Sie mich an, nicht wahr?«

»Natürlich, Doktor. Danke für Ihren Anruf.«

Sie überlegte sich alles genau ...

Die Zeitungen hatten die Kleidung des Hotel-Rippers als »grell« beschrieben. Also mußte sie ihre hautengen Kleider mit den tief angesetzten Ausschnitten vergessen. Darüber hinaus war es inzwischen zu warm, als daß sie eine solche Verkleidung noch durch einen Mantel hätte verbergen können.

Von nun an würde sie sich konservativ anziehen und damit sowohl dem Portier ihres Hauses wie auch den Lockvögeln der Polizei in den Cocktail Lounges der Hotels ein Schnippchen schlagen. Sie würde keine Perücke tragen und nur ein Minimum an Make-up benutzen.

Damit fiel auch die Notwendigkeit des Besuchs im Filmore an der West 72nd Street fort, weil sie sich ja nun nicht mehr verwandeln mußte. Sie konnte mit dem Taxi auf direktem Weg ans Ziel ihrer Wünsche fahren.

Natürlich konnte sie das WARUM NICHT?-Kettchen nicht mehr tragen, wie sie überhaupt ihr ganzes Vorgehen überdenken mußte. Sie konnte jetzt nicht mehr so tun, als sei sie sexuell »zu haben«. Ihre Kleidung, ihr Auftreten und ihr Benehmen, alles mußte sich von der veröffentlichten Beschreibung des Rippers abheben.

Unschuld! Das war die Antwort! Sie wußte, wie Jungfräulichkeit manche Männer erregte. War es bei Kenneth nicht auch so gewesen? Sie würde so jungfräulich auftreten, wie das einer Frau in ihrem Alter gerade noch möglich war. Und es würde ihr Spaß machen!

An der vierzigsten Straße, ein paar Schritte in östlicher Richtung von der Lexington Avenue, gab es ein Geschäft, in dem aus Südamerika importierte Kleider verkauft wurden.

»Ein wunderbares Kleid für eine Sommerparty«, sagte der Verkäufer. »Bequem, luftig und ganz und gar ungewöhnlich.«

»Ich nehme es«, sagte Zoe Kohler.

Dann blätterte sie begierig in der Branchenzeitung des Hotelgewerbes. An der 49th Street, westlich der Tenth Avenue, gab es ein Motor Inn, das Tribunal, in dem vom 29. Juni bis zum 2. Juli ein Kongreß leitender Angestellter von Schulen und Universitäten stattfand.

Als Zoe in ihrem Handbuch nachschlug, stellte sie fest, daß es sich bei dem Tribunal um ein relativ bescheidenes Hotel handelte – nur 180 Zimmer und Suiten sowie ein Café, ein Speisesaal und eine Bar. Und eine Cocktail Lounge im Freien, die sich zusammen mit einem kleinen Pool auf dem Dach über dem sechsten Stock befand.

Das Tribunal lag vom Zentrum Manhattans so weit entfernt, daß es der Überwachung der Polizei vielleicht entgangen war. Und da es nicht viele Zimmer hatte, würde es von Touristen und Kongreßteilnehmern überquellen. Zoe Kohler entschied sich für das Tribunal. Eine Cocktail Lounge im Freien mit Blick auf einen Swimmingpool. Das klang romantisch.

Ihre Krämpfe begannen am Sonntag, 29. Juni. Nicht gemächlich, schrittweise, an Intensität zunehmend wie normalerweise, sondern plötzlich, mit der Heftigkeit eines Schlages. Sie klappte zusammen und preßte die verschränkten Arme gegen ihren Unterleib.

Der Schmerz kam in Stößen und ließ sie zitternd zurück. Die Sohlen ihrer Füße brannten, ebenso ihre Haarwurzeln. Tief in ihrem Innern hatte sich eine glühende Faust in ihre Eingeweide gewühlt und verdrehte sie. Sie hätte am liebsten laut geschrien.

Sie schluckte alles mögliche, Anazin, Midol, Demerol. Sie rief Ernie an und verschob ihren geplanten Ausflug nach Jones Beach. Dann nahm sie ein heißes Bad. Ihr war übel. Ihr Kopf fühlte sich leicht an, wie ein gasgefüllter Luftballon. Sie versuchte ein Glas Weißwein zu trinken, aber noch ehe es halbleer war, mußte sie aus der Wanne springen, um sich in die Toilette zu übergeben.

Ihre Schwächeanfälle waren so heftig, daß sie Angst hatte, sich zu bewegen, ohne sich an Waschbecken oder Türklinke festzuhalten. Es fiel ihr schwer, ihre Bewegungen zu koordinieren. Sie sah alles doppelt, und als sie ihre schlaffe Brust umfaßte, fühlte sie ihr Herz wild hämmern.

»Was geschieht mit mir?« fragte sie laut, mehr verwirrt als von Panik erfüllt.

Am Montagmorgen erwachte sie zu spät und redete sich ein, daß es ihr besser gehe. Ihre Periode hatte noch nicht begonnen. Der stechende Schmerz war abgeklungen, hatte aber einen bleiernen Druck zurückgelassen, der ihre Eingeweide nach unten zu drücken schien. Sie hatte die entsetzliche Vision, ihre gesamten Innereien auszuscheiden.

Sie wagte nicht, auf die Waage zu steigen, aber die Hautverfärbungen in den Ellenbogen, an den Knien und zwischen den Fingern waren unübersehbar. In Erinnerung an Dr. Starks Test zupfte sie an ihrer Scham; sie behielt mehrere Haare in der Hand, trocken und drahtig.

Sie rief Everett Pinckney im Hotel an. Er war sehr verständnisvoll und versicherte, sie würden schon einen Tag lang ohne sie auskommen, und wenn notwendig, könne sie auch noch den Dienstag freihaben.

Sie lag auf dem Bett und sah sich voller Entsetzen an.

Bisher hatte sie gar nicht recht bemerkt, wie stark sie abgenommen hatte. Ihre Hüftknochen stachen hervor, spannten weiße, durchsichtige Haut. Ihre Brüste hingen flach zur Seite, die Warzen geschrumpft. Weiter unten konnte sie ein kleines Büschel matter Haare sehen, knochige Knie und lächerlich lange, gekrümmte Zehen: die Klauen eines Tieres. Als sie an ihrem Arm roch, bemerkte sie einen leichten Aschegeruch.

Der Tag wurde zu einem Traum, nein, zu einem Schauspiel, bei dem sie gleichzeitig Schauspielerin und Zuschauerin war. Sie war innerhalb und außerhalb. Sie beobachtete sich selbst voller Verwunderung, wie sie sich zu resoluten Bewegungen zwang und ihr Fleisch bändigte. Sie hätte dieser kraftvollen, entschlossenen Frau Beifall spenden mögen.

Das mexikanische Hochzeitskleid erwies sich als Katastrophe; sie wußte, so konnte sie unmöglich gehen. Schlaff und in Falten hing es von ihrem eingefallenen Körper. Sie legte es beiseite und zog einen

Florgarnpullover, einen Jeansrock und Stiefel mit flachen Absätzen an. Als sie sich im Spiegel begutachtete, sah sie eine blasse, furchtsame und verletzliche Frau. Mit einem geschliffenen Messer in der Tasche.

Die Cocktail Lounge auf dem Dach des Tribunal war ringsum von großen Töpfen mit natürlichem Grün begrenzt. Das von unten angestrahlte Wasser des Swimmingpools leuchtete in phosphoreszierendem Blau. Eine mit goldenen Gänseblümchen verzierte Markise war über die Tische gespannt.

Ein paar späte Schwimmer plantschten im Wasser herum. Von einer Hifi-Anlage hinter der Bar kam einschmeichelnde, nostalgische Musik, dünn wie Lametta.

Ein schläfriger Kellner bewegte sich langsam zwischen den Tischen hin und her. Eis klirrte in hohen Gläsern. Gemurmel erfüllte die Luft, plötzlich unterbrochen von hellem Gelächter. Weiße Gesichter in der Dämmerung. Nackte Arme.

Die Nacht schien aus sich selbst heraus zu leuchten. Der Glanz der Sterne war gedämpft vom Glühen der Stadt. Eine leichte Brise streichelte die Haut. Die Dunkelheit öffnete sich und verschlang alles und jeden, verlieh der Einsamkeit eine bittere Süße und Schweigen den Charakter eines Segens.

Zoe Kohler saß ruhig im Schatten und hielt sich für unsichtbar. Sie war sich der Schwimmer im Pool, der Paare an den Tischen im Freien kaum bewußt. Vage dachte sie, daß sie bald, bald nach unten in die belebte Bar gehen würde.

Aber sie fühlte sich so ruhig, so träge, daß sie keiner Bewegung fähig war. Eingehüllt in den Nebel der Genesung trieb ihr Körper dahin, durchflutet von flüssiger Wärme. Alle Schmerzen waren dahingeschmolzen und mit ihnen der Aufruhr ihres Körpers und der kummergeplagten Seele.

Außer Zoe und den Paaren befanden sich noch zwei einzelne Männer auf der Terrasse. Einer von ihnen, der ältere, schien sich mit verzweifelter Entschlossenheit zu betrinken. Der andere hatte schulterlanges Haar, einen dünnen Bart und schien kaum alt genug, um Alkohol trinken zu dürfen. Er hielt sich an Flaschenbier, das er so langsam trank, als sollte jedes Glas den ganzen Abend reichen.

Dann stand er plötzlich auf. Die Füße des Metallstuhls verursachten ein schrilles Geräusch auf dem Fliesenboden. Alles blickte auf. Von der allgemeinen Aufmerksamkeit verwirrt, blieb der Junge einen Moment stehen und beschäftigte sich mit seinem Glas und der Bierflasche, bis sich niemand mehr um ihn kümmerte.

Er ging direkt auf Zoes Tisch zu.

»Entschuldigen Sie, Ma'am«, sagte er leise. »Darf ich Sie zu einem Drink einladen? Bitte.«

Zoe verdrehte ihren Hals und versuchte, ihn im Dämmerlicht zu erkennen. Er war sehr groß und dünn. Er trug ein Tweedjackett, das ihm zu groß war, saubere Cordjeans und Wildlederstiefel.

Aus den Ärmeln des schweren Jacketts schauten dünne Handgelenke hervor, und der große Kopf schien auf einem schilfrohrdünnen Hals zu balancieren. Sein Lächeln war erwartungsvoll. Das lange blonde Haar und der dünne Bart wiesen sonnengebleichte Strähnen auf. Er wirkte vollkommen harmlos.

»Setzen Sie sich«, sagte sie sanft. »Aber seine Drinks bezahlt jeder selbst.«

»Danke«, sagte er.

Sein Name war Chet LaBranche, und er stammte aus Waterville, Maine. Aber er lebte und arbeitete in Vermont als Assistent der Präsidentin der Barre Academy, die sich Akademie nannte, tatsächlich aber eine voll anerkannte Kunsthochschule mit 437 Studenten war.

»Eigentlich habe ich hier gar nichts zu suchen«, sagte er mit einem fröhlichen Lachen, »aber der verantwortliche Bursche bekam plötzlich Grippe oder etwas ähnliches, und wir hatten die Reservierung und alles schon bezahlt, also hat mich Mrs. Bixby – das ist unsere Präsidentin – gefragt, ob ich nicht statt seiner fahren wollte, und ich habe die Gelegenheit natürlich beim Schopf gepackt. Ich bin zum erstenmal hier in der großen Stadt und finde alles furchtbar aufregend.«

»Amüsieren Sie sich gut?« fragte Zoe mit einem Lächeln.

»Tja, ich bin erst seit heute morgen hier, und den Tag über hatten wir eine Konferenz nach der anderen, deshalb hatte ich noch nicht viel Gelegenheit, mich umzusehen, aber es ist ganz schön groß und laut und dreckig, oder?«

»Das kann man wohl sagen.«

»Aber morgen und Mittwoch haben wir mehr Zeit für uns, und dann möchte ich mich ein wenig umsehen. Haben Sie eine Idee, was ich mir anschauen soll?«

»Alles«, sagte sie.

»Ja«, sagte er und nickte heftig, »alles. Genau das habe ich auch vor. Und wenn ich die ganze Nacht aufbleiben muß. Wer weiß, wann ich das nächste Mal eine solche Chance kriege. Ich möchte den Brunnen sehen, in den Zelda Fitzgerald gesprungen ist, und all die Bars in Greenwich Village, wo Jack Kerouac immer gesoffen hat.«

»Wohnen Sie hier im Hotel?« fragte Zoe beiläufig.

»Allerdings, Ma'am. Das ist im Preis inbegriffen. Ich habe ein hübsches Zimmer im fünften Stock bekommen, direkt unter diesem. Groß und sauber.«

»Wie alt sind Sie eigentlich, Chet?«

»Ich werde bald fünfundzwanzig«, sagte er und zog den Kopf ein. »Ich habe Sie gar nicht nach Ihrem Namen gefragt, Ma'am, aber Sie brauchen ihn mir nicht zu sagen, wenn Sie nicht wollen.«

»Irene«, sagte sie.

Alles schien ihn mit Begeisterung zu erfüllen. Es war nicht das Bier; es war sein Wesen. Er plauderte vor sich hin und brachte sie immer wieder mit seinen Beschreibungen zum Lachen, egal, ob es sich um das Leben an der Barre Academy handelte oder seine Erfahrungen mit New Yorker Taxifahrern.

Sie genoß seine Jugend, sein Vitalität und seinen Optimismus. Er war noch nicht verdorben, sondern voller Zutrauen. Die Zukunft lag noch vor ihm, eine glitzernde Welt voller Überraschungen. Er würde Professor für Englische Literatur werden. Er würde überallhin reisen. Er würde ein Haus besitzen, eine Familie gründen.

Er überschlug sich fast in seinem Bemühen, alles hervorzusprudeln, einen Eindruck von der überwältigenden Energie zu geben, die ihn erfüllte. Seine langen Hände schrieben große Gesten in die Abendluft. Er krümmte sich vor Lachen über seine eigenen großen Träume, glaubte aber an jeden einzelnen davon.

Zoe trank drei weitere Gläser Weißwein, und Chet bestellte noch zwei Flaschen Bier. Sie lauschte ihm, lächelte und nickte. Dann waren die Schwimmer plötzlich verschwunden, das Licht im Pool erlosch.

Die Tische hatten sich geleert; sie waren die letzten. Der schläfrige Kellner erschien mit ihrer Rechnung.

»Chet, ich würde gern diese Liste sehen, die sie sich gemacht haben«, sagte Zoe. »Vielleicht kann ich Ihnen noch ein paar Vorschläge machen.«

»Sicher«, sagte er sofort. »Tolle Idee. Wir brauchen gar nicht auf den Fahrstuhl zu warten. Wir können zu Fuß gehen, es ist nur ein Stockwerk.«

»Gut«, sagte sie.

Sie trug ihr Glas, er seine Flasche und das Bierglas. Wie er gesagt hatte, war sein Zimmer groß, sauber und sehr hübsch. Stolz zeigte er ihr den Stapel flauschiger Handtücher, die verpackte Seife, die sauberen Gläser und den Eisbehälter aus Plastik.

»Und zwei Betten!« kicherte er und hüpfte auf einem davon auf und nieder. »Ich hätte nie gedacht, daß ich ein Zimmer mit zwei Betten kriegen würde! Ich könnte abwechselnd im rechten und im linken schlafen. So ein Luxus! Wo habe ich denn nur diese Liste?«

Sie saßen nebeneinander auf dem Bett und besprachen seine geplante Besichtigungstour. Nicht ein einziges Mal berührte er sie, sagte irgend etwas auch nur schwach Doppeldeutiges oder gab ihr sonst einen Grund zu der Annahme, er könnte etwas anderes sein als das, was er zu sein schien: unschuldig.

Sie wandte sich ihm plötzlich zu und gab ihm einen Kuß auf die Wange.

»Ich mag Sie«, sagte sie. »Sie sind nett.«

Er starrte sie verwirrt an, die Augen geweitet. Dann sprang er auf, ein krampfartiger Satz.

»Ja, nun ...« sagte er stotternd. »Ich danke Ihnen. Ich habe Sie wahrscheinlich gelangweilt, nicht wahr? Ich meine, ich habe den ganzen Abend nur über mich geredet. Lieber Gott, ich habe Ihnen nicht mal eine Chance gegeben, den Mund aufzumachen. Wir könnten nach unten gehen und noch einen Schlummertrunk zu uns nehmen. Hätten Sie Lust dazu? Oder wollen Sie lieber gehen? Das wäre schon in Ordnung. Ich meine, wenn Sie gehen wollen ...«

Sie lächelte, nahm seine Hand und zog ihn wieder aufs Bett.

»Ich will keinen Drink mehr, Chet«, sagte sie. »Und ich will auch nicht gehen. Können wir uns nicht noch unterhalten?«

»Nun . . . ja . . . sicher. Gern.«

»Sind Sie verheiratet, Chet?«

»Oh, nein. Nein, nein.«

»Freundin?«

»Tja, nun . . . wahrscheinlich. Sicher, sie ist eine Freundin. Eine aus den unteren Semestern, was eigentlich verboten ist, denn wir sind nicht dazu da, uns mit den Studentinnen einzulassen, wissen Sie. Aber es läuft jetzt trotzdem schon ungefähr sechs oder sieben Monate. Sie ist abends immer herausgeschlüpft, um sich mit mir zu treffen. Letzte Woche haben die Ferien begonnen, aber wir beabsichtigen, uns diesen Sommer zu sehen.«

»Das ist ja wunderbar. Ist sie nett?«

»Oh, ja. Ich finde schon. Sehr nett. Wir haben viel Spaß – verstehen Sie? Ich meine, es macht Spaß, mit ihr zusammen zu sein. Alice. So heißt sie, Alice.«

»Der Name gefällt mir.«

»Gewöhnlich treffen wir uns außerhalb der Stadt. Ich meine, der Ort ist nicht so groß, daß die Leute nichts merken würden, deswegen müssen wir vorsichtig sein. Zum Glück bin ich motorisiert, eine alte, schrottreife Kiste, und manchmal fahren wir zu einem Rasthaus vor der Stadt. Und manchmal, an warmen Abenden, gehen wir nur spazieren und unterhalten uns.«

»Ist sie hübsch?«

»Ich denke, ja. Nicht direkt schön. Ich meine, sie ist keine Reklameschönheit oder so. Sie trägt eine Brille. Sie ist ziemlich kurzsichtig. Aber ich finde schon, daß sie hübsch ist.«

»Lieben Sie sie, Chet?«

Er dachte lange nach. »Ich weiß nicht«, gestand er schließlich. »Ich weiß es wirklich nicht. Ich habe viel darüber nachgedacht. Ich meine, ob ich den Rest meines Lebens mit ihr verbringen will. Ich weiß es wirklich nicht. Aber das müssen wir ja nicht gleich entscheiden. Ich meine, schließlich kennen wir uns erst sechs oder sieben Monate. Nach den Ferien kommt sie wieder, und dann haben wir Gelegenheit, uns besser kennenzulernen. Vielleicht wird was draus; vielleicht läuft es auch einfach nur irgendwann aus. Verstehen Sie?«

Sie berührte mit ihren Lippen fast sein Ohr, als sie flüsterte: »Habt ihr miteinander geschlafen?«

Er wurde rot. »Nun, eh, nicht direkt. Ich meine, wir haben ... ein paar Sachen haben wir schon gemacht. Aber nicht, Sie wissen schon, nicht bis zum letzten. Ich respektiere sie.«

»Hat sie einen aufregenden Körper?«

»Oh, Gott – du meine Güte, ja! Sie hat ganz schön Holz vor der ... ich meine, sie ist sportlich, Schwimmerin. Raucht nicht. Trinkt nur gelegentlich mal ein Bier. Hält sich gut in Form. Sehr gut. Sie ist fast so groß wie ich. Sehr schlank. Und dann diese großen ... Sie wissen schon ...«

»Warum haben Sie noch nicht mit ihr geschlafen?«

»Nun, ja ... eh ... wissen Sie ...«

Sie würde ihn nicht vom Haken lassen. Es war plötzlich wichtig für sie, herauszubekommen, was Chet und Alice miteinander getan hatten.

»Sie will doch, oder, Chet?«

»Oh, ja. Ich glaube schon. Manchmal kommen wir in Fahrt, und dann ist es ziemlich schwierig, wieder aufzuhören. Dann beherrschen wir uns wieder. Wir sagen ›Beherrschung!‹, dann müssen wir beide lachen und bekommen uns wieder in die Hand.«

»Aber Sie würden doch gern weitermachen, oder?«

»Naja, klar. Jedenfalls wenn wir so richtig in Fahrt sind. Dann vergesse ich manchmal meine ganzen guten Vorsätze. Ich weiß, daß eines Tages – eines Nachts wohl eher – keiner von uns ›Beherrschung!‹ sagen wird. Und dann ...«

»Nimmt sie die Pille?«

»Nein! Ich habe sie danach gefragt, und sie hat geantwortet ›Wozu?‹. Ich meine, schließlich treibt sie sich nicht herum. Sie hat völlig recht. Warum sollte sie dieses gefährliche Medikament nehmen?«

»Aber was ist, wenn ihr beide erregt seid und keiner sagt ›Beherrschung!‹, und es passiert, genau wie Sie gesagt haben? Was ist, wenn sie schwanger wird?«

»Nein, nein. Ich meine, eh, ich würde schon meine Vorsichtsmaßnahmen treffen. Ich bin keine Jungfrau mehr. Ich weiß über diese Dinge Bescheid. Ich würde Alice nie in Schwierigkeiten bringen.«

Wieder beugte sie sich vor und flüsterte ihm etwas ins Ohr.

»Nun, sicher, ja«, sagte er. »Das könnte sie tun. Wenn sie Lust dazu hätte. Und ich könnte es natürlich auch. Ich weiß über so was Bescheid.«

»Aber Sie haben es nie getan?«

»Naja, eigentlich nicht, nein. Habe ich nie.«

»Warum ziehen Sie sich nicht aus?« fragte Zoe Kohler leise. »Ich würde es gern bei Ihnen tun.«

»Sie machen Witze!«

»Nein, wirklich, ich möchte es. Sie nicht? Haben Sie keine Lust, herauszufinden, wie es ist?«

Sie hatte auf den richtigen Knopf gedrückt. Er wollte alles herausfinden, alles erfahren.

»Gut«, sagte er. »Aber Sie müssen mir sagen, was ich tun soll.«

»Sie müssen gar nichts machen«, versicherte sie ihm. »Sie müssen sich nur zurücklehnen und es genießen. Ich muß kurz ins Badezimmer, derweil können Sie sich ausziehen. Ich bin gleich wieder da.«

Seine Unschuld erschien ihr wie ein Vorwurf ihr gegenüber. Es verwirrte sie, daß sie es so empfand. Sie wollte ihn nicht korrumpieren; das würde früh genug kommen. Was sie tun wollte, beschloß sie, war, ihn vor der Korruption zu bewahren.

Sie durchdachte dieses Problem, während sie sich auszog. Auf eine harte, grausame Weise ergab es einen Sinn. Denn obwohl er jetzt so schuldlos war, sah sie ganz deutlich, was ihm schließlich widerfahren, wie er werden würde.

Die Jahre und das Leben würden ihren Preis verlangen. Er würde lügen und betrügen. Sein jungenhafter Körper würde wachsen, während seine Seele verkümmerte. Er würde ein Mann werden, vor dem Wind durchs Leben segeln und für das menschliche Strandgut, das in seinem Kielwasser zurückblieb, nur Verachtung übrighaben.

Am schlimmsten aber war, daß er nie um seine verlorene Reinheit trauern würde, sondern sich ihrer höchstens mit einem verwirrten Lachen erinnern würde. Die Erinnerung würde ihn beschämen, das wußte sie. Er würde es nie bereuen, daß er einmal gut gewesen und dann korrumpiert worden war.

Deshalb ging sie zurück ins Schlafzimmer und schnitt ihm die Kehle durch.

10

Donnerstag, 5. Juni ...

»Also«, sagte Sergeant Abner Boone und blätterte in seinem Notizbuch, »Folgendes haben wir bisher herausgefunden.«

Die Männer standen oder saßen um den abgenutzten Schreibtisch im Revier Manhattan-Nord. Alle rauchten Zigaretten oder Zigarren; bis auf Lieutenant Crane, der auf einer Pfeife herumkaute. Auf dem Tisch standen leere Kaffeebecher aus Pappe, umgeben von zusammengeknülltem Butterbrotpapier, Pommes-frites-Tüten, Hamburgerschälchen, Pizza-Kartons und Chop-suey-Tellern.

Die Klimaanlage kämpfte vergeblich gegen den Rauch in der Luft an. Es roch nach Schweiß und Desinfektionsmittel. Niemand kümmert sich darum. Jeder von ihnen hatte schon schlimmere Gerüche eingeatmet, und schäbige Räume wie dieser waren ihr Zuhause.

»Nicholas Telemachus Pappatizos« begann Boone. »Alias Nick Pappy alias Poppa Nick alias ›Der Zauberer‹. Zweiundvierzig. Zu Hause in Las Vegas. Schnell im Umgang mit Karten und Würfeln. Zwei Verurteilungen wegen Betrugs und Erpressung, zu acht und zu dreizehn Monaten. Angeklagt wegen versuchter Vergewaltigung und gewalttätigen Angriffs, beide Male aber freigesprochen.«

»Gut, daß wir den los sind«, sagte Detective Bentley.

»Das Blut auf dem Badezimmerboden stammte definitiv nicht von ihm, sondern von einer weißen Frau. Es steht jetzt also fest; wir suchen nach einem weiblichen Täter.«

»Wie erklären Sie sich den Kampf?« fragte Detective Johnson.

»Die Autopsie hat ergeben, daß er kurz vor seinem Tod noch Geschlechtsverkehr hatte«, sagte Boone ausdruckslos. »Es könnte eine Vergewaltigung gewesen sein. Nachdem es vorbei ist, holt sie ihr Messer aus der Tasche und fängt an, ihn zu tranchieren. Johnson, was haben Sie über das Mace herausgefunden?«

»Das Zeug wurde an eine Menge privater Sicherheitsdienste verkauft, praktisch an jeden, der einen legitimen Bedarf nachweisen konnte. Wir überprüfen sie gerade. Uns entgeht keine einzige Dose.«

»Bleiben Sie dran. Bentley, was ist mit der Kellnerin aus dem Coolidge? Der Mord an Ashley.«

»Wir telefonieren jeden Tag mit ihrer Mutter, Sergeant. Sie hat immer noch nicht angerufen. Jetzt überprüfen wir gerade ihre Freunde; vielleicht weiß von denen jemand, wo sie steckt.«

»Was gibt's bei Ihnen Neues, Lieutenant?«

»Bisher nichts. Einige der möglichen Tatverdächtigen sind umgezogen, einige sind verreist und ein paar sind tot. Sieht alles nicht besonders vielversprechend aus.«

»Wie kam es, daß die Lockvögel im Adler sie nicht bemerkt haben?« fragte Edward X. Delaney.

»Weiß der Teufel«, antwortete Bentley wütend. »Wir hatten einen Mann in beiden Bars. Vielleicht hat sie ihn von der Straße mit hereingebracht.«

»Nein«, meinte Delaney unbewegt. »Das ist nicht ihr Stil. Sie wußte ja, daß in dem Hotel zwei Tagungen stattfanden. Im Foyer, vielleicht; oder im Speisesaal. Aber nicht auf der Straße.«

Ein paar Sekunden herrschte allgemeines Schweigen. Jeder überlegte, wie man sie stoppen konnte, bevor sie das nächste Mal zuschlug.

»Zwischen dem neunundzwanzigsten Juni und dem zweiten Juli dürfte es wieder soweit sein«, sagte Boone. »Wir können nicht früh genug darüber nachdenken, was wir an zusätzlichen Sicherheitsmaßnahmen ergreifen sollten. Intelligente Vorschläge werden dankbar angenommen.«

Rauhes Gelächter ertönte, dann war die Konferenz beendet. Sergeant Boone nahm Delaney beiseite. »Haben Sie noch etwas Zeit, Chief?«

»Sicher. Soviel du willst. Was gibt's?«

»Im meinem Büro wartet ein Bursche – ein Arzt. Dr. Patrick Ho. Er arbeitet im Labor. Er war es, der das Blut auf dem Badezimmerboden untersucht und gesagt hat, daß es von einer weißen Frau stammt.«

»Und?« fragte Delaney.

Boone zuckte hilflos mit den Schultern. »Ich weiß es auch nicht, Sir. Er hat mich aufgesucht, um mir zu erklären, daß an dem Blut irgendwas komisch sei. Aber ich werde aus seinem Gerede nicht schlau. Würden Sie sich mal mit ihm unterhalten, Chief? Vielleicht kapieren Sie, was er meint.«

Dr. Patrick Ho war klein, dicklich und sonnengebräunt. Er sah aus wie ein junger Buddha mit rotem Haar. Als Boone Delaney vorstellte, verbeugte er sich und kicherte. Seine Hand war weich. Der Chief bemerkte manikürte Fingernägel.

»Ah«, flötete Dr. Ho mit hoher Stimme, »was für eine Ehre, Sir. Ihr Name ist in aller Munde.«

»Danke«, sagte Delaney. »Also, worum ...«

»Ihre großen Leistungen«, fuhr Dr. Ho begeistert fort. Seine dunklen Augen leuchteten. »Ihre Kombinationsgabe. Ich wäre selber gern Detektiv. Unglücklicherweise bin ich aber nur ein niedriger Wissenschaftler, dazu verdammt ...«

»Setzen wir uns«, sagte Delaney und fügte hoffnungsvoll hinzu: »Eine Minute.«

Sie holten sich Stühle. Der Sergeant reichte Zigaretten herum. Der kleine Doktor sprang auf, ein Dunhill-Feuerzeug in der Hand. Er gab Delaney und Boone Feuer und löschte die Flamme wieder, ehe er seine eigene Zigarette anzündete.

»Niemals drei auf einen Streich«, kicherte er.

Er setzte sich wieder und blickte strahlend von einem zum anderen. Sein Gesicht wirkte wie ein Pfirsich mit rubinroten Lippen und winzigen Ohren. Seine dunklen Augen quollen leicht aus den Höhlen, und seine Zähne waren die kleinsten, die Delaney je gesehen hatte. Kinderzähne; perfekte Miniaturen.

Seine Gesten waren graziös und gleitend, das reinste Ballett. Seine Gesichtszüge befanden sich nie in Ruhestellung; er lächelte, runzelte die Stirn, grimassierte, schürzte die vollen Lippen, zog einen Flunsch. Ein Orientale vom Scheitel bis zur Sohle, entschied Delaney.

»Dr. Ho«, begann der Chief erneut, »was nun das Blut betrifft ... Es besteht kein Zweifel, daß es von einer weißen Frau stammt?«

»Kein Zweifel!« rief der Doktor aus. »Nicht der geringste!«

»Dann verstehe ich nicht ...«

Dr. Ho beugte sich vor und blickte sie verschwörerisch an. Er hob den Zeigefinger und sagte: »Das Blut hat einen sehr hohen Kaliumgehalt.«

Delaney und Boone blickten sich an.

»Nun, Doktor«, sagte der Sergeant, »und was heißt das? Ich meine, was hat das für eine Bedeutung?«

Dr. Ho lehnte sich wieder zurück und kreuzte seine kleinen Beine. Dann blickte er die Decke an.

»Tja«, sagte er träumerisch, »in normalem Blut existiert nicht soviel Kalium.«

Edward X. Delaneys Interesse war geweckt. Er rückte seinen Stuhl näher an den Doktor heran, geriet in eine Duftwolke von Hos süßlichem Parfum und lehnte sich hastig wieder zurück.

»Und was könnte die Ursache dafür sein?«

»Oh, viele Dinge. Viele, viele Dinge.«

Wieder warfen Delaney und Boone sich einen Blick zu. Die Schultern des Sergeants hoben sich kurz zu einem angedeuteten Zucken.

»Nun, Doktor«, sagte Boone mit einem Seufzen. »Ich verstehe nicht ganz, wie das uns bei den Ermittlungen helfen könnte.«

Dr. Patrick Ho runzelte die Stirn, zeigte seine kleinen Zähne und schürzte die Lippen. Dann beugte er sich vor und begann rasch zu reden.

»Lassen Sie mich die Wahrheit gestehen: Ich bin zwar nur ein niedriger Wissenschaftler; nicht mehr. Aber in gewisser Weise bin auch ich Detektiv. Ich enthülle, was wir aus einem Blutstropfen, einem Stück Glas, einem Haar, einem Farbsplitter lernen können. Und was dieses kaliumverseuchte Blut betrifft, da habe ich einen Verdacht. Deswegen würde ich gern eine ausführliche Analyse dieses rätselhaften Bluts vornehmen.«

»Und?« fragte Sergeant Boone. »Warum tun Sie das nicht?«

Dr. Ho seufzte tief. Sein Gesicht fiel zu einem derart kummervollen Ausdruck zusammen, daß er den Tränen nahe schien.

»Zum einen«, sagte er, »habe ich im Augenblick außerordentlich viel zu tun – ich würde von meinen übrigen Aufgaben gern entbunden werden – natürlich nur vorübergehend«, fügte er eilig hinzu. »Ich möchte mich ausschließlich der Untersuchung dieses merkwürdigen Blutes widmen. Zweitens muß ich Ihnen sagen, daß wir in unserem Laboratorium nicht über die Einrichtungen verfügen, die für eine so genaue Blutuntersuchung, wie ich sie durchführen möchte, notwendig sind.«

»Und wo stünden solche Einrichtungen zur Verfügung?« fragte Delaney.

»Im Gerichtsmedizinischen Institut«, sagte Dr. Ho bekümmert.

»Und?« fragte Boone erneut. »Dann bitten Sie sie doch, dort die Analyse vorzunehmen.«

Das ausdrucksvolle Gesicht des Doktors nahm einen gequälten Ausdruck an. »Ja« sagte er, »aber dann liegt sie nicht mehr in meinen Händen. Verstehen Sie?«

Delaney musterte Ho nachdenklich. Der kleine Mann versuchte Punkte zu sammeln, seine Karriere voranzutreiben. Daran war nichts auszusetzen. Im Gegenteil, unter den richtigen Umständen war es sogar bewundernswert. Aber in diesem Fall konnte es sein, daß er allen nur wertvolle Zeit stahl.

»Lassen Sie mich zusammenfassen«, sagte der Chief. »Sie wollen zeitweilig von all Ihren Pflichten entbunden werden, um sich ausschließlich der Analyse des Bluts widmen zu können, das auf dem Fußboden des Hotels Adler gefunden worden ist. Und zu diesem Zweck würden Sie gern auf die Einrichtungen des Gerichtsmedizinischen Instituts zurückgreifen. Ist das richtig?«

Dr. Ho schlug sich auf seine rundlichen Schenkel. Seine Augen strahlten vor Glück.

»Genau«, sagte er. »Getroffen.« Dann verschwand das Strahlen von seinem Gesicht, und seine Miene wurde betrübt. »Aber Sie müssen wissen, daß es zwischen meiner Abteilung und dem Gerichtsmedizinischen Institut, nun, nicht direkt eine Feindschaft gibt, oh, nein, aber, nun ..., wie soll ich mich ausdrücken? Konkurrenz! Ja, wir stehen sozusagen im Wettbewerb miteinander. Professionelle Eifersucht, könnte man sagen. Eine gewisse Heimlichtuerei. Verstehen Sie?«

»Ja, in Ordnung«, sagte der Chief. »Ich werde darüber nachdenken.«

Dr. Patrick Ho beugte sich vor und legte Delaney die Hand auf den Arm.

»Sie sind ein sehr sympathischer Mann«, sagte er dankbar.

Der Chief, der es haßte, von Fremden oder sogar von Freunden berührt zu werden, zog seinen Arm weg und stand rasch auf.

»Wir geben Ihnen Bescheid, Doktor. So schnell wie möglich.«

Sie reichten sich die Hand, Ho deutete eine doppelte Verbeugung an. Dann tänzelte er aus dem Raum.

»Ein Verrückter«, sagte Boone kopfschüttelnd.

»Mmm«, machte Delaney.

Sie ließen sich wieder auf ihre Stühle fallen und blickten sich an.

»Was halten Sie davon, Chief?«

»Ein ganz schöner Hammer.«

»Ich glaube, das ist alles Quatsch«, sagte Boone ärgerlich. »Der einzige Mann, der Ho verschaffen könnte, was er will, ist der Admiral, und selbst der müßte viele Hebel in Bewegung setzen und auf einige Füße treten. Ich habe einfach nicht den Mumm, damit zu Thorsen zu gehen.«

»Das kann ich verstehen.«

»Wenn ich es nämlich tue, hält er mich für total bekloppt.«

»Wahrscheinlich«, sagte Delaney mitfühlend. »Andererseits, wenn du ihn ins Leere laufen läßt, könnte unser verrückter Doktor durchaus eine Etage höher anklopfen. Das ist ihm absolut zuzutrauen. Wenn er dann grünes Licht bekommt und etwas herausfindet, hängt dein Arsch im kalten Wind.«

»Ja«, sagte der Sergeant unglücklich. »Ich weiß.«

»Vielleicht ist es wirklich ein Schlag ins Wasser, aber ich denke, du solltest ihm eine Chance geben.«

»Natürlich, für Sie ...« entfuhr es Boone, aber dann schloß er den Mund so abrupt, daß die Zähne aufeinanderschlugen.

Der Chief blickte ihn fest an. »Ich weiß, was du denkst, Sergeant – daß ich nichts zu verlieren habe, du hingegen eine ganze Menge. Das verstehe ich, aber ich finde, du kannst es dir nicht leisten, nichts zu unternehmen. Hör mal, wie wär's, wenn wir es so machen würden ... Ich rufe Thorsen an und sage, der Doktor hätte mich aufgesucht und du wärst zufällig dabeigewesen. Ich werde ihm empfehlen, Dr. Ho zu verschaffen, was er braucht, und ihn wissen lassen, daß du auch meiner Meinung wärst. Auf diese Weise fällt es auf mich zurück, wenn es ein Schuß in den Ofen war; mir ist das völlig egal. Wenn es aber zu positiven Ergebnissen führt, dann weiß jeder, daß du von Anfang an dafür warst.«

Abner Boone dachte über den Vorschlag nach. »Ja«, sagte er endlich, »machen wir's so. Danke, Chief.«

Delaney versuchte, Thorsen von Boones Büro aus anzurufen, aber der Deputy Commissioner war in einer Konferenz.

Der Chief ging durch den Central Park nach Hause. Es war ein heißer, schwüler Tag, aber er zog weder seine Jacke aus, noch nahm er seinen Hut ab. Er beklagte sich selten über das Wetter und war immer erstaunt über die Menschen, die nie zu begreifen schienen, daß es im Sommer heiß und im Winter kalt war.

Wie üblich war Monica irgendwo unterwegs. Delaney ging nach oben und zog Jackett, Weste und Schlips aus. Dann schlüpfte er aus dem schweißgetränkten Hemd und wusch sich den Oberkörper mit einem feuchten Waschlappen. Anschließend streifte er ein Polohemd über.

Er ging wieder hinunter und warf einen Blick in den Kühlschrank. Gestern hatte es Kalbskoteletts gegeben, und es war noch genug kaltes Fleisch übrig, um daraus ein anständiges Sandwich zu machen. Er bestrich eine Scheibe Weißbrot dünn mit Russian Dressing, fügte frisch gemahlenen Pfeffer hinzu und bedeckte das Fleisch dann mit Scheiben roter Zwiebeln. Mit dem Sandwich und einer Dose Ballantine Ale ging er in sein Arbeitszimmer.

Während er aß und trank, blätterte er in seinem medizinischen Handlexikon und fand den Artikel über Kalium. Aber dort stand lediglich, daß es sich bei Kalium um ein chemisches Element handele, das im menschlichen Körper gewöhnlich in Kombination mit Natriumsalz vorkomme.

Der Absatz über das Blut war länger und detaillierter. Unter anderem stand dort, daß das Plasma (der flüssige Teil des Blutes) organische und anorganische Elemente von einem Teil des Körpers in den anderen transportiere. Darüber hinaus befördere das Blut Gase, Sekretionen der endokrinen Drüsen (Hormone), Enzyme, Proteine und so weiter. Wenn die Zusammensetzung des Blutes ernsthaft aus dem Gleichgewicht gebracht war, handelte es sich, dem Lexikon zufolge, gewöhnlich um ein Anzeichen für eine physiologische Störung.

Der Chief legte das Buch beiseite, aß den Rest von seinem Sandwich und trank das Bier aus. Er versuchte es noch einmal bei Thorsen, und diesmal kam er durch. Er informierte den Deputy Commissioner über den Besuch von Dr. Patrick Ho und über dessen Vorhaben.

Ivar Thorsen war nicht überzeugt.

»Ziemlich dünn das Ganze, Edward«, sagte er. »Wenn ich dich

richtig verstanden habe, hat er nicht mal eine Ahnung, warum sich in diesem Blut soviel Kalium befindet.«

»Stimmt. Aber genau das will er ja herausfinden.«

»Gut, angenommen, er findet es heraus, und der Killer schluckt aus irgendwelchen medizinischen Gründen Kaliumtabletten – wie soll uns das weiterhelfen? Mein Gott, Edward, vielleicht ist der Hotel-Ripper ein Bananenfreak. Sie schlingt wie verrückt Bananen hinunter, das würde das Kalium erklären. Verhaften wir dann jede Frau in New York, die gern Bananen ißt?«

»Ivar, ich finde, wir sollten diesem Burschen eine Chance geben. Schon möglich, daß nichts dabei herauskommt. Aber wir haben nicht so gottverdammt viel in der Hand, daß wir es uns leisten könnten, auch nur eine Winzigkeit zu ignorieren.«

»Glaubst du wirklich, daß was dabei herauskommt?«

»Das wissen wir erst, wenn wir's versucht haben, nicht wahr?«

Thorsen stöhnte. »Nun . . . gut. Die Laborleute werden mir keine Schwierigkeiten machen. Ich kann diesen Ho vorübergehend zu uns versetzen lassen. Aber das Gerichtsmedizinische Institut ist eine andere Sache. Bei denen habe ich nicht viel zu melden, aber ich will sehen, was ich erreichen kann.«

»Danke, Ivar.«

»Edward«, fragte Thorsen fast flehentlich, »werden wir sie schnappen?«

Delaney war erstaunt. »Natürlich«, sagte er.

Zeitungsjournalisten und Fernsehkommentatoren berichteten, daß die Ermittlungen keine Fortschritte machten. Die Öffentlichkeit schien ein perverses Vergnügen zu empfinden, wenn sie lesen konnte, wie viele Tagungen, Kongresse, Reisen und Hotelreservierungen schon storniert worden waren.

Das Büro des Bürgermeisters geriet unter Beschuß von der Geschäftsgemeinde und schoß sich seinerseits auf den Police Commissioner ein, der wiederum Deputy Commissioner Ivar Thorsen unter Druck setzte. Weil Thorsen aber ein anständiger Mann war, weigerte er sich, den Druck an die Männer in seinem Kommando weiterzugeben, denn er wußte, daß sie ohnehin taten, was in ihrer Macht stand, und sich halb zu Tode rackerten.

»Bloß, liefert mir etwas«, bettelte er. *»Irgend etwas!* Einen Knochen, den wir den Medien vorwerfen können.«

Tatsächlich wurden Fortschritte gemacht, aber es war langwierige, umständliche, anstrengende Arbeit, die nicht direkt die Art von Ergebnissen brachte, aus denen Schlagzeilen gegossen werden. Die Liste der Frauen, die Zugang zu den Terminplänen der Kongreßveranstalter hatten, wuchs, und Detective Aaron Johnsons Männer gingen jeder Dose Mace oder Tränengas anderer Zusammensetzung nach, die im Gebiet von New York verkauft worden war.

Dr. Patrick Ho hatte erhalten, was er wollte, und drei Tage später meldete er sich erhitzt und außer Atem bei Sergeant Boone und Delaney.

»Ah, es sieht gut aus«, sagte er mit seiner musikalischen Stimme. »Sehr, sehr gut.«

»Was?« wollte Boone wissen. »Was haben Sie herausgefunden?«

»Hören Sie sich das an«, sagte Ho triumphierend. »Nicht nur ist der Kaliumgehalt ungewöhnlich hoch, sondern die Natrium-, Chlorid- und Bikarbonatwerte sind außergewöhnlich niedrig. Ist das nicht großartig?«

Boone gab ein Geräusch des Abscheus von sich.

»Was heißt das, Doktor?« fragte Delaney.

»Ah, das zu sagen, ist es viel zu früh«, antwortete Ho gestelzt. »Aber es existieren ganz deutliche Anormalitäten. Darüber hinaus haben wir zwei Substanzen isoliert, die wir nicht identifizieren können. Ist das nicht aufregend?«

»Vielleicht wäre es das«, sagte der Sergeant, »*wenn* Sie sie identifizieren könnten.«

»Wie geht's jetzt weiter?« fragte der Chief.

»In dieser herrlichen Stadt gibt es zwei exzellente Krankenhäuser mit glänzenden hämatologischen Abteilungen. Sie haben wunderbare Apparate. Ich werde unsere Proben nehmen und zu diesen Krankenhäusern gehen, und dort wird man mir sagen, worum es sich bei diesen unidentifizierten Substanzen handelt.«

»Hören Sie mal«, sagte Sergeant Boone heiser, »müssen wir dafür etwa noch bezahlen?«

»Oh, nein«, erwiderte Dr. Patrick Ho entsetzt. »Es ist ihre staatsbürgerliche Pflicht, uns zu helfen. Davon werde ich sie überzeugen.«

Delaney blickte den kleinen Mann voll Bewunderung an. »Ich glaube, das werden Sie wirklich, Doktor«, sagte er.

Am 16. Juni verspätete sich Detective Daniel Bentley zur Morgenkonferenz in Manhattan Nord. Strahlend marschierte er in den Versammlungsraum und rief: »Bingo! Wir haben was gefunden.«

»Oh, Herr«, intonierte Ivar Thorsen, »laß es etwas Gutes sein.«

»Jeden Tag haben wir zweimal bei der Mutter dieser Kellnerin angerufen, die an jenem Abend, als Jerome Ashley ermordet wurde, im New Orleans Room des Coolidge gearbeitet hat«, berichtete Bentley. »Das Mädchen ist an die Westküste gezogen und hat sich seitdem nicht mehr bei seiner Mutter gemeldet. Also haben wir uns ihre Kumpel vorgenommen und sind auf einen Freund von ihr gestoßen, der auf Bewährung ist, nachdem er achtzehn Monate wegen Einbruchdiebstahls abgesessen hat. Wir haben etwas Druck auf ihn ausgeübt und tatsächlich hat er gestern nacht einen Anruf von dieser Puppe bekommen ...«

Bentley konsultierte sein Notizbuch. »Ihr Name ist Anne Rogovich. Jedenfalls, sie ruft ihren Ex-Freund an, sie unterhalten sich ein bißchen, sie gibt ihm ihre neue Telefonnummer. Dann setzt er sich mit uns in Verbindung, wie wir ihm gesagt hatten. Vor einer Stunde habe ich sie angerufen. Da unten an der Küste ist es noch ziemlich früh, und ich habe sie geweckt – aber was soll's.«

»Kommen Sie zur Sache«, sagte Boone.

»Ja, sie hat in jener Nacht, in der Ashley dran glauben mußte, im New Orleans Room gearbeitet. Ja, sie erinnert sich daran, einen Mann mit narbenbedeckten Händen bedient zu haben. Sie sagt, er hat mit einer Frau zusammengesessen. Die Beschreibung gibt nicht viel her: dunkel, schlank, groß, das Gesicht mit Make-up zugekleistert. Erdbeerblonde Perücke. An die Kleidung kann sie sich dagegen besser erinnern. Ausgesprochen auffallend. Ein grünes Seidenkleid, eng wie ein Slip. Spaghettiträger. Sie erinnert sich so genau daran, weil ihr das Kleid so gut gefallen hat. Sie hat sich überlegt, was es wohl gekostet haben könnte. Und sie erinnert sich daran, daß die Frau ein Armband getragen hat. Ein Kettchen aus goldenen Gliedern. Dazwischen zwei Worte aus großen goldenen Buchstaben: WARUM NICHT?«

»Warum nicht?« meinte Boone. »Großartig. Das Kleid hat sie vielleicht gewechselt, aber das Armband könnte eine Spur sein. Broderick, könnten sich Ihre Jungs damit befassen? Wer so was herstellt und verkauft. Hört euch in den Geschäften um. Vielleicht wurde es gegen Rechnung gekauft. Man kann nie wissen.«

»Okay«, sagte Broderick. »Wir kümmern uns darum.«

»Kann sie sich sonst noch an was erinnern?«

»Das ist alles, was ich aus ihr herauskriegen konnte«, berichtete Bentley. »Aber sie lag noch im Halbschlaf. Ich werde es später noch einmal versuchen.«

»Gut, gut, gut«, sagte Deputy Commissioner Thorsen und rieb die Handflächen gegeneinander. »Würde diese Anne Rogovich die Frau wiedererkennen, wenn sie sie sähe?«

»Sie sagt nein«, meinte Bentley. »Die Kleider ja; die Frau nein.«

»Trotzdem«, sagte Thorsen glücklich, »besser als nichts. Dieses Armband wird ein Fest für die Medien. Das sollte sie uns eine Weile vom Hals halten.«

»Deputy«, sagte Edward X. Delaney, »kann ich dich für einen Moment allein sprechen?«

»Sicher, Edward«, sagte Thorsen munter. »Wir sind hier ja sowieso alle fertig, oder nicht?«

Delaney schloß die Tür zu Sergeant Boones Büro. Thorsen setzte sich auf den Drehstuhl hinter dem Schreibtisch. Delaney blieb stehen. Langsam und methodisch biß er die Spitze einer Zigarre ab und spuckte sie in den Papierkorb. Dann drehte er die Zigarre zwischen seinen Lippen hin und her, zündete sie an.

Breitbeinig stand er in der Mitte des Raums, die Hände im Rücken verschränkt, die Zigarre zwischen den Zähnen. Er starrte Thorsen durch den Zigarrenqualm an.

»Ivar«, sagte er kalt, »du bist ein gottverdammter Idiot.«

Thorsen erhob sich langsam von seinem Stuhl. Sein Gesicht war schneeweiß, die Augen eiskalt. Er starrte Delaney an und neigte sich vor, die Knöchel auf die Tischplatte gestemmt. Sein ganzer Körper schien angespannt, gekrümmt.

»Du willst das alles an die Medien weitergeben, was?« fuhr Delaney fort. »Die Beschreibung ihres Aussehens, die Kleidung, das Armband, alles. Oder nicht?«

»Stimmt«, sagte der Deputy Commissioner fest.

»Dann kann ich dir jetzt schon sagen, was passieren wird. Sobald diese Frau das in den Zeitungen liest, wird sie, wenn sie das nächste Mal loszieht, um jemand umzulegen, die Farbe ihrer Perücke ändern oder ganz darauf verzichten. Sie wird sich wie eine Bibliothekarin oder eine Schulmeisterin anziehen. Und sie wird dieses Armband in den nächsten Gulli fallen lassen.«

»Das müssen wir riskieren«, sagte Thorsen tonlos.

»Verdammt nochmal!« explodierte Delaney. »Wenn du das Zeug an die Presse weitergibst, stehen wir wieder ganz am Anfang. Wonach, zum Teufel, sollen unsere Lockvögel Ausschau halten? Ohne die Perücke, die grelle Aufmachung und das Armband sieht sie aus wie eine Million anderer Frauen. Du stehst im Begriff, denselben blöden Fehler zu begehen wie Slavin.«

»Es ist meine Aufgabe, mögliche Opfer zu warnen«, sagte Thorsen. »Eine Beschreibung in Umlauf zu bringen, die so detailliert wie nur eben möglich ist, damit die Leute wissen, worauf sie achten müssen. Ich muß die Öffentlichkeit beschützen. Das ist meine dringlichste Aufgabe.«

»Quatsch!« sagte Delaney angewidert. »Deine dringlichste Aufgabe ist es, das New York Police Department zu beschützen. Die Geldsäcke und die Medien haben sich auf dich eingeschossen, deswegen willst du ihnen einen Knochen hinwerfen, um zu beweisen, daß das Department seine Arbeit tut und Fortschritte macht. Wegen deiner gottverdammten Public Relations bist du bereit, die ganze Untersuchung in Frage zu stellen.«

Sie starrten sich an. Sie wußten, daß ihre Freundschaft diesen Moment überleben würde. Darum ging es nicht; es ging um einen Kampf Willen gegen Willen.

Ivar Thorsen setzte sich wieder hin, so langsam, wie er aufgestanden war. Seine dünnen Finger trommelten auf der Schreibtischplatte. Er blickte Delaney unverwandt an.

»In Ordnung«, sagte er, »da ist was dran. Nicht viel, aber etwas. Aber ich glaube, du regst dich bloß deswegen so auf, weil du nicht begreifst, wie wichtig Public Relations ist. Ich bin nämlich der Meinung, daß das Bild des Departments in der Öffentlichkeit genauso wichtig ist wie die Leistung des Departments. Wir könnten die besten

Cops der Welt sein und es würde nichts nutzen, wenn jeder uns für einen Haufen von Einfaltspinseln hielte. Ich sage nicht, daß das Image Vorrang hat. An erster Stelle steht die Leistung, auf sie gründet sich das Bild. Wir alle wollen mehr Cops auf den Straßen, nicht wahr? Wir wollen bessere Bezahlung, besseres Training und bessere Ausrüstung. Aber wie, zum Teufel, sollen wir die Politiker oder die Öffentlichkeit darum angehen können, wenn die in uns einen unorganisierten Haufen hoffnungsloser Stümper sehen?«

»Ich sage lediglich, daß du uns allen die Arbeit ungeheuer erschwerst, nur um dir die Presse ein paar Tage lang vom Hals zu schaffen.«

»Vielleicht«, sagte Thorsen. »Aber was, glaubst du, wird passieren, wenn wir diese Anne Rogovich unter Verschluß halten und die Zeitungen kommen irgendwie dahinter? Wie soll ich ihnen dann erklären, warum wir die Öffentlichkeit nicht gewarnt und darauf hingewiesen haben, wie die Mörderin aussieht und was sie trägt? Sie würden uns kreuzigen!«

Delaney sagte: »Auf diese Weise können wir ewig weitermachen. Wir haben einfach andere Prioritäten, das ist alles.«

»Den Teufel haben wir«, sagte Thorsen. »Ich bin genauso scharf darauf, sie zu schnappen, wie du. Mehr noch. Aber dir geht es nur um dein Ego. Stimmt das nicht, Edward?«

Delaney schwieg.

»Du hast bei diesem Fall die Tunnelperspektive, Edward. Du siehst einzig und allein deinen Wunsch, den Killer zu stoppen. Gut. Du bist ein Cop; du brauchst nicht an mehr zu denken. Aber ich muß auch noch auf andere Erwägungen Rücksicht nehmen. Eine davon ist der Ruf, das Ansehen des Departments. Für dich geht es nur um die Gegenwart. Für mich geht es ebenso um die Gegenwart, aber auch um die Zukunft.«

»Und ich behaupte trotzdem, daß du damit die Ermittlungen kaputtmachst«, sagte Delaney dickköpfig.

Ivar Thorsen seufzte. »Das sehe ich anders. Vielleicht werden sie erschwert, aber ich glaube, der Nutzen überwiegt die Risiken. Vielleicht irre ich mich, zugegeben, aber so sieht meine Beurteilung der Lage nun einmal aus. Und es wird gemacht, wie ich es sage.«

Sie schwiegen und starrten sich an. Endlich sagte Thorsen ruhiger:

»Übrigens bin ich darüber informiert, daß wir diese Anne Rogovich nie im Leben aufgetrieben hätten, wenn du nicht Bentleys Männer aufgefordert hättest, danach zu fragen, ob jemand sich an einen Mann mit narbenbedeckten Händen erinnert. Das war gute Arbeit.«

Der Chief grunzte.

»Edward«, sagte Thorsen, »möchtest du aussteigen?«

»Nein«, sagte Delaney. »Ich will nicht aussteigen.«

»Was ist eigentlich los?« fragte Monica. »Du bist schon den ganzen Abend unausstehlich.«

»Ach ja?« fragte Delaney mürrisch. »Wahrscheinlich hast du recht.«

Sie waren im Bett, hatten sich aufgesetzt und versuchten zu lesen. Das Deckenlicht und die Nachttischlampen brannten, die Klimaanlage im Fenster summte. Sie pflegte erst abgestellt zu werden, wenn der Chief und seine Frau schlafen wollten.

Jetzt hatte Monica sich die Brille in die Stirn geschoben und ihr Buch zugeklapppt. Ein Zeigefinger zwischen den Seiten markierte die Stelle, an der sie gerade war. Sie hatte sich ihrem Mann zugewandt. Ihr verwirrter und besorgter Tonfall milderte die Schärfe ihrer Worte.

Er berichtete ihr von der Auseinandersetzung mit Thorsen und wiederholte die Unterhaltung, so genau er konnte. Sie hörte schweigend zu. Als er fertig war und fragte: »Was hältst du davon?«, schwieg sie einen Moment, ehe sie antwortete.

»Glaubst du wirklich, daß sie das tun wird?« fragte sie dann. »Ich meine, einfach die Perücke und das Armband weglassen und sich anders anziehen?«

»Monica«, sagte er, »sie ist keine dumme Frau. Bisher weist alles auf sorgfältige Planung, clevere Reaktionen und eiskalte Entschlossenheit hin. Sie wird diese Beschreibung in der Zeitung lesen, im Radio oder Fernsehen hören und dann weiß sie, wohinter wir her sind. Also wird sie in die entgegengesetzte Richtung davonmarschieren.«

»Woher weißt du überhaupt, daß es sich um eine Verkleidung handelt? Vielleicht zieht sie sich immer so an.«

»Nein, nein. Sie hat versucht, ihre Erscheinung zu verändern, dessen bin ich mir ganz sicher. Erstens würde eine Frau von ihrer Intelligenz sich normalerweise nie so kleiden. Darüber hinaus wußte sie, daß die Chance bestand, daß jemand sie mit ihrem Opfer sah und in Erinnerung behielt. Deswegen wollte sie völlig anders als sonst aussehen.«

»Du willst sagen, daß sie sonst eher wie ein Bibliothekarin oder eine Schulmeisterin aussieht?«

»Nun . . . ich glaube, daß sie eine ganz durchschnittlich aussehende Frau ist. Kleidet sich konservativ und benimmt sich auch so. Vielleicht ist sie sogar langweilig und unauffällig. Eine graue Maus. Bis sie ausbricht und mordet.«

»Du beschreibst sie, als wäre sie schizophren.«

»O nein, ich glaube nicht, daß sie das ist, sie weiß sehr genau, wer sie ist. Sie fügt sich in die Gesellschaft ein und macht keine Wellen. Aber sie ist eine Psychopathin. Eine normal funktionierende Psychopathin.«

»Danke, Doktor. Und warum tötet sie dann?«

»Woher soll ich das wissen?« fragte er ungehalten. »Sie wird ihre Gründe haben. Vielleicht würden sie jedem anderen verrückt erscheinen, ihr hingegen nicht. Sie hat eine ganz andere Logik als wir.«

»Ich würde sie wirklich gern kennenlernen«, sagte Monica langsam. »Ich meine, ich würde gern mit ihr reden. In Erfahrung bringen, was in ihrem Verstand vorgeht.«

»Ihr Verstand?« fragte Delaney. »Ich glaube, der würde dir nicht zusagen. Weißt du, als ich heute den Zusammenstoß mit Ivar hatte, hat er etwas gesagt, das mich beschäftigt. Deswegen war ich auch den ganzen Abend so unausstehlich. Er sagte, mir ginge es nur um mein Ego.«

»Was meint er damit?«

»Ich glaube, er wollte sagen, daß ich diesen Fall zu persönlich nehme. Daß ich um jeden Preis beweisen will, daß ich gerissener bin als der Ripper. Daß ich besser planen, schneller reagieren und präziser denken kann. Daß ich ihr überlegen bin.«

»Du meinst, du willst nicht, daß eine Frau dich schlägt?«

»Unsinn! Unterdrück mal deine feministischen Instinkte. Nein, Ivar meinte nur, daß ich diesen Fall als persönliche Herausforderung betrachte.«

»Und hat er recht?«

»Ich weiß nicht. Vielleicht hat mein Ego damit zu tun, aber da sind noch viele andere Dinge.«

»Zum Beispiel?«

»Zum Beispiel die simple, grundlegende Überzeugung, daß es falsch ist, zu morden. Wie die Überzeugung, daß unser Gesetz mit all seinen Fehlern und Schwächen immer noch das beste ist, das wir nach all diesen Jahrtausenden zu entwickeln vermochten, und daß jeder Angriff auf dieses Gesetz bestraft werden sollte. Darüber hinaus ist Mord nicht nur ein Angriff auf das Gesetz, sondern auch auf die Menschlichkeit.«

»Da komme ich nicht mit.«

»Na gut, dann ist es eben ein Verbrechen gegen das Leben. Klingt das vernünftiger? Vielleicht gibt es wichtigere Dinge, aber das Leben an sich ist wertvoll genug, so daß jeder, der sich aus egoistischen Motiven daran vergreift, bestraft werden sollte.«

»Und du glaubst, diese Frau, der Hotel-Ripper, hat egoistische Motive?«

»Alle Mörder haben egoistische Motive. Sogar die, die von sich behaupten, nur einen Befehl Gottes ausgeführt zu haben. Wenn man alles andere abzieht, haben sie es nur getan, weil es ihnen ein gutes Gefühl verschafft hat.«

»Du glaubst, diese Frau tötet, weil sie sich dabei gut fühlt?« fragte Monica ungläubig.

»Sicher«, sagte er amüsiert. »Das steht ganz außer Frage.«

»Aber das ist ja schrecklich.«

»Wirklich? Handeln wir nicht alle aus Selbstsucht?«

»Edward, das ist doch nicht deine tatsächliche Überzeugung, oder?«

»Natürlich ist sie das. Was ist denn so schlimm daran? Das einzige Problem ist, daß die meisten Leute ihr ganzes Leben damit verbringen, herauszufinden, wo ihre Interessen liegen, und am Ende haben sie sich in neun von zehn Fällen verhauen.«

»Aber du weißt natürlich, wo deine Interessen liegen?«

»Na klar. In deinem Bett.«

»Ferkel.«

Etwa eine Stunde später stellten sie die Klimaanlage ab.

Kaum hatte Edward X. Delaney sich am nächsten Morgen mit der Times ins Arbeitszimmer verzogen, da klingelte das Telefon. Der Anrufer war Sergeant Abner Boone.

»Guten Morgen, Chief.«

»Morgen, Sergeant.«

»Tut mir leid, daß ich Sie so früh störe, Sir, aber ich habe mich gefragt, ob Sie vielleicht vorhatten, heute im Revier vorbeizuschauen.«

»Eigentlich nicht. Sollte ich denn?«

»Tja . . ., ich wollte Sie um einen Gefallen bitten.«

»Sicher. Was gibt's?«

»Ich habe einen Anruf von Dr. Ho bekommen. Er hat die Ergebnisse der Blutuntersuchungen in den Krankenhäusern vorliegen und möchte mit mir darüber reden. Er hat mir am Telefon eine kleine Vorschau gegeben, und ehrlich gesagt, kann ich damit nicht das Geringste anfangen. Ich stecke bis zum Hals in Papierkrieg, und deswegen habe ich mich gefragt, ob Sie wohl bereit wären, ihn bei sich zu empfangen. Dann wäre ich ihn los.«

Delaney überlegte, daß Boone allmählich erkennen ließ, unter was für einem Druck er stand. Er wurde zunehmend reizbar und störrisch. Anstatt Dr. Ho die Ergebnisse aus der Hand zu reißen und nach mehr zu schreien, versuchte er, sich vor einem Gespräch mit ihm zu drücken.

»Du magst Ho nicht besonders, oder, Sergeant?«

»Nein, Sir«, sagte Boone. »Er riecht wie ein Obstkuchen und behandelt diese ganze Angelegenheit wie eine Art Rätsel der Wissenschaft. Ich bin nach wie vor der Meinung, daß er es bloß darauf anlegt, Punkte zu sammeln und dabei unsere wertvolle Zeit verschwendet.«

»Könnte sein«, sagte Delaney und dachte, daß Boone sich auf diese Weise vielleicht abzusichern suchte, falls Ho sich wirklich als Verlierer herausstellte.

»Wollen Sie mit ihm reden, Sir?«

»Sicher«, sagte der Chief aufgeräumt. »Gib ihm meine Adresse. Ich bin den ganzen Vormittag zu Hause.«

Dr. Patrick Ho traf ungefähr eine Stunde später ein und gewann Monicas Freundschaft im Handstreich. Sie hielt sich in der Küche auf und bereitete einen Salat zu, und der Doktor bestand darauf, ihr zu zeigen, wie man Rosetten aus Rettich macht und wie man einen Selleriestengel so aufschlitzt, daß er einer exotischen Blüte ähnelt.

Schließlich gelang es Delaney, ihn ins Arbeitszimmer zu locken, wo er ihn mit einer Tasse Tee versorgte. Er nahm auf dem Drehstuhl Platz und sah wohlwollend zu, wie Dr. Ho einen Stapel Papier aus einer ramponierten Aktentasche holte.

»Also?« fragte der Chief. »Wie sind Sie mit den Krankenhäusern klargekommen?«

»Bestens«, antwortete strahlend der kleine Mann. »Sie waren sehr kooperativ, vor allem, nachdem ich ihnen erklärt hatte, warum ihre Hilfe so lebenswichtig wäre. Das war schließlich etwas, das sie zu Hause und bei ihren Freunden erzählen konnten – nicht wahr? Daß sie am Ripper-Fall mitgearbeitet haben.«

»Und waren sie in der Lage, die beiden unbekannten Substanzen im Blut der Mörderin zu identifizieren?«

»Ah, ja. Wo habe ich es denn? Ah, hier. Ja, ja. Hoher Kaliumgehalt, niedriger Natrium-, Chlorid- und Bikarbonatsspiegel, wie wir ja bereits festgestellt haben. Die beiden vorher nicht identifizierten Substanzen waren in hoher Konzentration vorhandenes ACTH und MSH.«

Er blickte Delaney an, gleichzeitig stolz und bescheiden, als erwartete er heftigen Applaus.

»ACTH und MSH?« fragte der Chief.

»Genau. In anormal hoher Konzentration.«

»Doktor«, sagte Delaney mit größtmöglicher Geduld, »was sind ACTH und MSH?«

»Hormone aus der Hypophyse«, sagte Dr. Ho glücklich. »In normalem Blut wären sie nie in einer solchen Konzentration vorhanden. Und was ich sehr, sehr interessant finde, ist die Tatsache, daß es sich bei MSH um ein Hormon handelt, das Melanismus hervorruft. Ich wage zu sagen, daß die Frau, um deren Blut es sich handelt, unter einer auffälligen Verfärbung der Haut leidet. Eine Dunkelfärbung, ähnlich einer sehr starken Sonnenbräune, nur mehr ins Graue, Schmutzige spielend.«

»Am ganzen Körper?«

»Oh, nein, das glaube ich nicht. Aber an bloßliegenden Stellen wie

Gesicht, Hals, Händen und so weiter. Möglicherweise auch an Ellbogen und Brustwarzen. Stellen, die Reibung oder Druck ausgesetzt sind.«

»Interessant, was Sie alles anhand einer Blutanalyse feststellen können. Sagen Sie, Doktor, wäre es auch möglich, jemand anhand einer Blutanalyse zu identifizieren? Wie mit Hilfe seiner Fingerabdrücke?«

»Oh, nein«, sagte Dr. Ho. »Nein, nein, nein. Vielleicht wird das eines Tages anhand des genetischen Codes möglich sein, aber niemals anhand des Blutes. Sehen Sie, das Blutbild wird von vielen Dingen beeinflußt, davon, was wir essen, trinken oder von Drogen, die dem Körper zugeführt werden. Die chemische Zusammensetzung des Blutes ändert sich ständig, wöchentlich, täglich, beinahe von Minute zu Minute. Als Mittel einer positiven Identifikation wäre es also ohne jeden Wert. Andererseits kann ein vollständiges Blutprofil großartige Hinweise auf die körperliche Verfassung des Spenders geben. Und genau das haben wir jetzt: ein komplettes Blutprofil.«

»Diese Hormone, die Sie erwähnt haben – wie kommen sie in so großer Menge zustande?«

»Krankheit«, sagte der Doktor vergnügt. »Ich möchte behaupten, daß die Frau, von der dieses Blut stammt, mit an Sicherheit grenzender Wahrscheinlichkeit an irgendeiner Krankheit leidet. Oder wenigstens einer ernsten physiologischen Störung.«

»Könnten Sie sagen, um was für eine Krankheit es sich dabei handelt?«

»Ah, nein«, gestand Dr. Ho mit einem sorgenvollen Stirnrunzeln. »Das übersteigt meine Erfahrung und meine Befähigung. Auch die Hämatologen, die ich befragt habe, sahen sich nicht in der Lage, aus den Ergebnissen auf die Krankheit, das Leiden oder den genetischen Fehler der Blutspenderin zu schließen.«

»Tja . . .«, sagte Delaney und lehnte sich mit über dem Bauch gefalteten Fingern auf seinem Stuhl zurück, »dann stecken wir in einer Sackgasse, oder nicht?«

Dr. Ho war entsetzt. Seine dunklen Augen wurden groß, die rosigen Lippen spitzten sich, die rundlichen Hände flatterten durch die Luft.

»Aber nein!« protestierte er. »Nein, nein, nein! Ich habe mir die

Namen der drei besten Diagnostiker von New York geben lassen. Ich werde mit unserem Blut zu diesen Ärzten gehen, und sie werden mir sagen, um was für eine Krankheit es sich handelt.«

Delaney lachte. »Sie geben wohl nie auf, was?«

Dr. Patrick Ho blickte den Chief ernüchtert an. Seine Augen wirkten plötzlich stechend und gerissen.

»Nein«, sagte er. »Ich gebe nie auf. Sie etwa?«

»Nein«, sagte Delaney und erhob sich, um Ho zum Abschied die Hand zu geben.

Auf dem Weg nach draußen machte Dr. Ho noch einen Abstecher in die Küche und zeigte Monica, wie man rohe Karotten zu lustigen Löckchen schneidet.

Am 25. Juni wurden bei der üblichen Morgenkonferenz des Sonderkommandos zur Aufklärung der Hotel-Ripper-Morde einige personelle Veränderungen beschlossen.

Lieutenant Wilson T. Cranes Truppe wurde auf ein Minimum reduziert, und die frei werdenden Männer wurden damit beauftragt, die Liste der Frauen, die Zugang zu den Terminplänen der Kongreßveranstalter haben konnten, zusammenstellen und komplettieren zu helfen. Lieutenant Crane wurde das Kommando über diese Gruppe übertragen.

Die Truppe von Detective Daniel Bentley wurde ebenfalls reduziert, und die abgezogenen Männer wurden der kleinen Armee von Detective Aaron Johnson zugeteilt, die den Verkäufen von Mace und anderen Tränengasen im Gebiet von New York nachzugehen versuchte.

Detective Bentley wurde beauftragt, zusammen mit einem Polizeizeichner an den Skizzen zu arbeiten, die nach der dürftigen Beschreibung der Cocktail-Kellnerin Anne Rogovich von der Täterin angefertigt wurden.

Sergeant Thomas K. Broderick erhielt zusätzliche Männer, um die Befragung der Verkäufer in Warenhäusern und Schmuckgeschäften, in denen das WARUM-NICHT?-Armband verkauft worden sein konnte, zu intensivieren.

Jedem war klar, daß all diese personellen Verschiebungen lediglich kosmetischen Charakter hatten und keinen besonderen Durchbruch repräsentierten. Trotzdem wurden Fortschritte erzielt, und man rechnete damit, bereits in einer Woche mit der Befragung der ersten Frauen auf der Liste beginnen zu können.

Und Detective Aaron Johnson berichtete, daß seine Männer ungefähr zur gleichen Zeit anfangen konnten, die Käufer des Tränengases persönlich aufzusuchen. Johnsons Crew würde sich jede einzelne Dose, Patrone oder Pistole vornehmen. Oder eine Erklärung für ihr eventuelles Fehlen verlangen.

Es wurde beschlossen, daß in den Nächten vom 29. Juni bis zum 2. Juli jedes Mitglied des Sonderkommandos – gleich ob im Innen- oder Außendienst – dienstbereit zu sein hatte. Von acht Uhr abends bis zwei Uhr morgens würde Manhattan mit uniformierten Polizisten und Beamten in Zivil überflutet werden.

Darüber hinaus würde die Präsenz von Streifenwagen und ungekennzeichneten Fahrzeugen auf den Straßen dieses Bezirks drastisch erhöht werden, besonders vor den großen Hotels, in denen gerade Tagungen abgehalten wurden. Die Spurensicherung war in Alarmbereitschaft versetzt, und wie beim letzten Mal war im Revier Manhattan Süd ein Notdienst eingerichtet worden.

Die Lockvögel in den Hotelbars und Cocktail Lounges wurden um eine Schar von Polizistinnen in Zivil verstärkt, weil man glaubte, daß eine Frau eher in der Lage wäre, verdächtiges Benehmen bei einer anderen Frau zu erkennen.

Kurzzeitig wurde erwogen, die Bevölkerung aufzufordern, das fragliche Gebiet an diesen Abenden zu meiden, aber weil die Wahrscheinlichkeit groß war, daß eine solche Warnung den gegenteiligen Effekt haben würde, einigte man sich darauf, nichts derartiges zu versuchen.

»Jeder Verrückte im ganzen Land würde sich auf die Reise nach New York machen«, meinte einer der Männer.

Als die Konferenz zu Ende war und Delaney und Sergeant Boone auf den Flur traten, wartete dort bereits ein strahlender Dr. Ho auf sie. Der Sergeant warf dem Chief einen flehenden Blick zu.

»Bitte«, sagte er leise, »nehmen Sie ihn. Sie können mein Büro haben.« Damit eilte er davon.

Delaney setzte sich auf den Drehstuhl hinter dem Schreibtisch. Dr. Ho nahm in einem schäbigen Holzsessel Platz und kreuzte graziös seine kurzen Beine, wobei er die Kniffe seiner Hose mit den Fingern nachzog, damit sie keine Falten bekamen.

»Nun ...« sagte Delaney. »Ich hoffe, Sie haben gute Neuigkeiten.«

»Ah, bedauerlicherweise nicht«, antwortete Dr. Ho traurig und ließ sein Gesicht zu einer Maske des Kummers gerinnen.

Plötzlich fragte Delaney sich, ob Boone nicht vielleicht recht hatte. Vielleicht hielt dieser geschäftige kleine Bursche sie völlig umsonst auf Trab, weil er ein wenig Urlaub von seiner regulären Tätigkeit haben wollte.

»Haben Sie diese Diagnostiker aufgesucht?« fragte er schärfer als beabsichtigt.

»In der Tat«, sagte der Doktor mit einem heftigen Nicken. »Sehr berühmte, große Männer, und es war außerordentlich freundlich von ihnen, mir ihre Zeit zu opfern.«

»Aber sie konnten Ihnen auch nicht sagen, um was für eine Krankheit es sich handelt?«

»Ah, nein, bedauerlicherweise nicht. Alle drei stellten übereinstimmend fest, daß wir es mit einem außerordentlich ungewöhnlichen Blutprofil zu tun haben, geradezu einzigartig in ihrer ganzen bisherigen Praxis. Zwei von ihnen weigerten sich, überhaupt eine Meinung zu äußern. Oder auch nur eine Vermutung. Sie sagten, ein solches Ansinnen erfordere eine viel umfangreichere Dokumentation: Röntgenbilder, Gewebeproben, Urinanalyse, Elektrokardiogramme, Kot- und Speicheluntersuchungen und so weiter. Auch der dritte Mann wollte aufgrund des Blutbilds allein kein Urteil abgeben. Er gab lediglich zu, daß es sich unter anderem auch um eine Überfunktion der Hypophyse handeln könnte, das war alles.«

»Aha«, sagte Delaney. »Nun, eigentlich kann man ihnen keinen Vorwurf machen. Wir haben ihnen ja nicht gerade übermäßig viele Anhaltspunkte gegeben. Sind wir jetzt am Ende angelangt?«

»Oh, nein!« rief Dr. Ho. »Nein, nein, nein! Ich habe noch mehr Pfeile in meinem Köcher, sozusagen.«

»Hätte ich mir eigentlich denken können«, sagte der Chief. »Was nun?«

Dr. Ho beugte sich vor. »Es gibt in diesem wunderbaren Land einige ausgezeichnete diagnostische Computer. Einen an der University of Pittsburgh, einen an der Stanford Medical, einen in der National Library of Medicine und so weiter. Diese Computer haben in ihrer Memory Bank Tausende von Symptomen und Krankheitsbildern gespeichert. Wenn man ihnen nun eine Reihe solcher Symptome zuführt, dann können sie manchmal eine Diagnose erstellen, die Krankheit beschreiben und eine Behandlung empfehlen.«

Delaney richtete sich auf. »Du meine Güte, ich hatte keine Ahnung, daß es so etwas gibt. Das ist ja großartig!«

»Oh, ja«, sagte der Doktor, zufrieden mit Delaneys Reaktion, »das finde ich auch. Wenn man diese Computer nicht mit ausreichenden Daten füttert, können sie natürlich nicht immer eine eindeutige Diagnose stellen. Aber in solchen Fällen können sie wenigstens verschiedene Möglichkeiten anbieten.«

»Und Sie wollen diesen Computern Ihre Blutproben schicken?«

»Exakt«, sagte Dr. Ho glücklich. »Ich würde sie noch um das Geschlecht des Spenders und die körperlichen Merkmale, über die wir bisher verfügen, ergänzen. Ich habe ausführliche Telegramme vorbereitet, um den maßgeblichen Stellen die Art unseres Notfalls zu beschreiben und Computerzeit für eine Diagnose zu erbitten.«

»Warum eigentlich nicht«, sagte Delaney langsam. »Wo wir schon mal angefangen haben, können wir's auch zu Ende führen.«

»Ah, da gibt es nur ein winziges Problem«, sagte der Doktor fast schüchtern. »Diese Telegramme werden kostspielig sein. Ich hätte gern eine offizielle Genehmigung.«

»Sicher«, sagte Delaney mit einem Schulterzucken. »Das spielt jetzt auch keine Rolle mehr. Schicken Sie sie gleich von diesem Apparat aus ab. Falls jemand fragt, sagen Sie, Sie haben die Erlaubnis von Deputy Commissioner Ivar Thorsen. Ich kläre das mit ihm.«

»Ah, herzlichen Dank, Sir. Sie sind sehr verständnisvoll, und ich stehe tief in Ihrer Schuld.«

Dr. Ho kramte in seiner schäbigen Aktentasche herum und förderte mehrere Papierbogen zutage. Delaney überließ ihm den Drehstuhl, und der Doktor richtete sich auf eine längere Telefonsitzung ein.

»Eine Frage noch, Dr. Ho«, sagte der Chief, »aus reiner Neugier... Wenn die Computer keine Diagnose stellen können – was werden Sie dann tun?«

»Oh«, meinte der kleine Mann fröhlich, »mir wird schon etwas einfallen.«

Delaney sah ihn verwundert an. »Darauf möchte ich wetten«, sagte er.

Am Dienstag, dem 1. Juli, wurde um zehn Uhr vierzehn morgens über die Notrufnummer ein gewaltsamer Tod im Tribunal Motor Inn an der 49th Street westlich der Tenth Avenue gemeldet. Der Anrufer war der Sicherheitschef des Tribunal.

Der Alarm wurde nach Manhattan Nord weitergeleitet. Der Sergeant vom Dienst informierte über Funk einen Polizeibeamten, der gerade in der Nachbarschaft des Hotels Streife ging, zwei uniformierte Beamte in einem Einsatzwagen und zwei weitere Beamte in Zivil in einem ungekennzeichneten Fahrzeug.

Darüber hinaus informierte er die Einsatzleiter des Sonderkommandos zur Aufklärung der Hotel-Ripper-Morde, die gerade zwei Stockwerke weiter oben ihre Morgenkonferenz abhielten. Sergeant Abner Boone schickte die Detectives Bentley und Johnson an den Tatort.

Während sie auf den Anruf der beiden Beamten warteten, saßen die anderen schweigend im Konferenzraum, rauchten und tranken schalen Kaffee aus aufgeweichten Pappbechern. Edward X. Delaney stand auf, um das Tribunal auf einer an die Wand gepinnten Revierkarte zu lokalisieren. Deputy Commissioner Ivar Thorsen gesellte sich zu ihm.

»Was meinst du, Edward?« fragte er leise.

»Nicht direkt mitten in Manhattan«, antwortete der Chief, »aber immer noch nah genug.«

Sie setzten sich wieder hin und warteten. Niemand redete. Aus den Stockwerken unter ihnen drangen die Geräusche eines hektischen Tages in einem Polizeirevier herauf. Sie konnten sogar das helle, blubbernde Geräusch hören, das Lieutenant Crane verursachte, als er in seine Pfeife blies, um den Stiel zu reinigen.

Als das Telefon klingelte, zuckten alle im Raum zusammen. Sie beobachteten Sergeant Boone, der abrupt den Hörer hochriß. Die Knöchel an seiner Hand traten weiß hervor.

»Sergeant Boone«, meldete er sich heiser.

Er lauschte einen Moment. Dann hängte er wieder ein und blickte die anderen an. Sein Gesicht trug einen harten Ausdruck.

»Gehen wir«, sagte er.

Die Männer stürzten alle gleichzeitig los. Stühle fielen um, Türen schlugen zu, uniformierte Beamte quollen aus Büroräumen, Füße trampelten die Treppen hinunter.

»Was hetzt ihr euch so ab«, meinte Sergeant Broderick griesgrämig. »Sie ist schon lange weg.«

Motoren wurden gestartet, Sirenen heulten, Hupen ertönten. Delaney fuhr in Deputy Thorsens Wagen mit. Der uniformierte Fahrer jagte auf die Eighth Avenue, dann westlich auf der 55th Street in Richtung Ninth Avenue und schließlich nach Süden auf die 49th Street.

»Sie hat uns schon wieder reingelegt«, stieß der Admiral zwischen den Zähnen hervor.

Als sie endlich mit quietschenden Bremsen vor dem Tribunal hielten, war die Straße bereits verstopft von Polizeiwagen, Mannschaftsbussen und Rettungsfahrzeugen. Eine stetig wachsende Menschenmenge wurde von untergehakten Polizeibeamten zurückgedrängt, bis Barrikaden errichtet werden konnten.

Das Hotel war bereits umstellt; niemand konnte hinein oder heraus, ohne sich auszuweisen. Angestellte des Tribunal, Gäste und Besucher waren im Foyer zum Verhör zusammengetrieben worden.

Ein uniformierter Beamter, der die Fahrstühle bewachte, schickte die Männer in den fünften Stock.

Vor der offenen Tür von Zimmer 508 hatte sich eine Menschenansammlung gebildet. Sergeant Boone stand mit versteinertem Gesicht im Türrahmen.

»Kein Zweifel, das ist ihre Handschrift«, sagte er mit leerer Stimme. »Kehle aufgeschlitzt und die üblichen Stichwunden. Das Opfer war ein gewisser Chester LaBranche, vierundzwanzig, aus Barre in Vermont. Er hielt sich zu einer Art College-Tagung hier auf.«

»Schon wieder eine Tagung«, sagte Thorsen bitter. »Vierundzwanzig. Er war ja noch ein Kind!«

»Hatten wir hier auch Lockvögel?« fragte Delaney.

»Nein«, sagte Boone knapp. »Es ist nur ein kleines Hotel, und es liegt nicht gerade am Times Square, deswegen haben wir es nicht beobachtet.«

Der Deputy Commissioner öffnete den Mund, um etwas zu sagen, schloß ihn aber wieder.

Tommy Callahan kam zur Tür.

»Nackt«, berichtete er. »Halb auf dem Bett und halb auf dem Boden. Keine Spuren eines Kampfes. Sieht aus wie bei den ersten Malen, als sie sie von hinten erledigt hat. Das Blut scheint ausschließlich von ihm zu stammen. Wir kratzen die Abflußrohre aus, aber ich habe nicht viel Hoffnung.«

Lou Gorki schob ihn mit der Schulter aus dem Weg. Er trug ein Weinglas mit zwei im Kelch gespreizten Fingern. Der Boden war mit rund einem Zentimeter bernsteinfarbener Flüssigkeit bedeckt. Weißes Pulver war über die Außenseite gestäubt.

»Weißwein«, sagte Gorki. »Ich habe einen Finger hineingetaucht. Chablis. Scheint erst gestern gekeltert worden zu sein. Aber der Witz ist, daß da drin auch eine leere Flasche Bier und ein Bierglas stehen. Niemand trinkt gleichzeitig Bier und Wein. Ich schätze, das Weinglas war ihr's. In jedem Fall haben wir mustergültige Abdrücke auf beiden.«

»Arbeiten Sie sorgfältig«, sagte Boone.

»Darauf können Sie Gift nehmen«, sagte Gorki. »Wir nehmen alles mit ins Hauptquartier. Jetzt haben wir endlich was in der Hand, falls wir jemals einen Tatverdächtigen finden.«

»Sergeant«, sagte Detective Johnson hinter ihnen, »sieht so aus, als hätten wir diesmal Glück. Ich habe einen Kellner oben, der sie vielleicht gesehen hat.«

Sie folgten ihm zu einer Treppe am Ende des Flurs. Über der Tür zur Treppe hing ein rotes Schild mit dem Wort ›Ausgang‹.

»Der Name des Burschen ist Tony Pizzi«, sagte Johnson, während sie die Betonstufen hinaufkletterten. »Heute ist er in der Tagschicht, aber gestern hat er von sechs Uhr abends bis um zwei gearbeitet. Er ist Getränkekellner in der Freiluft-Cocktail-Lounge auf dem Dach. Nachdem Swimmingpool und Cocktail Lounge um Mitternacht geschlossen wurden, ging er hinunter, um unten in der Bar auszuhelfen. Er glaubt, LaBranche und die Frau hier oben bedient zu haben. Weißwein und Flaschenbier.«

Anthony Pizzi war ein schläfrig wirkender Mann, nicht allzu groß, eher stämmig als fett. Er trug eine weiße Schürze, die unter seinen Achseln verschnürt war und die Konturen seines vorgewölbten Bauches nachzeichnete. Er hatte ein fleischiges, verschlossenes Gesicht, das von einem schmalen schwarzen Schnurrbart in zwei Hälften geteilt wurde. Seine Zähne waren die reinsten Mandeln. Er sprach heiser und mit New Yorker Akzent. Delaney vermutete, daß er aus Brooklyn stammte, vielleicht noch Bushwick.

»Tony«, sagte Detective Johnson, »würden Sie für diese Männer bitte alles noch einmal wiederholen? Wann Sie Ihren Dienst antraten, was Sie gemacht und gesehen haben und so weiter.«

»Ich war wie immer um sechs Uhr da«, begann Pizzi, »und ...«

»Gestern?« unterbrach Boone ihn scharf.

»Ja. Gestern. Montag. Also, ich komme wie immer um sechs zum Dienst, und im Pool waren ein paar Leute, aber nicht viele, dafür ging's an der Bar hoch her. Die Cocktail-Typen, verstehen Sie, die haben uns auf Trab gehalten. Martinis und Manhattans. Wir haben hier oben nur einen Kellner, der bin ich, und einen Barkeeper. Am Nachmittag können Sie auch Sandwiches kaufen, aber nach sechs Uhr ist damit Schluß. Die Leute sollen nach unten in den Speisesaal gehen, verstehen Sie? So um neun, zehn wird's dann hier immer leerer. Danach füllt es sich wieder, weil die Leute noch 'ne Runde schwimmen wollen.«

»Wann schließen Sie?« fragte Sergeant Boone.

»Punkt zwölf. Wer dann noch weitertrinken will, muß in die Bar im Foyer gehen. Es sei denn, er will in seinem Zimmer noch einen Schluck nehmen, das ist auch in Ordnung. Jedenfalls, gestern so gegen zehn, elf war im Pool nicht allzuviel los, aber die Tische waren alle besetzt ... Ich meine, nicht daß ich mich deswegen überschlagen müßte, wenn alle Tische besetzt sind, das nicht. Soviel Platz haben wir hier oben ja nicht, wie Sie sehen können. Hauptsächlich Paare und Vierergruppen. Zwei Burschen, die allein saßen, und eine Dame. Die Männer hatten doppelte Bourbon on the rocks und Bier, die Dame Weißwein. Der Bourbon-Bursche, so ein Typ um die fünfzig, kippte das Zeug weg, als ginge die Sonne nicht mehr auf. Der mit dem Bier nuckelte nur an seinen Flaschen rum. Die Weißwein-Dame trank so vor sich hin, nicht zu schnell, nicht zu langsam.«

»Sie lassen hier oben Frauen ohne Begleitung zu?«

»Warum nicht? Wenn sie sich wie Damen benehmen, können sie hier soviel trinken, wie sie wollen, verstehen Sie? Wen kümmert's?«

»Beschreiben Sie uns den jungen Burschen, Tony. Den, der allein saß und Bier trank.«

»Tja, also, ich habe ihn so auf fünfundzwanzig geschätzt. Groß, sehr groß und dünn. Lange blonde Haare ungefähr bis zu den Schultern – nicht mal die Ohren konnte man sehen – und ein Bart. Aber kein Hippie, verstehen Sie. Sauber und anständig angezogen.«

»Wissen Sie noch, was er angehabt hat?«

»Cordhosen und ein Sportsakko.«

Die Männer blickten Boone an. Der Sergeant nickte grimmig. »Das war er. Und nun zu der Frau, Tony. Können Sie sie beschreiben?«

»Die konnte ich nicht allzugut sehen. Sie saß hinten an dem kleinen Tisch neben den Palmen. Nachts kommt das meiste Licht hier vom Pool. Sie saß also im Schatten, verstehen Sie? Ungefähr vierzig Jahre, würde ich meinen, ein paar mehr oder weniger.«

»Groß?«

»Meiner Schätzung nach vielleicht einsfünfundsechzig oder siebenundsechzig.«

»Trug sie einen Hut?«

»Kein Hut. Mittelbraunes Haar. Kurzgeschnitten.«

»Wie war sie angezogen?«

»Ganz zivil. Nichts Auffälliges. Weißer Rollkragenpullover. Denimrock.«

»War sie hübsch?«

»Nee. Normalerweise würde man sie überhaupt nicht bemerken. Flache Brüste. Niedrige Absätze. Kein Make-up. Ein Nichts.«

»In Ordnung, jetzt haben wir also die Frau, die für sich allein Weißwein trinkt, und den blonden Burschen am anderen Tisch mit seinem Bier. Wie sind die beiden zusammengekommen?«

»Der Junge steht plötzlich auf, nimmt sein Glas und die Flasche und tritt an ihren Tisch. Ich habe ein Auge auf ihn, verstehen Sie, denn wenn sie plötzlich anfängt, wie am Spieß zu schreien, dann muß ich ihm auf die Schulter klopfen und dafür sorgen, daß er sich wieder an sein Bier hält und nicht an sie. Aber er redet, und sie antwortet, und ich sehe sie lächeln, und kurz darauf setzt er sich an ihren Tisch, und sie reden weiter und lachen, also mache ich mir weiter keine Gedanken mehr.«

»Konnten Sie hören, worüber sie sich unterhalten haben?«

»Nee. Wer will sich schon so'n Quatsch anhören? Wenn sie mir winken, bringe ich ihnen eine neue Runde. Dafür werde ich bezahlt. Nicht dafür, daß ich mir den Quatsch anhöre, den die Gäste so verzapfen.«

»Sind sie zusammen weggegangen?«

»Sicher. Sie waren die letzten. Deswegen kann ich mich auch so gut an sie erinnern. Alle anderen waren schon gegangen, und ich mußte ihnen sagen, daß wir schließen. Also haben sie ihre Rechnung bezahlt und sind auch gegangen.«

»Wer hat gezahlt?«

»Jeder für sich. Dagegen hatte ich nichts einzuwenden; beide haben mir ein Trinkgeld gegeben. Was will man mehr?«

»Haben Sie gesehen, wohin sie gegangen sind? Zu den Fahrstühlen?«

»Keine Ahnung. Ich bin mit dem Geld und den Rechnungen zur Bar gegangen. Als ich zurückkam, waren sie weg. Mein Trinkgeld lag auf dem Tisch. Sie hatten sogar ihre Gläser mitgenommen.«

»War das nicht ungewöhnlich?«

»Nee. Manche Leute wohnen hier im Hotel, und wenn sie ihr Glas hier nicht austrinken, nehmen sie es mit auf ihre Zimmer. Die Mädchen finden sie dann dort und bringen sie wieder herauf. Nichts geht verloren, und niemand verliert was dabei.«

»Also sind sie so um Mitternacht aufgebrochen?«

»Auf die Minute.«

Sergeant Boone blickte Delaney an. »Haben Sie noch Fragen, Chief?«

»Tony«, sagte Delaney, »können Sie uns noch mehr über diese Frau erzählen?«

»Zum Beispiel?«

»Was für ein Gewicht hatte sie schätzungsweise?«

»Sie war ziemlich mager. Können nicht mehr als hundertzwanzig Pfund gewesen sein. Wahrscheinlich noch weniger.«

»Wie war ihre Stimme?«

»Ganz normal, nichts Besonderes. Leise. Höflich.«

»Ihre Haltung?«

»Darauf habe ich nicht geachtet. Tut mir leid.«

»Das ist schon in Ordnung. Sie haben nicht zufällig bemerkt, ob sie ein Goldarmband trug?«

»An ein Goldarmband kann ich mich nicht erinnern, nein.«

»Sie sagten, sie hätte ziemlich durchschnittlich ausgesehen, nicht wahr?«

»Ja. Ein längliches Gesicht.«

»Wenn Sie raten müßten, was sie beruflich macht, was würden Sie sagen?«

»Sekretärin vielleicht. So was in der Art.«

»Hat sie den jungen Burschen angefaßt?«

»Angefaßt?«

»Seine Wange. Sein Haar gestreichelt. Ihre Hand auf seinen Arm gelegt. Irgendwas in der Art.«

»Sie meinen, ob sie ihn scharf machen wollte? Nein, nichts dergleichen.«

»Haben Sie einen von den beiden vorher schon mal gesehen?«

»Nein, nie.«

»Zusammen oder einzeln? Sie waren noch nie hier?«

»Ich habe sie jedenfalls nie bemerkt.«

»Haben Sie sich benommen, als wären sie Bekannte? Vielleicht wie alte Freunde, die sich per Zufall begegnen?«

»Nee. Das war ein Aufriß, ganz klar und eindeutig.«

»Würden Sie sagen, daß sie betrunken waren, als sie um Mitternacht aufbrachen?«

»Überhaupt nicht. Ich könnte es noch mal auf der Rechnung nachprüfen, aber ich würde sagen, er hatte drei, vier Bier, und sie hatte drei, vier Wein. Aber betrunken waren die nicht.«

»Und auch nicht irgendwie unangenehm?«

»Nicht mal das. Alles war ganz entspannt und freundlich.«

»Können Sie sich an die Augenfarbe der Frau erinnern?«

»Hab' nicht drauf geachtet.«

»Raten Sie.«

»Braun.«

»Glauben Sie, daß es sich um Hotelgäste gehandelt hat?«

»Wer weiß? Sie kommen und gehen. Hier verkehren auch 'ne

Menge Leute, die nur eben auf einen Drink heraufkommen. Direkt von der Straße, verstehen Sie?«

»Hatte die Frau Parfum aufgetragen?«

»Kann mich jedenfalls nicht daran erinnern.«

»Erinnern Sie sich sonst noch an irgend etwas, die Frau betreffend? Etwas, wonach wir nicht gefragt haben?«

»Nein, wirklich nicht. Sie war nichts Besonderes, verstehen Sie? Bloß 'ne ganz normale Frau.«

»Aha. Danke, Tony. Das wär's für meine Person. Sergeant?«

»Danke für Ihre Unterstützung, Tony«, sagte Boone. «Detective Johnson nimmt Sie mit aufs Revier. Dort müssen Sie Ihr Aussage wiederholen und unterschreiben. Machen Sie sich keine Sorgen wegen Ihrer Schicht hier; wir reden mit Ihrem Boß.«

»Sicher, mir macht das nichts aus. Glauben Sie, daß diese Frau ihn umgelegt hat?«

»Könnte sein.«

»Ist sie der Hotel-Ripper?«

»Johnson«, sagte Boone mit einer Handbewegung, und der farbige Detective führte Anthony Pizzi davon.

»Guter Zeuge«, sagte Delaney. »Ich habe mich von diesen schläfrigen Augen täuschen lassen. Ihm ist nicht viel entgangen. Nimm ihn dir morgen oder übermorgen noch mal vor, Sergeant. Er wird über alles nachdenken, und vielleicht fallen ihm noch ein paar Sachen ein.«

»Ich nehme an, jetzt gibst du mir die Schuld, nicht wahr, Edward?« fragte Ivar Thorsen.

»Dir die Schuld geben? Wofür?«

»Sie hat genau das getan, was du vorausgesagt hast – normale Kleidung angezogen und Perücke und Armband weggelassen. Nachdem sie die Berichte in den Zeitungen gelesen hat.«

Delaney zuckte mit den Schultern. »Vergiß es. Selbst wenn sie sich wie eine Nutte angezogen hätte, wäre sie hier hereinmarschiert, um LaBranche aufzuschlitzen, und danach unbehelligt wieder davongewandert. Vielleicht war es so am besten; jetzt haben wir eine genauere Beschreibung ihres tatsächlichen Aussehens. Sergeant, denk daran, Pizzi mit Bentley zum Polizeizeichner zu schicken. Vielleicht können sie die Skizze noch vervollkommnen.«

»Wird heute noch erledigt«, versprach Boone. »Sonst noch was, Chief?«

»Nein, ich glaube nicht.«

»Hast du irgendwas, Edward?« fragte Thorsen.

»Ich wundere mich nur. Bis jetzt war sie immer so gottverdammt clever. Achtete darauf, ihr Opfer an großen, übervölkerten Orten kennenzulernen, damit niemand sich an sie erinnerte. Entfernte überall ihre Fingerabdrücke. Und jetzt trifft sie den Burschen aus heiterem Himmel in einem kleinen Hotel, läßt sich von ihm auf eine Weise ansprechen, die niemand entgehen kann und bleibt auch noch so lange, bis sie die letzten Gäste sind. Der Kellner mußte sich doch geradezu an sie erinnern. Dann nimmt sie ihr Weinglas mit in sein Zimmer und läßt es dort stehen, mit Fingerabdrücken übersät. Völlig idiotisch! Ich verstehe es einfach nicht. Es paßt so gar nicht zu ihr.«

»Vielleicht«, sagte Ivar Thorsen langsam, »will sie gefaßt werden.«

Delaney betrachtete ihn nachdenklich. »Glaubst du? Möglicherweise stimmt das, aber trotzdem ist es eine ziemlich schwache Erklärung. Vielleicht ist der Grund viel einfacher. Vielleicht ist sie einfach müde.«

»Müde?«

»Erschöpft. Ausgepumpt. Kannst du dir vorstellen, unter was für einem Streß sie stehen muß? Dauernd diese Fremden ansprechen. Dann mit einem Taschenmesser auf sie losgehen. Sie umbringen und alles Beweismaterial zerstören, das den Verdacht auf sie lenken könnte. Mein Gott, all das Monat für Monat durchzuhalten, muß mörderisch sein.«

»Glauben Sie, sie bricht zusammen?« fragte Boone.

»Wäre doch verständlich, oder? Vor allem, wenn sie in den Zeitungen liest, wie wir uns Schritt für Schritt heranpirschen. Ich glaube, daß sie die Spannung nicht mehr lange aushalten wird. Sie denkt nicht mehr logisch. Sie fängt an, vergeßlich zu werden. Der Druck verstärkt sich. Ja, Sergeant, ich glaube, sie bricht zusammen.«

»Können wir noch irgend etwas tun, was wir vielleicht vergessen haben?« fragte Thorsen.

»Die Phantomzeichnung muß fertiggestellt und an die Zeitungen und Fernsehsender verteilt werden«, sagte Delaney. »Seht zu, daß ihr genug Leute habt, um die Anrufe entgegenzunehmen. Und dann solltet ihr sofort anfangen, alle Frauen zwischen, sagen wir, fünfundzwanzig und fünfzig auf der Liste zu befragen. Sorgt dafür, daß Johnsons Männer umgehend anfangen, sich die Mace-Dose, die in New York verkauft worden sind, anzusehen.«

»Richtig«, sagte Boone. »Wir werden ein bißchen Dampf dahinter machen.«

»Das wäre nicht schlecht«, sagte Delaney trocken. »Wir haben nur noch sechsundzwanzig Tage.«

»Ich bin nicht sicher, ob mich das dann noch was angeht«, sagte Deputy Commissioner Thorsen.

Sie blickten ihn an und stellten fest, daß er nicht scherzte.

Delaney verließ das Tribunal, bahnte sich einen Weg durch die Menge auf der Straße und nahm ein Taxi in Richtung 10th Avenue. Er setzte sich nach hinten und streckte die Beine aus.

Monica erwartete ihn in der Diele und legte ihre Hand auf seinen Arm. Offensichtlich hatte sie die Nachricht im Radio gehört, denn sie konnte das Entsetzen in ihren Augen nicht verbergen.

»Schon wieder einer?« fragte sie.

Er nickte.

»Edward«, sagte sie, fast wütend, »wann hat das alles ein Ende?«

»Bald«, sagte er, »hoffe ich. Wir sind unterwegs, aber es ist harte Arbeit. Ivar hat . . .«

»Edward«, unterbrach sie ihn, »Dr. Ho erwartet dich im Wohnzimmer. Ich habe ihm gesagt, daß ich nicht wüßte, wann du zurückkommst, aber er sagte, er müßte dich unbedingt sprechen.«

»In Ordnung«, sagte Delaney mit einem Seufzen. »Ich werde sehen, was er diesmal will.«

Er hängte seinen Hut in den Dielenschrank und öffnete die Tür zum Wohnzimmer.

Sobald Dr. Patrick Ho ihn bemerkte, sprang er auf. Seine Augen leuchteten triumphierend. Er wedelte mit einem Bündel gelber Telegramme herum.

»Die Addisonsche Krankheit!« rief er. »Die Addisonsche Krankheit!«

11

Dienstag, 1. Juli ...

Kurz bevor Zoe Feierabend machte, gab es einen kurzen, heftigen Sommerschauer. Als sie auf die Madison Avenue trat, kämpften die Gullis vergeblich mit großen, schmutzigen Pfützen, und die Gehsteige dampften. Die schwüle, feuchte Luft legte sich wie ein Knebel auf Zoes Mund. Es roch nach feuchtem Desinfektionsmittel.

Sie schlug die Richtung zu Dr. Oscar Starks Praxis ein. Sie kam an einem Spirituosengeschäft vorbei und musterte die im Schaufenster ausgestellten Weinflaschen. Sie dachte an das Glas, das sie in Chester LaBranches Hotelzimmer zurückgelassen hatte.

Es war kein schwerer Fehler, denn ihre Fingerabdrücke waren nirgendwo archiviert, aber der Ausrutscher störte sie trotzdem. Im Grunde war sie eine Perfektionistin, egal, ob es um ihren Job oder um ihre Wohnung ging, und sie war stolz darauf.

Und jetzt hatte sie zum ersten Mal einen Fehler begangen, den sie weder dem Zufall noch widrigen Umständen zuschreiben konnte. Er deprimierte sie, denn er befleckte ihr Abenteuer, nahm ihm den Charakter einer klaren Willensäußerung.

»Haben Sie schon von dem neuen Mord gehört?« fragte die Empfangsdame aufgeregt. »Schon wieder der Hotel-Ripper.«

»Ich hab's gehört«, sagte Zoe Kohler. »Es ist schrecklich.«

»Einfach schrecklich«, stimmte die Frau zu.

Als Dr. Stark das Untersuchungszimmer betrat, eingehüllt in eine Wolke von Zigarrenqualm, war seine erste Frage: »Wo ist Ihr Armband?«

Ihr Herz machte einen Satz, beruhigte sich aber wieder, als ihr klarwurde, daß er sich nicht auf das Kettchen bezog, sondern auf das, auf dem zu lesen stand, daß sie an der Addisonschen Krankheit litt.

»Oh, ich habe heute morgen geduscht«, sagte sie, »und danach wohl vergessen, es wieder anzulegen.«

»Ach so, sicher«, sagte er. »Aber die Spritze ist doch in Ihrer Handtasche, oder?« Dann, als sie nicht antwortete, sagte er: »Zoe, was soll ich nur mit Ihnen anfangen?«

Er überflog die Notizen auf dem Klemmhefter, den Gladys ihm

reichte. Dann bat er Zoe, aufzustehen und das Laken fallen zu lassen. Er schob den Stuhl näher heran, bis sein Gesicht nur noch Zentimeter von ihrem eingefallenen Unterleib entfernt war.

»Schauen Sie sich nur an«, sagte er bekümmert. »Haut und Knochen! Hier... und hier... und hier...«

Er deutete auf die bronzefarbenen Flecken an ihren Knien, Ellbogen, Knöcheln und Brustwarzen. Dann zupfte er an ihrem Schamhaar und zeigte ihr, was er in der Hand behalten hatte.

»Sehen Sie?« fragte er. »Sehen Sie? Nehmen Sie Ihre Medikamente regelmäßig?«

»Ja. Jeden Tag.«

Er grunzte. Die restliche Untersuchung nahm er schweigend vor. Weil sie ihre Periode hatte, machte er keinen Abstrich.

Es schien Zoe, daß er nicht so rücksichtsvoll wie sonst war. Er ging mit ihrem Körper roh, fast brutal um. Er ignorierte ihr Stöhnen und Keuchen.

»Bis gleich in meinem Büro«, sagte er grimmig, schnappte sich seine Zigarre und stampfte hinaus.

Als sie ihm dann gegenübersaß, wirkte er etwas ruhiger. Er schrieb seine Beobachtungen in ihre Akte. In raschem Tempo fügte er Zeile an Zeile. Schließlich schleuderte er den Kugelschreiber aus der Hand und zündete seine erloschene Zigarre an. Er schob sich die Brille in die Stirn. Dann richtete er den Blick zur Zimmerdecke.

»Untergewicht«, sagte er. »Zu hoher Blutdruck. Rasender Puls. Fortgeschrittene Überpigmentierung.«

Er riß sich von der Decke los und starrte Zoe in die Augen.

»Haben Sie sich verletzt?«

»Nein. Nur ein kleiner Schnitt am Bein. Ich habe...«

»Haben Sie angefangen zu fasten? Verzichten Sie neuerdings ganz aufs Essen?«

»Natürlich nicht.«

»Dann müssen Sie unter schwerem körperlichen oder seelischen Streß stehen, der ihre Körperfunktionen völlig durcheinanderbringt.«

Sie sagte nichts.

»Zoe«, wiederholte er etwas freundlicher, »was soll ich nur mit Ihnen anfangen? Sie kommen zu mir, weil Sie Rat und Hilfe haben wollen. Ich bin da, um Ihnen beizustehen, wenn Sie krank sind, oder, besser, Ihnen zu helfen, daß Sie gesund bleiben. Habe ich nicht recht? Dafür bezahlen Sie mich, und ich tue mein Bestes. Eine hübsche Beziehung. Aber wie soll ich meine Arbeit tun, wenn Sie mich belügen?«

»Ich belüge Sie nicht«, sagte Zoe hitzig.

Er hob abwehrend eine Hand. »Gut, Sie lügen nicht. Ich habe mich ungenügend ausgedrückt, entschuldigen Sie. Aber Sie halten Informationen zurück, Informationen, die ich brauche, um meine Arbeit tun zu können. Wie kann ich Ihnen helfen, wenn Sie sich weigern, mir zu sagen, was ich wissen muß?«

»Ich antworte auf alle Ihre Fragen«, sagte sie.

»Das tun Sie nicht«, sagte er wütend. »Sie sagen mir nichts von dem, was ich wissen muß. Gut, gut, beruhigen wir uns wieder. Wir wollen uns nicht aufregen. Wir werden es noch einmal versuchen, ganz ruhig, ganz logisch. Nehmen Sie immer noch die verschriebene Menge Cortison?«

»Ja.«

»Und die Salztabletten?«

»Ja.«

»Haben Sie ein Bedürfnis nach zusätzlichem Salz?«

»Nein.«

»Ihre Diät ist ausgeglichen? Sie halten sich nicht an irgendeinen verrückten Speiseplan, um schnell abzunehmen?«

»Nein. Ich esse gut.«

»Müssen sie sich manchmal übergeben?«

»Nein.«

»Übelkeit? Nervöser Magen?«

»Nein.«

»Schwächeanfälle?«

»Nur während meiner Tage.«

»Durchfall oder Verstopfung?«

»Nein.«

»Als ich Ihren Unterleib untersucht habe, haben Sie gestöhnt.«

»Sie haben mir weh getan«, sagte sie.

»Nein«, sagte er. »Es hat Ihnen weh getan. Ihr Unterleib ist überempfindlich.«

»Ich habe meine Tage«, protestierte sie.

»So, so. Und Sie tragen weder Ihr Armband noch Ihre Spritze für den Notfall bei sich.«

Sie antwortete nicht.

»Zoe«, sagte er sanft. »Ich möchte, daß Sie ins Krankenhaus gehen.«

»Nein«, sagte sie sofort.

»Nur für ein paar Untersuchungen«, drängte er. »Um herauszufinden, was eigentlich mit Ihnen los ist. Ich will nicht auf die Ergebnisse der Urin- und Blutanalyse warten; ich möchte Sie sofort in einem Krankenhaus wissen. Eine Addisonsche Krise ist doch das letzte, was wir beide uns wünschen. Glauben Sie mir, das ist kein Vergnügen. Dem können wir vorbeugen, wenn Sie sofort ins Krankenhaus gehen; dort können wir Tests durchführen, zu denen ich hier nicht in der Lage bin.«

»Ich will nicht ins Krankenhaus«, sagte sie. »Ich mag keine Krankenhäuser.«

»Wer mag die schon? Aber manchmal sind sie notwendig.«

»Nein.«

Er seufzte. »Ich kann Sie nicht bewußtlos schlagen und hinschleppen. Zoe, ich denke, Sie sollten einen anderen Arzt konsultieren. Vielleicht kommen Sie mit jemand anderem besser zurecht.«

»Nein, das tue ich nicht. Ich will keinen anderen Doktor.«

»Gut, dann sagen wir, ich will es. Sie sind nicht bereit, mir die Wahrheit zu sagen. Sie halten sich nicht an meinen Rat. Ich habe für Sie getan, was ich konnte. Ich glaube wirklich, ein anderer Arzt wäre für uns beide das beste.«

»Nein«, sagte sie fest. »Sie können sich weigern, mich weiter zu behandeln, wenn Sie wollen, aber wenn Sie das tun, gehe ich trotzdem zu niemand anderem. Ich gehe einfach zu gar keinem Arzt mehr.«

Sie starrten sich an. Eine Art ängstlicher Vorsicht trat in seine Augen.

»Zoe«, sagte er leise, »ich glaube, Sie haben ein Problem. Ich meine ein besonderes Problem, kein körperliches; eins, das nichts mit der Addisonschen Krankheit zu tun hat, ihr aber Nahrung gibt. Sie wollen mit mir nicht darüber sprechen, das ist ganz klar. Ich kenne einen guten Mann, einen Psychiater – würden Sie sich mit ihm unterhalten?«

»Wozu? Ich habe kein besonderes Problem. Vielleicht brauche ich lediglich mehr Medizin. Oder andere Medikamente.«

Er trommelte mit den Fingern auf der Schreibtischplatte und blickte Zoe nachdenklich an. Sie saß ruhig da, die Beine an den Fußknöcheln gekreuzt, die Hände reglos gefaltet in ihrem Schoß. Sie war gefaßt, ausdruckslos. Sie saß gerade, den Kopf erhoben.

»Ich erkläre Ihnen jetzt genau, was ich tun werde«, sagte er ruhig. »Ich werde die Ergebnisse Ihrer Blutuntersuchung und des Urintests abwarten. Wenn sie so aussehen, wie ich es erwarte, werde ich Sie anrufen und noch einmal bitten, zur weiteren Untersuchung und zur Behandlung in ein Krankenhaus zu gehen. Wenn Sie sich dann erneut weigern, werde ich Ihre Eltern in Minnesota informieren. Ich habe ihre Adresse in den Unterlagen. Ich werde ihnen die Lage erklären.«

»Das können Sie nicht tun«, sagte sie und schnappte nach Luft.

»Oh, doch«, sagte er, »ich kann und ich werde. Danach liegt die Entscheidung bei Ihnen und Ihren Eltern. Ich habe getan, was ich konnte, und es liegt nicht mehr in meinen Händen.«

»Und Sie werden mich einfach vergessen«, sagte sie und begann zu weinen.

»Nein«, sagte er traurig. »Das werde ich nicht.«

Taumelnd ging Zoe nach Hause. Das Licht des Sommerabends verblaßte. Der Himmel war so bronzefarben wie die Flecken auf ihrer Haut. Mit Abscheu sah sie, wie häßlich die Leute auf den Straßen waren. Schweineschnauzen und Schlangenzähne.

Es war eine Stadt von Wasserspeiern, die ihre Deformationen so offen zur Schau trugen wie sie selbst. Fast konnte sie das Heulen und Stöhnen überall hören. Die Stadt wand und krümmte sich. »Besondere Probleme«, wohin man blickte. Man hatte sie in eine Aussätzigenkolonie gesperrt, eine Kolonie der Verdammten, deren Geschwüre und Krankheiten offen oder verdeckt lagen.

Diese Antworten, die sie auf Dr. Starks Fragen gegeben hatte – genaugenommen waren es keine Lügen gewesen.

Sie war sich über alles im klaren: ihre Schwäche, die Übelkeitsanfälle, das Verlangen nach Salz, die Schwindelgefühle. Aber sie ignorierte diese Tatsachen, sagte sich, sie seien nur vorübergehend, ohne Konsequenzen. Sie Dr. Stark gegenüber zuzugeben, hätte ihnen eine Bedeutung verliehen, die vollkommen ungerechtfertigt war.

Und wenn er nach psychischem oder emotionalem Streß fragte – nun, das ging ihn einfach nichts an. Sie wußte, worauf er hinauswollte, und war fest entschlossen, ihm den Zugang zu verwehren. Ihre Abenteuer gehörten ihr allein.

Trotzdem betrübte sie seine Drohung, sie nicht weiterzubehandeln. Schon wieder eine Zurückweisung. Genau wie Kenneth sie zurückgewiesen hatte. Und ihr Vater. Er hatte sie zurückgewiesen, indem er sie ignoriert hatte, aber das war ja dasselbe. Sie kam nach Hause und dachte immer noch darüber nach, wie Männer Frauen mit einem Lachen wegstießen, als das Telefon klingelte. Es war Ernest Mittle.

Ernie hatte sie nicht zurückgewiesen. Er rief beinahe jeden Abend an, und sie sahen sich mindestens einmal, manchmal sogar zweimal die Woche. Sie sah in ihm ein Bindeglied, ihren einzigen Anker, der sie noch mit der Hoffnung auf eine bessere Welt verband. Eine Welt, in der es keine Wasserspeier und keine Schmerzensschreie gab.

Er wußte, daß sie beim Arzt gewesen war und fragte, wie es ihr ergangen sei. Sie sagte, es sei alles in bester Ordnung, sie hätte die Untersuchung mit fliegenden Fahnen hinter sich gebracht. Der Doktor wollte nur, daß sie etwas mehr esse und etwas Gewicht zulege.

Er sagte, das sei ja großartig, weil er sie nämlich für Samstagabend zum Essen in seine Wohnung einladen wolle. Er habe einen kleinen Truthahn gekauft, den er braten würde.

Sie sagte, sie komme gern und sie würde ein paar von den Erdbeertörtchen mitbringen, die er so gern esse. Dann fragte sie, ob er irgend etwas von Maddie und Harry Kurnitz gehört habe.

Er sagte, er habe keine größeren Neuigkeiten gehört. Mr. Kurnitz habe immer noch sein Verhältnis mit der Blondine und sei in letzter Zeit etwas nervös. Ob Zoe von dem letzten Mord des Hotel-Rippers gehört habe und ob das nicht entsetzlich sei?

Sie sagte, ja, sie habe davon gehört, und es sei wirklich entsetzlich, und ob Ernie jetzt endgültig seinen Sommerurlaub geplant habe?

Er sagte, nächste Woche wüßte er es definitiv, und er hoffe, daß

Zoe zur gleichen Zeit Urlaub bekäme, und wofür sie sich denn jetzt entschieden habe?

Und so ging es weiter: ein Telefongespräch, das eine knappe halbe Stunde dauerte, nichts als Geplauder, Lachen, Klatsch. Kaum Tiefgründiges, Bedeutungsvolles. Aber die Stimmen waren da. Selbst wenn man nur über das Wetter redete, waren die Stimmen da. Die warmen Töne.

»Gute Nacht, Liebes«, sagte er schließlich. »Ich rufe dich morgen wieder an.«

»Gute Nacht, Liebling«, antwortete sie. »Schlaf gut.«

»Du auch. Ich liebe dich, Zoe.«

»Ich dich auch, Ernie. Paß auf dich auf.«

»Wir sehen uns am Samstag. Ich melde mich aber vorher noch mal.«

»Morgen abend?«

»Ja, ich rufe dich an.«

»Gut. Ich liebe dich, Ernie.«

»Ich liebe dich auch, mein Schatz.«

»Danke für deinen Anruf.«

»Oh, Zoe«, sagte er, »ich möchte, daß du glücklich bist.«

»Das bin ich doch«, sagte sie, »wenn ich mit dir rede. Wenn ich mit dir zusammen bin. Wenn ich an dich denke.«

»Du kannst nicht oft genug an mich denken«, sagte er mit einem Lachen. »Versprichst du mir, daß du oft an mich denkst?«

»Versprochen«, sagte sie, »aber nur wenn du von mir träumst. Versprochen?«

»Versprochen. Ich liebe dich, Darling.«

»Ich dich auch.«

Sie legte lächelnd auf. Er hatte sie nicht zurückgewiesen, und er würde es auch nie tun. Nicht ein einziges Mal hatte er Kritik an ihrem Aussehen, ihrem Lebensstil oder ihrem Benehmen geübt. Er liebte sie, wie sie war, und hatte kein Bedürfnis, sie zu verändern.

»Mrs. Ernest Mittle«, sagte sie laut. Und dann noch einmal versuchsweise: »Mrs. Zoe Mittle.«

Als sie im Bett war, träumte sie, daß sie es mit Ernie als Ehemann und Helfer nicht mehr nötig haben würde, auf Abenteuerjagd zu gehen.

Dann würde die Leere wieder ausgefüllt sein, der Schmerz gelindert und verschwunden. Sie würde wieder gesund werden. Sie würde erblühen. Einfach nur erblühen! Sie würden sich eine eigene Welt erschaffen, eine Welt für zwei, in der kein Platz war für die Grausamen, die Häßlichen und Brutalen.

Mittwoch, 2. Juli ...

»Verdammt noch mal!« brüllte Sergeant Abner Boone und ließ seine Handfläche auf die Tischplatte krachen. »Dann sind Sie überhaupt nicht sicher, daß es sich tatsächlich um diese Addisonsche Krankheit handelt?«

Dr. Patrick Ho blinzelte erschrocken. »Ah, nein. Nicht ganz sicher. Aber die Addisonsche Krankheit war bei allen befragten Computern die erste auf der Liste. Wenn mangels ausreichenden Inputs keine definitive Diagnose erstellt werden kann, spucken die Computer eine Liste von Möglichkeiten mit einer Bewertung ihrer Wahrscheinlichkeit aus. Die Addisonsche Krankheit hatte auf allen Listen die meisten Punkte.«

»Was für Wahrscheinlichkeiten?« fragte Boone. »Was für Punkte?«

»Prozentpunkte, etwas über dreißig Prozent.«

»Jesus Christus!« stieß der Sergeant angewidert hervor.

Sie saßen in Boones winzigem Büro und blickten sich an: der Sergeant, Dr. Ho, Delaney und Deputy Commissioner Thorsen.

»Damit wir uns richtig verstehen«, sagte Thorsen, »die Wahrscheinlichkeit, daß unsere Täterin an der Addisonschen Krankheit leidet, beträgt nur schäbige dreißig Prozent?«

»So ist es, ja.«

Der Admiral blickte Delaney an. »Edward?«

»Dr. Ho«, sagte der Chief, »was für eine Wahrscheinlichkeitsrate hat die zweite Krankheit auf der Liste?«

»Weniger als zehn Prozent.«

»Also ist die Addisonsche Krankheit in unserem Fall dreimal wahrscheinlicher als die zweite Diagnose?«

»Ja.«

»Aber es besteht immer noch die Möglichkeit, daß diese Diagnose unzutreffend ist. Dreißig zu sechzig etwa?«

»So ist es.«

»Ziemlich dünnes Eis, um sich darauf zu wagen«, sagte Boone düster.

»Selbst wenn sie nur einen Prozentpunkt hätte, müßten wir uns der Sache annehmen«, sagte Delaney. »Wir haben keine andere Wahl. Doktor, ich denke, Sie sollten uns etwas mehr über die Addisonsche Krankheit erzählen. Ich glaube, keiner von uns weiß genau, was das ist.«

»Ah, ja«, sagte Dr. Ho strahlend. »Das ist kein Wunder. Die Krankheit ist sehr selten. Ein Arzt könnte fünfzig Jahre praktizieren, ohne sie einmal behandeln zu müssen.«

»Wie selten?« fragte Delaney scharf. »Nennen Sie uns ein paar Zahlen.«

»Ah, ja, ich habe mich mit der vorhandenen Literatur darüber genau beschäftigt. Eine der Autoritäten behauptet, daß auf hunderttausend Einwohner ein Fall von Addisonscher Krankheit kommen könnte. Andere Schätzungen sind geringfügig höher. Verstehen Sie, es gibt kein Register, in das die Opfer dieser Krankheit eingetragen werden. Ich würde sagen, daß es im Gebiet von New York vielleicht zweihundert, noch eher aber nur einhundert Fälle gibt. Es tut mir leid, daß ich mich nicht noch präziser äußern kann, aber es gibt einfach keine Möglichkeit, mehr in Erfahrung zu bringen.«

»In Ordnung«, sagte Delaney, »teilen wir die Summe durch zwei und sagen, es gibt vielleicht hundertfünfzig Fälle, davon dreißig oder vierzig in Manhattan. Das ist wirklich selten genug. Was ist nun diese Addisonsche Krankheit genau?«

Dr. Ho sprang auf und öffnete Jackett und Weste seines hübschen dunklen Popelinanzugs. Ein kleiner Bauch wölbte sich über dem Hosenbund. Begeistert preßte Ho die Fingerspitzen beider Hände in das Gebiet unterhalb des Brustkastens.

»Ah, hier«, sagte er. »Ungefähr. In der Nähe der Nieren. Zwei Drüsen, genannt die Nebenniere. Ich will versuchen, es ihnen so allgemeinverständlich wie möglich zu erklären. Diese Nebennierendrüsen haben ein Zentrum, das Mark, und eine Rinde. Die Nebennieren sondern mehrere wichtige Hormone ab. Das Mark, zum Beispiel, produziert das Adrenalin. Sie wissen, was Adrenalin ist? Die Rinde, auch Kortex genannt, sondert Cortisol ab, auch als Cortison bekannt.

Die Nebennieren produzieren darüber hinaus einige Sexualhormone. Was Sex ist, wissen Sie wahrscheinlich auch.«

Der Doktor kicherte.

»Machen Sie vorwärts«, knurrte der Sergeant.

»Ah, ja. Manchmal ist der Kortex, die Rinde der Drüse, beschädigt oder ganz zerstört. Das kann die Folge von Tuberkulose, einer Pilzvergiftung, eines Tumors oder anderer Ursachen sein. Wenn der Kortex der Nebenniere beschädigt oder zerstört ist, kann er kein Cortisol produzieren. Das Resultat ist katastrophal. Schwächeanfälle, Gewichtsverlust, Übelkeitsgefühle, Brechreiz, niedriger Blutdruck, Schmerzen im Unterleib und so weiter. Wenn sie nicht behandelt wird, ist der Verlauf der Krankheit unweigerlich tödlich.«

»Und wenn sie behandelt wird?« fragte Delaney.

»Ah, da liegt das Problem. Weil die Krankheit so selten ist und so wenige Ärzte mit den Symptomen vertraut sind, wird sie manchmal nicht korrekt diagnostiziert. Die frühen Anzeichen wie Schwäche, Übelkeit, Verstopfung und so weiter können auch für eine schlichte Virusgrippe oder eine Infektion symptomatisch sein. Aber während die Krankheit fortschreitet, tritt ein Symptom auf, das ein fast hundertprozentiger Hinweis ist: Teile des Körpers – die Ellbogen, Knie, Knöchel, die Lippen und die Falten im Handteller – verfärben sich. Es kann sich um gelbbraune, braune oder bronzefarbene Flecken handeln. Manchmal sind sie sogar grau oder bläulichschwarz. Der Grund für diese Verfärbung ist höchst interessant.«

Er hielt inne und blickte sich strahlend um. Er hatte ihre Aufmerksamkeit, ganz zweifellos.

»Es gibt im Gehirn eine kleine Drüse, genannt die Hypophyse. Sie produziert Sekrete, die praktisch alle Körperfunktionen beeinflussen. Die Hypophyse und die Nebennieren haben eine Art Feedback untereinander. Die Hypophyse produziert zwei Hormone, ACTH und MSH, welche den Kortex der Nebennieren dazu anregen, Cortisol abzusondern, das wiederum mithilft, den ACTH- und MSH-Spiegel auf normalem Niveau zu halten. Aber wenn dieser Kortex beschädigt oder zerstört wird, hebt sich der ACTH- und MSH-Spiegel im Blut. MSH wiederum ist zuständig für die Bildung der Melanozyten und kontrolliert damit das Melanin in der Haut. Als Melanin bezeichnet man die braune oder schwarze Pigmentierung.

Wenn es also einen anormal hohen MSH-Spiegel gibt, bedeutet das eine Anhäufung von Melanin und somit eine Verfärbung der Haut – ein Anzeichen für den Diagnostiker, daß der Patient an einer Schädigung der Nebennierenrinde leidet, an der Addisonschen Krankheit.«

Dr. Patrick Ho schloß mit einer triumphierenden Note, als hätte er gerade ein besonders schwieriges mathematisches Theorem bewiesen.

»In Ordnung«, sagte Delaney, »soweit kann ich Ihnen, glaube ich, folgen. Und was ist mit dem hohen Kaliumgehalt und dem anderen Zeug?«

»Auch das sind klassische Anzeichen für die Addisonsche Krankheit. Besonders der niedrige Natriumspiegel.«

»Sagen Sie, Doktor«, fragte Thorsen, »kann man vom bloßen Hinsehen erkennen, ob jemand die Addisonsche Krankheit hat? Zum Beispiel an diesen Hautverfärbungen?«

»Ah, nein«, antwortete Dr. Ho, »leider nicht. Mit der richtigen Medikamentierung und Diät wirkt ein Opfer dieser Krankheit so normal wie wir alle. In gewisser Weise ähnelt es einem Diabetiker: es muß bis an sein Lebensende synthetisches Cortisol nehmen und auf seinen Salzbedarf achten. Davon abgesehen kann es ein ganz normales Leben führen, Sport treiben, arbeiten, sich sexuell betätigen, eine Familie gründen und so weiter. Es gibt keinen Beweis dafür, daß die Addisonsche Krankheit die Lebenserwartungen herabsetzt, solange sie angemessen behandelt wird.«

»Einen Moment«, sagte Delaney mit einem Stirnrunzeln. »Irgend etwas stimmt da nicht. Angenommen, unsere Täterin hätte die Addisonsche Krankheit und befände sich in Behandlung, dann würde ihr Blut doch all diese Charakteristika nicht zeigen, oder?«

»Genau!« rief Dr. Ho und klatschte glücklich in die Hände. »Sie haben vollkommen recht. Eine Möglichkeit wäre, daß sich die Täterin erst im Anfangsstadium der Krankheit befindet und noch keine ärztliche Hilfe gesucht hat. Eine andere Möglichkeit wäre, daß sie sich in Behandlung begeben hat, daß aber ihr Leiden nicht richtig diagnostiziert worden ist. Und eine dritte Möglichkeit schließlich wäre, daß ihre Krankheit zwar erkannt worden ist und man ihr die richtigen Medikamente verschrieben hat, daß sie sie aber aus irgendeinem Grund nicht nimmt.«

»Das sind aber eine ganze Menge Möglichkeiten«, knurrte Sergeant Boone.

»Ah, ja«, sagte der Doktor, nicht im mindesten entmutigt. »Aber es gibt noch eine weitere Möglichkeit. Eine Addisonsche Krise kann durch akuten Streß wie etwa Erbrechen, eine Verletzung, eine Infektion, eine Operation, sogar durch eine Zahnextraktion hervorgerufen werden. Und durch eine längere Periode intensiven geistigen, emotionalen oder psychischen Stresses.«

Sie starrten ihn an. Nach und nach dämmerte ihnen, was er gesagt hatte.

»Wenn ich Sie richtig verstanden habe«, sagte Delaney, »wollen Sie damit zum Ausdruck bringen, daß die Täterin ihrer Meinung nach an der Addisonschen Krankheit leidet, daß sie sich in Behandlung befindet, daß diese Behandlung aber nicht anschlägt, weil die Anstrengung, sechs Fremden in Hotelzimmern die Kehlen aufzuschlitzen, ihre Wirkung verhindert. Ist das so?«

»Ah, ja«, sagte Dr. Ho geduldig. »Ich glaube, das ist ganz definitiv eine Möglichkeit.«

»Das ist doch verrückt!« explodierte der Sergeant.

»So?« fragte der Doktor. »Was ist daran so verrückt? Sie werden doch den Einfluß geistiger oder emotionaler Vorgänge auf das körperliche Befinden nicht leugnen wollen, oder? Daß da eine enge Beziehung existiert, ist mittlerweile klar erwiesen. Sie können sich davon überzeugen, daß Sie leben wollen, und Sie können sich davon überzeugen, daß Sie sterben wollen. Ich sage ja nicht mehr, als daß die physische Gesundheit dieser Frau von den Anstrengungen und der Furcht, mit denen ihre schrecklichen Aktivitäten verbunden sind, negativ beeinflußt worden sein könnte. Es könnte auch noch einen psychologischen Faktor geben. Wenn sie das Böse, das sie tut, als solches erkennt, sich womöglich als ein wertloses Individuum begreift, das nicht in unsere Gesellschaft paßt, könnte das ihren Gesundheitszustand ebenfalls beeinflussen.«

»Hören Sie«, sagte der Admiral, »wir wollen jetzt nicht den emotionalen und psychologischen Schnörkeln dieser Frau nachgehen. Das können wir den Psychiatern überlassen, nachdem wir sie geschnappt haben. Halten wir uns an das, was wir haben. Sie glauben, daß sie an der Addisonschen Krankheit leidet und entweder nicht richtig behandelt wird oder die Behandlung ignoriert und nach und nach vom Streß dieser Morde umgebracht wird. Das klingt albern, entspricht aber doch dem, was Sie gesagt haben, oder?«

»Ungefähr«, sagte Dr. Ho leise.

»Also?« fragte der Admiral. »Was machen wir jetzt? Wie stellen wir es an, die betreffenden Personen in New York aufzutreiben?«

»Die Ärzte aufsuchen?« fragte Boone. »Fragen, ob sie jemand mit der Addisonschen Krankheit behandeln?«

Edward Delaney schüttelte zweifelnd den Kopf.

»Ich fürchte, das haut nicht hin, Sergeant«, sagte er. »Du weißt, daß Ärzte die Informationen, die sie über ihre Patienten haben, vertraulich behandeln müssen. Sie werden uns die Tür vor der Nase zuschlagen, und die Gerichte werden ihnen recht geben.«

Thorsen blickte Delaney an. »Und wenn wir einfach nur zu allen Ärzten in der Stadt gehen und – statt die Namen von eventuellen Patienten, die sie wegen der Addisonschen Krankheit behandeln, zu verlangen – sie einfach nur ganz allgemein fragen: ›Behandeln Sie jemanden, der an der Addisonschen Krankheit leidet?‹«

Delaney überlegte einen Moment. »Wenn ein Arzt mit uns zusammenarbeiten will, könnte er, glaube ich, eine derartige allgemein gefaßte Frage beantworten, ohne gegen das Gesetz oder sein Berufsethos zu verstoßen. Aber was würde das nützen? Unsere nächste Frage würde den Namen und die Adresse des Patienten zum Ziel haben, und dann würde er uns einen Vogel zeigen, und wir wären wieder da, wo wir angefangen haben.«

Schweigend starrten die Männer ihre Hände, die Wände oder die Decke an, als könnte dort eine Lösung erscheinen, wenn sie nur lang genug warteten.

»Dr. Ho«, sagte Delaney, »Sie haben vorhin gesagt, bei der richtigen Behandlung würde ein Opfer der Addisonschen Krankheit nicht unbedingt mit verfärbter Haut herumlaufen. Stimmt das?«

»Ja, das stimmt.«

»Aber unsere Täterin erhält offenbar nicht die richtige Behandlung oder sie schlägt aus irgendwelchen Gründen nicht so an, wie sie sollte. Ihr Blut ist ein einziges Durcheinander. Heißt das, sie müßte solche Verfärbungen aufweisen?«

»Ah, ich würde sagen, vielleicht. Sehr wahrscheinlich sogar, wenn man nach dem hohen MSH-Spiegel geht.«

»Könnte man diese Verfärbungen sehen? Auf der Straße, meine ich, wenn sie ganz normale Alltagskleidung anhat? Würde jemand wie ich die Flecken bemerken?«

»Ah, ich würde sagen, nein. Nicht an den Ellbogen, Knien, Handflächen und so weiter. Wenn die Flecken sich weiter ausbreiten würden, auf Gesicht und Handrücken zum Beispiel, dann könnte man sie sehen. Aber dann wäre das Opfer wohl auch schon im Krankenhaus.«

»Trifft das Gesetz über vertrauliche Informationen eigentlich auch auf Krankenhäuser zu?« fragte Boone.

Delaney nickte. »In Krankenhäusern befinden die Patienten sich in der Obhut von Ärzten. Alle Daten und Informationen unterliegen der Schweigepflicht.«

»Scheiße«, sagte Boone.

»Vielleicht«, begann Dr. Ho zögernd, »wäre der Bürgermeister bereit, persönlich an die Ärzte in unserer Stadt zu appellieren und sie um ihre Zusammenarbeit in diesem Notfall zu bitten?«

Der Deputy Commissioner blickte ihn mitleidig an. »Ich glaube kaum, daß der Bürgermeister sich freiwillig in die Lage bringen würde, Ärzte öffentlich dazu aufzufordern, daß sie das Gesetz brechen. Nein, Doktor, erwarten Sie keine Hilfe von den Politikos. Die haben ihre eigenen Probleme.«

Die Männer in Sergeant Boones Büro starrten wieder ins Leere.

»Das Problem, mit dem wir es zu tun haben, heißt Identifizierung«, meinte Delaney. »Wie können wir alle Opfer der Addisonschen Krankheit in New York identifizieren?«

»Einen Moment«, sagte Dr. Ho und hob die Hand.

Alle blickten ihn an.

»Ein Problem der Identifizierung«, überlegte der Doktor laut. »Alle Artikel, die ich über die Addisonsche Krankheit gelesen habe, waren für Ärzte verfaßt und handelten von der Entstehungsgeschichte des Leidens, den Symptomen, der Behandlung und so weiter. Ohne Ausnahme hat jeder Autor empfohlen, den Patienten mit einem Armband auszustatten, auf dem der Träger als Opfer dieser Krankheit ausgewiesen wird. Darüber hinaus steht auf dem

Armband der Name des Patienten, zusammen mit seiner Adresse und dem Namen, der Adresse und der Telefonnummer seines Arztes. Für den Notfall, verstehen Sie? Ein Autounfall, eine plötzliche Verletzung oder ein Ohnmachtsanfall.«

»Weiter«, sagte Delaney und beugte sich auf seinem Stuhl vor, »das hört sich gut an.«

»Darüber hinaus soll der Patient immer und überall ein kleines Erste-Hilfe-Päckchen bei sich tragen. In dem Päckchen befindet sich eine Spritze mit einer Hydrocortison-Lösung, die im Notfall sofort injiziert werden kann, komplett mit Gebrauchsanweisung.«

»Wird immer besser«, sagte Delaney. »Und wo bekommt man dieses Armband und das Päckchen?«

»Ah, das weiß ich nicht«, gestand Dr. Ho. »Aber ich möchte meinen, daß die Quellen begrenzt sind. Das heißt, man kann nicht erwarten, solche doch sehr speziellen Dinge in jedem Drugstore der Stadt vorzufinden. Es müßte sich schon um ein gut ausgerüstetes Arzneimittelgeschäft oder eine Apotheke, die auf seltene und schwierige Verschreibungen eingestellt ist, handeln.«

»Davon kann es nicht allzu viele in der Stadt geben«, sagte Sergeant Boone langsam.

»Edward«, fragte Thorsen, »gelten diese Gesetze bezüglich vertraulicher Informationen auf für Rezepte in Drugstores?«

»Ich würde sagen, nein«, antwortete der Chief. »Ich meine, man erhält ein Rezept, und dann geht es nur noch den Patienten und den Apotheker an. Es liegt nicht mehr in den Händen des Arztes, und der Apotheker kann den Namen des Patienten und des Arztes preisgeben.«

»Ich hole lieber noch die Meinung eines Juristen ein«, sagte der Deputy.

»Gute Idee«, meinte Delaney. »In der Zwischenzeit, Sergeant, solltest du ein paar Beamte organisieren, die alle Geschäfte ausfindig machen, in denen solche Armbänder und Päckchen für Opfer der Addisonschen Krankheit verkauft werden.«

»Scheint mir nicht sehr erfolgversprechend«, sagte Boone zweifelnd.

»Vielleicht«, sagte Delaney. »Für sich gesehen waren die Listen mit den Tränengaskunden und den Frauen, die Einblick in die

Kongreßplanung haben, auch nicht sehr erfolgversprechend. Aber jede Liste bringt uns einen Schritt weiter. Wenn wir genug Listen haben und sie miteinander vergleichen, stoßen wir vielleicht auf ein paar ganz hübsche Möglichkeiten.«

»Oh, ich liebe diese Arbeit!« rief Dr. Ho aus. Seine dunklen Augen glänzten vor Vergnügen.

Die anderen blickten ihn nur an.

Montag, 7. Juli, und Dienstag, 8. Juli ...

Zoe Kohler saß steif an ihrem Schreibtisch in der Sicherheitsabteilung des Hotel Granger. Sie hatte gerade vier Briefe für Everett Pinckney geschrieben und die sauber getippten Seiten und Umschläge auf seinen Schreibtisch gelegt. Dann hatte sie einen vorläufigen Urlaubsplan für die Abteilung entworfen und dabei für sich den Zeitraum vom 11. bis 22. August beansprucht, denn diese beiden Wochen hatte Ernest Mittle freibekommen.

Jetzt blätterte sie müßig in der neuesten Ausgabe der Branchenzeitschrift des Hotelgewerbes. Im Aufmacher wurde berichtet, daß der New Yorker Hotel- und Gaststättenverband die von der Stadt ausgesetzte Belohnung noch erhöht hatte, so daß sich die Gesamtsumme der Belohnungen jetzt auf über hunderttausend Dollar belief.

Mr. Pinckney brachte ihr die unterschriebenen Briefe zurück, damit sie sie zum Briefkasten bringen konnte.

»Tadellose Arbeit«, sagte er. »Wie immer.« Er bemerkte die Zeitschrift auf ihrem Schreibtisch und schnippte mit den Fingern. »Die ganze Zeit wollte ich Ihnen schon etwas sagen«, erklärte er, »und es ist mir immer wieder entfallen. Letzte Woche war jemand von der Polizei im Büro des Geschäftsführers und machte sich eine Liste von allen Leuten hier im Hotel, die dieses Magazin in die Hände kriegen.«

»Ein Detective, Mr. Pinckney? Von der Polizei?«

»Zumindest seinem Ausweis nach. Er wollte uns nicht sagen, worum es ging, er wollte bloß die Namen von allen Mitgliedern, die Zugang zu diesem Magazin haben. Er sagte, sie überprüften die gesamte Adressenkartei des Verlags.«

»Das ist ja seltsam«, meinte Zoe mit tonloser Stimme.

»Ja, nicht wahr?« antwortete Pinckney. »Ich habe gefragt, ob es etwas mit dem Hotel-Ripper zu tun hätte, aber das wollte er nicht sagen. Können Sie sich vorstellen, was das für eine Arbeit wird? Allein wir kriegen ja schon sechs Exemplare, und vermutlich sind Tausende davon im Umlauf. Die Liste muß endlos werden ...«

»In jedem Fall ein eigenartiges Vorhaben«, sagte Zoe.

»Nun«, meinte Pinckney mit einem Schulterzucken, »vermutlich haben sie ihre Gründe. Worum es auch immer gehen mag, ich habe nichts mehr davon gehört.«

Er ging wieder in sein Büro, und einen Moment später hörte sie, wie er seine Schublade öffnete und dann das Klirren von Glas gegen Glas.

Sie saß reglos auf ihrem Stuhl und starrte die Zeitschrift an. Sie fragte sich, ob Mr. Pinckneys Vermutung richtig war, daß die Umfrage des Detectives etwas mit dem Hotel-Ripper-Fall zu tun hatte. Sie konnte sich keine Verbindung vorstellen – wie er schon gesagt hatte, Tausende von Menschen hatten Zugang zu diesem Magazin.

Trotzdem war die Angelegenheit beunruhigend; Zoe fühlte sich plötzlich unwohl und bedroht. Sie hatte das Gefühl, daß ihr die Initiative aus der Hand genommen wurde. Wieder einmal wurde sie von Mächten außerhalb ihrer selbst gesteuert.

Ein ähnliches Gefühl, in Richtungen gestoßen zu werden, in die sie nicht gehen wollte, hatte sie am späten Nachmittag, als Dr. Stark anrief.

»Zoe«, sagte er ohne Einleitung, »ich möchte, daß Sie sich so schnell wie möglich in ein Hospital begeben. Ihre Untersuchungsergebnisse sind da, und sie sind weit beunruhigender, als ich erwartet hatte. Ich habe über Ihren Fall mit einem Freund von mir gesprochen, einem sehr fähigen Endokrinologen, und er ist wie ich der Meinung, daß Sie in ein Krankenhaus gehören, bevor Sie eine Addisonsche Krise erleiden.«

»Ich gehe nicht ins Krankenhaus«, sagte sie ruhig. »Ich brauche kein Krankenhaus. Ich bin völlig in Ordnung.«

»Jetzt hören Sie mir mal zu, junge Dame«, sagte er scharf. »Sie sind ganz und gar nicht in Ordnung. Sie leiden an einer bösartigen Krankheit, die ständige Behandlung und Beobachtung erfordert. Alles deutet auf eine ernsthafte Verschlechterung Ihres Zustands hin. Wir müssen herausfinden, warum. Ich spreche nicht von einer Operation oder dergleichen; ich spreche von Untersuchungen und Beobachtungen. Wenn Sie sich weigern, kann ich keine Verantwortung für die Konsequenzen übernehmen.«

»Nein«, sagte sie. »Ich gehe nicht ins Krankenhaus.«

Er schwieg einen Moment.

»Nun gut«, sagte er. »Dann bleibt mir nur noch die Chance, mit Ihren Eltern Kontakt aufzunehmen. Und außerdem muß ich Sie, falls Sie Ihre Meinung nicht ändern, ersuchen, sich einen anderen Arzt zu suchen. Es tut mir leid, Zoe«, sagte er sanft, bevor er auflegte.

Sie hätte nicht genau sagen können, warum sie so widerspenstig gewesen war. Sie zweifelte nicht an Dr. Starks fachlichem Können. Sie nahm an, daß er recht hatte; sie war ernstlich krank, und ihr Gesundheitszustand verschlechterte sich rapide.

Sie sagte sich, daß sie die Würdelosigkeit des Daseins in einem Krankenhaus nicht ertragen könnte – nackt vor gefühllosen Fremden zu liegen, befühlt und beklopft zu werden, ihre Ausscheidungen kritischen Untersuchungen preisgegeben, ihr Körper behandelt wie ein besonders ekelhaftes, wertloses Stück Fleisch.

Und darüber hinaus wurde sie von der geheimen Furcht beherrscht, daß sie im Krankenhaus womöglich wieder völlig gesund gemacht und solcherart um ihre ganz privaten und persönlichen Schmerzen und Vergnügen gebracht werden könnte, die ihr so kostbar waren.

Sie war sich nicht ganz darüber im klaren, wie so etwas passieren könnte, aber die Befürchtung blieb, daß eine Behandlung in einem Krankenhaus diese Wogen unsinniger Kraft und Stärke, die sie während ihrer Abenteuer verspürte, glätten könnte. Sie würden sie auf ein langweiliges, geduldiges Tier reduzieren und den einzigen Funken ersticken, der sie über all die anderen Tiermenschen, die sich auf den Straßen drängten, erhob.

Nur auf diese eine Weise war sie etwas Besonderes. Sie hatte die Furcht von Millionen erregt, hatte in den Köpfen der Polizei Wut und Verwirrung ausgelöst und den Verlauf von Ereignissen beeinflußt, deren Opfer sie bis dahin gewesen war.

Ein Krankenhaus zog unter all das vielleicht einen Schlußstrich, beraubte sie der einzigen ihr verbliebenen Einzigartigkeit und mochte damit die Seele von Zoe Kohler zerstören.

Am Dienstagmorgen erwartete sie ein neuer Schock. Sie saß an ihrem Schreibtisch, trank Kaffee und blätterte in der *New York Times*. Da sprang ihr auf der ersten Seite des Lokalteils eine Überschrift ins Auge: »Polizei präsentiert neue Zeichnung des ›Rippers‹.«

Unter dem Vorspann zu dem Artikel fand sich eine zwei Spalten breite Zeichnung in Bleistift und Tusche. In dem Moment, in dem Zoe Kohler sie bemerkte, blickte sie wild auf und legte rasch einen anderen Teil der Zeitung darüber.

Endlich, als ihr Puls sich beruhigt hatte und sie wieder normal zu atmen vermochte, deckte sie die Zeichnung wieder auf und betrachtete sie lange und genau.

Sie fand sie so ungeheuer ähnlich. Das Haar war falsch gezeichnet, und das Gesicht wirkte zu lang und dünn, aber der Zeichner hatte die Form ihrer Augenbrauen, die geraden Lippen, das ausgeprägte Kinn genau getroffen.

Je länger sie die Zeichnung betrachtete, desto ähnlicher schien sie ihr. Sie konnte nicht verstehen, warum die anderen Angestellten des Hotels nicht in ihr Büro stürzten, sich um ihren Schreibtisch scharten und mit anklagenden Fingern auf sie deuteten.

Mr. Pinckney, Barney McMillan oder Joe Levine mußten die Ähnlichkeit einfach entdecken; schließlich waren sie geschulte Beobachter. Und wenn nicht, dann würden doch zumindest Ernest Mittle, Maddie Kurnitz oder Dr. Stark sie in der Skizze wiedererkennen und anfangen, sich zu wundern, Fragen zu stellen.

Oder, wenn es keinem von ihren Freunden und Bekannten auffiel, dann vielleicht einem Fremden auf der Straße. Sie stellte sich einen plötzlichen Schrei vor, Zeter und Mordio um sie herum, eine wilde Hetzjagd, an deren Ende sie gepackt wurde. Und möglicherweise von der Menge zusammengeschlagen. Gelyncht.

Es war weniger Furcht, die sie erfüllte, als Verwirrung. Die Schande einer derartigen öffentlichen Konfrontation würde sie nicht ertragen: die mörderischen Augen, die geifernden Münder, die gebrüllten Obszönitäten. Lieber auf der Stelle sterben, als einer solchen Demütigung entgegensehen.

Sie las den Artikel unter der Zeichnung und stellte fest, daß die

Polizei eine detaillierte Beschreibung der Kleidung, die sie im Tribunal Motor Inn getragen hatte, besaß. Vermutlich hatte jemand sie mit dem Jungen gesehen und der Polizei dann die Beschreibung gegeben.

Es wurde sogar erwähnt, daß sie Weißwein trank, allerdings ohne einen Hinweis auf Fingerabdrücke. Aber die Polizei vermutete, daß die Frau, die sie suchte, leise und höflich sprach, ihr Haar relativ kurz trug, sich schlicht kleidete und möglicherweise als Sekretärin arbeitete.

Es war auf seltsame Weise faszinierend, diese Beschreibung ihrer Person zu lesen. Es war, als sähe man sein Bild in einem Spiegel, der wiederum nur die Reflexion eines Bildes in einem anderen Spiegel darstellte. Die Realität war auf zweifache Weise aufgehoben; das Original war verzerrt und verwackelt.

Sorgfältig schnitt sie die Phantomzeichnung aus, faltete sie zusammen und verstaute sie tief unten in ihrer Handtasche. Dann fiel ihr ein, daß jemand vielleicht die zerschnittene Seite bemerken könnte, und sie schaffte die ganze Ausgabe in den Müllkeller, wo sie sie in einer Tonne vergrub.

Am Abend hastete sie geradezu von der Arbeit nach Hause, wobei sie den Kopf gesenkt hielt und nur mit Mühe dem Impuls widerstehen konnte, sich die Handtasche vors Gesicht zu halten. Niemand schenkte ihr die geringste Aufmerksamkeit. Wie üblich war sie die unsichtbare Frau.

Sicher in ihrem Appartement, setzte sie sich mit einem Glas Wodka auf die Couch und betrachtete die Zeichnung erneut. Es schien einfach unglaublich, daß niemand sie erkannt hatte.

Während sie die Skizze anstarrte, fühlte sie wieder dieses Gefühl der Desorientiertheit. Wie die Beschreibung in den Zeilen darunter entsprach das Bild ihr und entsprach ihr wieder nicht. Es hatte eine verwischte Ähnlichkeit. Sie fragte sich, ob die Zersetzung ihres Körpers sich auf ihr Gesicht ausgedehnt hatte, und die Skizze nur ein Symptom dieser Auflösung war.

Sie beschäftigte sich immer noch mit der Zeichnung und der ihr vielleicht innewohnenden Bedeutung, als ihre Eltern aus Minnesota anriefen.

»Baby«, sagte ihr Vater, »hier spricht dein Dad, und Mutter sitzt am Nebenapparat.«

»Hallo, Dad, Mutter. Wie geht es euch?«

»Oh, Zoe!« jammerte ihre Mutter und begann geräuschvoll zu weinen.

»Na, komm, Mutter«, sagte ihr Vater, »du hast versprochen, du würdest das nicht tun. Baby, wir haben einen Anruf von einem Doktor da unten in New York bekommen. Ein Mann namens Stark. Ist das dein Arzt?«

»Ja, Dad.«

»Nun, er behauptet, du seist krank, Baby. Er sagt, du müßtest ins Krankenhaus.«

»Oh, Dad, das ist doch Unsinn. Ich habe mich ein paar Tage lang nicht gut gefühlt, aber jetzt bin ich wieder völlig in Ordnung. Du weißt doch, wie die Ärzte sind.«

»Sagst du die Wahrheit, Zoe?« fragte ihre Mutter tränenerstickt.

»Mutter, ich bin vollkommen in Ordnung. Ich nehme meine Medizin und esse regelmäßig. Es gibt absolut nichts, was mit mir nicht stimmt.«

»Nun, jedenfalls klingst du ganz gesund, Baby. Bist du sicher, daß ich oder Mutter nicht nach New York kommen sollen?«

»Meinetwegen nicht, Dad. Das ist überhaupt nicht notwendig.«

»Nun, eh, Mutter hat dir ja geschrieben, daß wir diesen Sommer nach Hawaii fliegen wollen, aber wir können ...«

»Oh, Dad, meinetwegen braucht ihr eure Pläne nicht zu ändern. Mir geht es wirklich bestens.«

»Wieviel wiegst du jetzt, Zoe?«

»Ungefähr das gleiche wie immer, Mutter. Vielleicht ein oder zwei Pfund weniger, aber die bekomme ich schon wieder drauf.«

»Warum, zum Teufel, hat dieser New Yorker Arzt uns dann angerufen, Baby? Er hat mich und Mutter ganz durcheinandergebracht.«

»Dad, du weißt doch, wie Ärzte sind; die kleinste Kleinigkeit und schon wollen sie dich ins Krankenhaus stecken.«

»Hör zu, Baby, wir verreisen erst Ende Juli. Glaubst du, du könntest in deinem Urlaub auf einen Sprung bei uns hereinschauen?«

»Ich weiß noch nicht, wann ich Urlaub bekomme, Dad. Wenn ich es weiß, werde ich euch schreiben, und vielleicht finden wir einen Weg, selbst wenn es nur für ein paar Tage ist.«

»Hast du jemand kennengelernt, Zoe?« fragte ihre Mutter. »Du weißt schon – einen netten Jungen?«

»Nun, es gibt jemand, mit dem ich hin und wieder ausgehe. Er ist sehr nett.«

»Was macht er beruflich, Baby?«

»Ich weiß nicht genau, Dad. Alles, was ich weiß, ist, daß er Kurse in Computertechnologie nimmt.«

»Computer? Hey, das klingt nach einem cleveren Burschen.«

»Das ist er auch, Dad. Ich glaube, du würdest ihn mögen.«

»Na, das ist ja schön, Baby. Ich bin froh, daß du ausgehst und, eh, Gesellschaft hast. Und ich freue mich, zu hören, daß es dir gutgeht. Dieser verdammte Doktor hat uns ganz schöne Angst eingejagt.«

»Mir geht's gut, Dad, wirklich.«

»Jetzt hör mir mal zu, Zoe«, sagte ihre Mutter. »Ich möchte, daß du uns wenigstens einmal die Woche anrufst. Per R-Gespräch. In Ordnung, Dad?«

»Natürlich, Mutter. Baby, genau das tust du. Ruf uns wenigstens einmal die Woche per R-Gespräch an.«

»Einverstanden, Dad.«

»Und paß auf dich auf, ja?«

»Das werde ich. Danke für euren Anruf. Auf Wiederhören, Mutter. Auf Wiederhören, Vater.«

»Auf Wiederhören, Zoe.«

»Auf Wiederhören, Baby.«

Sie legte auf, und als sie ihre Hände betrachtete, sah sie, wie sie zitterten. Es war schon immer so gewesen: ihre Eltern machten sie nervös, drängten sie in die Defensive. Jagten ihr Schuldgefühle ein. Nicht ein einziges Mal während des ganzen Telefongesprächs hatte sie gesagt: »Ich liebe euch.« Aber andererseits hatten sie das auch nicht gesagt.

Sie aß ein Sandwich mit irgend etwas, das keinen Geschmack hatte. Sie trank noch einen Wodka und nahm ihre Vitamine und Minerale, zwei Anazin und ein Valium. Dann duschte sie und streifte ihren abgetragenen Morgenmantel über.

Sie setzte sich auf die Wohnzimmercouch, ausgelaugt von der Unterhaltung mit ihren Eltern. Es hatte viel Energie erfordert, optimistisch und fröhlich zu klingen, um die Befürchtungen ihrer

Eltern zu zerstreuen und sie daran zu hindern, daß sie nach New York kamen und sie in ihrem derzeitigen Zustand erblickten.

Sie nahm an, daß sie in Gedanken immer noch ein kleines Mädchen mit einer fleckenlosen Schürze vor sich sahen, wenn sie sich ihrer erinnerten. Ein kleines Mädchen mit weißen Handschuhen, Kniestrümpfen aus Baumwolle und glänzenden schwarzen Schuhen. Einem süßen Hut mit Blumen darauf. Einer roten Handtasche an einer Messingkette.

Zoe Kohler öffnete ihren Morgenmantel, blickte sich an und sah, was aus dem kleinen Mädchen geworden war. Tränen traten ihr in die Augen, und sie fragte sich, wann das geschehen war und warum.

Wenn sie als Kind gescholten, ignoriert oder an etwas gehindert worden war, dann hatte sie ihrem Peiniger den Tod gewünscht. Wenn ihre Mutter starb oder ihr Vater oder ein bestimmter Lehrer, dann würden ihre Kümmernisse ein Ende haben und ihrem Glück nichts mehr im Wege stehen.

Sie hatte Kenneth den Tod gewünscht. Nicht direkt gewünscht, aber davon geträumt, um wieviel leichter ihre Last würde, wenn er nicht mehr da wäre. Einmal hatte sie sich sogar ausgemalt, daß Maddie Kurnitz stürbe, und Zoe Kohler tröstete den Witwer, und er sah sie plötzlich mit neuen Augen.

Ihr Leben lang hatte sie den Tod der anderen als Lösung für ihre Probleme gesehen. Jetzt sagte ihr ein Blick auf ihr vergiftetes Fleisch, daß nur ihr eigener Tod allem ein Ende setzen würde . . .

Sie war krank, sie war müde, und dieser dünne, verbitterte Mann, den sie »Polizei« nannte, kam schwankend näher und näher. Ihm wünschte sie den Tod, aber sie wußte, er würde nicht sterben. Er würde weitermachen . . . Die Zeichnung war so genau, daß es nur eine Frage der Zeit sein konnte, bis . . .

Gedanken, unvollendet, wirbelten so schnell an ihr vorbei, daß die flackernde Geschwindigkeit, die konzentrierte Intensität sie schwindeln ließen. Sie schloß die Augen, ballte die Hände. So verblieb sie, bis sich ihr Denken wieder aufhellte und sie in der Lage war, sich darauf zu konzentrieren, was sie tun wollte.

Sie rief Ernest Mittle an.

»Ernie«, sagte sie, »liebst du mich wirklich?«

Freitag, 11. Juli, und Samstag, 12. Juli ...

Detective Sergeant Thomas K. Broderick und seine Mannschaft waren darauf angesetzt worden, die Spur des Armbandes mit den Worten WARUM NICHT? aufzunehmen, aber sie führte in eine Sackgasse. Das Armband wurde in zu vielen Geschäften angeboten, und zu viele waren gegen Bargeld verkauft worden; es war unmöglich, jedem einzelnen davon nachzugehen.

Also wurden Broderick und seine Männer mit der Aufgabe betraut, die Apotheken zu finden, in denen Armbänder und Erste-Hilfe-Päckchen für die Opfer der Addisonschen Krankheit verkauft wurden.

Broderick beschloß, mit Manhattan zu beginnen, und sah zuerst im Branchentelefonbuch nach, um die Namen und Adressen solcher Apotheken und Arzneimittelgeschäfte ausfindig zu machen.

Dann sprach er mit Polizeichirurgen und der kleinen Gruppe von Ärzten, die man als »Anhänger« der Polizei bezeichnen konnte: Ärzte, die gern mit dem New York City Police Department zusammenarbeiteten, solange sie dafür nicht gegen das Gesetz oder ihr Berufsethos handeln mußten.

Aus diesen Quellen stellte Broderick eine Liste der Geschäfte zusammen, in denen er vielleicht fündig werden konnte. Dann gliederte er die Liste nach Stadtteilen. Und dann schickte er seine Männer auf die Straße, um sie alle abzuklappern.

Die meisten Apotheker, die sie aufsuchten, waren zur Kooperation bereit. Die, bei denen das nicht der Fall war, erhielten einen weiteren Besuch, diesmal von Sergeant Broderick oder Abner Boone. Beide hatten Gutachten der Rechtsabteilung des New York Police Department dabei, in denen klargestellt wurde, daß die Namen der Kunden und die Rezepte, die sie den Apothekern brachten, nach der gegenwärtigen Rechtslage nicht vertraulich waren und auch nicht der Schweigepflicht unterlagen.

Als die Namen und Adressen von Opfern der Addisonschen Krankheit hereinzukommen begannen, sortierten Brodericks Männer die offensichtlich männlichen Namen sofort aus und erstellten nur eine Liste der weiblichen. Diese Liste wurde wiederum in die verschiedenen Viertel New Yorks unterteilt und um eine Mappe mit den Adressen von außerhalb ergänzt.

Die Delaneys aßen im P. J. Moriarty an der Third Avenue zu Abend. Es war ein erstklassiges, gemütliches irisches Restaurant mit Bar. Die Wände waren holzgetäfelt, die Lampenschirme stammten von Tiffany's. Aus irgendeinem unerklärlichen Grund hing über der Bar ein Miniaturschienenrondell von der Decke, auf dem ein elektrischer Spielzeugzug seine Kreise drehte.

Sie hatten den Abend mit trockenen Beefeater-Martinis eröffnet, gefolgt von Heringscheiben in Cremesauce, Rostbraten mit Kartoffelpfannkuchen und Kanadischem Bier. Das Ganze wurde mit Kaffee und Armagnac abgerundet.

Während des Essens hatte er ihr von Dr. Hos Bericht über die Addisonsche Krankheit und der Suche von Sergeant Brodericks Männern nach den Opfern dieses Leidens in New York erzählt.

»Er meint, daß er noch heute Abend mit seiner Liste fertig wird«, schloß er. »Morgen früh fahre ich dann ins Revier, und wir werden die Listen miteinander vergleichen, um zu sehen, was dabei herauskommt.«

Er zuckte mit den Schultern. »Wir werden weitergraben. Jeder der Morde hat uns mehr verraten. Irgendwann werden wir sie kriegen.«

»Und wenn ihr herausfindet, wer dahintersteckt – was dann?«

»Das hängt davon ab, ob wir genug Beweismaterial für eine Verhaftung oder Verurteilung haben.«

»Ihr werdet doch nicht ...«

»Mit gezogenem Revolver hereinstürmen und wild um uns ballern? Nein, Liebes, das werden wir nicht tun. Ich glaube nicht, daß diese Frau bewaffnet sein wird. Ich meine, mit einem Revolver. Ich glaube, sie wird uns ohne Umstände begleiten. Fast mit einer gewissen Erleichterung.«

»Und dann? Ich meine, wenn Ihr genug Beweismaterial für eine Verhaftung oder eine Verurteilung habt? Was wird dann mit ihr geschehen?«

Er goß ihr und sich Kaffee aus der Zinnkanne nach.

»Das hängt davon ab«, sagte er wieder. »Wenn sie einen geschickten Anwalt kriegt, wird der wahrscheinlich auf Unzurechnungsfähigkeit zu plädieren versuchen. Ich möchte meinen, daß die Tatsache, sechs völlig Fremden die Kehle aufgeschlitzt zu haben, ein ziemlich guter Beweis für Unzurechnungsfähigkeit ist.«

Nachdem sie gezahlt hatten, gingen sie langsam durch die warme, schwüle Sommernacht heimwärts.

»Edward, du hast eben gesagt, die Mörderin würde sich ohne Umstände, fast mit Erleichterung ergeben. Warum Erleichterung?«

»Ich glaube, sie wird langsam müde«, erklärte Delaney. »Darüber hinaus ist Dr. Ho der Meinung, daß der ständige Streß eine Addisonsche Krise hervorrufen könnte. Es paßt alles zusammen: eine kranke Frau gelangt ans Ende ihrer Weisheit.«

»Dann glaubst du also auch, daß sie krank ist?«

»Körperlich, nicht geistig. Sie kennnt den Unterschied zwischen Recht und Unrecht. Aber was Unzurechnungsfähigkeit oder Schuldfähigkeit angeht, sind die Gesetze so kompliziert, daß es unmöglich ist, zu sagen, wie ein Richter oder eine Jury entscheiden werden. Sie können sagen, daß sie für gewöhnlich gesund ist, ihre Morde aber in Momenten überwältigenden Irrsinns begangen hat. Zeitweilige Unzurechnungsfähigkeit. Es ist wirklich nicht wichtig. Das heißt, es ist schon wichtig, aber es ist nicht die Aufgabe der Cops, das zu entscheiden. Die Cops haben sie nur zu stoppen.«

»Viel Glück morgen früh«, sagte Monica schwach. »Wirst du mich anrufen?«

Er ergriff ihren Arm.

»Wenn du es willst«, sagte er.

In dieser Nacht schlief Edward X. Delaney tief und gut. Am nächsten Morgen zog er sich besonders sorgfältig für die Konferenz in Manhattan Nord an.

»Als ob ich zu einer Hochzeit eingeladen wäre«, meinte er amüsiert zu Monica. »Oder zu einer Beerdigung.«

Er trug einen dreiteiligen, marineblauen Kammgarnanzug, ein weißes Hemd mit gestärktem Kragen und eine kastanienfarbene Krawatte. Monica steckte ein Seidentuch in die Brusttasche seines Jacketts, und zwar so, daß der geblümte obere Rand herausschaute. Sobald er das Haus verlassen hatte, stopfte er es ganz nach unten, bis es nicht mehr zu sehen war.

Der Konferenzraum im dritten Stock des Reviers Manhattan Nord platzte fast aus den Nähten. Lieutenant Crane, Sergeant Broderick, Boone, Bentley, Delaney und Thorsen waren die einzigen, die Stühle erhalten hatten. Alle anderen lehnten an der Wand. Auch draußen auf dem Korridor lungerten Männer herum und warteten auf Neuigkeiten, gute oder schlechte.

»Okay, Tom«, sagte Sergeant Boone zu Broderick. »Wir sind ganz Ohr.«

»Also«, sagte der Detective Sergeant, »als erstes habe ich hier eine Liste mit allen weiblichen Opfern der Addisonschen Krankheit, die in Manhattan wohnen. Sechzehn Namen.«

»Gut«, meinte Lieutenant Wilson T. Crane und griff nach dem Stapel getippter Listen vor sich auf dem Tisch. »Ich habe hier eine Liste aller Frauen, die in Manhatten wohnen oder arbeiten und auf die eine oder andere Weise Zugang zur Terminplanung der Kongreßveranstalter haben. Fangen wir an ...«

»Der erste Name«, sagte Broderick, »lautet Alzanas. A-l-z-a-n-a-s. Marie. Marie Alzanas also.«

Lieutenant Crane beugte sich über seine Liste, blätterte um. »Nein«, sagte er, »habe ich nicht. Die nächste?«

»Carson, Elizabeth J. C-a-r-s-o-n.«

»Carson, Carson, Carson ... Ich habe hier eine Muriel Carson.«

»Das nützt uns nichts. Die hier heißt Elizabeth J. Der nächste Name ist Domani, Doris. Buchstabiert sich D-o-m-a-n-i.«

»Nein, keine Domani.«

Langsam wurde ein Name nach dem anderen verlesen. Die Männer im Raum waren still. Auch draußen auf dem Flur herrschte jetzt Schweigen. Von unten drangen Geräusche herauf, gelegentlich gellte eine Stimme. Aber ihr Teil des Gebäudes schien den Atem anzuhalten, zu warten ...

»Jackson«, las Sergeant Broderick vor. »Grace T. Jackson. J-a-c-k-s-o-n.«

»Keine Grace T. Jackson«, sagte Lieutenant Crane. »Weiter.«

»Kohler. K-o-h-l-e-r. Vorname Zoe. Z-o-e. Zoe Kohler also.«

Cranes Finger fuhr die Seite hinunter. Hielt inne. Der Lieutenant blickte auf.

»Gefunden«, sagte er. »Zoe Kohler.«

Ein Seufzer ging wie ein Windstoß durch den Raum. Die Männer blickten sich an, ausdruckslos. Zigaretten wurden entzündet.

»Gut«, sagte Sergeant Boone, »macht weiter. Vielleicht kommt noch eine.«

Sie warteten ruhig und geduldig, während Sergeant Broderick die restlichen Namen auf seiner Liste vorlas. Zoe Kohler war die einzige Frau, die auch auf Lieutenant Cranes Liste stand.

»Zoe Kohler«, sagte Delaney. »Wo haben Sie die gefunden, Broderick?«

»Sie hat ein Armband und ein Erste-Hilfe-Päckchen für Opfer der Addisonschen Krankheit in einer Apotheke an der dreiundzwanzigsten Straße gekauft.«

»Crane?« fragte der Chief.

»Wir haben sie in unserer Liste als Angestellte des Hotels Granger an der Madison Avenue. Hat Zugang zum Branchenblatt des Hotelgewerbes, das jede Woche die New Yorker Kongreßtermine veröffentlicht.«

Sie starrten sich an. Überall wurden Blicke ausgetauscht. Niemand sprach.

»Sergeant«, wandte Delaney sich schließlich an Abner Boone, »ist Johnson gerade in Manhattan Süd?«

»Wenn nicht er, dann bestimmt einer seiner Männer. Das Telefon ist immer besetzt.«

»Ruf ihn mal an. Frag ihn, ob das Hotel Granger auf der Liste der Tränengaskunden steht.«

Jeder hielt den Atem an, während Boone telefonierte. Er bat den Mann am anderen Ende der Leitung, in der Liste nach dem Hotel Granger zu suchen. Er lauschte, nickte, grunzte einen Dank und hängte auf. Er blickte die wartenden Männer an.

»Bingo«, sagte er sanft. »Der Sicherheitschef des Granger hat das Zeug gekauft. Vier Taschensprühdosen und drei Nachfüllpatronen.«

Sergeant Broderick stieß seinen Stuhl zurück.

»Die schnappen wir uns«, sagte er.

Delaney wirbelte herum.

»Was ist denn in Sie gefahren?« wollte er wissen. »Wollen Sie ihr das Geständnis mit einem Gummiknüppel entlocken? Solchen Mist können wir uns jetzt nicht leisten. Sie hat die Addisonsche Krankheit, sie liest ein Branchenheft des Hotelgewerbes, und der Laden, in dem sie arbeitet, hat Tränengas gekauft. Gehen Sie damit zum Staatsanwalt, und er schmeißt Sie zum Fenster raus.«

»Was schlägst du vor, Edward?« fragte Thorsen.

»Ihr einen Schatten verpassen. Oder noch besser zwei, rund um die Uhr. Einer sollte eine Polizistin sein, wenn sie mal verschwinden muß. Setz einen unserer Leute inkognito an ihren Arbeitsplatz. Broderick, wo wohnt sie?«

»Neununddreißigste Straße. Könnte in der Nähe der Lexington sein.«

»Wahrscheinlich ein Appartementhaus. Wenn ja, sehen Sie zu, daß einer unserer Leute dort als Portier oder sonst was anfängt. Dann müssen wir einen wohlwollenden Richter finden, der uns eine Erlaubnis gibt, ihr Telefon anzuzapfen. Rund um die Uhr. Wir müssen zu jeder Minute des Tages wissen, wo sie steckt. Wohin sie geht. Mit wem sie Umgang hat, Freunde und so weiter. Das wird uns die Zeit verschaffen, noch etwas herumzustochern.«

»Wonach, Chief?« fragte Boone.

»Nach einer Menge Dinge. Wie ist sie an das Tränengas gekommen, zum Beispiel? Dann brauchen wir ein Foto, am besten mit einem Teleobjektiv aufgenommen, um es dem Kellner im Tribunal und dieser Cocktail-Kellnerin an der Westküste zu zeigen.«

»Ich habe Namen und Adresse ihres Arztes«, sagte Broderick.

»Eine weitere Möglichkeit«, sagte Delaney. »Er wird wahrscheinlich nicht reden wollen, aber es ist einen Versuch wert. Wichtig ist, daß wir diese Frau unter Beobachtung halten, bis wir eindeutige Beweise haben, daß sie schuldig ist – oder unschuldig. In der Zwischenzeit sollten Sie Ihre anderen Listen mit denen von Lieutenant Crane vergleichen. Vielleicht gibt es noch mehr Namen, die doppelt auftauchen.«

Deputy Thorsen, Delaney und Boone verließen den Konferenzraum und gingen in Sergeant Boones Büro. Die Männer auf dem Korridor hatten die Neuigkeiten mitgehört und unterhielten sich aufgeregt.

»Sergeant«, sagte der Chief, »du wirst alle Hände voll damit zu tun haben, diese Angelegenheit geheimzuhalten. Wenn Zoe Kohlers Name an die Presse durchsickert und die drucken ihn, dann sind wir erledigt. Sie wird sich wieder ins Unterholz zurückziehen.«

»Einen Moment, Edward«, sagte Thorsen, »wie stellst du dir das vor – daß sie es noch einmal versuchen wird, und wir sie auf frischer Tat schnappen?«

»Vielleicht müssen wir es soweit kommen lassen«, sagte Delaney grimmig. »Ich hoffe nicht, aber vielleicht kriegen wir unseren Fall auf andere Weise nicht zusammen. Ende des Monats ist sie wieder fällig.«

»Jesus«, sagte Sergeant Boone, »das ist ein verdammt gefährlicher Weg, zu unserem Fall zu kommen. Wenn wir die Sache vermasseln, haben wir es mit einer weiteren Leiche zu tun und finden uns alle auf der Straße wieder.«

»Wir werden vielleicht nicht darum herumkommen«, beharrte Delaney dickköpfig. »Mir gefällt das auch nicht, aber vielleicht müssen wir ihr noch einen Versuch lassen. In der Zwischenzeit solltest du dafür sorgen, daß deine Männer ihre Klappe halten.«

»Ja«, meinte Boone, »ich sage ihnen lieber sofort Bescheid.«

»Und wenn du gerade dabei bist, ruf nochmal bei Johnson an. Sag ihm, er soll niemand zum Granger schicken, um sich nach dem Tränengas zu erkundigen, bis wir wissen, wie wir das anpacken und ihm Bescheid sagen.«

»Gut«, sagte Boone, »ich kümmere mich darum.«

Er verließ das Büro.

»Edward«, sagte Thorsen nervös, »meinst du im Ernst, daß wir dieser Frau die Chance geben sollen, noch einen weiteren Mord zu versuchen?«

»Ivar«, sagte Delaney geduldig, »es ist vielleicht der einzige Weg, wie wir ihr was nachweisen können. Besser, du bereitest dich schon mal darauf vor. Im Augenblick haben wir einfach nicht genug gegen sie in der Hand, um eine saubere Festnahme zu erzielen, von einer Verurteilung ganz zu schweigen. Nichts ist beweiskräftiger, als wenn wir sie auf frischer Tat ertappen.«

»Vorausgesetzt, wir sind schnell genug«, sagte Thorsen düster.

Delaney zuckte mit den Schultern. »Manchmal muß man ein Risiko eingehen. Aber vielleicht kommt es gar nicht erst soweit. Wir haben noch zwei Wochen, bis sie wieder zuschlägt. Vorausgesetzt, sie hält sich an ihr Schema. In zwei Wochen können wir eine Menge zusammentragen. Mit der Beschattung rund um die Uhr und der Abhöranlage haben wir unseren Fall vielleicht schon zusammen, ehe sie wieder ihr Messer wetzt.«

»Wir *müssen* es schaffen«, sagte Thorsen verzweifelt.

Sonntag, 13. Juli...

Sie war der düsteren Gedanken und Alpträume müde. Es kam die Zeit, da ihr Aufgeben die einzige Möglichkeit schien. Frieden um jeden Preis.

Sie konnte nicht mehr. Diese attraktiven, modisch gekleideten, glücklichen Frauen, die sie auf der Straße sah... die Männer, die furchtbare Dinge flüsterten oder sie bloß verächtlich musterten... Es war eine Stadt voller Feinde, ein fremdes, barbarisches Land. Angewidert von sich selbst, wünschte sie sich, ausgelöscht zu sein.

»Du wirkst so ernst«, sagte Ernest Mittle. »Ich bin so glücklich, und du wirkst so traurig.«

»Tue ich das?« fragte sie und drückte seine Hand. »Entschuldige. Ich war in Gedanken.«

»Als du mich kürzlich angerufen hast, wirktest du so niedergeschlagen. Stimmt etwas nicht, Darling?«

»Doch, es ist alles in Ordnung«, sagte sie fröhlich. »Es geht mir gut. Wohin fahren wir?«

»Das ist ein Geheimnis«, sagte er. »Magst du Geheimnisse?«

»Ich liebe Geheimnisse«, sagte sie.

Er hatte sich mit ihr im Foyer ihres Hauses getroffen. Sie hatte sofort gemerkt, daß er fast platzte vor Aufregung. Er trug seinen besten Sommeranzug – hellblaues Leinen mit Nadelstreifen – und dazu eine dunkelblaue, gepunktete Fliege. Im Knopfloch steckte eine kleine Kornblume.

Er bestand darauf, ein Taxi zu nehmen, und zeigte dem Fahrer die Adresse, die er auf ein Stück Papier gekritzelt hatte.

Sie saßen auf dem Rücksitz, hielten Händchen und plauderten über das Wetter, ihre Arbeit und die Pläne für die gemeinsamen Sommerferien.

Das Taxi überquerte die Manhattan Bridge. Mit einem stolzen Lachen erzählte Ernie, daß sie zum Sonntagsbrunch in ein schwimmendes Restaurant fuhren, das an einem Kai in Brooklyn festgemacht hatte.

»Das Essen ist angeblich recht anständig«, sagte er, »und der Blick auf die Skyline von Manhattan ist phantastisch. Einverstanden?«

»Natürlich«, sagte sie. »Ich hoffe nur, es ist nicht zu teuer.«

»Naja«, sagte er und senkte den Kopf, »es war sozusagen eine Gelegenheit.«

Im Restaurant konnten sie leider keinen Fensterplatz ergattern, aber von ihrem Tisch aus hatten sie einen guten Blick auf den East River, die Brooklyn Bridge und die Schwerter von Manhattan, die gezückt vor dem hellblauen Himmel blitzten.

Sie tranken zuerst zwei Bloody Mary und aßen dann Rührei mit Schinkensteak, getoastete Kuchenscheiben mit Marmelade und grünen Salat. Zum Nachtisch gab es Kaffee und Himbeersorbet.

Das Essen war gut und der Service ordentlich, aber zu schnell; in weniger als einer Stunde hatten sie gegessen und ihre Rechnung erhalten. Als sie hinausgingen, kamen sie an einer stetig wachsenden Menschenmenge vorbei, die hinter einer Kette hoffnungsvoll auf einen Tisch wartete.

Das Restaurant hatte ein paar Bänke am Wasser aufstellen lassen, und Zoe und Ernie setzten sich. Sie beobachteten einen roten Schlepper, der eine Kette von Lastkähnen flußaufwärts gegen die Strömung zog.

Die Sonne war grell und heiß, aber eine salzige Brise sorgte dafür, daß es nicht zu schwül wurde. Ein paar kleine Wolken klebten, Klecksen aus Vanilleeis gleich, am Himmel. Rauchfarbene Seemöwen hockten auf den Duckdalben im Wasser und putzten ihr Gefieder.

In der Ferne erhoben sich die goldenen Türme von Manhattan und zerbrachen das Spiegelbild der Sonne in viele Tausende von Strahlen. Die Stadt schien zu brennen, ein prunkvolles Kulissengemälde für ein gigantisches Theater, ein kosmisches Bühnenspiel.

»Oh, Zoe«, sagte Ernest Mittle leise, »ist das nicht wunderschön?«

»Ja«, antwortete sie, senkte aber gleich darauf den Blick. Sie wollte nicht zugeben, daß die Stadt auch von großer Schönheit sein konnte.

Ernie blickte sie an. Er ergriff ihre Hände und hielt sie fest. Sie hob ihre Augen, bis sie den seinen begegneten. Seine Lebhaftigkeit war verschwunden. Jetzt wirkte er ernst, beinahe feierlich.

»Zoe«, sagte er leise, »es gibt etwas, worüber ich mit dir sprechen möchte.«

»Worum geht es denn, Liebling?« fragte sie ängstlich. »Stimmt irgend etwas nicht? Habe ich etwas falsch gemacht?«

»Oh, nein, nein«, protestierte er. »Nein, es ist alles in bester Ordnung. Darling, ich habe viel über dich nachgedacht. Jede Minute. Ich meine, egal, ob ich arbeite oder durch die Stadt gehe oder zu Hause sitze oder schlaflos im Bett liege, immer muß ich an dich denken. Und, nun, also, ich habe beschlossen, daß ich ständig mit dir zusammen sein möchte. Für immer.« Er hielt inne und sagte dann hastig: »Weil ich dich so sehr liebe und dich heiraten möchte, Zoe. Darling . . . Bitte?«

Sie blickte ihm in die Augen und blinzelte, um nicht zu weinen.

»Oh, Ernie . . .«, begann sie.

»Hör mir nur eine Minute zu«, sagte er heiser. Er gab ihre Hände frei, wandte sein Gesicht wieder dem Fluß zu und beugte sich vor. »Ich weiß, ich bin keine besonders gute Partie. Ich meine, ich habe einen guten Job, und ich scheue harte Arbeit nicht, und ich werde es noch weiter bringen. Aber ich sehe nicht sonderlich toll aus – ich meine, ich bin nicht gerade ein Traummann. Aber ich liebe dich, Zoe. Mehr als ich je zuvor in meinem Leben irgend jemand oder irgend etwas geliebt habe, und ich möchte den Rest meiner Tage mit dir verbringen. Ich habe sehr lange darüber nachgedacht, und ich bin sicher, daß ich genau das und nichts anderes möchte. Ich muß ununterbrochen an dich denken, und ich liebe dich so sehr, daß es manchmal schon weh tut und ich das Gefühl habe, jeden Moment in Tränen ausbrechen zu müssen. Ich weiß, es ist albern, aber so fühle ich nun einmal.«

»Oh, Ernie«, sagte sie noch einmal. Sie ergriff seine Schultern und drehte ihn zu sich. Sie umarmte ihn heftig. So hielt sie ihn fest, sein Gesicht gegen ihren Hals gepreßt, und strich ihm über das glatte Haar. Schließlich ließ sie ihn los. In seinen Augen standen Tränen.

Zärtlich küßte sie seine weichen Lippen und legte ihre Hand an seine Wange.

»Danke, Liebling«, sagte sie. »Danke, danke, danke. Du weißt gar nicht, wieviel mir deine Liebe und Zuneigung bedeutet. Es ist das Schönste, was mir je widerfahren ist, und ich bin wahnsinnig stolz.«

»Wir könnten es schaffen, Zoe«, flehte er. »Wirklich, wir könnten es schaffen. Wir müßten natürlich daran arbeiten, aber ich weiß, das würden wir auch tun. Wenn ich mit meinem Computer-Lehrgang fertig bin, kriege ich einen besseren Job. Und ich habe etwas Geld auf der Bank. Nicht viel, aber ein bißchen. Wir würden also nicht verhungern oder so. Und du könntest zu mir ziehen. Vorübergehend, meine ich, bis wir was Größeres finden. Und ich habe ...«

»Psst«, flüsterte sie und berührte seinen Mund mit dem Zeigefinger. »Laß mich doch erst mal eine Minute zu Atem kommen. Schließlich kriegt ein Mädchen nicht jeden Tag einen ...«

Bewegungslos saßen sie auf der Bank. Sie hielt sein Gesicht zwischen ihren Händen und starrte in seine tränenvollen Augen.

»So sehr liebst du mich, Darling?« fragte sie leise.

»Ja, ja«, rief er aus. »Ich würde alles für dich tun, Zoe, das schwöre ich. Nur verlassen könnte ich dich nicht. Bitte mich nicht, dich zu verlassen.«

»Nein«, sagte sie mit einem traurigen Lächeln. »Darum werde ich dich nicht bitten.«

»Es gibt doch keinen anderen, oder?« fragte er ängstlich.

»Oh, nein, es gibt keinen anderen.«

»Zoe, ich kann mir vorstellen, daß du ... nun, du weißt, du warst schon einmal verheiratet, und es hat nicht geklappt, so daß du vielleicht denkst, du solltest vorsichtig sein, bevor du wieder heiratest. Aber ich würde mir große Mühe geben, Darling, ehrlich, das würde ich. Ich würde versuchen, dir ein guter Mann zu sein und dich glücklich zu machen.«

»Ich weiß, das würdest du, Ernie. Du bist ein feiner, aufrichtiger Mann, und ich liebe dich.«

»Dann wirst du also ...?«

»Oh, Darling, ich kann dir die Antwort nicht sofort geben, jetzt, im Moment. Ich komme mir vor wie in einem Wirbelsturm. Du mußt mir etwas Zeit zum Nachdenken geben ...«

»Natürlich«, sagte er eilig, »das verstehe ich. Ich wollte dich nicht überfahren oder so. Aber du wirst darüber nachdenken, nicht wahr?«

»Oh, Liebling, natürlich werde ich das.«

»Nun ...«, sagte er und kicherte nervös, »und um dich daran zu erinnern, habe ich, eh, das hier für dich gekauft ...«

Er griff in die rechte Jackettasche und förderte eine kleine, mit Samt bezogene Schachtel heraus. Er öffnete sie.

»Der kleinste Diamant der Welt«, sagte er mit einem Lachen. »Aber er ist hübsch, nicht wahr, Zoe? Ist er nicht hübsch?«

»Er ist wunderschön«, sagte sie und betrachtete den silbernen Ring mit dem funkelnden Stein. »Einfach wunderschön.«

»Versuch mal, ihn überzustreifen«, drängte er sie. »Ich wußte deine Größe nicht, so daß er vielleicht zu weit oder zu eng ist. Aber der Mann sagte, man kann ihn anpassen oder sogar umtauschen.«

Sie streifte den Ring über ihren knochigen Finger.

»Zu groß«, sagte sie voller Bedauern. Sie nahm den Ring wieder ab und legte ihn vorsichtig in die Schachtel zurück.

»Das läßt sich ändern«, versicherte er ihr. »Zoe, deine Finger sind so dünn. Und was ist das für ein brauner Fleck da?«

»Ich habe mich verbrannt«, sagte sie rasch. »An einer heißen Pfanne. Das wird schon wieder.«

»Du solltest zu einem Arzt gehen. Tut es weh?«

»Oh, nein. Es ist wirklich nichts. In einer Woche ist es weg.«

Sie versuchte, ihm die Schachtel mit dem Ring wieder zuzustecken, aber er weigerte sich, sie zurückzunehmen.

»Behalte sie, Liebes«, sagte er. »Leg sie irgendwohin, wo du sie ständig vor Augen hast, damit du nicht vergißt, was ich dich gefragt habe. Versprichst du mir das, Zoe?«

»Dazu brauche ich keinen Ring«, sagte sie mit einem Lächeln. »Oh, Ernie, das war so lieb von dir. Und der Ring ist so schön.«

»Gefällt er dir? Wirklich?«

»Es ist der wunderbarste Ring der ganzen Welt, und du bist der wunderbarste Mann.«

»Sag ja, Darling. Denk darüber nach, denk an alles, was ich dir gesagt habe, und sag ja.«

Als Zoe Kohler an diesem Abend allein zu Hause war, streifte sie den Ring noch einmal über den Finger und ballte die Hand zur Faust, damit er nicht herunterrutschte. Während sie auf den glitzernden Stein starrte, empfand sie das Glück zum erstenmal als etwas, wofür sie sich bewußt entscheiden konnte. Sie brauchte bloß zuzugreifen.

Sie würde Dr. Stark anrufen und sich bereit erklären, ins Krankenhaus zu gehen. Sie würde tun, was auch immer nötig sein mochte, jede noch so schlimme Demütigung ertragen, um ihre Gesundheit wiederzuerlangen. Sie würde all die überflüssigen Pillen und Kapseln wegschmeißen. Sie würde mit dem Trinken aufhören und nur noch gutes, nahrhaftes Essen zu sich nehmen.

Sie würde wieder zunehmen, und ihre Haut würde glatt und rein aussehen. Ihr Körper würde wieder schön, schlank und geschmeidig werden. Ihr Atem würde lieblich duften, und auch die monatlichen Krämpfe würden mit ihrer wachsenden Zufriedenheit verschwinden.

Sie würde mit ihren Abenteuern aufhören, denn sie würde ihrer nicht mehr bedürfen. Die Polizei würde der Suche nach dem Täter überdrüssig werden, und der Hotel-Ripper würde aufhören, die Schlagzeilen zu beherrschen. In ein paar Wochen oder Monaten würde die gesamte Angelegenheit der Vergangenheit angehören.

Sie würde Ernest Mittle heiraten. Ja, und ihrem Ex-Ehemann würde sie eine Einladung schicken! Ernie würde bei ihr einziehen, denn ihre Wohnung war die größere. Sie würde ihren Job beim Hotel Granger behalten, bis Ernie im Computerwesen die große Karriere machte.

Sie würden abwechselnd füreinander kochen und jeden Abend nach Hause eilen, um beieinander zu sein und sich zu unterhalten. Sie würden zusammen wundervolle Reisen machen, im Urlaub an verlassenen Stränden spazierengehen und in endlosen Meeren schwimmen.

Sie würden sich sehr sanft, sehr zärtlich lieben und dabei die höchste Erfüllung finden. Dann würden sie einschlafen, einer in den Armen des anderen, und wieder erwachen, um sich noch einmal zu lieben, ein Lächeln auf den Lippen. Sie würden Freude und Seligkeit im Körper des anderen finden, in der geteilten Leidenschaft. Sie würden nichts tun, das häßlich oder gemein war.

Ihre Nähe würde die brutale Stadt auf Distanz halten, würde ihr Schutz gegen die Grausamkeit der Welt sein. *Sie* würden die Welt sein, eine Welt zu zweit, und nichts würde sie einschüchtern oder besiegen können.

Dann würden sie ein Kind haben. Vielleicht zwei. Sie würden ihre eigene Familie gründen. Mit ihren sauberen, strahlenden Kindern würden sie der Dunkelheit trotzen.

Sie legte den Ring wieder in die Schachtel und versteckte sie ganz weit hinten in der obersten Kommodenschublade, gleich neben dem Armband mit der Aufschrift WARUM NICHT? Lächelnd ging sie zu Bett, immer noch in ihrem Traum befangen.

Plötzlich schien alles möglich.

Dienstag bis Freitag, 15. bis 18. Juli . . .

Detective Daniel Bentley hatte die Verantwortung für die persönliche Überwachung von Zoe Kohler. Er setzte drei verschiedene Teams auf sie an, jedes davon acht Stunden lang. Jedes Team bestand aus zwei männlichen und einem weiblichen Beamten.

Die meiste Zeit verbrachten sie in einem ungekennzeichneten Polizeiwagen vor dem Appartementhaus der Verdächtigen oder dem Hotel Granger. Der Wagen wurde jeden Tag ausgewechselt, damit er von der Verdächtigen nicht wiedererkannt werden konnte.

Wenn Zoe Kohler zur Arbeit, zum Essen oder einfach nur zum Einkaufen ging, folgte ihr einer aus der Überwachungsmannschaft zu Fuß und blieb dabei mit dem Fahrzeug über Walkie-Talkie in Verbindung.

Zusätzlich zu dieser intensiven Beobachtung erwirkte das Department eine Abhörgenehmigung. In Zusammenarbeit mit dem Besitzer von Zoes Appartementhaus wurden im Keller des Gebäudes eine Mithöranlage und ein Tonbandgerät an ihre Leitung angeschlossen. Auch hier hatten zwei Männer rund um die Uhr Dienst.

Nach und nach konnten die Männer in der Kommandozentrale im Revier Manhattan Nord eine Art Verhaltens- und Gewohnheitsmuster der Verdächtigen erstellen. Indem sie Telefongesprächen nachgingen, erfuhren sie von der Existenz Ernest Mittles und Madeline Kurnitz' und begannen, die Beziehung der beiden zu der Verdächtigen zu untersuchen.

Als Zoe ihre Eltern anrief und um Geld bat, gingen sie dem Gespräch nach und erhielten so Namen und Adresse der Spencers. Als Zoe ihre Bank aufsuchte, folgten sie ihr und informierten sich mit Einverständnis des Filialleiters über ihr Giro- und Kreditkonto.

Langsam entstand ein Profil der Verdächtigen, komplett mit körperlicher Beschreibung, Freunden, Gewohnheiten, vergangenen und gegenwärtigen Tätigkeiten, Job und Gehaltsangaben. Natürlich war keine dieser Erkenntnisse dazu geeignet, die Verdächtige zu be- oder entlasten, aber sie trat als Mensch deutlicher zutage. In Manhattan Nord fing man an, sie vertraulich »Zoe« zu nennen. Ein Freund der Familie.

Ein Polizeifotograf schoß aus dem Überwachungswagen ein paar Aufnahmen mit Teleobjektiv. Die besten Fotos wurden vergrößert und von einem New Yorker Detective mit dem Flugzeug an die Westküste gebracht, wo er sie Anne Rogovich vorlegte. Das Ergebnis war negativ; es war ihr unmöglich, die Frau als jene zu identifizieren, die sie mit Jerome Ashley kurz vor seinem Tod gesehen hatte.

Die Reaktion von Anthony Pizzi, dem Kellner des Tribunal Motor Inn, war genauso enttäuschend. Also setzten die Männer des Sonderkommandos ihn in den Überwachungswagen, von dem aus er Zoe in Fleisch und Blut beobachten konnte, aber selbst jetzt konnte er ihnen noch keine positive Identifizierung liefern.

Allerdings waren nicht alle Bemühungen so fruchtlos . . .

So diskutierten die Männer lang und leidenschaftlich darüber, wie sie am besten herausfinden konnten, was aus dem Tränengas geworden war, das Everett Pinckney, der Sicherheitschef des Granger, erworben hatte.

»Das Problem bei der ganzen Sache«, meinte Delaney, »ist, daß eventuelle Fragen nach dem Zeug sie unter Garantie in Alarmbereitschaft versetzen, egal, ob er es ihr gegeben oder ob sie es geklaut hat. Wenn sie die Dose immer noch besitzt – vielleicht ist sie noch halbvoll oder so –, dann wird sie zusehen, daß sie sie los wird. Und wenn sie sich ihrer schon entledigt hat, dann wird sie sich aufgrund unserer Fragen eine Story zusammenzimmern, die wir erstmal widerlegen müssen.«

»Vielleicht können wir diesem Pinckney klarmachen, daß er es für sich behalten soll«, meinte Detective Johnson.

»Sie können es versuchen«, sagte Delaney, »aber ich würde keinen Kredit darauf aufnehmen, daß er es auch tut.« Er überlegte einen Moment, dann sagte er: »Hört mal, am besten machen wir's wie immer. Wir gehen einfach zu ihm, klären den Erwerb der Dosen mit Pinckney und sagen, wir wären in einer Woche oder so wieder da, um die Behälter, die er gekauft hat, zu zählen. Wir müssen es ganz beiläufig klingen lassen. Wenn er es ihr gegenüber erwähnt, könnte sie eine Dummheit begehen.«

»Das erledige ich persönlich«, sagte Johnson. »Ich möchte mir die Dame ohnehin mal ansehen.«

Also suchte Detective Aaron Johnson den Sicherheitschef Everett Pinckney im Hotel Granger auf. Er gab vor, einen Einbruch in einen Mace-Großhandel zu untersuchen und die Seriennummer von jeder in New York verkauften Dose überprüfen zu müssen.

»Die gute Nachricht«, berichtete er später, »ist, daß dieser Pinckney den Kauf der Dosen zugibt. Er scheint jedem seiner Mitarbeiter, einschließlich Zoe, eine Sprühdose gegeben zu haben. Er hat die Nachfüllpatronen in seinem Büro gelagert und will bis nächste Woche die Dosen seiner Mitarbeiter eingesammelt haben, damit wir sie untersuchen können. Die schlechte Nachricht ist, daß ich sie selber nicht zu Gesicht bekommen habe; sie war gerade beim Lunch oder sonstwo.«

Das bewies wenigstens, daß Zoe Zugang zu dem Tränengas gehabt hatte. Ein Plus, aber, wie Sergeant Boone sagte, nur ein winziges Plus.

Weit wichtiger war das Ergebnis einer Durchsuchung von Zoe Kohlers Appartement, einem vollkommen illegalen Unternehmen. Der Plan dazu wurde bei einer Konferenz gefaßt, auf der nur Delaney, Boone und Detective Bentley anwesend waren. Deputy Commissioner Ivar Thorsen wurde bewußt nicht von dem Plan in Kenntnis gesetzt; der Chief wollte ihm die Mitwisserschaft ersparen.

»Wir können da mit Leichtigkeit einen Mann einschleusen«, erklärte Abner Boone. »Der Eigentümer hat bestimmt nichts dagegen. Wir verkleiden unseren Mann als Wartungsmonteur, Portier, Fensterputzer oder sonstwas – für den Fall, daß einer der anderen Mieter ihn sieht und Fragen stellt. Er nimmt sich ihre Wohnung vor, während sie bei der Arbeit ist; wir checken das mit ihren Beschattern ab.«

»Das Problem«, meinte Delaney, »ist, daß er das Schloß aufbrechen muß. Wir wollen den Eigentümer nicht um einen Generalschlüssel bitten. Je weniger Leute wir informieren, desto besser. Außerdem brauchen wir einen schnellen Burschen, jemand, der es schafft, in, sagen wir, weniger als einer Stunde, reinzugehen, die Wohnung zu durchsuchen und wieder draußen zu sein.«

»Dafür habe ich genau den Richtigen«, sagte Bentley prompt. »Ramon Gonzales. Wir nennen ihn natürlich ›Speedy Gonzales‹. Er knackt ein Schloß schneller als Sie eine Nuß und wird so schnell drin und wieder draußen sein, daß niemand auch nur das Geringste merkt. Wonach soll er Ausschau halten?«

»Nach einer halbvollen oder leeren Dose Tränengas«, sagte Boone. »Einem Taschen-, Klapp- oder Springmesser. Einem goldenen Armband mit den Worten WARUM NICHT? darauf. Und nach auffälligen Kleidern – einem dunkelgrünen Seidenkleid mit dünnen Trägern, hochhackigen Schuhen. Die Sachen hat sie bei dem Mord an Ashley angehabt. Und nach einem weißen Rollkragenpullover und einem Denimrock, dem Zeug, das sie trug, als sie LaBranche umgelegt hat. Sonst noch was? Chief?«

»Ja«, antwortete Delaney. »Sagen Sie ihm, er soll nach Nylonperücken Ausschau halten, schwarz und erdbeerblond. Und er soll Handschuhe anziehen und so wenig wie möglich berühren oder verrücken. Außerdem soll er um Himmels willen nichts mit herausnehmen, sondern alles da lassen, wo es liegt.«

»Sie wird nie erfahren, daß sie Besuch gehabt hat«, versicherte Bentley ihm.

Zwei Tage später legte er seinen Bericht vor. Während er redete, blickte er immer wieder in sein Notizbuch.

»Es gab nicht die geringsten Probleme«, begann er. »Speedy hat niemand gesehen, außer den Burschen unten in der Lobby, der sich eine oder zwei Minuten mit ihm unterhalten, aber keine Fragen gestellt hat. Der Besitzer hatte ihm gesagt, daß jemand vorbeikommen würde, der nachsehen sollte, ob die Teppiche in den Korridoren gereinigt werden müßten. Das Schloß hat Speedy keinerlei Schwierigkeiten bereitet – ein Witz, sagte er. Er war nicht einmal eine Stunde in der Wohnung, hat sie aber von oben bis unten durchsucht. Er hat sowohl das Armband als auch das grüne Seidenkleid gefunden. Die meisten ihrer Kleider sind gewöhnlich und langweilig; das verrückte Zeug hat sie hinten im Schrank versteckt. Jede Menge Nuttenkleider, sagte Speedy. Ein Messer oder eine Tränengasdose hat er nicht gefunden.«

»Die Perücken?« fragte Delaney.

»Ach ja. Schwarz und blond. Beide aus Nylon. Im selben Schrank wie die Nuttenklamotten. Außerdem die hochhackigen Schuhe. Und ganz hinten in einer Kommodenschublade schwarze Spitzenunterwäsche und ähnlichen Hurenkram.«

»Hat er irgend etwas darüber gesagt, wie das Appartement aussah?« fragte der Chief.

»Sehr sauber«, berichtete Bentley. »Sauber und fleckenlos.

»Paßt genau«, meinte Delaney.

Am späten Nachmittag des 18. Juli, einem Freitag, traf sich der Chief mit Deputy Commissioner Ivar Thorsen in einer schäbigen Kneipe an der Eigth Avenue. Sie hatten einen Tisch ganz hinten. Die Kellnerin brachte ihnen ihre Scotch mit Wasser und kümmerte sich nicht weiter um sie.

»Wie sieht's aus, Edward?« erkundigte sich Thorsen.

»Nicht gut und nicht schlecht«, antwortete der Chief.

»Aber *ist* sie es?« fragte Thorsen.

»Ohne Zweifel. Sie ist es, ganz eindeutig.«

»Aber du willst sie immer noch nicht hopsnehmen?«

»Noch nicht.«

»Wir haben noch ungefähr eine Woche, Edward. Dann ist sie wieder fällig.«

»Dessen bin ich mir bewußt, Ivar.«

Der Admiral lehnte sich mit einem Seufzer zurück. Er hob sein Glas, setzte es an einer anderen Stelle wieder ab und begutachtete den feuchten Kreis, den es auf der Tischplatte hinterlassen hatte.

»Du bist ein harter Mann, Edward.«

»So hart auch wieder nicht«, sagte Delaney. »Ich versuche lediglich, dir deinen Fall frei Haus zu liefern.«

»Seit wann muß ein Fall absolut luftdicht sein?«

»Von einem luftdichten Fall habe ich nichts gesagt. Bloß ein starker Fall, der vor Gericht auch eine Chance hat.«

Thorsen blickte ihn nachdenklich an. »Manchmal glaube ich, daß du und ich – nun, daß wir zwar nicht gerade auf verschiedenen Seiten stehen, aber die Dinge aus ganz verschiedenen Perspektiven sehen. Alles, was ich will, ist, diesen Morden ein Ende setzen. Und du . . .«

»Mehr will ich auch nicht«, sagte Delaney.

»Doch, du willst mehr. Du willst diese Frau zerdrücken wie einen Käfer.«

»Und was willst du – sie mit einem fröhlichen Lied auf den Lippen davonschlendern lassen? Genau das wird nämlich passieren, wenn wir sie jetzt an Land ziehen.«

»Schau«, sagte Thorsen, »irgendwie müssen wir Prioritäten setzen. Du bist überzeugt, daß sie die Mörderin ist?«

»Ja.«

»In Ordnung. Angenommen, wir nehmen sie jetzt hops, stellen sie unter Anklage, und sie wird schließlich freigesprochen. Sie wird doch unter Garantie nicht wieder anfangen zu morden, oder? Sie wird sich anständig benehmen, denn sie weiß, daß wir ein Auge auf sie haben werden. Also wird es keine solchen Morde mehr geben, oder? Selbst wenn sie mit einem blauen Auge davonkommt.«

»Und was ist mit George T. Puller, Frederick Wolheim, Jerome Ashley und dem Rest? Die haben einfach nur Pech gehabt, richtig?«

»Edward, unsere Hauptaufgabe ist die Verbrechensverhinderung. Und wenn wir ein Verbrechen verhindern können, indem wir sie an Land ziehen, dann sage ich, tun wir's.«

»Vorbeugung ist nur ein Teil des Jobs. Aufklärung und Bestrafung gehören genauso dazu.«

»Trinken wir noch was«, sagte Thorsen und gab der Kellnerin ein Zeichen. Während sie bedient wurden, schwiegen sie. Dann startete der Admiral einen neuen Versuch.

»Auf der Basis dessen, was wir jetzt wissen«, sagte er, »können wir wahrscheinlich einen Durchsuchungsbefehl für ihr Appartement und ihren Arbeitsplatz erwirken. Stimmt's?«

»Wahrscheinlich. Aber falls du nicht gerade die Tatwaffe komplett mit Fingerabdrücken und Blutspuren von ihrem letzten Mord findest, was nützt es dir dann?«

»Vielleicht finden wir das WARUM NICHT?-Armband.«

»Davon wurden Hunderte verkauft. Wahrscheinlich Tausende. Das hätte nicht das Geringste zu bedeuten.«

»Und der Tränengasbehälter?«

»Selbst wenn wir den finden, gibt es keinen Beweis dafür, daß es der ist, mit dem sie Bergdorfer eingenebelt hat. Das gleiche gilt für die Kleider und die Perücken. Ivar, damit kommen wir nicht durch. Aus so dünnem Beweismaterial macht ein guter Verteidiger in Sekundenschnelle Hackfleisch.«

»Sie hat die Addisonsche Krankheit.«

»Die haben auch fünfzehn andere Frauen in Manhattan. Ich weiß, du bist der Meinung, wir hätten eine ganze Menge gegen sie in den Händen. Das haben wir auch. Genug, um mich davon zu überzeugen, daß sie der Hotel-Ripper ist. Aber es ist verdammt lange her, seit du das letzte Mal vor Gericht aussagen mußtest, Ivar. Du hast vergessen, daß zwischen Wissen und Beweisen eine riesige Kluft besteht. Wir haben genug, um zu wissen, daß Zoe unsere Täterin ist, aber wenn es darum geht, das auch zu beweisen, haben wir einen Dreck. Ich sage dir ganz offen, daß ich bezweifle, ob der Staatsanwalt aufgrund unseres Beweismaterials formell Anklage erheben wird. Er ist auf handfeste Verhaftungen und Verurteilungen aus. Wie jeder andere auch, ist er nicht gerade an aussichtslosen Fällen interessiert.«

»Ich sage immer noch, wir haben genug, um sie zum Verhör vorführen zu lassen. Selbst wenn wir in ihrer Wohnung nichts Neues entdecken, können wir ihr einen gehörigen Schrecken einjagen. Danach schneidet die keine Kehlen mehr durch, das schwöre ich dir.«

»Bist du dir dessen wirklich so sicher? Hundertprozentig? Daß sie nicht einfach die Stadt verläßt, an irgendeinen anderen Ort zieht, ihren Namen ändert und ihr Hobby wieder aufnimmt?«

»Das ist dann aber nicht mehr unser Problem.«

Delaney grunzte. »Ivar, deine Herzensgüte ist bestrickend.«

»Du weißt, was ich meine. Ich habe mich freiwillig für diesen Job gemeldet, weil ich mir sagte, daß, wenn überhaupt jemand den Hotel-Ripper schnappen könnte, du dieser jemand wärst. Gut, du hast es also tatsächlich geschafft, und ich möchte, daß du weißt, wie sehr ich zu schätzen weiß, was du für uns getan hast. Aber bei der ganzen Sache ging es nur darum, dieser Mordserie ein Ende zu setzen. Ich habe den Eindruck, daß wir dazu jetzt in der Lage sind, einfach, indem wir sie hopsnehmen und ihr sagen, was wir wissen. Ein Prozeß oder eine Verurteilung sind im Augenblick zweitrangig.«

»Dann steige ich aus«, sagte Delaney. »Denn mit Gerechtigkeit hat das nichts zu tun.«

Ivar Thorsen schlug mit dem Handteller auf die Tischplatte. »Kein Wunder, daß sie dich ›Eisenschädel‹ genannt haben. Du bist der dickköpfigste, eigensinnigste Mann, den ich je getroffen habe. Du kannst einfach nicht nachgeben.«

»Ich weiß, was Recht ist«, sagte Delaney unbeirrt.

Der Admiral holte tief Luft. »Ich gebe dir noch eine Woche«, sagte er. »Bis Freitag, den fünfundzwanzigsten. Wenn wir bis dahin nicht mehr über sie haben, lasse ich sie so oder so aus dem Verkehr ziehen. Ich kann das Risiko einfach nicht eingehen, daß sie noch jemand die Kehle aufzuschlitzen versucht.«

»Scheiße«, sagte Delaney.

Er ging durch die schwüle Dämmerung heimwärts. Er versuchte, sich seinen Ärger abzulaufen. Intellektuell konnte er die Argumentation hinter Ivar Thorsens Entscheidung verstehen, aber das machte es nicht besser. In Wirklichkeit handelte es sich einzig und allein um Politik.

»Politik«. Was für ein mieses Wort! Politik war ölig, schlüpfrig, opportunistisch und schwach. Politik, das bedeutete, das Richtige aus den falschen Gründen und das Falsche aus den richtigen Gründen zu tun.

Ivar mußte an seine eigene Karriere und den Ruf des Departments denken. Unter diesem Aspekt, handelte er »richtig«, denn er handelte politisch. Aber er war auch bereit, einer Mörderin ihre Verbrechen durchgehen zu lassen; darauf lief es nämlich am Ende hinaus.

Delaney überlegte, wie er sie festnageln konnte. Es würde ein gewagtes Unterfangen werden, aber mit etwas Umsicht und Glück mußten sie es schaffen.

Natürlich konnte man sie nicht wieder auf Pirsch nach irgendeinem unschuldigen Tölpel gehen lassen, damit sie ihn auf sein Hotelzimmer begleiten und ihm die Kehle aufschlitzen konnte, während ihr die ganze Zeit eine Horde von Cops folgte, die dann in letzter Sekunde die Tür aufsprengten, um sie mit dem Messer in der Hand, das Opfer in spe unbeschadet zu ihren Füßen, zu erwischen. Das würde nie gutgehen.

Nein, das mußte man viel geschickter angehen und sorgfältiger durchdenken. Der in Frage kommende Bursche mußte ein Lockvogel der Polizei sein, ein echter Cowboy mit schnellen Reflexen und dem Mumm, die Angelegenheit tatsächlich vom Anfang bis zum Ende durchzustehen. Er mußte Charme haben, vorzeigbar sein und genügend schauspielerische Fähigkeiten besitzen, um einen Handelsreisenden oder einen Kongreßteilnehmer von außerhalb glaubhaft darstellen zu können.

Er würde sich ein Zimmer in einem Manhattaner Hotel nehmen, und sie würden es mit Mikrophonen, einem durchsichtigen Spiegel und womöglich noch einer Videokamera ausstatten, um die ganze Sache aufzuzeichnen. Im Nebenraum natürlich eine Handvoll harter Burschen, die im richtigen Moment hereinstürzten wie Drogenfahnder auf eine Koksparty.

Man würde ihr bis zu dem Hotel folgen, das sie ausgesucht hatte, und dann würde der Cowboy informiert werden. Er würde sie ansprechen oder darauf warten, daß sie ihn ansprach. Dann würde er sie mit in sein Hotelzimmer nehmen. Der Aufriß war der riskanteste Teil. Hatte der Cowboy den Kontakt erstmal hergestellt, mußte der Rest eigentlich wie geschmiert laufen.

Aber die Politiker sagten: ›Nein, das Risiko können wir nicht eingehen, wir wollen sie bloß stoppen, mehr nicht, damit das Kongreßgeschäft wieder in Gang kommt, und wenn sie davonkommt, haben wir eben Pech gehabt, aber wir haben sie wenigstens gestoppt, oder nicht?‹.

Edward X. Delaney schnitt eine Grimasse des Abscheus. Gesetz war Gesetz, und Mord war Unrecht, und jedesmal, wenn man zu Kreuze kroch, schwächte man damit den gesamten Körper des Gesetzes und schadete dieser Bibel, die zu schreiben Jahrhunderte gedauert hatte.

Bei Gott, wenn er noch im aktiven Dienst und für diesen Fall verantwortlich gewesen wäre, er hätte sie zerquetscht! Sie mochte morden und noch mal morden, am Ende hätte er sie gekriegt und mit den Füßen nach oben aufgehängt, und der beste Verteidiger der Welt hätte nicht verhindern können, daß die Geschworenen sie »Schuldig im Sinne der Anklage!« sprachen.

Als er zu Hause ankam, war er schweißnaß, sein Gesicht gerötet, und er keuchte vor Erschöpfung.

»Was ist denn mit dir passiert?« fragte Monica neugierig. »Du siehst aus, als hättest du mit dem Teufel gerungen.«

»So was ähnliches«, sagte er.

Dienstag, 22. Juli . . .

Als sie erwachte, war sie weder rein noch gesund – und sie wußte, daß sie es nie sein würde. Die Schmerzen im Unterleib hielten jetzt ständig an, und sie waren fast so stark wie die Krämpfe, wenn sie ihre Periode hatte. Schwäche beugte ihre Knie; sie fühlte sich oft schwindlig und befürchtete, eines Tages auf der Straße das Bewußtsein zu verlieren.

Sie fuhr fort, Gewicht zu verlieren; das Fleisch schmolz ihr sozusagen von den Knochen und Gelenken; sie schien nur noch aus Knoten und Kanten zu bestehen. Die verfärbten Stellen wuchsen; mit ohnmächtigem Entsetzen sah sie zu, wie ganze Flecken ihrer Haut einen schmutziggrauen Ton annahmen.

Nichts stimmte mehr. Sie verspürte Übelkeit und übergab sich. Sie hatte plötzlich ein unbezähmbares Verlangen nach Salz und nahm drei, vier, schließlich fünf Tabletten am Tag. Als sie ihren Speiseplan umstellte, bekam sie erst Verstopfung und dann Durchfall.

Ihr Traum vom Glück im Gefolge von Ernest Mittles Heiratsantrag war verschwunden. Jetzt ertappte sie sich manchmal dabei, wie sie laut sagte: »Ich bin krank, und ich bin es leid, krank und müde zu sein.«

Als Madeline Kurnitz anrief, um sie zum Mittagessen einzuladen, versuchte Zoe, abzulehnen, denn sie war nicht sicher, ob sie dazu die Kraft haben würde, und außerdem fürchtete sie sich davor, was Maddie über ihr Aussehen sagen mochte.

Aber ihre Freundin ließ sich nicht abwimmeln; sie war sogar bereit, sich mit dem Speisesaal des Granger zufriedenzugeben.

»Ich möchte dir jemand vorführen«, sagte Maddie kichernd.

»Wen?«

»Das wirst du schon sehen!«

Zoe reservierte einen Tisch für drei Personen und saß bereits, als Maddie eintraf. In ihrer Begleitung befand sich ein großer, kräftiger junger Mann, der kaum älter als zwei- oder dreiundzwanzig sein konnte. Maddie hing besitzergreifend an seinem Arm, blickte zu ihm auf und flüsterte etwas, das ihn laut auflachen ließ.

Sie warf Zoe kaum einen flüchtigen Blick zu, sagte nur: »Himmel, bist du dünn.« Dann stellte sie ihren Begleiter vor: »Kleines, dieser Hengst hier ist Jack. Daß du mir nicht auf dumme Gedanken kommst, ich habe ihn als erste entdeckt. Jack, dies ist Zoe, meine beste Freundin. Meine einzige Freundin. Sag ›Tag, wie geht es Ihnen?‹ Das schaffst du doch, oder?«

»Tag, Zoe«, sagte Jack mit einem Aufblitzen schneeweißer Zähne, »wie geht es Ihnen?«

»Siehst du?« sagte Maddie. »Bei einem einfachen Satz hat er keine Schwierigkeiten. Jack war gerade nicht da, als ihm das Gehirn zugestellt werden sollte, aber mit dem, was er weiter unten vorzuweisen hat – wer braucht da schon Gehirn? Wie wär's denn jetzt mit einem kleinen Drink, Freunde? Meinem ersten heute.«

»Deinem ersten in den letzten fünfzehn Minuten«, sagte Jack.

»Ist er nicht süß?« fragte Maddie und streichelte Jacks Wange. »Als nächstes bringe ich ihm Männchen und ›Bitte, bitte‹ bei.«

Es war umgekehrt: Zoe war entsetzt über Maddies Aussehen. Maddie hatte zugenommen; das Fett hing in losen Wülsten herunter, nur mühsam gebändigt von einem zu eng sitzenden roten Seidenkleid, das vorn mit Flecken bedeckt war und an der Seite mit einem geplatzten Saum prunkte.

Von ihrem sommersprossenübersäten Brustansatz war mehr zu sehen, als ihr guttat. Sie trug keine Strümpfe; an der linken Wade ihrer achtlos rasierten Beine lief ein schwarzer Streifen gekräuselter Haare zu den Knöcheln hinunter. Ihre mehr als knapp bemessenen Sandalen waren mit Straßendreck verklebt.

Aber am deutlichsten ließ sich der Verfall an ihrem Gesicht ablesen: Make-up wie das eines Clowns, aufgetragen in grotesken Schichten, schmuddelige Puderspuren am Hals, verschmierter Lippenstift und zu große künstliche Wimpern, von denen sich eine halb gelöst hatte.

Da saß sie, ein Klumpen von einer Frau, und barst vor Appetit. Ihre Stimme schien lauter und schriller geworden zu sein. Sie brüllte nach Drinks, schrie nach den Speisekarten und lachte hoch und wiehernd.

Zoe senkte ihren Kopf, als die anderen Gäste herüberstarrten. Aber Maddie ließ sich von ihrem Mißfallen nicht irritieren. Sie hielt Händchen mit Jack, stopfte ihm Shrimps in den Mund, zwickte ihn in die Wange. Eine ihrer Hände war ständig unter dem Tischtuch beschäftigt.

». . . also ist Harry ausgezogen«, plapperte Maddie, »und Jack hat seinen Platz eingenommen. Ein prächtiger Tausch. Jetzt haben die Anwälte das Wort. Jack, Baby, du nimmst ein Steak, sonst fällst du mir noch vom Fleisch, du Bulle, du!«

Er saß mit leerem Grinsen dabei, genoß ihre Verehrung, nahm sie als gebührenden Lohn entgegen. Sein blondes Haar war zu kunstvollen Locken frisiert. Sein Teint wies eine bronzene Färbung auf, seine Lippen waren wie gemeißelt, die Nase gerade und patrizierhaft. Ein Profil, das auf eine Münze gehörte.

»Ist er nicht eine Kostbarkeit?« fragte Maddie stolz und starrte ihn mit hungrigen Augen an. »Ich habe ihn in einem Gasthaus auf Long Island entdeckt, wo er die Wagen der Gäste parkte. Ich habe ihn säubern, rasieren und anständig anziehen lassen und sieh ihn dir jetzt an. Ein Schatz! Maddies ganz persönlicher, süßer Schatz.«

Zoe begriff, daß Maddie ziemlich betrunken war, denn zu ihrem natürlichen, schäumenden Temperament hatte sich noch etwas anderes gesellt, fast eine Art Hysterie. Plus einem Zug häßlicher Grausamkeit, wenn sie von dem jungen Mann wie von einem wunderlichen Gegenstand sprach.

Jack war entweder unfähig, ihren boshaften Spott zu begreifen, oder er zog es vor, ihn zu ignorieren. Er sagte wenig, grinste unablässig und aß mechanisch, stopfte das Essen in den noch vollen Mund und kaute langsam mit kräftigen Bewegungen seiner mächtigen Kiefer.

»Wir sind auf dem Sprung auf die Bermudas«, sagte Maddie, »oder sind es die Bahamas? Die beiden bringe ich immer durcheinander. Jedenfalls, einen Monat lang werden wir jetzt mal auf Glück im Tropenparadies machen, Rum aus Kokosnußschalen trinken und nackt im Mondschein schwimmen. Na, wär das nicht auch ein Drehbuch für dich, Kleines? Was muß ein durstiges Mädchen tun, um in dieser Spelunke noch einen Drink zu kriegen?«

Sie aß sehr wenig, wie Zoe bemerkte, aber sie trank in hektischem Tempo, schluckte gierig und wischte sich den Mund mit dem Handrücken ab, wenn der Alkohol ihr das Kinn hinunterrann. Und sie ließ Jack nicht ein einziges Mal los. Ständig hing sie an seinem Arm, seiner Schulter oder seinem Schenkel.

Zoe, in Erinnerung an den draufgängerischen Verve einer jüngeren Maddie, war von der Auflösung ihrer Freundin entsetzt, nicht nur Maddies wegen, sondern auch, weil es ihr wie ein Omen für ihre eigene Zukunft erschien.

Denn als Mädchen war diese Frau die beste von ihnen allen

gewesen, mutig und unabhängig. Tapfer und unerschrocken segelte sie durchs Leben, genoß jeden Tag und kannte keine Angst vor dem Morgen. Sie ging jedes Wagnis ein, scheute keine Herausforderung, fragte nie nach dem Preis, und wenn es ans Bezahlen ging, rechnete sie nie zweimal nach.

Und jetzt saß sie da, betrunken, wild, fiebrig, ihr Fleisch hing herab und sie selbst klammerte sich verzweifelt an einen hübschen jungen Burschen, der ihr Sohn sein konnte. Hinter dem grellen Flitter ihrer lidschattenverklebten Augen lauerte ein dunkler Schrecken.

Wenn diese Frau besiegt werden konnte, diese tapfere, freie, unbesiegbare Frau, was für Hoffnung gab es im Leben dann noch für Zoe Kohler? Sie war soviel schwächer als Maddie Kurnitz. Sie war schüchtern und ängstlich. Sie war kleiner. Wenn Giganten gestürzt wurden, was hatten Zwerge dann noch für Chancen?

Sie beendeten ihre hektische Mahlzeit, und Maddie warf dem Kellner ein paar Scheine hin.

»Der Hundesohn hat mir die Kreditkarten gesperrt«, murmelte sie.

Sie erhob sich unsicher, und Jack legte einen Arm um ihre dicke Taille. Sie schwankte leicht und starrte Zoe aus glasigen Augen an.

»Du wechselst den Job, Kleines?« fragte sie.

»Nein, Maddie. Ich habe mich nicht einmal nach was anderem umgesehen. Warum fragst du?«

»Keine Ahnung. Irgendein Bursche hat mich vor ein paar Tagen angerufen, sagte, du hättest dich um einen Job beworben und mich als Referenz angegeben. Wollte wissen, wie lange ich dich schon kenne, was ich über dein Privatleben wüßte und diesen ganzen Quatsch.«

»Das verstehe ich nicht. Ich habe mich nirgendwo beworben.«

»Ach, zum Teufel damit. Wahrscheinlich irgendein Verrückter. Ich rufe dich an, wenn wir wieder aus dem Paradies zurück sind.«

»Paß auf dich auf, Maddie.«

»Scheiß drauf. Darum kümmert sich Jack. Nicht wahr, *Loverboy*?«

Zoe sah ihnen nach, als sie hinausstolperten, die aufgedunsene Frau halb auf ihren Begleiter gestützt. Langsam ging sie in ihr Büro zurück, und während sie ging, stieg Furcht in ihr auf, als ihr die Bedeutung von Maddies Worten klarwurde.

Jemand zog Erkundigungen über sie ein, über ihr Privatleben und ihre Vergangenheit. Sie wußte, um wen es sich handelte – jenen dünnen, verbitterten Mann namens »Polizei«, der nicht daran dachte, die Jagd aufzugeben und erst zufrieden sein würde, wenn Zoe Kohler tot war.

Sie setzte sich an ihren Schreibtisch, die skelettartigen Hände gefaltet. Sie starrte auf diese geschrumpften Klauen herab. Sie sahen aus, als hätte man sie in Salzsäure eingelegt. Sie dachte an ihre bevorstehende Periode und fragte sich benommen, ob aus einem dermaßen ausgetrockneten Körper noch Blut fließen konnte.

»Gott zum Gruße!« sagte Everett Pinckney gutgelaunt und bewegte sich auf ihren Schreibtisch zu. »Hatten Sie eine angenehme Mittagspause?«

»Ja, danke«, sagte Zoe und versuchte zu lächeln. »Was kann ich für Sie tun, Mr. Pinckney?«

Er strahlte sie an und versuchte vergeblich, sie zu fixieren, während er sich darauf konzentrierte, was er zu sagen hatte. Er beugte sich vor und stützte sich mit den Fingerknöcheln auf die Schreibtischplatte. Sie konnte seinen Whiskey-Atem riechen.

»Ja«, sagte er. »Nun, eh . . ., Zoe, erinnern Sie sich noch an das Tränengas, das ich Ihnen gegeben habe? Die kleine Sprühdose für Ihre Handtasche?«

»Ja, ich erinnere mich.«

»Tja, haben Sie die zufällig bei sich? In Ihrer Handtasche? Oder hier im Schreibtisch?«

Sie starrte ihn an.

»Alberne Angelegenheit«, fuhr er fort. »Ein Detective von der Polizei war hier. Er untersucht einen Einbruch und muß die Seriennummern aller in New York verkauften Dosen überprüfen. Ich habe McMillan und Joe Levine schon gebeten, ihre ebenfalls mitzubringen. Sie haben Ihre doch noch? Oder haben Sie jemand eine Dusche damit verpaßt?« Er kicherte.

»Ich habe sie nicht bei mir, Mr. Pinckney«, sagte sie langsam.

»Oh, dann haben Sie sie wohl zu Hause, oder?«

»Ja«, sagte sie verwirrt. »Ich habe sie zu Hause.«

»Nun, dann bringen Sie sie doch bitte mit, ja? Bis Freitag? Der Detective kommt noch einmal vorbei. Sobald er die Nummer überprüft hat, können Sie die Dose zurückhaben. Kein Problem.«

Er bedachte sie mit einem glasigen Lächeln und trottete wieder in sein eigenes Büro.

Jetzt kehrte es noch stärker zurück, dieses Gefühl, hin und her bewegt, gesteuert zu werden. Die Ereignisse waren ihrem Einfluß entglitten. Sie drängten sie wieder in die ihr angeborene Rolle des Opfers. Sie hatte alle Initiative verloren. Sie wurde kontrolliert.

Sie überlegte fieberhaft, was sie tun könnte. Behaupten, von einem potentiellen Vergewaltiger angegriffen worden zu sein und ihn mit dem Tränengas in die Flucht geschlagen zu haben? Sich gegen einen bösartigen Hund verteidigt zu haben? Aber sie hatte Mr. Pinckney ja schon erklärt, sie hätte die Sprühdose zu Hause.

Schließlich entschied sie resignierend, daß sie nichts anderes tun konnte, als ihm zu sagen, sie hätte die Dose verloren oder verlegt.

Nicht einen Moment lang glaubte sie daran, daß der Detective wirklich nur einen Einbruch untersuchte. Er suchte nach ihr, und was passieren würde, wenn ihm gesagt wurde, daß Zoe Kohler ihre Dose »verloren oder verlegt« hätte, wagte sie sich nicht vorzustellen. Es war alles so deprimierend, daß sie sich nicht einmal fragte, wie es ihnen gelungen sein mochte, das Tränengas bis zu ihr zurückzuverfolgen.

Als sie an diesem Abend in ihr Appartement zurückkehrte, tat sie etwas völlig Irrationales. Sie durchsuchte ihre Wohnung nach der Tränengasdose, in dem Wissen, daß sie sich ihrer entledigt hatte. Das Schlimmste war, daß sie wußte, wie irrational es war und trotzdem nicht aufhören konnte.

Natürlich fand sie die Dose nicht. Aber sie fand etwas anderes. Oder besser verschiedene Dinge . . .

Als sie Ernest Mittles Verlobungsring ganz hinten in der Kommodenschublade versteckt hatte, hatte sie die Schachtel noch einmal geöffnet, um einen letzten Blick auf den hübschen Stein zu werfen. Dann hatte sie die Schachtel nach hinten geschoben, aber sie konnte sich noch sehr genau daran erinnern, daß der Verschluß nach vorn gewiesen hatte.

Als sie sie jetzt berührte, mußte sie feststellen, daß die Schachtel umgedreht worden war. Jetzt wies das Scharnier nach vorn, der Verschluß hingegen zur Rückseite der Schublade.

Auch bei den in Seidenpapier gewickelten Perücken hielt sie eine feste Ordnung. Die blonde lag oben, die schwarze darunter. Jetzt waren sie vertauscht.

Die Stapel Strumpfhosen, Höschen und Büstenhalter waren verrückt. Sie bewahrte sie immer so auf, daß die Säume genau aufeinanderlagen, und jetzt war nicht zu übersehen, daß jemand sie in der Hand gehabt hatte. Sie waren nicht etwa durcheinandergebracht worden, ganz im Gegenteil. Aber sie lagen nicht so, wie sie sie hingelegt hatte.

Vielleicht hätte jemand, der weniger präzise und peinlich genau als Zoe Kohler war, es nie bemerkt. Aber sie bemerkte es und war sofort davon überzeugt, daß jemand in ihrer Wohnung gewesen war und ihre Besitztümer durchwühlt hatte. Sie wußte, daß ihre Privatsphäre wieder einmal grausam verletzt worden war; bestimmte Leute wollten ihre Geheimnisse aufdecken. Sie würden es weiter versuchen, und es gab keine Möglichkeit, ihnen Einhalt zu gebieten.

Als Ernest Mittle anrief, tat sie alles, um munter und liebevoll zu klingen. Sie plauderten lange, und Zoe fragte ihn nach seinen Fortschritten bei seinem Computerlehrgang, seinem Job und der Urlaubsplanung – alles, um ihn am Reden zu halten und die Dunkelheit zurückzudrängen.

»Zoe«, sagte er schließlich, »ich will dich ja nicht drängen oder so, aber – hast du schon über meine Frage nachgedacht?«

Sie brauchte einen Augenblick, bis ihr einfiel, was er meinte.

»Natürlich habe ich darüber nachgedacht, Darling«, sagte sie. »Jede Minute.«

»Ich wollte dir nur noch einmal sagen, daß ich jedes Wort so meinte, wie ich es gesagt habe. Und ich war mir nie sicherer als jetzt. Genau das möchte ich tun. Ich will einfach nicht mehr ohne dich leben, Zoe.«

»Ernie, du bist der liebste und rücksichtsvollste Mann, den ich je kennengelernt habe. Du bist so aufmerksam.«

»Ja . . ., nun . . ., eh . . ., wann, glaubst du, wirst du deine Entscheidung fällen? Bald?«

»Oh, ja. Bald. Sehr bald.«

»Hör zu«, sagte er eifrig. »Am Freitagabend habe ich Unterricht, bis um halb neun oder so. Wie wär's, wenn ich irgendwo eine Flasche Weißwein kaufen und dann bei dir vorbeikommen würde? Ich meine, schließlich ist Freitagabend und wir können uns unterhalten und uns gemeinsam auf den Urlaub freuen. Einverstanden?«

Sie besaß nicht mehr die Kraft, nein zu sagen. Jeder stieß sie herum – sogar Ernie.

»Natürlich«, sagte sie benommen. »Freitagabend.«

»So gegen neun«, sagte er glücklich. »Bis dann. Paß auf dich auf, Liebes.«

»Ja«, sagte sie. »Du auch.«

Er legte auf, und sie saß da und starrte den Hörer in ihrer Hand an. Ohne genau zu wissen, warum, rief sie Dr. Oscar Stark an. Natürlich geriet sie an seinen Auftragsdienst. Die Telefonistin fragte, ob sie eine Nachricht hinterlassen wolle.

»Nein«, sagte Zoe. »Keine Nachricht.«

Langsam ging sie in die Küche. Sie öffnete die Schranktür. Sie starrte auf die Massen von Pillen, Kapseln, Ampullen, Pülverchen und Zäpfchen. Es sah so albern aus. Spielzeug.

Sie schloß die Tür, ohne etwas herauszunehmen. Nicht einmal ihr Cortisol. Nicht einmal eine Salztablette. Nichts würde eine neue Frau aus ihr machen. Sie war dazu verdammt, sie selber zu bleiben.

Vage dachte sie, daß sie etwas essen sollte, aber allein der Gedanke an Essen versetzte ihren Magen in Aufruhr. Sie goß sich ein Glas kalten Wodka ein und nahm es mit ins Wohnzimmer.

Sie kauerte sich auf die Couch und starrte in die Dunkelheit. Sie versuchte, sich zu konzentrieren und ihren Körper zu spüren. Aber sie empfand nur tiefe Schmerzen, ein beständiges Unwohlsein, das ihren Geist schwächte und ihre Sinne auszehrte.

War dies der Beginn des Todes – diese vollkommene Kapitulation vor der Agonie des Lebens? Frieden, Frieden. Etwas, das sie warm und bequem umgab. Etwas Vertrautes, Nahes. Dieses Hinübergleiten schien etwas ungeheuer Kostbares zu haben. Und am Ende keine Schmerzen mehr . . .

Plötzlich merkte sie, daß sie weinte, und wunderte sich, daß ihr ausgetrockneter Körper überhaupt noch Flüssigkeit produzieren konnte. Die warmen, dünnen Tränen rannen ihre Wangen hinunter, und sie gab sich keine Mühe, sie fortzuwischen. Fast hatte dieser sichtbare Beweis ihres Elends etwas Ruhmvolles.

»Arme Zoe Kohler«, sagte sie laut, und die Worte berührten sie so stark, daß sie schluchzte und nach Luft schnappte.

Was sie nicht verstehen konnte, was sie nie verstehen würde, war, womit sie dieses Unglück verdient hatte.

Sie hatte sich immer ordentlich angezogen und ihren Körper sauber gehalten. Nie hatte sie unanständige Worte benutzt. Sie war immer höflich und zuvorkommend gewesen, zu jedermann. Wen hatte sie verletzt? Hatte sie nicht immer versucht, sich wie eine Dame zu benehmen?

Vielleicht hatte es ein paar Gelegenheiten gegeben, ganz wenige, bei denen sie sich vergessen, ihr wahres Wesen verleugnet und sich ungeschliffen und vulgär benommen hatte. Aber der größte Teil ihres Lebens war ohne Fehl und Tadel gewesen, fleckenlos; sie hatte alles beherzigt, was ihre Mutter sie gelehrt hatte.

Und doch hatte alles, *alles* sie nur an diesen einen Punkt geführt, wo sie allein in der Dunkelheit saß und weinte, eingehüllt in den Geruch ihres verfallenden Körpers, gehetzt von gefühllosen Männern, die nicht aufhören würden, in Dingen herumzustochern, die sie nichts angingen.

Arme Zoe Kohler. Alle Leidenschaft verbraucht, alle Hoffnung dahin. Nur die Schmerzen blieben.

Mittwoch und Donnerstag, 23. und 24. Juli . . .

Delaney konnte nicht anders, er mußte sie einfach *sehen*:

»Man kann eine Menge über Menschen in Erfahrung bringen, indem man sie einfach beobachtet«, erklärte er Monica. »Wie sie gehen, wie sie gestikulieren. Reiben sie sich die Augen oder putzen sie sich dauernd die Nase? Wie sie sich eine Zigarette anzünden. Warten sie an einer Fußgängerampel oder rennen sie einfach über die Straße? Haben sie irgendwelche nervösen Angewohnheiten? Wie ziehen Sie sich an? Farbe und Stil. Zwinkern Sie häufig? Lecken Sie sich über die Lippen? Und so weiter.«

Schweigend lauschte Monica seinem Vortrag, den Kopf gesenkt, die Augen auf die Stopfarbeit in ihrem Schoß gerichtet.

»Nun?« fragte er.

»Nun was?«

»Ich dachte, du wolltest vielleicht etwas dazu sagen.«

»Nein, will ich nicht.«

»Vielleicht hilft es mir, sie besser zu verstehen. Warum sie getan hat, was sie getan hat. Hinweise auf ihre Persönlichkeit.«

»Wie du meinst, Liebling«, sagte sie.

Er betrachtete sie argwöhnisch. Er traute ihr nicht, wenn sie so friedfertig war.

Er erklärte Abner Boone, was er beabsichtigte, und der Sergeant hatte nichts dagegen einzuwenden.

»Aber Sie sollten Bentley Bescheid geben«, schlug er vor. »Er kann seinen Leuten sagen, daß Sie sie auch beschatten. Für den Fall, daß sie Sie bemerken und Verstärkung herbeirufen.«

»Sie werden mich nicht entdecken«, sagte Delaney beleidigt.

Aber er entdeckte sie: die ungekennzeichneten Fahrzeuge vor dem Hotel Granger und Zoe Kohlers Appartementhaus, die Polizistinnen in Zivil, die der Verdächtigen zu Fuß folgten.

Einige der Beschatter waren gut, andere ungeschickt. Aber Zoe schien keinen von ihnen zu bemerken.

Er paßte sie am Mittwochmorgen um acht Uhr dreiundvierzig an der Ecke 39th Street und Lexington Avenue ab und folgte ihr zum Granger. Er lungerte eine Weile herum, dann marschierte er in das Hotel und inspizierte das Foyer, den Speisesaal und die Cocktail Bar.

Um zwölf Uhr mittags war er wieder da, und als sie zum Mittagessen ausging, folgte er ihr zu einem Schnellimbiß an der Third Avenue und zurück zum Granger. Um fünf Uhr nachmittags erschien er zum drittenmal, um ihr nach Hause zu folgen. Er ließ sie nicht eine Sekunde aus den Augen.

»Was für eine Frau ist sie?« fragte Monica am Abend.

»So gewöhnlich, daß es schon wieder auffällt. Miß Nichts.«

»Hübsch?«

»Nein, aber auch nicht häßlich. Durchschnittlich. Ganz einfach durchschnittlich. Sie könnte viel mehr für sich tun, als es der Fall ist. Sie trägt kein Make-up, zumindest habe ich keins festgestellt. Mausfarbenes Haar. Die Kleidung hauptsächlich braun, schwarz und grau. Erdfarben. Sie bewegte sich sehr langsam, vorsichtig. Fast wie eine Invalide oder eine doppelt so alte Frau. Einmal habe ich gesehen, wie sie plötzlich stehenblieb und sich an einen Laternenpfahl klammerte, als fühlte sie sich schwach oder schwindlig. Vernünftige Schuhe. Vernünftige Kleidung. Nichts Helles oder Fröhliches an ihrer Erscheinung. Sie trägt eine Schultertasche, hält sie aber mit beiden Händen fest. Ich vermute, darin bewahrt sie das Messer auf. Wenn ihr jemand entgegenkommt, tritt sie immer als erste beiseite. Sie geht nie bei Rot über die Straße, nicht einmal, wenn weit und breit kein Auto zu sehen ist. Sehr vorsichtig. Sehr zurückhaltend. Befolgt alle Regeln. Als sie zum Mittagessen ging, hatte ich den Eindruck, daß sie mit sich selbst redete, aber ich bin nicht sicher.«

»Edward, wie lange willst du das machen – ihr auf diese Weise folgen?«

»Du hältst das für morbide Neugier, nicht wahr?«

»Sei nicht albern.«

»Sicher tust du das«, sagte er. »Aber es ist keine. Wenn ich auch zugebe, daß die Frau mich fasziniert.«

»Das glaube ich dir«, sagte Monica. »Sieht sie traurig aus?«

»Traurig?« Er überlegte einen Moment. »Weniger traurig als besiegt. Ihre Haltung ist schlecht, und ihr Teint ist schrecklich. Schmutzigbleich. Ich glaube, Dr. Ho und ich hatten recht; sie steht vor einem Zusammenbruch.«

»Ich wünschte, du würdest das nicht tun, Edward – ihr nachgehen, meine ich.«

»Warum nicht?«

»Ich weiß nicht . . . es kommt mir einfach indiskret vor.«

»Du bist eine liebe, süße Frau«, sagte er, »und du hast nicht die geringste Ahnung, wovon du sprichst.«

Am Donnerstag beschattete er Zoe nach dem gleichen Schema. Er richtete es so ein, daß er ihr entgegenkam, als sie auf die Madison Avenue zuhielt. Er ging dicht an ihr vorbei und erhaschte einen guten Blick auf ihre Gesichtszüge.

Sie erschienen ihm gespannt und eingefallen, die Nase spitz, die Wangen ausgehöhlt. Ihre Lippen waren trocken und leicht geöffnet. Die Augen schienen auf eine Welt jenseits aller Welten gerichtet. Ihr ganzes Gesicht hatte etwas Schlafwandlerisches.

Keine Brüste, soweit er sehen konnte. Sie wirkte flach wie ein Brett.

Als sie um kurz nach fünf aus dem Hotel trat und sich in Richtung

Zentrum wandte, war er bereits da und folgte ihr. Bentleys Polizistin ging auf der anderen Straßenseite.

Die Verdächtige verschwand in einem Schnellimbiß an der Madison Avenue. Delaney schlenderte bis zur Ecke, wandte sich um und ging zurück. Er stand vor dem Restaurant und betrachtete die Speisekarte, die mit Tesafilm an die Innenseite der Spiegelglasscheibe geheftet war.

Zoe Kohler saß an der Theke und wartete darauf, bedient zu werden. Jedermann in dem Lokal aß oder redete. Niemand schenkte den Geschehnissen auf der Straße die geringste Aufmerksamkeit. Auch nicht dem großen, stämmigen Mann, der durch die Frontscheibe spähte.

Delaney ging weiter, sah sich die Auslagen in ein paar Schaufenstern an, kehrte zu dem Schnellimbiß zurück. Jetzt hatte Zoe Kohler einen Teller vor sich stehen und trank aus einem Glas, in dem Tee zu sein schien.

Wäre Edward X. Delaney ein Mann der dramatischen, theatralischen Geste gewesen, hätte er sich jetzt wütend vor den Kopf geschlagen. Er hatte nicht daran gedacht. Keiner von ihnen hatte daran gedacht. Wie hatten sie nur so gottverdammt dumm sein können?

Er trödelte weiterhin vor dem Schnellimbiß herum. Gelegentlich blickte er auf seine Uhr, um den Eindruck zu erwecken, als wartete er auf eine verspätete Verabredung. Er sah, wie Zoe Kohler sich die Lippen mit einer Papierserviette abtupfte, Handtasche und Rechnung ergriff und aufstand.

Sofort stürmte er hinein. Als sie auf die Kasse zuging, drängte er sich an ihr vorbei.

»Entschuldigung«, sagte er, lüftete seinen Hut und trat zur Seite.

Sie lächelte ihn kurz und schüchtern an. Ein Flackern.

Er ließ sie gehen und schob sich auf den Barhocker, den sie gerade verlassen hatte. Vor ihm stand ein Teller mit den Überresten eines Thunfischsalats und ein Bodensatz von Tee in einem großen Glas. Er verschränkte seine Hände um das Glas, ohne es zu berühren.

Eine fette Kellnerin mittleren Alters mit einem Schnurrbart und offensichtlich wehen Füßen blieb vor ihm stehen. Sie holte ihren Block aus einer Tasche in der schmutzigen Schürze.

»Was soll's sein?« fragte sie und befingerte ihr orangefarbenes Haar. »Das Hackfleisch ist gut.«

»Ich hätte gern den Geschäftsführer gesprochen.«

Sie beäugte ihn mißtrauisch. »Stimmt was nicht?«

»Alles bestens«, sagte er und lächelte sie an. »Ich hätte nur gern mit dem Manager gesprochen.«

Sie wandte sich dem anderen Ende der Theke zu.

»He, Stan«, rief sie.

Ein Mann, der sich dort mit zwei sitzenden Gästen unterhielt, blickte auf. Die Kellnerin nickte in Delaneys Richtung. Der Geschäftsführer kam langsam näher. Neben dem Chief blieb er stehen.

»Was haben Sie für Kummer?« fragte er.

»Gar keinen«, sagte Delaney. »Dieses Teeglas hier – ich habe zu Hause dieselben, ein Dutzend. Mein Sohn hat eins davon kaputtgemacht, und jetzt hätte ich das Service gern wieder komplett. Würden Sie mir dieses Glas hier für einen Dollar verkaufen?«

»Sie wollen dieses Glas für einen Dollar kaufen?« fragte der Geschäftsführer.

»Genau. Um das Service wieder vollzählig zu haben. Wären Sie damit einverstanden?«

»Mit Vergnügen«, sagte der Geschäftsführer. »Ich habe noch sechs Dutzend, die Sie zum selben Preis haben können.«

»Nein«, meinte Delaney lachend, »eins reicht völlig.«

»Warten Sie, ich hole Ihnen ein sauberes«, sagte die fette Kellnerin und wollte nach Zoe Kohlers Glas greifen.

»Nein, nein«, wehrte Delaney hastig ab und beschützte das Glas mit seinen verschränkten Händen. »Das hier ist schon in Ordnung.«

Kellnerin und Geschäftsführer warfen sich einen Blick zu und zuckten dann mit den Schultern. Delaney reichte dem Mann einen Dollarschein. Er hielt das Glas, indem er zwei Finger gegen die Innenseiten spreizte, und wickelte es vorsichtig in eine Papierserviette, um die Außenseite nicht zu verschmieren.

Er mußte zwei Blocks weit gehen, bis er eine Telefonzelle fand, die noch nicht demoliert war. Achtsam plazierte er das verpackte Glas auf den Apparat und rief Abner Boone in Manhattan Nord an. Er berichtete dem Sergeant von seinem Fang.

»*Verdammt* nochmal!« explodierte der Sergeant. »Wir sind wirklich Idioten! Wir hätten uns schon vor einer Woche an ihrem Arbeitsplatz oder in ihrer Wohnung einen Satz Fingerabdrücke besorgen können.«

»Ich weiß«, sagte Delaney beruhigend. »Ich habe auch nicht daran gedacht. Aber vergiß nicht, auch wenn sie mit denen auf dem Weinglas aus dem Tribunal übereinstimmen, beweist das lediglich, daß sie am Tatort war, aber nicht, daß sie LaBranche auch unbedingt umgebracht haben muß.«

»Für mich reicht das aus«, sagte Boone grimmig. »Wo sind Sie, Chief? Ich schnappe mir einen Wagen, hole das Glas persönlich ab und bringe es ins Labor.«

Delaney beschrieb ihm seinen Standort. »Wenn die es sich angesehen haben, rufst du mich dann zu Hause an und gibst mir Bescheid?«

»Natürlich.«

»Am besten rufst du auch Thorsen an.«

»Wird erledigt«, sagte Abner Boone. Dann fügte er hinzu: »Danke, Sir.«

Der Chief war den ganzen Abend über verdrießlich und mürrisch. Er hockte vor seinem Teller und aß schweigend seinen Schweinebraten. Nicht einmal Monicas Erdbeeren in Cointreau konnten ihm ein Kompliment entlocken.

Erst als sie im Wohnzimmer ihren Kaffee tranken, sagte sie schließlich: »Okay, Freundchen, raus mit der Sprache. Was hast du?«

»Politik«, antwortete er angewidert und erzählte ihr von seinem Streit mit Ivar Thorsen.

»Er war im Recht, und ich war im Recht. Wenn man seine Verantwortung und seine Prioritäten bedenkt, klingt es vernünftig, die Frau hopszunehmen und aus dem Verkehr zu ziehen. Aber ich finde trotzdem, daß es vernünftiger wäre, sie vor Gericht zu stellen und aburteilen zu lassen.«

Dann berichtete er Monica, was er am Nachmittag getan hatte. Wie er in den Besitz von Zoe Kohlers Fingerabdrücken geraten war und sie zum Vergleich ins Labor hatte schaffen lassen.

»Ich habe Ivar also weiteres Beweismaterial verschafft, das kaum Überzeugungskraft besitzt«, sagte er mit einer Grimasse. »Wenn die Fingerabdrücke übereinstimmen, läßt er sie unter Garantie festnehmen. Aber auf dieser Basis wird er nie und nimmer eine Verurteilung erreichen.«

»Wenn dir das alles so nahegeht«, sagte Monica, »hättest du das mit den Fingerabdrücken ja sein lassen können.«

»Du machst wohl Witze?«

»Natürlich.«

»Die Gewohnheiten von dreißig Jahren sterben nur schwer«, sagte er mit einem Seufzen. »Ich mußte mir ihre Fingerabdrücke einfach beschaffen. Aber niemand wird mir glauben, daß nicht einmal totale Übereinstimmung sie hinter Gitter bringen wird. Ihr Anwalt wird sagen ›Sicher, sie hat mit dem Jungen ein Glas in seinem Hotelzimmer getrunken – na und? Als sie gegangen ist, war er noch am Leben.‹ Diese Abdrücke beweisen nicht, daß sie ihm die Kehle aufgeschlitzt hat. Nur daß sie da war. Eine andere Sache ist ...«

Das Telefon klingelte.

»Das wird Boone sein«, sagte Delaney beim Aufstehen. »Ich gehe im Arbeitszimmer dran.«

Aber es war nicht der Sergeant; es war Deputy Commissioner Ivar Thorsen, und er konnte die Aufregung in seiner Stimme kaum verbergen.

»Danke, Edward«, rief er, »danke, danke. Die Abdrücke stimmen hundertprozentig überein. Ich hatte eben eine lange Unterhaltung mit dem Staatsanwalt, und er glaubt auch, daß wir jetzt genug Material haben, um sie formell unter Anklage stellen zu lassen. Wir werden sie uns also schnappen. Der morgige Tag wird wohl noch mit Papierkrieg und der Vorbereitung der Festnahme draufgehen, aber Samstagmorgen nehmen wir sie fest, wahrscheinlich in ihrer Wohnung. Willst du mitkommen?«

Delaney schwieg. »In Ordnung, Ivar«, sagte er schließlich. »Wenn du wirklich so vorgehen willst. Aber ich möchte dich um einen Gefallen bitten: Könntest du Dr. Patrick Ho fragen, ob er auch dabei sein will? Der Mann hat eine Menge beigesteuert; er sollte auch sehen, wie die Ernte eingefahren wird.«

»Gut, Edward, ich setze mich mit ihm in Verbindung.«

»Noch was ..., ich hätte Thomas Handry gern dabei.«

»Wer ist Thomas Handry?«

»Er arbeitet für die *Times*.«

»Du willst einen Reporter dabei haben?«

»Ich schulde ihm einen Gefallen.«

Thorsen seufzte. »Okay, Edward, wenn du meinst. Und noch mal vielen Dank. Du hast blendende Arbeit geleistet.«

»Ja«, sagte Delaney niedergeschlagen, aber Thorsen hatte schon aufgelegt.

Der Chief ging zurück ins Wohnzimmer und berichtete seiner Frau von dem Telefongespräch.

»Das wär's also«, schloß er. »Wenn sie die Nerven behält und kein Sterbenswörtchen sagt, bis sie einen gerissenen Anwalt hat, wird sie es wahrscheinlich schaffen.«

»Aber die Morde werden aufhören.«

»Ja. Wahrscheinlich.«

Sie blickte ihn scharf an. »Aber das reicht dir nicht, oder? Du willst sie bestraft sehen.«

»Du nicht?«

»Natürlich – wenn es sich auf legale Weise einrichten läßt. Aber vor allem will ich, daß die Morde aufhören. Edward, glaubst du nicht, daß du etwas rachsüchtig bist?«

Er stand plötzlich auf. »Ich denke, ich werde mir einen Brandy einschenken. Möchtest du auch einen?«

»Einverstanden. Einen kleinen.«

Er holte zwei Gläser mit Cognac aus dem Arbeitszimmer und nahm wieder in seinem Sessel Platz.

»Wieso glaubst du, ich sei rachsüchtig?«

»Deine ganze Einstellung spricht dafür. Du möchtest diese Frau unbedingt auf frischer Tat ertappen, selbst wenn man dafür ein Menschenleben riskieren müßte. Vor allem anderen möchtest du sie für ihre Taten bestraft sehen. Du willst, daß sie leidet. Du bist geradezu besessen davon. Ich glaube nicht, daß deine Gefühle genauso heftig wären, wenn es sich um einen Mann handelte. Dann wärst du schon damit zufrieden, wenn er nur von der Straße herunter wäre.«

»Komm schon, Monica, was ist denn das für ein Quatsch? Als nächstes wirst du noch behaupten, daß ich Frauen hasse.«

»Nein, das würde ich nie behaupten, weil ich weiß, daß es nicht stimmt. Im Gegenteil. Ich glaube, daß du sehr romantische, altmodische Vorstellungen von Frauen hast. Und weil diese Frau deinen Vorstellungen und hochfliegenden Idealen Hohn gesprochen hat, willst du dich an ihr rächen.«

Er nahm einen Schluck von seinem Brandy. »Unsinn. Ich habe schon früher mit Verbrecherinnen zu tun gehabt. Darunter waren auch einige Mörderinnen.«

»Aber keine wie Zoe Kohler – stimmt's? All die weiblichen Mörder in deinem Erfahrungsbereich haben aus Leidenschaft oder Gier getötet. Oder weil sie betrunken oder sonst was waren. Habe ich recht?«

»Nun ...«, sagte er widerstrebend, »vielleicht.«

»Das hast du mir selbst erzählt. Aber jetzt hast du es plötzlich mit einer Mörderin zu tun, die intelligent plant und kaltblütig tötet, ohne ein offensichtliches Motiv zu haben, und das erschüttert deine sämtlichen, vorgefaßten Meinungen über Frauen. Und es zerstört nicht nur deinen romantischen Irrglauben, es jagt dir in gewisser Weise auch noch Angst ein.«

Er schwieg.

»Denn wenn sich eine Frau so verhalten kann, dann verstehst du nicht mehr das geringste von Frauen. Ist es nicht das, was dir Angst einjagt? Jetzt hast du entdecken müssen, daß Frauen zu allem fähig sind, wozu Männer auch fähig sind. In diesem Fall zum Bösen. Aber wenn das stimmt, dann müssen sie auch zum Guten fähig sein, zur Kreativität, zur Erfindung, zur Kunst. Es wirft all die Vorurteile über den Haufen, die du bisher hattest, vielleicht ohne dir ihrer bewußt zu sein. Plötzlich mußt du deine Vorstellungen von den Frauen revidieren, all deine alten, tiefverwurzelten Ansichten, und das kann ein sehr schmerzlicher Prozeß sein. Ich glaube, das ist der Grund, weswegen du mehr willst als nur ein Ende der Mordserie. Du willst Rache an dieser Frau, die einen solchen Aufruhr in dein Denken über das Wesen und die schickliche Verhaltensweise der Frauen von heute gebracht hat.«

»Danke für die Dreigroschenanalyse, Frau Doktor«, sagte er. »Ich will nicht behaupten, daß du völlig unrecht hättest, aber du irrst dich ganz bestimmt, wenn du glaubst, ich würde anders empfinden, wenn der Hotel-Ripper ein Mann wäre. In dieser Welt muß jeder für seine Sünden bezahlen, egal, welchen Geschlechts er ist.«

»Edward, wann warst du das letzte Mal in der Kirche?«

»Du meinst, zur Messe oder zur Beichte? Ungefähr vor fünfunddreißig Jahren.«

»Nun, deinen Glauben hast du jedenfalls nicht verloren.«

»Der ist in mich hineingeprügelt worden. Aber mein Glaube, wie du ihn nennst, hat nichts mit der Kirche zu tun.«

»Nein?«

»Nein. Ich bin für die Zivilisation und gegen den Sumpf. So einfach ist das.«

»Aber du glaubst doch an Gott, oder?«

»Ich glaube an ein höheres Wesen, wie immer du ihn, sie oder es nennen willst.«

»Wahrscheinlich nennst du es den Top Cop.«

Er lachte. »Da liegst du gar nicht so weit daneben.«

Freitag, 25. Juli ...

Ihr Schamhaar war fast vollständig verschwunden; nur ein paar dünne Strähnen hatten überlebt. Und die Haare an den Beinen und in den Achselhöhlen hatten offenbar aufgehört zu wachsen. Sie hatte das Gefühl, *geschält* zu werden, am Ende als Frucht ohne Schale, als wabbeliger Geleeklumpen dazuliegen. Die Kleidung schabte ihre zarte Haut auf.

An diesem Morgen nahm sie ein Taxi zur Arbeit, denn sie war nicht sicher, ob sie die Kraft besaß, zu Fuß zu gehen oder sich in einen überfüllten Bus zu drängeln. Im Büro fürchtete sie sekundenlang, das Tablett mit Kaffee und Kuchen fallenzulassen. Jede Bewegung war eine Anstrengung, jeder Atemzug eine Qual.

»Haben Sie sie dabei?« fragte Everett Pinckney.

Sie blickte ihn begriffsstutzig an. »Was?«

»Die Tränengasdose«, sagte er.

Sie verspürte einen plötzlichen Schmerz in den Eingeweiden. Einen Nadelstich. Sie wußte, daß morgen ihre Periode fällig war, aber das hier war etwas anderes: ein Stahlsplitter. Aber sie wimmerte nicht. Sie ertrug den Schmerz, ausdruckslos.

»Ich habe sie verloren«, sagte sie leise. »Oder verlegt. Ich kann sie nicht finden.«

Er war verwirrt.

»Aber, Zoe«, sagte er, »wie konnten Sie so was verlieren oder verlegen?« Sie antwortete nicht.

»Was soll ich denn jetzt machen?« fragte er hilflos. »Dieser Cop wird wiederkommen und wissen wollen, was Sie damit gemacht haben. Er wird mit Ihnen reden wollen.«

»In Ordnung«, sagte sie. »Ich rede mit ihm. Ich habe sie einfach nicht mehr.«

Everett Pinckney war kein Mann, der dazu neigte, sich aufzuspielen. Unschlüssig stand er noch einen Moment vor Zoes Schreibtisch.

»Nun ...«, sagte er, »gut«, und verließ ihr Büro.

Der Rest des Tages verging. Sie wußte nicht, wohin oder auf welche Weise. Sie schwamm in einem Meer aus Qualen, ihr ganzer Körper pulsierte. Sie wollte weinen, schreien, sich ihr schmerzendes Fleisch von den Knochen reißen. Die Welt um sie herum schien zu wirbeln. Ihr war schwindlig. Es hörte nicht auf.

Langsam ging sie nach Hause. Ihre Schritte waren unsicher. Die anderen Passanten glitten an ihr vorbei, ein verschwommener, endloser Strom. Die Erde schien unter ihren Füßen nachzugeben. Über dem Verkehrslärm schien ein Brüllen zu liegen, die Luft roch nach Feuer, und in ihrem Mund hatte sie einen Geschmack nach altem Kupfer.

Sie betrat den Schnellimbiß, zu müde, um ihre Reise fortzusetzen.

»Hallo, Schätzchen«, sagte die fette Kellnerin. »Das Übliche?«

Zoe nickte.

»Soll ich Ihnen was Komisches erzählen?« fragte die Kellnerin, während sie das Besteck vor Zoe hinlegte. »Kaum, daß Sie gestern abend gegangen waren, kommt hier ein Bursche herein und kauft das Teeglas, aus dem Sie getrunken hatten. Behauptete, zu Hause die gleichen Gläser zu haben, aber sein Sohn hätte eins kaputtgemacht, und er wollte das Service wieder komplett haben. Hat einen Dollar dafür bezahlt.«

»Das Glas, aus dem ich getrunken habe?«

»Verrückt, was? Wollte nicht mal ein sauberes haben. Hat bloß das dreckige in eine Papierserviette gepackt und ist damit abgehauen. Tja, es gibt wirklich die komischsten Leute ...«

»War er groß und dünn?« fragte Zoe Kohler. »Mit einer verbitterten Miene?«

»Nee. Groß war er schon, aber ziemlich kräftig gebaut. Mitte sechzig vielleicht. Warum? Kennen Sie ihn?«

»Nein«, sagte Zoe teilnahmslos. »Ich kenne ihn nicht.«

Sie dachte immer noch klar genug, um zu begreifen, was geschehen war. Sie hatten jetzt ihre Fingerabdrücke. Sie würden sie mit denen auf dem Weinglas vergleichen, das sie im Tribunal vergessen hatte. Sie waren sich ihrer Sache jetzt sicher. Sie würden jetzt kommen, um sie zu töten.

Sie rührte ihr Essen nicht an. Statt dessen stolperte sie nach Hause. Die Schmerzen in ihrem Unterleib hatten eine schrille Intensität angenommen.

Sie fragte sich, ob ihre Periode begonnen hatte. Sie wagte nicht, sich umzublicken; vielleicht ließ sie eine Spur zurück. Und dieser Spur folgend, erschien der dünne, strenge Mann, schnüffelnd, mit gesenkter Nase. Ein echter Bluthund.

Zu Hause verriegelte sie die Tür und legte die Kette vor. Müde blickte sie sich in ihrer sauberen Wohnung um. Sie war immer schon sehr reinlich gewesen. Ihre Mutter hatte ihr nie auftragen müssen, ihr Zimmer aufzuräumen.

»Ein Platz für alles und alles an seinem Platz«, hatte ihre Mutter immer stolz gesagt.

Sie streifte die Schuhe von ihren geschrumpften Füßen. Aufrecht saß sie auf einem Holzstuhl im Wohnzimmer, die Hände im Schoß gefaltet. Sie sah zu, wie die Dämmerung, der Abend, schließlich die Nacht in den stillen Raum sickerten.

Vielleicht verlor sie das Bewußtsein, nickte ein, träumte: es war schwer zu unterscheiden, unmöglich zu wissen. Sie sah eine menschenverlassene Landschaft. Nichts als dunkle, graue Rauchwolken.

Dann, als der Rauch sich zu Nebel, zu Dunst verdünnte, sah sie ausgedörrte, von Rissen durchzogene Erde. Ein Puzzle aus gebackenem Schlamm. Dampf stieg aus kleinen Kratern und verkrusteten Löchern. Eine unfruchtbare, öde Welt. Weit und breit regte sich kein Leben. Wie lange sie so saß, ihr Verstand gebannt von dieser nackten Vision, hätte sie nicht sagen können. Doch als das Telefon klingelte, erhob sie sich, wieder bei klarem Verstand, schaltete das Licht an und hob den Hörer ans Ohr. Der Portier fragte, ob Mr. Mittle heraufkommen dürfe.

Sie begrüßte Ernie mit einem Lächeln, das fast so glücklich war wie seins. Sie küßten sich, und er sagte, sie sei schrecklich dünn geworden, er müsse sie wohl ein wenig aufpäppeln. Sie berührte ihn liebevoll an der Wange, so gerührt war sie von seiner Besorgnis.

Der Weißwein, den er mitgebracht hatte, war bereits kalt. Sie holte einen Korkenzieher und Gläser aus der Küche. Sie setzten sich zueinander auf die Couch. Sie prosteten sich zu und blickten sich dabei in die Augen.

»Wie geht es dir, Darling?« fragte er besorgt.

»Besser, seit du hier bist«, sagte sie.

Er seufzte vor Freude und küßte ihre welken Finger.

Er erzählte von seiner Computerstunde, seinem Job, ihren Urlaubsplänen. Sie lächelte und nickte, nickte und lächelte, ließ den Blick nicht von seinem Gesicht. Und die ganze Zeit . . .

»So«, sagte er plötzlich und schlug sich aufs Knie, als wären sie in einem wichtigen Geschäftsgespräch zum Moment der Entscheidung gekommen, »hast du darüber nachgedacht, Zoe? Willst du mich heiraten?«

»Ernie, bist du sicher . . . ?«

Er stand auf und begann in dem schwach beleuchteten Raum auf und ab zu gehen, das Weinglas in der Hand.

»Natürlich bin ich sicher«, sagte er fest. »Zoe, ich weiß, dies ist die wichtigste Entscheidung meines Lebens, und ich habe sie sehr sorgfältig abgewogen. Ja, ich bin sicher. Ich möchte mein Leben mit dir verbringen. Ich weiß, daß ich dir nicht allzuviel zu bieten habe, abgesehen von . . . Liebe. Und das Versprechen, daß ich mir die größte Mühe geben werde, dich glücklich zu machen.«

»Ich habe dir nichts zu bieten«, sagte sie schwach. »Weniger als nichts.«

»Sag das nicht«, rief er.

Er setzte sich wieder, stellte das Glas auf den Cocktail-Tisch und packte sie bei den knochigen Schultern.

»Sag doch so was nicht«, flüsterte er zärtlich. »Du hast alles, was ich mir wünsche. Du *bist* alles, was ich mir wünsche. Ich will einfach nicht leben ohne dich. Sag ja!«

Sie blickte ihn an, und hinter seinem klaren, hoffnungsvollen

Gesicht sah sie wieder jene versengte, verdammte Landschaft, überwölkt von grauem Rauch.

»Gut«, sagte sie. »Ja.«

»Oh, Zoe!« rief er aus, riß sie an sich, küßte ihre geschlossenen Augen, ihre trockenen Lippen. Sanft legte sie die Arme um ihn, fühlte seine Wärme, seine Lebendigkeit.

Er löste sich von ihr.

»Wann?« fragte er. »Wann?«

Sie lächelte. »Wann immer du willst, Liebling.«

»Sobald wie möglich. Je eher, desto besser. Ich habe schon darüber nachgedacht und Pläne gemacht, und ich sage dir, was ich für das Beste halte. Wenn es dir nicht paßt, mußt du es sagen – einverstanden? Ich meine, es ist nur eine Vorstellung und vielleicht hast du eine völlig andere Vorstellung, und wenn das so ist, möchte ich, daß du es mir sagst, Zoe. In Ordnung?«

»Natürlich, Ernie.«

»Nun, ich hatte an eine bescheidene, ruhige Hochzeit gedacht. Nur mit den engsten Freunden. Es sei denn, du möchtest deine Eltern dabeihaben?«

»Oh, nein.«

»Ich möchte meine Familie auch nicht dabeihaben. In erster Linie, weil sie sich die Reise hierher nicht leisten können. Oder möchtest du in Minnesota heiraten?«

»Nein, laß es uns hier machen. Nur mit ein paar guten Freunden.«

»Richtig«, sagte er enthusiastisch. »Und das Geld, das wir dadurch sparen, können wir für die Hochzeitsreise verwenden. Nur eine kleine Feier. Wenn du willst, können wir danach in meiner Wohnung oder hier bei dir einen Empfang geben. Oder wir könnten einen Raum in einem Hotel oder Restaurant mieten. Was meinst du?«

»Laß es uns ganz bescheiden und ruhig halten«, sagte sie. »Wir brauchen keinen großen Aufwand zu treiben. Wir laden einfach ein paar Leute zu mir ein.«

»Vielleicht beauftragen wir einen Party-Service«, sagte er strahlend. »Das kostet nicht allzuviel. Weißt du, nur ein kleines Buffet, vielleicht ein paar Sandwiches und Champagner. So was in der Art.«

»Ich glaube, das wäre mehr als genug«, sagte sie fest. »Es sollte kurz und schlicht sein.«

»Genau«, sagte er und lachte fröhlich. »Kurz und schlicht. Siehst du? Wir sind schon einer Meinung! Oh, Zoe, wir werden so glücklich sein.«

Er umarmte sie erneut. Sacht befreite sie sich, um ihre Gläser nachzufüllen. Sie stießen feierlich Toast an.

»Wir müssen noch soviel tun«, sagte er nervös. »Wir müssen uns zusammensetzen und Listen anfertigen. Du weißt schon, Termine, und wen wir einladen wollen, und welche Kirche wir nehmen und all das. Außerdem, wann wir...«

»Ernie«, sagte sie und berührte seine erhitzte Wange mit dem Handteller, »liebst du mich wirklich?«

»Und wie!« stöhnte er und drehte den Kopf, um ihre Hand zu küssen. »Mehr als alles andere in meinem Leben.«

»Und ich liebe dich«, sagte Zoe Kohler. »Du bist der netteste Mann, dem ich je begegnet bin. Der liebste und netteste. Ich möchte immer bei dir sein.«

»Immer«, schwor er. »Zusammen für immer.«

Sie zog sein Gesicht zu sich heran, blickte ihm tief in die Augen.

»Darling«, sagte sie sanft, »erinnerst du dich noch daran, wie wir darüber gesprochen haben – du weißt schon – miteinander ins Bett zu gehen? Über Sex?«

»Ja, ich erinnere mich.«

»Wir waren uns einig, daß Liebe und Zärtlichkeit und Verständnis dazugehörten.«

»Oh, ja.«

»Sonst wäre es nichts. Tierisch. Das haben wir doch gesagt – erinnerst du dich, Ernie?«

»Natürlich. Genauso empfinde ich es.«

»Ich weiß, daß du das tust, Liebling. Und mir geht es genauso. Nun, wenn wir uns lieben und bald heiraten werden, könnten wir dann nicht...?«

»Oh, Zoe«, sagte er. »Du meinst, jetzt? Heute nacht?«

»Warum nicht?« fragte sie. »Könnten wir das nicht? Das ist doch in Ordnung, oder?«

»Natürlich ist es in Ordnung. Es ist wunderbar, einfach großartig. Weil wir uns lieben und den Rest unseres Lebens miteinander verbringen werden.«

»Bist du sicher?« fragte sie. »Es stört dich nicht?«

»Wie kannst du das nur denken? Es wird schön werden, so schön. Es ist richtig.«

»Oh, ja«, seufzte sie, »es ist richtig. Ich spüre es. Spürst du es nicht auch, Liebling?«

Er nickte stumm.

»Laß uns ins Schlafzimmer gehen«, flüsterte sie. »Nimm den Wein mit. Zieh dich aus und geh schon ins Bett. Ich muß kurz ins Badezimmer, aber es wird nicht lange dauern.«

»Ist die Wohnungstür abgesperrt?« fragte er mit erstickter Stimme.

»Darling«, sagte sie und küßte seine Lippen. »Mein Liebling. Mein Liebhaber.«

Sie nahm ihre Handtasche mit ins Badezimmer. Sie schloß die Tür und verriegelte sie. Langsam zog sie sich aus. Als sie nackt war, musterte sie ihren Körper. Sie hatte noch nicht zu bluten begonnen.

Sie setzte sich auf den Toilettendeckel und wartete ein paar Minuten. Schließlich stand sie wieder auf, öffnete das Messer, hielt es in der rechten Hand. Sie drapierte ein Handtuch über ihren Unterarm. Sie vermied es, ihrem Blick im Spiegel zu begegnen.

Sie entriegelte die Tür und spähte hinaus. Die Nachttischlampe war an. Ernest Mittle lag auf dem Rücken, die Hände im Nacken verschränkt, die Bettdecke bis zur Hüfte hochgezogen. Sein Oberkörper war weiß und unbehaart.

Er drehte den Kopf und blickte sie an.

»Darling«, rief sie mit einem hellen Lachen, »schau weg. Das macht mich verlegen.«

Er lächelte und rollte sich auf die Seite, fort von ihr. Sie schritt rasch über den teppichbelegten Boden, plötzlich stark, plötzlich entschlossen. Sie beugte sich über ihn. Das Handtuch rutschte zu Boden.

»Oh, mein Liebhaber«, hauchte sie.

Die Klinge drang in sein Fleisch wie in Butter. Sein Körper zuckte wild, aber mit der linken Hand und dem Knie hielt sie ihn unten. Das Messer blieb an etwas in seinem Nacken hängen, aber sie riß und stieß weiter, bis das Etwas durchtrennt war.

Blut sprühte in einer Fontäne hervor. Sie hielt Ernie unten, bis seine rasenden Zuckungen langsamer wurden und schließlich ganz aufhörten. Dann lag er nur noch da und blutete, und sie ließ seinen halb abgetrennten Kopf über die Bettkante baumeln, damit das Blut auf den Teppich fließen konnte.

Dann rollte sie ihn wieder zurück. Sie zog die durchweichte Bettdecke zur Seite. Sie hob das Messer, um ihr Ritual zu vollenden. Aber ihre Hand stockte, verharrte in der Luft und sank dann langsam wieder herab. Sie konnte es nicht. Dennoch murmelte sie »Da, da«, als sie ins Badezimmer zurücktaumelte.

Sie warf das blutige Messer zu Boden. Neugierig betrachtete sie sich. Nur ihre Hände, der rechte Arm und das linke Knie waren befleckt, schimmerten rot.

Sie nahm eine heiße Dusche und seifte sich kräftig mit ihrer importierten Seife ein. Sie duschte sich ab, seifte sich noch einmal ein und duschte sich wieder ab. Sie stieg aus der Badewanne, ohne sich die Mühe zu machen, den rosa Schatten vom Porzellan zu spülen.

Sie trocknete sich sorgfältig ab, parfümierte sich mit ihrem nach Blumen duftenden Cologne und sprühte sich ein Deodorant unter die Achseln. Rasch kämmte sie ihr Haar. Sie puderte Hals, Schultern, Achselhöhlen und die Innenseite ihrer eingefallenen Schenkel.

Sie brauchte ein paar Sekunden, um ihr mexikanisches Hochzeitsgewand zu finden, das sie vor langer Zeit gekauft und nie getragen hatte. Sie streifte es sich über den Kopf. Der Saum berührte ihre verfärbten Knöchel. Das Kleid war so weit wie ein Zelt. Aber es war genauso cremig weiß, so rein und jungfräulich wie die Schürzen, die sie getragen hatte, als sie noch Daddys kleines Mädchen gewesen war und alle Freunde ihrer Eltern gesagt hatten, sie sei »eine richtige kleine Lady«.

Ernest Mittles Verlobungsring rutschte auf ihrem dürren Finger hin und her. Vorsichtig schnitt sie einen dünnen Streifen Leukoplast ab und umwickelte damit die Rückseite des Rings, bis er dick genug war, um fest zu sitzen. Er würde sich nie wieder lockern.

Sie ging in die Küche und öffnete die Schranktür. Unter ihren Arzneimitteln fand sie eine volle Dose Schlaftabletten und eine weitere, in der nur noch ein paar waren. Sie nahm beide Dosen und eine Flasche Wodka mit ins Schlafzimmer. Vorsichtig stellte sie alles auf den Boden neben dem Bett.

Sie überprüfte noch einmal die Wohnungstür, um sicherzugehen, daß sie verschlossen und verriegelt war. Dann löschte sie alle Lichter in der Wohnung. Vorsichtig bewegte sie sich zurück ins Schlafzimmer.

Sie setzte sich auf die Bettkante. Sie nahm vier der Tabletten und spülte sie mit Wodka hinunter. Sie wollte nicht zuviel trinken, denn sie wußte noch, was mit Maddie passiert war.

Dann zog sie das durchweichte Laken vom Bett und ließ es auf den Boden fallen. Sie legte sich neben Ernest Mittle, eingehüllt in ihr zu großes Hochzeitskleid. Sie stellte die Pillendosen und die Wodkaflasche auf den Nachttisch. Sie nahm vier weitere Pillen, einen größeren Schluck Wodka.

Sie wartete ...

Sie dachte, es käme vielleicht ganz plötzlich, herabfallende Schwärze. Aber so war es nicht; es dauerte lange. Sie schluckte Pillen und trank Wodka. Einmal klopfte sie auf Ernies kühler werdende Hüfte und wiederholte »Da, da ...«

Die Szenerie, die sie den ganzen Abend gesehen hatte, die verdorrte Landschaft, kehrte zurück, aber leicht vernebelt, weicher. Die feindliche Erde verschwand langsam und nur der graue Rauch blieb, wabernd in Nebel und Dunst.

Aber bald war auch das verschwunden. Sie glaubte, laut gesprochen zu haben, wußte aber nicht, was die Worte bedeuteten. Bewußt war sie sich nur der Tatsache, daß die Schmerzen aufgehört hatten.

Und dafür war sie dankbar.

Samstag, 26. Juli ...

»Der letzte Bericht kam vor zehn Minuten«, berichtete Abner Boone nach einem Blick in sein Notizbuch.

»Ist sie noch da?« fragte Thorsen scharf.

»Ja, Sir. Sie ist gestern um sechs Uhr vierzig nach Hause gekommen und seitdem nicht mehr ausgegangen.«

»Irgendwelche Anrufe?« fragte Delaney.

»Einer«, sagte Boone. »Ungefähr gegen neun Uhr gestern abend. Der Portier im Foyer fragte, ob Ernest Mittle hinaufkommen dürfte.«

»Mittle?« fragte Bentley.

»Ihr Freund. Er ist noch nicht wieder gegangen. Er muß noch oben sein.«

»Vielleicht ist das Verhältnis enger, als wir angenommen haben«, sagte Broderick. »Vielleicht war er an der ganzen Geschichte beteiligt.«

»Das werden wir bald herausfinden«, sagte Boone.

»Wie gehen wir vor?« fragte Ivar Thorsen.

»Wir haben zwei Wagen, um die Lexington und die Third Avenue abzusperren. Eine Einsatzbereitschaft vom Revier, um die Menschenmenge unter Kontrolle zu halten. Die beiden Burschen an der Abhöranlage werden den Keller überwachen. Ein Mann an jedem Ende ihres Flurs. Dann gehen wir hinein.«

»Was, wenn sie nicht aufmacht?« fragte Thomas Handry.

»Wir holen den Portier mit seinem Generalschlüssel. Er hat einen; ich habe das nachgeprüft. Deputy, Sie, der Chief und ich gehen als erste hinein. Außerdem noch Dr. Ho und Sie, Handry. Dann kommen Bentley, Johnson und Broderick. Sie achten darauf, daß sie keine Gelegenheit hat, irgendwas verschwinden zu lassen. Der Eigentümer hat uns einen Grundriß ihrer Wohnung zur Verfügung gestellt. Haben wir noch was übersehen?«

Alle blickten Delaney an.

»Ich glaube nicht, daß sie versuchen wird, wegzulaufen«, sagte er, »aber es kann nichts schaden, noch einen Mann auf dem Dach zu postieren.«

»Richtig«, sagte Boone, »wird gemacht.« Er blickte auf seine Armbanduhr. »Gleich zehn Uhr. Bringen wir's über die Bühne.«

Delaney, Dr. Patrick Ho, Sergeant Boone und Thorsen fuhren im Wagen des Deputy Commissioners.

»Ah, rechnen Sie damit, daß geschossen wird?« fragte Dr. Ho nervös.

»Gott bewahre«, sagte Boone.

»Ich will, daß alles schnell und ruhig über die Bühne geht«, sagte der Admiral.

»Schafft sie und ihren Freund so schnell wie möglich heraus«, riet Delaney. »Dann könnt ihr die Wohnung in Ruhe auseinandernehmen.«

»Haben Sie die Haftbefehle, Sergeant?« fragte Thorsen.

Boone klopfte auf seine Brusttasche. »Hier sind sie, Sir. Gut aufgehoben.«

Alles ging vonstatten wie vorgesehen. Die Streifenwagen riegelten den Block ab. Zwei Beamte in Uniform wurden am Eingang des Appartementhauses postiert. Bereitschaftspolizisten errichteten Barrikaden.

Die anderen strömten ins Foyer. Den Anfang machten Beamte in Uniform, die Hand am Revolverkolben. Der Portier blickte auf, sah sie auf sich zukommen und wurde bleich. Sergeant Boone zeigte ihm die Haftbefehle. Der Portier konnte nicht aufhören zu nicken.

Sie warteten ein paar Minuten, bis die Männer auf dem Dach und in den Korridoren in Stellung gegangen waren. Dann drängten sie sich in die Fahrstühle, wobei sie den Portier mitnahmen.

Sie sammelten sich vor der Wohnungstür. Boone winkte die anderen zur Seite, dann klopfte er an die Tür.

Keine Antwort.

Er hämmerte mit der Faust gegen die Tür. Dann preßte er sein Ohr gegen das Holz.

»Nichts«, berichtete er. »Nicht das kleinste Geräusch.« Er winkte dem Portier. »Öffnen Sie!«

Die Hände des Mannes zitterten so stark, daß er den Schlüssel nicht ins Schloß brachte. Boone nahm ihm den Schlüsselbund ab und öffnete beide Schlösser. Die Tür öffnete sich ein paar Zentimeter, ehe sie von der Kette aufgehalten wurde.

»Ich habe einen Bolzenschneider im Wagen«, sagte Sergeant Broderick.

»Einen Moment«, sagte Delaney. Er wandte sich an den Portier.

»Gas- oder Elektroherd?« fragte er.

»Gas.«

Der Chief hielt sein Gesicht an den schmalen Türspalt und atmete tief ein.

»Nichts«, berichtete er und trat zur Seite.

Sergeant Boone nahm seinen Platz ein.

»Polizei!« rief er. »Wir haben einen Haftbefehl. Öffnen sie!«

Keine Antwort.

»Sie müssen drin sein«, sagte Thorsen nervös.

»Soll ich den Bolzenschneider holen?« fragte Broderick.

Boone blickte Delaney an.

»Tritt sie ein«, sagte der Chief knapp.

Der Sergeant stand direkt vor der Tür. Er zog sein Bein an, bis das Knie fast sein Kinn berührte. Dann landete sein Fuß direkt an der Stelle, wo sich die Kette zeigte. Holz splitterte, die Kette fiel herab, die Tür sprang auf.

Sie stürmten hinein, stießen sich gegenseitig vorwärts. Bentley, Broderick und Johnson schwärmten aus. Thorsen, Delaney. Dr. Ho, Handry und Boone standen im Wohnzimmer und blickten sich um.

»Sauber und ordentlich«, sagte der Chief mit einem Nicken.

»Sergeant« rief Johnson aus dem Schlafzimmer. »Hier!«

Sie gingen hinein und scharten sich um das Bett. Sie starrten auf den toten Mann mit der weit klaffenden Kehle und die eingefallene Leiche der Frau in ihrem Hochzeitskleid, das so dünn war wie ein Totenhemd.

»Scheiße«, sagte Sergeant Boone bitter.

Delaney blickte Dr. Ho an. Der kleine Mann trat vor und legte zwei Finger an Zoe Kohlers Hals.

»Ah, ja«, sagte er leise. »Sie ist tot.«

Er musterte die leeren Pillendosen intensiv, berührte sie aber nicht. Die Wodkaflasche lag auf dem Teppich. Ein kleiner Rest der farblosen Flüssigkeit war übriggeblieben.

»Barbiturate?« fragte Thomas Handry Dr. Ho.

»Ja, das würde ich sagen. Und der Alkohol. Gewöhnlich eine tödliche Kombination.«

Ivar Thorsen holte tief Luft, die Hände auf die Hüften gestützt. Dann wandte er sich ab.

»Tun Sie, was Sie zu tun haben, Sergeant«, sagte er.

Thorsen und Delaney fuhren zusammen im Aufzug nach unten.

»Sie hat ihn umgebracht?« fragte der Deputy. »Und dann sich selbst?«

»Sieht so aus.«

»Wie reimen Sie sich das zusammen?«

»Gar nicht«, sagte Delaney.

Auf dem Bürgersteig begann sich eine Menschenmenge zu sammeln. Thorsen und Delaney bahnten sich einen Weg zum Wagen des Deputy Commissioners.

»Ich werde eine Pressekonferenz anberaumen müssen«, sagte Thorsen. »Aber vorher könnte ich einen Drink gebrauchen. Wie wär's, Edward?«

»Ohne mich.«

»Auf meine Kosten«, sagte der Deputy.

»Danke, Ivar«, sagte Edward X. Delaney mit einem kurzen Lächeln. »Ein andermal. Ich denke, ich gehe nach Hause. Monica wartet auf mich.«

Lawrence Sanders

Die Vizepräsidentin

An einem Frühlingsabend wird Norma Jane Laughlin erschossen: sinnloses Opfer männlicher Brutalität. Das ist der Auftakt zu einem konsequenten Feldzug gegen die Diskriminierung von Frauen. *Die Vizepräsidentin* ist eine fiktive Dokumentation der Ereignisse aus den Jahren 1987 bis 1992, als die Frauen auf die Barrikaden gingen, um sich endlich ihr Recht zu erkämpfen.

416 Seiten Blanvalet